10
18

12, AVENUE D'ITALIE. PARIS XIIIᵉ

Sur l'auteur

Né en 1979, l'Espagnol Daniel Sánchez Pardos a reçu le prix Tormenta du meilleur nouvel auteur de l'année 2011 pour son roman *El cuarteto de Whitechapel*. Il a été bibliothécaire pendant quinze ans.

DANIEL SÁNCHEZ PARDOS

BARCELONA

Traduit de l'espagnol
par Marianne Millon

Grands détectives
créé par Jean-Claude Zylberstein

PRESSES DE LA CITÉ

Titre original :
G
Publié par Planeta SA, Barcelone, en 2015.

ISBN 978-2-264-07076-0

« *Oreste sait où il va,*
tandis que Hamlet erre parmi les doutes. »

Antoni Gaudí

Rue de Valldoncella

Rue du Tigre

Rue des Tailleurs

Boulevard Saint-Antoine

Rue Ferlandina

Rue Elisabets

Rue Haute de la Rivière

Rue du Pied-de-la-Croix

Rue des Carmes

Rue de la Cire

Rue de l'Hôpital

Rue des Charettes

Rue de la Reine-Amélie

Rue du

Rue de la Chaise

Rue de l'Union

Rue du Born

Place Royale

Rue des Clôtures

Rue du Comte-del-asalto

Capucins

l'Arc-du-Théâtre

Rue de

Rue du Cid

Rambla Santa Madrona

Rambla Sainte-Monique

Passeo des Bains

Place de la Paix

Saint-Joseph

Rue de la Boqueria

1 • Soupente des frères Gaudí
2 • Pension d'Eduardo Andreu
3 • Place du Palais
4 • Restaurant Les Sept Portes
5 • Entrepôt d'Oriol Comella
6 • Jardin du Général
7 • Promenade de la Muraille
8 • Siège des Nouvelles illustrées
9 • Immeuble de Victor Sanmartín
10 • Siège de La Gazette du soir

11 • Commissariat de las Atarazanas
12 • Liceo
13 • Marché de la Boquería
14 • Mont Táber
15 • Théâtre des Songes
16 • Prison d'Amalia
17 • Rue de la Cadena
18 • La Loge
19 • La Citadelle
20 • Santa María del Mar

1

Le tramway s'arrêta à l'entrée de la rue de la Canuda et la cloche sonna à plusieurs reprises pour annoncer le terminus. « Pour des raisons indépendantes de la volonté de la compagnie », indiquait l'expression subitement grave du contrôleur, un jeune homme chétif et imberbe qui avait passé la dernière demi-heure à tourner avec une maladresse touchante autour de la seule jeune fille voyageant à bord, mais qui maintenant, circonstances obligent, empoignait, en professionnel aguerri aux imprévus de toute sorte, le sifflet destiné aux urgences.

— Veuillez descendre calmement, répéta-t-il, juché acrobatiquement sur le marchepied de la porte latérale, tout en faisant des moulinets de la main droite. Ne vous approchez pas des chevaux. Conservez vos billets pour de futures réclamations.

Quatre voitures de pompiers aux chevaux dételés obstruaient l'allée centrale de la Rambla, leurs occupants aux prises avec un incendie qu'ils n'arrivaient manifestement pas à circonscrire. Le matériel descendu d'un des véhicules bloquait la voie menant à la mer. Agglutinés entre les rails du tramway, des dizaines de curieux suivaient alternativement du regard les allées et venues impuissantes des pompiers et l'avancée frénétique des flammes qui, sur le trottoir d'en face, dévoraient un bâtiment de quatre étages en angle. Les vestiges illisibles d'une grande affiche publicitaire subsistaient au bas de la façade, elle-même réduite à l'état de carcasse noircie et fumante : la chaleur avait pulvérisé toutes les vitres, et les morceaux de verre, éparpillés sur l'avenue tel un sillage de confettis vénitiens, brillaient d'un éclat splendide sous les flammes multicolores. Des groupes d'hommes et de femmes se pressaient à l'entrée des rues adjacentes, aux portes des cafés, sur les balcons des bâtiments que la police n'avait pas encore évacués, tandis que des essaims de gamins couraient dans les deux sens sur le fin manteau de cendre et de verre qui recouvrait la Rambla. Les cloches de l'église de Belén sonnaient frénétiquement le tocsin du haut de la Boquería, et au pied de la fontaine de Canaletas, entre les citernes de deux des voitures de pompiers, un chœur de religieuses du couvent Santa Teresa adressait ses prières au ciel dans l'indifférence générale.

— Veuillez descendre calmement et vous tenir à distance des chevaux…

Malgré tout, je fus ravi de considérer le trajet comme achevé et de retrouver la terre ferme. Les chevaux, inquiets, avaient commencé à ruer dans les brancards dès le premier virage de la place de Catalogne, quand l'odeur caractéristique avait fini par dominer toutes les autres, et maintenant, à l'entrée de la rue de la Canuda, si près du brasier, les quatre bêtes semblaient sur le point d'oublier tout souvenir de dressage et de donner libre cours au plus pur instinct de leur terreur animale.

Je n'aimerais pas être à la place du conducteur du tramway en ce moment, pensai-je en descendant les deux dernières marches de l'escalier latéral. Ni du contrôleur. Ni d'aucun des multiples curieux qui, arrêtés au milieu des rails, admiraient la progression du sinistre.

— Cela, monsieur, c'est le parfum de ma jeunesse, dit alors à côté de moi l'un des nombreux vieillards qui observaient la scène.

— Je vous demande pardon ?

— L'odeur de brûlé sur la Rambla. Cette odeur.

L'homme flaira l'air avec une délectation exagérée.

— Quand je la respire, je revois tous les couvents partant en fumée.

Je souris poliment.

— Cela devait être un véritable spectacle.

— Vous pouvez le dire, jeune homme.

Celui-ci inhala deux nouvelles bouffées de fumée et soupira bruyamment.

— Le feu se propageait d'une muraille à l'autre. L'air sentait la soutane calcinée. Et en fin de compte, pourquoi ?

En fin de compte, pour que des religieuses se tiennent par les mains en priant bruyamment devant une fontaine dont personne ne semblait savoir comment transporter l'eau jusqu'au bâtiment qui se consumait devant elle. Telles furent mes pensées, mais je les gardai pour moi.

— J'aurais aimé voir ça…

— En ce cas, aujourd'hui, vous seriez aussi vieux que moi. N'ayez pas de regrets.

L'inconnu inclina légèrement la tête dans ma direction avant de descendre la Rambla, reniflant encore l'air, l'œil mouillé de nostalgie pour l'heureuse année 1835, où l'on brûlait des couvents. Ce vieillard ne devait pas être le seul habitant de Barcelone à rêver de l'époque lointaine de sa jeunesse perdue, songeai-je en le voyant disparaître entre les autres ombres humaines qui se pressaient à proximité de l'incendie.

Barcelone : la seule ville au monde où les vieux avaient la gorge serrée quand ils sentaient l'odeur de la brique brûlée.

Une ville où les grands-pères rêvaient de mettre le feu aux églises et leurs petits-enfants de brasser de l'argent.

Le contrôleur avait fini d'évacuer les voyageurs et bavardait tranquillement avec le conducteur. Les chevaux restaient reliés au véhicule par un attelage complexe, et autour d'eux commençait à se rassembler un petit groupe d'enfants attiré par la énième nouveauté du matin. Un chien bâtard à trois pattes et un mendiant coiffé d'un tricorne bleu rôdaient également à proximité. Mon attention se porta un instant sur cet étrange duo, le mendiant barbu et loqueteux et le pauvre animal à trois pattes, avant de revenir au bâtiment en flammes.

Ce fut alors, je m'en souviens, que j'aperçus la chevelure rousse de Fiona Begg au milieu d'une mer de têtes brunes qui occupaient le centre de la Rambla.

Et ce fut à ce moment également que je faillis mourir écrasé par quatre chevaux emballés.

Le tout se déroula en quelques secondes. J'aperçus Fiona et avançai instinctivement dans sa direction, passant sur la voie bloquée par le tramway. À cet instant, les chevaux se mirent à piétiner furieusement les pavés et à s'agiter, affolés, dans leur harnachement, décidés à reprendre leur marche pour descendre la Rambla avec l'élan de toute la terreur accumulée dans leur sang depuis les temps anciens.

Je me rappelle, dans ces dixièmes de seconde, les yeux exorbités des deux bêtes les plus proches fixés sur moi. Leurs flancs en sueur qui fumaient et la poussière de cendre qui tapissait leurs robes tellement noires. Leurs babines humides et battantes. L'odeur de leur haleine juste avant de m'effondrer, les cris perçants des enfants, et la douleur féroce d'un impact qui ne se produisit pas.

— Tout va bien, monsieur ?

À genoux devant le tramway de nouveau à l'arrêt, je levai la tête dans la direction d'où avait surgi la question, et découvris la personne qui venait de toute évidence de me sauver la vie.

Il s'agissait d'un jeune homme grand et mince, de belle allure, au teint pâle, et qui n'arborait ni moustache ni barbe. Comme moi, il devait être âgé d'une vingtaine d'années. Il portait un pantalon noir à l'impeccable coupe anglaise et une redingote cintrée d'où dépassait une large cravate nouée de façon légèrement extravagante. Il avait le regard le plus bleu que j'aie vu depuis mon retour à Barcelone et du chapeau haut de forme qui couronnait sa silhouette s'échappait une abondante chevelure presque aussi rougeoyante que celle de Fiona.

Sa main gauche tenait fermement mon avant-bras droit : celui-là même, déduisis-je, sur lequel il venait de tirer pour m'écarter de la trajectoire des chevaux emballés.

— Oui, je crois, murmurai-je tout en me levant avec son aide et en évaluant la situation depuis ma nouvelle perspective de survivant d'un accident.

Nulle extrémité écrasée par les sabots d'un cheval. Aucun os brisé, tordu ou ressortant d'une blessure ouverte. Pas le moindre filet de sang en vue.

— Rien d'irrémédiable, résuma-t-il en ébauchant un sourire un peu forcé et en relâchant la pression sur mon avant-bras.

Il s'éloigna de quelques pas, ramassa mon chapeau dans la flaque de boue où il avait chu et me le tendit avec une certaine cérémonie.

— Je crains toutefois que ce couvre-chef ne soit plus jamais le même.

Je remarquai alors quatre ou cinq hommes en uniforme qui m'entouraient d'un air soucieux, arborant diverses expressions prévenantes, et derrière eux, à une distance prudente des rails, une centaine de paires d'yeux posés sur ma personne. L'espace de quelques instants, l'incendie de la rue de la Canuda avait été relégué au second plan, et ma spectaculaire fin ratée et moi occupions pour l'heure le devant de la scène. Deux autres hommes en uniforme, peut-être le conducteur du tramway et son chétif contrôleur, s'efforçaient encore de maîtriser les quatre chevaux par-delà les voitures de pompiers. Les animaux s'agitaient comme autant de petits démons noirs dans leurs brides, mais ne ressemblaient plus aux hérauts d'une mort douloureuse et fumante : maintenant, ils avaient juste l'air de quatre pauvres bêtes effrayées ruisselantes de sueur.

Je pris mon chapeau, l'observai avec intérêt.

— Il était neuf, crois-je avoir précisé.

Le jeune homme roux acquiesça d'un air grave.

— C'est dommage, alors. Vous êtes sûr que tout va bien ?

Je n'eus pas le loisir de lui répondre. L'un des hommes en uniforme qui s'étaient rassemblés autour de moi se révéla être un haut responsable de l'entreprise de tramways, et son sens du devoir le poussa à monopoliser mon attention au cours des deux ou trois minutes suivantes par une cascade de prières, lamentations et excuses que je ne demandais pas et qui eurent vite raison de ma patience. Quand je réussis enfin à m'en débarrasser, le jeune homme avait disparu et à sa place, ou tout près, se trouvait maintenant la femme qui avait failli être la cause indirecte de ma mort.

— C'est comme ça que tu étrennes ta vie d'étudiant, en te jetant sous le tramway ?

Fiona Begg.

La principale illustratrice des *Nouvelles illustrées*.

La femme dont l'accent de fillette élevée au son des cloches de St Mary-le-Bow provoquait toujours en moi un léger pincement au cœur et faisait naître une nouvelle vague de rancœur envers mon père.

— Je vais bien, fis-je en prenant la main gantée que Fiona me tendait et en la serrant doucement. Il s'agit d'un accident sans gravité.

Sous son masque habituel de *cockney* endurcie et impassible, Fiona m'examinait avec une inquiétude réelle. Une agréable rougeur colorait ses traits si typiquement anglais, comme si elle s'était repoudrée juste avant de quitter les bureaux du journal ou, plus probablement, comme si la fumée de plus en plus noire et épaisse qui montait des entrailles du bâtiment embrasé avait commencé à exercer ses effets sur la santé de ceux qui ne se décidaient pas à s'éloigner.

— Un accident sans gravité ? À Londres, Gabriel, nous appelons ça avoir été à deux doigts de mourir renversé par un tramway…

— À Barcelone, nous ne sommes pas si mélodramatiques, répliquai-je, subitement surpris de cet usage inattendu de la première personne du pluriel. Que fais-tu là ?

17

Fiona agita brièvement le carnet de croquis qu'elle tenait contre sa poitrine.

— À ton avis ?

— C'est mon père qui t'a envoyée ?

Elle fit un signe de dénégation de la tête, provoquant un délicieux tremblement de perles bleues et de tresses rousses, et aussi, me sembla-t-il, une poussière de cendres autour de son visage.

— Non, le *mien*.

— Aucun assassinat depuis vingt-quatre heures, suggérai-je.

— Un incendie est un incendie. D'autant plus si ce qui brûle est...

Elle n'eut pas le temps d'achever sa phrase. Une corniche entière de l'étage supérieur du bâtiment en flammes venait de s'écraser sur le trottoir, provoquant immédiatement une réaction en chaîne de hurlements terrifiés, de fuites, de bousculades et de prières redoublées. Les chevaux ruèrent de nouveau dans les brancards à la tête du tramway, les pompiers commencèrent à enrouler leurs manches à eau inutiles et à se transmettre à grands cris des consignes incompréhensibles près de leurs véhicules immobilisés, tandis qu'une nappe d'un brouillard malodorant couleur de suie survolait l'assistance avant d'aller se fondre dans l'épais nuage de pollution barcelonaise. Cette fois, même les essaims d'enfants qui couraient en cercles entre les voitures des secours s'enfuirent à toute vitesse vers la sécurité de la place de Catalogne.

Fiona se rapprocha légèrement et passa son bras sous le mien.

— Il vaut mieux que je t'emmène, dit-elle. Je n'aime pas la façon dont ces chevaux te regardent...

— Depuis quand tu te soucies autant de ma sécurité ?

— Si je te laisse mourir en ma présence, ton père pourrait être tenté de me renvoyer, répondit-elle en m'adressant un sourire d'une douceur inhabituelle.

— Je vois, répondis-je, en souriant moi aussi.

Les cloches de l'église de Belén arrêtèrent à cet instant de sonner le tocsin et annoncèrent qu'il était neuf heures du matin. C'était le moment de partir, de toute façon : à dix heures, je devais commencer ma nouvelle vie d'étudiant dans le bâtiment de la Loge de Mer, à bonne distance, et même un début d'accident ne pourrait justifier devant Sempronio Camarasa mon absence le jour de la rentrée. Je coiffai du mieux que je pus mon chapeau en piteux état, refermai le bras sur celui de Fiona, et de nouveau réunis, comme s'il ne s'était rien passé, nous entreprîmes de descendre la Rambla en direction de la mer.

2

Les bureaux des *Nouvelles illustrées* occupaient les trois étages d'un bel hôtel particulier de style Renaissance situé dans la partie ouest de la rue Ferdinand-VII. Le choix d'un bâtiment si central, si onéreux, si peu adapté à un usage industriel moderne et en définitive si clairement excessif pour ce qui n'était après tout qu'un simple journal à sensation revêtait, d'après Martin Begg, un sens qui ne se mesurait ni en argent, ni en confort, ni en efficacité. Ce que les gargouilles, les architraves et les fenêtres en ogive de cette façade plusieurs fois centenaire offraient était un capital purement symbolique. Le directeur des *Nouvelles illustrées* l'expliquait par une métaphore que mon père, qui payait le loyer de sa poche, ne se lassait pas de répéter à la moindre occasion : installer la rédaction d'un journal spécialisé dans les affaires criminelles dans un palais de la zone recherchée de la ville revenait à installer un bordel dans une église abandonnée. Cela semblait osé, mais vous pouviez être sûr que tout le monde parlerait de vous.

Ce matin-là, l'effervescence des typographes et des metteurs en page, des secrétaires affairées, des coursiers et des journalistes pressés ne se différenciait en rien de celle qui animait le rez-de-chaussée lors de mes trois visites précédentes. Le rugissement mécanique des presses qui occupaient sa grande nef centrale se mêlait aux voix des ouvriers, dix ou douze hommes en blouse bleue auréolés de cet air de professionnalisme insouciant propre aux travailleurs manuels hautement qualifiés. Quelques gratte-papier à peine majeurs allaient et venaient autour d'eux, chargés de rames de papier, de carnets de notes et de planches illustrées à demi achevées, et de temps en temps un journaliste un peu plus aguerri passait la tête par la cage d'escalier et hurlait un ordre que personne ne semblait exécuter.

Les secrétaires, quant à elles, occupaient toute une rangée de bureaux situés à l'extrémité gauche de la pièce, entre la porte d'accès à la cour intérieure et le pied de l'escalier qui menait à l'étage noble de la rédaction. Une paroi de verre les séparait des presses et de ceux qui pullulaient tout autour, les protégeant du bruit de fond, de la forte odeur d'encre et de papier chaud, et aussi, certainement, du langage pas toujours châtié de leurs collègues. Elles étaient toutes sans exception jeunes et séduisantes, et pour la plupart habillées comme des demoiselles issues des meilleures familles. Comme les autres fois, aucune ne s'aperçut de ma présence : isolées du monde par une fine pellicule de verre dépoli, baignant dans la lumière artificielle de leurs grandes lampes à pied, les filles gardaient en permanence leur tête penchée sur les piles de factures, de correspondance et de rapports internes qu'elles devaient traiter, et le seul mouvement que l'on remarquait auprès d'elles était produit par les allées et venues élégantes des stylographes sur le papier.

— Si tu as fini d'inspecter ces demoiselles, tu peux me donner ton chapeau, lança Fiona en m'adressant un regard amusé depuis la cinquième marche de l'escalier. Il doit bien y avoir quelqu'un là-haut qui saura comment faire...

Un peu intimidé, je détournai le regard de la rangée de secrétaires et continuai à grimper.

— Je n'inspectais personne, murmurai-je. Simplement...

— Pur intérêt professionnel, je comprends, m'interrompit-elle. Après tout, tu es le fils du chef.

Le fils du chef... En toute autre circonstance, il s'en serait suivi une longue discussion concernant les contraintes et les très douteux bénéfices associés à ma condition d'aîné de Sempronio Camarasa. Mais le temps pressait.

— Et je t'ai déjà dit que personne n'avait besoin de nettoyer mon chapeau...

— C'est ta rentrée. Même si nous sommes à Barcelone, tu ne peux pas te présenter à ton premier cours avec un chapeau maculé de boue.

— Ce serait pire si je me présentais avec un chapeau propre et une demi-heure de retard...

— Ce ne sera pas long. Attends-moi dans mon bureau, je vais te faire apporter une tasse de chocolat...

Avant que j'aie pu me remettre à protester, Fiona s'engagea dans le couloir qui partait à droite du vestibule principal du premier étage, mon chapeau dans une main et son carnet de croquis dans l'autre. Deux jeunes gens portant la tenue habituelle des journalistes de terrain la croisèrent avant qu'un brusque tournant ne la dérobe à mes yeux ; ils ne firent pas mine de la saluer, et elle ne détourna pas la tête d'un centimètre dans leur direction. Les choses restaient tendues dans les entrailles des *Nouvelles illustrées*, apparemment. Ou peut-être s'agissait-il de deux nouveaux venus qui ne connaissaient pas l'identité de la dame qu'ils venaient d'ignorer.

Le bureau de Fiona, constatai-je en y entrant, ressemblait de plus en plus à la Chambre des horreurs du musée londonien de Madame Tussaud. Des dizaines d'illustrations recouvraient presque entièrement toutes les surfaces horizontales de la pièce, y compris le sol, l'ottomane et les trois fauteuils de bon cuir andalou disposés autour du bureau principal, et composaient un carrousel écrasant de misères humaines que la plume de Fiona savait brosser avec un grand luxe de détails en quelques traits d'encre noire et épaisse comme du sang coagulé. Hommes et femmes pendus à un gibet, à un arbre, ou debout au bord d'une corniche sur le point de céder. Hommes visés au cœur par des armes à feu. Femmes évanouies devant une lampe à gaz ouverte. Hommes et femmes poignardés en public, étranglés dans l'intimité du foyer, frappés à mort avec toutes sortes d'objets diversement contondants. Hommes, femmes et enfants pris dans des incendies, des naufrages ou des accidents de la circulation, réclamant de l'aide à grands cris devant les spectateurs impuissants, mourant à jamais à l'intérieur de vignettes aussi absurdes et irréparables que la vie elle-même.

La fille unique de Martin Begg, cela sautait aux yeux, n'avait pas perdu une once du talent qui lui avait déjà permis de se faire un nom à Londres en tant qu'illustratrice la plus libre de toute la presse locale.

— Je n'ai trouvé personne pour t'apporter ton chocolat, annonça-t-elle à cet instant, entrant sans frapper dans son bureau et me surprenant une scène particulièrement sanglante de crime passionnel entre les mains. Mais un rédacteur en chef est en train de brosser ton chapeau... Ça te plaît ?

Ses yeux gris fixaient l'illustration que j'avais tirée de la pile qui jonchait le chevet de l'ottomane. Je l'observai de nouveau, moi aussi : une femme à genoux au beau milieu d'un impeccable salon bourgeois, les mains jointes devant son visage, sa robe à moitié dégrafée, et devant elle, tel un féroce vengeur médiéval, un homme aux moustaches redressées, qui fendait l'air avec un couteau dégoulinant de sang.

— Que tu gâches ton talent à de pareilles horreurs ? Tu sais bien que oui.

Fiona sourit.

— Certains d'entre nous, mon cher, en sont réduits à travailler pour vivre, rétorqua la jeune femme tout en fermant derrière elle la porte du bureau d'un agile mouvement de hanche.

Dans sa main droite, elle tenait encore le carnet de croquis qui l'accompagnait depuis que nous nous étions croisés sur la Rambla, et dans la gauche se trouvait maintenant une tasse de chocolat fumant.

— Je l'ai préparé moi-même.

Je pris la tasse qu'elle me tendait et la remerciai. J'en bus une gorgée et approuvai d'un air sérieux.

— Excellent.

— Et très bon pour recouvrer ses esprits. On s'assied ?

Fiona prit alors plusieurs tas de dessins qui encombraient la partie centrale de l'ottomane et les déplaça aux deux extrémités, constituant des piles encore plus hautes. Puis elle s'assit à côté de celle de droite et m'invita à prendre place près d'elle.

— Espace de travail légèrement surchargé, non ?

— Ça fait un peu peur de penser que le journal n'existe que depuis un mois et demi, oui, dit-elle, regardant autour d'elle d'un air songeur. D'ici un an, on ne pourra plus circuler dans ce bureau.

D'ici un an, pensai-je, le journal et elle ne seront probablement plus là...

— Il faudra envisager de coloniser de nouveaux bureaux, rétorquai-je.

Fiona ouvrit alors son carnet de croquis et le posa sur mes genoux.

— Tu trouves que ce sont des horreurs ?

J'examinai pendant plusieurs minutes les diverses illustrations qui occupaient les dernières pages du carnet, consignant toutes dans le moindre détail l'incendie auquel nous venions d'assister : la fumée, les flammes, les nuages de cendre ; les véhicules de pompiers, les policiers en uniforme et inutiles, le chœur des religieuses en prière, le tramway arrêté sur la voie qui descendait vers la mer, ses chevaux à l'arrêt et les rails envahis par des dizaines de curieux transformés en petites taches noires à la surprenante vivacité.

— J'ai peut-être été un peu... brusque dans mon appréciation précédente, reconnus-je enfin, admirant comme toujours l'habileté de Fiona à condenser l'abondante réalité, si chargée de détails superflus et d'incongruités gênantes, en une géométrie de traits d'encre d'une netteté et d'une efficacité redoutables.

— Un peu brusque... Venant de toi, je le prends comme un compliment.

Je continuai à admirer pendant quelques instants les esquisses, jusqu'à ce que je finisse par remarquer les lettres de l'affiche collée sur la façade du rez-de-chaussée du bâtiment en flammes.

« *La Gazette du soir* », lus-je.

Fiona dut voir l'étonnement se refléter sur mon visage. L'étonnement et l'incrédulité, et aussi l'inquiétude.

— Tu ne savais pas ?

Je fis un signe de dénégation de la tête. Je l'ignorais.

— C'est pour ça que ton père t'a envoyée couvrir l'incendie ? lui demandai-je.

Fiona haussa les épaules.

— Un incendie sur la Rambla est toujours une nouvelle intéressante, fit-elle sans la moindre conviction. Même si celui-ci l'est encore plus.

La Gazette du soir...

Le principal concurrent des *Nouvelles illustrées* parmi les éditions du soir de la presse locale.

Un respectable journal conservateur, par ailleurs, dont la part de marché avait commencé à diminuer de façon drastique, conséquence directe de la nouvelle aventure patronale de mon père. Et aussi, depuis moins d'une semaine, l'instigateur d'une impitoyable campagne publique de discrédit contre le propriétaire, le directeur et l'illustratrice principale de « cette feuille de chou analphabète et anglicanisante » qui venait d'atterrir à Barcelone « avec l'arrogance habituelle de tous les enfants d'Albion », et dont les procédés, apparemment contraires aux normes d'urbanité et de décence les plus fondamentales, visaient uniquement, en termes littéraux eux aussi tirés de l'un des derniers éditoriaux, « à l'enrichissement immédiat de ses douteux responsables, moyennant l'abrutissement du goût et la corruption de l'âme d'un public peu lettré, mal préparé et sans défense devant les attraits faciles du sensationnalisme et de la perversion »...

Si c'était bien le siège de *La Gazette du soir* qui avait brûlé, mon père allait avoir un gros problème.

— Tu sais ce que ça signifie, n'est-ce pas ?

Fiona fit signe que oui d'un sourire.

— Un concurrent de moins.

— Je suis sérieux.

— Moi aussi. Tu espères que je vais éprouver de la compassion pour le malheur de gens qui nous ont traités de ce que tu sais, ton père, le mien et moi ?!

— J'espère que tu vas te faire du souci pour tout ce qu'on va commencer à raconter sur vous dès ce soir dans tous les autres journaux.

Fiona agita la tête, l'air de ne pas en croire ses oreilles.

— Tu penses que nous sommes responsables de l'incendie ?!

— Bien sûr que non. Mais je sais que d'autres vont le penser. Ou feront semblant.

— Ils feront semblant, acquiesça Fiona.

— *La Gazette du soir* attaque publiquement *Les Nouvelles illustrées*, qui répondent elles aussi publiquement à l'attaque de *La Gazette du soir*. Et quelques jours plus tard, les bureaux de *La Gazette du soir* sont réduits en cendres… Tu ne trouves pas cette histoire trop intéressante pour ne pas en profiter ?

Ton père le ferait sans hésiter, faillis-je ajouter. Et Fiona se dit la même chose que moi, bien évidemment.

— Publicité gratuite, affirma-t-elle. Mon père saura en profiter. Et ton père ne s'en formalisera pas.

Ce dernier point était bien sûr tout aussi exact. En matière d'argent, le sens de l'honneur de mon père et ses grands idéaux humanistes avaient la consistance d'un morceau de sucre plongé dans l'absinthe.

— Je vois, dis-je. Couverture dès ce soir ?

— Dès que j'aurai obtenu quelque chose de correct de ces deux esquisses et que je l'aurai remis à la rédaction.

Je visualisai un exemplaire du journal qui serait dans la rue dans moins de six heures : la typographie en coin du gros titre, l'illustration occupant les trois quarts de la page, le pied de l'image débordant d'adjectifs et de points d'exclamation et, dans les pages intérieures, la prose soigneusement choisie pour, sans rien dire, tout laisser comprendre.

Des problèmes, à tous les coups.

— Je n'aime pas ça du tout, lâchai-je.

— C'est pour ça que tu ne travailles pas ici.

À cet instant, deux coups secs résonnèrent à la porte du bureau. Avant que Fiona ait pu se redresser sur l'ottomane et demander de qui il s'agissait, la porte s'ouvrit entièrement sur un homme d'une soixantaine d'années, pourvu de grandes moustaches, de larges rouflaquettes, et semblait-il de fort méchante humeur.

— Votre chapeau, mademoiselle, dit-il, jetant mon couvre-chef à Fiona depuis le seuil et disparaissant dans le même mouvement.

Je me rappelle avoir pensé que le son que produisit la porte en se refermant ressemblait fortement à celui d'une corniche s'effondrant sur un sol pavé.

— Le rédacteur en chef ? m'enquis-je.

— Un vieux avec du caractère, confirma Fiona en ramassant mon chapeau sur la pile de dessins où il était tombé et en l'examinant d'un air approbateur. Mais un vieux qui sait manier une brosse...

Je pris le chapeau des mains de Fiona et m'en coiffai soigneusement, sentant immédiatement sur ma tête une chaleur agréable qui me suggéra, de façon absurde, l'image du vieux rédacteur en chef mettant à bouillir une théière dans son bureau et tenant mon chapeau devant son jet de vapeur. Je rendis immédiatement à Fiona son carnet de croquis, bus la dernière gorgée de chocolat et me levai.

— Maintenant, je dois vraiment m'en aller, dis-je.

Fiona se leva elle aussi.

— Tu es réellement inquiet ?

— À cause de mon premier cours ?

— À cause de l'incendie.

Je haussai les épaules.

— J'aurais préféré que cela n'arrive pas.

— J'aurais préféré que ton père ne fonde pas ce journal.

Je souris tristement.

J'aurais préféré que mon père ne décide jamais de rentrer à Barcelone.

— Je n'en dirais pas tant, murmurai-je, prenant la main que Fiona venait de me tendre en guise d'au revoir et l'embrassant doucement.

Et l'espace d'un instant, tandis que la porte de son bureau achevait de se refermer sur nous, il me semble que les yeux gris de l'Anglaise me regardaient de nouveau avec l'éclat et l'intensité qu'ils avaient eus pour m'observer fixement parmi les ombres de certains quartiers poussiéreux de l'East End.

3

Il était un peu plus de treize heures, ce même jour, lorsque je revis le jeune homme qui m'avait sauvé la vie à l'entrée de la rue de la Canuda.

Cette fois, notre rencontre eut lieu au pied du grand escalier néoclassique de la Loge de Mer, dans un lieu et des circonstances heureusement fort différents. Je sortais de mon troisième cours à l'École d'architecture, une conférence magistrale sur l'histoire de l'art roman donnée par un célèbre architecte local dont j'avais admiré distraitement les ouvrages à distance, et qui s'était curieusement révélé bedonnant et ennuyeux, sans une goutte de sang dans les veines. Les deux premiers cours de cette première journée, donnés par des professeurs quasi octogénaires distribuant le vieux bouillon caduc de leurs idées rances à un groupe d'étudiants qui les écoutaient sans manifester le moindre intérêt, ne m'avaient pas laissé un meilleur souvenir et la matinée s'était révélée décevante de bout en bout. Le véritable enchantement médiéval palpitant toujours sous les formes néoclassiques du bâtiment qui hébergeait l'école ne faisait que mieux souligner le manque d'ambition de cette dernière.

La tête basse, désappointé, l'image du gras architecte encore gravée sur la rétine, je descendais les dernières marches qui me séparaient de l'ancienne salle des contrats de la Loge quand je tombai nez à nez avec celui qui, à peine quelques heures plus tôt, m'avait tiré hors du chemin de ce tramway fou.

Dans ce nouveau décor, je trouvai mon sauveur presque aussi impressionnant que sur la rue perpendiculaire à la Rambla : grand et mince, roux, le teint très pâle, d'une élégance impeccable non dépourvue de quelques touches d'originalité tels son nœud de cravate en éventail et le violet intense de ses boutons de manchette émaillés, enveloppé de la tête aux pieds de ce halo de confiance indéfinissable qui ne naît que de l'argent, celui d'une lignée ancienne ou d'un incontestable succès social. Sa silhouette, me rappelé-je avoir pensé, n'aurait pas détonné dans les salons du club le plus fermé de St James Street. Sa redingote, longue et cintrée, avait l'éclat et la noirceur immaculée du jais, et sous les revers entrouverts dépassaient un col de chemise blanc et une large cravate de soie noire que l'on devinait, comme le reste de sa tenue, choisie avec grand soin. Gants en peau de chevreau, bottines d'une excellente facture italienne, et sous le bras gauche le chapeau haut de forme qui le couronnait sur la Rambla.

Le ton entre blond et roux de sa chevelure avait décidément peu à envier à celle de Fiona.

— Je vois que votre chapeau évolue favorablement, dit-il en me reconnaissant, avant de s'arrêter à ma hauteur au pied du perron et de m'adresser un regard de surprise amusée.

Je m'en souviens encore comme si je l'entendais en cet instant.

Et je me souviens aussi, ah, de l'intensité de ma propre joie débordante devant cette deuxième rencontre inattendue avec un jeune homme que je ne m'attendais pas, habitué au flux incessant de visages et de destins dans une grande ville, à croiser de nouveau.

— Béni soit Dieu ! Mais c'est vous ! crains-je d'avoir crié, me jetant sur lui avec une exaltation qui me surprit moi-même. Quelle joie de vous revoir !

Les têtes de nombreux étudiants qui se trouvaient à ce moment dans la salle se tournèrent vers nous avec l'air caractéristique de qui a passé une matinée entière à écouter les divagations ennuyeuses d'une poignée de vieillards balbutiants et éprouve un besoin urgent de distraction. Deux d'entre eux, qui se dirigeaient vers la porte principale du bâtiment, revinrent même vers nous, dans l'expectative.

Le jeune homme ébaucha un sourire dubitatif devant ma réaction imprévue.

— Moi aussi, je me réjouis de vous revoir, dit-il, contractant les épaules devant la maladroite tentative d'étreinte que j'avais déjà commencé à ébaucher en pleine euphorie instinctive, et que je ne fus capable de réprimer qu'au tout dernier instant.

J'ai bien peur malgré tout que mes mains n'aient à plusieurs reprises tapoté ses bras et ses épaules avant de retrouver leur position naturelle de repos.

— Veuillez excuser mon enthousiasme, fis-je enfin, reculant légèrement tout en essayant de retrouver une contenance. Je ne voulais pas vous gêner. C'est simplement que tout à l'heure, dans la confusion, je n'avais pas eu l'occasion de vous remercier de votre geste, et je ne pensais pas avoir si vite la possibilité de me racheter…

Le jeune homme sourit de nouveau, cette fois plus naturellement.

— Le terme est un peu excessif, non ?

— Me rattraper, alors. Vous me sauvez la vie et je ne vous demande même pas votre nom…

— Gaudí. Antoni Gaudí.

Le jeune homme dépouilla sa main droite du gant qui la recouvrait et me la tendit du même air cérémonieux qu'il avait affecté, quatre heures plus tôt, pour me restituer mon chapeau maculé de boue.

Son geste me sembla étrange, mais il me plut. Personne n'avait jamais découvert sa main pour moi.

— Gabriel Camarasa, me présentai-je, ôtant moi aussi mon gant droit afin de lui serrer la main fermement.

Le jeune homme fit durer notre poignée de main pendant cinq secondes avant de s'en défaire avec naturel.

— Ce fut un plaisir, monsieur Camarasa, m'assura-t-il avant de renfiler son gant et, avec une légère inclination de la tête, de tenter une discrète retraite vers la porte principale du bâtiment.

De façon absurde, ce geste me fit aussi mal qu'un affront de la part d'un vieil ami.

— Vous me permettrez au moins de vous inviter à déjeuner, n'est-ce pas ? m'empressai-je de lui demander en lui emboîtant le pas. C'est la moindre des choses, pour vous remercier de votre courage.

— Vous n'avez pas à me remercier, monsieur Camarasa. Et le terme est un peu excessif, là aussi.

— Votre à-propos, alors. Laissez-moi vous remercier pour votre à-propos. Sans vos bons réflexes, je ne serais pas là en ce moment.

Gaudí ébaucha un petit sourire instantané et, ralentissant le rythme à quelques pas de la sortie, regarda autour de nous en haussant les sourcils d'une façon franchement théâtrale.

Des étudiants qui baissaient la tête, l'air blasé. Le tableau comportant leur emploi du temps et leurs salles respectives. Les grandes planches d'architecture qui décoraient les murs de la salle et, au centre, dans l'indifférence générale, l'urne de verre qui contenait une reproduction maladroite en bois de l'église voisine, Santa María del Mar. Les hauts plafonds de la vieille salle des contrats, splendides comme tous ceux d'un bâtiment qui avait un jour abrité le cœur commercial de la ville la plus puissante de la Méditerranée et qui aujourd'hui, quelques siècles plus tard, était comme un mausolée ridiculement démesuré pour le pauvre cadavre qu'il contenait.

— Êtes-vous sûr de vouloir m'en remercier ?

Je souris moi aussi.

— Je vois que vous êtes étudiant ici, constatai-je.

— En deuxième année. J'en déduis que vous êtes en première année.

— C'est mon premier jour à l'école.

— Alors vous avez encore le temps de vous enfuir, dit-il. À votre place, je n'hésiterais pas. Si vous avez du talent, ici ils vous l'assécheront avant Noël.

— C'est ce qui vous est arrivé ?

Gaudí franchit à mes côtés le seuil de la porte noble de la Loge et s'arrêta devant elle.

— Mon talent, par chance, est hors de portée de ces infects vieux croulants, répondit-il, les yeux mi-clos devant la force inattendue du soleil d'automne qui brillait maintenant dans le ciel.

Je souris de nouveau, même si le ton sur lequel le jeune homme venait de prononcer ces paroles ne dégageait pas, me sembla-t-il, toute l'ironie qu'il convenait d'attendre de ce genre de déclaration.

— La matinée, bien sûr, a été frustrante de bout en bout, reconnus-je.

— Eh bien, n'attendez rien de mieux de l'après-midi. Cette école est le purgatoire que nous devons traverser pour arriver à notre profession.

— La comparaison est peu flatteuse...

— Il vous en viendra de pires d'ici quelques semaines, croyez-moi.

Gaudí introduisit la main droite dans les profondeurs de sa redingote et en remonta un porte-cigarettes doré.

— Vous fumez, monsieur Camarasa ?

— Seulement dans les occasions spéciales.

— Sage décision.

Il me tendit une cigarette noire et fine et une pochette d'allumettes non entamée, décorée du visage souriant d'une demoiselle coiffée à la dernière mode française.

« Mont Táber, 36, rue de l'Hôpital », lus-je sur le revers.

J'allumai ma cigarette et rendis l'étui à mon nouvel ami.

— Un endroit intéressant ?

— Je doute qu'il vous plaise.

— Eh bien... Vous vous êtes fait si vite une idée de mes goûts ?

— Je lis bien les gens, dit-il d'un ton naturel.

— Vraiment ? Et je peux vous demander ce que vous avez lu en moi en cinq minutes ?

Gaudí frotta une allumette d'un geste rapide de fumeur expérimenté, alluma sa cigarette, en tira une longue bouffée. Un épais nuage de fumée bleue s'interposa brièvement entre nous.

— Pas grand-chose, dit-il en m'adressant un regard distrait. Juste que vous êtes célibataire, que vous vivez seul ou en compagnie d'un homme auquel ne vous attachent pas les liens du sang ni une amitié particulière, que les pièces sont orientées au sud et ne sont pas très ensoleillées, que vous collectionnez de petits soldats de plomb, que vous ne savez pas nager, que vous êtes un grand marcheur, que vous avez tendance à vous laisser abuser en matière d'argent et à faire confiance à des personnes qui n'en sont pas dignes, que vos relations avec les femmes laissent fort à désirer, que vous n'avez pas fumé plus de cinq cigarettes de votre vie, que vous aimez la musique allemande et la littérature de piètre qualité, que vous n'avez pas mis les pieds dans une église au moment de la messe depuis des années, que vous avez hérité votre vocation d'architecte d'un proche disparu récemment, que vous professez des idées libérales, que votre passe-temps favori est la photographie et que vous venez de rentrer à Barcelone après un séjour d'au moins six mois dans un pays tropical…

Gaudí couronna sa péroraison d'une nouvelle bouffée et me regarda, un sourire satisfait aux lèvres, attendant, je le compris, non la confirmation de ses intuitions ni leur infirmation, mais mes applaudissements surpris.

— Eh bien…, répétai-je.

— Je pourrais dire aussi que vous avez l'habitude de dormir sur le côté droit. Mais ce serait là pure spéculation de ma part.

— À la différence de tout le reste ?

— Me serais-je trompé quelque part ?

Je considérai de nouveau mon camarade avec une curiosité croissante.

— Vous êtes sérieux ?

— Je me suis peut-être avancé en supposant que cette tache de peinture rouge sur votre main droite était le résultat de votre habitude de peindre des soldats de plomb, concéda-t-il, après un bref silence évaluateur. Mais le brillant du magnésium qui a imprégné le col de votre chemise a une origine indiscutablement photographique.

J'observai mon poignet et vis effectivement une petite tache rouge qui dépassait à peine.

— La photographie est mon principal loisir, avouai-je. Vous ne vous êtes pas trompé sur ce point. Mais la dernière fois que j'ai peint un petit soldat, les Bourbons étaient toujours confortablement installés sur le trône d'Espagne...

Gaudí fit un geste rapide des mains, qui laissa en suspension un pâle halo de fumée et de cendres volatiles.

— Ma supposition aura donc été un tantinet aventureuse, reconnut-il avec une parfaite insouciance.

— Cette tache provient de la palette de ma sœur Margarita. Ces temps-ci, elle a décidé d'explorer ses dons artistiques, et hier soir je l'ai aidée à mélanger des couleurs.

— Votre sœur...

— Avec qui j'habite, en compagnie de nos parents, dans une tour ensoleillée du quartier de Gracia. Et il est fort possible que les pièces soient orientées au sud, je n'en disconviens pas. Je vérifierai dès ce soir, même si je ne vois pas comment...

Gaudí hocha la tête d'un air grave.

— La maladresse de votre rasage et le piteux état de votre toilette, se justifia-t-il en désignant vaguement du doigt l'ensemble de ma personne. Même si ce dernier point est peut-être dû à votre aventure récente sur la Rambla.

— Et comment avez-vous deviné que je ne savais pas nager ?

— C'est évident. Votre bronzage peu naturel et la sensible perte de poids survenue dernièrement prouvent que vous revenez d'un séjour plus ou moins long dans un pays tropical. Mais on ne remarque sur votre visage aucune des traces que le sel marin laisse habituellement sur la peau de ceux qui ne sont pas habitués à son contact...

— Si je ne me trompe pas, les pays tropicaux possèdent également des zones situées à l'intérieur, objectai-je, commençant à apprécier le jeu. Et même, si vous voulez en savoir davantage, j'aurais pu acquérir ce teint sans passer du temps dans un pays tropical. Mon bronzage pourrait provenir, par exemple, d'un séjour de quelques semaines à Palamós. Et la perte de poids pourrait résulter de la contrariété liée à une mauvaise décision familiale.

— Si vous avez passé deux semaines à Palamós, ma théorie se vérifie. Vous ne savez pas nager.

Je confirmai d'un geste des mains.

— Vous avez raison. Je ne sais pas. Et il est également vrai que j'ai un peu maigri ces derniers temps. Vous l'avez déduit d'après...

— La largeur excessive de vos vêtements, qui ne sont pourtant pas usagés.

— Excellent.

— C'était évident. De la même façon que vous avez sans aucun doute été absent pendant au moins six mois. Sinon, un jeune homme aussi intéressé que vous par l'art n'aurait pas remarqué mes allumettes du Mont Táber. Ou alors différemment. Je me trompe ?

— Non. Mais vos calculs ne sont pas tout à fait exacts. Je suis rentré à Barcelone il y a deux semaines, après avoir vécu à Londres ces six dernières années.

Devant ces précisions, une expression d'intérêt sincère chassa celle de prestidigitateur dans l'embarras qu'il avait adoptée au fil de nos révélations mutuelles.

— Vous êtes parti en 1868, alors ? demanda-t-il. C'est l'année où je suis arrivé en ville. Deux semaines après le triomphe de la Glorieuse.

La Glorieuse…

La révolution – ou le putsch militaire – qui avait chassé Isabelle II du trône d'Espagne en septembre 1868.

Un de ces mots magiques qui, chez les Camarasa, évoquaient immédiatement un mélange explosif de souvenirs, de misères et de petits secrets murmurés d'un air très sérieux.

— En ce cas, je dirais que le général Prim a changé nos deux vies, dis-je. Quand vous arriviez à Barcelone, ma famille et moi la quittions la queue entre les jambes.

Gaudí haussa immédiatement les sourcils, visiblement intrigué.

— Mon arrivée n'avait rien à voir avec la révolution, précisa-t-il. Mon frère et moi sommes venus à Barcelone pour y poursuivre nos études. Je peux vous demander…, ajouta-t-il après une courte pause.

— Je ne le sais pas moi-même, lui répondis-je en reprenant les points de suspension que le jeune homme avait laissés en l'air. Ma famille est compliquée. Ou, plus précisément, le chef de famille. Tout ce que ma sœur et moi savons avec quelque certitude, c'est que dix jours après le coup d'État de Prim, quand la reine et sa suite cherchaient encore un nouveau lieu de résidence, les Camarasa occupaient déjà les trois étages d'une maison en plein cœur de Londres, à Mayfair, et notre correspondance arrivait chez un certain M. Collins...

Le souvenir de ces étranges journées me causa une brève sensation d'irréalité. Je terminai ma cigarette en quelques bouffées rapides, puis jetai le mégot sous les roues d'un cabriolet qui passait à cet instant devant nous. Gaudí m'imita, le sourcil toujours froncé.

— Intéressant, se contenta-t-il de dire.

— Un lundi, ma sœur et moi montions à cheval dans les allées du jardin du Général, et le vendredi suivant nous jouions au cricket à Vincent Square, me remémorai-je. La seule fois où notre père nous a permis de lui demander pourquoi, il nous a répondu que c'était pour les affaires. Notre mère, quant à elle, n'a même pas semblé remarquer le changement de domicile.

Gaudí acquiesça d'un air songeur. Ses grands yeux bleus brillaient de curiosité.

— Votre famille me semble intéressante.

— Nous ne nous sommes pas ennuyés un seul jour depuis 1861 ou à peu près. Alors voyons, monsieur le lecteur de personnes : que vous suggère tout cela ?

Avant que mon nouvel ami ait eu l'occasion de me répondre, un groupe d'étudiants discutant à grands cris des qualités et des défauts de la dernière livraison de chemises hollandaises arrivées chez le tailleur El Águila franchit le seuil de la Loge. Cette interruption nous obligea pour ainsi dire à abandonner le trottoir sur lequel nous nous tenions jusqu'à présent, et à poursuivre notre petite discussion sur la place du Palais toute proche.

Quelques heures plus tôt, quand j'étais arrivé sur cette même place pressé par le temps et inquiet à cause des nouvelles que je venais d'apprendre par Fiona, la beauté de ce lieu inconnu avait exercé sur moi une fascination peu habituelle, et cela recommençait maintenant. La place du Palais, située au bas du quartier de la Ribera et guettée par la laideur fumante de la vieille ville, était un agréable espace ouvert autour duquel s'entassaient, certainement par hasard mais avec une étrange harmonie, plusieurs bâtiments et certains des paysages urbains les plus remarquables de cette nouvelle Barcelone que je commençais à peine à redécouvrir.

L'ancienne porte de la Mer, ouverte à un faisceau de lumière et de brises marines, à l'extrémité de la dernière muraille qui n'avait pas succombé à la voracité des spéculateurs immobiliers.

La masse de la Douane, avec, devant, la fontaine baroque du Génie catalan et derrière, s'étendant vers les limites de la Citadelle, la silhouette touffue du jardin du Général.

Le vieux palais royal, hérissé de créneaux et de drapeaux et surveillé par les tours de Santa María del Mar, dont la splendeur noircie plusieurs fois centenaire dominait les toits de la Ribera.

Les bâtiments pourvus d'une galerie à arcades de l'*Indiano*[1] Xifré, sobres et bourgeois, évoquant un dimanche après-midi dans une chocolaterie de la rue Petritxol.

La Loge de Mer elle-même.

— Dois-je comprendre que votre père occupe une position sociale élevée ? me demanda alors Gaudí,

1. Espagnol émigré en Amérique latine et revenu au pays, fortune faite. *(Toutes les notes sont de la traductrice.)*

me tirant du bref enchantement dans lequel j'étais retombé à la vue de cette scène.

— C'était le cas il y a un mois et demi encore. Si vous êtes amateur de crimes et de tragédies sanglantes, vous avez peut-être entendu parler de lui : Sempronio Camarasa.

Le visage du jeune homme se rembrunit instantanément.

— Votre père n'a pas été...

Je démentis d'un signe de tête.

— Mon père jouit d'une excellente santé, ne vous inquiétez pas. Même si je l'imagine affecté d'une certaine acidité à l'estomac en ce moment. Vous n'avez jamais entendu parler des *Nouvelles illustrées* ?

Gaudí acquiesça d'un léger sourire.

— Je comprends.

— Mon père en est le propriétaire. Il a toujours aimé les entreprises risquées, et ceci est sa dernière aventure en date, expliquai-je. Le premier journal à sensation d'Espagne, à l'image des infects tabloïds anglais à un penny le numéro. C'est la spécialité de mon père : repérer des niches dans le marché et s'empresser de les combler. C'est la raison pour laquelle il a fait revenir la famille à Barcelone après ces six ans à Londres : pour déconsidérer notre nom en le mettant au service d'un journal qui n'est rien de plus qu'un feuilleton alimenté par des drames réels...

Gaudí écouta ma diatribe d'un air sérieux avant de prononcer des paroles pour le moins inattendues :

— Ainsi, votre père est le propriétaire d'un nouveau journal qui fait beaucoup parler de lui à Barcelone, et pas en bien... Et ce matin, vous avez failli perdre la vie dans l'incendie du siège du principal journal de la concurrence...

Avant cet instant, le rôle que mon propre accident pourrait occuper dans l'équation de l'incendie de *La Gazette du soir* ne m'avait même pas traversé l'esprit. J'y réfléchis un instant.

— Je doute que mon père ait vent de ma mésaventure avec ces chevaux, dis-je finalement. Même si une de ses employées a été témoin des faits. Vous êtes un lecteur de la presse du soir, monsieur Gaudí ?

— Pas particulièrement. Même si j'avoue avoir feuilleté avec curiosité un exemplaire des *Nouvelles illustrées*.

Le ton sur lequel Gaudí prononça cette phrase n'invitait pas à creuser la question.

— Je ne vous demanderai pas ce que vous en pensez, repris-je. Votre avis ne peut pas être pire que le mien, croyez-moi. Et de toute façon, les affaires de mon père ne sont pas mon sujet de conversation préféré.

— Les affaires de nos parents le sont rarement, de fait.

Deux mouettes bruyantes survolèrent à cet instant la place en la rasant. Elles entrèrent par le haut du bâtiment de la Douane, tracèrent deux cercles concentriques à la verticale de la fontaine et repartirent vers la mer. Une occasion comme une autre de changer de registre :

— Nous ne sommes pas si malheureux, dans le fond, déclarai-je, observant le sillage des deux volatiles en train de s'évanouir dans le ciel de la Barceloneta. Notre purgatoire jouit au moins de quelques vues excellentes…

Gaudí balaya du regard le paysage qui entourait la Loge et, à ma grande surprise, fit une grimace de dédain manifeste.

— Vous aimez cette place ?! s'étonna-t-il.

— Je la trouve ravissante, opinai-je. Elle ne vous plaît pas ?

Le jeune homme haussa les épaules.

— Après tout, dans cette école, vous ne serez peut-être pas aussi déplacé que je le croyais, émit-il avant d'ajouter : Excusez-moi, je ne voulais pas me montrer grossier...

— Eh bien, vous l'avez été, rétorquai-je en souriant.

— Alors je vous prie de m'excuser. Je ne mets pas toujours les formes lorsqu'on fait preuve de mauvais goût en ma présence... Bon, je crois que je viens encore de me montrer grossier, dit-il après une pause en se mordant légèrement la lèvre inférieure.

Je hochai la tête en signe de dénégation.

— Ne vous inquiétez pas, répondis-je. M'avoir sauvé la vie il y a un moment vous donne le droit à au moins trois grossièretés.

Pour la première fois depuis que nous nous connaissions, Gaudí sourit sans réserve apparente.

— Votre invitation à déjeuner tient-elle toujours ? demanda-t-il.

— À moins que vous n'ayez d'autres projets...

— Mon seul projet immédiat consistait à aller déguster un riz du poète aux Sept Portes, indiqua Gaudí en désignant du menton l'un des bâtiments pourvus d'un porche qui se dressaient perpendiculairement à la Loge. Si l'idée ne vous déplaît pas, je serai ravi de le partager avec vous.

Un omnibus apparut à cet instant par la gauche de la place, provoquant une certaine agitation dans le groupe d'étudiants qui s'était formé devant la porte de la Loge. *BUVEZ LA BIÈRE MORITZ*, recommandait l'affiche jaune qui couronnait le toit du véhicule. J'attendis que tous les étudiants aient fini de monter à bord avant de répondre à la proposition de mon compagnon :

— J'ignore ce qu'est un riz du poète et je n'ai jamais entendu parler des Sept Portes, avouai-je. Mais vous comprendrez que je souhaite que vous me racontiez d'où vous avez déduit que mes relations avec les femmes n'ont jusqu'alors pas été aussi heureuses que j'aurais pu le souhaiter.

Ce fut le début, je le sais aujourd'hui, de l'amitié imméritée qui m'unit un jour à l'homme le plus extraordinaire de ma génération.

4

Ce premier déjeuner avec Gaudí aux Sept Portes
fut à l'origine de l'un des principaux rituels qui
marquèrent à compter de cet instant la routine imperturbable de notre amitié naissante. Tous les après-
midi, à treize heures précises, quand le troisième
cours de la journée s'achevait et que s'ouvrait devant
nous une agréable parenthèse d'une heure et demie
de liberté avant de regagner les salles de classe,
Gaudí et moi nous retrouvions au pied du perron
de la Loge, nous rendions ensemble à la place du
Palais et partagions une cigarette tout en commen-
tant les nouveautés du matin. Puis nous traversions
le passage jusqu'à l'édifice de Xifré – le restaurant
se trouvait sous les arcades – et nous y prenions
possession de notre table d'angle habituelle, relisions
une carte couverte de noms sonores et de chiffres
élevés, et finissions par commander l'un des plats
les plus légers du menu, un riz capucin[1], un mélange
de légumes, un peu de poisson fraîchement pêché
à Arenys, et une bouteille que mon ami choisissait
toujours avec l'assurance d'un véritable spécialiste
en la matière. Les vins dont s'honorait la cave des

1. Riz aux anchois, à l'oignon et au fromage râpé.

Sept Portes avaient du corps, une texture et un degré pas toujours appropriés pour qui devait affronter trois longues heures de cours juste après les avoir ingurgités, et souvent, même les tasses de café noir qui couronnaient nos repas ne nous empêchaient pas, Gaudí et moi, de retourner à l'école l'esprit enflammé et le pas ralenti par les allègres effluves de Bacchus.

Comme j'eus l'occasion de le découvrir aux premiers jours de notre relation, Gaudí était un homme aux habitudes régulières qui menait une vie profondément irrégulière, ou pour être plus précis, peut-être, un homme à l'esprit profondément irrégulier dont les journées s'organisaient autour d'une série d'habitudes aussi régulières que celles d'un employé de banque. Tous les matins, sans faute, il prenait son frugal petit déjeuner dans la même crémerie du quartier de la Ribera, à quelques pas de son domicile ; tous les jours ouvrables, il déjeunait aux Sept Portes et goûtait à la *horchatería*[1] Oncle Nelo, située elle aussi sous la galerie de l'immeuble de l'*Indiano* Xifré ; tous les samedis et les dimanches, il déjeunait dans une auberge de la partie basse de la Rambla, toujours près de la place Real ou de la place des Comédies, et il se rendait pour le goûter dans les salons de l'une des diverses sociétés barcelonaises qu'il fréquentait pour des raisons plus ou moins professionnelles ; tous les soirs, un dîner composé de pain, de fromage et de bière à la pension de la Buena Suerte de la rue des Cardeurs précédait sa ronde de visites de certains locaux du quartier du Raval, qu'aucun employé

1. Local où l'on vend la *horchata*, boisson désaltérante obtenue à partir des tubercules de souchet.

de banque décent ne rêverait jamais d'approcher, mais qu'il parcourait avec les mêmes constance et ténacité, avec la même fidélité apparente jamais remise en cause qui présidait au reste de ses activités diurnes : des lieux tels que le Théâtre des Songes, le Cabaret Oriental, le Mont Táber lui-même, quelques immeubles décatis de la rue de la Cadena, dont les portes toujours closes ne portaient pas de nom, et dont je parlerai plus loin dans ces mémoires.

Les habitudes de travail de Gaudí étaient elles aussi extrêmement régulières, même si en l'occurrence, comme je n'allais pas tarder à le découvrir, la nature désuète, excentrique, voire parfois scandaleuse, de bon nombre de ces occupations professionnelles faisait que la rigueur inflexible avec laquelle le jeune homme les menait à bien passait inaperçue ou se confondait de toute façon avec l'hyperactivité industrieuse d'un lunatique livré à sa forme particulière de folie.

Tandis que nous faisions un sort au savoureux riz du poète – qui se révéla être un riz aux champignons et aux asperges – et à l'agréable vin andalou qui tinrent la vedette au cours de ce premier déjeuner aux Sept Portes, Gaudí et moi commençâmes à nous raconter brièvement nos histoires respectives et les détails de nos vies actuelles. J'appris ainsi qu'il était né à Reus vingt-deux ans plus tôt – j'en avais vingt et un – et que depuis son arrivée à Barcelone il avait partagé avec son frère des chambres plutôt modestes dans plusieurs pensions du quartier de la Ribera. La dernière était située sur la placette de Moncada, précisément derrière l'abside de l'église Santa María del Mar, et Gaudí et son frère occupaient une mansarde spacieuse et ensoleillée, mais dont les plafonds, au dire de mon ami, les obligeaient à se déplacer en courbant la tête et en risquant de se faire des bosses en permanence. Le frère de Gaudí s'appelait Francesc, avait treize mois de plus que lui et faisait son droit dans le bâtiment néomédiéval récemment inauguré de l'université de Barcelone ; d'après ce qu'il me sembla comprendre ce premier soir, la relation entre les deux frères n'était plus aussi bonne que quelques années plus tôt, et peut-être leurs chemins étaient-ils en train de se séparer. Leur père était chaudronnier dans un petit village proche de Reus appelé Riudoms, leur mère était une femme simple, pieuse et très travailleuse, et l'unique sœur qui avait dépassé le stade de l'enfance habitait encore avec eux dans l'ancienne maison familiale. Les Gaudí, dans leur ensemble, se différenciaient à peine de n'importe quelle famille décente de la campagne de Tarragone : des hommes et des femmes humbles et dévoués, éduqués pour le travail et la dévotion et sans autre aspiration dans la vie que d'accorder un meilleur avenir en ville à l'un au moins de leurs garçons. La vente de quelques terres et les économies de plusieurs années avaient permis à Gaudí et à son frère d'arriver à Barcelone à l'automne 1868 les poches assez bien remplies pour commencer à étudier dans un bon lycée, et depuis lors une petite pension versée par leurs parents payait le logement et la nourriture. Mais les gains provenant de la chaudronnerie étaient de plus en plus faibles, et tous les espoirs de survie économique de la famille reposaient maintenant sur l'avenir professionnel de ses deux enfants mâles.

Une histoire qui ne pouvait en définitive être plus différente de la mienne, et qui parait à mes yeux Gaudí d'une certaine aura d'homme accoutumé à la pénurie et à l'austérité, et mis à l'épreuve par les circonstances d'une origine peu privilégiée.

Mais aussi, bien sûr, une histoire qui ne cadrait absolument pas avec la tenue vestimentaire de mon camarade, ni non plus avec son penchant pour la bonne chère et le vin d'excellente qualité.

— Je peux vous poser une question indiscrète ? me sentis-je obligé de dire, presque malgré moi, une fois que Gaudí eut achevé le récit de ses origines et reporté son attention sur les dernières bouchées de riz de son assiette.

— Bien sûr.

— C'est juste que je n'ai pas pu m'empêcher de remarquer la qualité évidente de vos vêtements, ni votre comportement dans un restaurant où peu d'étudiants qui viennent d'arriver de la campagne de Tarragone pourraient se permettre de déjeuner ne serait-ce qu'une fois, et que vous semblez pourtant fréquenter sans restriction. Soit vous savez très bien gérer cette petite rétribution que votre famille vous envoie tous les mois, soit il y a une chose qui m'échappe…

Gaudí porta son verre de vin à ses lèvres et ébaucha un sourire quelque peu énigmatique.

— J'ai mes propres sources de revenus, se contenta-t-il de répondre.

— Alors vous travaillez ?

— On pourrait le dire comme ça.

— Vous êtes apprenti dans un cabinet d'architecte ? Vous travaillez peut-être pour un de nos professeurs ? insistai-je.

— Nos professeurs ? fit Gaudí en esquissant une grimace de dédain qui le défigura un instant. Ils ne feraient pas appel à moi, même si j'étais le seul architecte disponible de la péninsule.

— Alors ?

— Je fais de petits travaux occasionnels. Des penchants qui me rapportent, par chance, quelques dividendes au-delà du pur plaisir de les pratiquer. Aucun mystère à ça.

— Vous préférez toutefois ne pas entrer dans les détails.

Gaudí reposa son verre de nouveau vide sur la nappe de lin blanc qui recouvrait notre table et me regarda de ses grands yeux bleus, déjà un peu embués par les effets du vin.

— Un de ces penchants au moins pourrait sembler inapproprié à un jeune homme de votre condition, précisa-t-il avec un sourire un rien malicieux. D'après ce que j'ai compris, les bourgeois ne voient pas toujours d'un bon œil ce que les enfants des travailleurs doivent parfois faire pour gagner leur pain.

— Vous essayez de me scandaliser, monsieur Gaudí ?

— Rien de plus loin de mes intentions, monsieur Camarasa. Mais je ne vous connais pas encore assez bien pour connaître votre seuil de tolérance devant telle ou telle sorte d'activités commerciales.

— Je vous rappelle que mon père est le propriétaire d'un journal pour lequel une mère qui égorge son nouveau-né est une nouvelle digne de figurer en première page, répliquai-je. À moins d'être le bourreau de la prison d'Amalia ou de prostituer des fillettes de onze ans dans les caves d'un atelier du Raval[1], rien de ce que vous pourrez faire pour gagner votre vie ne pourra provoquer chez moi autre chose qu'un léger haussement de sourcils.

1. Quartier mal famé situé à l'ouest de la Rambla.

51

Gaudí sourit de nouveau.

— L'une de mes occupations m'oblige à fréquenter souvent le Raval, dit-il. Mais je vous assure que je n'ai pas adressé la parole à une fillette de onze ans depuis que ma sœur a dépassé cet âge.

— En ce cas, vous pouvez me confier ce que vous voulez.

L'un des serveurs de la grande salle du restaurant arriva à cet instant à notre table et nous demanda dans un murmure si tout était toujours à notre goût. Devant notre réponse affirmative, il fit une révérence qui plaça la moitié supérieure de son corps pratiquement en parallèle avec le sol du local, et disparut tout aussi discrètement qu'il était arrivé près de nous.

Gaudí avala une dernière bouchée de riz en sauce, posa la cuillère dans son assiette vide avant de repousser celle-ci de l'autre côté de la table.

— Je pourrais peut-être vous parler d'une nouvelle occupation que j'ai depuis quelques semaines, dit-il, répartissant entre nos verres la fin du contenu de la bouteille. Connaissant votre goût pour la photographie, je pense que cela vous intéressera. Avez-vous entendu parler de la Société barcelonaise pour le développement du spiritisme ?

J'en avais entendu parler, effectivement : cette appellation figurait dans plusieurs lettres que Fiona m'avait envoyées à Londres depuis Barcelone fin 1873, au moment où elle venait de s'installer en ville avec son père dans le but de s'occuper des mille et une démarches pratiques qui allaient déboucher, tout juste dix mois plus tard, sur la création des *Nouvelles illustrées*. Il avait fallu moins de deux semaines à Fiona, armée de son espagnol encore rudimentaire appris chez les Camarasa, et la tête pleine comme toujours d'un fouillis indéchiffrable d'idées étranges, pour commencer à fréquenter certains des lieux les plus extraordinaires de sa nouvelle ville. L'un d'eux était le cercle spirite dont Gaudí venait de prononcer le nom et qui, dans mon souvenir des lettres de Fiona, s'occupait principalement de convoquer les esprits des morts lors d'élégantes réunions sociales qui se tenaient autour d'un guéridon.

Le rapport entre la bourse de mon ami et cette absurde société dont les membres croyaient aux fantômes semblait si improbable que je crains d'avoir arboré un sourire un peu méprisant.

— Vous gagnez votre vie comme médium, monsieur Gaudí ?

— Vous vous en formaliseriez, monsieur Camarasa ?

Je cessai immédiatement de sourire.

— Vous êtes sérieux ? demandai-je.

— Bien sûr que non. Exercer comme médium est une chose à laquelle je n'ai pas encore réfléchi, bien que, si les prix de la carte de ce restaurant continuent à grimper comme en ce moment...

— Vous n'êtes pas médium, mais vous travaillez pour une société spirite... Et vous connaissant depuis plus d'une heure déjà, je me doute que vous n'êtes pas non plus concierge, ni serveur, ni celui qui fait le ménage dans la salle quand les esprits sont partis.

— Vous avez raison, admit Gaudí en buvant une dernière gorgée de son verre qu'il repoussa lui aussi à l'extrémité droite de la table. Je crois que vous serez ravi d'apprendre que je partage également votre goût pour la photo. En fait, si l'architecture n'existait pas, je serais probablement photographe aujourd'hui.

— Vous m'annoncez une nouvelle magnifique, cher Gaudí ! m'exclamai-je avec une joie sincère.

Vous êtes le premier amateur de photo que je rencontre dans cette ville !

Mon nouvel ami me sourit tout en levant la main en direction de notre serveur. L'espace d'un instant, je craignis qu'il ne commandât une deuxième bouteille afin de fêter l'occasion.

— Un café, s'il vous plaît, dit-il avant d'ajouter : Je vous avouerai qu'à moi aussi cela m'a plu d'apercevoir ces traces de magnésium sur le col de votre chemise.

— Maintenant, je comprends comment vous les avez reconnues…

— Rien de mystérieux, vous voyez. J'ai moi-même subi plus d'une fois ce petit inconvénient de notre passe-temps. Même si je dois vous avouer que je ne suis jamais sorti dans la rue avec un col de chemise dans un état aussi déplorable, déclara-t-il en le désignant d'un geste rapide de la main droite.

— Vos appartements sont peut-être plus ensoleillés que les miens, risquai-je, buvant moi aussi ma dernière gorgée de vin. Ou alors vous disposez de meilleurs miroirs. Mais je ne vois toujours pas le rapport entre notre goût pour la photo et votre travail pour ce groupe de spirites.

— C'est très simple, dit Gaudí. Si vous connaissez un tant soit peu l'évolution du mouvement spirite au cours de ces dernières années, vous savez que l'objectif principal de ceux qui professent ce nouveau credo n'est plus de se réunir dans une pièce plongée dans l'obscurité, de se prendre par les mains et d'invoquer les esprits qui, d'après leur croyance, sillonnent notre monde matériel dans l'attente de communiquer avec nous. Le spiritisme aspire maintenant à obtenir le statut de discipline scientifique, et ce que visent ses défenseurs les plus affirmés consiste à démontrer sans prêter à controverse la véracité de leur principal postulat : la survie physique de l'esprit par-delà la mort. La Société barcelonaise pour le développement du spiritisme est à l'avant-garde de ce nouveau projet et m'a chargé de concevoir un appareil photo capable de capturer et de faire s'impressionner l'image des esprits qui se manifestent au cours des séances médiumniques.

L'arrivée du serveur avec nos tasses de café noir fumant couvrit le silence qui avait suivi la révélation inattendue de mon compagnon. Un petit récipient métallique rempli de sucre cubain, des petites cuillères en argent, un étui de cure-dents et deux grands verres d'eau additionnée de bicarbonate complétaient le contenu du plateau que l'homme posa devant nous avant de disparaître de nouveau, cassé en deux.

Je fis fondre deux cuillerées de sucre dans le café très noir et y trempai les lèvres avant de dire :

— Bien sûr, vous savez que la photo, même si cela ressemble à de la magie, n'en est pas…

Les traits de Gaudí se figèrent légèrement.

— En toute sincérité, je ne crois pas que mes connaissances techniques sur l'art de la photographie aient quoi que ce soit à envier aux vôtres, monsieur Camarasa.

— C'était juste une façon de parler qui n'avait aucune signification particulière, monsieur Gaudí, m'empressai-je de préciser. Simplement, je suis persuadé que vous ne croyez pas en cette sottise qui consiste à photographier les esprits, n'est-ce pas ?

— Alors vous pensez que c'est une sottise ?

— Un appareil ne peut photographier que ce qu'il a devant lui, me contentai-je de dire. Les rêves ne s'impressionnent pas sur une plaque photographique.

— Bien sûr, concéda Gaudí, mais qui nous dit qu'un esprit ne peut pas le faire ?

— Un esprit n'est-il pas un rêve ?

Gaudí versa une cuillerée de sucre dans son café et le remua dans un agréable tintement d'argent contre de la porcelaine de première qualité.

— La réalité, mon cher Camarasa, est beaucoup plus complexe que nous ne souhaiterions souvent le penser.

— Je n'en ai jamais douté.

— Nos sens nous mettent en contact avec un monde dont les formes sont délimitées par ces mêmes sens. Nous ne voyons que ce que nos yeux sont prêts à voir, de la même façon que nous n'entendons que ce que nos oreilles sont prêtes à entendre. Mais nous savons également que, au-delà des spectres et des fréquences que nos sens parviennent à déchiffrer, il y a des sons et des couleurs qui nous échappent entièrement. Des sons et des couleurs qui restent au-dessus ou au-dessous de notre seuil de perception. Qui existent hors de notre portée.

— Vous croyez que les esprits des morts habitent dans cet espace de couleurs et de sons auquel nos sens ne peuvent parvenir ?!

— Je dis juste que l'idée ne me semble pas insensée.

— Et comment comptez-vous photographier ce que, par définition, nous ne parviendrons jamais à voir ?

— Qui vous dit qu'une disposition appropriée des lentilles d'un appareil photo ne peut accéder à ces spectres chromatiques qui nous sont interdits ? Comment pouvez-vous être si sûr que, là où notre œil est incapable d'arriver, celui d'un appareil spécialement conçu à cet effet ne peut arriver non plus ?

Je réfléchis quelques instants. À la possibilité que le jeu de lentilles et d'ombres et de lumières d'un appareil photo puisse faire apparaître quelque chose qui serait invisible à l'œil nu. Qu'une émulsion de nitrate d'argent et un petit éclair de magnésium puissent impressionner une plaque avec l'image d'un esprit désincarné.

Que les miracles de la science servent un jour à prouver les allégations de la superstition.

— Une idée intéressante, sans doute, dis-je. Ils paient bien ?

Gaudí esquissa un sourire qui illumina de nouveau son regard déjà dégagé de toute ombre éthylique. Les effets du bon café et de l'étrange conversation.

— Je n'ai pas à me plaindre, répondit-il avant d'ajouter : Je viens de penser que cela vous intéresserait peut-être de m'accompagner un jour dans le petit atelier que la Société a installé pour moi à son siège. J'aimerais connaître votre avis sur mes premières avancées.

Ses premières avancées.

Je hochai la tête d'un air grave.

— Ce sera un honneur, fis-je.

— Excellent.

— À condition que vous m'accompagniez aussi un jour chez moi. Je dispose dans la cave d'un petit studio de photographie où vous trouverez du matériel qui pourra vous être d'une certaine utilité dans votre projet. J'oserai dire que bon nombre des instruments que j'ai rapportés de Londres n'ont pas encore été vus de ce côté des Pyrénées.

Gaudí accepta à son tour, visiblement ravi de l'idée, puis, comme si cela scellait notre petit accord, il saisit son verre d'eau carbonatée et en absorba quelques longues gorgées qui le vidèrent presque entièrement.

— Parfait, répéta-t-il, après avoir à demi réprimé une éructation provoquée par le digestif. Mais maintenant nous devrions considérer comme terminé cet agréable déjeuner. Il est presque quatorze heures trente et nous devons retourner au purgatoire.

Quand nous sortîmes, le ciel s'était couvert sur la place du Palais et l'air sentait de nouveau, me sembla-t-il, ce mélange de fumée, de cendres et de brume marine qui avait servi de toile de fond olfactive lors de ma petite aventure matinale sur la Rambla. Le souvenir de l'incendie du siège de *La Gazette du soir* me revint un instant à l'esprit avant de disparaître de nouveau. Je pris la cigarette et la pochette d'allumettes que me tendait Gaudí, allumai la cigarette à l'abri sous un porche et admirai de nouveau, avant de la lui rendre, la pochette et le portrait de femme qui la décorait.

Mont Táber, 36, rue de l'Hôpital.

— La sixième cigarette de votre vie, dit Gaudí, posant la main sur mon épaule pour m'inviter à traverser l'avenue après le passage d'une charrette chargée de citrouilles.

Par considération envers notre amitié toute récente, cette fois non plus je ne voulus pas démentir sa déduction, pourtant erronée.

5

Comme je le craignais, les conséquences de l'incendie de la rue de la Canuda ne mirent pas vingt-quatre heures à éclabousser les plus hauts responsables des *Nouvelles illustrées*. En quelques jours à peine, les noms de Sempronio Camarasa, Martin Begg et Fiona Begg, dont les illustrations de couverture explicites avaient été la cible privilégiée des critiques de *La Gazette du soir* lors de sa campagne d'attaques et de discrédit contre le journal rival, passèrent d'une place assez discrète dans le contexte des chroniques qui se faisaient l'écho des circonstances de l'incendie au rôle principal dans des colonnes entières où on les accusait pratiquement d'être les responsables des événements, soit pour avoir inspiré un de leurs lecteurs, soit plus probablement, hélas, en instillant une atmosphère délétère dans une ville qui, d'après ce qu'il fallait déduire de la lecture de cette série d'articles, n'avait jusqu'alors tâté ni au mauvais goût ni au sensationnalisme, ni connu aucun désordre de quelle sorte que ce soit. À la fin de la semaine, l'onde expansive du scandale s'était étendue dans des limites insoupçonnées – plaintes croisées dans les tribunaux, lettres anonymes, demandes formelles de censure signées par certaines des têtes les plus influentes de Barcelone, jusqu'à une attaque physique contre l'hôtel particulier de la rue Ferdinand-VII – et avait également commencé à perturber la vie de ceux qui, comme moi, évoluaient à la plus stricte périphérie du journal et n'entretenaient avec lui que des relations strictement familiales.

La façon dont les vendeurs de journaux de la Rambla annoncèrent dès le premier soir l'histoire de l'incendie n'augurait déjà rien de bon, avec le dessin de couverture de Fiona – une vue générale de l'endroit où les faits s'étaient déroulés, où tout n'était que chaos, confusion et crissements de dents métaphoriques, et où l'affiche portant le nom de *La Gazette du soir* semblait resplendir d'un feu qui lui était propre au centre de la composition – ressortant comme toujours entre les couvertures sobres de la concurrence, et l'un des commentaires que je pus entendre moi-même parmi les grappes de curieux qui s'entassaient encore à dix-neuf heures devant les ruines calcinées du bâtiment me confirma les craintes dont j'avais déjà fait part à Fiona dans la matinée : si improbable et absurde que cela pût nous sembler, le rapport entre les attaques lancées depuis les pages de *La Gazette du soir* contre *Les Nouvelles illustrées* et l'incendie du siège de ce premier journal semblait trop évident pour que quiconque ayant un peu d'imagination, des intérêts en jeu ou une dose suffisante de mauvaise volonté le laisse passer sans s'en amuser un peu.

Le lendemain matin, effectivement, les trois grands journaux de la ville mentionnaient dans leurs relations de l'incendie la rivalité ouverte entre *La Gazette du soir* et *Les Nouvelles illustrées*. Deux d'entre eux détaillaient l'échange d'accusations et d'injures que les deux publications avaient entretenu tout au long de la semaine écoulée, et le plus audacieux laissait tomber, sans manquer à la vérité, que grâce à cet incendie le nouveau journal appartenant à Sempronio Camarasa faisait main basse sur la quasi-totalité de la presse barcelonaise du soir. Personne ne montrait encore mon père du doigt, personne n'affirmait ou même ne suggérait que l'incendie de la rue de la Canuda ait pu être autre chose qu'un accident, même si une note dans le *Journal de Barcelone* en profitait pour rappeler certaines entreprises commerciales risquées que mon père avait menées à bien au cours de ces dernières années. Même le propriétaire de *La Gazette du soir*, originaire de Gérone, un quinquagénaire du nom de Saturnino Tarroja, n'osait pas pour l'instant désigner les responsables de son infortune et, dans les brèves déclarations publiées par le *Journal* lui-même, se bornait à dénoncer, avec raison, l'opportunisme et le mauvais goût de la couverture de l'édition de l'après-midi des *Nouvelles illustrées*. L'illustration de Fiona pour la première page était, d'après Tarroja, « une preuve du talent de cette dame anglaise pour prendre le malheur d'autrui et le transformer en excrément », et les quatre pages également illustrées de l'article correspondant étaient « un exercice de charognerie honteux, indigne d'être vendu sous le nom d'information ». Des phrases plus ou moins prudentes, des suggestions plus ou moins embarrassées, des associations d'idées que mon père aurait préféré ne pas voir publiées. Toutes pointant ce qui pouvait être en train de se tramer au sein de certaines rédactions et à l'intérieur de certains cerveaux ; mais rien, néanmoins, qui laissait présager la vitesse à laquelle allaient se succéder les événements à compter du lendemain.

Je me souviens avoir demandé à mon père ce mardi soir, en me dirigeant vers ma chambre, après avoir dîné seul en compagnie de ma sœur dans le jardin et partagé avec ma mère une tasse de chocolat dans le salon de l'après-midi, tandis que je passais comme d'habitude la tête par l'embrasure de la porte de son bureau pour lui souhaiter bonne nuit :

— Tout va bien ?

Il était assis à son bureau devant une pile de papiers et de journaux qui menaçait de s'effondrer de tous les côtés. En manches de chemise, il avait une cigarette suspendue aux lèvres, et l'allure générale d'un sexagénaire subitement rattrapé par son âge.

— Tout est à sa place, répondit-il comme toujours, complétant ainsi notre échange habituel du soir.

— Nous n'avons pas à nous en faire, alors ?

Mon père leva la tête de la feuille jaune qu'il était en train d'inspecter et me regarda avec une curiosité manifeste, comme s'il ignorait de quoi je lui parlais. Ou peut-être, plutôt, comme s'il était surpris que son fils unique lui adressât la parole de sa propre initiative.

— Que veux-tu dire ?

— L'incendie du journal. Ne devons-nous pas nous en inquiéter ?

— Nous inquiéter, nous ? demanda-t-il, s'arrangeant pour avoir un sourire méprisant malgré la cigarette coincée à la commissure de ses lèvres. Du malheur d'un concurrent ?!

— Tu sais bien ce que je veux dire.

Mon père hocha la tête en signe de dénégation.

— Nous n'avons aucun souci à nous faire, déclara-t-il, tranchant la question comme à son habitude : en penchant la tête pour se replonger dans le travail.

Douze heures plus tard, les trois grands quotidiens du matin avaient déjà diffusé les dernières nouvelles dans toute la ville.

De l'avis des pompiers, de la police judiciaire et de divers prétendus experts que les chroniques citaient sans mentionner leur nom, l'incendie de la rue de la Canuda était criminel. Aussi bien la couleur des premières flammes que la vitesse à laquelle ces dernières s'étaient propagées à travers le premier étage du bâtiment indiquaient la présence d'un produit servant à accélérer la combustion, assuraient les premières pages de *L'Actualité* et du *Journal de Barcelone*, tandis que *L'Information* allait plus loin et identifiait cet élément comme de la créosote. D'après un renseignement dont la source restait anonyme également, on aurait retrouvé, quelque part au premier étage, les restes d'un chiffon de laine imbibés de cette substance, et la police croyait que c'était l'instrument que l'incendiaire présumé avait utilisé pour provoquer le désastre. La théorie de l'accident était ainsi définitivement écartée, du moins pour l'essentiel de la presse de la ville et, avec elle, pour l'ensemble de l'opinion publique que ces trois journaux façonnaient chaque matin à coups d'informations imprimées.

Des problèmes, à tous les coups, pressentis-je encore, après être descendu du tramway devant las Atarazanas et avoir acheté les quotidiens à l'un des vendeurs postés au bas de la promenade de la Muraille.

Si l'incendie des bureaux de *La Gazette du soir* était reconnu intentionnel, la fermeture définitive des *Nouvelles illustrées* ne tarderait pas à être prononcée.

— Vous l'avez déjà lu, me salua Gaudí quinze minutes plus tard, quand nous nous retrouvâmes sur la place du Palais pour y fumer ensemble la première cigarette du matin avant d'entrer dans la Loge.

Il portait lui aussi sous le bras un exemplaire plié en quatre de *L'Information*.

— Qu'en pensez-vous ? lui demandai-je.

— Je crois que vous aviez raison, avant-hier : votre père a de multiples raisons d'éprouver des aigreurs d'estomac. Vous êtes arrivé à la partie des insultes personnelles, ou vous vous êtes arrêté à l'interview ?

— Je crains de n'avoir feuilleté que les deux premières pages…

Mon ami fronça le nez d'un air comique.

— Alors quelques émotions vous attendent.

Comme je ne tardai pas à le découvrir, l'initiateur de l'interview à laquelle Gaudí venait de faire référence était un certain Víctor Sanmartín, rédacteur de *La Gazette du soir*, spécialisé dans les questions judiciaires et délictuelles, et maintenant aussi, semblait-il, chercheur autoproclamé des vérités dissimulées dans l'incendie du lundi. Après chacune des réponses aux questions formulées au cours de l'interview, M. Sanmartín faisait en sorte de rendre encore un peu plus évidente la possible implication dans les faits des responsables des *Nouvelles illustrées*. Implication directe ou indirecte, par action ou par omission, délictuelle et condamnable ou purement symbolique, mais implication à coup sûr. Aux yeux de Víctor Sanmartín, qui parlait, fallait-il comprendre, au nom du journal dont il était encore salarié, il ne faisait pas de doute que derrière le sinistre survenu à l'entrée de la rue de la Canuda se trouvaient Sempronio Camarasa et sa petite *troupe* londonienne de révolutionnaires de papier.

Encore des problèmes.

— Formidable, murmurai-je. Vous parliez d'insultes, me semble-t-il…

— La rubrique du courrier des lecteurs, répondit Gaudí en laissant tomber à terre sa cigarette à moitié consumée et en consultant l'horloge qui ornait la façade de la Loge. Gardez les meilleures lettres pour votre cours avec M. Rogent. Vous apprécierez certainement d'avoir de la distraction pendant cette heure.

Je repliai donc le quotidien, et l'ajoutai aux deux qui se trouvaient déjà sous mon bras gauche.

— Pour changer de sujet, vous avez des projets pour vendredi ? lui demandai-je en tirant une ultime bouffée de ma cigarette et en me dirigeant avec lui vers l'école.

— Je comptais m'enfermer chez moi et profiter de mon après-midi de liberté pour travailler à un nouveau projet. Vous avez mieux à me proposer ?

Je n'envisageai même pas d'interroger Gaudí sur la nature de ce nouveau projet : deux déjeuners et autant de goûters avec lui m'avaient appris qu'il était de nature réservée.

— Margarita, ma sœur, vous invite à venir prendre le goûter chez nous, dis-je. Elle veut rencontrer l'homme qui a sauvé la vie de son frère. Et je vous préviens que Margarita n'est pas quelqu'un à qui on dit non.

— Je vois.

— Mais elle est adorable. C'est moi qui vous le dis, et je la supporte depuis dix-sept ans.

Une fois dans la pénombre de l'ancienne salle des contrats, Gaudí sourit d'un air légèrement attendri. Quelqu'un venait de penser à sa propre sœur.

— J'imagine que l'invitation inclut une visite à votre fameux studio de photographie...

— Vous imaginez bien. Pouvons-nous compter sur vous ?

— Bien sûr. Transmettez mes remerciements à votre sœur.

Mon camarade s'arrêta devant le panneau des emplois du temps et désigna du doigt nos chemins respectifs.

— Vos fenêtres donnent sur la place du Palais, les miennes sur les arcades de Xifré. Je vous envie.

— Ah oui ?

— Vous avec une salle de classe qui donne sur cette place que vous aimez tant et une poignée de lettres absurdes à lire. Votre première heure va être beaucoup plus amusante que la mienne.

Les trois cours du matin et les deux de l'après-midi furent tous aussi décevants les uns que les autres : sujets monotones, professeurs dépassés, idées peu ou pas actualisées, le tout dans une ambiance générale de conformisme, de laisser-aller, de manque de curiosité et d'enthousiasme pour les matières à traiter, qui commençait à confirmer de façon préoccupante toutes les remarques que Gaudí m'avait faites le lundi sur l'École d'architecture. Je n'eus toutefois pas le loisir de parcourir le courrier des lecteurs de *L'Information* avant dix-huit heures environ, tandis que mon ami et moi attendions, à l'une des rares tables libres du local d'Oncle Nelo, que le serveur daigne nous apporter les deux mendiants et les deux tasses de café au lait que nous venions de commander : la taille moyenne des salles de classe permettait aux élèves de faire un somme, mais pas de déplier un journal, et, à l'heure du déjeuner, je n'avais pas voulu risquer de gâter un bon plat d'artichauts de San Baudilio en me soumettant à ce qui s'annonçait comme une lecture indigeste.

Et assurément répétitive : des lecteurs cultivés et bien-pensants, traditionalistes, certainement aisés, très catalans ou très espagnols, qui profitaient de l'incendie et de tout ce qui se tramait autour pour, à travers *Les Nouvelles illustrées*, dénigrer avec acharnement tout ce qui comportait des connotations populaires ou étrangères. Dans toutes ces lettres, le fait que les responsables d'un journal à sensation, dirigé par des Anglais et destiné aux classes illettrées, avaient mis le feu aux bureaux d'un bon quotidien bourgeois était considéré comme acquis : sur cette certitude s'organisaient leurs discours alternativement de classe et patriotiques. D'aucuns déploraient ainsi que la loi sur la liberté de la presse protégeât des « avortons dont l'unique vocation est de pervertir le goût influençable des classes non cultivées » ou offrît une protection légale à un torchon « consacré, depuis le premier jour, à engendrer les vices et à flatter les faiblesses des couches de la société que leurs carences éducatives transforment en une proie facile pour ceux qui colportent le malheur d'autrui »... Certains en profitaient pour effectuer un rapprochement direct entre la sanglante profusion d'assassinats, de vols avec violence, de suicides et d'agressions domestiques dépeinte dans les pages des *Nouvelles illustrées* et la « recrudescence de la criminalité et de la violence dans les quartiers populaires de Barcelone lors du dernier mois et demi ». D'autres encore assuraient que « mettre le feu à un bâtiment de quatre étages dans le but d'obtenir une première page tape-à-l'œil n'est qu'une étape logique supplémentaire dans l'escalade insensée de ce journal depuis le jour de sa création », et il y en eut même un pour s'étonner que le cerveau et le cœur d'une femme puissent contenir « tant d'obscénité, de noirceur, si peu de compassion pour le malheur ou la faiblesse d'autrui et, en définitive, une connaissance aussi exhaustive des aspects les plus sordides de la réalité, comme le prouvent les dessins de Mlle Fiona Begg, qui n'hésite pas à signer de son nom chacune des horreurs sorties de sa plume, comme si ces dessins étaient réellement pour elle un motif de satisfaction et d'orgueil, et non de honte »…

Fiona était effectivement la cible principale de la colère de presque tous ces correspondants acariâtres : davantage encore que Sempronio Camarasa ou Martin Begg, bien plus que n'importe quel autre illustrateur, chroniqueur ou rédacteur aux *Nouvelles illustrées*, c'était elle qui se voyait transformée en une sorte d'incarnation définitive de tous les maux associés au nouveau journal. Femme, anglaise et détentrice de la plume la moins aimable que l'on eût jamais vue dans cette ville : une triple insolence que beaucoup n'étaient désormais plus disposés à tolérer.

Tandis que je lisais ces épanchements infects et les commentais avec mon compagnon, je me surpris pour la première fois à me ranger du côté de mon père et de celui des Begg quant à leur entreprise partagée. Entre une feuille de chou à sensation aux intentions douteuses et au goût détestable et une horde de bigots pétris de convictions héréditaires, je ne doutais plus du parti à prendre.

Pour Gaudí, cela ne semblait pas aussi clair :

— Ce monsieur n'a pas tort, déclara-t-il enfin, à mon infinie surprise, après m'avoir entendu lui lire une dernière tirade contre le « réalisme intolérable » des dessins de Fiona, contenue dans une lettre au bas de laquelle figuraient les initiales *F. M.*

— Je vous demande pardon ?

— Vous avez tenu vous-même des propos fort semblables avant-hier, quand vous m'avez parlé pour la première fois du journal de votre père.

J'agitai la tête d'un air incrédule.

— Ce monsieur, répliquai-je en frappant à deux reprises du bout des doigts la page correspondante, dit également que les personnes qui ont un rapport avec *Les Nouvelles illustrées* devraient finir en prison comme responsables collectifs de l'incendie de la rue de la Canuda ! Il n'a pas tort sur ce point non plus ?!

Le visage de mon ami ne se troubla pas devant ma question biaisée.

— C'est une sottise, comme presque tout ce qu'on raconte dans ces lettres, affirma-t-il tranquillement. Mais ni la démagogie intéressée ni les excès de toutes ces attaques auxquelles sont aujourd'hui en butte votre père et ses amis ne changent le fait que la politique éditoriale du quotidien qu'ils dirigent est indéfendable.

— Je ne crois pas que cela ait un rapport avec l'affaire qui nous occupe, répliquai-je en repliant enfin l'exemplaire de *L'Information* et en le posant sur les deux autres journaux sur un coin de la table.

— Tout exercice artistique induit des implications morales. À travers les dessins de cette demoiselle, votre père en a appelé aux instincts les plus bas d'un public qui a grandi dans le manque de compassion et l'amour des commérages. Et maintenant, ce public s'est retourné contre lui exactement pour les mêmes raisons que ces dessins lui offraient : une occasion de railleries humiliantes et de commérages.

Je fis de nouveau un signe de dénégation de la tête.

— Je ne crois pas que le public des *Nouvelles illustrées* soit celui qui écrit aujourd'hui ces lettres, ripostai-je. Votre théorie est d'une symétrie admirable mais erronée.

— Tout ce que je dis, c'est que nos actes ont des conséquences, rétorqua Gaudí avec un sourire.

— Alors mon père est responsable de l'incendie ?!

— Votre père est responsable de s'être placé dans une situation dans laquelle on peut maintenant le considérer comme responsable de cet incendie.

— Vous vous êtes levé l'esprit très sophistique, aujourd'hui, Gaudí, mon ami. Et maintenant, en clair ?

— Les dessins de cette demoiselle, Camarasa, mon ami, vaudront à votre père quelques déboires qu'un homme dans sa situation aurait pu éviter très facilement.

Pour la deuxième fois, la façon dont Gaudí prononça le terme « demoiselle » me déplut.

— Si mon père possède la position qu'il occupe aujourd'hui, c'est précisément parce qu'il s'est mis plus souvent qu'à son tour dans le genre de situations où il se trouve à présent, dis-je, pensant aux rares affaires de mon père pour lesquelles j'avais pu obtenir des informations précises par le passé. Et laissez-moi ajouter que cette « demoiselle », comme vous l'appelez, est une artiste de première classe qui aujourd'hui, à cause des circonstances de la vie, se trouve contrainte de gâcher son talent en échange du gîte et du couvert chez nous. Vous devriez la comprendre mieux que personne, ajoutai-je, manquant peut-être de fair-play à cet instant précis.

Gaudí ne se laissa cependant pas impressionner par ma défense de Fiona.

— Si votre amie gâche son talent, ce n'est pas une artiste de première classe, trancha-t-il. Mais vous avez raison, ce n'est pas à moi de juger la manière dont les autres gagnent leur vie. Le gîte et le couvert chez vous, avez-vous dit ? me demanda-t-il après une courte pause.

— Fiona et son père logent dans une ancienne ferme située sur les terres de notre tour. Cela fait partie du contrat, répondis-je en balayant le sujet d'un geste de la main droite. J'ai été le premier à déplorer la décision de mon père de revenir à Barcelone et de fonder le journal. Je suis également le premier à qui déplaisent toutes ces histoires illustrées d'accidents et d'assassinats. Mais si quelqu'un veut utiliser un jugement d'ordre moral pour le transformer en une accusation de délit contre mon père ou contre une très bonne amie, je ne crois pas pouvoir rester à la marge...

À cet instant, le serveur arriva avec un plateau sur la main droite et un sourire professionnel accroché aux lèvres. Il aligna dans un ordre parfait, devant nous, les assiettes contenant le gâteau et les tasses de café au lait, fit une demi-révérence et, sans cesser de sourire, repartit vers l'agitation du comptoir débordant d'étudiants bruyants.

— En ce cas, je vous conseille d'observer la syntaxe et le vocabulaire de toutes ces lettres, reprit Gaudí, inspectant de la pointe de la fourchette la consistance de son gâteau. Vous serez ravi d'apprendre que l'opinion publique n'est pas toujours une entité aussi vaste et diffuse que la dépeignent nos amis de la presse.

J'interrompis le trajet de la tasse vers mes lèvres, sincèrement surpris.

— Vous voulez dire...

— Ces six lettres ont été écrites par la même personne, affirma mon compagnon. Et leur style évoque fâcheusement celui de ce Víctor Sanmartín qui est interviewé en page quatre. Ou celui de la personne qui a recueilli ses déclarations, bien sûr.

J'y réfléchis quelques secondes.

— C'est bon, ou c'est mauvais ?

Gaudí haussa les épaules.

— C'est intéressant, en tout cas, fit-il. Dès que nous aurons fini de goûter, nous pourrons peut-être jeter un coup d'œil aux lettres de ces deux autres journaux…

— Et voir si elles comportent une plus grande variété de registres de langue, approuvai-je. Quelqu'un veut dresser les bêtes fauves contre mon père.

Mon ami porta une première bouchée de gâteau à sa bouche.

— Ou quelqu'un veut peut-être simplement se faire un nom dans la profession et vendre des journaux.

C'est bon, ou c'est mauvais ? songeai-je de nouveau. Cette fois, je ne posai pas la question.

Comme les deux jours précédents, ce soir-là je pris congé de Gaudí devant la *horchatería* Oncle Nelo, et j'entrepris de rentrer à pied à la maison en suivant la triple ligne droite formée par la promenade de la Muraille, la Rambla et le paseo de Gracia. En passant devant l'entrée de la rue Ferdinand-VII, j'envisageai de pénétrer dans les bureaux des *Nouvelles illustrées* pour poser quelques questions sur Víctor Sanmartín, dont les tics syntaxiques et lexicaux semblaient présents aussi, effectivement, dans bon nombre de lettres des lecteurs publiées dans le *Journal de*

Barcelone et dans *L'Actualité*. Mais je m'abstins : il était déjà plus de dix-neuf heures, la journée à l'école avait été longue et intense, à la maison m'attendaient quelques plaques photographiques à imprimer, et dans le fond l'idée de me mettre à interroger les employés de mon père au sujet d'un soi-disant gratte-papier de la concurrence versé en pseudonymes et diffamation gratuite ne m'attirait guère.

Ainsi, je passai le reste de la soirée et une partie de la nuit enfermé dans mon atelier, travaillant sur quelques portraits de Fiona que j'avais pris l'après-midi précédent sans toutefois négliger de m'accorder le temps d'un dîner dans la cour avec ma sœur, à partager avec elle ses propres nouveautés de la journée. Les deux policiers arrivèrent à la maison vers vingt heures trente et en repartirent à vingt et une heures ; je les croisai dans le jardin principal de la tour, quand je me dirigeais vers la table où Margarita m'attendait avec sa mine des grands jours. Le visage de mon père, imaginai-je, devait être bien moins avenant tandis qu'il écoutait dans son bureau les premières questions officielles sur des disputes entre les journaux, des rumeurs et des médisances, des chiffons de laine imbibés de créosote.

C'étaient vraiment là les prémices de tout ce qui restait à venir.

— Tout va bien ? demandai-je ce soir même à mon père, comme tous les soirs, sur le seuil de son bureau.

Et, comme d'habitude également, il leva la tête de ses papiers et me répondit :

— Tout est à sa place.

6

Le logement que partageaient Antoni Gaudí et son frère Francesc en plein cœur du quartier de la Ribera était situé sous les combles d'un vieil immeuble de quatre étages, dont l'aspect, à ma profonde consternation, ne différait guère de celui de n'importe quelle pension de l'East End payable à l'heure. De grands pans de peinture écaillée, des taches d'humidité de la taille de voiles latines et une patine générale de suie accumulée au fil des années enlaidissaient une façade qui avait dû un jour paraître relativement brillante, voire même élégante, mais qui n'évoquait désormais que l'imminence d'un effondrement aux conséquences létales. À de nombreuses fenêtres pendaient des étendoirs chargés de draps jaunis, de sous-vêtements en tissu grossier et de blouses d'ouvriers, et sur le rebord de certaines d'entre elles stagnaient des pots de géraniums à l'apparence si desséchée qu'ils auraient tout aussi bien pu être là depuis des siècles. Les fenêtres de la mansarde qui couronnait l'édifice étaient toutes petites et circulaires, comme des rosaces d'église en miniature ou peut-être les hublots d'un transatlantique. La porte extérieure du bâtiment était grande ouverte, et les deux petites marches qui y accédaient étaient occupées par deux jeunes garçons habillés comme tous les galopins de la ville.

— Monsieur G ! cria l'un d'eux, dès qu'il nous vit arriver au coin de la petite place de Moncada. Nous vous attendons depuis une heure !

Mon ami sembla fort peu apprécier cette rencontre.

— Ezequiel, Arturo, murmura-t-il en les saluant d'une légère inclination du menton. Je croyais que nous avions dit qu'aujourd'hui personne ne viendrait.

— C'est une urgence, monsieur G. Mlle Cecilia...

Gaudí interrompit d'un geste tranchant de la main droite les explications du gamin. Les deux garçons s'étaient mis debout sur les marches, et maintenant leurs corps robustes bloquaient presque entièrement la porte du bâtiment. Ils ne devaient guère avoir plus de quinze ans, mais semblaient avoir déjà plus vécu que n'importe lequel de mes condisciples de l'École d'architecture.

— Cela ne vous dérange pas de m'attendre en bas pendant que je monte déposer mes livres, n'est-ce pas ? me demanda Gaudí, tournant vers moi, me sembla-t-il, un visage légèrement empourpré. Aujourd'hui, la mansarde est dans un état désastreux, et mon frère n'aimerait pas savoir que je l'ai montrée à quiconque dans cet état...

L'excuse était si maladroite que je me vis dans l'obligation de l'accepter :

— Si vous voulez...

— C'est l'affaire d'un instant.

Mon compagnon disparut donc dans la pénombre de l'intérieur du bâtiment en compagnie de ses deux improbables connaissances, tandis que je restais à la porte, admirant l'architecture gothique de l'église voisine, Santa María del Mar, tout en envisageant quelques hypothèses sur la nature de la relation qui pouvait unir Gaudí à deux êtres comme ceux-ci.

Il était quinze heures, en ce vendredi chaud et ensoleillé comme aucun autre jour que j'avais pu connaître depuis mon retour à Barcelone. Ma première semaine de cours à l'école s'était achevée quelques heures plus tôt, et devant moi se profilaient un après-midi entier en compagnie de Gaudí et de ma sœur Margarita et, au-delà, tout un week-end rempli d'engagements sociaux ennuyeux ou importuns. Malgré tout, la sensation de liberté associée à la fin des cours restait, en ces heures, presque aussi agréable que la chaleur même du soleil qui éclairait les rues labyrinthiques de la Ribera, et même la petite énigme du comportement soudain étrange de Gaudí semblait apporter une note de couleur à l'après-midi.

Après le déjeuner, tandis que nous franchissions la muraille afin de contempler pendant quelques minutes la mer qui se brisait devant les baraquements de la Barceloneta, mon ami m'avait proposé de l'accompagner à sa mansarde avant d'entreprendre à pied le chemin du retour jusqu'à Gracia. Il voulait déposer chez lui certains livres qu'il avait empruntés le matin à la bibliothèque et aussi, avait-il ajouté sur un ton fortuit, profiter de l'occasion pour me montrer une chose à laquelle il travaillait depuis plusieurs semaines, d'après ce que j'avais compris, une sorte de maquette de Santa María del Mar susceptible de m'intéresser. Cette proposition inattendue d'accéder à l'intimité d'un homme dont j'avais déjà eu l'occasion d'observer la nature réservée tout au long de cette semaine, doublée d'une invitation à contempler un de ses projets privés, comportait une déclaration d'amitié et de confiance sur laquelle je ne pouvais me méprendre, et je l'en remerciai dûment.

Et maintenant mon camarade, se protégeant derrière la pire excuse qui soit afin de m'interdire l'accès à sa mansarde, venait d'y monter en compagnie de deux jeunes gens vêtus comme deux petits voleurs du port, parlant comme eux et ayant la même odeur, tandis que je me retrouvais à monter la garde au coin d'une place dont l'ambiance ne ressemblait en rien à celle des lieux que je fréquentais.

Au bout de cinq minutes, alors que ma curiosité commençait à se muer en véritable inquiétude quant à la sécurité de mon ami et à la mienne, les deux garçons réapparurent devant la porte de l'immeuble, au milieu des cris et des rires, jetèrent un coup d'œil alentour et finirent par s'approcher de l'abside de Santa María, à côté des murs de laquelle je venais de me réfugier après l'arrivée sur la place d'une charrette chargée d'abats malodorants enveloppés dans un nuage de mouches d'une noirceur totale.

— M. G dit qu'il descend tout de suite, m'annonça l'un d'eux, celui que Gaudí avait appelé Ezequiel, en me regardant droit dans les yeux avec une insistance exagérée et de trop près à mon goût. Vous êtes riche, n'est-ce pas ?

L'haleine dudit Ezequiel sentait à la fois la menthe fraîche et la viande avariée. Ses dents avaient la couleur du papier d'emballage et la texture, me sembla-t-il, d'une motte de beurre qui aurait déjà commencé à fondre sous la chaleur.

Je réfléchis un instant à ce que j'allais répondre. Puis :

— Je suis étudiant. Comme M. G.

Le jeune homme eut un sourire plus que désagréable.

— Vous n'avez pas l'air d'un étudiant, plutôt d'un fils à papa.

— Je fais mes études avec M. G, répétai-je. Il pourra vous le confirmer.

Ezequiel convoqua bruyamment une glaire au fond de sa gorge et, sans me quitter des yeux, la projeta à quelques centimètres du bout de ma chaussure gauche.

— Bon après-midi, me dit-il, avant de partir en direction du Born avec l'autre garnement.

Lorsque Gaudí redescendit enfin, la légère rougeur qui avait envahi ses joues au moment où nous avions rencontré ces deux personnages avait entièrement disparu. Il était redevenu le jeune homme pâle et serein habituel.

— Quand vous voudrez, lança-t-il en me montrant ses mains désormais débarrassées du paquet de livres et aussi, symboliquement, de ce qui avait pu le retenir là-haut pendant plus de vingt minutes.

— Guidez-moi, alors, répliquai-je, feignant moi aussi une sérénité que j'étais très loin d'éprouver. C'est la première fois que je mets les pieds dans ce quartier depuis six ans.

Nous quittâmes la placette qui entourait la belle silhouette de Santa María del Mar pour nous engager en silence dans une série de ruelles étroites, sombres et presque toujours bondées, mal ou pas du tout pavées, dont le tracé hasardeux débouchait parfois sur une place à la splendeur médiévale passée ou sur une petite avenue flanquée de beaux hôtels particuliers à demi en ruine. Des charrettes de la largeur des rues bloquaient souvent le passage et nous obligeaient à nous rabattre sur d'autres voies perpendiculaires, tout aussi encombrées d'éléments humains de diverses sortes et conditions. Des vendeurs ambulants d'allumettes et de boutons, des rémouleurs, des cireurs de chaussures doublés de cordonniers, des pêcheurs sans local ni clientèle, des matrones qui entraînaient des chèvres épuisées au cri de « Lait frais, lait chaud, lait de première qualité ! »... Le spectacle était à la fois fascinant et terrifiant : tellement de gens si différents entassés sur aussi peu de mètres carrés, tous si près de moi. Je me rappelle y avoir songé tandis que j'esquivais l'étal de fruits et légumes qu'une fillette d'une douzaine d'années tenait en pleine chaussée de la rue de la Princesse : même lors de mes incursions en compagnie de Fiona dans les faubourgs de Whitechapel ou de St Giles, je n'avais jamais éprouvé pareille impression de me trouver dans un lieu auquel je n'appartenais absolument pas, dont je ne connaîtrais jamais les secrets, même en m'y essayant de toute mon âme.

Dans cette même rue de la Princesse, un chien à trois pattes croisa notre chemin, faisant naître en moi une étrange sensation de début de souvenir qui ne se concrétisa que quelques secondes plus tard, lorsqu'un mendiant pourvu d'un tricorne bleu émergea du portail devant lequel nous passions, mon ami et moi, et faillit nous renverser.

— Ne soyez pas si pressé, Canines, lui dit Gaudí.

Le vieil homme ne daigna même pas lâcher du regard le morceau de fromage jaunâtre qu'il tenait à la main.

— Vous le connaissez ? lui demandai-je, quand le vieux et son chien eurent disparu au premier coin de rue.

— On l'appelle Canines, indiqua-t-il. Vous avez dû remarquer qu'il n'avait plus de dents. C'est le mendiant le plus célèbre de cette partie de la ville.

— Il était sur la Rambla, le matin de l'incendie. Je regardais son chien, juste avant que les chevaux ne se cabrent. C'est la dernière chose dont je me souvienne avant votre intervention.

La nouvelle ne sembla pas surprendre Gaudí :

— Canines ne manque jamais un bon moment. Et encore moins une occasion de se mêler à une foule distraite.

J'acquiesçai, comprenant.

— Un ami des possessions d'autrui…

— Je crois qu'il préférerait se définir comme un survivant.

De nouveau silencieux, nous atteignîmes enfin les limites floues du quartier de la Ribera et poursuivîmes notre chemin un peu plus longtemps à travers le dédale serré de rues et de places de la vieille ville, parcourant en diagonale la distance qui nous séparait de la porte de l'Ange. Cette partie de Barcelone, censée être la plus noble, était pleine de survivants, pensai-je en remarquant la quantité de mendiants, d'ivrognes et de handicapés de l'usine textile qui dormaient sans rêves dans l'entrée de presque tous les bâtiments non commerciaux. Des hommes et des femmes aux vêtements usés, certains de leurs membres absents ou déformés, le visage noirci de saleté, tombés entre des flaques de vin et d'urine et sans autre expression dans le regard que la crainte ou l'espoir de la mort. Des maraudeurs en quête de petite monnaie, de piquette et de pain dur, habitués au mépris, à la solitude et aux longues heures vides. Les résidus inutiles de la nouvelle Barcelone industrielle, dont l'économie d'usines et d'ateliers avait créé, en une génération à peine, une nouvelle race de déclassés condamnés à la vulnérabilité et à la misère, de laissés-pour-compte qui, pour des raisons d'âge, de santé ou de simple incapacité mentale ou physique, n'avaient rien su apporter à l'implacable machinerie du progrès bourgeois.

Nous percevions la clarté de la place de Catalogne quand Gaudí se décida à aborder le thème resté en suspens depuis que nous avions perdu de vue les tours de Santa María del Mar :

— Vous n'allez me poser aucune question ?

J'observai mon ami avec un haussement de sourcils forcé que j'espérais parfaitement naturel.

— Sur vos amitiés si inattendues ?

— Je pensais que la situation aurait éveillé votre curiosité.

— Et c'est le cas, assurai-je, pressant le pas afin de traverser le boulevard de San Pedro au milieu d'une circulation intense.

— Alors ?

— Je crois, monsieur G, que vous n'avez pas envie de répondre à mes questions, et je n'ose pas encore fouiller plus avant dans les mystères de votre vie sociale.

Gaudí, un petit sourire aux lèvres, m'adressa un regard en biais. Ma réponse lui avait plu.

— Attention à ce cabriolet, dit-il.

Et la conversation prit fin.

7

Il était déjà près de dix-sept heures quand nous arrivâmes chez moi, après avoir remonté tranquillement les larges trottoirs du paseo de Gracia et dévié de notre chemin tous les deux ou trois pâtés de maisons pour inspecter, de part et d'autre de l'avenue, la lente avancée des travaux du nouvel Ensanche barcelonais, dont la rigide géométrie de cellules, pans coupés et axes quadrillés était le sujet de conversation préféré des rares élèves de l'école qui semblaient s'intéresser vraiment à l'architecture.

Au cours de ces discussions, Gaudí et moi nous rangions habituellement du côté de ceux qui étaient tout aussi intrigués par la vision purement mathématique d'Ildefonso Cerdà que par sa maladroite application sur le terrain, même si mes arguments – l'idée était bonne, l'exécution défaillante, le résultat incertain – ressemblaient fort peu à ceux de mon camarade. Avec Gaudí, comme je l'avais ressenti dans ma propre chair lors de notre première conversation à la Loge, toute discussion d'ordre esthétique s'achevait en agression verbale, en dédain silencieux ou en simple reddition lassée de l'adversaire. Les vérités artistiques dans lesquelles Gaudí croyait envers et contre tous étaient justement cela, des vérités, et comme telles ne pouvaient être ni discutées ni raisonnées, mais reconnues et observées, sans plus. Les avis esthétiques qu'il émettait n'étaient pas plus négociables ou critiquables qu'une formule mathématique ou une loi des sciences naturelles.

La vérité artistique était une, objective et immuable, et il semblait être le seul à la détenir.

Tout cela faisait de lui, bien sûr, un condisciple intraitable, un interlocuteur pénible et le cauchemar de tout professeur qui aurait conservé un minimum d'orgueil professionnel.

— La grille est splendide, déclara Gaudí à ma grande surprise, lorsque nous arrivâmes rue Mayor de Gracia et que je lui montrai, de loin, la tour de villégiature estivale que mon père avait louée pour accueillir notre retour en ville. Ces formes végétales sont d'un bon goût inattendu.

Je décidai que le dernier adjectif ne comportait pas d'intention polémique.

— Je suis ravi qu'elles vous plaisent, répondis-je. Prêt pour la rencontre avec ma sœur ?

Margarita nous attendait dans le petit jardin un peu sauvage qui protégeait le bâtiment principal de la tour de la curiosité des passants. Elle avait choisi la plus belle des robes qu'elle portait quand elle restait à la maison, pleine de courbes discrètes et de replis domestiques et sentant encore, de façon à peine métaphorique, la fragrance du magasin de mode de Bond Street où elle l'avait achetée. Elle ne portait ni gants ni chapeau, et avait rassemblé ses cheveux en un simple chignon floral qui découvrait son cou blanc et ses oreilles nues. Une petite victoire de notre mère, en déduisis-je, et une nouvelle défaite de ma sœur : la veille, pendant que nous prenions le chocolat accompagné des biscuits à la cuillère de rigueur dans le salon de maman Lavinia, le fait qu'il soit convenable ou non pour une jeune fille de dix-sept ans de recevoir le nouveau camarade de son frère avec des boucles d'oreilles avait été, de loin, le sujet de conversation le plus débattu de la journée entre les deux femmes de ma vie.

Margarita m'avait semblé malgré tout extrêmement heureuse à la perspective de cette rencontre imminente.

— Mon cher frère, me salua-t-elle, peut-être pour la première fois de nos vies, en ouvrant la porte de la grille d'un geste agile et élégant, qu'elle avait manifestement répété. Quelle joie de te voir enfin à la maison.

Ensuite, détournant son attention de ma personne pour la reporter entièrement sur mon accompagnateur, elle ajouta :

— Monsieur Gaudí, je suppose...

— C'est un plaisir de vous rencontrer enfin, mademoiselle Camarasa, lança Gaudí en prenant la main que lui tendait ma sœur et en y déposant un baiser maladroit à hauteur des jointures. Votre frère m'a beaucoup parlé de vous.

— Gabi est un jeune homme charmant, oui, murmura-t-elle en s'accrochant, comme à son habitude, à ce surnom que j'aurais voulu laisser à Londres avec les autres accessoires de ma longue adolescence. Mais vous pouvez m'appeler Margarita, si vous voulez.

— Mademoiselle Margarita, alors.

Ma sœur fronça brièvement le nez, mais ne perdit pas le sourire.

— Margarita tout court, s'il vous plaît.

— Quand mes parents ont baptisé ma sœur, ils n'ont pas prévu les difficultés métriques qui allaient découler de ce prénom, expliquai-je. « Mademoiselle Margarita », ça ressemble au premier vers d'une chanson enfantine, vous ne trouvez pas ?

— Merci, mon cher. Je crois que M. Gaudí avait compris.

— Margarita, alors, convint-il. Les noms de fleurs sont mes préférés.

Margarita apprécia le compliment en inclinant légèrement la tête et en faisant affleurer instantanément sur son visage une rougeur qu'elle allait faire disparaître aussi vite, chose dont, à mon émerveillement perpétuel, elle était capable depuis ses treize ans.

— Vous vous appelez Antoni, n'est-ce pas, monsieur Gaudí ?

— Antoni Gaudí, acquiesça mon ami. Bien entendu, vous pouvez m'appeler Antoni, tout simplement.

— Cela vous dérange, si je vous appelle Toni, plutôt ? Vous allez penser que c'est une sottise, mais je n'ai jamais aimé les prénoms à trois syllabes.

Gaudí battit des paupières à plusieurs reprises et me glissa un regard en coin.

— Ce sera un honneur, Margarita, répondit-il finalement, constatant que je ne me précipitais pas pour lui venir en aide.

Le sourire qui éclaira le visage de ma sœur était si beau qu'il aurait mérité d'impressionner des plaques de mon appareil photographique.

— Vous voudrez peut-être nous accompagner sur la terrasse de l'après-midi, Toni, dit-elle, prononçant ce nom sur un ton d'intimité instantanée. Si vous êtes amateur de thé, celui que nous avons à la maison vous semblera des plus intéressants.

Margarita ferma à clé la porte de la grille et chassa discrètement quelques chats errants qui nous observaient depuis le trottoir. Ensuite, faisant tinter le trousseau de clés dans sa main, elle nous guida à travers le jardin jusqu'à la petite cour couverte qui accueillait tous les soirs notre dîner en tête à tête, et une fois là elle nous invita à nous asseoir devant la table déjà dressée, s'excusa brièvement et disparut pour aller chercher la bonne qui devait nous servir le thé.

— Je ne vous connaissais pas cette facette si galante, Gaudí, mon ami, ironisai-je, quand nous nous retrouvâmes seuls. Puis-je laisser tomber moi aussi votre nom et la première syllabe de votre prénom ?

Gaudí expulsa un grain de poussière imaginaire du poignet gauche de sa chemise.

— Camarasa, mon ami, on peut tolérer d'une dame une familiarité qu'on n'autorisera jamais à un monsieur.

— Je vois.

— Comme par exemple de vous inviter à un goûter pour vous infliger ensuite un thé anglais avec des gâteaux.

Je souris.

— Le thé n'est pas anglais, il vient de Ceylan. Et j'imagine que nous aurons aussi quelques canapés.

— Votre famille n'a pas encore découvert le café au lait ?

— J'y travaille. Six ans à Londres laissent des traces, vous savez, fis-je en déboutonnant ma veste et en invitant d'un geste Gaudí à faire de même avec sa redingote. Pour l'instant, j'ai réussi à les convertir au chocolat et aux biscuits à la cuillère, mais uniquement après dîner.

Le visage de mon compagnon se détendit légèrement.

— Un chocolat avec des biscuits me semble assez acceptable.

— Uniquement après dîner, répétai-je. Je suis désolé.

Gaudí déboutonna les deux boutons du haut de sa redingote, arrêtant là sa tentative pour s'adapter à la situation.

— Votre mère nous rejoindra-t-elle ? demanda-t-il au bout de quelques instants, après avoir inspecté en silence les formes de la balustrade de marbre qui fermait partiellement la cour et celles de la rampe de pierre qui accompagnait, quelques mètres plus loin, la descente du petit perron destiné à compenser la dénivellation du jardin.

— Maman ne se sent pas très bien, vint annoncer ma sœur, apparaissant dans l'encadrement de la porte du salon en compagnie de Marina, notre bonne préférée. Mais elle espère pouvoir vous recevoir un moment dans son salon avant votre départ.

— Notre mère est une femme délicate, expliquai-je, souriant à Marina tandis que la jeune fille répartissait sur la table le contenu de son plateau surchargé.

— J'espère qu'elle va se rétablir, alors.

— Nous l'espérons tous, oui. Merci, Marina.

Celle-ci inclina davantage la tête et disparut à l'intérieur de la maison.

— Les émotions de ces derniers jours ont peut-être été trop fortes pour elle…, suggéra Gaudí.

— Recevoir trois fois la visite de la police en moins de vingt-quatre heures n'est une partie de plaisir pour personne, concéda Margarita, avec un sourire qui prouvait tout le contraire.

— Et voir son mari désigné dans tous les journaux comme l'instigateur d'un délit grave ne doit pas aider non plus.

— C'est horrible, assurément. Du lait et du sucre, Toni ?

Gaudí contempla d'un air résigné le contenu verdâtre de sa tasse.

— Merci, Margarita.

— Avec plaisir.

Ma sœur versa un nuage de lait presque caillé dans le thé de notre ami, avant de passer au mien. Ce ne fut qu'après nous avoir servis en sucre également qu'elle s'occupa de sa propre tasse.

— Alors, Toni, vous aussi vous croyez que notre père est un fou incendiaire ?

Gaudí trempa poliment les lèvres dans le contenu maintenant blanchâtre de sa tasse avant de répondre.

— Je ne crois pas que quiconque pense cela de votre père.

— Eh bien, moi, je crois que c'est ce que pense tout Barcelone, affirma Margarita en se tournant vers moi. Ce matin, il en est arrivé cinq de plus.

Formidable, pensai-je.

— Maman les a lues ?

— Marina me les a données dès qu'elles sont arrivées, et je les ai apportées directement à papa. Tu venais de partir quand le facteur est passé.

— Et elles disaient...

— La même chose qu'hier. Mais en pire.

J'acquiesçai d'un air sérieux et regardai Gaudí, qui nous écoutait avec un intérêt évident.

— Des lettres anonymes ? demanda-t-il avant que j'aie eu l'occasion de prononcer le mot.

— De la pire sorte, admis-je.

Pour une raison quelconque, peut-être par vengeance, le matin, j'avais décidé de ne pas parler à mon ami des trois premières lettres que nous avions reçues la veille. Il y avait quelque chose dans ces messages qui m'inquiétait d'une façon beaucoup plus sérieuse, plus profonde, voire plus personnelle, que n'importe laquelle des agressions que nous avions subies tout au long de la semaine, y compris les trois visites de la police au bureau de mon père ou les deux premières plaintes déposées contre lui par le propriétaire de *La Gazette du soir* et l'entreprise propriétaire du bâtiment incendié.

La nature des accusations portées par ces lettres anonymes, peut-être.

Le fond indiscutablement exact que contenait l'une d'elles.

— Elles sont terribles, dit Margarita. J'ai failli m'évanouir en les lisant. Si maman les voyait, cela lui porterait un coup mortel. N'est-ce pas, Gabi ?

J'oubliai pour une fois la tendance naturelle de ma sœur à l'hyperbole et lui donnai raison. Sans entrer dans des détails gênants, qui touchaient à certaines activités non commerciales de Sempronio Camarasa, que l'expéditeur semblait connaître – ou deviner – mieux que nous, ses propres enfants, je décrivis brièvement à Gaudí la forme et le contenu des trois lettres anonymes de la veille, et ma sœur fit de même avec les cinq autres arrivées dans la matinée. Elles consistaient toutes en un même message, bref et direct, impossible à répéter devant une dame, composé à partir de mots nettement découpés dans les pages des *Nouvelles illustrées* et agrémentés d'une série de dessins mutilés de Fiona Begg, qui, sortis de leur contexte naturel, s'apparentaient fort à de violentes menaces de mort, voire pire. Le sens des huit messages était le même : on prévenait notre père de ce qui pourrait lui arriver, à lui et à son entourage, s'il ne fermait pas sur-le-champ *Les Nouvelles illustrées* et n'abandonnait pas son action en faveur de ce que l'une des lettres anonymes appelait, avec une recherche méritoire, « la cause du démon français ».

C'était précisément ce dernier syntagme qui m'avait poussé à ne pas informer mon ami de l'existence de ces messages. Je ne mentionnai pas cette fois non plus la phrase en question, chargée pour moi d'un sens qui semblait par chance complètement échapper à Margarita.

— Et quelle a été la réaction de votre père devant ces lettres anonymes, si je peux me permettre de vous le demander ? s'enquit Gaudí, quand j'eus fini mon récit.

— La même que devant tout le reste. Impassibilité et silence.

— Notre père est un homme très courageux, dit Margarita.

— Je suppose que c'est une façon de parler, oui.

— C'est un homme courageux, répéta-t-elle, m'adressant un regard de reproche. Il ne se laisserait jamais effrayer par un lâche qui n'ose même pas signer ses lettres.

Et se tournant vers Gaudí, elle poursuivit avec un grand sérieux :

— Vous ne pensez pas que la lettre anonyme est le pire manque d'éducation qui soit ?

Peut-être pour gagner un peu de temps, Gaudí pêcha un canapé au concombre et au beurre sur le plateau que Marina nous avait apporté et le déposa dans son assiette.

— Certainement, répondit-il finalement.

Margarita hocha la tête et sourit de nouveau.

— Il n'y a rien de plus lamentable qu'un homme lâche, affirma-t-elle. Vous, en revanche, vous êtes un homme extraordinairement courageux.

— Vous croyez ?

— La façon dont vous avez sauvé la vie de mon frère était totalement héroïque.

— Je ne crois pas que le terme « héroïque » soit le plus approprié pour qualifier ce qui s'est vraiment passé…

— Eh bien, moi si, insista Margarita, prenant un air sérieux. Quand Gabi m'a raconté ce qui aurait pu lui arriver si vous ne vous étiez pas trouvé là pour le sauver, j'ai failli m'évanouir. N'est-ce pas, Gabi ?

J'opinai tout en savourant, dans la mesure du possible, mon second canapé à la pâte de poisson.

— Margarita, vous n'allez pas tarder à le découvrir, possède une étonnante facilité à s'évanouir, indiquai-je à Gaudí. Elle la tient des héroïnes des romans français qu'elle lit.

Margarita me foudroya du regard.

— Mon frère est un jeune homme très amusant, dit-elle. Vous avez dû vous en apercevoir.

— Son sens de l'humour est très rafraîchissant, oui.

— Nous sommes très fiers de lui, dans la famille.

Margarita se leva, contourna la table pour atteindre le service à thé et, avant que Gaudí ait pu l'en empêcher, remplit de nouveau la tasse que celui-ci était parvenu, avec une force de volonté admirable, à vider une première fois.

— Ce qui me fait penser…

Sans plus d'explications, ma sœur reposa le pot à lait maintenant tiède sur la table et disparut presque en courant à l'intérieur de la maison, laissant le pauvre Gaudí face à une seconde tasse de thé au lait sucré et moi, comme toujours dans ces cas-là, occupé à revisiter notre conversation, à la recherche d'une clé qui expliquerait cette soudaine sortie de scène de la benjamine des Camarasa.

Lorsqu'elle réapparut par la porte de la terrasse, au bout de quelques minutes, Margarita tenait à la main une carte de visite et arborait une expression de maîtresse du secret dans le regard.

— Ce matin, tu as eu de la visite, dit-elle en prenant place à mes côtés et en déposant la carte près de ma tasse. Un homme jeune, vingt-cinq ans environ, qui s'est présenté comme journaliste. Il a sonné avant midi, au moment où maman et moi allions sortir pour notre promenade du matin. Il voulait te voir. Marina lui a dit que tu n'étais pas là et elle voulait le congédier, mais il a insisté pour parler à quelqu'un de la famille…

Je pris la carte et l'inspectai pendant quelques instants avant de la tendre à Gaudí.

— « Víctor Sanmartín. Rédacteur de *La Gazette du soir* », lut-il à voix haute, apparemment aussi peu surpris que moi.

— Un très beau jeune homme, nous précisa Margarita. Et très bien habillé. Quoique pas aussi bien que vous, ajouta-t-elle immédiatement, souriant à Gaudí.

— Il a dit ce qu'il voulait ?

— Juste qu'il devait te parler.

— Pas à papa ?

Margarita secoua la tête.

— À toi. Il a dit qu'il reviendrait d'ici un jour ou deux, mais que tu pouvais le trouver demain soir à l'adresse qu'il a inscrite au revers.

— « Rue d'Aviñón, numéro 3, premier étage gauche », lut aussitôt Gaudí. Si je ne me trompe pas, c'est à quelques pas des bureaux des *Nouvelles illustrées*…

— Formidable, fis-je. Le diable est tout proche.

— Je lui ai affirmé que ni toi ni aucun membre de la famille n'avait rien à lui dire. Que dans cette maison nous n'aimions pas les journalistes menteurs, expliqua-t-elle en fronçant les sourcils. C'est le type dont tu m'as parlé l'autre soir, n'est-ce pas ? L'auteur de toutes ces horribles lettres publiées dans les journaux…

— Oui, c'est ce que nous pensons, répondis-je en prenant la carte que Gaudí me rendait et en la rangeant dans la poche intérieure de ma veste. En fait, nous en sommes persuadés.

— Soit il a écrit quatre-vingt-dix pour cent de ces lettres, renchérit Gaudí, soit son style est si contagieux que quatre-vingt-dix pour cent des lecteurs de journaux de Barcelone ont intériorisé sa syntaxe, son vocabulaire et ses schémas de raisonnement…

Margarita plissa le nez dans une grimace de mépris.

— Encore un lâche. Beau et bien vêtu, mais lâche.

— Pourquoi voulait-il me voir, moi, précisément ? Gaudí haussa les épaules.

— Il doit chercher une façon indirecte d'accéder à votre père, suggéra-t-il. Ou peut-être pense-t-il que vous pouvez avoir des informations dignes de donner encore un peu plus de relief à ses écrits… Vous pensez lui rendre sa visite ?

— Je devrais ?

— Il vaut mieux l'affronter sur son terrain que le laisser pénétrer de nouveau sur le vôtre…

— Je peux aussi me contenter de l'ignorer.

Mon ami fit un signe de dénégation de la tête.

— Un jeune homme aussi ingénieux que M. Sanmartín ne se résignera pas à se laisser ignorer.

Je le pensais aussi. Je pouvais différer la rencontre avec Víctor Sanmartín de quelques jours, mais pas indéfiniment.

— Aujourd'hui, il a publié une nouvelle interview dans *L'Information* et un article dans le *Journal de Barcelone*, racontai-je à Margarita. Et quelques lettres de plus dans les trois quotidiens du matin.

Ma sœur acquiesça d'un air grave. Lors d'une de ses rares décisions raisonnables de ces derniers jours, mon père lui avait défendu de lire la presse, et ce depuis le mercredi, aussi Marina et elle dépendaient-elles des fuites que je laissais passer pour connaître l'état réel de la situation au-dehors.

— Elles disent la même chose que d'habitude ?

— À peu près. Des choses pas aussi graves que les lettres anonymes, mais plus que ce que n'importe quel journal prétendument sérieux devrait oser publier.

Margarita retrouva sa grimace de mépris.

— Quelle lâcheté, dit-elle. N'est-ce pas horrible, Toni ?

Gaudí acquiesça depuis l'autre côté de sa tasse de thé de nouveau vidée à moitié.

— Bien sûr, Margarita.

— Tu dois aller chez lui demain soir et l'affronter, poursuivit-elle. Tu dois lui dire que ni papa ni M. Begg ne feraient jamais rien de tout ce qu'il prétend. Et que Fiona est peut-être folle, mais que ce n'est pas l'effrontée qu'il imagine.

Ma sœur cessa de me pointer de son index à l'ongle partiellement rongé et se retourna vers Gaudí.

— Et vous, Toni, vous devez l'accompagner.

Notre ami sourit, mal à l'aise.

— Je crains de ne pouvoir accompagner votre frère nulle part, Margarita. Même si j'avoue que j'aimerais rencontrer ce monsieur.

— Oh, je comprends.

Le regard de ma sœur s'assombrit.

— Un dîner romantique, peut-être...

— Margarita...

94

La jeune fille me regarda d'un air contrit.

— Je suis désolée. Ce n'est pas mon problème. Une dame ne doit pas s'intéresser aux sorties nocturnes d'un jeune homme sans attaches...

Margarita reprit son air contrit et le conserva approximativement pendant quelques secondes avant d'ajouter :

— Parce que vous n'avez pas d'attaches, n'est-ce pas, Toni ?

J'achevai ma dernière gorgée de thé au lait et repoussai vers le centre de la table la tasse vide.

— Si maman t'entendait demander ce genre de choses à un inconnu, elle s'évanouirait pour de bon, dis-je.

— Toni n'est pas un inconnu...

— *Anyway*, fis-je en répartissant mon sourire entre ma sœur et notre ami tout en me levant. Maintenant, si vous le voulez, nous allons oublier une fois pour toutes les problèmes de Sempronio Camarasa et consacrer notre attention à quelque chose de beaucoup plus intéressant...

Margarita eut un adorable soupir.

— Formidable ! s'exclama-t-elle en essuyant ses mains avec sa serviette qu'elle laissa ensuite retomber sur la nappe. Allons voir tes nouveaux jouets.

Ainsi donc, après un bref interlude consacré à parcourir les pièces principales de la maison et les recoins les plus agréables du jardin et à saluer brièvement ma mère, qui se reposait toujours dans son fauteuil préféré du salon de l'après-midi et semblait effectivement se remettre de son indisposition la plus récente, Gaudí, ma sœur et moi passâmes le reste de l'après-midi à inspecter les dernières nouveautés parvenues jusqu'à mon humble atelier de photographie.

Tout ce bric-à-brac intéressa vivement Gaudí, depuis les obturateurs de lumière pour les extérieurs et la lampe à combustion expérimentale jusqu'à l'importante collection de lentilles teintées, polies à l'envers ou taillées selon divers degrés de convexité que j'avais reçue de Londres au début de la semaine. Sans oublier l'assortiment de lanternes magiques, le cosmorama comportant de toutes nouvelles scènes d'Afrique de l'Ouest et le projecteur d'images stroboscopiques, dont mon père m'avait interdit l'usage un jour, quelques années auparavant, quand une de mes petites plaisanteries dans le grenier de notre maison de Mayfair avait laissé Margarita et ma mère paralysées – littéralement – par une de ces crises de peur panique dont ne souffraient jusqu'alors dans mon esprit que les personnages des romans d'Ann Radcliffe. Cependant, les objets figurant dans l'atelier qui captivèrent le plus mon invité furent, me sembla-t-il, les six ou sept plaques récemment révélées de certaines photos que j'avais prises de Fiona Begg ces derniers jours, dans le studio que mon amie anglaise avait installé dans l'ancienne ferme.

On y voyait Fiona vêtue d'une longue tunique romaine, les cheveux épars sur les épaules, les bras et les pieds nus, dans diverses poses, mains sur les hanches, de semi-profil, regard perdu au ciel ou fixé sur la lentille de l'appareil, devant l'un des grands tableaux au sujet onirique dans lesquels la fille de Martin Begg déversait son art et son imagination quand elle n'ébauchait pas les plans de la scène d'un crime ou ne dessinait pas un cadavre d'après nature.

— Fiona Begg, dis-je en remarquant l'attention avec laquelle Gaudí inspectait l'une de ces photos. Belle femme, n'est-ce pas ?

Mon compagnon acquiesça d'un air distrait.

— Un visage très harmonieux, affirma-t-il, abandonnant cette image pour en prendre une autre de la même série, montrant Fiona couchée sur un divan, une terrine en bois dans les mains et le regard perdu sur un point situé au sud-ouest des limites de la photographie. Ces tableaux qui se trouvent derrière elle…

— Ont été peints par elle, confirmai-je. Je vous ai dit que Fiona était une artiste digne de considération. À moins, bien sûr, que votre jugement supérieur ne décide que ces paysages ne sont que des croûtes à l'huile…

Gaudí examina pendant quelques instants encore le cliché suivant.

— Je ne saurais que vous dire, déclara-t-il enfin. Si vos photos étaient de meilleure qualité, je me risquerais peut-être à les juger.

Tout en tentant d'encaisser au mieux ce soufflet verbal pourtant prévisible, je songeai pour la première fois qu'il serait intéressant d'assister à une rencontre entre ces deux personnages : l'architecte convaincu de posséder l'absolue vérité artistique et l'illustratrice persuadée de l'absolue vérité de ses propres visions.

— Je dois vous présenter Fiona un de ces jours, fis-je. Dommage qu'elle travaille en ce moment et que vous ne puissiez rester aujourd'hui à dîner…

— Elle ne plaira pas à Toni, intervint Margarita depuis l'ottomane sur laquelle elle s'était pelotonnée depuis dix minutes, après avoir passé les trois quarts d'heure précédents à extérioriser de diverses façons la lassitude que lui inspiraient mon penchant pour la photographie et mon goût pour les curiosités importées d'au-delà des mers. La pauvre Fiona est folle. Et les fous, Gabi, ne plaisent pas à tout le monde.

— Être excentrique ne signifie pas être folle, ma chère. Tu devrais le savoir mieux que personne.

Margarita fronça les sourcils et me tira la langue, dans un de ces charmants gestes de petite fille qui lui échappaient encore de temps en temps.

— Fiona est folle, répéta-t-elle, s'adressant à Gaudí. Elle voit des choses…

— Elle voit des choses ?

— Quand Gabi vous la présentera, demandez-lui de vous montrer ses tableaux. Ensuite, si vous en avez toujours envie, demandez-lui de vous expliquer comment elle les a peints.

— C'est ce qu'on appelle l'inspiration, je crois, fis-je.

— C'est ce qu'on appelle être une folle perdue, insista Margarita. Qu'elle vous explique aussi tout ce en quoi elle croit, Toni. Les choses politiques et les choses spirituelles. Vous verrez comme c'est amusant.

Gaudí approuva d'un air sérieux : dès qu'il serait en présence de Fiona, la première chose qu'il ferait serait de l'interroger sur ses croyances et ses méthodes de composition.

Juste à cet instant, les cloches voisines de la tour de l'Horloge de Gracia commencèrent à sonner sept heures, provoquant une réaction immédiate chez mon ami :

— Je crains de devoir partir, annonça-t-il en me tendant la photographie qu'il tenait encore entre ses mains. À vingt heures, Francesc m'attend à l'autre bout de la ville.

Margarita eut l'air déçue.

— Vous ne voulez vraiment pas rester dîner ? Notre père souhaiterait vous rencontrer...

— J'aimerais pouvoir, vraiment, s'excusa Gaudí. Mais ce fut un après-midi délicieux, et je serai ravi de recommencer quand vous voudrez bien me réinviter.

— C'est entendu, alors.

Gaudí esquissa un sourire vague, puis il fit demi-tour tout en jetant un dernier coup d'œil à la rangée de lanternes magiques et au projecteur d'images stroboscopiques que j'avais installés pour lui sur la table de travail. Songeant peut-être à la façon d'abuser grâce à eux ses mécènes spirites, me dis-je en ramassant les images de Fiona que je conservais dans un dossier étiqueté *Essais romains*, que je rangeais à côté des autres dossiers qui composaient ce que je commençais à appeler, toujours dans la stricte intimité de mon cerveau, « mon œuvre photographique en marche ». Une œuvre qui consistait alors principalement en de longues séries de portraits de Fiona sur lesquels l'Anglaise posait dans l'un des nombreux déguisements qui avaient voyagé avec elle de Londres à Barcelone. Demoiselle médiévale, muse athénienne, délicat chevalier en costume-cravate : les mille et une identités d'une femme toujours disposée à se laisser photographier par un appareil amical.

En me retournant après avoir fermé à clé mon classeur à archives, je vis que Margarita s'était plantée devant Gaudí et avait de nouveau actionné l'ingénieux mécanisme de ses rougeurs sélectives.

— Serait-il très osé de ma part de vous dire que vous avez de magnifiques yeux bleus ? l'entendis-je murmurer avec un filet de voix peut-être feint lui aussi. Et une couleur de cheveux très originale. Mais on vous l'a sûrement déjà dit mille fois...

Dix minutes plus tard, devant la grille entrouverte, ma sœur m'annonça que l'homme que nous
regardions maintenant s'éloigner au bas de la rue en
direction de la ville était sans conteste le plus élégant
qu'elle eût rencontré de sa vie, et le plus beau, le
plus semblable à l'homme dont rêve toute jeune fille
dotée d'un minimum de bon goût et d'imagination.

— Tu crois notre amour impossible ? me demanda-
t-elle enfin, une fois que Gaudí eut entièrement
disparu de notre champ de vision.

Le regard avec lequel Margarita attendait ma
réponse prévisible était si triste que je n'eus pas
d'autre choix que de me laisser aller à improviser :

— Les amours impossibles n'existent que dans
les romans, répondis-je. Dans la vie réelle, il y a
tout au plus des amours improbables…

Ma sœur sembla satisfaite.

8

Il était un peu plus de dix-neuf heures lorsque j'achevai la dernière des diverses obligations qui m'avaient occupé toute la journée et pus enfin me rendre dans les bureaux des *Nouvelles illustrées*. Comme tous les samedis à cette heure, les trottoirs de la rue Ferdinand-VII, ou *de Ferran*, à en croire les panneaux installés par l'autorité républicaine, avaient perdu leur apparence habituelle de prospérité industrieuse et s'étaient transformés en une fourmilière peuplée de dames et de messieurs de la meilleure société, tous très bien vêtus et guindés, qui se promenaient en se donnant le bras devant les vitrines des magasins de vêtements les plus anciens de la ville, s'arrêtant à intervalles réguliers pour admirer l'étalage de nouveaux chapeaux anglais, gants et chaussures italiens, corsets parisiens intimes, dans une sorte de complexe danse de groupe dont la contemplation servait, à son tour, de divertissement à ces autres Barcelonais que leur triste bourse n'autorisait pas à fouler du pied l'intérieur desdits magasins autrement qu'en rêve.

Les lampes des vitrines illuminaient les trottoirs de l'avenue de leur éclat chaleureux aux couleurs bigarrées, rougeâtres, verdâtres, voire bleutées par le verre poli, et la rue commençait à s'éclairer au passage d'un allumeur de réverbères, un quasi-vieillard qui brandissait sa perche comme un javelot, avec impatience et en diagonale. La nuit qui approchait s'annonçait paisible et tempérée. Les brumes montées de la mer dès le début de l'après-midi avaient fini par se dissoudre dans la couche habituelle de fumée et de suie qui recouvrait la ville, et même ce voile s'ouvrait suffisamment pour laisser apparaître un pan de lune montante et les deux ou trois premières étoiles du soleil couchant au-dessus des toits majestueux.

Une nuit pareille, et sans même imaginer sortir de ce coin de Barcelone, m'inspirait nombre d'activités bien plus agréables que celle que j'étais sur le point d'entreprendre.

— Il me semble que Mlle Begg est déjà partie, me répondit la secrétaire à laquelle je m'adressai au premier étage du bâtiment après avoir repéré le bureau de Fiona Begg. Souhaitez-vous lui laisser un message ?

— Je pourrais peut-être voir Martin Begg ?

L'expression de méfiance qui avait déjà légèrement défiguré le beau visage de la femme s'intensifia.

— Je ne crois pas que ce soit possible, monsieur.

— Je m'appelle Gabriel Camarasa, dis-je. Le fils de M. Camarasa. Je ne suis pas un ennemi.

Mon interlocutrice courba légèrement le dos en entendant mon nom, même si elle ne semblait pas tout à fait convaincue de la véracité de ma dernière affirmation.

À la différence des secrétaires qui travaillaient au rez-de-chaussée, elle n'était pas particulièrement jeune ni vêtue comme une employée de l'une des boutiques de mode qui se trouvaient à nos pieds. Elle avait plutôt l'air d'une jeune fille de bonne famille, très bien élevée, que son esprit aventureux avait poussée à meubler les temps morts de sa journée de la façon la plus exotique possible, compte tenu de sa condition sociale.

Je ne pus que sympathiser avec elle. Travailler aux *Nouvelles illustrées* ces derniers jours ne pouvait plaire à une femme habituée, en fin de compte, à la facilité et à la modestie d'une agréable vie bourgeoise.

— Je vais en référer à mon supérieur, dit-elle, me scrutant toutefois comme si elle tentait de visualiser la présence d'une pierre dans ma poche ou d'une boîte d'allumettes dissimulée dans un recoin de mon costume.

— Je vous en serais très reconnaissant, mademoiselle.

Elle quitta son bureau et s'éloigna lentement dans le couloir de la direction, se mouvant avec une grâce et une sérénité pour lesquelles je l'admirai d'autant plus. Tandis que j'attendais son retour, je pensai à la dame qui avait partagé cet après-midi avec moi un déjeuner au restaurant de l'hôtel du Roi et un opéra bouffe au théâtre Principal : un vague amour d'adolescence – discussions incommodes à travers une grille, lettres échangées au pied d'une fontaine, un après-midi de fête populaire dans les jardins du Tivoli, toutes choses dont le souvenir avait souvent occupé mon imagination au cours des six ans de mon absence londonienne, et qui ne reviendraient plus consoler mes nuits solitaires. Martita, l'appelait-on alors. Des yeux verts, quinze ans, mains blanches de mannequin ou de poupée et, sur la nuque, le reflet doré d'un duvet fin et doux comme la peau d'un nouveau-né. L'objet idéal des rêves d'un adolescent qui a tendance à affabuler, et un moule étroit, entre les limites duquel aucune femme de chair et d'os ne pourrait raisonnablement s'insérer.

Quand la secrétaire regagna enfin sa table du vestibule central, elle était accompagnée de Martin Begg.

Le directeur des *Nouvelles illustrées* était en manches de chemise et aussi ébouriffé que si on venait de le tirer d'une sieste de plusieurs heures. De petites lunettes de couturière dansaient de façon ridicule au bout de son nez d'ancien boxeur amateur, et dans les deux grandes masses de chair blanche que constituaient ses joues brillait l'ombre rougeoyante d'une barbe naissante.

— Je n'ai que trente secondes, annonça-t-il avec sa diplomatie habituelle.

— Alors je ne vais pas perdre mon temps à vous saluer, dis-je, chassant le souvenir de Martita disparue et revenant aux rigueurs de la réalité immédiate. Je voulais juste savoir si vous connaissiez un dénommé Víctor Sanmartín.

Martin Begg s'accorda quelques secondes avant de répéter le nom que je venais de prononcer :

— Víctor Sanmartín…

— Un rédacteur de *La Gazette du soir* qui nous calomnie depuis une semaine dans tous les journaux du matin. Vous avez sûrement entendu parler de lui.

Le père de Fiona me regarda pendant quelques instants en fronçant les sourcils, la main droite dans la poche de son pantalon, la gauche appuyée au bord de la table de la secrétaire.

— Il me semble que non, répondit-il enfin, sur ce ton parfaitement neutre propre aux personnes qui viennent d'apprendre une langue étrangère.

— C'est aussi ce que dit mon père.

Pourquoi je ne le crois pas, lui non plus ? me demandai-je.

Je ne formulai pas cette dernière question à voix haute. Avec son mètre quatre-vingt-dix, son abondante chevelure rouge et son ventre proéminent de buveur de bière, Martin Begg n'était pas le genre d'homme avec lequel on se permettait de telles familiarités.

Même les deux grandes auréoles de sueur qui décoraient les coutures de sa chemise sous les aisselles transmettaient une certaine sensation de pouvoir agressif et décomplexé.

— Vous avez demandé à Fiona ?

— Je ne l'ai pas vue depuis jeudi. Hier, elle n'est pas rentrée dîner, et ce matin elle était déjà partie quand je suis passé à la maison. Je suis venu pour lui parler, mais il semble que j'arrive trop tard également.

— Je regrette de ne pouvoir vous aider.

— Dans dix minutes, j'ai un rendez-vous avec ce Víctor Sanmartín, dis-je alors. J'aurais souhaité arriver en pays de connaissance…

Si j'avais escompté que l'effet de mon annonce laisserait une trace quelconque sur le visage de Martin Begg, je m'étais trompé.

— Bonne chance, alors, fit-il avant de disparaître dans le couloir de la direction.

— Un homme agréable, lançai-je en souriant à la secrétaire.

Son visage resta impassible.

— Bonsoir, monsieur Camarasa.

N'ayant rien d'autre à ajouter, je quittai les bureaux des *Nouvelles illustrées* comme j'y étais entré : en ignorant tout du mystérieux plumitif chez qui j'allais me rendre et en soupçonnant de plus en plus fortement ma condition de fils aîné de Sempronio Camarasa d'avoir la même valeur que le papier-monnaie d'un pays imaginaire.

La rue d'Aviñón traversait la rue Ferdinand-VII juste quelques mètres après l'hôtel particulier qu'occupaient les bureaux du journal. La fameuse ganterie d'Esteve Comella avait ses vitrines au rez-de-chaussée de l'immeuble situé à l'angle des deux rues, et, collé à ce dernier, se trouvait celui dont Víctor Sanmartín avait noté le numéro au revers de sa carte de visite.

La porte extérieure du bâtiment était grande ouverte, j'entrai donc sans y réfléchir à deux fois. Le vestibule était dépourvu d'une loge de concierge et pratiquement d'éclairage : une seule lampe y répandait sa maigre lueur, laissant dans la pénombre le palier sur lequel donnaient les portes des appartements du rez-de-chaussée et le début de la première volée de marches. Les dix-sept qui menaient au premier étage étaient également éclairées par une unique applique à mi-parcours. Comme si les habitants avaient refusé de voir l'état des lieux où ils vivaient, me rappelé-je avoir pensé ; ou comme si l'immeuble lui-même était honteux de son apparence et avait décidé de se dépouiller de toute lumière inutile. Même dans cette pénombre, il sautait aux yeux que ce bâtiment était vieux et négligé d'une façon peut-être irréversible. Il suffisait de toucher la rambarde ou de frôler la peinture écaillée des murs pour sentir sur ses doigts une pellicule de saleté humide et grasse, et l'odeur même qui accompagnait la montée dans les entrailles de l'édifice suggérait un squelette de matières pourries et de mortier en décomposition. Une fois au premier étage, l'applique qui pendait à côté de la porte me permit de constater le mauvais état du mur extérieur de l'appartement dans lequel on m'avait donné rendez-vous : humidité, couches entières de peinture cloquées ou disparues et, surtout, un réseau de profondes fissures qui couraient du sol au plafond, évoquant les veines du visage d'un homme au bord de l'effondrement.

Malgré son excellent emplacement et sa magnifique façade, ce bâtiment n'était pas sans rappeler celui de Gaudí et son frère dans le quartier de la Ribera. J'y pensais au moment où je m'apprêtais à sonner à la porte : si c'était le domicile de Víctor Sanmartín, le journaliste n'était absolument pas le jeune homme de bonne famille dépensant inconsidérément que j'avais imaginé à partir de la description de ma sœur et de l'adresse centrale portée sur sa carte.

Je frappai à trois reprises avec les jointures à la porte de chêne et attendis une réponse, qui tarda à venir.

Deux coups supplémentaires, même résultat.

Troisième tentative. Aucune réponse.

En maudissant à parts égales la légèreté du dénommé Sanmartín et ma décision d'accepter d'aller lui rendre visite, j'allais faire demi-tour et revenir vers l'escalier quand je remarquai l'enveloppe qui dépassait en partie sous la porte.

GABRIEL CAMARASA y figurait en grosses majuscules.

À la lumière de l'applique, j'ouvris l'enveloppe cachetée à la cire et lus la brève note manuscrite qui figurait à l'intérieur.

Cher Monsieur Camarasa,

Un imprévu de dernier moment me contraint à quitter la ville. Je ne serai pas de retour avant lundi.

Je regrette profondément de vous avoir fait perdre votre temps de la sorte. Je compte vous voir à la fête de mardi. J'espère avoir alors l'occasion de rattraper cette impardonnable impolitesse.

Très affectueusement,

Víctor Sanmartín

L'écriture du journaliste était petite et pointue, comme celle de quelqu'un qui est habitué à écrire à toute vitesse. L'encre qu'il avait utilisée pour rédiger son message n'était pas entièrement noire, ou peut-être, par contagion avec la médiocrité générale des lieux, était-elle un peu passée. Le papier était ordinaire, d'un faible grammage et d'une couleur blanc terne, mais semblait avoir été soigneusement découpé dans une feuille de plus grand format. Le style de la note ne ressemblait pas, à première vue, à celui du courrier des lecteurs dont Gaudí et moi attribuions la paternité à Sanmartín, même si, me dis-je en la relisant pour la troisième fois, l'auteur anonyme le plus négligent aurait su déguiser sa syntaxe pour une pareille occasion.

« La fête de mardi », disait le seul point mystérieux de la note.

« Je compte vous voir à la fête de mardi »...

Cinq minutes plus tard, après que j'eus quitté le bâtiment et la rue d'Aviñón et regagné momentanément l'effervescence de la rue Ferdinand-VII, je n'avais toujours pas la moindre idée de la fête à laquelle M. Sanmartín faisait allusion. Toujours est-il que je décidai de ne plus y penser. Cette visite manquée chez le plumitif de *La Gazette du soir* n'était après tout que le point d'orgue d'une journée remplie de graves erreurs de jugement de ma part, à commencer par ma tentative illusoire de retrouver un vieil amour adolescent pour terminer, peut-être (je n'étais pas encore sûr de la façon dont je devais la juger), par la brève conversation que j'avais eue un peu plus tôt avec Martin Begg. Une référence incompréhensible dans le mot d'excuse d'un inconnu était le moindre des problèmes qui allaient occuper ce soir-là mon cerveau dans l'intimité familière de l'insomnie.

La nuit était déjà noire comme un four quand je sortis sur la Rambla à l'angle de la rue Ferdinand-VII. En moins d'une demi-heure, le ciel s'était couvert d'une couche de nuages si bas qu'ils semblaient se prendre dans les auvents supérieurs des bâtiments et même le sommet des arbres de l'allée centrale. Des halos de brume encerclaient les faisceaux de lumière jaunie des lampadaires et les phares des berlines qui circulaient entre la place de Catalogne et la muraille de la Mer. La forte odeur de salpêtre et de suie du brouillard se mêlait à celles des cuisines des auberges, des cafés et des hôtels de cette portion centrale de la Rambla, ainsi qu'au fumet du crottin de cheval qui recouvrait les deux couloirs latéraux. Il était plus de huit heures et demie, mais la promenade était toujours aussi fréquentée qu'en début d'après-midi.

Voyant que je n'avais plus le temps d'arriver à Gracia avant le début du dîner familial du samedi, je choisis une auberge d'aspect relativement correct située à l'embouchure de la rue Conde del Asalto et y dégustai une assiette de pois chiches avec du riz, arrosée d'une demi-bouteille de vin. Je n'ai jamais aimé dîner seul, mais cette nourriture simple et cette piquette exercèrent sur mon esprit un effet immédiat : quand je sortis de l'auberge, les événements de l'après-midi me semblaient aussi lointains qu'un souvenir de la prime enfance. Attiré par la musique d'un orchestre militaire, je traversai de nouveau la Rambla et entrai place Royale. Plusieurs centaines de personnes s'y entassaient, certaines assises aux terrasses des porches, de nombreuses autres debout sous les belles arcades, d'autres regroupées autour de l'orchestre qui occupait l'espace central de la place. La marche que jouaient ces vieux militaires me parlait d'une vie que je n'avais jamais envisagée, dont je n'avais même jamais rêvé, mais qui m'apparaissait subitement désirable : celle, héroïque, des casernes et des batailles.

— Cette musique vous enflamme le cœur, crains-je d'avoir dit à l'un des messieurs qui observaient à mes côtés le spectacle offert par l'orchestre.

— Cette musique vous retourne les tripes, répliqua-t-il, avant de cracher par terre une glaire de la couleur des boucles d'oreilles de Martita.

À compter de cet instant, les détails de la nuit se confondent dans ma mémoire. Je me rappelle être resté un certain temps sur la place, avoir parlé à diverses personnes, et aussi que quelqu'un finit par faire taire la musique des vieux soldats au cri de : « Mort aux troupes des Bourbons ! » Là s'ensuivirent un léger tumulte et quelques courses qui vidèrent à demi la place, suivis de discours en faveur de la République prononcés à grands cris par deux garçons juchés au sommet d'un lampadaire. Mon cœur s'enflamma de nouveau, cette fois au rythme de quelques mots qui résonnaient, malgré l'enthousiasme juvénile des orateurs, comme l'élégie d'un régime agonisant depuis le coup d'État du général Pavia du mois de janvier, et dont la brève époque ne reviendrait plus. Puis je quittai moi aussi les lieux, traversai la Rambla en direction du Raval et entrai dans un bistrot de la rue de l'Union, y bus quelques verres d'anis, un doigt de gin et un verre rempli d'un liquide de couleur verdâtre dont je ne compris pas le nom, mais dont un vieil homme assis à côté de moi m'assura qu'il était miraculeux pour soigner les chagrins d'amour.

— Je n'ai pas de chagrin d'amour, crois-je lui avoir dit, tentant de centrer mon regard sur son visage mal défini.

— Ne vous y trompez pas, monsieur, répliqua-t-il. Nous en avons tous.

Ensuite, quand je voulus vérifier, les cloches de l'église de Belén sonnaient vingt-trois heures et j'étais à genoux devant une grande flaque de boue et d'urine, entouré d'un tas de mendiants curieux et vidant le contenu entier de mon estomac contre le mur de la grande masse gothique de l'hôpital Santa Cruz. Et mon cerveau avait déjà conçu sa dernière mauvaise idée de la journée.

9

MONT TÁBER, annonçait le petit panneau de bois accroché au-dessus de la porte du numéro 36 de la rue de l'Hôpital.

Le bâtiment était petit et sombre, comme tous ceux de cette partie du Raval, et dépourvu de tout ornement susceptible d'atténuer la laideur de sa façade ou la grossièreté de ses lignes droites. Davantage qu'un immeuble d'habitations, on aurait dit un atelier, ou une petite usine, voire même l'entrepôt de l'une des nombreuses usines textiles qui avaient leur siège de l'autre côté de l'hôpital. La porte nue en bois de noyer était close, et le bâtiment, à première vue, plongé dans l'obscurité, mais un marteau métallique situé juste au-dessous du panneau invitait à tenter sa chance.

Le marteau avait la forme d'une tête de serpent, et il était si froid au toucher que lorsque je l'empoignai il me sembla réellement que je venais de toucher la chair répugnante d'un reptile.

La porte mit vingt secondes à s'ouvrir. Une femme d'une soixantaine d'années apparut, l'air grave, très maquillée et si usée que les nervures de son cou se détachaient sous la peau comme des cordes de guitare sur le point de lâcher.

— Oui, affirma-t-elle plus qu'elle n'interrogea.

— Mont Táber ?

La femme me regarda de haut en bas une, deux, trois fois, et eut l'air de ne pas du tout apprécier ce qu'elle voyait.

— C'est ce que dit le panneau, répondit-elle.

Un court silence. Ses fanons vibrant sous le frôlement de l'air nocturne. L'alcool que j'avais vomi m'engourdissait encore le cerveau, épaississant le sang dans mes veines.

— Je pourrais entrer, peut-être ? demandai-je enfin.

— Je ne crois pas.

— L'entrée n'est pas libre ?

Elle ébaucha quelque chose qui ressemblait à un sourire.

— Si vous me posez la question, monsieur, c'est que vous ne pouvez vraiment pas entrer, déclarat-elle en me laissant entrevoir la vilaine collection de dents noircies ou manquantes qui se cachait derrière ses lèvres écarlates.

Je décidai de changer de stratégie :

— Un ami m'attend à l'intérieur.

— Bien sûr.

— C'est la première fois que je viens. Mais il m'a conté moult merveilles de cet endroit.

— Bien sûr.

La femme recula d'un pas et fit mine de me fermer la porte au nez.

— Si vous ne désirez rien d'autre, monsieur...

Je fus pris d'une inspiration soudaine :

— Mon ami, c'est M. G, annonçai-je, avec cette conviction propre aux véritables ivrognes.

Elle resta imperturbable, sans toutefois finir de refermer le battant.

— Qu'avez-vous dit, monsieur ?

— Je crois que vous m'avez très bien compris. M. G est à l'intérieur, ou il ne va pas tarder, et je dois l'y retrouver.

La femme agita la tête de gauche à droite et parut me dévisager avec une tristesse sincère.

— Le vin ne vous suffit donc pas ?

Avant que j'aie pu succomber à la tentation de lui demander ce qu'elle voulait dire par là, la porte du Mont Táber s'ouvrit en grand et je me vis traverser un long couloir étroit menant à ce qui, au milieu de cette pénombre et dans ces circonstances, me sembla être un rideau de théâtre rouge sang.

— Bienvenue, monsieur, me dit alors une souriante jeune fille habillée de façon vraiment très originale, tout en écartant pour moi un pan de rideau et en m'invitant, d'un geste affecté, à entrer dans la salle qu'il dissimulait.

Je choisis l'une des tables du fond et m'assis, tentant de ne pas briser le silence parfait qu'observaient les dix ou douze hommes qui se trouvaient déjà là. Ils étaient tous assis seuls à leurs tables respectives, un verre ou une cigarette à la main et face à la scène surélevée qui occupait une bonne partie de ce qui avait toutes les apparences d'une salle de théâtre en miniature.

La scène était vide, mais le jeu de lampes et de miroirs qui l'éclairait suggérait que quelque chose allait s'y dérouler sous peu.

— Que prendrez-vous, monsieur ? me demanda, dans un murmure, une deuxième jeune fille souriante et serviable également vêtue d'une façon qu'on aurait considérée comme voyante sur les trottoirs de Haymarket.

— Un verre de porto, s'il vous plaît.

La jeune fille s'éloigna en faisant danser avec grâce les plumes de faisan qui ornaient sa taille, et je me retrouvai seul avec ma stupeur croissante.

La salle devait mesurer un peu plus de cent mètres carrés. Vingt tables individuelles s'y entassaient, disposées de façon à ne pas être alignées et à éviter, malgré leur proximité, un contact visuel direct entre leurs occupants. Une troisième jeune fille au sourire perpétuel et à la tenue invraisemblable trônait près d'un petit comptoir situé à l'extrémité arrière gauche de la salle, devant le rideau qui y donnait accès. Des deux côtés, quelques portes closes, et sous les linteaux, belles et fermes comme des cariatides athéniennes, deux autres jeunes filles observaient les tables et les clients avec un curieux mélange d'ennui et d'attente dans le regard. Les murs du local étaient peints d'une chaude couleur bleu ciel, un liseré végétal les parcourait à quelques centimètres au-dessus du sol ; par ailleurs, il n'y avait sur les murs aucun tableau, pas la moindre photographie, pas non plus d'écriteau pour rappeler le nom du local ou énumérer tout ce qu'on pouvait y trouver. Le motif végétal dépouillé du liseré se répétait sur le tapis qui recouvrait le sol, sur le rebord teinté des tables et aussi, avec des variantes, sur le devant de l'estrade qui surélevait la scène. Cette insistance me sembla intéressante, mais je ne m'y arrêtai que quelques secondes. Sur ma table, un cendrier en verre, un tas de cigarettes et une pochette d'allumettes identique à celle que Gaudí m'avait tendue cinq jours plus tôt, le dessin du visage de cette même femme coiffée à la mode française me semblant cette fois être un peu plus que la simple réclame publicitaire d'un quelconque local nocturne.

Je venais d'allumer une cigarette quand, à l'improviste, la lumière des lampes qui éclairaient le centre
de la scène changea soudain de couleur et d'intensité,
virant du rouge à l'orange, de l'orange au jaune,
puis du jaune à un vert pâle dont le reflet sépul-
cral, tel un feu follet, sembla rendre fantasmatiques
les silhouettes de toutes les personnes présentes et
dissoudre la scène entière dans une ambiance définitive d'irréalité pas vraiment désagréable.

Ce fut alors que je vis Gaudí, assis à l'une des
premières tables de la salle. Il était courbé en avant,
enveloppé d'un épais nuage de fumée lui aussi
verdâtre et fantasmatique, et tenait dans la main
droite ce qui ressemblait, à distance, à un carnet
de croquis identique à ceux que Fiona emportait
avec elle sur ses scènes de crimes.

Et ce fut alors également qu'apparut sur la scène
la femme la plus extraordinaire que j'aie vue de
ma vie.

— Votre porto, monsieur, dit la jeune fille qui
portait des plumes à la taille.

Pour le souvenir que j'en ai gardé, le verre qu'elle
déposa devant moi aurait tout aussi bien pu arriver
seul en flottant jusqu'à ma table ou m'avoir été
servi par le vieux aux chagrins d'amour de la rue
de l'Union.

Car le monde venait de disparaître de ma vue.

La seule chose réelle, maintenant, la seule chose
digne de l'intérêt et de l'attention de mon cerveau
troublé, était le double mystère qui venait de se
révéler à moi.

Le mystère de la présence de mon ami dans un
lieu tel que celui-ci, si étrange encore à mes yeux, et
le mystère de l'apparence de cette femme immobile
au centre de la scène, à peine couverte d'une robe

légère de velours incarnat et de bas résille, qui commençait à exécuter une danse lente, monotone, sans rythme ni grâce apparents, que je suis encore capable de reproduire, point par point, de mémoire.

En résumé, je dirais que je passai la demi-heure suivante à épier lâchement Gaudí depuis le recoin où l'on m'avait installé, observant la course infatigable de sa main sur le carnet, attentif aux mouvements continus de son cou et de son dos, comptant le nombre de fois où l'un de ces hommes solitaires s'approchait de sa table et, sans un mot, échangeait avec lui une double poignée de main avant de regagner immédiatement sa place dans la salle. (À un moment donné, deux hommes quittèrent en même temps leurs tables respectives, traversèrent la pièce dans la direction opposée à la scène et disparurent par une porte ouverte par l'une des deux cariatides. Dix minutes plus tard, ils regagnèrent leurs sièges sans un mot ou un geste que j'aurais pu interpréter. La jeune fille laissa passer quelques minutes avant de venir se replacer sous son linteau.) Je ne vais pas non plus tenter de raconter la danse que la femme continua à exécuter sur la scène pendant ce temps ; je me contenterai pour l'instant de dire que l'effet en était aussi fascinant, aussi extraordinaire, beau, maladif et profondément perturbant, que l'apparence physique de l'étrange ballerine.

Finalement, cette demi-heure écoulée, la honte de la situation dans laquelle je me trouvais, épiant dans l'ombre un ami et admirant à distance les formes et les mouvements d'une femme inconnue qui se rapprochait de plus en plus, au fur et à mesure de sa danse, d'un état de nudité presque intolérable, prit le pas dans ma conscience sur le pur éblouissement ressenti devant ce qui se déroulait sous mes yeux. J'écrasai alors les restes de ma dernière cigarette au fond du cendrier de verre, j'appelai d'un geste la jeune fille aux plumes à la ceinture, je payai le verre de porto intact et le ticket d'entrée, et, à défaut d'autres certitudes, je quittai le Mont Táber en sachant qu'une chose importante venait de se produire.

Il était déjà presque une heure du matin lorsque j'arrivai à notre tour familiale de Gracia. Le froid de la nuit et la distance parcourue m'avaient suffisamment éclairci les idées pour que le léger éclat provenant de l'autre côté de la maison attire mon attention et m'oblige, par un mélange de sens du devoir et de pure curiosité, à différer un instant encore les retrouvailles tant désirées avec mon lit. Je contournai donc le bâtiment principal de la tour et remontai la dénivellation du jardin jusqu'aux terrains qui entouraient l'ancienne ferme.

Fiona était installée dans l'un des deux rocking-chairs que son père avait placés pour elle sous le porche improvisé de la maison. La lumière qui m'avait attiré jusqu'à cet endroit provenait de la petite lampe à huile que Fiona avait posée à ses pieds, mais peut-être aussi, plus symboliquement, de la cigarette qui se consumait entre les doigts nus de sa main gauche. Une odeur tout à la fois familière et singulière imprégnait déjà l'air à quelques mètres de distance du porche, et la posture même de Fiona, davantage tombée qu'allongée dans le fauteuil, me confirma que la fille de Martin Begg se livrait à une activité moins innocente que celle consistant à fumer une dernière cigarette avant d'aller se coucher. Je m'éclaircis la gorge à plusieurs reprises en m'approchant de la maison par le sentier qui traversait le jardin, mais ses yeux clos ne s'ouvrirent pas, et son corps ne révéla aucune inquiétude devant la présence d'un étranger sortant de la nuit. Fiona était en visite dans un autre monde, celui de ses propres visions, et ce qu'elle pouvait y voir en ce moment, quoi que ce fût, lui laisserait au réveil la sensation de taches de couleur inexplicables sur une grande toile blanche.

Je pris place dans le second fauteuil, les yeux levés vers le ciel couvert. J'imagine que je pensais à Gaudí et à la danseuse, aux hommes qui serraient la main de mon ami et aux belles jeunes filles qui s'occupaient de cet univers étrange et anonyme qu'était le Mont Táber. J'observai Fiona, admirai la pureté de ses traits au repos, la couleur de ses cheveux, la blancheur immaculée de sa peau. « Un visage très harmonieux », avait dit Gaudí en voyant sa photo, et il avait raison. Je me rappelai le jour où je l'avais rencontrée, cinq ans plus tôt, ce jour où j'étais tombé amoureux d'elle, et cet autre jour, aussi, celui où cet amour avait disparu pour toujours. Je fermai les yeux et, quand je les rouvris, la flamme de la lampe à huile s'était éteinte et Fiona me regardait depuis son fauteuil, un doux sourire aux lèvres.

— Bonjour, dit-elle.

— Bonjour, répondis-je.

Nous nous contemplâmes quelques instants en silence, comme pour reconnaître le terrain avant de poursuivre.

— Je ne t'attendais pas ici à cette heure, reprit-elle enfin.

Je scrutai de nouveau le ciel, y vis quelques étoiles solitaires briller dans une petite clairière entre les nuages.

— J'ai vu de la lumière et je suis venu te dire bonsoir.

— Délicate attention de ta part, reconnut Fiona en passant la main gauche dans sa chevelure ébouriffée. C'est maintenant que tu arrives ?

— Ça te choque ?

— Ça me réjouit. La journée a-t-elle été intéressante ?

Je réfléchis pendant quelques secondes.

— Étrange, répondis-je enfin.

— Raconte-moi.

Je m'exécutai. Je relatai à Fiona mon petit déjeuner avec quelques amis que je n'avais pas vus depuis 1868, ma visite matinale obligée à un membre lointain de la famille Camarasa, mon déjeuner avec Martita, l'opéra bouffe au théâtre Principal, la discussion avec son père et mon rendez-vous ultérieur, manqué, avec Víctor Sanmartín, mon dîner solitaire, mon excès d'alcool, la visite au Mont Táber et ce qui était arrivé à l'intérieur. Je ne lui parlai pas des cariatides à peine vêtues qui gardaient les deux portes fermées ni de la femme qui dansait sur la scène, mais j'évoquai les étranges allées et venues autour de la table de Gaudí. Comme toujours, elle m'écouta en silence, s'abstenant de me donner le moindre avis ou conseil. Quand j'eus achevé mon récit, elle tendit une main vers moi et me laissa la lui tenir pendant quelques secondes. Puis elle la retira doucement et me demanda :

— Tu comptes voir le dénommé Sanmartín à la fête, mardi ?

Je haussai les épaules dans l'obscurité.

— J'ignore de quelle fête il parle.

— Celle des *Nouvelles illustrées*. Mardi soir à dix-neuf heures. Dans la salle de réception du journal.

Le papier-monnaie d'un pays imaginaire, pensai-je.

— Première nouvelle.

— Ton père pensait te le dire demain.

— Víctor Sanmartín, lui, le savait déjà.

Le petit hochement de tête de Fiona me confirma qu'elle trouvait cela étrange, elle aussi.

— C'est un jeune homme bien informé, de fait.

— Et obsédé par tes illustrations. Il ne perd pas une occasion de les utiliser dans ses lettres pour faire des commentaires sur ta moralité.

— Les lettres des lecteurs que ton ami croit écrites par lui, corrigea Fiona. Tu devrais peut-être expliquer à ce Gaudí que le courrier des lecteurs des journaux ne possède pas toujours un style adapté à la publication, et que dans chaque rédaction il y a généralement une personne chargée de le retravailler un peu avant de l'imprimer. C'est peut-être Sanmartín qui s'en occupe…

— Dans trois journaux différents ?! Alors qu'il fait toujours partie de l'équipe d'un quatrième ?

Le fauteuil de Fiona craqua sous le poids de son corps lorsqu'elle changea de position.

— Oublie, dit-elle en s'allongeant de côté, le visage tourné vers moi.

La position d'une épouse qui écoute son mari lui raconter les petits problèmes de la journée dans le lit conjugal.

— Tu crois que nous avons tous un chagrin d'amour ? me surpris-je à lui demander, sans démêler si c'était pour chasser l'effet de cette image ou pour le renforcer.

— Pardon ?

— C'est un vieux qui me l'a dit, dans un bar du Raval.

Juste avant que je vomisse mon vin à côté d'une flaque d'urine, m'abstins-je d'ajouter.

Je fouillai dans ma mémoire, à la recherche d'une confirmation définitive.

— C'est du moins ce qu'il me semble.

Fiona ne chercha même pas à répondre.

Une brève lueur illumina le ciel au-dessus de nos têtes, profilant nos corps un instant avant de nous laisser disparaître de nouveau. Un éclair sans tonnerre, ou un feu d'artifice, ou la fusée de détresse d'un bateau au bord du naufrage.

L'odeur de la cigarette de Fiona continuait à imprégner l'air que nous respirions, évoquant la présence autour de nous de tout un monde étrange et invisible.

— Tu as vu des choses intéressantes ? m'enquis-je, me mettant moi aussi sur le côté pour confronter mon visage au sien.

Là non plus, pas de réponse.

10

Pour la première fois en une semaine, les journaux du lundi matin ne faisaient aucune allusion à l'incendie de la rue de la Canuda ni à la polémique concernant *Les Nouvelles illustrées*. Aucun article sur les progrès de l'enquête de police ou les ramifications judiciaires de l'affaire, aucune interview malveillante, aucune lettre de lecteur pour exiger l'interdiction du journal de Sempronio Camarasa, la déportation de son directeur, ou la lapidation publique de son illustratrice principale. Pour la première fois en une semaine, je pus feuilleter les trois journaux du matin sans éprouver moi-même le désir d'aller mettre le feu aux sièges de leurs bureaux et aux domiciles particuliers de leurs directeurs respectifs, et peut-être aussi au numéro 3 de la rue d'Aviñón. Le ton de l'édition du soir des *Nouvelles illustrées* fut inhabituellement posé, sans nouvelles particulièrement sanglantes ou inquiétantes, tout au plus quelques rixes sur le port et un début d'émeute au cours d'une grève socialiste rue des Talleres : rien qui fût susceptible de déranger un lecteur bien-pensant, et pas même un simple rappel de l'incendie du siège de *La Gazette du soir*.

Le dîner fut un pur moment de calme pour moi, et de déception pour Margarita, qui n'avait rien de nouveau à m'annoncer concernant les lettres anonymes qui avaient entaché notre courrier de ces derniers jours, pas de visite indésirable à la tour familiale, pas le moindre jet de pierres contre l'hôtel particulier de la rue Ferdinand-VII. Cette nuit-là, je m'en souviens, je passai devant le bureau de mon père en me rendant à ma chambre et le félicitai depuis le seuil pour la tranquillité de la journée. Papa Camarasa avait peut-être raison, en fin de compte. Peut-être n'avions-nous aucune raison de nous inquiéter. Peut-être tout cela n'avait-il été qu'une quelconque fébrilité informative, une fébrilité intense, désagréable et déjà quasiment perdue dans l'oubli.

Le mardi arriva.

L'article qui mit à bas toutes nos illusions occupait une page entière du *Journal de Barcelone*. Il était signé de deux initiales, un *V* et un *S*, et sa prose ne laissait pas non plus de doute sur le fait que Víctor Sanmartín en était l'auteur.

Le titre, imprimé dans une police et une typographie réservées aux nouvelles de portée internationale, était d'une sobriété digne d'éloges : SEMPRONIO CAMARASA, AGENT BOURBON. Un premier sous-titre le développait ainsi : « *Les Nouvelles illustrées* » *au service du projet de restauration d'Alphonse XII*. Et un second sous-titre enfonçait le clou : *L'attaque criminelle de « La Gazette du soir », une partie du complot Bourbon*.

Le contenu de l'article était moins affirmé que ses titres, et se bornait en réalité à relayer les rumeurs qui couraient depuis la fin de l'été au sujet de l'existence d'une vaste conspiration destinée à réinstaller un Bourbon sur le trône d'Espagne. La participation de mon père et de son journal à cette conspiration se fondait sur des indices des plus légers ou purement imaginaires – la fuite certaine des Camarasa après la révolution de 1868, la possible nature équivoque de l'une des affaires londoniennes de mon père, ses amitiés supposées dangereuses, la prétendue ligne éditoriale probourbonienne et antirépublicaine des *Nouvelles illustrées* –, au point que Sanmartín lui-même ne semblait pas convaincu de leur réalité, et seules quelques références cryptées d'un informateur anonyme en lien étroit avec la base parisienne du fils d'Isabelle II déposée ajoutaient un peu de poids apparent à ce qui n'était en réalité qu'un tas de conjectures mal ficelées sous un gros titre à sensation.

Mais le mal était déjà fait.

La manchette de l'article affirmait que Sempronio Camarasa était un agent des Bourbons, et c'était ce qui resterait dans l'esprit des lecteurs : mon père était un agent de la conspiration bourbonienne en marche, et son journal en était un des instruments. À la lumière de cette affirmation, le retour à Barcelone de la famille Camarasa précisément maintenant, la République enterrée de facto depuis le coup d'État du général Pavia en janvier, l'expérience libérale agonisant aux mains de gouvernements successifs maladroits et timorés, et le bruit croissant des sabres à travers le pays, tout cela reflétait ni plus ni moins un plan orchestré depuis sa tanière en exil par celui que l'un de nos correspondants anonymes avait appelé « le démon français ».

C'était ce qui resterait dans l'esprit de toute personne qui lirait le *Journal de Barcelone* ce matin-là.

Et c'était également, je le sus dès que j'eus fini de lire l'article, le soupçon qui ne cesserait de tourner dans ma tête à compter de cet instant.

Une pluie fine commençait à embourber les rues de la Ribera lorsque Gaudí et moi arrivâmes à la placette de Moncada, mais les environs de l'église Santa María del Mar n'en bouillonnaient pas moins d'une animation rappelant la sortie de la messe un dimanche. Des dizaines d'hommes et de femmes en habits de travail, de vieilles femmes en deuil et souriantes, de vieillards qui avaient conservé leur tenue de paysan fourmillaient autour des étals adossés aux murs de l'église en échangeant de grands cris en catalan tandis que des groupes d'enfants sales comme des peignes couraient partout, derrière une roue, une toupie fugitive ou une pelote de laine de la couleur de la boue qui semblait maintenant tomber droit du ciel. Un âne chargé urinait à côté de l'abside de l'église, de même qu'un chien au bas de la porte d'entrée de la crémerie installée à l'un des coins de la place, mais personne ne semblait s'en soucier. Quelques mendiants dormaient enlacés sous l'arc de pierre d'un pilier aveugle, et quelques mètres plus loin, au milieu de la chaussée, un musicien des rues grattait les cordes d'un petit violon séfarade tandis que ses pieds dansaient au rythme de la joyeuse mélodie.

Cette fois, personne n'attendait Gaudí devant la porte de son immeuble.

— Aujourd'hui, vous n'avez pas de visiteurs, ne pus-je m'empêcher de lui faire remarquer.

— J'essaie de ne pas en avoir en semaine, répondit-il, commençant l'ascension des nombreuses volées de marches qui nous séparaient de sa mansarde.

En haut, l'aspect du bâtiment améliorait à peine l'image de la façade et du vestibule intérieur. La porte de l'unique appartement qui occupait les combles était maculée de taches de peinture, de profondes griffures et aussi, me sembla-t-il, de traces à peine recouvertes d'un incendie récent. La petite lucarne qui l'éclairait était pratiquement aveuglée par les déjections des pigeons et des mouettes, et la saleté semblait avoir partiellement filtré jusqu'au toit et aux murs du palier, et jusqu'au sol dépourvu de dalles. Ce qui attirait l'œil était malgré tout les trois serrures qui protégeaient la porte de l'appartement des Gaudí.

— Des voleurs dans le quartier ? demandai-je, tandis que mon compagnon introduisait une première clé dans le verrou du haut.

— Nous avons eu une mauvaise expérience, dernièrement.

— Rien de grave, j'espère, dis-je, regardant de nouveau les traces apparentes du feu sur le bois.

— Rien d'irréparable, répondit Gaudí en finissant d'ouvrir les serrures. Entrez, ajouta-t-il en me précédant dans l'appartement.

L'intérieur de la mansarde était ample, lumineux, et curieusement accueillant. Ses plafonds n'étaient pas aussi bas que mon ami me l'avait laissé entendre un jour, même si le toit à deux pans s'abaissait progressivement en descendant vers les murs latéraux. Une grande salle centrale occupait plus de la moitié de l'espace disponible, et sur les côtés se répartissaient une grande table de salle à manger et deux autres tables de travail plus petites, quelques fauteuils, quelques chaises de bois, deux armoires pourvues d'une porte en verre, plusieurs étagères couvertes de livres et d'objets variés, un coin étant réservé pour la cuisine, avec son garde-manger, son four et son évier. Au centre de la pièce, la maquette en cours de montage de Santa María del Mar que nous étions venus voir était posée à terre comme une étrange bête constituée de cordes, de métal et de petits sachets de terre. Autour, de multiples outils de menuiserie et de grandes feuilles de papier, également répartis sur le sol nu dans un désordre contrastant avec le reste de la pièce. La maquette ne ressemblait à rien de ce que j'avais pu voir dans un cabinet d'architecte, et les plans dessinés sur les feuilles de papier l'avaient été, à première vue, selon un système de signes et de mesures inconnu de moi. Malgré le plaisir manifeste que lui causèrent mon désarroi initial et mes premiers commentaires sur la nature de son travail, nous restâmes à bonne distance de la maquette. Deux portes situées aux extrémités de la pièce communiquaient avec les chambres des deux frères, et une troisième porte, encastrée dans la rangée de lucarnes qui éclairait la mansarde, donnait sur une petite terrasse ouverte sur les toits de la Ribera.

La perspective dominante sur l'église Santa María del Mar était tellement stupéfiante que, pour la première fois, je compris – à peu près – pourquoi Gaudí demeurait en ce lieu.

— Extraordinaire, déclarai-je, oubliant la pluie persistante et l'air qui soufflait fort là-haut pour ne voir que ce beau miracle de pierre qu'était la vieille église médiévale. D'ici, vous jouissez d'une vue pour laquelle n'importe quel bourgeois paierait une petite fortune...

Gaudí se plaça à mes côtés devant le muret qui fermait la terrasse.

— Je ne crois pas qu'un bourgeois soit disposé à payer le prix que nous offre cette vue, répliqua-t-il. Sans compter, bien sûr, que je doute qu'aucun bourgeois se soit jamais donné la peine de lever la tête pour regarder les tours d'une église.

Nous restâmes quelques instants de plus à contempler en silence le spectacle de l'église entourée par les toits de la ville, jusqu'à ce que la pluie et le vent redoublent et que Gaudí propose de se réfugier à l'intérieur.

— Mauvais jour pour une fête, lançai-je quand nous fûmes à couvert en me passant la main sur la nuque et en retirant ma veste trempée.

— Si vous préférez que nous n'y allions pas…

Je souris.

— Vous vous êtes engagé à m'accompagner, mon cher ami, dis-je. Et moi, à ce que vous soyez là.

— Vous vous êtes engagé auprès de cette dessinatrice de malheur, j'imagine.

Je souris de nouveau.

— Ne faites pas comme si vous ne souhaitiez pas la connaître.

Gaudí déboutonna lentement sa redingote, trempée elle aussi.

— Je ne nierai pas que j'éprouve de la curiosité, admit-il enfin. Ces tableaux troubles semblent révéler la présence d'un esprit pour le moins original.

J'ignorai la première moitié de cette dernière phrase et retins la seconde :

— Si vous cherchez l'originalité, Fiona est la femme qu'il vous faut. Elle est elle aussi impatiente de vous rencontrer, ajoutai-je, travestissant un peu la vérité.

Bien que ni son visage ni sa voix ne le prouvent, cela sembla plaire à mon camarade.

— Vous m'excuserez si je ne vous invite pas à entrer dans ma chambre aujourd'hui, n'est-ce pas ? demanda-t-il, en manches de chemise et le nœud de cravate relâché. Ce matin, je n'ai pas eu le temps de ranger, et je ne voudrais pas que vous ayez une mauvaise impression. Mon frère est un homme plutôt orgueilleux, et il ne me permettrait jamais de le faire passer à vos yeux pour une personne désordonnée.

— Je crains de ne pas être la bonne personne pour juger de l'ordre ou du désordre chez les autres, reconnus-je. Et de toute façon, si votre chambre était un tel désastre, ce serait vous qui apparaîtriez comme une personne désordonnée, n'est-ce pas ? objectai-je avant de comprendre ce que Gaudí venait de me dire, à sa manière oblique habituelle. À moins que votre frère ne soit chargé du ménage dans tout l'appartement ?

Mon ami ébaucha un petit sourire.

— Il doit bien contribuer d'une certaine façon au bien-être familial, n'est-ce pas ?

Il ne travaille pas pour des spirites fortunés et ne fréquente pas des galopins qui l'appellent « monsieur G », faillis-je suggérer à voix haute. Mais mon ami avait déjà disparu de l'autre côté de la porte, et moi, de toute façon, je ne voulais pas continuer à soutirer des secrets à Gaudí ce soir-là. Entre la fête des *Nouvelles illustrées* et une migraine due aux supputations sur mon père publiées dans le *Journal de Barcelone*, les affaires privées de Gaudí étaient en ce moment le cadet de mes soucis.

Toujours est-il que, me retrouvant seul dans la pièce principale, ma curiosité naturelle fut plus forte que mon découragement momentané, et je ne pus résister à la tentation de m'approcher de l'un des deux bureaux afin de vérifier ce que j'avais déjà cru remarquer à distance : entre les considérables piles de livres et de papiers qui le recouvraient figurait un carnet de croquis identique à celui que j'avais vu le samedi soir entre les mains d'Antoni. Il s'agissait de fait du même genre de carnets que

Fiona utilisait pour ébaucher ses illustrations sur le terrain : 27 x 30 cm, couverture noire, quatre centimètres d'épaisseur et un cordon de soie bleu marine qui le refermait à l'horizontale. La tentation était grande, mais je ne défis pas le nœud ni n'essayai d'en apercevoir le contenu en soulevant les extrémités. Ce cahier était un mystère qu'il ne me revenait pas de dévoiler cet après-midi-là.

Je m'approchai de l'autre bureau et constatai que tout ce qu'il y avait dessus correspondait aux études de droit de Francesc. Je contemplai les deux petites photos encadrées qui se trouvaient sur la table, deux portraits de famille, de toute évidence des paysans, avant de me diriger vers les étagères qui recouvraient deux murs de la pièce et de parcourir du regard la tranche des livres alignés dessus. Leurs titres révélaient un étrange mélange d'intérêts : des traités d'architecture, d'esthétique, de photographie, d'histoire de l'art, quelques romans de piètre qualité, un peu de poésie catalane, une bible fatiguée, les dernières œuvres traduites de William Morris et de Walter Pater, deux livres de théologie scolaire, une petite collection de classiques grecs et latins, bon nombre d'ouvrages de droit, plusieurs ouvrages illustrés sur les merveilles du monde, des exemplaires disparates de diverses revues françaises et aussi, à ma surprise, un certain nombre d'autres traités, de botanique, médecine, histoire naturelle et sciences non conventionnelles. Comme pour toute bibliothèque privée, ce choix particulier de titres et de matières semblait à même de révéler quelque chose d'intéressant sur l'âme de ses propriétaires, mais de nouveau, cet après-midi-là, je ne me sentais pas dans l'état d'esprit qui m'aurait permis d'en tirer quelque conclusion que ce soit.

Je cessai finalement de fureter dans l'intimité des frères Gaudí et reportai mon attention sur la maquette de Santa María del Mar et sur les deux plans de travail qui l'accompagnaient.

— Qu'en pensez-vous ? me demanda Gaudí au bout de quelques minutes, sortant de sa chambre avec un nouveau col de chemise et la cravate nouée d'une façon encore plus élaborée que d'habitude.

— Que vous êtes très élégant.

Mon ami haussa légèrement les sourcils.

— De la maquette, je veux dire.

— Elle ne ressemble pas tellement à Santa María…

— C'est parce que la Santa María que je suis en train de construire n'est pas la même que celle que vous voyez tous.

— « Tous » ?

Les gens ordinaires, me répondirent les yeux de Gaudí. Sa langue se voulut, à ma grande surprise, plus diplomatique :

— Ceux qui n'ont pas passé six ans à étudier son système de forces.

« Son système de forces »… J'observai de nouveau cette étrange masse apparemment amorphe disposée au centre de la pièce, et crus comprendre enfin ce qui se cachait en elle, quels en étaient le sens et l'intention. Les cordes qui pendaient, les sacs de sable, l'étrange appareillage de métal et de fer-blanc : tout un système de poids et de poulies qui représentait l'armature interne de l'édifice. Son squelette théorique. Le système de lois physiques qui soutenait son incarnation de pierre.

— Je comprends, dis-je, émerveillé devant la pure intuition de ce que mon camarade faisait là.

— Vraiment ?

Gaudí posa la question avec une curiosité si authentique qu'il parvint cette fois à offenser mon petit orgueil :

— Il me semble, Gaudí, que le fait de m'avoir sauvé la vie ne justifie plus une telle accumulation de grossièretés de votre part, protestai-je.

Son sourire désarma sur-le-champ mon début d'irritation.

— Je vois que ce n'est pas vraiment le jour de plaisanter avec vous. Mon projet vous semble intéressant, alors ?

Nous passâmes la demi-heure suivante un genou à terre, plan en main et à l'abri de deux lampes à huile, à commenter les détails de ce système révolutionnaire que Gaudí avait conçu afin de dévoiler les secrets de ce qui était son bâtiment préféré à Barcelone, l'un des rares à se trouver à la hauteur de son strict idéal en matière d'architecture, voire le seul que mon ami ne démolirait pas de bonne grâce pour laisser place à quelque chose de meilleur, conçu par lui, cela va sans dire.

En se fondant sur le modèle de poulies et d'appareils inversés que nous avions devant nous, Gaudí m'expliqua ses premières théories sur la façon dont les architectes de Santa María del Mar avaient conçu leur œuvre de façon que le poids du bâtiment, au lieu de se répartir entre le système habituel de murs, colonnes et architraves de toutes les églises médiévales, repose presque dans sa totalité sur une brève série de points spécifiques situés pour la plupart le long de la nef centrale. L'incomparable sensation de légèreté, voire de fragilité, que transmettait l'intérieur de l'église devait être, ainsi, le fruit de l'ingénieuse structure que ses architectes avaient conçue pour lui, cette épine dorsale secrète – cinq ou six colonnes, quelques clés de voûte, le porche d'une chapelle latérale – dont le travail libérait des responsabilités mécaniques le reste de l'édifice, et dont personne ne semblait même avoir soupçonné l'existence jusqu'alors.

Je reconnais que ce soir-là les idées assurément étranges de Gaudí me semblèrent aussi séduisantes qu'improbables, et que je ne leur prêtai guère attention, mais l'entendre parler passionnément d'une chose à laquelle il avait consacré tant d'heures de sa vie, tant d'efforts, un si grand déploiement d'enthousiasme et d'imagination, était un plaisir auquel je me serais volontiers abandonné avec bonheur pendant le reste de la soirée.

Le devoir, cependant, guettait de l'autre côté des vitres déjà sombres. Lorsque les cloches de Santa María del Mar sonnèrent dix-neuf heures, je n'eus pas d'autre solution que d'interrompre les explications de Gaudí sur la valeur du point de fuite dans l'architecture religieuse médiévale et de lui rappeler, à grand regret, qu'une fête nous attendait rue Ferdinand-VII.

— Même s'il se peut que vous ayez raison. Nous pourrions peut-être nous dispenser d'y aller…

Gaudí regarda sa maquette, puis moi, puis les vitres des lucarnes embuées par la pluie, et se tourna de nouveau vers moi, d'un air résigné.

— Nous ne pouvons pas faire ça à votre père, dit-il tout en vérifiant son nœud de cravate. Sans parler, bien sûr, de cette jeune demoiselle qui est si désireuse de me connaître…

Ce fut ainsi que nos vies, ce soir-là, commencèrent à changer pour toujours.

11

La fête avait déjà commencé lorsque Gaudí et
moi fîmes notre entrée dans la salle de réception de
l'hôtel particulier de la rue Ferdinand-VII. Un éclairage décoratif tape-à-l'œil recouvrait de lumière et de
couleur les visages de toutes les personnes présentes,
lissant de façon magique la peau des dames et
allégeant la gravité de la moustache des messieurs.
Une demi-douzaine de serveurs circulaient entre les
petits groupes d'invités avec leurs plateaux couverts
de liqueurs et de victuailles, et un orchestre de
chambre à six instruments jouait une pavane sur
un kiosque improvisé dans un coin. L'ambiance
qu'on respirait dans ce salon n'était toutefois guère
plus joyeuse ni festive que mon propre état d'esprit.
Il devait y avoir une cinquantaine de personnes à
l'intérieur, peut-être davantage, mais je n'en connaissais que trois. Les autres, supposai-je, devaient
être des associés de fait ou en puissance de mon
père, des patronymes importants dans la vie économique et sociale de Barcelone et en quasi-totalité
des personnalités jouissant d'une importance sur le
plan local et dont il fallait reconquérir les bonnes
grâces après les dernières difficultés publiques des
Nouvelles illustrées. Quelques uniformes militaires

se détachaient parmi les costumes sombres, et il me sembla même voir dépasser quelques cols sous des doubles mentons. La moyenne d'âge des invités devait avoisiner les soixante ans, en comptant Gaudí et moi, ainsi que Fiona Begg, la seule femme de la pièce dont le visage n'était pas camouflé sous d'épaisses couches de maquillage ni ne semblait sur le point de se fendiller au premier sourire. Même les musiciens et les serveurs appartenaient à une génération qui avait connu un Bonaparte sur le trône d'Espagne.

— Mon père doit être le seul homme au monde capable d'organiser une fête sans engager la moindre serveuse, murmurai-je en pêchant un verre de xérès sur le plateau que me présentait un serveur frappé d'alopécie et en le vidant d'un trait.

— Les serveurs masculins sont un signe de richesse et de distinction.

— Vous croyez ?

— Question de protocole.

Gaudí finit d'inspecter du regard chaque recoin du grand salon et se tourna vers moi d'un air satisfait.

— Intéressant, déclara-t-il.

— Si vous le dites…

— En ce moment même, dix des quinze plus grandes fortunes de la ville sont réunies ici. Vous ne trouvez pas cela intéressant, vous ?!

Je haussai les sourcils.

— Je ne vous croyais pas au fait de ce genre de choses, Gaudí, mon ami, dis-je. Je ne vous imagine pas en train de lire la rubrique mondaine des journaux…

— Les personnes qui figurent dans cette section, Camarasa, mon ami, sont celles qui brassent l'argent qui nous donnera un jour à manger. Il nous faut connaître leurs noms, même si leurs faits et gestes nous ennuient souverainement.

Je posai mon verre vide sur le premier plateau en approche, que je délestai dans le même mouvement de deux petits verres de porto.

— Vous pensez donc vous transformer en architecte courtisan ? répliquai-je, tendant un verre à mon ami.

— Vous en parlez comme d'une chose déshonorante.

— Ce n'est pas le cas ?

— Si votre père me commandait la conception d'une villa familiale et que je la construise pour lui, cela serait-il déshonorant ?

— Je crois que mon père n'entre pas encore dans la catégorie de ceux qui apparaissent dans la rubrique mondaine.

Gaudí trempa à peine les lèvres dans son porto.

— Et moi, je crois que vous, Camarasa, mon ami, vous n'avez pas conscience du poids réel de votre patronyme. Ce qui, soit dit en passant, me surprend. Comme vous êtes l'aîné de Sempronio Camarasa, on vous croirait beaucoup plus au courant des affaires familiales. En fin de compte, vous en hériterez un jour.

J'avais tant de choses à dire sur la question que j'optai pour la plus stupide :

— Le jour où j'hériterai des affaires familiales, vous serez mon architecte particulier.

Gaudí acquiesça d'un air sérieux.

— Ce sera un honneur de travailler pour vous, affirma-t-il sans ironie apparente.

Puis, portant les yeux sur un groupe situé dans la partie est de la salle, à quelques mètres du kiosque des musiciens, il ajouta :

— J'en déduis que votre père est le monsieur aux boutons de manchette en émeraude.

Je regardai mon père et constatai que ses boutons de manchette étaient effectivement aussi verts que le châle recouvrant les épaules de Fiona, qui se tenait à ses côtés, un verre vide à la main.

— Une photo de lui est déjà sortie dans les journaux, alors.

Mon ami fit un signe de tête négatif.

— Vous vous ressemblez comme deux gouttes d'eau.

— Ce n'est pas vrai.

— Le lobe de vos oreilles est caractéristique, pourtant.

Le lecteur de personnes revient à la charge, pensai-je.

— Vous avez inspecté les oreilles de toutes les personnes présentes rien que pour reconnaître mon père avant que je vous le présente ?!

— Je n'ai pas eu besoin d'en arriver là. La femme qui se trouve à sa droite m'a facilité les choses, me répondit mon camarade en ébauchant un demi-sourire qui commençait à me devenir familier. Fiona Begg, bien sûr.

— Déduction moins méritoire.

— Et le monsieur roux est M. Martin Begg, compléta-t-il. Magnifique bedaine.

— Si vous comptez lui faire un compliment pendant les présentations, faites que ce ne soit pas celui-là.

— Ne vous inquiétez pas, dit Gaudí en portant l'index à la commissure de ses lèvres et en observant le groupe d'un air songeur pendant quelques secondes. L'homme qui parle à Begg est armateur. Veuf, sans enfants, ou un seul, qu'il n'a pas vu depuis longtemps. Il vit dans la zone du port où il a son commerce, ce qui, s'agissant d'un homme disposant de ses moyens, est plutôt étrange. Vous avez peut-être remarqué le morceau de sparadrap qui dépasse sous son col de chemise, et aussi la terre rougeâtre collée à ses chaussures…

Cette fois, je ne cherchai pas à entrer dans son jeu. Mon père venait de se libérer du vieil homme avec qui il parlait jusqu'alors, et une demi-douzaine d'invités le fixaient du regard.

— Prêt pour les présentations ? demandai-je, prenant Gaudí par le bras et l'entraînant vers le centre de l'action.

Mon père ne remarqua notre présence que lorsque nous ne fûmes qu'à quelques pas de lui. En me voyant, il se força à une ébauche de sourire qui ne me sembla cependant pas aussi faux que d'habitude. Il avait l'air d'un homme las et accablé, avec des poches bleuâtres sous des yeux féroces, une ombre de barbe, bleuâtre elle aussi, s'insinuant sous une peau qui conservait, malgré les années, une douceur enviable. Il portait son plus beau costume de soirée, ses cheveux aplatis sur le front, et il tenait à la main gauche un verre presque intact de champagne français.

— Bonsoir, papa, le saluai-je, hésitant à lui serrer la main ou à tenter une petite étreinte filiale, pour finir comme toujours par ne faire ni l'un ni l'autre.

— Gabriel, me dit-il, avec une gravité qui ne me déplut pas. Merci d'être venu.

— Papa, je te présente Antoni Gaudí, fis-je en posant la main sur l'épaule de mon ami. Gaudí, mon père, Sempronio Camarasa.

Les deux hommes se serrèrent fermement la main.

— Ravi de faire enfin votre connaissance, monsieur Gaudí, déclara mon père. Gabriel m'a beaucoup parlé de vous.

— Tout le plaisir est pour moi, monsieur Camarasa. C'est un honneur d'être ici ce soir. La fête est magnifique.

Mon père acquiesça d'un air sérieux.

— La moitié des invités n'est pas encore arrivée, lança-t-il. De fait, je ne crois pas qu'ils viendront.

Cette fois, ce fut au tour de Gaudí d'acquiescer d'un air sérieux.

— La pluie n'est d'aucune aide, dans ce genre d'événements.

Cette démonstration inhabituelle de tact de la part de Gaudí plut visiblement à mon père, homme enclin lui aussi à masquer la réalité sous des métaphores convenues.

— Vous avez raison, dit-il en reportant le regard vers la rangée de grandes baies vitrées qui donnaient sur la rue Ferdinand-VII. Les vents qui soufflent dehors n'invitent pas précisément à sortir de chez soi…

— Sans parler, bien sûr, des inconvénients qu'il y a à se montrer en public en compagnie d'un prétendu agent des Bourbons déterminé à détruire la République, intervins-je.

Mon père me regarda d'un air moins surpris que fatigué.

— C'est un sujet que je préférerais ne pas aborder ce soir.

— Mais c'est un sujet important, je crois.

— Nos avocats s'en occupent.

— Ils ont déjà dû intenter un procès en diffamation au *Journal de Barcelone*, j'espère.

— Nos avocats s'en occupent, répéta mon père. Mais ce n'est pas le bon endroit pour en parler.

Je finis mon verre de porto et cherchai des yeux un autre plateau pour le remplacer. Aucun serveur en vue : ils semblaient s'être tous mis d'accord pour quitter la salle à l'unisson. À côté de nous, nous tournant le dos mais certainement au courant de notre arrivée, Fiona continuait à bavarder avec le supposé armateur veuf, et à quelques pas de là un chœur constitué de trois hommes et de deux femmes hautaines et tirées à quatre épingles nous observait ouvertement.

— Dis-moi seulement que tout n'est que mensonge, murmurai-je. C'est tout ce que j'ai besoin d'entendre, cette nuit.

Mon père eut un mouvement de tête incrédule.

— Tu vas commencer à tenir compte de ce qu'on raconte sur moi dans les journaux ?!

— Je veux juste te l'entendre dire, insistai-je. Qu'il est faux que nous soyons rentrés à Barcelone pour une autre raison que le pur intérêt commercial. Que tu ne t'occupes pas de politique ici aussi.

Mon père laissa passer ce « ici aussi » aussi naturellement que je l'avais prononcé.

— Demain, nous prendrons le petit déjeuner ensemble, m'annonça-t-il. À moins que tu n'aies mieux à faire.

— Rendez-vous est pris, approuvai-je. Mais pour l'instant je ne te demande que trois mots.

Mon père vida d'un trait le contenu de sa coupe de champagne et la déposa dans ma main libre.

— Demain à sept heures dans mon bureau, dit-il, tranchant la question à sa manière expéditive habituelle. Profitez de la fête.

Et, se tournant vers mon ami, il conclut :

— Ce fut un plaisir de vous rencontrer, monsieur Gaudí.

— C'est également mon avis, monsieur Camarasa.

Alors mon père fit une chose étrange. Au lieu de s'éloigner immédiatement et de s'intégrer à l'un ou l'autre des petits groupes qui attendaient leur tour pour parler à leur hôte, Sempronio Camarasa considéra fixement Gaudí, les sourcils froncés et les lèvres recourbées en une expression songeuse.

— Nous nous connaissions déjà, n'est-ce pas ?

Gaudí sembla aussi surpris que moi devant cette question inattendue.

— Je ne crois pas, monsieur Camarasa, répliqua-t-il poliment. Je crains que nous ne fréquentions pas les mêmes milieux, vous et moi.

Mon père acquiesça sans quitter Gaudí du regard.

— Je dois me tromper, alors, fit-il. Profitez de la fête, monsieur Gaudí.

Les trois hommes et les deux femmes qui nous avaient observés si attentivement tout au long de notre conversation profitèrent immédiatement de l'occasion pour attirer mon père dans leur groupe, et ce fut le moment que Fiona choisit pour se débarrasser aimablement de son propre interlocuteur et se retourner vers nous.

— Il m'avait semblé entendre une voix familière, dit-elle, m'adressant un beau sourire. Un verre dans chaque main, nous en sommes déjà là ?!

— Tu me connais, je n'aime pas être pris au dépourvu, répondis-je, souriant moi aussi. Tu es magnifique.

C'était vrai. Fiona était magnifique. Elle portait une longue robe noire ourlée de liserés gris et blancs, ample et généreusement décolletée, et un fin châle de couleur verte lui recouvrait les épaules, laissant son dos et une partie de sa poitrine à demi nus. Elle était maquillée avec goût, sans fausse modestie et sans exagération, et portait pour tout bijou un délicat ensemble de boucles en or blanc qui attirait immédiatement l'attention sur ses oreilles, petites et bien formées. Ses gants étaient gris, veloutés et si ajustés qu'on aurait pu dessiner dessus la forme exacte de ses ongles et les plis de ses jointures ; les bottines, marron et immaculées, comme si elles n'avaient jamais dû marcher dans la boue sale qui recouvrait la chaussée de Ferdinand-VII. Elle avait les cheveux relevés en une trame complexe de chignons et de tresses qui lui dégageait entièrement le front, large comme celui de son père et ponctué, juste au-dessus du sourcil gauche, par deux petits grains de beauté parfaitement circulaires.

Sous l'étrange éclairage de fête du salon, la couleur rousse de ses cheveux contrastait plus que jamais avec le gris intense de ses yeux et le blanc de sa peau.

— Et toi très… original, répondit-elle. J'aime particulièrement ces taches de boue que tu as sur ton pantalon. Tu veux que je rappelle le chef de rédaction qui a brossé ton chapeau le matin de ton… accident ?

Interdiction de prononcer le terme « incendie » au milieu de cette fête, déduisis-je de l'hésitation de Fiona. Cela me sembla être de bonne politique.

— En parlant de mon… incident, dis-je, le moment que nous attendions est enfin arrivé… Gaudí, cette demoiselle est Fiona Begg. Fiona, ce monsieur est Antoni Gaudí.

Fiona concentra son sourire sur le visage de mon ami.

143

— C'est un plaisir de vous rencontrer enfin, monsieur Gaudí, assura-t-elle, lui tendant la main et le laissant l'embrasser avec une certaine cérémonie.

— Tout le plaisir est pour moi, mademoiselle Begg.

— Fiona, je vous en prie.

— Antoni, alors.

Le bref silence qui s'ensuivit fut comblé par le rythme entraînant du menuet qu'attaquait l'orchestre et le bruit des conversations.

Un plateau chargé de petits verres de xérès et de canapés d'inspiration vaguement anglaise s'arrêta à notre hauteur, semblant attendre que nous ayons tous trois de nouveau les mains occupées.

— Je dois vous avouer quelque chose, reprit enfin Fiona, les lèvres légèrement humidifiées par la gorgée de vin qu'elle venait de boire. Je n'ai pas pu éviter d'entendre la dernière partie de votre conversation avec M. Camarasa…

Gaudí acquiesça d'un air sérieux.

— La pièce est petite.

— Et l'ouïe de Fiona excellente, complétai-je. Mais moi aussi, la question de mon père m'a intrigué. Se peut-il que vous vous soyez déjà rencontrés, je ne sais pas, au… à une autre fête ?

Mon compagnon me regarda d'un air amusé. S'il soupçonna à un moment les mots « Mont Táber » de se cacher derrière ma brève hésitation, son visage n'en laissa rien paraître.

— Je vous remercie de supposer que je suis en situation de fréquenter socialement votre père, mon cher Camarasa, ironisa-t-il. Mais je crains que ce ne soit pas le genre de compagnie que je fréquente habituellement, ajouta-t-il en s'adressant également à Fiona.

— Et quel genre de compagnie fréquentez-vous habituellement, Antoni ? s'enquit celle-ci.

Gaudí contempla un instant le spectacle autour de nous, les jaquettes, les uniformes militaires, les postiches parés de bijoux des dames et la calvitie des messieurs, avant de répondre :

— Une beaucoup moins illustre, croyez-moi.

Fiona sembla apprécier.

— Quoi qu'il en soit, je suis sûre que vous et moi ne nous sommes jamais rencontrés avant ce soir, affirma-t-elle. Sinon, je m'en souviendrais.

Les joues de mon ami s'empourprèrent légèrement.

— Moi aussi, murmura-t-il.

— Ce n'est pas un compliment, me sentis-je obligé de préciser. Fiona parle au sens propre du terme. Si elle vous avait vu quelque part, si brièvement que ce fût, elle ne l'aurait pas oublié. Sa mémoire est étonnante.

Gaudí regarda Fiona avec un intérêt visible.

— Vraiment ?

— Je possède ce que Gabriel appelle une mémoire photographique, acquiesça-t-elle. Quand je vois quelque chose, je ne l'oublie pas. Mais cette fois, je le disais vraiment comme un compliment, ajouta-t-elle avec un beau sourire. Vous voyez bien que Gabriel ne me permet pas d'être polie avec ses amis.

— Je suis un homme jaloux, oui, fis-je en souriant moi aussi. Mais, mon cher Gaudí, Fiona fréquente généralement des compagnies beaucoup moins illustres que la présente. Si vous avez déjà croisé quelqu'un dans cette salle, il s'agit certainement d'elle.

Fiona porta à sa bouche le canapé qu'elle tenait dans sa main gauche et en prit une minuscule bouchée.

— Pour raisons professionnelles, expliqua-t-elle. Gabriel a dû vous parler de mon travail.

— Dessinatrice principale aux *Nouvelles illus-trées*, dit Gaudí. Un travail fascinant.

— Tout le monde ne partage pas votre avis.

— Certes. Mais tous les avis ne sont pas dignes de la même considération.

Cette réponse plut elle aussi à Fiona.

— Certes.

Il s'établit alors un petit silence agréable entre nous. La musique du petit orchestre de chambre, les voix des hommes et des femmes qui nous entouraient, la rumeur lointaine de la pluie tombant sur la chaussée de la rue Ferdinand-VII : autant de bruits confortables d'une fête qui n'avait pas encore mal tourné. Une femme très grande, très mince, d'environ soixante-dix ans, passa à côté de nous enveloppée dans un crissement dense de cuir et de soie et m'adressa un sourire si aimable que, l'espace d'une seconde, je me sentis vraiment faire partie moi aussi de ce monde qui nous entourait maintenant. Le monde de Sempronio Camarasa. Le monde des jaquettes, des postiches couverts de bijoux, et des échanges de faveurs entre de vieilles familles unies par les seuls liens véritables, ceux de l'argent et de l'intérêt.

— … quoi qu'il en soit, Gabriel a raison, disait Fiona à Gaudí quand je sortis de la courte rêverie dans laquelle m'avait plongé le sourire de la vieille dame. Il est étrange que nos chemins ne se soient pas encore croisés, ne croyez-vous pas ? Dans une aussi petite ville, il me semble que l'on devrait finir par connaître tout le monde, tôt ou tard.

— Barcelone vous semble petite ?!

— Barcelone est un village de pêcheurs et de boutiquiers. Un grand village, qui aspire à plus, mais un village au bout du compte.

Fiona se composa une moue empreinte d'un dédain modéré.

— Et comme dans tous les villages, ici, tout le monde connaît tout le monde, tout le monde parle de tout le monde et personne ne peut échapper au jugement des autres.

Gaudí y songea pendant quelques instants.

— C'est une question de perspective, j'imagine, lâcha-t-il enfin. Vous êtes arrivés à Barcelone depuis la ville la plus peuplée du monde, moi depuis un véritable village de pêcheurs et de boutiquiers, ou d'agriculteurs et de boutiquiers. Pour moi, Barcelone est exactement l'opposé de ce que vous avez dit. Ici, personne ne connaît personne, personne ne parle de personne et personne ne juge personne, car personne ne compte pour personne.

Gaudí but une gorgée de xérès avant de compléter :

— C'est ce que j'aime à Barcelone.

— L'anonymat ?

— La liberté.

Fiona sourit.

— Vous êtes un solitaire, alors. Vous considérez qu'être libre c'est vivre sans que personne vous connaisse ou s'inquiète pour vous.

— Cela me semble être une bonne définition de la liberté, oui. Vivre sans que personne vous connaisse ou s'occupe de vos affaires…

Gaudí, souriant lui aussi, poursuivit :

— Vous, en revanche, vous n'êtes pas une solitaire.

— Je préfère d'autres définitions de la liberté.

— Mais, tous, nous sommes seuls. Même si certains apprécient la compagnie davantage que d'autres.

Fiona approuva d'un air grave.

— C'est vrai.

— Barcelone nous fournit de la compagnie et nous permet en même temps d'oublier que nous sommes seuls. C'est pour cela que je l'aime.

— Londres, en revanche, te soudoie avec le spectacle de la vie d'autrui tout en détruisant ta propre vie intérieure. C'est pour cela que j'ai dû partir.

— Pour cette raison, et pour d'autres, j'imagine, rétorqua Gaudí, englobant d'un ample geste de la main gauche la salle de réception des *Nouvelles illustrées*.

Et il ajouta immédiatement :

— Vous me permettez de vous dire que vous avez une maîtrise admirable de notre langue ?

Fiona esquissa une petite révérence.

— Je vous le permets, et je vous remercie du compliment.

— Fiona parle mieux l'espagnol que de nombreux Catalans ! m'exclamai-je, me sentant dans l'obligation d'alléger un peu l'atmosphère après cet échange inattendu où s'étaient embarqués mes amis. Quoique son accent continue à la trahir, je crains, comme une fille de la perfide Albion.

Fiona me considéra d'un air joueur.

— Tu veux que je parle à Antoni de tes aventures avec l'anglais et les Anglais ? demanda-t-elle. J'ai quelques anecdotes dignes d'être partagées autour d'un verre de porto…

— Une autre fois, peut-être. Ne gâchons pas ce xérès maintenant, fis-je en vidant mon verre. L'armateur avait-il une conversation intéressante ?

— L'armateur ?

— Le monsieur qui te monopolisait tandis que nous parlions avec mon père.

Fiona haussa gracieusement les sourcils.

— Tu me fais passer un examen ? Un armateur n'élève pas de chevaux.

Je regardai Gaudí du coin de l'œil.

— C'est à cela que se consacre ce monsieur ? repris-je. À élever des chevaux ?

— C'est ce qu'il m'a dit.

— Il vous a menti, lâcha Gaudí.

Il examina fugitivement le vieil homme en question, qui bavardait maintenant avec une dame couverte de tulle et de perles serties et avec son époux présumé, un monsieur soutenu par une canne en bois d'ébène.

— Vous qui êtes une artiste, vous avez dû remarquer le morceau de sparadrap qui dépasse sous son col de chemise...

Fiona adressa un regard de curiosité manifeste à mon camarade.

— Je suis une bonne observatrice, oui. Mais je crois que je ne suis pas votre raisonnement...

— C'est très simple..., assura Gaudí.

Juste à ce moment, mon attention se détourna de sa personne et alla se concentrer sur la silhouette qui venait d'apparaître à la porte principale de la salle de réception.

Un jeune homme d'environ vingt-cinq ans, bien vêtu, en tout point identique à la description que ma sœur m'avait faite de lui quatre jours plus tôt.

Víctor Sanmartín.

— Excusez-moi, fis-je.

Et laissant Fiona et mon ami s'adonner à ce qui resterait à jamais leur première conversation, je partis à la rencontre de l'homme dont les mots menaçaient depuis une semaine la tranquillité de ma famille.

12

— Monsieur Camarasa, me salua Sanmartín en me tendant une main nue qui se révéla, au toucher, curieusement moite et calleuse.

Un sourire dansait sur ses lèvres et dans ses yeux, et aussi, si tant est qu'une telle chose soit possible, sur tout le reste de sa personne.

— Je ne pensais pas que vous oseriez venir ce soir, monsieur Sanmartín, répondis-je, frottant ostensiblement sur la toile de mon pantalon la main qui venait de serrer la sienne.

— Un engagement est un engagement. Même si je reconnais que le contrôle de sécurité installé en bas est plutôt du genre dissuasif, ajouta-t-il, accentuant encore un peu son sourire. Vous avez vu la largeur des épaules des gardiens ?

— Ils n'ont pas été très efficaces, en tout cas.

— Ce n'est pas leur faute. J'avais ce qu'il fallait, dit le journaliste en tapotant le plastron de la redingote du costume anglais qu'il s'était choisi pour l'occasion, indiquant par là, imaginai-je, l'endroit où il serrait le faux sauf-conduit qui lui avait donné accès à l'hôtel particulier. Mais avant toute chose, laissez-moi vous renouveler mes excuses pour ne pas avoir pu être présent lors de votre visite, samedi soir.

— Il me semble que c'est la dernière chose dont vous devriez vous excuser...

Le jeune homme ne se départit pas de son sourire.

— Je comprends que vous soyez fâché. Moi non plus, je n'aimerais pas lire n'importe quoi sur mon père dans la presse. Mais vous comprendrez que mon travail consiste à découvrir et à révéler la vérité.

— Votre travail...

— Le journalisme est une profession exigeante, renchérit-il. Il nous oblige parfois à faire des choses qui nous déplaisent.

— Comme écrire un faux courrier des lecteurs ? Ou envoyer des lettres anonymes menaçantes par la poste ?

Le sourire de Sanmartín vacilla pour la première fois.

— Des lettres anonymes, avez-vous dit ?

— Venons-en au fait, s'il vous plaît, le pressai-je, regardant autour de moi et constatant que certaines têtes s'étaient déjà tournées vers nous. Pourquoi vouliez-vous me voir ?

Víctor Sanmartín posa brièvement la main droite sur mon bras et m'invita par ce geste à le suivre vers un recoin du salon. Nous contournâmes ensemble le kiosque à musique et dépassâmes un ensemble de fauteuils et de banquettes sur lesquels six hommes barbus discutaient de façon animée des derniers mouvements de la Bourse, déclinâmes une nouvelle proposition de vin et de canapés de la part de l'un des serveurs, pour finalement nous arrêter devant la plus grande des baies vitrées qui donnaient sur la cour intérieure de l'hôtel particulier.

De l'autre côté de la vitre, la pluie continuait à tomber d'un ciel déjà noir et poreux comme le charbon. Le vent agitait les branches nues de l'unique arbre qui égayait la cour et faisait craquer l'encadrement des fenêtres qui nous protégeaient du monde extérieur. La nuit, en définitive, était aussi maussade que mon propre état d'esprit.

— Ce n'est peut-être pas le lieu le plus approprié pour parler, dit Sanmartín, observant les alentours depuis la nouvelle perspective que nous offrait ce refuge improvisé.

— Bien sûr que non, ripostai-je. C'est même le lieu le moins approprié qui me vienne à l'esprit pour parler avec vous.

— De toute façon, je veux juste vous proposer de m'accorder une interview. Où vous voudrez, quand vous voudrez et selon vos critères.

Une interview.

— Poursuivez.

— Comme je crois que vous l'avez déjà lu ce matin, je dispose de quelques informations qui peuvent déplaire à votre père. Des informations relatives à son travail politique.

— Mon père n'exerce aucun travail politique.

Víctor Sanmartín sourit d'une façon qui me sembla cette fois indiciblement désagréable.

Sa présence, ou ce que ma sœur avait pris pour telle lors de leur fugace rencontre du vendredi, consistait en un nez étroit et incisif, de grands yeux noirs et des cheveux noirs eux aussi, longs et très épais, qui lui couvraient une bonne partie du front et des oreilles et lui retombaient pratiquement jusqu'aux épaules, formant des boucles naturelles à l'air résolument féminines. Ses lèvres étaient plus fines et moins colorées que celles d'aucun homme que j'avais pu connaître jusqu'alors, et à l'annulaire de sa main droite, je m'en apercevais seulement maintenant, brillait une bague en argent couronnée d'un étrange sceau volumineux.

— Si seulement c'était vrai, n'est-ce pas ? Mais vous et moi connaissons la réalité.

— Ne parlez pas pour moi, s'il vous plaît.

— Excusez ma franchise. Mais vous, monsieur Camarasa, vous êtes une personne assez avisée pour savoir que tout ceci, dit Sanmartín en absorbant d'un seul geste des mains l'ensemble de la salle de réception et peut-être aussi le bâtiment entier et la rue dans laquelle se trouvait ce dernier, ne se paie pas avec les gains d'un journal à sensation. Votre père a beau voir grand dans ses affaires, aucune entreprise de ce genre ne commencerait dans ce type de local.

Rien que j'ignore. Rien sur quoi j'aie envie de m'attarder.

— Poursuivez.

— Tous ces gens ici présents ne sont pas venus pour témoigner leur soutien à une entreprise telle que celle-ci. Vous croyez que cette jolie collection de dirigeants s'est réunie pour défendre publiquement l'honneur ou la dignité d'un journal à sensation qui s'adresse aux couches les plus basses et les moins instruites de la société ? Des juges et des banquiers, des évêques et des industriels, des propriétaires et des militaires...

Sanmartín caressa le sceau de sa bague du gras de son annulaire gauche.

— Votre père est arrivé à Barcelone avec une mission, affirma-t-il. Mission pour laquelle il compte, ou du moins pense pouvoir compter, sur l'aide de tous ces messieurs ici rassemblés. Et mission, je le sais de source sûre, qui n'est pas de votre goût...

— Vous le savez de source sûre ?!

— J'ai procédé à quelques vérifications. Je crois que je connais bien votre façon de penser et de ressentir, monsieur Camarasa. Vous n'êtes pas comme votre père, même si vous êtes destiné à chausser ses bottes un jour.

Bien malgré moi, je commençais à éprouver de la curiosité pour ce type.

— Vous dites avoir enquêté... Je peux vous demander vos sources ?

Le jeune homme sourit de nouveau, montrant des dents qui n'auraient pas déparé une bouche féminine : petites, humides, très blanches et parfaitement disposées à l'intérieur de cette bouche aux lèvres fines et décolorées.

— Un journaliste ne les révèle jamais, répondit-il. Mais vous devez savoir que vous n'êtes pas un inconnu dans cette ville, monsieur Camarasa.

— Je suis ici depuis un peu plus de trois semaines, monsieur Sanmartín. Je ne crois pas que quelqu'un, ici, connaisse mes idées politiques. Parce que c'est de cela qu'il s'agit, n'est-ce pas ?

— Barcelone n'est pas aussi loin de Londres que vous semblez le croire, monsieur Camarasa.

Le journaliste fit une courte pause pour accepter, cette fois, le verre de porto que lui offrait un serveur qui venait d'arriver à notre hauteur. En le soulevant dans ma direction, il fit une tentative de toast à laquelle je ne réagis pas, but une petite gorgée avant de reprendre :

— Autrement dit, il y a à Barcelone certains groupes qui entretiennent des liens étroits avec certains groupes de Londres. Vous voyez de quoi je parle, n'est-ce pas ?

Je n'acquiesçai pas à cette affirmation. Je ne la démentis pas non plus. Je me rappelle avoir détourné un instant le regard vers la porte de la salle, et ce fut alors que je vis apparaître un vieillard en haillons et au visage étrangement familier, me sembla-t-il. Vêtements sales, cheveux hirsutes, barbe mal entretenue : une présence incongrue au milieu de ce salon débordant d'hommes puissants, et qui, en d'autres circonstances, aurait immédiatement requis ma totale attention.

— Vous escomptez, donc, que je vous accorderai une entrevue pour me démarquer publiquement des agissements de mon père, dis-je, oubliant le vieux et regardant de nouveau Sanmartín. Vous prétendez me faire utiliser les pages d'un journal concurrent pour affirmer ma position contre ce qui est, à votre avis, la mission que mon père est venu exécuter à Barcelone…

— J'escompte que vous me raconterez votre vérité, quelle qu'elle soit. Et moi, en échange, je vous raconterai la mienne.

— Votre vérité…

— La vérité sur ce que fait actuellement votre père à Barcelone. La vérité sur ce qu'il a fait à Londres ces six dernières années. La vérité sur les raisons qui l'ont poussé à fuir Barcelone en 1868.

Je réfléchis pendant quelques secondes. Puis :

— Si vous savez tout cela, pourquoi avez-vous besoin de moi ?

Sanmartín but une nouvelle gorgée de vin et me sourit d'une façon qui cette fois, je le compris, se voulait simplement amicale.

— Je n'ai pas besoin de vous. Je veux juste vous donner une chance. Vous n'avez rien à voir avec tout ça, ajouta-t-il, désignant une fois de plus le public qui nous entourait. Quand l'inévitable se produira, il ne serait pas juste que vous soyez vous aussi entraîné vers le fond de l'abîme où tous ces parasites sociaux finiront par dégringoler.

L'inévitable, fus-je sur le point de répliquer, était qu'un Bourbon remonte tôt ou tard sur le trône d'Espagne, et que tous ces parasites que mon père avait réunis à sa fête – propriétaires terriens aux noms médiévaux, évêques à la panse satisfaite, politiciens et juges sans autre cause que leur propre intérêt, banquiers habitués au vol et à l'usure et, surtout, bons bourgeois à la moralité sans tache dont la fortune provenait du commerce des esclaves, de la spoliation séculaire des colonies ou de la pure exploitation de tous ces ouvriers qui faisaient fonctionner leurs usines vingt-quatre heures sur vingt-quatre, anonymes et jetables comme le charbon qu'on jette dans un chaudron sans fond – continuent à vivre leurs vies obscènes, agglutinés près du feu le plus puissant, quel qu'en soit le maître. Comme ils le faisaient depuis que le monde était monde, en tout cas depuis que l'Espagne était l'Espagne.

— Vous êtes très aimable, dis-je. Autre chose ?

— Votre père a misé sur un cheval mort, monsieur Camarasa. Pas même boiteux ou blessé : mort. La conspiration bourbonienne est vouée à l'échec, et tous ces gens sont condamnés à l'extinction. D'ici à quelques années, quelques mois peut-être, le souvenir de cette soirée ne paraîtra pas moins lointain et exotique que celui d'une bacchanale romaine ou d'une joute médiévale. Une chose du passé, un rituel barbare et absurde et par chance impossible à répéter. Le futur, monsieur Camarasa, sera socialiste ou ne sera pas. Dans cette révolution qui approche, vous êtes du bon côté ; ne vous laissez pas égarer aujourd'hui par un sens du devoir filial mal compris. Il y a un devoir plus élevé que celui d'un fils envers son père, c'est celui d'un homme envers la société dont il fait partie. Vous le saviez quand vous vous trouviez à Londres, et vous n'avez pas pu l'oublier à votre retour à Barcelone.

Víctor Sanmartín ponctua la fin de son petit discours en vidant d'un trait le contenu de son verre. L'orchestre acheva également en cet instant le morceau commencé, et observa quelques secondes de silence avant de passer au suivant. Même la pluie et le vent semblèrent marquer une pause respectueuse de l'autre côté de la vitre.

La conspiration bourbonienne.

Le futur socialiste.

Des mots sonores et épais que j'avais entendus, effectivement, des centaines de fois au long de ces dernières années, et qui avaient souvent élevé mon esprit et enflammé mon imagination, avec leur promesse d'aventure et de justice sociale.

Des mots qui maintenant, dans la bouche de ce jeune homme bouclé au sourire faux, semblaient n'être que le jargon d'un camelot essayant de fourguer sa marchandise défectueuse à un inconscient.

— Personne ne souhaite plus que moi, monsieur Sanmartín, la consolidation de la République et l'introduction de l'idéologie socialiste dans notre pays de caciques et de soutanes, dis-je. Mais personne n'est également plus convaincu que moi de la fausseté des accusations que vous lancez contre mon père. Et si vous ne cessez pas de nous traquer avec votre faux courrier des lecteurs et vos lettres anonymes menaçantes, je me verrai dans l'obligation d'intervenir personnellement.

Je m'interrompis avant d'ajouter en bluffant, et sans être sûr d'être particulièrement convaincant :

— Si vous en savez tant sur mon passé londonien, vous serez sans doute à même d'apprécier le sérieux de ce dernier point.

Les ultimes restes du sourire de Sanmartín se diluèrent dans une grimace de parfait sérieux.

— Je vous demande juste d'y réfléchir.

— C'est tout réfléchi.

— Vous savez où j'habite. N'hésitez pas à passer me voir si vous le souhaitez.

Et, me regardant fixement dans les yeux, il ajouta une chose à laquelle je penserais souvent, dans les semaines et les mois qui suivraient, quand l'avenir des événements chargerait d'une malheureuse signification rétrospective tout ce que j'aurais vu et entendu au cours de cette si étrange soirée.

— Je ne vous souhaite aucun mal, monsieur Camarasa. Vous et moi sommes dans le même bateau, et nous devrions ramer dans la même direction.

Le journaliste me tendit la main et, distraitement, je la lui serrai de nouveau.

— Tenez-vous à distance de ma famille, monsieur Sanmartín, dis-je encore.

Il quittait déjà la fête et ne m'entendit pas ; en tout cas il ne chercha pas à me répondre ou comprit peut-être, avec raison, que ma dernière phrase était moins un avertissement qu'un geste destiné à faire taire une conscience, la mienne, irréparablement inquiétée par tout ce qu'elle venait d'apprendre.

13

Seul à côté de la fenêtre à meneaux, les paroles de Víctor Sanmartín résonnant encore dans mes oreilles, je consacrai quelques minutes à regarder tomber la pluie sur la cour intérieure de l'hôtel particulier avant de regagner la fête. Je cherchai alors Gaudí et Fiona et les repérai dans l'un des petits recoins du salon comportant des fauteuils et des tables basses, tous deux assis sur une ottomane et apparemment plongés dans une conversation des plus animées. C'était Gaudí qui avait la parole en cet instant, et il s'exprimait avec une profusion de petites grimaces faciales et d'amples gestes des mains pendant que Fiona, souriante, l'écoutait avec ce regard d'attention inconditionnelle que savait si bien composer l'Anglaise lors de ces occasions où la personne qui se trouvait devant elle, pour une raison quelconque, l'intéressait vraiment. Aucun des deux ne semblait avoir constaté mon absence, encore moins en avoir pâti, même si j'avais du mal à croire que Fiona n'avait pas remarqué la présence de Víctor Sanmartín dans la salle de réception. Toujours est-il que, à défaut d'autres distractions disponibles dans cette ambiance si différente de celles que je fréquentais habituellement, je décidai qu'il était temps de revenir à leurs côtés et de leur raconter ce qui venait de m'arriver.

Ce fut alors que cela se produisit.

Je venais de faire un pas en direction de l'ottomane qu'occupaient mes amis lorsque, au centre de la pièce, un verre se fracassa contre le sol en céramique, qu'il recouvrit d'esquilles volantes et de milliers de gouttes de vin rouge pulvérisées. Les têtes de tous les invités se tournèrent vers l'origine du vacarme, et l'une des dames directement affectées par le petit désastre, une femme d'une soixantaine d'années aux épaules couvertes de renard blanc depuis peu éclaboussé de taches rougeâtres, poussa un hurlement aigu et prolongé qui fit taire immédiatement la musique de l'orchestre, le papotage soutenu des quelques petits groupes qui ne s'étaient encore rendu compte de rien et ma propre voix intérieure, qui ne cessait de me répéter certaines vérités gênantes dont Sanmartín avait truffé ses nombreux mensonges.

Deux voix masculines s'élevèrent alors dans le silence, et il se mit en marche sur-le-champ une sorte de chorégraphie pléthorique qui redistribua en un clin d'œil les positions de toutes les personnes présentes dans la pièce. Je me rappelle avoir fait encore quelques pas en direction de Fiona et de Gaudí, qui avaient interrompu leur conversation et tendaient maintenant le cou depuis leur ottomane à la recherche de l'origine des voix. Je me rappelle également avoir vu Martin Begg émerger d'un groupe de militaires en civil et traverser comme une flèche le salon en direction de ce même point. Et je me souviens enfin que la chorégraphie improvisée finit par s'arrêter dans une ample demi-lune de jaquettes et de jupons au centre de laquelle se trouvaient mon père et le vieil homme en haillons qui avait retenu fugitivement mon attention cinq minutes plus tôt, s'affrontant dans une posture parfaitement absurde et ridicule, front contre front, presque nez à nez, qui dans toute autre situation m'aurait fait rire ou rougir de honte.

Je ne sus pas alors non plus me remémorer en quelle circonstance j'avais vu le visage rubicond et vieilli de l'homme, mais je remarquai pour la première fois le porte-documents rouge qu'il tenait dans sa main droite.

— Si vous ne cessez de harceler ma famille une bonne fois pour toutes, je jure devant Dieu que je vous tuerai ! fut la première phrase de mon père que je compris au milieu de toute cette confusion.

— Vous croyez que vous me faites peur, Camarasa ? répliqua le vieil homme, sur un ton à peine plus bas et moins menaçant que celui de mon père. Vous croyez que vous pouvez me faire quelque chose que vous ne m'ayez pas déjà fait ?

— Ne m'obligez pas à vous prouver ce que je peux encore vous faire !

Martin Begg arriva à ce moment à hauteur des deux hommes et interposa entre eux son grand corps infranchissable.

— Sortez, Andreu, dit-il, posant une main blanche et grassouillette sur le plastron crasseux du manteau du vieux. Ne nous obligez pas à appeler la police.

Andreu, pensai-je alors.

Eduardo Andreu. Le marchand d'art.

Un autre vieux fantôme londonien convoqué d'entre les morts en cette si étrange soirée.

— La police ?!

L'homme eut un petit rire forcé et agita son porte-documents au-dessus de sa tête.

— Elle serait certainement ravie de voir *ça*. Vous ne croyez pas, Camarasa ?

Alors mon père commit sa seconde erreur de la nuit. Écartant Martin Begg d'une bourrade, il affronta de nouveau le vieil homme et sans un mot, à la stupeur de l'assistance, le gifla si fort que l'écho sembla se réverbérer dans chaque coin de la pièce.

— Sempronio ! entendis-je crier Fiona, qui était parvenue, en compagnie de Gaudí, à se frayer un chemin jusqu'au centre de la demi-lune constituée de curieux et prenait maintenant le bras de mon père, tentant d'apaiser une crise de fureur comme je ne lui en avais jamais connu auparavant.

— Je ne tolérerai pas une seule diffamation de plus ! Pas une !

Eduardo Andreu palpa la joue qui avait été frappée et considéra mon père avec un sourire, me sembla-t-il, sincèrement heureux.

C'était ce que cherchait le vieux marchand, compris-je alors. Rien de plus. Une scène publique en présence des personnes mêmes dont mon père avait voulu se gagner les faveurs grâce à cette fête, aussi définitivement ruinée désormais que l'était, à en croire ce qui se disait, le vieil homme.

— Le seul recours du coupable, dit-il. Attaquer un vieil homme sans défense. Vous êtes tous témoins, ajouta-t-il, se tournant de tous côtés et soutenant les regards de ceux qui, un jour, dans ce qui semblait être une autre vie, avaient pu être ses propres clients. Cet homme, Sempronio Camarasa, m'a d'abord menacé de mort puis m'a agressé physiquement. Est-ce là l'homme avec lequel vous comptez faire des affaires ? Un voleur, violent et lâche !?

Je parvins enfin à arriver moi aussi jusqu'à mon père avant qu'il ne se jette de nouveau sur Andreu.

— Arrête, papa, murmurai-je en le prenant par le même bras que Fiona tenait toujours fermement. Tu ne fais qu'empirer la situation. Qu'il s'en aille, une fois pour toutes.

— Et laisser les choses en rester là !?

Mon père me fixa, le visage rougi, compris-je, non plus par la violence de la situation, mais par la rage et la frustration accumulées tout au long de cette dernière semaine.

— Qu'un vieil ivrogne comme lui fasse irruption à ma fête, m'insulte en public, me traite d'escroc devant ces personnes avant de partir comme si de rien n'était ?!

— Ces personnes doivent savoir qui elles fréquentent ! reprit Andreu. Et si elles ne croient pas en ma parole, elles croiront les mots que je pense mettre prochainement à votre disposition...

Martin Begg planta de nouveau sa grosse main sur la poitrine du vieux.

— La seule preuve dont vous disposiez est votre propre apparence, Andreu, affirma-t-il. Votre apparence et votre histoire. Nous savons tous qui vous êtes.

Eduardo Andreu jeta un regard enflammé au directeur des *Nouvelles illustrées*.

— Tous savent qui j'étais avant que cet homme ne croise mon chemin, oui, répliqua-t-il. Et tous savent ce que je suis devenu par sa faute. Et maintenant, enfin, tous vont savoir qui il est vraiment !

Mon père tenta de se libérer de nouveau de Fiona et de moi d'une secousse qui provoqua un murmure instantané de curiosité parmi l'assistance.

— J'aurais dû en finir avec vous quand j'en ai eu l'occasion. Voilà le paiement que je reçois en échange de ma compassion...

— Votre compassion ? demanda le vieil homme, qui leva les bras et offrit son corps entier à notre attention. C'est cela que vous appelez compassion ?

— Vous préféreriez être en prison ? Vous auriez préféré que je vous dénonce devant les tribunaux pour tentative d'escroquerie, comme j'aurais dû le faire ?

Le vieil homme agita la tête de gauche à droite, eut un sourire sardonique et m'inspecta la bouche entrouverte, baveuse. Ce ne fut qu'alors qu'il sembla me reconnaître.

— Eh bien, mais qui avons-nous là ? Le petit Camarasa.

— Partez, monsieur Andreu, dis-je en soutenant son regard. N'empirez pas encore les choses.

— Tu veux dire avant que je ne les empire encore pour ton père.

Le marchand renouvela son geste d'ouvrir les bras et d'exposer sa triste figure de façon théâtrale.

— Tu as vu le résultat de ton œuvre ? Tu dors sûrement toi aussi à poings fermés la nuit, n'est-ce pas ?

Avant que je puisse tomber dans la tentation de lui répondre, Fiona lâcha le bras de mon père et prit la situation en main :

— Antoni, allez chercher les agents de sécurité, lança-t-elle à Gaudí, qui n'avait pas bougé et observait la scène avec un intérêt visible. Papa, emmène Sempronio, ajouta-t-elle en anglais. Et vous, Andreu, faites-moi le plaisir de partir. Si vous vouliez gâcher la fête, vous y êtes parvenu. Je ne crois pas que vous puissiez aspirer à quoi que ce soit d'autre ici ce soir…

Le vieil homme adressa un coup d'œil amusé à Fiona.

— Vous croyez, mademoiselle ?

— J'en suis aussi convaincue que vous.

— Je vous obéirai donc.

Ensuite, agitant de nouveau le porte-documents rouge, il répéta une fois de plus :

— C'est votre perdition, Camarasa. Ici se trouvent votre ruine et ma vengeance. Cette fois, ni votre argent ni vos contacts ne vous serviront à rien. Tout le monde va enfin savoir quel genre de personne vous êtes.

Ce furent ses derniers mots. Gaudí revint à cet instant dans la salle en compagnie de l'un des deux gardes qui patrouillaient dans l'hôtel particulier depuis les attaques à coups de pierres de la semaine précédente, et Eduardo Andreu, en le voyant, tourna en silence sur lui-même, consacra un dernier regard à ce qui avait constitué son public – bouches bées, pupilles dilatées, langues impatientes de commenter et de diffuser les événements – et se dirigea vers l'escalier, enveloppé dans cet air singulier de dignité loqueteuse qui l'avait accompagné pendant toute la scène.

Fiona fut la première à oser briser le silence qui suivit la sortie du vieux marchand :

— Vous jouiez une polka de Strauss, me semble-t-il, dit-elle en se dirigeant vers l'orchestre. Mais je dirais que votre rythme n'était pas le bon. Pourrions-nous essayer de nouveau ?

Et juste à cet instant, la femme à l'étole de renard blanc se mit à pleurer avec toute la force d'une fillette qui vient de perdre son jouet le plus cher et annonça, à la plus ou moins grande délectation des personnes présentes, que c'était la fête la moins satisfaisante à laquelle elle ait jamais assisté.

14

Il était déjà près de vingt-deux heures lorsque Gaudí et moi prîmes congé de mon père, de Fiona et de Martin Begg au coin de la rue Ferdinand-VII et de la Rambla. Là, nous attendîmes qu'ils montent tous les trois dans la berline familiale pour regagner la tour de Gracia, et une fois seuls nous rebroussâmes chemin, tournâmes à gauche immédiatement dans la rue del Vidrio, après une brève pause devant la vitrine de l'Herboristerie du Roi, et entrâmes sur la place Real.

L'ambiance qui régnait à l'intérieur de l'enceinte était beaucoup plus animée que celle que j'y avais trouvée le samedi soir précédent, lorsque le petit orchestre militaire avait déchaîné avec ses marches et ses uniformes un début de bataille rangée entre monarchistes et républicains. Maintenant, le rectangle central de la place était à l'entière disposition de cinq ou six couples qui se promenaient bras dessus bras dessous sous la lumière intime des lampadaires, de quelques hommes qui fumaient et buvaient assis sur le muret de la fontaine et d'un cireur de chaussures qui ne se décidait pas à considérer sa journée comme terminée. La pluie des dernières heures obscurcissait les façades des bâtiments et faisait joliment briller le sol pavé. Il ne faisait pas froid, mais le vent continuait à souffler fort de l'autre côté de la muraille de la Mer.

Sans me consulter, Gaudí choisit l'un des restaurants situés sous les arcades de la place et, après s'être brièvement montré à la porte du local, s'installa à l'une des tables extérieures en m'incitant à faire de même d'un signe de tête.

— Vous avez beaucoup de choses à me raconter, dit-il, dès que le serveur venu prendre notre commande nous eut laissés. Même si je comprendrais que vous préfériez remettre cela à demain.

Je souris tristement.

— Vous aussi vous avez des choses à me dire, fis-je, peut-être pour gagner du temps. Des choses plus agréables.

— Vous voulez parler de votre amie ?

— Oui, bien entendu. Vous avez bavardé avec animation beaucoup plus longtemps que je ne l'aurais cru.

— Vous avez si peu de confiance en mes talents en société ?

— Quand des questions artistiques sont en jeu ? Aucune.

Cette fois, ce fut au tour de Gaudí de sourire.

— Je ne nierai pas que j'ai dû me mordre la langue à plusieurs reprises. Mlle Begg a quelques idées très particulières sur son métier de peintre.

— Des idées que vous, bien sûr, vous réprouvez totalement.

— Ma conception de l'art est moins romantique que celle de notre amie, si c'est ce que vous voulez dire. Mais je ne nierai pas non plus que certains aspects de notre conversation m'ont intrigué.

— Vous ne la considérez plus comme une simple dessinatrice de catastrophes ?

167

Gaudí feignit de réfléchir pendant quelques secondes.

— Disons que je la considère comme une dessinatrice de catastrophes ayant quelques idées intéressantes…

Gaudí trancha la question en donnant une tape sur la table, qui coïncida presque parfaitement avec le retour du serveur. L'homme portait un plateau qui contenait notre double ration de chocolat avec des pâtisseries, un verre d'eau minérale gazéifiée pour Gaudí et aussi, cadeau de la maison, deux gaufres fourrées au miel.

— On commence par M. Andreu ?

Je pris une pâtisserie et en mordillai le bout, pensant dans l'instant à ma mère et à ma sœur, que mon père avait au dernier moment exclues de la fête des *Nouvelles illustrées,* très certainement pour leur épargner l'ambiance qui allait y régner en raison de l'article de l'édition matinale du *Journal de Barcelone.* Margarita n'allait pas apprécier la relation qui lui serait faite de notre soirée rue Ferdinand-VII ; je pouvais déjà imaginer sa tête, quand elle m'entendrait lui raconter l'apparition de Víctor Sanmartín à la fête, celle, postérieure, d'Eduardo Andreu et la réaction démesurée de papa Camarasa devant les menaces du vieux marchand ruiné. Quant à ma mère, assurément, même la version expurgée que mon père lui fournirait de sa rencontre avec Andreu suffirait à la confiner quelques jours de plus dans les limites ouatées de son salon du soir.

— C'est une longue histoire, l'avertis-je.

— Nous avons toute la nuit devant nous.

— Vous l'aurez voulu, concédai-je en souriant. Vous avez entendu parler de Lizzie Siddal ? Le modèle de la confrérie préraphaélite ?

— L'Ophélie de Millais, acquiesça-t-il. Une femme d'une beauté remarquable.

— Une femme exceptionnelle. Alors vous devez savoir qu'elle fut aussi l'épouse de Dante Gabriel Rossetti, ainsi que la muse qui lui inspira presque tous ses grands tableaux. Vous connaissez l'histoire de sa mort ?

Gaudí haussa légèrement les sourcils.

— Je crois avoir lu quelque chose concernant un suicide. Au laudanum, peut-être ?

— Officiellement, il s'agissait d'une mort accidentelle. Siddal était dépendante au laudanum, elle en avait pris une dose excessive et était morte avant que quiconque ait pu la secourir. Mais on a beaucoup murmuré qu'elle avait laissé derrière elle un mot dans lequel elle rendait Rossetti responsable de son suicide. Tout Londres connaissait les infidélités du peintre, ainsi que la cruauté avec laquelle il traitait parfois son épouse.

Je fis une pause pour boire une gorgée de chocolat avant de poursuivre mon récit :

— Vous apprécierez d'apprendre, je crois, que peu de temps après leur installation à Londres les Camarasa au complet s'étaient rendus à une réception à la Royal Society of Arts, à laquelle assistait le poète Swinburne. Il était à l'époque des faits un grand ami de Rossetti, et le jour même de la mort de Siddal il avait déjeuné avec le couple dans un restaurant du centre. Cela se passait au début de 1862. Quand ils se séparèrent, à la sortie du restaurant, Rossetti accompagna son épouse au domicile conjugal, la laissa couchée dans sa chambre et partit donner un cours de peinture. Quand il rentra, en fin de journée, Siddal était inconsciente et, à ses côtés, il y avait une bouteille de laudanum vide.

Plusieurs médecins appelés à son chevet tentèrent de la ranimer, mais en vain. Le *coroner* déclara qu'il s'agissait d'une mort accidentelle, mais Swinburne, comme presque tout le monde, considérait qu'il s'agissait d'un suicide. Donc, à cette réception de la Royal Society of Arts, il semble que le poète ait bu plus que son compte et bavardé longuement au sujet des événements de cet après-midi-là avec tous ceux qui voulurent bien l'écouter. À l'époque, je parlais très mal l'anglais et de toute façon, à seize ans, je n'aurais même pas rêvé d'approcher un homme tel que lui ; mais mon père m'expliqua par la suite certaines des choses qu'il avait dites. Rossetti, semble-t-il, était assez particulier...

— Presque tous les génies le sont.

— Je me réjouis de ne pas en être, alors. Et je souhaite qu'il en aille de même pour vous.

Gaudí sourit.

— Poursuivez, je vous en prie.

— À en croire Swinburne, Lizzie Siddal était une femme extraordinaire. D'origine modeste, elle n'avait guère fait d'études et la seule clé qui lui avait ouvert les portes du monde artistique avait été sa beauté. Mais en dehors du fait qu'elle était devenue le modèle préféré des grands noms de la confrérie préraphaélite, elle était elle-même un peintre de talent, et possédait un esprit original propre à fasciner tous ceux qui l'approchaient. Quand ils s'étaient rencontrés, vers 1850, Rossetti avait été ébloui par le visage et l'esprit de cette femme. Ils vécurent ensemble pendant presque dix ans avant de se marier, eurent un enfant mort-né, Siddal posa pour certains des tableaux les plus extraordinaires de Rossetti, et pendant tout ce temps, d'après Swinburne, le peintre n'arrêta pas de maltraiter sa muse de toutes les manières imaginables. À sa mort, Siddal était plongée depuis plusieurs années dans un état de mélancolie profonde qui faisait redouter à tous ses proches le dénouement qui aurait finalement lieu. De plus, elle était enceinte.

— Triste histoire, oui, dit Gaudí.

— Toujours est-il que Rossetti se sentit justement responsable de ce qui s'était passé. Sa cruauté, son laisser-aller ou son égoïsme naturel d'artiste avaient précipité la mort de la femme qui avait été sa muse et sa compagne pendant plus d'une décennie. En guise de geste expiatoire, il fit quelque chose dont vous avez peut-être entendu parler aussi : à côté de son cadavre, à l'intérieur du cercueil, Rossetti enterra un cahier qui contenait l'unique copie de ses propres poèmes.

Gaudí acquiesça de la tête.

— Je crois que je sais où tout cela nous mène.

— J'en doute.

— On a récupéré le carnet…

— Mieux encore.

Mon ami acquiesça de nouveau, très sérieusement.

— Poursuivez, me dit-il.

— Nous sommes maintenant en 1869. L'année de notre rencontre familiale avec Swinburne, quelques mois plus tard. Rossetti a surmonté le deuil de Siddal, ou peut-être l'artiste a-t-il pris le pas en lui sur l'être humain. Toujours est-il qu'il se repent de son geste romantique et décide que ses poèmes ne méritent pas de pourrir avec le corps de son épouse dans une tombe du cimetière de Highgate… Il demande donc l'autorisation d'exhumer le cercueil et de récupérer le cahier.

— Les journaux de Barcelone en ont parlé, affirma Gaudí.

— Ceux de Londres en ont fait leur beurre, en tout cas. L'exhumation eut lieu de nuit et presque en cachette, afin d'éviter la présence de journalistes et de curieux dans le cimetière. Des amis de Rossetti se chargèrent de l'opération. Ils ouvrirent le cercueil, jetèrent un coup d'œil à l'intérieur, récupérèrent le cahier et refermèrent la tombe. Le cahier retourna à Rossetti, qui le détient toujours. Aucun mystère de ce côté, excepté l'aspect psychologique : quelle sorte d'homme voudrait avoir en sa possession un objet qui est resté enterré pendant sept ans à côté du corps de sa défunte épouse ?

Un véritable artiste, me répondirent les yeux de Gaudí.

— Le mystère ne réside pas dans le carnet, mais dans le cadavre de Lizzie Siddal, proclamèrent ses lèvres.

— Vous connaissez donc la rumeur qui a commencé à circuler après l'exhumation ?

— Quelqu'un avait dérobé le corps ?!

Je secouai la tête.

— Rien d'aussi spectaculaire, je le crains. Mais c'est encore plus beau. Ce qui se dit alors, ce qu'assurèrent tous les journaux et qui circula dans tous les coins de la ville au cours des jours suivants, fut que lorsque les amis de Rossetti ouvrirent le cercueil ils découvrirent que le corps de Lizzie Siddal se trouvait en parfait état de conservation. Comme si elle était morte dans la soirée. Ou comme si le laudanum l'avait maintenue dans un profond sommeil dont elle aurait pu sortir à tout moment. Et ses cheveux, ses fameux cheveux roux… ils avaient continué à pousser pendant ces sept années, au point de coloniser entièrement l'intérieur du cercueil ! Quand ils ouvrirent ce dernier, ce que les amis de

Rossetti trouvèrent n'était pas un squelette nettoyé par les vers et par la corruption de la mort, mais une belle femme endormie dans un manteau de cheveux roux… Qu'en pensez-vous ?

— J'en pense que Margarita n'est pas la seule romantique de la famille Camarasa.

Je souris.

— Pour en venir au fait, nous sommes maintenant fin 1870, poursuivis-je. Les journaux ont oublié Lizzie Siddal et Dante Gabriel Rossetti, et même dans les cercles artistiques où évolue mon père pour ses affaires on ne parle plus de l'histoire de l'exhumation et du corps intact…

— « Pour ses affaires » ?

— Mon père ouvrit une salle des ventes peu après son arrivée à Londres. Jusqu'à l'année dernière, ce fut sa principale activité : l'achat-vente d'œuvres d'art et d'antiquités. Il se spécialisa dans les pièces d'origine sud-américaine et continentale, deux domaines négligés par les salles des ventes anglaises, et en quelques mois il se fit un nom et un bon portefeuille de clients réguliers. Londres compte un grand nombre de gens aux goûts onéreux et à la bourse inépuisable.

— Une entreprise risquée, quoi qu'il en soit.

— Pour mon père, vous voyez, cela s'est bien passé.

— Je ne parle pas de l'aspect économique, objecta Gaudí. J'ai cru comprendre que les transactions effectuées par ces salles des ventes n'étaient pas toujours entièrement… transparentes.

— De la contrebande, vous voulez dire.

— Je n'accuse votre père de rien.

— Et pourtant, vous seriez certainement dans le vrai. C'est l'une des raisons pour lesquelles je n'ai jamais voulu savoir comment il gérait ses affaires. Si seulement un centième des objets qui passaient chaque jour par les entrepôts possédait l'origine trouble qu'il convenait souvent de leur prêter, cela suffirait pour justifier que mon père pourrisse le restant de ses jours en prison en compagnie de quelques-uns de ses meilleurs clients.

Gaudí interrompit le trajet d'une pâtisserie jusqu'à sa bouche.

— Eduardo Andreu était l'un de ces clients, suggéra-t-il. Ou plutôt, l'un des marchands qui fournissaient à votre père les objets que celui-ci mettait ensuite aux enchères...

— Ni l'un ni l'autre. Andreu et mon père s'étaient connus à Barcelone avant 1868, mais n'avaient jamais travaillé ensemble. À l'époque, mon père se consacrait à des questions financières et n'éprouvait pas le moindre intérêt pour les œuvres d'art qu'Andreu tentait de vendre aux bourgeois de la ville. Leur première affaire fut également la dernière, et la protagoniste en fut pour ainsi dire Lizzie Siddal.

« Lizzie Siddal », formèrent en silence les lèvres de Gaudí.

— Un beau jour, Eduardo Andreu arriva à Londres et proposa à votre père un objet lié à cette femme..., dit-il. Un tableau ?

— Une photographie.

— Une photographie de Lizzie Siddal, fit Gaudí, ses yeux s'illuminant dans l'instant d'un éclat de plaisir. Une photographie du cadavre intact de Lizzie Siddal...

— Exact.

— Les amis de Rossetti avaient apporté un appareil photographique au cimetière et gravé sur le papier le prodige survenu à l'intérieur du cercueil...

Et maintenant un marchand barcelonais détenait cette photo et voulait la mettre en vente par l'entremise de Sempronio Camarasa…

J'acquiesçai d'un sourire.

— Ce dernier point fut, bien sûr, la première chose qui nous fit douter de l'authenticité de la photographie. Si l'image était authentique, comment était-elle parvenue aux mains de quelqu'un comme Andreu ?

— Question légitime.

— Quoi qu'il en soit, ne vous laissez pas abuser par l'impression qu'il a pu produire sur vous à la fête aujourd'hui. À l'époque, Eduardo Andreu était un marchand très respecté à Barcelone, et ses lettres de crédit, au moment où mon père les vérifia, étaient impeccables. Personne ne l'avait jamais accusé d'escroquerie ni de tromperie, ses comptes étaient en règle, et son portefeuille de clients comportait certains des plus grands potentats de la ville. Mais il n'avait jamais travaillé avec le marché anglais. Et cela, bien sûr, rendait son histoire suspecte.

— Elle consistait, cette histoire…

— Principalement en ce qu'un ami de Rossetti présent lors de cette nuit au cimetière de Highgate, un poète très mineur dont j'ai oublié le nom, avait pris une série de clichés qui couvraient tout le processus d'exhumation du cadavre de Siddal. L'une de ces photos, celle qu'Andreu avait en sa possession, avait échoué entre les mains d'un des frères du poète, qui l'avait revendue à un politicien espagnol exilé à Londres après le coup d'État du général Prim. Ce politicien, dont le nom n'a pas circulé, devait être à la fois un fervent admirateur de Rossetti et un collectionneur suffisamment excentrique pour offrir une très importante somme d'argent pour la photographie de la défunte épouse de ce dernier. Une somme si importante, en réalité, que, quelques mois plus tard, il avait dû reconsidérer sa décision et mettre à son tour la photo sur le marché. Londres est une ville chère, vous savez, qui plus est pour un politicien espagnol en exil dont la poche ne contient que des pesetas. C'était lui qui avait contacté Andreu, un de ses marchands habituels en Espagne, afin que ce dernier organisât la vente de l'image, et Andreu avait compris que la salle des ventes de mon père était la plateforme la mieux adaptée pour proposer un objet aussi inhabituel.

— Et votre père a découvert que la photographie était fausse...

— En réalité, ce fut moi.

— La falsification était si mauvaise ?!

Je pris ma respiration et m'efforçai d'ignorer la nouvelle insulte involontaire de Gaudí.

— Si vous voulez dire qu'un fin connaisseur des techniques photographiques pouvait détecter à première vue un défaut dans l'image, la réponse est oui, fis-je. Le problème ne résidait de toute façon pas dans l'objet de la photographie, mais dans sa composition. La femme qui se trouvait à l'intérieur du cercueil pouvait réellement passer pour Lizzie Siddal, pour son cadavre, intact, raide et à demi enfoui sous une masse de cheveux dont la couleur, dans les tons de gris de l'image, aurait tout aussi bien pu être rousse. Mais l'éclairage de la scène ne correspondait pas à la situation dans laquelle, selon tous les récits, la photo avait été prise. Les amis de Rossetti avaient déterré le cercueil, l'avaient ouvert devant la tombe et l'avaient immédiatement remis dedans, toujours en présence d'un délégué officiel. Le cliché avait toutefois très nettement été pris dans les conditions sous contrôle d'un studio de photographie…

— Ils n'ont peut-être pas pris la photographie en plein air, mais à l'intérieur d'une crypte, suggéra Gaudí.

— Lizzie Siddal n'était pas enterrée dans une crypte. Sa tombe était en plein air. Et de toute façon, cette crypte présumée n'aurait pas résolu non plus le problème que présentait l'image.

— Qui était sans doute…, commença Gaudí.

À cet instant, il se produisit une chose étrange.

Un homme d'une cinquantaine d'années, de petite taille, grassouillet, bien vêtu, s'approcha de notre table et, sans un mot, déposa à côté de la tasse de Gaudí une liasse de billets pliés en deux.

Mon compagnon regarda d'abord les billets, puis l'homme, puis moi. Enfin, sans un mot lui non plus, il porta la main à l'intérieur de sa redingote et en ressortit un petit objet que j'entrevis à peine dans l'instant fugitif où Gaudí le tendit à l'homme, qui le recueillit avec une avidité animale.

Un flacon en verre d'à peine deux centimètres de hauteur, peut-être moins, rempli d'un liquide verdâtre.

L'homme referma le poing dessus et disparut avec le même air furtif qui l'avait conduit à nous. Gaudí rangea la liasse de billets dans la poche intérieure de sa redingote, s'éclaircit brièvement la gorge et dit :

— Il faudrait changer une fois pour toutes les lampadaires de cette place. Il y a si peu de lumière ici qu'on ne sait même pas avec qui on parle.

Et il ajouta immédiatement :

— Vous alliez m'expliquer le problème que présentait l'image supposée du cadavre de Lizzie Siddal…

Je décidai donc qu'il ne s'était rien passé.

Aucun monsieur d'apparence respectable ne venait de remettre à mon ami une coquette somme d'agent en échange d'un flacon rempli d'un liquide verdâtre.

Tout cela n'avait été que le fruit de mon imagination, excitée par les événements de l'après-midi et le souvenir de la sinistre histoire de Lizzie Siddal, et peut-être abusée par la semi-pénombre des arcades de la place Real.

Je revins donc à Eduardo Andreu et aux ombres qui guettaient mon père :

— L'uniformité de la lumière qui éclairait le cercueil, poursuivis-je. Et l'angle de cette lumière sur le visage du cadavre présumé. Le photographe qui avait disposé les éléments de cette scène avait soulevé de pas moins de vingt centimètres le coussin du cercueil, de façon que l'appareil puisse en capter l'intérieur sans qu'on eût besoin de se pencher excessivement dessus. Mais il n'avait pas prévu, en premier lieu, les changements que cette disposition provoquerait dans l'angle de réfraction de la lumière sur sa figure centrale. Et il n'avait pas remarqué non plus que l'éclair de magnésium d'une lampe éclairant une scène censée se dérouler de nuit et en plein air aurait projeté sur le cercueil une lumière beaucoup moins uniforme que celle de l'image.

— D'autres foyers de lumière éclairaient la scène…

— Des foyers beaucoup plus puissants que ce à quoi on pourrait raisonnablement s'attendre dans le cas de cette exhumation, approuvai-je. On les trouve dans n'importe quel studio de photographie à peu près professionnel.

— Je vois.

— L'image, en définitive, était trop composée et trop bien éclairée pour être authentique. Le photographe avait tenté de produire une falsification si parfaite qu'il avait fini par faire quelque chose de trop bon pour être réel. L'image était excellente, et précisément pour cette raison il sautait aux yeux qu'elle était fausse.

Gaudí acquiesça avec un petit sourire.

— Excellent, Camarasa, mon ami, dit-il à ma grande surprise (c'était la première fois que je l'entendais me gratifier de quelque chose qui ressemblait autant à un compliment). Mais j'imagine que votre père avait dû essayer de faire authentifier le cliché par les moyens habituels. Sa provenance, l'histoire de ses changements de propriétaire...

— Bien sûr. Et tout renforça ma propre hypothèse : il suffit de quelques jours pour confirmer qu'au cimetière de Highgate il n'y avait eu cette nuit-là aucun appareil photographique, que le poète ami de Rossetti n'en avait jamais touché de sa vie – il n'avait même pas de frère, d'ailleurs –, que le politicien espagnol ne semblait même pas exister, et que, en définitive, les seules mains qui semblaient avoir eu un contact avec cette photographie avant qu'elle n'arrive dans le bureau de mon père avaient été celles d'Eduardo Andreu...

— Alors votre père a dénoncé Andreu pour tentative d'escroquerie et il a ruiné sa réputation...

— En résumé, oui. Le commerce de mon père reposait sur la réputation, et je crois que dans cette affaire il a vu une possibilité d'apparaître comme un homme intègre et incorruptible. Au lieu de jouer le jeu d'Andreu et de vendre la photographie sans s'occuper de son authenticité, comme il l'aurait peut-être fait en d'autres circonstances, et au lieu de rendre l'image au marchand et de faire d'autres affaires avec lui, il rendit public ce qui était arrivé de la pire manière possible.

— À travers la presse…

— Mon père venait de rencontrer Martin Begg, qui travaillait alors dans un journal de Londres appelé *The Illustrated Police News*. Begg était arrivé à notre salle des ventes en suivant la piste d'une autre affaire, et mon père profita de l'occasion pour obtenir une bonne publicité gratuite, autant pour son commerce que pour lui-même.

— Et c'est Eduardo Andreu qui a payé la note, pour ainsi dire.

— Le journal de Begg avait déjà suivi l'année précédente toute l'affaire de l'exhumation du cadavre de Lizzie Siddal, et il se lança alors frontalement dans l'histoire de la tentative d'escroquerie à la fausse photographie. Photographie que notre amie Fiona reproduisit d'ailleurs fidèlement dans une de ses illustrations. Ce fut sa première couverture, si je ne m'abuse. Sa carrière décolla en partie grâce à Lizzie Siddal.

— Une rousse se servant d'une autre rousse…

— Dit un troisième roux, lançai-je avec un sourire. En résumé, mon père a ruiné la réputation d'Eduardo Andreu et a profité en même temps de la situation pour affirmer sa position d'homme d'affaires incorruptible. Andreu rentra à Barcelone et apprit que la nouvelle de sa tentative de fraude était parvenue jusque-là. En quelques mois à peine, sa propre affaire fit faillite, et les derniers échos que nous eûmes de lui furent qu'il avait vendu ses derniers tableaux et s'essayait au métier de bookmaker dans le circuit des combats sur le port…

Gaudí fronça le nez.

— C'est ce qui s'appelle toucher le fond, oui. D'après ce qui s'est produit ce soir, je comprends qu'Andreu en ait rendu votre père responsable.

— Il assurait que le cliché lui était parvenu par des circuits parfaitement propres et légaux, et qu'il n'avait rien à voir avec une quelconque falsification. Et j'aurais tendance à penser que c'est vrai. À mon sens, il a été victime d'une tentative de fraude émanant d'un tiers.

— Et vous n'avez pas songé que ce tiers était peut-être votre propre père ? demanda alors mon camarade, à brûle-pourpoint.

— Pardon ?

— Ce ne serait pas une si mauvaise stratégie, n'est-ce pas ? Votre père fait exécuter une fausse photographie, il la fait parvenir aux mains d'Andreu et conduit les pas du marchand vers sa propre salle des ventes. Puis il dénonce publiquement la fausseté de l'image et obtient toute cette publicité gratuite à laquelle vous avez fait allusion...

— Et dans ce scénario je présume que, le mystérieux photographe, c'était moi...

— Ce serait une solution élégante du mystère, vous ne croyez pas ?

— Vous êtes sérieux ?

— Bien sûr que non. Je ne crois pas que vous vous occupiez de falsifier les photographies de cadavres célèbres, et je suis convaincu que vous ne ruineriez jamais sciemment la vie d'un homme.

— Et mon père ?

— Je ne le connais pas aussi bien que je commence à vous connaître.

Je fis un signe de dénégation de la tête.

— Mon père ne ferait pas une telle chose.

— Peut-être pas lui directement, mais quelqu'un de son entourage, à son insu, je veux dire.

Le terme « entourage » résonna d'une façon curieusement malheureuse sur les lèvres de mon ami.

— Maintenant, nous allons parler de Víctor Sanmartín et de ses théories sur mon père, j'imagine.

— Si vous préférez, nous pouvons remettre cela à demain, proposa Gaudí. Mais je n'ai pas pu m'empêcher d'observer vos réactions lors de la fête lorsque vous bavardiez avec le journaliste, et je dirais que ses paroles vous ont profondément affecté.

Je recueillis du bout d'un biscuit à la cuillère les derniers restes de chocolat de ma tasse.

— Je croyais que Fiona avait monopolisé votre attention, dis-je en mâchant avec une lenteur délibérée. Vous aviez l'air très à l'aise, sur ce canapé.

— J'ai des facilités pour suivre deux choses à la fois, comme vous le savez.

— Effectivement, j'en ai été le témoin il y a quelques minutes.

Gaudí sourit.

— Si vous croyez que le fait d'en parler vous aidera à vous nettoyer l'esprit, je suis à votre disposition, suggéra-t-il, se référant de façon évidente à ma discussion avec Sanmartín. Sinon, nous pouvons considérer la soirée comme terminée et demain sera un autre jour.

L'alternative, compris-je, était différente : mon ami désirait entendre mon second récit de la soirée, et moi, lui en parler. Nous appelâmes donc le serveur, réglâmes nos consommations et quittâmes la place Real, le fantôme de Víctor Sanmartín flottant entre nous comme ce qu'il était peut-être réellement : une menace aux conséquences imprévisibles sur la vie

182

de tous ceux qui évoluaient autour des *Nouvelles illustrées*.

Quand nous arrivâmes sur la placette de Moncada, à côté de l'abside maintenant parfaitement assombrie de Santa María del Mar, Gaudí m'offrit son résumé particulier de la situation que je finissais de lui exposer :

— Dure période pour les Camarasa, dit-il.

Et il avait raison.

15

Le lendemain matin, le son amorti de quelques
coups à la porte de ma chambre me réveilla avant
six heures. Un rêve peuplé de vieillards édentés
et loqueteux, de jeunes gens au visage efféminé et
de beaux cadavres roux avait troublé mon repos
dès l'instant où je m'étais glissé entre les draps,
au petit matin. Le réveil constitua donc un soulagement momentané, qui dura le temps nécessaire
pour songer à la réalité qui m'attendait. Je me
retournai dans mon lit, entrouvris à peine les yeux…
et aperçus sur le seuil, se découpant à contre-
champ de la lampe du couloir, le contour d'une
silhouette que je mis encore quelques secondes à
reconnaître.

— Bonjour, marmotte.

Margarita referma la porte derrière elle et avança
à tâtons vers mon lit, faisant craquer sous ses pieds
nus les lattes du plancher surélevé. La chambre était
plongée dans une obscurité totale qui ne commencerait à se dissiper, avec un ciel dégagé, qu'à partir
de sept heures. Le silence qui nous entourait était
total : une maison endormie au milieu d'un village
endormi aux abords d'une ville qui ne dormait
jamais.

Ce ne fut que lorsque le poids de son corps creusa légèrement le lit sur ma gauche que je sus que ma sœur avait atteint son objectif.

— Quelle heure est-il ? demandai-je.

— L'heure que tu me racontes tout, répondit-elle, me palpant la tête afin de situer approximativement la position de mon visage sur l'oreiller.

Elle déposa alors un baiser sur ma pommette droite et ajouta quelques pincements joueurs sur ce qui menaçait de devenir assez vite mon double menton.

— Tu ne pouvais pas attendre le petit déjeuner ?

— Celui que tu vas prendre avec papa, je suppose ? Le petit déjeuner avec mon père… Je l'avais oublié.

— Comment le sais-tu ?

— C'est Fiona qui me l'a appris, hier soir.

Je ne fus pas surpris que Fiona soit au courant : en fin de compte, il ne semblait jamais y avoir de limites à ce que l'Anglaise savait à mon sujet.

— Alors elle a aussi dû te raconter ce qui s'est passé à la fête.

— Elle ne m'a rien raconté. Cette sorcière m'a dit qu'une jeune fille de mon âge et de ma condition ne devait pas se soucier des affaires des grands. Tu peux le croire, ça ?

— Parfaitement.

Margarita approcha de nouveau les mains de mon visage et, après une brève inspection, elle me tira les oreilles.

— Tu prends toujours son parti, dit-elle. Tu sais que tu ne l'épouseras jamais, n'est-ce pas ?

— Et tu sais qu'une demoiselle de ton âge et de ta condition ne devrait pas être dans le lit de son frère à cette heure de la nuit, n'est-ce pas ?

— Il ne fait plus nuit, répliqua-t-elle. Et je ne suis pas dans ton lit, je suis dessus. Allez, vas-y.

Je m'exécutai. Je racontai à Margarita tous les événements de la soirée, depuis mon arrivée à la fête en compagnie de Gaudí jusqu'à notre départ avec papa Camarasa et les Begg. J'essayai de rapporter la partie de ma rencontre avec Sanmartín sans trop insister sur la nature des accusations que le journaliste avait portées contre notre père, bien que les questions que Margarita me posa à ce sujet fussent, comme d'habitude, suffisamment astucieuses pour en dévoiler les points principaux ; s'agissant du rôle d'Eduardo Andreu, je tentai de compenser par la présence ridicule de la femme à l'étole en renard blanc la gravité de ce qui maintenant, plus de dix heures après les événements, me semblait toujours un incident honteux, inexplicable et aux conséquences potentiellement désastreuses pour notre famille.

Ma stratégie, bien sûr, échoua. Quand je parvins au moment où notre père giflait le vieux marchand ruiné et le menaçait de mort devant tous ces représentants de la meilleure société barcelonaise, ma sœur émit un petit cri qui résonna comme une interjection mal traduite de demoiselle française dans l'embarras.

— Marguerite Gautier n'aurait pas mieux dit, assurai-je.

— Tu veux dire que papa a frappé un vieil homme ?! En public ?!

— Je le crains, dis-je. Et s'il n'y avait pas eu les Begg au milieu, j'ignore ce qui serait arrivé.

Margarita réfléchit pendant quelques instants. Puis :

— Il l'a frappé de sa main gantée ?

— Comment ça ?

— S'il portait un gant, c'est comme s'il l'avait giflé avec. Alors papa devrait le défier à un duel au pistolet.

Je souris dans l'obscurité.

— Je ne crois pas que ça marche comme ça.

— Tu en es sûr ?

— Assez, oui. Papa n'a défié personne en duel au pistolet. Il s'est contenté de gifler le pauvre vieux qui venait de lui faire honte devant tous ceux qu'il voulait impressionner à la fête.

— Juste ça...

— Ce n'est pas rien, non.

Margarita garda un bref silence.

— Et tu dis qu'il tenait un porte-documents à la main et qu'il ne cessait de l'agiter au-dessus de sa tête ? demanda-t-elle enfin.

— Un porte-documents rouge, précisai-je. Recouvert de velours, m'a-t-il semblé.

— Et qu'y avait-il dedans ? Des preuves de toutes les mauvaises choses que papa a faites dans sa vie ? Eh bien, pensai-je.

— Papa a fait beaucoup de mauvaises choses dans sa vie ?

— C'est ce que tout le monde dit, non ?

Margarita avait posé la question avec un naturel que je ne sus qualifier ni d'enfantin ni de profondément adulte.

— C'est ce que disent, pour l'instant, Víctor Sanmartín et Eduardo Andreu, répliquai-je. C'est-à-dire un journaliste à la recherche d'une histoire à vendre dans la presse et un vieil homme rancunier envers l'homme qui a justement brisé sa carrière.

— Justement..., répéta Margarita, qui avait écouté attentivement mes explications sommaires sur l'histoire de la fausse photographie de Lizzie Siddal.

Au moment de l'affaire, vers la fin 1870, ma sœur venait d'avoir treize ans et sa tête fourmillait de questions beaucoup plus urgentes que le faux portrait d'un cadavre célèbre.

— Et si tu t'étais trompé ? Et si la photographie était authentique ?

— Elle ne l'était pas, lui assurai-je. Mon avis ne constitua que l'une des multiples preuves.

Je me rappelai alors la possibilité évoquée par Gaudí la nuit précédente, égrenée sur un ton de provocation plus ou moins cocasse, mais sans doute envisagée avec un sérieux total par mon ami.

— La photographie était fausse, répétai-je. Mais ton ami Toni pense que papa a pu organiser tout cela pour faire de la publicité à sa salle des ventes. Et aussi, au passage, pour affirmer sa réputation d'homme à la moralité sans tache. Papa a pu commander le faux cliché et le faire parvenir à Andreu pour ensuite, quand ce dernier essaierait de le vendre à travers sa salle, dénoncer publiquement le faux et déclencher ce cirque grâce à ses amis, les Begg.

— Vraiment ?!

— J'aurais pu le prendre moi-même. De fait, j'ai démontré une perspicacité plutôt inhabituelle chez moi quand j'ai dénoncé le faux…

Margarita réfléchit pendant quelques instants à ces paroles.

— Toni ne peut pas penser ça, conclut-elle.

— En fait, non. Je veux parler de ma propre implication.

— Mais il pense que papa a pu tout organiser…

— Je le crains.

Ma sœur attendit quelques secondes avant de me poser la question que je redoutais le plus :

— Et toi, qu'est-ce que tu en penses ?

Je m'accordai moi aussi quelques instants avant de répondre et, quand je le fis, je ne suis pas sûr d'avoir été aussi sincère que ma sœur l'aurait mérité :

— Je crois que c'est une possibilité élégante et séduisante. Dans un roman, ça marcherait très bien. Mais il s'agit de la vie réelle et, dans la vie réelle, les choses sont toujours beaucoup plus simples. Andreu a voulu vendre une photographie mensongère en se servant de papa, ce dernier a découvert l'escroquerie et a fait ce qu'il devait faire : dénoncer l'escroc. Andreu ne savait peut-être pas que le cliché était faux, et il n'était peut-être que la victime de l'escroquerie d'un tiers. Mais papa a fait ce qu'il devait faire, répétai-je, sans savoir si c'était Margarita ou moi que je voulais convaincre.

Ma sœur agita fermement la tête sur l'oreiller.

— Eh bien, moi je crois que Toni a raison. Papa s'est servi d'Andreu pour se faire un nom comme commissaire-priseur de confiance, et c'est la raison pour laquelle Andreu veut maintenant se venger de lui. Il a trouvé une preuve qui démontre que papa a commandé la photographie et il la conserve dans ce porte-documents.

Margarita passa la main droite sous les draps, prit ma main gauche et la serra fort.

— Toni est un jeune homme d'une intelligence étonnante, n'est-ce pas ?

Inévitablement, je me rappelai alors le monsieur qui s'était approché lorsque nous discutions sous les arcades de la place Real, la liasse de billets qu'il avait déposée sur notre table, et le minuscule flacon que Gaudí lui avait remis en échange. L'une des questions auxquelles j'avais réfléchi pendant la nuit, jusqu'à l'irruption de Margarita dans ma chambre, et qui n'avait toujours pas été résolue.

— Contentons-nous de dire que Toni est un jeune homme étonnant, répliquai-je.

— Si seulement il pouvait aller au Liceo avec nous demain… Ne pourrions-nous pas lui obtenir un billet ?

La visite familiale du lendemain soir à l'opéra. La dernière représentation de la saison du *Faust* de Gounod. Un cadeau que les Begg avaient insisté pour faire aux Camarasa afin d'adoucir en quelque sorte l'amertume générée par les désagréments de la semaine précédente, et qui maintenant, soudain, apparaissait, du moins à moi, comme un engagement ridiculement incongru.

— Je ne crois pas que Martin Begg soit disposé à débourser un centime de plus pour les entrées, dis-je. À condition, bien sûr, que papa n'annule pas l'engagement après ce qui s'est passé hier soir.

— Nous pourrions lui offrir sa place…, fit Margarita, laissant les points de suspension en l'air pendant quelques secondes… Quoique, en y réfléchissant bien, il vaut mieux qu'il ne vienne pas.

— « En y réfléchissant bien » ?

— Fiona sera là.

— Je vois.

— Tu les as présentés, hier soir, à la fête ?

Margarita posa la question sur un ton de tristesse anticipée qui m'attendrit.

— Je n'ai pas eu le choix.

— Et ?

— Et ?

— Ils se sont… parlé ?

— Je n'ai pas eu l'occasion de m'entretenir avec Fiona après la fête, dis-je. Et hier soir, Gaudí était trop absorbé par tout ce qui s'était passé pour me faire part de son opinion…

— Mais ?

Je caressai de ma main libre la main de Margarita.

— Mais Gaudí est un homme qui possède des penchants artistiques. Et Fiona...

— Fiona est une sorcière, compléta Margarita. Une sorcière et une insolente. Et si tu étais vraiment un ami de Toni, tu ne la laisserais pas l'approcher à moins de cent mètres.

Comme toujours dans ces cas-là, le gentleman que j'abritais en moi se sentit dans l'obligation de défendre l'honneur de l'Anglaise :

— Je crois que tu es très injuste envers elle...

— Cette femme gâche la vie de tous les hommes qui l'approchent. Et tu devrais le savoir mieux que personne.

Un silence malaisé s'installa entre nous. Je ne feignis pas d'ignorer de quoi ma sœur parlait, mais je ne feignis pas non plus d'être disposé à m'en souvenir. Pas ce matin, en tout cas. Et pas en présence de ma petite sœur.

— Tu devrais peut-être...

Margarita m'interrompit de nouveau :

— C'est ce qu'il y a dans le porte-documents rouge, alors, dit-elle, changeant de sujet à son habitude. Les preuves que papa a ruiné sans ciller la vie d'un homme en échange d'un peu de propagande en sa faveur. Papa peut être très perfide, tu ne crois pas ?

Eh bien, pensai-je de nouveau.

Des hommes perfides, des femmes insolentes et de pauvres vieux vindicatifs avec raison.

— Ce que je crois, ma chère, c'est que nous devons couper immédiatement ton approvisionnement en petits romans français et en feuilletons anglais, déclarai-je sérieusement. Depuis quand papa a-t-il cessé d'être un homme courageux pour devenir un scélérat digne des *penny dreadful*[1] ?

Margarita me lâcha la main et roula sur le lit jusqu'à se retrouver de nouveau allongée sur le dos. La première lueur de clarté qui commençait à s'infiltrer par les interstices des contre-fenêtres me permit de deviner son profil tendu, les yeux ouverts et les dents serrées. Elle comprenait elle aussi, à sa manière, que la famille Camarasa vivait là des jours essentiels.

— Je me trompais peut-être pendant tout ce temps, suggéra-t-elle. Tu avais peut-être raison.

— Je n'ai jamais dit que papa était un homme perfide.

— Tu m'as comprise.

— Papa est un homme d'affaires. Un homme d'affaires dont les idées me semblent très discutables. Mais cela ne signifie pas que je mette sa moralité en doute.

Il s'établit un petit silence qui me permit de remarquer, pour la première fois, la respiration heurtée de Margarita. Elle embaumait la lavande fraîche et le savon de Marseille, et aussi, très légèrement, la sueur d'une longue nuit d'insomnie agitée entre les draps.

Quand elle s'exprima de nouveau, ce fut sur un ton agité lui aussi :

— Tout ce qui arrive depuis que nous sommes de retour à Barcelone, ça ne te fait pas te poser des questions ?

— Sur papa ?

— Et si ce journaliste, Sanmartín, avait raison ? Et si les affaires de papa étaient en réalité une sorte

1. Genre littéraire populaire en Angleterre à l'époque, constitué d'histoires macabres vendues un penny.

d'écran de fumée ? Et si nous en étions un, nous aussi ?

— Nous ?!

— Sa famille. Ses employés. Tous ceux qui vivent près de lui. Et si nous n'étions que la façade derrière laquelle papa cache quelque chose que nous sommes à mille lieues de soupçonner ?

Ce n'était pas, bien sûr, une possibilité si absurde : j'essayais de la chasser de mon esprit depuis plus longtemps que je ne voulais l'admettre. Cependant, cela me déplut que Margarita commençât à l'envisager elle aussi, à dix-sept ans à peine.

— Tu ne devrais pas y penser.

— Tu as toujours détesté papa, dit-elle alors, avec une brusquerie soudaine et d'une façon si inattendue que je fus incapable de l'interrompre. Et jusqu'à présent, je ne comprenais pas pourquoi. Je m'étais toujours mise de son côté. Je pensais que tu étais jaloux de lui.

— Ce n'est pas vrai, répliquai-je enfin. Je n'ai jamais détesté papa.

— Tu as toujours vu en lui un homme vulgaire et matérialiste. Un homme aux aspirations basses et aux idées antiques. Et tu avais raison.

— Ne pas partager les idées d'une personne ne signifie pas qu'on la déteste. Je ne déteste pas papa. Et tu ne devrais pas parler comme si, toi, tu commençais à le faire.

— Tu ne détestes pas papa, mais tu souhaiterais ne pas être son fils.

Cela aussi, c'était nouveau.

— D'où sors-tu cette idée ?

— Je t'ai entendu parler à Fiona. Pas ici. À Londres. Souvent, dit Margarita en durcissant de nouveau le ton. Fiona déteste papa, elle aussi, elle l'a toujours méprisé. Si ce n'était par fidélité envers son père, elle serait déjà en train d'aider Sanmartín à écrire tous ses articles.

— Je ne déteste pas papa, répétai-je une fois de plus, sans mentir. Je ne le déteste pas, pas plus que je ne le méprise. Et Fiona ne le déteste pas non plus.

— Fiona a tenté des milliers de fois de faire de toi l'un des siens. Et dans le fond, elle y est parvenue.

Ici, ma sœur fit une brève pause.

— Tu as beau te moquer de moi, je ne suis pas la seule idéaliste de la famille. Toi et moi, nous nous ressemblons beaucoup, Gabi. Et je m'en réjouis.

Cette fois, ce fut moi qui cherchai la main de Margarita.

— Nous avons eu une semaine compliquée, dis-je en portant ses doigts à mes lèvres et en les embrassant doucement. Nous sommes tous inquiets et effrayés. Mais tout ira bien. Tout reviendra bientôt à la normale.

Ma sœur répondit à mon baiser en se rapprochant un peu plus de moi et en posant la tête sur mon épaule.

Le mélange d'odeurs de sa personne m'enveloppa de nouveau, comme un souvenir lointain et heureux.

— Toni n'a pas raison, alors, reprit-elle. Papa n'a pas ruiné sciemment la vie de cet homme.

— Bien sûr que non.

— Et dans ce porte-documents rouge, il n'y a rien qui puisse prouver que papa a fait truquer la photographie de cette dame morte pour son propre intérêt.

— Si Eduardo Andreu a vraiment quelque chose contre papa, ce doit être beaucoup plus prosaïque, lui assurai-je. Des preuves qu'il aurait profité de sa salle des ventes pour introduire des biens de contrebande en Angleterre, faire du trafic de matériel volé, ou quelque chose de ce genre. Rien que l'on ne soupçonne déjà de lui, comme de n'importe quel entrepreneur. Quoi qu'il en soit, rien qui ne doive inquiéter papa.

— Tu crois ?

Non, je ne le croyais pas.

— Bien sûr.

— Mais si Andreu a des preuves d'une partie de ce que tu dis, il pourrait les apporter à la police et provoquer le début d'une enquête policière. Il pourrait aussi attaquer papa pour la gifle d'hier soir. Et pour les menaces de mort.

— Papa est un homme riche qui connaît beaucoup de monde. Et Andreu, tout juste un mendiant avec un pied dans la tombe. Même si ces preuves existent, papa n'a pas de souci à se faire, répétai-je.

Margarita leva la tête de mon épaule et la pencha sur mon visage. Son nez et le mien se frôlèrent brièvement, et je me rappelai l'espace d'un instant l'image de mon père et Andreu s'affrontant face à face, nez à nez, au milieu de la salle de réception de l'hôtel particulier de la rue Ferdinand-VII.

Le léger tintement familier des cruches transportées par une ânesse s'introduisit à cet instant dans la chambre, annonçant à sa manière détournée l'arrivée officielle du matin dans la villa de Gracia.

— Le monde est très injuste, alors, conclut Margarita.

Et sans ajouter un mot, elle se leva et quitta la chambre en me laissant avec l'étrange sensation d'avoir assisté à un moment important dans la vie de ma sœur.

16

Je restai allongé cinq minutes encore, songeant
à ma conversation avec Margarita et à ce que ses
questions et ses remarques m'avaient révélé sur mes
propres sentiments envers mon père, et ce qu'il
représentait : son argent, son système de valeurs,
sa vision de la vie, son aveuglement social. Quand
je sortis enfin du lit, j'allai ouvrir les contre-fenêtres
et constatai que le ciel de Gracia était aussi sombre,
sale, pavé de nuages et de brouillard que la veille.
Encore un jour de pluie de boue et de cendres dans
l'air, prédis-je. Encore un jour londonien pour la
nouvelle Barcelone industrielle.

Je m'habillai devant la fenêtre ouverte, accueillant avec plaisir la caresse de l'air frais du matin
sur mon corps nu et respirant l'odeur des arbres
fruitiers qui languissaient au jardin. Un oranger,
un citronnier, un poirier aux fruits déjà mûrs : une
estampe mélancolique et automnale. Je fis un nœud
à une cravate choisie à tâtons dans le tiroir mais,
par une déférence inhabituelle envers mon père, je
compensai ce laisser-aller en mettant les boutons de
manchette en or blanc que maman Lavinia m'avait
offerts pour mes vingt et un ans. Puis je refermai la
fenêtre, laissai ma chemise de nuit entre les draps

du lit défait pour aller finir de me préparer dans la salle de bains, parcourus ensuite des couloirs, des escaliers et des salons déserts, avant de parvenir enfin dans la cour arrière de la maison, celle-là même qui accueillait chaque matin mes petits déjeuners et chaque soir mes dîners avec Margarita. Je m'assis pour fumer une cigarette sur la chaise de bois que je n'occuperais pas aujourd'hui à l'heure habituelle. « Mont Táber », lisait-on toujours au revers de la pochette d'allumettes que j'avais dans la poche depuis le samedi soir. Quand j'eus fini, je sortis me promener dans le jardin.

La vieille ferme semblait aussi endormie que le reste de la tour, mais sur le sol du porche, entre les deux fauteuils à bascule, j'aperçus un cendrier contenant un mégot qui me parut aussi récent que celui que je venais de jeter au pied de notre citronnier. L'un des deux habitants de cette maison n'avait pas réussi à s'endormir lui non plus avant le petit matin. Je guettai pendant quelques minutes les contre-fenêtres fermées de la chambre de Fiona, mais elle ne donna pas signe de vie et je n'osai pas frapper aux montants de bois. Sans parvenir à démêler si j'en étais déçu ou soulagé, je m'éloignai et regagnai la tour, pour y attendre que les cloches du carillon du grand salon sonnent enfin sept heures et demie.

Je vous ferai grâce du récit des méandres de la conversation qui nous occupa, mon père et moi, pendant les quelque vingt minutes qui s'écoulèrent entre le début de notre petit déjeuner et l'irruption de la police judiciaire. Je ne posai pas les bonnes questions à mon père, qui ne chercha pas non plus à m'offrir d'autres réponses que celles qu'il avait toujours mises à ma disposition quand le sens du devoir, la simple curiosité, voire l'influence de tierces personnes, m'avaient poussé à l'interroger sur certains de ses mouvements commerciaux ou l'une de ses interventions publiques. Rien de ce que j'entendis au cours de ces vingt minutes ne m'aida finalement à chasser de mon cerveau les soupçons ou les inquiétudes que Sanmartín d'abord, puis Gaudí et enfin Margarita y avaient introduits : mon père agissait comme si ma confiance en sa personne et ma complicité avec toutes ses décisions, malgré mes rébellions passées, ne pouvaient être remises en cause, et je ne parvins pas non plus à rassembler le courage ou la volonté nécessaires pour lui poser les trois questions qui auraient permis de clarifier, ne fût-ce que momentanément, la situation entre nous :

Le retour de la famille Camarasa à Barcelone répondait-il à des motifs et à des intérêts purement économiques, comme il me l'avait assuré plus d'une fois à Londres, ou y avait-il autre chose ?

Auquel cas, cela avait-il un rapport avec ce projet présumé de restauration bourbonienne qui se tramait à la marge de la République agonisante, et auquel Sanmartín l'avait déjà relié de façon directe dans son article de la veille ?

L'incendie de la rue de la Canuda et la campagne postérieure qui s'était déchaînée contre *Les Nouvelles illustrées* et contre sa propre personne, ainsi que les lettres anonymes bien renseignées et maintenant la réapparition d'Eduardo Andreu après presque quatre ans de silence, étaient-ils autant de faits indépendants entre eux et sans rapport avec cette hypothétique « autre chose », ou répondaient-ils, au contraire, à une sorte de conspiration parfaitement orchestrée contre lui, Sempronio Camarasa ?

À ma grande honte, postérieure principalement, aucune de ces trois interrogations essentielles ne sortit de ma bouche ce matin-là. Au cours de ces vingt minutes de petit déjeuner partagé, je me contentai de me laisser entraîner une fois de plus dans cette sorte de joute verbale – faite de fioritures, d'attaques et de contre-attaques feintes, sans la moindre goutte de sang versé – en laquelle Sempronio Camarasa se plaisait à transformer toutes les conversations que nous avions eues depuis que j'avais l'âge de raison. Dans ces conditions, le plus près que je fus de lui demander ce qu'il y avait de vrai dans les histoires de Víctor Sanmartín fut le moment où je lui transmis la proposition d'interview que celui-ci m'avait faite lors de la réception.

— Une interview, répéta-t-il, sans manifester de surprise.

— Il veut que j'affirme publiquement ma position vis-à-vis de tes relations politiques présumées.

— Tu comptes le faire ?

— Je devrais ?

— Accorder un entretien à l'homme qui insulte publiquement ton père et met en péril l'entreprise familiale depuis une semaine ?

Je fis un signe de dénégation de la tête.

— Je vais reformuler ma question : y a-t-il une chose réelle, non supposée ni imaginée, face à laquelle je devrais établir ma position dans les pages d'un journal de la concurrence ?

Le visage de mon père resta aussi impassible – aussi impénétrable – qu'à l'accoutumée.

— Je crois, mon fils, que tu es assez grand pour savoir quelle position tu dois prendre, à quel moment et devant qui.

Ce fut alors qu'on frappa deux coups à la porte et, avant que mon père ait la possibilité de demander de quoi il s'agissait, le battant s'ouvrit et nous offrit une image qui n'allait pas tarder à devenir habituelle chez les Camarasa : un inspecteur et un agent de la police judiciaire nous observant de cet air de parfaite assurance, de suffisance et même de supériorité morale de qui sait qu'il a le poids de la loi de son côté.

Je ne m'étendrai pas sur le récit de ce qui se déroula entre mon père, moi-même et les deux policiers pendant les cinq minutes montre en main où ils restèrent dans le bureau. L'histoire, en bref, est la suivante : Eduardo Andreu, soixante-quatre ans, originaire de Barcelone et y résidant, domicilié telle porte de tel immeuble de la rue de la Princesse, avait la veille, à vingt-trois heures, porté plainte contre Sempronio Camarasa, cinquante-neuf ans, originaire et résident, etc., etc., pour agression, menaces et humiliation dans un lieu public, devant plusieurs dizaines de témoins et en faisant un usage illicite de ce que l'inspecteur définit, avec un sérieux apparent, comme « sa supériorité physique et sa prééminence sociale ». La plainte était ferme et impliquait que celui contre qui elle avait été déposée aille le matin même au commissariat central de la police judiciaire, à las Atarazanas, pour y donner sa version des faits et se soumettre à l'interrogatoire pertinent qui serait mené par ce même inspecteur qui était en train de nous parler, lequel, par égard pour « le statut social élevé » de Sempronio Camarasa et son « indéniable respectabilité humaine », avait eu la déférence inhabituelle de se rendre à son domicile pour lui faire part en personne de « la situation embarrassante » dans laquelle il se trouvait, et aussi, si mon père le désirait, afin de l'accompagner discrètement au commissariat dans sa propre voiture officielle.

L'inspecteur melliflu s'appelait Abelardo Labella. C'était un petit homme grassouillet, brun, le teint mat, vêtu avec le soin caractéristique de quelqu'un qui ne s'est pas encore habitué à l'absence d'uniforme – poignets et col d'une blancheur immaculée, pantalon au pli impeccable, cravate nouée avec une précision millimétrique –, et le visage tellement marqué par la variole que des parties entières de son front, de son menton et de sa joue gauche disparaissaient dans une pure érosion bleutée et imberbe. Cette visite à une heure indue n'était pas la première et ne serait pas non plus, inutile d'être devin pour le comprendre, la dernière. Labella avait été le premier représentant de la loi qui avait foulé le sol de notre propriété au milieu de la semaine précédente, quand la découverte du chiffon de laine imbibé de créosote dans les ruines de l'immeuble de la rue de la Canuda avait définitivement éveillé la curiosité de la police judiciaire et poussé ses inspecteurs à prêter attention aux rumeurs croissantes qui reliaient les responsables des *Nouvelles illustrées* à l'incendie des bureaux de *La Gazette du soir*. Au bout de vingt-quatre heures, Labella avait été chargé de notifier à mon père la plainte que Saturnino Tarroja, le propriétaire de *La Gazette du soir*, avait déposée contre lui en sa qualité de responsable physique, intellectuel ou moral du fameux incendie ; et le lendemain matin, quand ce fut au tour de mon père de dénoncer Tarroja pour diffamation, menaces, envoi de lettres anonymes et diverses choses tout aussi désagréables, la personne qui instruisit la plainte fut également l'inspecteur Labella, désormais chargé de tout ce qui pouvait présenter un rapport direct ou non avec l'incendie de la rue de la Canuda.

D'après Margarita, qui avait assisté, embusquée derrière une porte que personne ne s'était soucié de refermer entièrement, à la première rencontre entre

Abelardo Labella et Sempronio Camarasa, l'entrevue s'était achevée au moment où notre père avait
donné à l'inspecteur, sur un ton emporté, son avis
sur le corps « rénové » de la police de la République,
sur l'état général de la justice espagnole héritée de
Prim, sur les servitudes mutuelles et les intérêts
partagés qui semblaient unir l'une à l'autre – police
et justice – sous l'aile du nouveau pouvoir économique barcelonais, surgi à la faveur des nouvelles
circonstances politiques, et aussi, enfin, sur Labella
en personne, dont les manières conjuguaient, d'après
papa Camarasa, les flatteries fleuries et les lâches
insultes avec une habileté confinant à l'acharnement.

— Êtes-vous en train de me dire que je suis en
état d'arrestation, monsieur Labella ? résuma pour
l'heure mon père, après avoir écouté avec une
patience remarquable le torrent de paroles dans
lequel l'inspecteur avait enveloppé sa communica-
tion officielle concernant la plainte présentée par
Eduardo Andreu.

— Bien sûr que non, monsieur Camarasa. Comment
pouvez-vous penser une chose pareille ?

Mon père ébaucha l'un de ces sourires qui, dans
le contexte approprié, pouvaient glacer le sang de
l'homme le plus équilibré.

— Alors vous ne m'arrêtez pas, fit-il. Cependant,
vous voulez que je bouleverse mon agenda pour
vous suivre au commissariat et faire une déposition
sur les délires d'un vieil escroc qui s'est introduit
hier soir dans une propriété privée, a fait irruption
dans une fête privée elle aussi, et a tenté de salir
mon image et ma réputation devant une centaine
d'associés potentiels… ?

Le digne inspecteur Labella se dressa sur ses
talons, releva le menton et me parut rentrer légère-

ment le ventre, le tout avant d'assurer qu'il s'agissait juste d'une formalité des plus légales et normales vu les circonstances.

— En fin de compte, M. Andreu assure que vous l'avez agressé physiquement...

— C'est le cas.

— ... et que vous l'avez menacé de mort...

— Exact.

— Ce sont là des accusations très graves, que vous aurez tout loisir de réfuter de manière officielle au commissariat...

— Je viens de vous dire que ces accusations étaient avérées. Vous allez m'arrêter, alors ?

Abelardo Labella fit non de la tête et regarda du coin de l'œil l'agent qui l'accompagnait, un jeune homme approximativement de mon âge, grand et de belle allure, dont l'esprit ne semblait pas se trouver entièrement avec nous dans ce bureau. De fait, si l'inspecteur escomptait trouver un peu d'aide de son côté, il en fut pour ses frais.

— Je ne vais pas vous arrêter, monsieur Camarasa, déclara-t-il enfin, adoucissant un peu plus encore le ton. Mais j'ai besoin que vous veniez au commissariat et que vous y fassiez une déposition officielle pour moi. Ensuite, si vous le souhaitez, vous pourrez déposer une nouvelle plainte contre M. Andreu pour violation de domicile, diffamation et... interruption de fête privée.

Je souris malgré moi. Heureusement, l'inspecteur Labella et mon père semblaient avoir complètement oublié ma présence dans le bureau depuis le début même de cette réunion.

— Vous ne venez pas pour m'arrêter, récapitula mon père. Il s'agit donc d'une visite de courtoisie.

— Eh bien...

— En ce cas, monsieur Labella, laissez-moi votre carte et je vous rendrai votre visite dès que je le jugerai opportun.

— Eh bien…, répéta l'inspecteur.

— Oui ?

— Monsieur Camarasa, tout serait vraiment beaucoup plus simple si nous en finissions le plus vite possible. Si vous m'accompagnez maintenant, à dix heures nous en aurons terminé et vous pourrez vous consacrer à nouveau à vos affaires.

Mon père détourna enfin son regard de l'inspecteur pour le reporter sur moi.

— On ne m'arrête pas, mais on veut m'emmener au commissariat…

— L'inspecteur a raison, papa, me permis-je alors de préciser. Plus tôt nous en aurons terminé, plus tôt nous pourrons vaquer à nos occupations. Et nous pourrons oublier Eduardo Andreu.

Les yeux de mon père brillèrent d'un éclat irrité.

— Voilà ma vie, dit-il. Être la cible d'insultes et de plaintes et recevoir la visite de la police à huit heures du matin…

À Londres, nous vivions beaucoup plus tranquillement, oui, faillis-je répliquer. Mais je me retins à temps.

— Vous allez nous laisser achever notre petit déjeuner, n'est-ce pas ? demandai-je à l'inspecteur.

— Bien sûr, bien sûr. L'agent Catalán et moi-même vous attendrons dans notre berline.

Mon père refusa d'un signe de la tête.

— Merci, mais je dispose de mes propres moyens de transport. Partez, une bonne fois pour toutes.

L'inspecteur Labella sembla hésiter de nouveau. Sans bouger, il humecta sa lèvre inférieure d'une langue rosée et grassouillette et me considéra d'un air démuni qui me le rendit immédiatement sympathique.

— D'ici une demi-heure, nous partirons pour le commissariat, lui assurai-je.

L'homme attendit en vain pendant quelques secondes la confirmation ou le démenti de mon père, puis il accepta d'un air grave, se mit au garde-à-vous comme le militaire qu'il était et, sans ajouter un mot, quitta le bureau en compagnie de l'agent en uniforme.

17

Tandis que mon père avait rejoint ses appartements pour finir de s'habiller, je dus répondre aux multiples questions de Margarita, qui avait eu du mal à comprendre le nom d'Andreu parmi quelques phrases décousues entendues de l'autre côté de la porte du bureau, cette fois close comme il se devait, et je m'approchai ensuite du salon du rez-de-chaussée dans lequel ma mère, comme tous les matins, prenait le petit déjeuner en compagnie de Marina. Quand cette dernière, à ma demande, desservit et nous laissa seuls devant la grande baie vitrée ouverte sur le jardin, j'expliquai la situation à ma mère : la scène de la veille au soir, à la fête, que personne ne lui avait encore rapportée, la plainte déposée par Andreu, la visite de l'inspecteur Labella qui en avait résulté, le départ imminent de papa pour le commissariat du quartier de las Atarazanas, et la recrudescence prévisible de la campagne de presse contre la personne et les affaires de mon père. Ma mère m'écouta très attentivement, l'air grave, pâle et fragile comme toujours, mais aussi, me sembla-t-il, avec une expression nouvelle de vivacité sur le visage, et elle prononça une phrase qui sur l'instant, je l'avoue, faillit me tirer un sourire inopportun, mais que je devais très vite me rappeler avec une certaine inquiétude :

— Je crois qu'il est temps pour moi d'intervenir dans cette affaire…

Lorsque je regagnai le vestibule du bâtiment principal de la tour, mon père m'y attendait, en compagnie de Martin Begg, Fiona et Margarita, laquelle l'avait pris par un bras et lui faisait la leçon sur tout ce qu'il ne devait pas dire à l'inspecteur Labella au cours de sa déposition. Les Begg, en déduisis-je, étaient déjà au courant de ce qui s'était passé et comptaient nous accompagner, mon père et moi, à las Atarazanas.

— Je ne peux pas y aller, bien sûr, dit tristement Margarita lorsque mon père se dégagea de son étreinte et se dirigea vers la porte.

— Un commissariat n'est pas un endroit pour une demoiselle, lança Martin Begg, se coiffant d'un grand chapeau rond semblable à celui d'un galant cordouan.

— C'est sûrement la raison pour laquelle vous emmenez Fiona…

L'Anglaise, comme toujours dans ce genre de situation, fit un clin d'œil à ma sœur avant de quitter le vestibule. J'embrassai Margarita sur la joue et lui promit que le soir, au dîner, je lui raconterais tout ce qui se passerait pendant la journée.

— Et surveille maman. Elle vient de me dire quelque chose d'étrange…

Les sourcils de Margarita se froncèrent légèrement.

— C'est tout ce que vous attendez de moi, ronchonna-t-elle. Que je la surveille.

Le voyage dans la berline familiale fut lent et inconfortable. L'encombrement du paseo de Gracia obligeait notre chauffeur à ralentir constamment, à changer de voie ou même à s'arrêter pour éviter une collision avec un tramway, un omnibus, une charrette débordant de volaille ou, très souvent, un piéton venu de province et encore ignorant des règles de base de la circulation barcelonaise. Sur la Rambla, comme toujours, le tableau était encore pire. Un dernier embouteillage à hauteur de la place des Comédies finit par avoir raison de la patience de mon père et le décida à considérer le voyage comme terminé. Nous descendîmes donc tous les quatre de la berline et poursuivîmes à pied notre chemin jusqu'au commissariat.

La déposition de mon père fut brève, monotone, quasi monosyllabique. Il ne niait pas les accusations d'Eduardo Andreu, mais il les justifiait par le délit préalable que ce dernier avait commis : s'il avait giflé le vieux et proféré de graves menaces contre lui, c'était parce que, auparavant, Andreu avait poussé sa patience à bout, l'insultant en présence de ses associés potentiels, l'accusant publiquement d'avoir commis une foule de forfaits et aussi, convenait-il de supposer, le submergeant de lettres anonymes menaçantes au cours de ces derniers jours. Si tout cela ne justifiait pas une gifle, l'inspecteur Labella pouvait l'arrêter immédiatement ; si ça la justifiait, l'inspecteur pouvait déchirer en huit morceaux la plainte d'Andreu et en rédiger une nouvelle avec le nom de Sempronio Camarasa sous la mention « Le plaignant ».

Lorsque nous sortîmes du commissariat, il était près de dix heures et le ciel commençait à s'éclaircir au-dessus de l'église Santa Madrona. Le contraste entre les murs sombres du bâtiment que nous venions de quitter et la nouvelle lumière qui baignait les environs de la promenade de la Muraille invitait à faire une pause et à nous féliciter, peut-être, pour le simple fait d'être vivants et libres. L'odeur intense de la mer voisine, le vent léger de l'est, la rumeur des quais fourmillants d'activité : ces petits cadeaux de la vie dans une ville portuaire, que l'on avait à peine le temps d'apprécier dans le remue-ménage du quotidien. Avant que j'aie eu l'occasion de proposer à mes compagnons de nous asseoir pour prendre un café au lait à la terrasse de l'une des auberges qui entouraient le vieux couvent Santa Mónica, mon père et les Begg commencèrent à remonter la Rambla, enveloppés dans le même silence épais qu'ils observaient depuis notre sortie du bureau de l'inspecteur Labella.

— À plus tard, alors.

Fiona fut la seule à s'arrêter et à se tourner vers moi.

— Tu vas travailler ?

— Tu as mieux à me proposer ?

L'Anglaise feignit de réfléchir pendant quelques instants.

— Je crois qu'aujourd'hui j'ai un parricide à San Pedro et un homme qui a survécu à la foudre à Santa Catalina... Et une nouvelle descente de police dans une réunion d'anarchistes au Raval, s'il me reste un peu de temps dans la matinée.

J'acquiesçai. Un jour de plus à la rédaction des *Nouvelles illustrées*.

— Il a été frappé par la foudre et il a survécu ?

Fiona esquissa un beau sourire.

— Impossible de tuer un Catalan, dit-elle. On se voit ce soir ?

— Dans ton atelier ?

— À moins que tu ne te sois lassé de me photographier…

— À vingt-deux heures, ça te va ?

— Une heure fort peu convenable. D'accord.

Toujours un sourire aux lèvres, Fiona porta la main droite à son front et repoussa une mèche rebelle.

— Tu as pensé à quelque chose ?

— Aujourd'hui, je te laisse choisir.

— Je vais te surprendre, alors.

J'imaginai sur-le-champ dix ou douze tenues possibles dans lesquelles Fiona pourrait me recevoir cette nuit dans son atelier d'artiste, prête à se livrer à l'une de nos longues séances de prises de vue. Dans son refuge des sous-sols de Gracia, mon appareil devait se réjouir à cette perspective.

— Je n'en attends jamais moins de ta part, assurai-je.

— Tu vas voir ton ami ?

La soudaineté de la question me surprit, mais à peine.

— Gaudí ?

— Tu as d'autres amis ?

Certes non. À Barcelone, je n'en avais plus.

— Nous allons déjeuner ensemble, comme toujours, répondis-je. Tu veux nous accompagner ?

— Les employés des *Nouvelles illustrées* ne déjeunent pas, comme tu le sais. Avoir l'estomac vide nous évite de vomir sur les scènes de crimes. Mais l'offre est tentante.

L'aspect cocasse de l'excuse, particulièrement la façon dont Fiona prononça ce dernier adjectif, me laissa entendre qu'elle n'était ni ironique ni protocolaire. Ma rousse amie londonienne avait envie de retrouver mon roux ami de Reus.

— Je n'ai pas eu l'occasion de te demander ce que tu avais pensé de Gaudí, fis-je, me rappelant la conversation que j'avais eue avec Margarita quelques heures plus tôt : Fiona l'insolente et Gaudí l'homme menacé. Mais je crois que tu me l'as déjà dit toi-même...

Fiona haussa le sourcil gauche, cette fois à sa manière ironique habituelle.

— Tu lis toi aussi dans les pensées, comme lui ?

— Il a lu dans les tiennes ?

Les lèvres de Fiona s'incurvèrent doucement.

— Disons qu'il a lu dans les pensées de quelqu'un, répondit-elle, avant d'ajouter, après une courte pause : Ton ami est un jeune homme particulier.

— Venant de toi, c'est un compliment.

Fiona pencha légèrement la tête de côté, dans un geste qui pouvait être aussi bien une affirmation qu'une négation.

— Salue-le de ma part quand tu le verras, se contenta-t-elle de lâcher. Il y a une chose que je veux te dire... mais je ne peux pas, ajouta-t-elle après une brève hésitation.

— Si tu veux, tu me la diras.

— J'aimerais, vraiment, mais je ne peux pas.

Le sourire que l'on devinait sous l'air parfaitement sérieux de Fiona invitait à continuer le jeu.

— C'est un secret, suggérai-je.

— Une commande professionnelle.

— Une commande plus mystérieuse que couvrir la chute de la foudre sur la tête d'un Catalan ?

— Beaucoup plus. Et plus intéressante.

Fiona fit une courte pause dramatique.

— Plus personnelle, aussi.

Plus personnelle.

— Cela a un rapport avec... moi ?

— Plus ou moins.

— Avec toi ?

Fiona ôta de son front une mèche de cheveux roux rebelle et la replaça sur son oreille droite.

— Plus ou moins.

— Je comprends, opinai-je. On t'a chargée de couvrir une nouvelle qui nous concerne, toi et moi.

— Pas une nouvelle. Une personne. Une personne qui nous concerne, toi et moi.

Fiona se mit à sourire ouvertement.

— Toi davantage que moi, pour l'instant.

Je méditai là-dessus pendant quelques secondes. Puis je compris :

— Un ami.

— Nous ne prononcerons pas les noms, répliqua Fiona. Mais oui.

— On t'a chargée d'enquêter sur Gaudí ?!

— J'ai dit qu'on ne prononcerait pas les noms…

Je me rappelai notre arrivée à la fête la nuit précédente, le bref échange de politesses que Gaudí avait eu avec mon père et la question que ce dernier lui avait posée juste avant de prendre congé : « Nous nous connaissions déjà, n'est-ce pas ? »

— C'était mon père ? demandai-je. Il t'a chargée d'enquêter sur Gaudí ?

Fiona leva les mains au ciel en signe de reddition.

— Je ne t'ai rien dit. Mais, ce matin, ton père a demandé au mien de se renseigner auprès de moi sur ce que je savais à son sujet. Et si je ne savais rien d'intéressant, de chercher un peu. Il semble que M. Camarasa ait déjà vu ton ami quelque part, et ça l'intrigue.

— Et au lieu de me demander qui il est ou ce que fait mon nouvel ami, mon père passe par le tien pour te demander de t'en charger, dis-je. Magnifique.

— M. Camarasa aime faire les choses à sa façon, tu le sais. Ou peut-être ton père n'a-t-il pas voulu te mettre mal à l'aise.

— Peut-être.

— Quoi qu'il en soit, un jeune homme avec une conscience de classe aussi importante qu'Antoni ne s'offusquera pas qu'un homme de la condition de ton père se soucie autant de lui.

— C'est de cela que vous parliez, hier soir sur l'ottomane ? De la conscience de classe de Gaudí ?

Fiona me sourit d'un air mystérieux.

— Entre autres choses.

— Qui ne sont pas de mon ressort.

— Antoni t'a certainement fait un résumé complet de notre conversation, hier soir, répliqua Fiona. C'est ce que vous faites, vous les hommes, quand nous les femmes nous nous en allons, non ? Boire et parler de nous.

— Gaudí est un homme très réservé. Et hier soir, après ton départ, nous n'avons bu que du chocolat et de l'eau minérale.

Fiona sourit de nouveau.

— Décidément, vous faites un couple adorable, déclara-t-elle.

Un chien errant s'approcha et flaira le bas de la jupe de Fiona avant d'être chassé par le bout de mon soulier. Une rafale de musique d'orgue s'éleva subitement au coin du vieux couvent, deux enfants âgés de six ans à peine surgirent du néant et faillirent entrer en collision avec nous dans leur course vers le lieu du spectacle présumé.

Dans le ciel, un vol d'oiseaux de la couleur de la suie industrielle ambiante forma un cercle géant à la verticale de la Rambla avant de se disperser en direction des trente-deux points de la rose des vents.

— Tu as dit à ton père ce que je t'avais raconté sur la soirée de samedi ? demandai-je alors, reportant le regard sur le visage de Fiona. Ce que j'ai vu dans ce local, le Mont Táber ?

— Bien sûr que non, répondit-elle sans hésiter un instant. Pour qui est-ce que tu me prends ?

— Pour une journaliste ?

— Je ne suis pas une journaliste, je suis une illustratrice, me reprit-elle. Et je ne crois pas que cela intéresse ton père de savoir à quoi un étudiant en architecture passe ses nuits.

— Alors ?

Fiona haussa les épaules.

— Ton père doit confondre ton ami avec quelqu'un d'autre, suggéra-t-elle. C'est tout. Depuis l'incendie de *La Gazette*, il est si susceptible qu'il voit des menaces partout.

Et il n'a pas tort, songeai-je. Mais Gaudí ?

— Alors il veut savoir qui est ce jeune homme qui fréquente soudain son fils et dont le visage lui est familier...

— Et nous ne pouvons pas lui en vouloir. D'après lui, Gaudí pourrait être un sbire de Víctor Sanmartín, ou du propriétaire de *La Gazette*, ou de va savoir qui encore.

J'esquissai un sourire sardonique.

— Cela expliquerait bien des choses.

— Dans le fond, tu devrais te sentir flatté. Ton père pense que quelqu'un peut tenter d'arriver jusqu'à lui à travers toi.

— C'est flatteur ?! Supposer que je ne sais même plus choisir mes amitiés ?!

Fiona tendit la main droite et me frôla légèrement la joue.

— Ah, mon chéri, dit-elle en m'adressant un regard de tendresse ou de pure compassion. As-tu jamais su ?

Je préférai ne pas répondre.

— Mon père veut connaître les ambitions secrètes de Gaudí en m'approchant, et il a pensé que tu étais la plus à même de les découvrir, résumai-je.

— Tu penses que c'est une mauvaise stratégie ?

— Très mauvaise. Et la preuve en est que tu viens de tout me raconter.

Fiona porta un doigt à sa bouche.

— Je ne t'ai rien dit.

Un vendeur ambulant d'éventails s'arrêta à cet instant à notre hauteur et offrit à notre considération une marchandise aussi misérable que presque toute celle que manipulait le commun de ces pauvres gens qui allaient et venaient d'un bout à l'autre de la Rambla avec leur charrette en bois. C'était un vieux de petite taille, en loques, rongé par l'âge et la pauvreté, ne différant en rien de cet Eduardo Andreu qui, la veille, avait déchaîné une tempête dans laquelle nous nous débattions encore.

Par compassion, je tendis à l'homme quelques pièces de monnaie et choisis l'éventail le moins décoloré de sa collection.

— Pour Margarita, expliquai-je. À moins que tu ne le veuilles.

Fiona sourit de nouveau.

— Jolie façon de m'offrir un cadeau, fit-elle en me tendant une main gantée en guise d'au revoir. À quoi t'ont servi ces six années à Londres, on peut savoir ?

— Impossible d'apprendre les bonnes manières à un Catalan.

Je laissai échapper le bout des doigts de Fiona et observai ma dessinatrice de catastrophes et détective occasionnelle tandis qu'elle remontait la Rambla, à la rencontre de son père, du mien et de ce travail si étrange que le destin avait placé sur son chemin. Et ce ne fut que lorsque je la perdis entièrement de vue parmi la foule permanente d'oisifs qui recouvrait la Rambla, tache rouge et blanc absorbée par le gris uniforme environnant, que je me décidai enfin à sortir de ma rêverie et à prendre mon propre chemin en direction de la Loge, la tête fourmillant de nouvelles questions.

18

Je passai le reste de la matinée à arpenter la place
du Palais, incapable de me décider à entrer dans
l'école, mais sans aucune envie de retourner à Gracia
non plus et de considérer la journée comme perdue.

À treize heures, quand mes premiers condisciples
commencèrent à sortir en désordre par la porte de
la Loge à la recherche de leurs omnibus ou des
restaurants voisins pour y remplir leurs estomacs
vides, le rayon de mes vagabondages s'était agrandi
jusqu'à l'autre côté de l'ancienne porte de la Mer
et avait atteint des secteurs où je ne m'étais jamais
aventuré auparavant. Ainsi, quand j'avisai enfin la
silhouette de Gaudí parmi cette collection d'étudiants anonymes, je venais de rentrer d'une excursion mouvementée qui, partant des modestes maisons
de pêcheurs de la Barceloneta, m'avait conduit
jusqu'aux quais de chargement inconnus, et fort peu
agréables, du port industriel.

— Vous avez mauvaise mine, me lança mon ami
après m'avoir salué en me serrant la main avec une
fermeté un peu hésitante. Pour ne pas dire que vous
avez l'air de sortir de la fosse commune.

Quelqu'un avait toujours la photographie de Lizzie
Siddal en tête, pensai-je.

— Moi aussi, je me réjouis de vous voir.

— Tout va bien ?

— Vous demandez ça à cause de la boue ? fis-je en désignant les nombreuses taches qui ornaient mon costume tout neuf. Maintenant, vous devriez en déduire à quel endroit de la ville se trouve la flaque dans laquelle je suis tombé, non ?

— Vous êtes tombé dans une flaque ?

— Plus ou moins. Avec l'aide de tiers, pourrait-on dire.

Gaudí m'observa avec un mélange visible de compassion et de curiosité.

— Combien vous a-t-on volé ?

— Suffisamment pour que vous deviez m'inviter aujourd'hui à déjeuner, répondis-je, sans mentir. Mon portefeuille, ma montre, deux boutons de manchette en or blanc et un éventail. Mais j'ai conservé mes chaussures.

— On ne vous a pas fait de mal, j'espère, s'inquiéta Gaudí, me détaillant de la tête aux pieds. Un éventail, avez-vous dit ?

— C'est une longue histoire.

Au cours de l'heure suivante, tandis que nous mangions une délicieuse paella de montagne et buvions un mauvais vin de Cariñena à notre table habituelle des Sept Portes, je narrai à mon compagnon les événements de la matinée, depuis le petit déjeuner interrompu avec mon père dans son bureau de Gracia jusqu'à mon expérience portuaire avec deux jeunes garçons sauvages dont les âges additionnés ne devaient guère dépasser le mien, mais dont les couteaux n'admettaient pas de réplique. Je lui rapportai également mon étrange conversation avec Margarita, lui répétai pour information la phrase sympathique que ma mère avait prononcée en apprenant la plainte déposée par Andreu : « Je crois qu'il est temps pour moi d'intervenir dans cette affaire », et lui transmis le salut dont Fiona m'avait chargé à notre sortie du commissariat de las Atarazanas. Je m'abstins en revanche de mentionner l'intérêt soudain que Sempronio Camarasa semblait éprouver pour le nouvel ami de son seul enfant mâle, et je ne me décidai pas non plus à répéter le syntagme – « un jeune homme particulier » – que Fiona avait utilisé pour décrire l'impression que Gaudí lui avait produite la veille au soir.

Parmi toutes les nouvelles que je lui soumis, celle qui me sembla le plus intéresser mon camarade fut l'identité de l'inspecteur chargé de toutes les plaintes qui commençaient à s'amonceler contre mon père.

— Abelardo Labella, dites-vous ?

— Vous le connaissez ?

— Un monsieur de très petite taille au visage marqué par la variole ?

— Donc vous le connaissez.

Gaudí fit un geste vague de la main droite.

— Nous n'avons pas été présentés officiellement, dit-il. Mais j'ai eu l'occasion de souffrir à distance de certains de ses agissements.

Ce fut peut-être l'effet de la fatigue, de la nervosité accumulée au cours de la matinée, de la minuscule graine de soupçon que les nouvelles de Fiona avaient plantée involontairement dans mon cerveau ou de la piquette inhabituelle que Gaudí avait choisie pour arroser ce déjeuner, mais cette fois je ne pus m'empêcher d'énoncer à haute voix ce qui me trottait dans la tête depuis un certain temps :

— Vous ne vous lassez jamais de paraître énigmatique, monsieur G ?

Gaudí interrompit sur-le-champ le trajet jusqu'à sa bouche d'une fourchette chargée de grains de riz et de petits pois.

— Pardon ?

— Ces petits délinquants qui vous rendent visite à votre domicile et vous appellent « monsieur G »... Les trois serrures et les traces d'un incendie à la porte de votre mansarde... Ces messieurs bien habillés qui s'approchent de vous et déposent des liasses de billets sur votre table... Et maintenant, vos relations avec un inspecteur de la police judiciaire. Mon ami posa sa fourchette encore pleine dans son assiette et sourit avec une franchise désarmante.

— Vous avez raison, déclara-t-il. Ce qui s'est passé hier soir sur la place Royale est impardonnable.

— Comme vous le diriez vous-même, « impardonnable » est un mot un peu excessif. Disons plutôt... « inhabituel ».

— Inhabituel, alors, concéda-t-il. Toujours est-il que vous n'auriez pas dû assister à cet... échange de biens.

— L'échange d'un joli paquet de billets contre un petit flacon rempli de liquide vert, vous voulez dire ?

— Il y a des gens qui ne savent pas respecter les temps ni les lieux, reconnut-il. Et quand on s'engage dans certaines affaires, on est particulièrement exposé à cette sorte de personnes.

C'était donc une affaire.

— De l'opium ? demandai-je à voix basse, faisant appel à la plus évidente des solutions qui m'étaient venues cette nuit dans mon sommeil pour expliquer l'étrange scène survenue place Real.

Gaudí sembla véritablement scandalisé par cette suggestion.

220

— De l'opium ?! répéta-t-il en crachant presque le mot. Pour qui me prenez-vous ?

— Pour quelqu'un qui échange des petits flacons contenant un liquide contre de grosses liasses de billets ?

Gaudí sourit de nouveau, cette fois d'un air légèrement moqueur.

— Je vois que vous ne connaissez pas la vie d'un consommateur d'opium, reprit-il. Et je m'en réjouis. L'opium est la façon la plus simple, la moins chère et la plus stupide que l'homme ait conçue pour détruire son corps et ruiner son esprit. Si vous voulez vous étourdir avec du sirop d'opium, du laudanum aromatisé ou tout autre produit à la mode dérivé du pavot, vous n'avez qu'à vous approcher du port avec quelques pièces de monnaie en poche et visiter certains locaux à la réputation justifiée…

Des locaux moins fermés que le Mont Táber, faillis-je rétorquer.

— Je vois.

— En vous réveillant, vous découvrirez peut-être que vous avez perdu davantage qu'un éventail…

Ce fut à mon tour de sourire.

Si vous en saviez autant que moi sur l'opium, pensai-je. Si vous saviez le genre d'endroits que j'ai dû fréquenter à une certaine époque de ma vie, maintenant révolue…

Si vous aviez connu Fiona lors de son époque de chasseuse de dragons à travers les ruelles de l'East End…

— Je suis moi aussi ravi que vous n'ayez rien à voir avec ce commerce, dis-je. J'ai une certaine expérience de la question, et je n'aimerais pas vous savoir mêlé avec le genre de personnes qui évolue habituellement dans ces antres du vice et de la corruption.

Gaudí fronça légèrement les sourcils.

— Je peux vous demander...

— Fiona est une femme avec un passé, me contentai-je de préciser, écartant le sujet d'un geste de la main droite. Ce que vous offrez, alors...

— Ce que j'offre est une expérience qui n'a rien à voir avec l'engourdissement des sens ou l'étourdissement de l'esprit que les gens ordinaires s'entêtent à chercher dans les alcaloïdes extraits de certaines plantes.

Gaudí but une nouvelle gorgée de vin et regarda autour de nous.

— Vous avez des connaissances en botanique, Camarasa, mon ami ?

— Je crains que non.

— Alors vous n'êtes en rien différent de ces messieurs qui nous entourent. Comme eux, vous vivez dans un monde parfaitement artificiel.

J'attendis pendant quelques secondes une explication qui ne vint pas.

— Un monde parfaitement artificiel, répétai-je enfin.

— Une réalité artificielle, si vous préférez. Domestiquée, émasculée, étouffant entre les limites du petit horizon d'expériences que la ville met à votre disposition. La ville, Camarasa, est la grande niveleuse de l'homme. Elle commence par égaliser ses rêves et ses aspirations et finit par égaliser sa façon de voir et de comprendre la réalité.

Je trempai moi aussi les lèvres dans le vin qui remplissait encore mon verre.

Une réalité émasculée.

— Intéressant paradoxe, dis-je. J'aurais plutôt cru que l'horizon d'expériences que la ville met à la disposition de l'homme était infiniment plus vaste que celui que peut lui offrir n'importe quel village. Quelles que soient les connaissances en botanique des villageois.

Gaudí fit un signe de dénégation de la tête.

— Vous vous rappelez la conversation que nous avons eue à cette même table, le jour où nous nous sommes connus ?

— Parfaitement.

— Vous vous rappelez vous être moqué de ma croyance en la possibilité de photographier les esprits désincarnés ?

— Je me rappelle que l'idée m'a surpris, oui.

— Si vous aviez des connaissances en botanique, vous ne l'auriez pas été autant.

Malgré le sérieux avec lequel Gaudí prononça ces paroles, je ne pus m'empêcher de sourire.

— Connaître les propriétés des plantes aide donc à construire un appareil capable de photographier les morts ?

— Connaître les propriétés des plantes, comme vous dites, m'aide à garder l'esprit ouvert. Et m'empêche d'oublier, surtout, que ce monde est beaucoup plus riche que ce que nos yeux nous donnent à voir.

Je retrouvai mon sérieux.

— Et c'est ce que contiennent les flacons que vous distribuez, suggérai-je. Des potions pour voir la réalité.

— Ces flacons ne constituent qu'une partie de l'expérience que j'offre, répliqua Gaudí, après avoir réfléchi pendant quelques instants à ma dernière phrase. Mes clientes sont des personnes raffinées, avec des inquiétudes, qui recherchent effectivement quelque chose pour les aider à voir la réalité.

Des personnes avec des inquiétudes. Je songeai aux cariatides qui gardaient les deux portes closes du Mont Táber, aux jeunes filles portant des plumes de faisan, et à la chair nue et distordue de la femme qui se contorsionnait sur la scène. Une sorte d'instrument différent pour voir la réalité, peut-être.

— Ces deux garçons qui vous ont abordé devant votre porte vendredi ne semblaient pas particulièrement raffinés, me contentai-je de dire.

Mon compagnon fronça légèrement les sourcils.

— Ce ne sont pas mes clients.

Je compris.

— Ce sont vos employés.

— Ils n'ont rien à voir avec ce dont nous parlons, rétorqua Gaudí, tranchant la question.

Puis, après une pause qui nous servit à terminer les derniers restes de paella, il ajouta :

— Avez-vous quelque chose à faire demain soir ?

— Demain, j'ai une obligation familiale. Une visite au Liceo.

— Vendredi, alors ?

— Vendredi, je peux être tout à vous. Vous comptez m'emmener à…

Je me mordis la langue avant de prononcer le nom défendu.

— Vous comptez faire de moi l'un de vos clients ?

Gaudí regarda de façon ostensible la grosse tache de boue qui décorait mon plastron.

— Cher ami, il me semble que vous n'êtes pas en position d'aspirer à faire usage de mes services, lâcha-t-il.

Ici s'acheva la partie de notre conversation liée aux mystérieuses affaires de M. G.

Cinq heures plus tard, alors que je descendais du cabriolet que Gaudí m'avait obligé à prendre sur la place du Palais et réglais sa course au cocher avec plusieurs pièces de monnaie que mon ami, malgré toutes mes protestations, m'avait mises dans la poche, Margarita m'attendait devant la grille de notre tour, un exemplaire des *Nouvelles illustrées* à la main.

— Cette femme est folle, non ? me lança-t-elle en guise de salut.

Je n'eus pas besoin de prendre le journal que ma sœur me tendait pour savoir de qui elle parlait.

Deux dessins de Fiona occupaient la page incriminée.

Un monsieur giflant un vieil homme devant un chœur de potentats locaux flous et parfaitement éberlués, et ce même monsieur faisant une déposition au commissariat devant un inspecteur de petite taille, grassouillet, le visage couvert de taches d'encre.

— J'ai vu ça en sortant de l'école, annonçai-je en l'embrassant sur la joue et en refermant la grille derrière moi. Oublie ça.

— Oublier ?

— Ce n'est pas Fiona la responsable, c'est papa.

— Papa aurait permis qu'une telle chose soit publiée ?!

— La vraie question est : Fiona aurait-elle publié une telle chose sans la permission de papa ?

Margarita m'observa en silence pendant quelques instants, puis replia le journal, le jeta à terre et le piétina à plusieurs reprises avec les petits talons de ses pantoufles.

— Si seulement nous n'étions jamais revenus à Barcelone, dit-elle. Et si seulement papa n'avait pas connu Martin Begg…

Le ton sur lequel ma sœur prononça ces deux phrases ressemblait fort à celui qu'elle avait eu le matin même pour déclarer sa découverte de l'injustice du monde.

Je la pris par le bras et, passant outre à sa légère résistance initiale, l'attirai à moi.

— J'ai beaucoup de choses à te dire, fis-je en l'étreignant. Et toi aussi, certainement.

Margarita accepta mon étreinte pendant un temps raisonnable, puis la desserra et me regarda d'un air encore plus sérieux.

— Merci, murmura-t-elle. Maintenant je suis moi aussi couverte de boue.

Ce soir-là, dans l'atelier de Fiona, j'impressionnai dix plaques avec sa silhouette vêtue en fée des bois anglais et la laissai me photographier à son tour dans un déguisement improvisé de *squire* des Highlands, emprunté à l'armoire de son père : un ensemble pantalon et veste de tweed à carreaux écossais, casquette de chasseur de cerf à la visière parfaitement raide et, sur les épaules, une cape Inverness de la taille d'une couverture.

Ce fut une soirée agréable. Fiona et moi ne parlâmes guère pendant le lent processus de prise des images, et les petits sujets que nous abordâmes servirent tout au plus à souligner le silence plaisant qui présidait presque toujours à ces séances. Elle n'exprima nullement l'intention de m'expliquer le pourquoi du comment des deux dessins qu'elle avait publiés lors de la dernière édition des *Nouvelles illustrées*, et je ne fis pas allusion aux étranges révélations de Gaudí au cours du déjeuner, et dont la nature vaguement ésotérique, pour ne pas dire hallucinogène, aurait à coup sûr intéressé Fiona, toujours friande d'expériences. Quand nous nous séparâmes devant la porte de la vieille ferme, les cloches de la tour de l'Horloge de Gracia finissaient de sonner minuit et l'ambiance entre nous était, j'en aurais juré, plus chaude que jamais.

— Demain sera un grand jour, dit Fiona, m'embrassant sur la joue devant sa porte. Je te le promets.

Et je la crus.

Alors que je regagnais ma chambre, un rai de lumière filtrant sous la porte du bureau de mon père m'obligea à modifier une nouvelle fois mes projets.

— Tout va bien, papa ? demandai-je, après avoir frappé doucement à sa porte et l'avoir très légèrement entrouverte.

Il était assis à son bureau recouvert de papiers et de porte-documents et ressemblait à un employé de banque qui vient d'apprendre qu'un de ses meilleurs clients s'apprête à solder ses comptes.

— Tout va bien, me répondit-il sans presque m'adresser un regard.

Je ne le crus pas.

— Je peux te poser une question ?

Cette fois, la tête de mon père se redressa au-dessus de la pile de papiers qu'il était en train d'inspecter.

— Je t'écoute.

— L'ami que je t'ai présenté hier à la fête, Antoni Gaudí…

Je fis une courte pause, attendant vainement que le visage de papa Camarasa reflète une réaction en entendant ce nom.

— Ce que tu lui as dit était vrai ? Vous vous étiez déjà rencontrés ?

Au lieu de me répondre, mon père me désigna l'une des deux chaises qui se trouvaient placées devant son bureau. C'était en soi une nouveauté intéressante, je refermai donc la porte derrière moi, m'assis sur le siège qu'il m'indiquait et, comme il fallait s'y attendre, espérai une révélation qui ne vint pas.

— Parle-moi de ce jeune homme, ordonna-t-il en revanche après avoir ouvert son étui à cigarettes en argent et y avoir pêché un exemplaire raffiné de tabac de Trichinopoly, qu'il alluma avec le volumineux briquet de pierre qui trônait sur son bureau.

— Que veux-tu que je te dise ?

— Tout ce que tu sais à son sujet. Qui il est, ce qu'il fait, avec qui ou pour qui il travaille. Les milieux qu'il fréquente.

Le visage de mon père conservait un masque d'un sérieux indéchiffrable. Son intérêt pour la personne ou les activités de Gaudí, compris-je, n'était pas seulement sincère, il était également pressant. La situation me sembla soudain si absurde que je faillis sourire.

— Depuis quand t'intéresses-tu à mes fréquentations ?

— Fais ce que je te dis, je t'en prie.

J'attrapai dans l'étui de mon père la dernière cigarette qui s'y trouvait et l'allumai avec une allumette du Mont Táber.

— Il s'appelle Antoni Gaudí. Il est né à Reus, il est le fils d'un chaudronnier et il est arrivé à Barcelone il y a six ans. Quelques jours après la révolution de septembre et notre propre fuite de la ville.

Je prononçai cette dernière phrase sans autre intention que celle de gêner vaguement mon père, mais je me rendis compte tout de suite qu'il allait se sentir tenté d'y lire autre chose.

— Pure coïncidence, de toute façon. Gaudí et son frère sont venus poursuivre leurs études dans cette ville. Il est maintenant en deuxième année à l'École d'architecture, d'où notre amitié. Il n'y a pas de mystère.

— Et ses occupations en dehors des cours ?

— Toutes parfaitement innocentes, pour autant que je le sache, affirmai-je, me sentant dans l'obligation de mentir. La seule originalité que Gaudí se permette est de fréquenter les cercles spirites et les théâtres du Raval. Tu l'y as peut-être croisé, au cas où les esprits et les choristes t'intéresseraient, toi aussi…

Mon père ne chercha même pas à répondre à mon trait d'humour.

— Margarita dit que vous vous êtes rencontrés le matin de l'incendie des bureaux de *La Gazette du soir*. Il t'a écarté du chemin de chevaux emballés tandis que tu regardais le feu.

— Tu as aussi interrogé Margarita sur mon ami ?

— Ça s'est passé comme ça, alors ?

— Oui, reconnus-je. Cela joue en sa faveur, non ? Ou le fait de m'éviter une mort atroce sous les fers de quatre chevaux en fait-il un suspect ?

Mon père agita légèrement la tête de gauche à droite, tout en rejetant quelques nuages de fumée bleutée par le nez.

— Gabriel, ton innocence m'inquiète, parfois.

Le silence qui suivit cette phrase inattendue – parmi les multiples adjectifs peu voire pas du tout flatteurs dont papa Camarasa m'avait qualifié au cours de ces six dernières années ne figurait pas encore celui d'« innocent » – me permit d'entendre très nettement le tic-tac du carillon du salon principal de la tour, à plusieurs murs de distance du bureau.

— Tu m'expliques ? finis-je par demander.

Mon père se redressa légèrement au-dessus de son bureau et me gratifia du regard intense des grandes occasions.

— Gabriel, tu es un Camarasa. Quoi qu'il t'en coûte, tu es le fils aîné de Sempronio Camarasa. Et cela fait de toi la cible potentielle de toutes sortes de scélérats. Des gens qui en veulent à notre argent. Qui veulent exercer une influence sur nous. Qui cherchent à accéder à notre cercle le plus intime, animés par des intentions que tu devrais connaître, à ce stade.

Sans me quitter des yeux, mon père me désigna de l'extrémité incandescente de sa cigarette.

— Maintenant, Gabriel, tu n'es plus seulement l'héritier d'un nom qui suscite envie et rancœur chez de nombreuses personnes : tu es également le maillon le plus faible d'une chaîne qu'une poignée de voyous aimeraient beaucoup briser.

Plus intrigué que gêné, j'observai un petit silence avant de risquer :

— Et Gaudí fait partie de ces voyous ?

— Ce jeune homme apparaît miraculeusement à tes côtés pour te sauver la vie tandis que devant vous brûle l'immeuble du journal concurrent des *Nouvelles illustrées*. Ce jeune homme est étudiant à l'école où tu es inscrit. Ce jeune homme devient ton ami intime au moment où tout semble s'effondrer autour de nous. Et quand je le rencontre enfin, son aspect coïncide point par point avec certaines descriptions qui me sont parvenues ces dernières semaines par différentes voies que je ne vais pas te détailler maintenant.

Le sourire suffisant qui avait affleuré à mes lèvres tandis que j'écoutais les premières phrases de mon père se figea sur la dernière.

— Quelles descriptions ?

Mon père secoua de nouveau la tête.

— Reste vigilant, dit-il. C'est tout ce que je te demande. Et n'oublie pas qui tu es. Tu n'es pas un étudiant en architecture qui a besoin de l'amitié de villageois qui déguisent leur origine paysanne sous des cravates fantaisie. Tu es l'aîné de Sempronio Camarasa. Un jour, mes affaires seront les tiennes. Et cela fait de toi un objectif extraordinairement attirant pour toutes sortes de profiteurs et de faux amis ayant une idée derrière la tête.

À ma grande honte, la seule protestation que je fus capable d'émettre à cet instant en faveur de l'innocence de Gaudí fut une tentative de provocation maladroite dont je rougis encore aujourd'hui :

— Fiona était présente sur la Rambla lorsque Gaudí m'a écarté du chemin de ces chevaux, le matin de l'incendie, répondis-je. Et sa route, comme tu le sais, semble croiser sans cesse la mienne. Tu devrais peut-être diligenter une enquête sur elle également.

Les narines de mon père expulsèrent deux nouveaux nuages de fumée bleutée qui restèrent un instant accrochés à ses moustaches comme une triste et fine mucosité. Un vieux dragon blessé, pensai-je. Un dragon puissant et redoutable.

— C'est tout ce que tu as à me dire ?

La conversation était terminée.

— Gaudí n'est pas un opportuniste, ce n'est pas non plus un faux ami avec des intentions douteuses, ajoutai-je encore, désormais sans aucune conviction. C'est un jeune homme extraordinaire. Et sauf ton respect, papa, je crois que la situation de ces derniers jours commence à affecter ta capacité de jugement.

Mon père écrasa sa cigarette au fond du cendrier en porcelaine et me considéra d'un air subitement épuisé.

— Bonne nuit, Gabriel, murmura-t-il.

Ce fut tout.

19

Ezequiel, le jeune voyou, était de nouveau assis devant l'immeuble où vivaient les frères Gaudí lorsque j'entrai par une porte latérale donnant sur la petite place de Moncada, le lendemain en fin d'après-midi. Cette fois, sa présence ne me surprit pas : après tout, ce petit délinquant aux cheveux hirsutes et aux ongles noirs était manifestement un employé de mon ami. Ma présence ne le surprit pas non plus.

— L'étudiant, me salua-t-il en se levant et en portant une main moqueuse à l'aile de son chapeau imaginaire.

Puis, désignant la longue queue de ma redingote, il ajouta :

— Quelle élégance, aujourd'hui, non ?

— Comment vas-tu, Ezequiel ?

Là, il sembla quelque peu surpris :

— Vous vous souvenez de mon nom ?

— J'ai bonne mémoire. M. G est-il là-haut ?

— *Nan*, répondit le garçon en plissant le nez. Il n'y a que le vieux, c'est tout.

Le vieux, en déduisis-je, était Francesc Gaudí. Le frère aîné de Gaudí. Un vieil homme de vingt-trois ans.

— Le vieux ne t'aime pas ?

— Le vieux n'aime personne. Si vous montez, méfiez-vous. Vous vous souvenez de mon collègue ?

— Arturo ?

— Hier, le vieux lui a cassé deux dents. Il lui a jeté un livre de là-haut et l'a atteint en pleine tête.

Il vise bien, ce Francesc, pensai-je en mon for intérieur, mais sans le dire.

— Ah, je suis désolé. Quelle malchance.

Ezequiel m'observa de ses grands yeux aqueux mi-clos.

— Vous et M. G... ?

J'attendis en vain la suite de la phrase.

— « Vous et M. G »... ?

— Vous savez...

Je n'essaierai pas de décrire le geste d'Ezequiel. Qu'il suffise de dire que je rougis comme une tomate.

— Je ne vois pas ce que tu veux dire.

— Alors c'est un client ?

— Je suis un ami de M. G. Nous faisons nos études ensemble. Et maintenant, si tu permets, je dois voir son frère.

Ezequiel esquissa un sourire animal qui me rappela inévitablement les deux crapules qui m'avaient agressé sur le port le matin précédent. Les derniers vestiges de la sympathie que j'avais pu éprouver envers lui au début de notre conversation se dissipèrent dans l'instant.

— Rappelez-vous ce que je vous ai dit, indiqua-t-il en se déplaçant très légèrement sur le seuil, m'obligeant ainsi à frôler ses vêtements graisseux sur mon chemin vers l'intérieur du bâtiment.

— Je ferai attention à mes dents, lui assurai-je. Merci.

Je gravis à tâtons les nombreuses volées de marches qui menaient à la mansarde et, une fois parvenu en haut, je frappai à trois reprises à la porte des Gaudí.

Rien.

Deux nouveaux coups, pas de réponse.

Trois coups.

— Encore une fois et je tire.

Je m'écartai instinctivement de la porte.

— Monsieur Gaudí ? Francesc ? demandai-je.

— Je vais compter jusqu'à trois, répondit la voix, sur le même ton tranquille et décidé.

— Je ne suis pas un client de votre frère, mais un de ses condisciples de l'École d'architecture, précisai-je. Je ne viens pas acheter quoi que ce soit.

La voix observa un silence de plusieurs secondes. Je me retirai à quelques pas de la porte, essayant de rester hors d'atteinte de l'hypothétique fusil que Francesc Gaudí pouvait être en train d'épauler de l'autre côté de la fine épaisseur de bois et de vernis qui nous séparait.

Enfin, le son de trois verrous s'ouvrant l'un après l'autre me persuada que ma façon d'affronter la situation était la bonne.

— Gabriel Camarasa, affirma plus que ne demanda le jeune homme qui apparut sur le seuil.

— Ravi de faire enfin votre connaissance, monsieur Gaudí.

Francesc Gaudí regarda avec une réticence visible la main que je lui tendais, mais il finit par la serrer. Une poignée de main ferme, tendue, sans aucune trace d'hésitation.

— Mon frère n'est pas à la maison.

— Et vous savez quand il doit revenir ?

— Vous le savez, vous ?

235

Je haussai les sourcils.

— Non. Et vous ?

— Non.

L'affaire s'annonce délicate, songeai-je. Je tentai une autre approche :

— J'ai une entrée pour la représentation de ce soir au Liceo, et je voudrais la lui proposer. C'est devenu un bon ami de la famille, et diverses personnes seraient ravies de le recevoir dans notre loge.

Francesc Gaudí me toisa, comme s'il tentait de vérifier mes dires d'après ma tenue. C'était un jeune homme de haute taille, fort, avec un grand corps aux dimensions inhabituelles pour quelqu'un de son âge. Son abondante crinière semblait aussi indomptable que le caractère du futur avocat.

— Vous êtes sûr de chercher mon frère, Antoni Gaudí ? demanda-t-il enfin.

— Si je savais qu'il arrive mettons d'ici une demi-heure, je pourrais l'attendre ici, suggérai-je, espérant que ce dernier « ici » ne se transformerait pas en « ce palier ». La représentation commence à vingt et une heures.

— Je ne crois pas que ce soit possible.

— Que votre frère revienne avant une demi-heure, ou de l'attendre ici ?

Le jeune homme fit un signe de dénégation de la tête.

— Je ne crois pas que ce soit possible.

Et à cet instant, à mon infini soulagement, on entendit des pas dans l'escalier et une voix familière prononça mon nom sur un ton plaisamment interrogatif :

— Camarasa ?

Je me retournai à temps pour voir la moitié supérieure du corps de Gaudí émerger progressivement de la pénombre de l'escalier. Tel un esprit en cours de réincarnation, pensai-je en mon for intérieur, ou un espion sortant de la cachette où il se trouvait lors de l'exercice de sa mission hautement secrète. Puis je songeai que mon imagination commençait à se laisser gagner par toute l'extravagance qui nous entourait depuis quelque temps.

— Gaudí, quelle joie. J'étais justement en train d'expliquer à votre frère…

Je m'arrêtai en apercevant l'objet que le nouveau venu tenait à la main droite.

— Mon éventail ?!

— Cadeau d'Ezequiel, précisa-t-il, me le tendant d'un air naturel. Vous étiez en train d'expliquer à mon frère que…

Comme tant d'autres fois, je décidai de ne pas poser de questions. Je rangeai l'éventail dans ma poche, regardai l'endroit où, un instant plus tôt, se trouvait Francesc Gaudí, et tout ce que je vis fut l'encadrement vide d'une porte. Le frère de Gaudí s'était évaporé, tel un fantôme qui serait reparti dans l'au-delà.

— Mon père a eu un empêchement de dernière minute et ne peut nous accompagner au Liceo, repris-je, me retournant vers mon ami. Et Fiona a pensé que cela vous dirait peut-être de bénéficier de sa place.

Gaudí acquiesça d'un air grave.

— C'est Fiona qui a eu cette idée ?

— Appuyée par Margarita.

— Et le reste des… invités…

— Ma mère et Martin Begg. Et moi-même, bien sûr. Qui n'émettent pas d'objections quant à votre présence, si c'est ce que vous voulez savoir.

— Ce sera donc un honneur de vous accompagner.

Gaudí ébaucha une petite révérence qui me sembla vraiment incongrue, sur ce palier désolé et à demi plongé dans l'obscurité.

— Vous voulez entrer ?

— Je préfère vous attendre en bas. Vous ne serez pas long à vous préparer, n'est-ce pas ?

Mon camarade sembla quelque peu surpris de ma réponse, mais il ne protesta pas.

— Accordez-moi dix minutes, me demanda-t-il avant de disparaître à l'intérieur de la mansarde.

Quand j'arrivai devant l'entrée de l'immeuble, Ezequiel avait déserté les lieux. Je ne tardai cependant pas à le retrouver, près de l'abside de Santa María del Mar, urinant allègrement contre la pierre centenaire de l'église tout en sifflant une chanson populaire. Je m'approchai de lui éventail en main et arborant mon expression la plus hardie.

— Tu m'expliques, Ezequiel ?

Le jeune homme tourna la tête sans briser la trajectoire parabolique du jet qui le reliait à l'église.

— Pardon ?

— L'éventail.

Le garçon retrouva son sourire de délinquant enjôleur.

— C'est vous, le prétentieux à l'éventail ? demanda-t-il tout en secouant ce qu'il avait entre les mains et en le remettant pompeusement dans les plis de son pantalon. C'est vous qui avez été agressé par ces deux gamins ?!

Je m'efforçai de me faire une rapide idée de la situation. Ce qui donna ceci :

— M. G t'a demandé de te renseigner sur la personne qui m'avait attaqué ?

— Il m'a demandé de chercher qui avait volé un éventail à un fils à papa qui se promenait sur le port avec des boutons de manchette en argent.

— En or blanc. Où sont-ils ?

— Que voulez-vous que j'en sache ? M. G m'a juste demandé de récupérer votre éventail…

— Et mon portefeuille ? Et ma montre ?

— Et vos burettes ? Monsieur l'étudiant, vous vous êtes fait dépouiller par deux gamins de douze ans !!

Ezequiel quitta la placette de Moncada en sifflant la même mélodie, dont le rythme, je le constatai à cet instant, lui avait servi pour décorer le mur de l'abside de Santa María del Mar selon un tracé presque géométrique. Puis je me retournai et constatai aussi que les lucarnes de la mansarde des Gaudí brillaient d'un éclat orangé, qu'une lune presque pleine se penchait au-dessus de leur toit pointu et qu'une rangée de mouettes m'observait depuis l'auvent qui ressortait sous la petite terrasse. Puis je me dirigeai vers l'entrée de l'édifice et m'assis sur la marche pour y attendre que Gaudí descende enfin.

Un quart d'heure plus tard, sur le chemin du Liceo, mon ami me prit subitement par le bras et m'obligea à m'arrêter à un angle de la rue de la Princesse. Ce ne fut que lorsque son menton guida mon regard vers un immeuble situé à l'extrémité est de ce pâté de maisons que je compris ce qui se passait. Trois silhouettes se trouvaient devant nous, et elles m'étaient toutes familières.

Un chien à trois pattes avec un foulard noué autour du cou et une longue queue coupée qui s'agitait sans contrôle.

Un vieil homme barbu, coiffé d'un tricorne bleu et portant un sac presque aussi volumineux que sa propre personne.

Un autre, plus petit, plus mince, barbu également et hirsute, qui parlait avec le précédent du haut de la marche qui donnait accès à l'entrée du bâtiment.

— Andreu, murmurai-je.

— Eduardo Andreu et Canines, acquiesça Gaudí. Duo intéressant.

L'entrée, je la reconnus alors, était la même que celle par laquelle Gaudí et moi avions vu la semaine précédente sortir le mendiant coiffé du tricorne et mordillant un morceau de fromage.

Le nouvel environnement social du vieux marchand ruiné, pensai-je avec une certaine tristesse : un mendiant édenté célèbre dans tout le quartier de la Ribera, ainsi que son non moins célèbre chien à trois pattes.

— On s'approche pour lui parler ? demandai-je.

— À Andreu ?

— Je pourrais peut-être…

Je n'achevai pas ma phrase. À cet instant, Eduardo Andreu porta la main à une poche de son pardessus, en sortit un objet que nous ne vîmes pas à cette distance et le tendit à Canines, avant de faire demi-tour et de disparaître à l'intérieur du bâtiment.

Gaudí me lâcha le bras et partit à toute vitesse derrière le mendiant, qui s'éloignait déjà en direction de la place de San Jaime avec son encombrant ballot sur le dos.

— Comment vas-tu, Canines ? l'entendis-je lui dire lorsque j'arrivai moi aussi à ses côtés. Les affaires sont bonnes, cette semaine ?

Le mendiant adressa un regard peu amical à Gaudí.

— Je ne me plains pas, répondit-il sans s'arrêter.

— La semaine de votre ami a été plus compliquée, me semble-t-il. Tout d'abord, on le gifle en public, puis on porte plainte contre lui à la police judiciaire...

Canines tourna la tête sur sa gauche et cracha une glaire qui faillit atterrir directement sur la jambe de mon pantalon.

— Je ne vois pas de quoi vous parlez, monsieur G.

— M. Andreu ne vous l'a pas dit ?!

Gaudí donna un ton de déception authentique à sa question.

— Alors vous ne devez pas être si amis, en fin de compte.

Gaudí s'arrêta au milieu de la chaussée de la rue de la Princesse, et je l'imitai. Canines et son chien firent encore deux cents mètres puis ils s'engagèrent dans une autre rue et disparurent de notre champ de vision.

Il était vingt heures vingt.

— Que comptiez-vous en tirer ? demandai-je.

— Rien. Et vous, que comptiez-vous tirer d'Andreu ?

Je hochai la tête.

— Rien non plus.

Gaudí acquiesça avec un demi-sourire de frustration.

— Alors il vaudrait mieux que nous pressions le pas, dit-il en reprenant son chemin vers l'ouest. Nous ne pouvons pas faire attendre votre famille.

Nous arrivâmes sur la Rambla juste à temps pour retrouver ma mère, ma sœur et les Begg devant le Liceo, échanger avec eux les saluts et les politesses de rigueur, avant de pénétrer tous ensemble dans l'auditorium et de nous joindre au bataillon ordonné des bons bourgeois qui fréquentaient tous les soirs cette insigne maison.

Ce fut en entrant que Gaudí commit sa première *gaffe*[1] de la soirée. À la surprise générale et à la joie d'au moins l'une des personnes présentes, mon ami offrit son bras gauche à ma mère et se désintéressa des deux jeunes filles du groupe. Margarita, dont le visage s'était successivement éclairé et assombri pendant les trois minutes que Gaudí avait consacrées à bavarder en tête à tête avec Fiona et elle sur le trottoir de la Rambla, se trouvait maintenant dans l'obligation de devoir décider ce qui était le plus humiliant pour elle, arriver dans notre loge au bras de son propre frère ou d'un Anglais quinquagénaire, ventripotent et aux grosses joues pâles rougies, comme presque toujours à cette heure, par l'ingestion d'au moins deux pintes de bière.

— Je suis vraiment désolé que votre époux n'ait pu vous accompagner, madame Camarasa, entendis-je mon ami déclarer à ma mère, tous deux déjà en route, bras dessus bras dessous, pour le perron principal. Rien de grave, j'espère.

— Un dîner de travail, sans plus, répondit ma mère. Mon mari est un homme très occupé.

— La vie d'un grand entrepreneur doit être très difficile, approuva Gaudí avec un sourire poli. Tout comme celle de son épouse.

Ma mère acquiesça d'un air grave.

— Je suppose que vous êtes au courant de ce qui est arrivé, dit-elle.

— Votre fils me tient informé, oui. Et avant-hier soir, j'ai eu l'honneur d'être invité à la fête du journal.

---

1. En français dans le texte original.

— Alors inutile d'en dire plus.

Ma mère porta la main gauche à sa poitrine et fit tinter distraitement les perles de son collier.

— Vous aimez l'opéra français, monsieur Gaudí ?

À ce stade, Fiona s'était déjà chargée de trancher les hésitations protocolaires de Margarita en me prenant par le bras droit et en s'affichant comme ma partenaire pour le reste de la soirée. Ma sœur se retrouva ainsi au bras de Martin Begg, et de la sorte les trois couples improbables se dirigèrent vers notre loge, respectivement engagés dans une conversation agréable sur les principales différences entre l'opéra italien et l'opéra français, dans un échange à mi-voix des dernières nouvelles du jour (ou plutôt de l'absence de nouvelles : pas un seul article dans la presse sur l'incident de la fête, aucune lettre anonyme de lecteur rédigée par Víctor Sanmartín) et, s'agissant de ma sœur et de Martin Begg, dans un silence tendu et fermé comme les mâchoires de la pauvre Margarita.

Nous arrivâmes dans la loge quelques minutes avant que les lampes ne s'éteignent et que les ouvreurs ne commencent à exiger le silence. Je me rappelle que ce fut alors que je racontai à Fiona la scène à laquelle nous avions assisté rue de la Princesse, Gaudí et moi, la conversation entre Eduardo Andreu et le mendiant que j'avais vu le matin de l'incendie à l'entrée de la rue de la Canuda, et je me rappelle également que Fiona écouta d'un air distrait mon récit, attendit que j'y mette un point final pour, une fois dans l'obscurité, me demander d'oublier ce soir tout ce qui pouvait avoir un rapport avec mon père, Andreu et tout ce qui n'était pas le spectacle auquel nous allions assister.

La représentation commença à vingt et une heures et se prolongea jusqu'à vingt-trois heures passées.

Personne ne quitta la loge à aucun moment.

Pendant l'entracte, aucun de nous ne détourna le regard du reste du groupe pendant plus de trois minutes d'affilée.

Au moment où nous ressortîmes, avides de respirer l'air frais de la Rambla, la montre de ma mère indiquait vingt-trois heures trente. Et ses yeux, gonflés et rougis, indiquaient que pour elle la soirée touchait à sa fin.

— Mais je ne veux pas rentrer déjà à la maison, protesta Margarita en remarquant que Martin Begg levait la main droite en direction de l'une des nombreuses voitures à louer qui passaient à proximité du Liceo.

— Je ne veux pas non plus finir la nuit si vite, renchérit Fiona. Et si nous prenions un chocolat place Real, la nuit est si belle qu'il serait dommage de la gâcher au lit...

Ma mère ne se laissa pas tenter par l'idée du chocolat. Fermant le col de son manteau de fourrure de la main droite, elle regarda l'Anglaise en faisant mine d'ignorer ce qu'elle venait de proposer.

— Il fait une nuit épouvantable, dit-elle. Je suis très fatiguée. Et Margarita doit rentrer. Ce ne sont pas des heures pour une demoiselle...

— Maman !

— La soirée a été très agréable, Margarita.

Ma sœur fronça le sourcil et plissa le nez, mais ne broncha pas.

— La soirée a été très agréable, absolument, approuva Gaudí, qui avait de nouveau offert le bras à ma mère à la sortie de la loge et ne s'était séparé d'elle qu'en arrivant dans la rue. Merci encore pour l'invitation, vous avez été très aimables…

— L'invitation venait de Martin Begg, répliqua ma mère en hochant complaisamment la tête. Il nous a tous invités.

Martin Begg confirma d'un air sérieux. La couleur des deux pintes de bière avait déjà quitté ses joues, qui avaient retrouvé leur pâleur anglaise habituelle.

— C'était une idée de ma fille, déclara-t-il.

— Merci, de toute façon.

— De rien, dit Fiona, souriante. Mais je ne compte pas renoncer à ce chocolat, Antoni.

Gaudí haussa de façon amusante son sourcil droit.

— Ah.

— Alors, étant donné que Mme Lavinia et Margarita doivent se retirer, et que mon père agira certainement en gentleman et les raccompagnera chez elles, que diriez-vous, Gabriel et vous-même, de vous comporter vous aussi comme les deux gentlemen que vous êtes et de m'accompagner place Real ?

Le sourcil encore haussé, Gaudí me regarda, puis Martin Begg, qui était déjà en train de négocier le prix de la course vers Gracia avec un cocher à l'air peu aimable.

— Fiona est majeure, même si on ne le dirait pas, lança Margarita, les yeux brillants de rage, de mépris ou de pure frustration, ou peut-être les trois à la fois. Elle a presque trente ans. Elle n'a pas besoin de la permission de son père pour sortir le soir !

Sous les mèches rousses qui les recouvraient, les lobes des oreilles de Gaudí rougirent instantanément. Sans perdre le sourire, Fiona fit un clin d'œil automatique à ma sœur, que celle-ci ignora superbement. Les lèvres de ma mère s'incurvèrent dans une moue de mécontentement, mais restèrent silencieuses. Et je me rappelai alors le cadeau que j'avais sur moi.

— Pour toi, fis-je en tendant l'éventail à Margarita. Demain, je te raconterai l'aventure qu'il a vécue avant d'arriver entre tes mains.

Ma sœur prit l'éventail, le visage encore enlaidi par une grimace de fillette offensée. Elle l'ouvrit d'un geste du poignet, s'éventa à plusieurs reprises, le referma et, détendant légèrement les lèvres, elle se mit sur la pointe des pieds et déposa un rapide baiser sur ma joue.

— Merci, dit-elle. On y va, maman ?

Et sans prendre congé de Gaudí ni de Fiona, elle fit demi-tour et monta dans la voiture de location que Martin Begg venait de réserver.

— Excusez-la, le pria ma mère en tendant sa main droite à Gaudí. Ma fille a un caractère impossible.

— Eh bien, moi, je pense que c'est une jeune fille adorable, assura mon ami en embrassant soigneusement la main de ma mère et en lui adressant son meilleur sourire. Ce fut un plaisir de passer cette soirée en votre compagnie, madame Lavinia.

Quand les deux femmes furent installées à l'intérieur du véhicule, Martin Begg s'approcha de nous, une cigarette aux lèvres, la main tendue. Gaudí et moi la lui serrâmes chacun à notre tour, puis nous le vîmes monter également dans la voiture et disparaître en haut de la Rambla, en direction de la place de Catalogne.

— Génial, laissa alors tomber Fiona. La nuit peut commencer.

Elle disait vrai.

20

Je ne m'étendrai pas sur le récit des événements du reste de la soirée. Qu'il suffise de dire que Fiona, Gaudí et moi la commençâmes en prenant le chocolat promis accompagné de pâtisseries sous les arcades de la place Real, la poursuivîmes dans un petit café-concert situé près de l'entrée de Santa Madrona et l'achevâmes, à trois heures du matin, dans un théâtre de variétés du Raval dont Fiona nous donna le nom – le Théâtre des Songes –, mais dans les loges duquel Gaudí, me sembla-t-il, était tout sauf un inconnu. Quand nous regagnâmes les espaces ouverts de la Rambla, le parvis de la Boquería commençait à bouillonner des allées et venues des travailleurs du marché. Nous arrêtâmes un cabriolet, et Fiona et moi fîmes respectivement nos adieux à Gaudí d'un baiser sur la joue et d'une poignée de main chaleureuse. Le baiser nous surprit tous les trois, mais les petites heures du matin et l'alcool qui avait coulé à flots au long de notre visite au Théâtre des Songes semblèrent le justifier sans plus de problèmes. Quand le cheval se mit en marche, mon ami prit congé sur l'allée centrale de la Rambla en levant la main droite, une mimique agréable sur le visage.

Fiona, je le constatai immédiatement, avait remarqué elle aussi les regards constants et les murmures mal dissimulés dont Gaudí avait fait l'objet au cours du double spectacle de variétés qui avait couronné notre soirée en ville.

— Ton ami est un homme célèbre, dit-elle dès que nous eûmes atteint le paseo de Gracia. Tu t'en rends compte ?

Ce ne fut qu'alors que je me décidai à formuler le soupçon qui me trottait dans la tête presque depuis notre arrivée dans le local. L'un de ces absurdes soupçons que je n'aurais jamais conçus dans des conditions normales, mais qu'il m'était difficile, après la conversation de la nuit précédente avec mon père, d'ignorer plus longtemps.

— Tu l'as choisi exprès ?

— Le théâtre ?

Fiona fit un signe de dénégation de la tête.

— J'y suis allée un matin, il y a quelques semaines, pour une illustration.

— Un crime ?

— Plus ou moins. L'une des filles s'est lancée pour voler du haut d'un podium de la scène et s'est brisé la nuque sur le sol.

Je crus me rappeler quelque chose, oui. Une jeune fille souriante flottant, gracile, dans l'air, les bras ouverts et le corps courbé presque en forme de U, face aux regards ébahis de plusieurs dizaines de spectateurs que la plume de Fiona avait à peine ébauchés. Une nouvelle parmi d'autres lue distraitement parmi tant d'autres malheurs illustrés…

— Elle s'est… « lancée pour voler », dis-tu ? demandai-je.

— Il semble que c'était ce qu'elle tentait de faire, oui, dit Fiona, qui eut un sourire un peu sinistre. Mais cela n'a pas marché.

Des potions pour voir la réalité, songeai-je.

Une expérience ratée.

Un nom de moins dans la colonne « clients ».

Ou peut-être n'était-ce que le fruit du hasard. Les sentiers improbables qu'avait empruntés la conversation entre Fiona et Gaudí à la fin de la nuit – séances de spiritisme, herbes aux étranges propriétés, visites privées de l'autre côté du seuil de la perception – avaient indéniablement débridé ma propre imagination, déjà excitée par les événements de ces derniers jours et les soupçons émis par mon père à l'encontre de Gaudí.

— Gaudí et toi semblez avoir de nombreux points communs, dis-je.

Fiona s'accorda quelques secondes pour tenter de déduire le sens de ma phrase.

— Je suis moi aussi une femme célèbre ?

— Entre autres.

Fiona posa un instant la main droite sur mon genou gauche, avant de la replacer sous son manteau.

— Je crois que nous nous sommes montrés un peu impolis, fit-elle, feignant la contrition. Tu t'es senti très seul ?

— Pas plus que d'habitude, répondis-je.

Et aussitôt, prenant conscience que cette remarque était plus digne de Margarita que de moi, j'ajoutai :

— Mais c'était intéressant de vous observer. Il est toujours intéressant d'entendre deux adultes fantasmer à haute voix comme des enfants de dix ans.

Fiona sourit de nouveau.

— Antoni a des idées intéressantes, affirma-t-elle. Naïves mais intéressantes.

Je compris – ou voulus comprendre – que l'Anglaise faisait allusion, entre autres, à ce moment de notre discussion au Théâtre des Songes où Gaudí avait mentionné de nouveau son projet d'appareil de photographie susceptible de faire s'impressionner l'image des morts, des esprits désincarnés, ou du nom que l'on pouvait donner à ces entités d'outre-tombe avec lesquelles les spirites disaient entrer en contact au cours de leurs séances. Un projet à long terme, dont Gaudí n'escomptait pas récolter les fruits avant un an au moins, mais dont il avait défendu devant Fiona les bases théoriques et les fondements pratiques avec le même enthousiasme que deux soirs plus tôt, lorsqu'il m'avait exposé ses théories, parfaitement raisonnables et raisonnées, sur la structure de forces de l'église Santa María del Mar. Fiona avait écouté toute la péroraison de Gaudí, à base de lentilles, d'esprits et de spectres chromatiques inaccessibles à l'œil humain, avec la même attention que celle avec laquelle elle l'avait écouté disserter sur ses fermes convictions artistiques, ses nébuleuses intuitions religieuses – d'après elle, Gaudí était un mystique auquel il ne manquait que de croire en Dieu et de se détacher des plaisirs du monde ; à notre table du Théâtre des Songes, un verre de vin à la main, Gaudí avait célébré cette définition d'un sourire fort peu convaincant – ou ses expériences plus ou moins hallucinatoires avec certaines herbes qu'il cueillait lors de ses excursions régulières sur les pentes du mont Carmelo proche. Que je croie ou non en la possibilité réelle de photographier les morts, que ce fût ou non l'une des idées naïves que Fiona attribuait à mon condisciple, une chose était évidente : le jeune homme roux que je venais d'introduire dans nos vies captivait vraiment l'Anglaise.

— Je crois que tu vas finir par aimer la commande de mon père, dis-je, me rappelant l'expression du visage de Fiona tandis que Gaudí et elle échangeaient leurs connaissances en botanique occulte.

— La commande de ton père ?

— Faire des recherches sur Gaudí.

Fiona émit un étrange petit bruit de gorge.

— Ni mon père ni le tien n'y ont plus fait allusion. M. Camarasa s'est peut-être convaincu par lui-même qu'Antoni n'est qu'un jeune homme au goût plus que discutable quant au choix de ses amitiés. Ou il y a peut-être un rapport avec votre conversation d'hier soir.

Je haussai involontairement les sourcils.

— Tu sais que j'ai parlé de Gaudí avec mon père hier soir ?!

— Tu oublies parfois que je sais tout.

Je souris.

— Tu as raison, parfois je te prends simplement pour une belle femme.

Fiona inclina gracieusement la tête devant ce compliment maladroit.

— Mais tu as raison, dit-elle. Cela ne me dérange pas de me renseigner sur Gaudí. Peut-être n'est-il pas animé des sombres intentions que semble lui prêter ton père, mais c'est un type intéressant.

Nous observâmes un petit silence tandis que notre cabriolet traversait à toute vitesse un nouveau carrefour désert. Angles de rues, lampadaires, arbres plantés récemment : le paysage de plus en plus familier de l'Ensanche défilait à côté de nous, à la manière d'un splendide diorama en trois dimensions.

— Je peux te poser une question ?

Fiona posa la tête sur mon épaule.

— Bien sûr, murmura-t-elle.

— Lorsque Gaudí a commencé à parler de son travail pour les spirites, j'ai été surpris que tu ne lui dises pas que tu les connaissais déjà. Tu m'en avais parlé, dans une de tes premières lettres. La Société barcelonaise pour le développement du spiritisme…

— Toi aussi, tu as une bonne mémoire…

— Oui, ou j'ai lu tes lettres bien plus souvent que je n'oserais jamais te le confier.

Fiona émit un son semblable au ronronnement d'un chat satisfait.

— Je ne voudrais pas décevoir notre ami, dit-elle.

— Le décevoir ?

— Disons que je n'ai pas la meilleure opinion de ces spirites.

— Je comprends.

— Ce qui n'empêche pas que l'idée d'Antoni me semble adorable.

— Adorable et naïve, complétai-je.

— Ce sont les meilleures idées, non ? Les idées adorables et naïves.

— Tu ne crois pas que son projet puisse fonctionner, alors ? m'enquis-je, sans savoir si j'en étais soulagé ou plutôt étonné. Son appareil à photographier les morts, je veux dire.

— Au contraire. Je suis persuadée que s'il y croit vraiment Antoni sera capable de photographier des esprits. Même si les esprits qu'il photographiera ne seront peut-être pas précisément ceux que cherchent ses amis de la Société…

Je réfléchis pendant quelques secondes.

— Je devrais comprendre ?

— C'est toi le photographe, n'est-ce pas ?

Oui, c'était moi. Je décidai de ne pas insister.

— Il t'a donné quelque chose ?

— Quelque chose ?

— Quelque chose à boire ?

Fiona leva la tête de mon épaule et me regarda en fronçant les sourcils.

— J'ai l'air saoule ?

Je démentis d'un signe de tête. Aucun flacon rempli d'un liquide vert, donc.

— Gaudí possède ses propres affaires nocturnes, ajoutai-je alors, sans savoir pourquoi, peut-être pour lui confirmer que c'était effectivement un type intéressant, par-delà son flirt occasionnel avec l'irrationnel et le charlatanisme, flirt que l'Anglaise, d'autre part, ne pouvait que trouver séduisant. Ce Théâtre des Songes constitue peut-être un des lieux où il opère, et sa présence en compagnie d'une dame de ton apparence a pu attirer l'attention...

Fiona sembla intriguée, mais pas pour la raison que j'imaginais :

— Mon apparence...

— Il s'agit d'un autre compliment.

Elle cessa de froncer les sourcils.

— Je t'ai dit qu'aujourd'hui serait un grand jour, conclut-elle.

Il était trois heures et demie du matin. Plusieurs heures plus tard, lorsque l'inspecteur Labella l'interrogerait, le conducteur du cabriolet corroborerait notre version des faits : l'heure et le lieu où il nous avait fait monter à bord, l'état de nos vêtements, le ton de la conversation. L'homme n'avait oublié ni les épaules ni les cheveux de la femme qui lui avait souhaité bonne nuit en descendant de son véhicule devant la porte d'une tour cossue de Gracia.

— Bonne nuit, alors.

Fiona m'embrassa moi aussi sur la joue, brièvement, avec douceur, comme elle l'avait fait avec Gaudí sur la Rambla, une seconde avant que nos chemins ne se séparent devant le perron du jardin. Elle suivit le sentier qui menait à la vieille ferme et, après l'avoir vue disparaître rapidement entre les ombres végétales, je contournai le corps principal de la tour, à la recherche de la porte de service.

Aucune fenêtre de la maison n'était éclairée.

La porte du bureau de mon père était fermée, on n'apercevait nul rai de lumière.

La porte de la chambre de ma mère était close, également.

La chambre de mon père était vide. Le lit n'était pas défait, les contre-fenêtres étaient restées ouvertes, et il y avait un verre d'eau intact sur la table de nuit. On ne remarquait pas une seule trace de désordre dans la pièce. Je n'y entrai pas : il me suffit d'arriver sur le seuil pour savoir que Sempronio Camarasa, cette nuit-là, n'était pas rentré dormir.

La chambre de ma sœur était également ouverte et vide. Son lit, cependant, était en désordre.

Mon propre lit également.

— Bonjour, me salua Margarita, roulée en boule en travers de mon couvre-lit en laine.

En posant la lampe à huile sur la table de nuit, je constatai ce que j'avais déjà deviné à sa voix.

— Tu as pleuré ?

Margarita passa le revers de sa main sur une pommette sèche et enflée.

— Un peu, dit-elle, tranchant la question d'un rapide froncement des lèvres. Vous vous êtes bien amusés ?

Je m'assis à côté d'elle au bord du lit.

— Ce n'était pas mal.

— Toni est fâché contre moi ?

Je hochai la tête en signe de dénégation.

— Il a dit à maman que tu étais une jeune fille adorable.

Margarita se redressa légèrement, étirant ses jambes qu'elle avait remontées contre sa poitrine.

— Vraiment ?

— Demande à maman demain.

— Inutile, fit-elle avant d'ajouter : Tu sens l'alcool.

— Nous avons un peu bu.

— Fiona aussi ?

— Un peu.

Margarita finit de se redresser et s'appuya contre le chevet de mon lit.

— Quelle effrontée ! lâcha-t-elle.

Nous sourîmes tous les deux.

— Cette fois, au moins, elle n'a pas fumé.

— Elle n'aura pas voulu que Toni voie d'un coup quelle sorte de femme elle est. Il le découvrira peu à peu.

Je me levai et me dirigeai vers la grande armoire qui occupait une bonne partie du mur est de la chambre. Nous restâmes silencieux un moment, moi déboutonnant ma redingote devant le miroir et Margarita maintenant assise sur mon oreiller, m'observant attentivement.

— Papa n'est pas rentré, repris-je enfin.

— Encore un effronté.

— Tu le savais ?

— Quand nous sommes arrivées, je suis passée par son bureau pour lui souhaiter bonne nuit, expliqua-t-elle. En voyant qu'il ne s'y trouvait pas, je suis allée dans sa chambre. Et depuis que je suis là, on n'a entendu personne monter avant toi.

— Maman a dit quelque chose ?

— Je n'ai pas voulu lui poser de questions. Elle s'est couchée dès que nous sommes arrivées, et au bout d'une demi-heure elle ronflait déjà comme une bienheureuse. M. Begg voulait bavarder un instant avec elle avant de rentrer chez lui, mais maman a assuré qu'elle était très fatiguée.

Le reflet de Margarita haussa les sourcils dans le miroir avec une grimace familière.

— Tu crois qu'ils…

— C'est fort probable.

— Vraiment ?

— Demain, je brûlerai tous tes romans français.

Large sourire de Margarita. Nouveau petit silence.

À ma droite, un léger éclat de lumière brilla de l'autre côté des contre-fenêtres ouvertes, à la cime des arbres du jardin, et disparut immédiatement dans la noirceur réfléchissante du verre.

Libéré de la redingote, je passai au gilet et à la cravate.

— Tu comptes rester jusqu'à la fin ? lui demandai-je.

Ma sœur sourit de nouveau en se levant.

— J'aime beaucoup cet éventail, dit-elle en déposant un baiser sur la joue que Fiona avait embrassée dix minutes plus tôt. Mais je t'en prie, veille à ce que ton prochain cadeau ne sente pas le poisson.

Ce fut la fin de ma soirée. Cinq minutes plus tard, la lampe à huile de ma table de nuit était éteinte et je commençais à trouver un sommeil dont je ne sortis que trois heures trente plus tard, lorsque le poids d'un autre corps féminin assis au bord de mon lit me tira doucement vers ce côté de la conscience.

— La police est là, entendis-je Fiona annoncer. Ils cherchent ton père. Eduardo Andreu a été assassiné.

Je me rappelle encore l'odeur du parfum qui flottait dans ma chambre tandis que l'Anglaise prononçait ces mots.

21

Avant neuf heures, je descendis de la berline familiale à l'entrée de la rue Ferdinand-VII et accompagnai Fiona jusqu'à la porte de l'hôtel particulier des *Nouvelles illustrées*. Nous convînmes de nous retrouver vingt minutes plus tard rue de la Princesse, et nous nous quittâmes sans plus de cérémonie. Fiona semblait se sentir aussi écrasée que moi par le nouveau tour qu'avaient pris les événements ; sa voix avait tremblé de façon inhabituelle en répondant aux questions des deux policiers venus chercher papa Camarasa à Gracia, et à plusieurs reprises elle avait été incapable de trouver le terme espagnol correspondant au terme anglais qui bouillait dans son cerveau, et elle avait dû me demander de traduire. Les rares heures de sommeil lui avaient gonflé les yeux, desséché les lèvres et visiblement décoloré les joues, transformant leur belle teinte habituelle en la pauvre pâleur sans attrait d'un visage en piètre santé. Pour la première fois depuis longtemps, pensai-je en partant vers la Ribera, ce matin Fiona faisait bien son âge réel, vingt-neuf ans, et non les vingt-deux ou vingt-trois que tout admirateur distrait aurait pu lui donner dans ses meilleurs jours.

J'arrivai sur la placette de Moncada juste au moment où Gaudí franchissait la porte de son immeuble.

— Eh bien, Camarasa, mon ami, comme vous êtes matinal, me salua-t-il, très souriant. Je ne comptais pas vous voir aujourd'hui à l'école, et encore moins...

Mon air sérieux l'obligea à s'interrompre.

— Que se passe-t-il ?

Je lui expliquai en quelques mots la situation, tandis que nous courions vers la rue de la Princesse, où Fiona, si tout se passait bien, avait dû attendrir le cœur des agents certainement postés devant le numéro 14. Le contact quotidien, sur toutes ces scènes de crimes que notre amie dessinait depuis des semaines pour *Les Nouvelles illustrées*, avec des agents presque toujours jeunes, soumis au devoir ennuyeux de monter la garde devant une porte close et susceptibles, donc, de se laisser séduire de bonne grâce par la présence exotique d'une Anglaise rousse, avait valu à Fiona une popularité à l'intérieur de cette confrérie qui, si ses prévisions étaient exactes, devrait nous permettre à nous aussi, Gaudí et moi, de pénétrer dans cet édifice qui renfermait le corps sans vie d'Eduardo Andreu.

— Qui a découvert le cadavre ? me demanda Gaudí, quand j'eus fini de lui exposer brièvement ce qui était arrivé.

— L'inspecteur n'a guère donné de détails. La logeuse d'Andreu, je crois.

— Il vivait dans une pension ?

Je confirmai.

— À six heures du matin, elle est sortie dans le couloir sur lequel donnait sa chambre, elle a été surprise de trouver la porte entrouverte et s'est approchée pour voir ce qui se passait. C'est ce que l'agent a raconté à Fiona tandis que l'inspecteur s'occupait de moi.

— Abelardo Labella.

— Non. Labella était occupé par le cadavre et les voisins, j'imagine.

Gaudí marmonna quelque chose que je ne compris pas, puis il me prit par le bras et m'entraîna vers l'entrée d'une ruelle particulièrement étroite et malodorante.

— Un raccourci, m'expliqua-t-il. Si Labella travaille toujours sur place, nous ne pourrons pas entrer.

J'y avais pensé, moi aussi.

— Faisons confiance au charme de Fiona.

Gaudí acquiesça d'un air grave.

— Elle a été surprise que vous veniez me chercher ?

— Pas du tout, répondis-je sans mentir. Et vous ?

— Cela m'a fait plaisir, affirma-t-il sans la moindre hésitation.

Le ton sur lequel mon camarade prononça cette phrase était empreint, me sembla-t-il, d'une rare chaleur. Ce fut peut-être la raison qui me poussa à détendre l'atmosphère en faisant de l'humour :

— N'est-ce pas le parfait moment pour mettre à profit vos fameux dons d'observation et de déduction ?

Gaudí acquiesça de nouveau.

— J'espère ne pas vous décevoir, alors, dit-il, toujours sérieux.

La rue de la Princesse était envahie par des dizaines de curieux qui se pressaient à proximité du numéro 14. Le bâtiment, bien sûr, était celui devant lequel, la nuit précédente, Gaudí et moi avions vu Eduardo Andreu en compagnie de Canines et de son chien à trois pattes. Il y avait douze heures à peine, mais on aurait dit que cela s'était passé dans une vie antérieure, dans un autre monde. Ce qui était alors une rue sombre et tranquille, semblable à toutes les rues principales de la Ribera, était devenu une sorte de boulevard français fourmillant d'agitation, de cris et de visages excités.

Devant la porte de l'immeuble en question, à l'intérieur du petit arc de cercle infranchissable que les agents de la police judiciaire avaient formé de leurs propres corps afin de tenir les curieux à distance, Fiona bavardait avec un jeune homme aux traits allongés et à l'air fort peu amène, me sembla-t-il. Lorsqu'elle nous vit apparaître de l'autre côté de la barrière d'uniformes, l'Anglaise leva la main dans notre direction, dirigeant ainsi l'attention de son interlocuteur sur nous.

Le cercle d'agents s'ouvrit sur notre passage à peine quelques instants plus tard.

— L'inspecteur adjoint Abriles a l'amabilité de nous laisser accéder à la chambre de la victime, annonça Fiona, après nous avoir présentés à son accompagnateur en n'utilisant que nos prénoms. L'inspecteur s'est toujours montré fort courtois avec moi…

— Vous avez cinq minutes, lâcha le jeune homme, s'écartant pour nous laisser entrer. Si vous n'êtes pas descendus d'ici là, je vous ferai arrêter… tous les trois.

— Cela me paraît juste, assura Fiona. Dans la chambre, nous trouverons l'agent Miralles, n'est-ce pas ?

L'inspecteur adjoint Abriles confirma d'un signe de tête, sans se départir du masque de sérieux professionnel qui recouvrait son visage décidément chevalin.

— Cinq minutes, répéta-t-il.

Les parties communes du numéro 14 de la rue de la Princesse étaient aussi sales et mal ventilées que l'on pouvait s'y attendre dans une pension de ce genre, mais les six volées de marches et les divers couloirs intermédiaires qui menaient au troisième étage se trouvaient curieusement fort bien éclairés. Fiona guida notre chemin vers la chambre d'Andreu avec l'assurance propre à une personne familière des lieux ; l'avantage, supposai-je, d'avoir visité une bonne poignée de scènes de crimes qui ne devaient guère se distinguer de celle-ci. Sa main gauche suivait distraitement la rampe usée de l'escalier, la bande centrale de bois qui parcourait le mur intérieur de chaque couloir, les poignées des nombreuses portes closes qui apparaissaient sur notre passage, tandis que de la droite elle tenait son carnet de croquis et son crayon bien taillé.

— Cela est tout à fait irrégulier, murmurai-je enfin en me plaçant à côté d'elle quand nous parvînmes à la dernière volée de marches qui nous séparait de notre destin. Cet inspecteur sait-il qui je suis ?

— Il sait qu'Antoni et toi travaillez pour moi au journal et que vous venez couvrir la nouvelle de l'assassinat avec moi. Ce n'est pas entièrement faux.

J'y songeai un instant.

— Qu'est-ce qui n'est pas entièrement faux ? Que nous travaillons pour toi, ou que nous sommes venus avec toi pour couvrir la nouvelle ?

Au lieu de me répondre, Fiona entreprit de nous résumer le peu d'informations qu'elle avait pu soutirer à l'inspecteur adjoint Abriles en nous attendant. Le corps sans vie d'Andreu avait effectivement été retrouvé par la propriétaire de la pension, une vieille fille d'une soixantaine d'années qui se targuait d'entretenir une relation parfaitement professionnelle et distanciée avec tous ses locataires, et disait tout ignorer des habitudes, des relations et du mode de vie du vieux marchand assassiné. Tout ce qu'elle savait de lui, c'était qu'il occupait depuis trois ans la même chambre, qu'il payait ponctuellement son loyer et qu'il n'avait pratiquement pas de contacts avec les autres locataires : trois qualités rares qui faisaient de lui un hôte très apprécié. La nuit précédente, la femme l'avait vu gravir cet escalier vers vingt-deux heures, et n'en avait plus eu de nouvelles ; à minuit précis, avant d'aller se coucher, elle avait remonté les couloirs comme d'habitude et constaté que toutes les portes étaient fermées, y compris celle d'Andreu. Il n'y avait pas eu de cris, de courses ou de vacarme durant la nuit, aucun des locataires du troisième étage n'avait entendu de bruit provenant de la chambre du mort, et personne n'avait rapporté non plus la présence d'un inconnu dans la maison. À six heures tapantes, lors de sa première ronde du matin, la femme était repassée devant la porte d'Andreu et avait remarqué que celle-ci était entrouverte. En la poussant, elle avait découvert le cadavre, et elle avait aussitôt appelé la police. C'était tout.

— Un assassin silencieux, murmurai-je.

— Ou des voisins qui ne s'étonnent plus de rien, répliqua Fiona. Dans un lieu tel que celui-ci, même si Andreu avait annoncé à grands cris qu'on était en train de le tuer, je doute fort que quiconque aurait fait plus que se retourner dans son lit...

— La pension n'a pas l'air tellement sinistre, pourtant.

— Crois-moi, tu n'aimerais pas y passer la nuit.

Je ne demandai pas à Fiona d'où lui venait sa connaissance apparemment fondée des conditions de vie dans cette sorte de pension. La journaliste endurcie marquait son territoire devant le petit-bourgeois aisé que je restais à ses yeux.

En haut de la dernière volée de marches, au début du couloir du troisième étage, Fiona s'arrêta, me tendit son carnet de croquis et le crayon, et commença à arranger ses cheveux à tâtons tandis que Gaudí et moi l'observions avec une stupeur identique.

— L'inspecteur ne nous a accordé que cinq minutes…, rappela enfin mon ami, voyant que Fiona, après avoir mis de l'ordre dans sa coiffure, se prenait à essayer diverses variations dans l'ouverture du décolleté de sa robe de mousseline bleue.

— Cela fait partie de mon travail, mon cher, dit-elle sans se troubler. C'est obligatoire, quand on est une femme dans un monde d'hommes.

Gaudí opina d'un air sérieux.

— Je comprends.

— Je ne crois pas.

Le sourire que Fiona lui adressa tout en finissant d'arranger son décolleté plongeant me fit penser à l'adjectif dont l'Anglaise avait qualifié Antoni, cinq heures plus tôt, au cours de notre voyage de retour à Gracia en cabriolet : « naïf ».

— L'agent Miralles est un type difficile ?

— L'agent Miralles est un homme, répondit-elle simplement. Mais aujourd'hui je préférerais éviter qu'il cherche à surveiller nos mouvements à l'intérieur de la pièce. Gaudí et toi, vous souhaiterez peut-être fouiller un peu dans les tiroirs du vieux pendant que je dessine son cadavre…

Le naturel avec lequel Fiona prononça ces paroles me fit plisser le nez.

— Je ne crois pas que ce soit nécessaire, dis-je. Et si Labella déboule ?

— Nous partons, point.

— C'est aussi simple que ça ?

J'y réfléchis pour la première fois.

— Et s'il nous arrête parce que nous interférons dans son enquête, parce que nous nous sommes introduits sur une scène de crime, ou pour avoir fouillé dans les tiroirs d'un mort ?

Fiona récupéra son cahier et son crayon, et regarda de nouveau Gaudí, qui nous observait alternativement, l'Anglaise et moi, de ses grands yeux bleus pour l'heure écarquillés.

— S'il nous arrête, j'aurai quelque chose de plus à dessiner pour l'édition de ce soir, dit-elle. Vous êtes prêts ?

Gaudí et moi confirmâmes à l'unisson, lui avec une conviction visible, moi plutôt résigné :

— Prêt.

— Eh bien, maintenant, je ne veux plus vous entendre avant que nous soyons de nouveau dans la rue. À compter de cet instant, je serai la seule à parler.

Guidés par Fiona, nous suivîmes le couloir sinueux qui parcourait le troisième étage du bâtiment jusqu'à la porte de la chambre d'Eduardo Andreu. Un seul agent d'âge moyen montait la garde devant, fumant une cigarette d'une mauvaise qualité évidente et chantonnant tout bas quelque chose qui ressemblait beaucoup à l'*Hymne de Riego*[1]. Quand il nous vit apparaître au coude du couloir, son visage commença par s'assombrir puis s'éclaira de façon presque immédiate.

1. Hymne officiel de la monarchie constitutionnelle espagnole (1820-1823), de la Première République (1873-1874) et de la Seconde (1931-1939), qui doit son nom au général Rafael del Riego.

— Mademoiselle Fiona, lança-t-il en prononçant le nom de notre amie sur un ton d'intimité qui me fit grimacer.

— Quel plaisir de vous revoir si vite, agent Miralles.

Fiona tendit la main au policier et le laissa la lui baiser, un sourire aux lèvres.

— Même dans des conditions encore une fois si peu agréables...

— C'est mon travail, mademoiselle.

— Et le mien, monsieur l'agent, et le mien !

L'homme eut un large sourire sous sa moustache fournie.

— Nous pourrons peut-être nous voir un jour dans des circonstances plus favorables, suggéra-t-il, sur un ton rêveur qui ne contredisait absolument pas son aspect général d'homme endurci par les années et les situations.

— Je l'espère, agent Miralles.

Fiona récupéra sa main droite et désigna la porte close devant laquelle nous nous trouvions.

— Qu'avons-nous là ?

— Un assassinat, mademoiselle. Un pauvre vieux poignardé au cœur. Un spectacle fort désagréable. Vous voulez vraiment entrer ?

— C'est mon travail, répéta Fiona. Vous savez qu'aux *Nouvelles illustrées* nous nous flattons de tout dessiner d'après nature.

— En ce cas...

Miralles ouvrit la porte et fit mine d'entrer dans la pièce devant nous.

— Inutile de nous accompagner, monsieur l'agent, déclara alors Fiona, d'un ton parfaitement naturel. Ces deux messieurs doivent entrer avec moi, et je ne crois pas qu'il y ait beaucoup d'espace.

— Eh bien, je ne sais pas si...

— Juste un moment, monsieur l'agent. Vous connaissez ma rapidité pour... le dessin.

La petite pause qui précéda les derniers mots de Fiona provoqua un sourire indéniablement grave-leux chez l'agent Miralles et une rougeur instanta-née sur les oreilles de Gaudí. Moi qui étais au fait – par chance ou pour mon malheur – des stratégies professionnelles de notre amie et de sa facilité à distraire les hommes qui s'interposaient entre elle et ses objectifs, je me contentai de sourire aimablement, à personne en particulier.

— Je risque une bonne réprimande de mes supérieurs, mademoiselle Fiona...

— C'est pour une bonne cause, agent Miralles. Et je vous promets que cela ne prendra pas plus de trois minutes.

Le policier acquiesça gravement.

— Alors ne touchez à rien, je vous en prie, dit-il, nous regardant pour la première fois, Gaudí et moi. Soulever un seul grain de poussière là où l'on enquête sur un crime est un délit davantage réprimé que vous ne pouvez l'imaginer.

Nous hochâmes la tête d'un air sérieux : nous ne toucherions pas à un seul grain de poussière. Fiona remercia l'agent, esquissa une petite révérence de courtisane viennoise et, une fois à l'intérieur de la chambre, referma la porte derrière nous.

— À nous de jouer ! s'exclama-t-elle en ouvrant son cahier et en plaçant son crayon en position d'attaque.

22

La chambre dans laquelle Eduardo Andreu avait
passé les trois dernières années de sa vie était aussi
petite et lugubre qu'il convenait de s'y attendre,
s'agissant de la tanière d'un homme dans sa situation.
Elle ne mesurait pas plus de dix mètres carrés, était
dépourvue de fenêtres ou d'une quelconque aération,
était faiblement éclairée par une unique applique au
gaz située à côté de la porte et ne laissait voir aucune
touche personnelle qui aurait pu révéler le caractère, les goûts ou le passé de son occupant. Pour
tout mobilier, une petite table, une chaise, une malle
en bois nu et un grabat de taille presque enfantine.
Le couvercle de la malle était ouvert, mais elle ne
contenait qu'un tas de vêtements aussi sales que ceux
que le vieil homme portait à l'heure de sa mort. La
table était couverte de reliefs de nourriture rances ou
desséchés, de petits objets sans intérêt – un peigne, un
rasoir, quelques pièces de monnaie, pas grand-chose
d'autre – et de papiers qui se révélèrent, après une
sommaire inspection par Gaudí et moi-même, parfaitement insignifiants. Sur la chaise, quelques vêtements
et d'autres pièces de monnaie dans un petit panier
en osier. À terre, répartis à travers la pièce, cinq ou
six livres, quelques journaux et une petite collection

de bouteilles vides. Les journaux n'étaient pas des exemplaires des *Nouvelles illustrées*. Les bouteilles n'avaient pas contenu de vin ni d'eau-de-vie. Dans un coin, devant le mur maculé d'humidité, un balluchon de tissu noir entrouvert contenait un étrange tas de pièces de cuivre d'une taille uniforme, toutes rectangulaires, toutes polies et reluisantes, dont la signification m'échappa entièrement, mais qui semblèrent intéresser vivement Gaudí. L'odeur de la pièce, l'humidité des murs, la nourriture rance, les vêtements mal lavés, la saleté qui recouvrait chaque surface visible, cela faisait un mélange à coup sûr nauséabond. Il y avait largement de quoi se plier en deux pour vomir, et ce avant même d'avoir remarqué la présence du corps sur le grabat.

Le cadavre d'Eduardo Andreu était allongé sur le dos, très droit, la tête légèrement inclinée sur la gauche et les bras étendus le long du tronc. Il était entièrement habillé, et ses vêtements semblaient être les mêmes que ceux qu'il portait le soir de la réception rue Ferdinand-VII. Il avait les yeux et la bouche ouverts, et le manche argenté d'un poignard dépassait au milieu de sa poitrine. Les couvertures et les draps, froissés, étaient imbibés de sang, lequel avait traversé le mince matelas et formé une large flaque sur les dalles nues du sol. Il n'y avait pas de signes visibles de lutte sur le corps du vieillard, ni dans le reste de la chambre, à moins qu'ils ne fussent dissimulés par le pur désordre ambiant. Andreu ne s'était pas défendu contre son assassin, ou alors avec tellement peu de conviction que, sans le poignard planté dans sa poitrine, sa mort aurait pu passer pour naturelle.

— Il ne manque rien dans cette pièce, d'après vous ? me demanda alors Gaudí dans un murmure, me tirant de la brève stupeur dans laquelle m'avait entraîné la contemplation du corps sans vie d'Andreu.

Je regardai mon ami puis Fiona, plantée devant le grabat et occupée à prendre des notes dans son carnet.

— Un peu d'ordre ? De ménage ? suggérai-je.

— Un porte-documents rouge.

Je venais de m'en apercevoir, oui.

— La police l'a peut-être ramassé en arrivant, proposai-je.

— Ou peut-être votre père l'a-t-il emporté hier soir après avoir tué Andreu.

Moins surpris qu'intrigué, je considérai Gaudí en haussant les sourcils.

— Vous le pensez sérieusement ?

— Apparemment, le contenu de ce porte-documents semble être la seule raison pour laquelle cet homme a un poignard fiché dans la poitrine, non ? Le tuer puis laisser le porte-documents sur place serait une maladresse indigne d'un homme tel que votre père.

J'acquiesçai.

— Mais vous n'y pensez pas sérieusement…

— La police, si, répliqua mon ami, se penchant maintenant sur le cadavre d'Andreu et approchant le visage à quelques centimètres du pommeau d'argent du poignard. Et les motifs ne lui manquent pas. Si le porte-documents ou son contenu ont disparu, votre père est dans l'embarras.

— C'est déjà le cas, avec ou sans le porte-documents, rétorquai-je. Et s'agissant de son contenu, au cas où le porte-documents serait réellement entre les mains de la police, qui serait à même de dire ce qui a disparu ou non ?

— Exact.

Gaudí leva la tête et me fixa, les yeux brillants.

— Vous ne trouvez pas que c'est un travail inhabituel ?

Il voulait parler, je le compris en me penchant à ses côtés, de la sculpture sur le pommeau, qu'il avait inspectée si attentivement pendant notre discussion.

Les griffes d'un oiseau de proie refermées sur un petit globe terrestre à la surface duquel se détachaient en bas-relief les contours partiels de deux continents et, entre eux, un blason aux armes inconnues.

— Je ne reconnais pas ce poignard, si c'est là ce que vous me demandez.

Gaudí fit un signe de dénégation de la tête.

— Précisons les choses depuis le début, dit-il en me prenant par le bras et en m'éloignant du lit d'Andreu. Je ne crois pas que ce soit votre père qui ait fait cela.

— Ravi de l'entendre.

— De fait, je ne crois pas votre père stupide au point d'avoir tué hier soir l'homme qu'il avait menacé de mort devant une cinquantaine de témoins quarante-huit heures plus tôt.

Je fus moins ravi, bien sûr.

— Sans parler, bien sûr, appuyai-je, de ce qu'il y a d'absurde à imaginer mon père en train de tuer quelqu'un, et…

— Je ne connais pas son degré de moralité, me coupa Gaudí, mais sa réussite me permet de conclure qu'il s'agit d'un homme intelligent. Aucun homme intelligent ne ferait ça, dit-il en désignant l'ensemble de la pièce de la main droite.

J'opinai. C'était également mon avis. Quant à la moralité de mon père et à l'absurdité qu'il y avait à l'imaginer en train d'assassiner quelqu'un, je songeai, tout en suivant de nouveau Gaudí dans le coin où se trouvait le ballot de toile rempli de pièces de cuivre, qu'il valait mieux pour moi ne pas continuer à fouiller dans mes véritables convictions.

— Je crains que la police ne soit pas aussi raisonnable que vous pour ce qui est de juger de l'intelligence de mon père, précisai-je. Tu crois, toi aussi...

Fiona répondit à ma question avant que j'aie eu le temps de finir de la formuler :

— Je ne crois pas que la police envisage qu'on ait tué cet homme pour lui dérober ses bijoux, déclarat-elle sans lever la tête du papier. Mais je suis moi aussi convaincue que ton père n'a rien à voir dans tout ça.

— Merci.

— Et moi aussi, j'ai remarqué le blason sur le poignard.

Gaudí leva instantanément la tête, abandonnant le ballot qu'il avait commencé à examiner.

— Vous l'avez reconnu ? demanda-t-il.

— C'est la première fois que je le vois. Vous l'avez reconnu, vous ?

Gaudí fit non de la tête.

— Mais il m'est familier, dit-il. Je crains de ne pas posséder votre mémoire photographique.

— Avoir une bonne mémoire n'est pas toujours une bénédiction, répliqua Fiona. Il est parfois recommandé de...

Elle n'eut pas l'occasion d'achever sa phrase. À cet instant, la porte de la chambre s'ouvrit brusquement et sur le seuil apparut Abelardo Labella, avec son visage piqué de variole et son mètre cinquante, son expression mielleuse habituelle pour l'heure transformée en un masque de pure indignation irrépressible.

Le costume qu'il portait ce matin-là donnait à sa bedaine un aspect tout aussi ovale que celui du globe terrestre qui décorait le manche du poignard planté dans la poitrine d'Andreu.

— On peut savoir ce que vous êtes en train de faire ?!

Fiona déposa calmement son carnet de croquis et afficha son meilleur sourire de charmeuse de serpents, tandis que Gaudí, à ma grande surprise, profitait de la confusion momentanée pour ranger discrètement dans la poche de sa redingote la pièce de cuivre qu'il tenait à la main.

— L'inspecteur adjoint Abriles a eu l'amabilité de nous accorder cinq minutes, monsieur l'inspecteur. Il ne s'en est écoulé que trois.

L'inspecteur adjoint Abriles est un imbécile ! hurlèrent de façon très audible les yeux enflammés du petit policier.

— L'inspecteur adjoint Abriles n'a pas été informé correctement de l'identité de ce monsieur, riposta-t-il, sans me regarder ni me désigner du doigt, mais en se référant manifestement à moi.

— L'inspecteur adjoint Abriles a été dûment informé du fait que Gabriel…

— M. Camarasa, vous voulez dire.

— … est un collaborateur des *Nouvelles illustrées*. Et c'est en cette qualité qu'il se trouve ici.

Abelardo Labella ne chercha pas plus longtemps à discuter avec Fiona.

— Sortez immédiatement de la pièce, je vous en prie, dit-il en haussant encore un peu le ton et en se mettant au garde-à-vous tel un soldat de plomb. Vous êtes en train de polluer la scène de crime, et c'est un délit très grave. Je pourrais vous faire arrêter tous les trois, si je le voulais. Et si je découvre que vous avez touché à quelque chose pendant que vous étiez ici de façon illégale, soyez sûrs que je n'hésiterai pas à vous envoyer rejoindre votre père, ajouta-t-il en se tournant vers moi, ses yeux brillants d'une excitation autoritaire.

Le sens évident de cette dernière phrase gela sur ma langue les protestations d'innocence que je m'apprêtais à formuler.

— Vous voulez dire que M. Camarasa a été arrêté ?! demanda Gaudí, voyant que je ne pipais mot.

L'inspecteur Labella continua à me fixer du regard.

— Cela ne va pas tarder, en tout cas, affirma-t-il. Vous ne savez toujours pas où est votre père, j'imagine.

Le soulagement me rendit enfin la parole :

— Vous ne l'avez toujours pas retrouvé, alors.

— Si vous le voyez, dites-lui que prolonger cette situation ne l'aidera en rien. Au contraire, cela ne fait qu'empirer les choses. Vous qui êtes une experte en matière de crimes, vous devriez le savoir, ajouta-t-il en regardant maintenant Fiona.

Cette dernière fit une petite révérence.

— Vous me flattez, inspecteur Labella.

Le petit homme souffla d'une façon qui, dans toute autre situation, m'aurait semblé sympathique.

— Ce n'était pas mon intention, mademoiselle, dit-il en nous faisant signe de sortir tous les trois de la chambre.

Il nous suivit, referma la porte derrière lui, s'arrêta à côté de l'agent Miralles, qui se tenait la tête basse, et scruta pour la première fois le visage de Gaudí.

— Nous nous connaissons ?

L'interpellé n'hésita pas une demi-seconde :

— Je ne crois pas, répondit-il, en tendant la main droite. Antoni Gaudí.

L'inspecteur lui serra la main avec l'air d'être en train de faire une chose vraiment indigne de la position de force qu'il affichait maintenant.

— Et vos rapports avec ce couple sont...

— Comme l'a dit Fiona, je collabore moi aussi aux *Nouvelles illustrées*.

— Je vois... Je peux vous donner un conseil ?

De mon côté, je réfléchissais tout en observant le cou allongé de l'inspecteur Labella et l'expression satisfaite de son visage : l'attitude toute-puissante qu'affectait aujourd'hui le policier était si loin de l'obséquiosité humiliée dont il avait fait montre au cours de sa visite, le mercredi précédent, à la tour de Gracia que l'on ne pouvait attribuer ce changement qu'à deux causes possibles, et aucune d'elles n'était encourageante pour les intérêts de mon père.

— Bien sûr, répondit Gaudí.

— Vous avez l'air d'un gentleman. Ne frayez pas avec des délinquants.

En entendant cela, Fiona me prit par le bras, j'ignore si c'était pour freiner une improbable réaction mélodramatique de ma part ou peut-être, plutôt, pour s'éviter la tentation de gifler une bonne fois pour toutes l'insupportable policier nain. Ses ongles s'enfoncèrent dans mon avant-bras, comme les dents d'une fourchette dans un morceau de viande bouillie, mais elle ne desserra pas les lèvres.

— Étrange conseil dans la bouche d'un policier, lâcha Gaudí d'un air impénétrable.

Abelardo Labella sourit.

— Vous savez où se trouve la rue. L'inspecteur adjoint Abriles va vous soumettre à une petite fouille avant que vous ne quittiez l'immeuble ; je suis sûr que vous comprendrez.

Avant que Fiona, Gaudí ou moi-même ayons pu songer à protester, Labella entra dans la chambre d'Andreu et referma la porte derrière lui.

Ce ne fut qu'à ce moment que l'agent Miralles décolla le regard du bout de ses chaussures.

— Ainsi donc, vous êtes le fils de Sempronio Camarasa, dit-il en me regardant, le mépris peint sur le visage. Il me semble, mademoiselle Fiona, que vous avez oublié de me parler de ce léger détail...

Fiona afficha sans grand succès une expression contrite.

— Je regrette d'avoir dû vous cacher une information, agent Miralles.

L'homme acquiesça d'un air sérieux.

— Chacun son travail, dit-il, avant de se remettre au garde-à-vous. Fin de la conversation.

Nous quittâmes donc le couloir principal du troisième étage et descendîmes en silence les deux premières volées de marches, chacun plongé dans ses propres pensées. Dans mon cas, ce qui occupait mon esprit était le sens possible de l'étrange métamorphose d'Abelardo Labella. La police judiciaire était-elle déjà à ce point convaincue que mon père avait assassiné Eduardo Andreu que même un inspecteur comme Labella osait se dépouiller de son déguisement d'agneau et sortir ainsi ses griffes devant quelqu'un qui pouvait le soir même le montrer tel quel en couverture d'un journal de très grande distribution locale ? La police accordait-elle si peu de valeur à d'éventuelles représailles de la part de la famille ou de l'entourage des Camarasa ? Notre nom était-il si proche de prendre sa part dans l'histoire criminelle de Barcelone ?

— Je crains que vous n'ayez pas eu l'occasion d'ébaucher ne serait-ce qu'une illustration, lança alors Gaudí, tandis que nous remontions le couloir du premier étage en direction de la dernière volée de marches qui nous séparait de la fouille promise par l'inspecteur Labella.

— J'ai largement ce qu'il faut, lui assura Fiona. En fait, si je prends des croquis sur les scènes de crimes, c'est juste pour sauver les apparences devant les gens présents.

Gaudí hocha la tête avec un demi-sourire :

— Votre mémoire photographique.

— En parlant de mémoire, cher Gaudí, j'imagine que vous n'avez pas oublié la pièce que vous avez rangée dans votre poche, intervins-je.

Mon ami s'arrêta sur la marche supérieure du dernier escalier et nous obligea, Fiona et moi, à l'imiter.

— J'allais vous en parler, dit-il en récupérant le rectangle de cuivre à l'intérieur de sa redingote. Voudriez-vous me rendre un service, Fiona ?

Sans poser aucune question, comme si ce petit larcin que mon ami venait de commettre lui avait semblé être le comportement le plus naturel du monde, Fiona ramassa la pièce que Gaudí lui tendait, se retourna et la fit disparaître dans l'intimité de sa robe.

— Prêts ?

Ce fut ainsi que Gaudí, Fiona et moi pûmes traverser, cinq minutes plus tard, le demi-cercle d'agents en uniforme qui montait la garde à l'entrée du 14 de la rue de la Princesse, avant de nous diriger à pied, officiellement transformés en délinquants, vers les bureaux des *Nouvelles illustrées*.

23

Vers dix heures du matin, nous laissâmes Fiona enfermée avec ses plumes et ses papiers dans son bureau de la rue Ferdinand-VII, et regagnâmes le quartier de la Ribera en suivant l'itinéraire le plus excentrique que Gaudí fut capable de concevoir. Une brève rencontre avec Martin Begg dans le couloir du premier étage de l'hôtel particulier nous avait confirmé ce que la présence de deux agents de police postés devant sa porte nous avait déjà laissé entendre : mon père n'avait toujours pas donné signe de vie. Ce fut tout ce que nous pûmes tirer de Begg. La seule véritable préoccupation du directeur des *Nouvelles illustrées* à cette heure de la matinée était, comme tous les jours, que l'édition soit prête pour le bouclage. Dans les heures qui suivraient, l'assassinat brutal d'Eduardo Andreu et la disparition inexplicable de mon père allaient devenir pour lui des questions personnelles susceptibles de compromettre son travail, son avenir, voire sa liberté, mais ils n'étaient pour le moment que les principaux ingrédients d'une énorme nouvelle à faire figurer en première page et dont il fallait assurer la couverture avec le plus grand déploiement de moyens possible, avant que la concurrence ait la possibilité de s'en emparer à son tour.

— Cela n'aura rien d'agréable pour vous de lire les journaux du soir, aujourd'hui, fit Gaudí tandis que nous quittions la rue d'Aviñón à travers un étroit passage empestant l'urine de chat. Votre père va devenir un homme encore plus célèbre qu'il ne l'est déjà.

— Je suis préparé au pire.

— Le pire viendra de votre propre maison.

— J'y suis préparé aussi.

Mon ami émit un grognement qui mettait manifestement mes paroles en doute.

— Racontez-moi ce qui s'est passé hier soir, dit-il.

— Hier soir ?

— Votre père avait réservé un fauteuil dans une loge du Liceo, et c'est finalement moi qui l'ai occupé. Votre mère m'a expliqué que votre père avait eu un engagement de dernière minute, un dîner de travail, ou quelque chose de ce genre, n'est-ce pas ?

— C'est ce qu'il lui a dit, oui. Il est arrivé à la maison à dix-huit heures et il est resté un moment avec ma mère au salon, comme toujours. À dix-huit heures trente, il est monté dans sa chambre pour commencer à s'habiller, c'est alors que Marina a apporté une enveloppe et...

— Marina ? m'interrompit Gaudí.

— L'une des domestiques. La jeune fille qui nous a servi le thé l'après-midi de votre visite.

Gaudí acquiesça.

— Poursuivez, je vous prie.

— Margarita et moi nous trouvions sur la terrasse, jouant aux cartes avant de monter nous aussi nous changer pour la représentation. Marina est donc arrivée avec une enveloppe pour mon père et l'a remise à Margarita. Ma sœur aime distribuer le courrier à la maison.

— Juste le distribuer ?

— Ça... et un peu plus, j'imagine, répondis-je en souriant.

Ce fut alors que je compris.

— Vous avez raison, Margarita a peut-être jeté un coup d'œil sur le contenu de cette enveloppe avant de la remettre à mon père.

— Nous lui poserons la question pendant le déjeuner, dit Gaudí, s'invitant de la sorte à partager un repas pour la première fois chez les Camarasa. Toujours est-il que votre sœur a monté l'enveloppe à votre père et que ce dernier a décidé abruptement d'annuler l'opéra en famille...

— Il est redescendu cinq minutes plus tard et l'a annoncé à ma mère, qui me l'a rapporté. C'est l'explication qu'elle vous a fournie : mon père venait d'être convié à un important dîner de travail.

— Aux *Nouvelles illustrées* ?

— Qui sait...

— Votre père a d'autres affaires en cours, en plus du journal, précisa Gaudí, dépouillant sa phrase de toute inflexion interrogative.

— Absolument. Mais vous n'ignorez pas que je ne sais pratiquement rien de ses affaires. Même si cela peut vous surprendre.

— Il a régulièrement des dîners de travail ?

— Depuis trois semaines que nous sommes ici, dis-je, en parlant de ma mère, de ma sœur et de moi-même, il n'a manqué que trois ou quatre dîners en famille. Au moins un soir il n'était pas rentré quand je suis monté me coucher, à minuit. Mais il n'avait encore jamais passé la nuit dehors.

— Quand vous êtes partis pour le Liceo, il avait déjà quitté la tour ?

Je fis un signe de dénégation de la tête.

— Ma sœur et moi sommes montés prendre congé de lui. Il était en train de relire des papiers dans son bureau. Il s'était changé et semblait prêt à sortir, lui aussi.

— Il portait une tenue élégante ?

— Mon père n'a jamais porté que des vêtements élégants. Mais ce n'était pas une tenue de soirée, si c'est ce que vous voulez savoir. Nous étions plus apprêtés que lui.

— Cette domestique, Marina, a-t-elle pu dire à quelle heure il est sorti ?

— Nous sommes montés dans la berline vers dix-neuf heures trente. À en croire Marina, il est parti vingt minutes plus tard.

— C'est vous qui avez pris la berline… ?

— Mon père est un bon marcheur, arguai-je. Et au bas de la rue il y a toujours des voitures de location.

Gaudí s'arrêta à un carrefour de ruelles non pavées et, après une brève hésitation, opta pour la plus sale. Je ne protestai pas cette fois non plus.

— Votre père est rentré à Barcelone plusieurs mois avant vous, n'est-ce pas ? demanda-t-il.

— Oui, début juillet. Nous, comme vous le savez, nous sommes arrivés le 1er octobre.

— Et la raison de ce décalage…

— Il avait besoin d'être à Barcelone pour superviser les dernières étapes de la mise en route du journal. L'idée, je crois, était de partir tous ensemble à cette date, début juillet. Mais la sous-location de la maison de Mayfair fut plus compliquée que prévu, et il y eut aussi certains problèmes liés à la fermeture de la salle des ventes et au transfert en Espagne de certains comptes bancaires.

Gaudí opina.

— Vous deviez absolument rester à Londres.

Sa façon de le dire souligna bien le fait que cette histoire ne le convainquait guère.

— Vous sous-entendez que mon père voulait être seul pendant trois mois avant de retrouver sa famille ?

Il me répondit par une nouvelle question :

— Alors la salle des ventes a continué à fonctionner jusqu'au milieu de cette année ?

— La dernière vente a eu lieu le 31 mars. Je m'en souviens parce que c'est moi qui me suis chargé des dernières enchères.

— Vous ?

— Une marque de considération de mon père. Ce n'était pas la première fois. Le fait de ne pas participer aux affaires familiales ne signifie pas pour autant que je ne donne pas un coup de main de temps en temps.

— Je vois que la salle n'a pas fermé pour des raisons financières. Votre père avait bien sûr déjà lancé la création des *Nouvelles illustrées*.

— Les Begg sont arrivés à Barcelone en octobre de l'année dernière, précisai-je. À l'époque, le projet était déjà bien avancé. Je dirais que mon père a décidé de fonder le journal à la fin 1872.

— Deux ans après l'incident avec la fausse photographie de Lizzie Siddal.

Je grimaçai.

— Je ne vois aucun rapport entre les deux événements.

— Je ne dis pas qu'il y en ait un. J'essaie juste de me faire une idée de la chronologie des événements.

Vous arrivez à Londres en septembre 1868, juste quelques jours après le triomphe de la révolution, et votre père monte sa salle des ventes… début 1869 ?

J'essayai de me remémorer ces mois difficiles, les premiers de ma nouvelle vie d'adolescent expatrié dans une ville où l'on parlait une autre langue.

— L'inauguration officielle a eu lieu au début de l'été 1869, mais à l'époque notre vie sociale tournait depuis longtemps autour du monde de l'art et des antiquités. Je ne pourrais l'assurer, mais je crois que mon père était arrivé à Londres avec une idée assez précise de ce qu'il voulait faire.

Gaudí sembla surpris par ces derniers mots.

— Ce ne fut donc pas la fuite précipitée du pays à laquelle vous avez fait allusion le jour où nous nous sommes rencontrés ?

— Si, répliquai-je. Mais je ne crois pas que mon père ait été pris au dépourvu par les événements.

— La révolution.

— Il préfère l'appeler « le coup d'État de Prim ».

Je fis une brève pause pour me boucher le nez en passant devant une fosse septique ouverte au milieu de la chaussée.

— Dans tous les cas, quelqu'un était prévenu de notre arrivée à Londres. La première nuit, nous avons dormi dans un hôtel proche de Victoria Station, et la deuxième dans la maison de Mayfair où nous avons vécu jusqu'à notre retour à Barcelone. Une maison parfaitement installée dès le premier jour.

Gaudí acquiesça d'un air grave.

— Quelqu'un vous attendait à Londres. Un associé, peut-être ?

— Peut-être. Je ne connais pas les associés de mon père, dus-je admettre de nouveau.

— Mais dans la salle des ventes il y en avait, sans doute, affirma-t-il. Une affaire de l'ampleur que vous me décrivez n'est pas à la portée d'un entrepreneur solitaire arrivé de fraîche date dans un pays étranger. Le capital initial et les contacts nécessaires pour démarrer cette entreprise ont certainement obligé votre père à se tourner vers des tiers.

Gaudí fit une courte pause.

— Parlez-moi de votre vie sociale.

— Très animée. Des Espagnols et des Sud-Américains, pour la plupart en rapport avec la salle des ventes. Fournisseurs, marchands, collectionneurs, quelques artistes, aussi. Quelques visages familiers. Je n'en ai revu aucun depuis notre retour à Barcelone.

— Et ses précédents associés ?

Ceux d'avant septembre 1868, compris-je. Je réfléchis un instant.

— Je venais d'avoir quinze ans quand nous avons quitté Barcelone. Si aujourd'hui je ne sais presque rien de ses affaires, alors imaginez à l'époque…

— Que faisait votre père avant de s'installer à Londres ?

— Il travaillait dans la finance, répondis-je. Il spéculait, je crois. Il avait des intérêts dans diverses compagnies des colonies. Cuba, surtout.

Gaudí ne posa pas d'autres questions.

Nous marchâmes encore quelques minutes en silence dans un dédale de plus en plus complexe de ruelles d'une abjection indescriptible, évitant au passage des enfants étourdis et des chiens faméliques, des flaques d'excréments, attirant comme un aimant les regards de la pire espèce d'habitants de cet infra-monde urbain que mon compagnon semblait si bien connaître. Quand nous nous arrêtâmes enfin, ce fut devant l'entrée délabrée d'un immeuble à demi en ruine.

— Vous voudrez peut-être m'attendre dehors…, proposa Gaudí en fronçant les sourcils après avoir jeté un coup d'œil par l'orifice de la porte en bois. Le lieu que nous cherchons n'a vraisemblablement rien d'agréable.

Je m'approchai moi aussi et aperçus un vestibule si sombre et malodorant que par comparaison il élevait au rang de palais oriental la pension dans laquelle Eduardo Andreu avait perdu la vie.

— Nous sommes à la recherche de Canines, si je comprends bien, dis-je en reculant.

— C'est l'une de ses tanières habituelles, de fait, approuva Gaudí. L'une des trois que je lui connais.

— En ce cas, je monte avec vous.

Gaudí sembla satisfait.

— Je vous en remercie, dit-il, commençant à se dépouiller de ses gants de cuir de chevreau et m'invitant, d'un simple regard, à faire de même. Mais nous n'allons monter nulle part. Nous allons descendre.

La tanière, c'était littéral, donc.

— Une cave ?

— À charbon.

Sans me demander mon aide, Gaudí prit la porte par l'extrémité droite et la poussa laborieusement vers l'intérieur du bâtiment. Le son du bois pourri crissant sur les gonds affaissés se mélangea, me sembla-t-il, aux couinements des rats qui abandonnaient le vestibule, chassés par la faible lumière de l'impasse.

— Vous êtes prêt ?

L'intérieur du bâtiment se trouvait dans un état encore pire que l'extérieur, déjà très détérioré. Sol jonché de gravats, lierre courant sur les murs, taches noires et grasses au plafond et insectes de la taille d'animaux domestiques courant autour de nos pieds : une scène plus typique du vieux Paris bohème et phtisique des romans de Margarita que de la nouvelle Barcelone industrielle. L'escalier de métal qui nous conduisit au sous-sol menaçait de s'effondrer à chaque pas, et au bas de la dernière marche, en plein milieu de la cave à charbon, nous faillîmes marcher sur la tête d'un vieil homme qui dormait en étreignant un chien étrangement inerte.

Ce n'était pas Canines, constatai-je à la lueur de l'allumette que Gaudí avait approchée de son visage. Et le chien n'était peut-être pas mort, juste endormi.

Toujours est-il que l'odeur était si répugnante que mon estomac ne résista pas plus de trois secondes.

— Vous pouvez m'attendre dehors, me proposa de nouveau Gaudí, quand j'eus fini de vomir contre le mur le plus proche.

— Je vais bien, murmurai-je.

Nous parcourûmes à la lumière des allumettes les quelques pièces en enfilade qui constituaient l'ancienne cave à charbon, sans trouver trace ni de Canines ni d'aucun autre être humain. Les couvertures et les piles de vêtements entassées ici et là confirmaient que dix personnes au moins passaient la nuit là, mais pour l'heure elles devaient toutes être occupées à chercher de quoi se sustenter en volant, en mendiant ou en se livrant à leurs petits trafics clandestins dans les rues ou sur les quais. Le vieil homme qui dormait avec son chien au pied de l'escalier ne put nous fournir la moindre information sur l'endroit où se trouvait le mendiant au tricorne bleu : Gaudí eut beau essayer, il ne parvint pas à le réveiller.

— L'opium, dit-il, s'avouant vaincu. De toute façon, je doute qu'il ait quoi que ce soit d'intéressant à nous apprendre. Nous pourrions nous en aller ?

— Bien sûr.

Quand nous remontâmes dans le vestibule de l'immeuble, trois enfants aux yeux enfoncés et au teint jaunâtre s'étaient rassemblés de l'autre côté de la porte dégondée. Deux d'entre eux partirent en courant dans des directions opposées dès qu'ils nous virent émerger d'entre les ombres crissantes de l'escalier en colimaçon, mais le troisième resta immobile, les yeux fixés sur nous.

— Bonjour, lança Gaudí, portant la main à sa poche et la ressortant avec une pièce de monnaie sur sa paume tendue.

— Bonjour, dit l'enfant, regardant la pièce comme un chat regarderait un pigeon aux ailes brisées.

— Tu connais un vieux complètement édenté qui a un chien à trois pattes ?

L'enfant hocha la tête de haut en bas, sans détourner son attention de la main de mon ami.

— Canines.

— Canines, acquiesça Gaudí en souriant. Tu l'as vu, aujourd'hui ?

L'enfant fit signe que non.

— Mais je l'ai vu hier soir.

— Ici ?

— Ici.

Il désigna du doigt le porche que Gaudí et moi venions de traverser.

— Ils sont entrés, il a tiré la porte, c'est tout.

— « Ils » ? Lui et qui d'autre ?

— Lui et le chien.

— Et c'était...

— Hier soir.

Il aurait été absurde de demander une précision horaire à un enfant tel que celui-ci, sans doute incapable de compter des coups de cloche ou même d'en relier le son à une chose aussi abstraite que le passage du temps. Gaudí le comprit.

— Avant le dîner ?

— Après.

— Longtemps après ?

L'enfant prit le temps de la réflexion.

— Un moment, en tout cas.

Gaudí approuva de la tête, tendit la pièce à l'enfant et lui passa rapidement la main dans les cheveux.

— Comment t'appelles-tu ?

— Xavi, répondit l'enfant, contemplant avec un sourire la pièce de monnaie qui se trouvait maintenant dans sa main. Merci, monsieur.

— Tu nous as beaucoup aidés, Xavi.

L'enfant exécuta une sorte de salut militaire et partit en courant vers le bas de la ruelle, ses maigres mollets vibrant d'émotion. Pauvre petit, pensai-je. Et pauvre futur homme, qu'il semblait condamné à devenir.

— Et maintenant ? demandai-je, voyant Gaudí réenfiler ses gants avec la lenteur apparente de quelqu'un qui a accompli la tâche qu'il s'était fixée.

— Maintenant, nous pouvons partir.

— Vous n'avez plus envie de rencontrer Canines ?

Gaudí haussa les épaules.

— J'aimerais lui parler, oui, reconnut-il. Mais nous savons ce que nous voulions savoir.

— C'est-à-dire…

— Que Canines est venu dormir cette nuit à la cave à charbon après que nous l'avons vu prendre congé d'Andreu devant la pension, et qu'il n'est plus là.

— Je ne crois pas que nous puissions l'affirmer avec autant de certitude, objectai-je. Que Canines ait dormi hier à la cave à charbon, je veux dire. L'enfant n'a pas du tout été précis sur les horaires, et de toute façon, même s'ils coïncidaient avec la scène à laquelle nous avons assisté, comment savoir s'il n'est pas ressorti et retourné rue de la Princesse ?

Je fis une petite pause.

— Quant à l'absence de Canines, je ne vois pas en quoi elle nous aide dans notre enquête.

Gaudí sourit : apparemment, la formulation lui avait plu. « Notre enquête ».

— Si Canines avait quelque chose à voir avec la mort d'Andreu, soit il se serait caché dans sa tanière avec l'intention de ne plus se montrer les jours suivants, soit il aurait pris ses affaires dès hier soir pour quitter la ville avant que la nouvelle de l'assassinat soit connue. Un homme tel que lui n'aurait pas envisagé d'autre option.

— Et comment savez-vous qu'il n'a pas quitté la ville ?

— Un vagabond ne partirait jamais sans ses affaires. Ses couvertures, ses vêtements, ses bouteilles : tout cela est resté sur place. Canines est toujours en ville, mais il n'éprouve pas le besoin de se cacher.

— Vous avez dit que vous lui connaissiez deux autres refuges...

— Aucun n'est aussi sûr que celui-ci. Et par sûr, j'entends répugnant. S'il voulait échapper à la police, c'est là qu'il irait.

— Si vous connaissez cette cachette, la police aussi.

Gaudí haussa le sourcil droit d'un air méprisant.

— Maintenant, c'est vous qui m'insultez.

288

— Agréable nouveauté, alors, rétorquai-je dans un sourire. J'oubliais à qui je m'adresse. Canines travaille également pour vous, comme Ezequiel ?

Mon ami ne daigna même pas répondre.

— Quoi qu'il en soit, ni vous ni moi ne pensions que Canines aurait pu avoir un lien avec le crime, répliqua-t-il néanmoins. Ce que nous voulons vraiment entendre de sa bouche, à savoir la nature de ses rapports avec Eduardo Andreu et le genre de vie que le vieux menait ces derniers mois, est moins urgent que d'accompagner votre famille dans ces moments difficiles.

Je ne dissimulai pas ma surprise à ces mots :

— Nous allons à Gracia, alors ?

— Si vous le souhaitez.

— Bien volontiers. Je dois dire que mon estomac appréciera de changer d'air.

Gaudí sourit de nouveau.

— Cette partie de la ville n'est pas pour les estomacs sensibles, admit-il, posant la main sur mon épaule et m'entraînant vers la partie est de la ruelle. L'inspecteur Labella a dû laisser un guetteur devant la tour familiale en attendant que votre père daigne y retourner. Nous en saurons autant voire plus sur ce qui se passe depuis Gracia que de la rue Ferdinand-VII. Et votre mère et votre sœur apprécieront de vous avoir auprès d'elles.

Je ne pus qu'approuver.

24

Gaudí et moi parvînmes à la Rambla en empruntant un labyrinthe de ruelles médiévales tout aussi inextricable, me sembla-t-il, que celui qui nous avait conduits jusqu'à la tanière de Canines, et une fois là, également à la demande de mon ami, nous hélâmes un cabriolet tiré par un percheron à l'aspect solide et entreprîmes le voyage jusqu'à Gracia installés dans un silence commode qui ne fut troublé, une fois parvenus rue d'Aragón, que lorsque Gaudí se décida à reprendre l'interrogatoire qu'il avait interrompu au début de notre petite aventure souterraine :

— Ainsi donc, votre père inaugure sa salle des ventes au début de l'été 1869, mais il travaille au projet depuis son arrivée à Londres à l'automne précédent, attaqua-t-il en jetant sur la chaussée du paseo de Gracia le mégot de la cigarette qu'il avait allumée sur la Rambla. À la fin de 1870 se produit l'incident de la photographie qu'Andreu tente de vendre par son entremise, et c'est alors qu'il utilise son amitié récente avec les Begg pour dénoncer publiquement la tentative de fraude dont il a fait l'objet. Étant donné la nature de l'image en question, la nouvelle fait scandale et ruine la réputation d'Eduardo Andreu autant qu'elle renforce celle de Sempronio Camarasa...

Gaudí fit une pause.

— À quel moment Eduardo Andreu disparaît-il de la carte ?

Je cherchai de nouveau dans ma mémoire.

— Je ne crois pas que l'histoire se soit prolongée au-delà de janvier 1871. Quand mon père a décidé de ne pas porter plainte, Eduardo Andreu a repris le bateau pour Barcelone et nous n'avons plus jamais entendu parler de lui.

— C'est intéressant, répliqua Gaudí. Votre père porte plainte contre Eduardo Andreu par voie de presse, mais pas devant les tribunaux. La logique semblerait préconiser l'inverse, vous ne croyez pas ?

Je préférai m'abstenir de répondre directement :

— Vous continuez à penser que mon père a tout organisé.

— Ce que je pense, c'est qu'Eduardo Andreu, s'il était vraiment une victime de la situation, s'il n'était vraiment pas au courant que l'image qu'il tentait de vendre était un faux, avait toutes les raisons de soupçonner votre père de lui avoir fait parvenir la photo et de l'avoir mis sur le chemin de sa salle des ventes. Que ce soupçon soit fondé ou non, il expliquerait ses désirs de vengeance.

Je m'accordai quelques secondes avant de rétorquer :

— Je vous rappelle que nous n'avions plus de nouvelles d'Andreu, jusqu'à la fête de mardi. Ses désirs de vengeance sont restés en sommeil pendant près de quatre ans !...

Gaudí acquiesça, songeur.

— Certes, fit-il. Certes.

— Et il est inexact de dire que mon père aurait utilisé son amitié avec les Begg pour placer la nouvelle dans le journal dans lequel ceux-ci travaillaient. Mon père et Martin Begg se connaissaient depuis quelques mois, mais ils n'entretenaient pas de liens d'amitié.

— C'est pourtant à lui qu'il a eu recours pour rendre sa dénonciation publique.

— C'était le seul journaliste qu'il connaissait.

Gaudí feignit l'incrédulité.

— Le propriétaire d'une salle des ventes ne connaissait aucun autre journaliste de la ville ?

— Vous avez l'air de songer à une sorte de pacte entre amis, protestai-je. Je te donne une bonne histoire pour ton journal et tu me fais la publicité dont j'ai besoin pour mes propres affaires... Cela ne s'est pas passé ainsi.

— Mais ils ont tous les deux retiré un avantage de la situation. Et aujourd'hui ils sont associés, précisément dans un journal très semblable à celui pour lequel travaillaient Martin Begg et sa fille à l'époque. Leur amitié se sera renforcée après cet épisode.

Le tour qu'avait pris la conversation me déplaisait, mais je me sentis dans l'obligation de répondre :

— C'est à ce moment que nous avons fait la connaissance de Fiona, précisai-je. Comme je vous l'ai expliqué mardi, elle a illustré toutes les nouvelles relatives à la photographie. Elle est passée un soir à la maison pour la dessiner d'après l'original, et ce fut sa première illustration de couverture. Et nous sommes devenus amis.

— Juste amis ?

La question me surprit, de même que le naturel avec lequel Gaudí l'avait formulée.

— Je venais d'avoir dix-sept ans, Fiona en avait vingt-cinq. Je ne crois pas qu'elle m'ait trouvé stimulant autrement que sur un plan purement amical.

Gaudí parut deviner la demi-vérité que je venais de lui confier.

— La personnalité de Mlle Fiona, elle, devait être stimulante pour vous, de toute façon.

Je souris.

— À l'époque, la personnalité de Fiona aurait semblé stimulante à toute personne qui aurait eu un peu de sang dans les veines, affirmai-je. En ce qui me concerne, ajoutez ma propre humeur artistique, le romantisme naturel de mes dix-sept ans et, quoi qu'il m'en coûte de le reconnaître et cela a son importance, ma qualité de Barcelonais de bonne famille qui n'avait jusqu'alors connu que des femmes appartenant à sa propre classe sociale. Des femmes, vous me comprenez, à côté desquelles Fiona ressemblait à une sorte d'extraterrestre en jupon, dis-je en souriant de nouveau. Rien que son goût pour les cigarettes, les boissons non mentholées et d'autres substances encore plus incongrues pour une jeune fille l'aurait déjà transformée en une créature digne de l'attention d'un jeune homme doté d'un peu d'imagination. Sans parler de sa passion pour les pinceaux et pour les idées, son sens de l'humour si peu réservé et aussi, à quoi bon le nier, sa simple apparence physique. Ces cheveux roux, ces yeux gris, le grain immaculé de sa peau… Les formes de ce corps svelte et généreux… Vous serez d'accord avec moi, mon cher Gaudí : Fiona est une femme extraordinairement séduisante.

Mon ami opina d'un air sérieux.

— Je peux comprendre qu'un jeune homme de dix-sept ans ait perdu la tête pour elle, dit-il.

Je ne cherchai pas à feindre le contraire.

— Vous aussi, vous l'auriez perdue, affirmai-je. Aucun jeune homme au tempérament artistique ne peut résister aux attraits d'une femme hors du commun. Et c'est ce que vous êtes toujours tous les deux, un jeune homme au tempérament artistique et une femme hors du commun. Alors, méfiez-vous.

Gaudí répondit à mon sourire légèrement moqueur par une moue difficile à interpréter.

— Mais de surcroît, Fiona traversait alors une époque, comment dire…, particulièrement agitée de sa vie.

— Agitée, répéta Gaudí.

— Groupes socialistes. Associations d'ouvriers. Cercles spirites, néopaïens ou adeptes de n'importe quelle religion plus ou moins nouvelle et exotique. Cercles d'artistes et d'intellectuels convaincus de l'imminence de la révolution. Partout où plus de trois personnes se réunissaient afin de partager des idées étranges et dangereuses, ou tout au moins éloignées des courants de pensée majoritaires, du côté de l'action politique ou de la recherche spirituelle, Fiona ne tardait pas à montrer le bout de son nez. À l'époque, elle fréquentait tout naturellement les milieux les plus divers, et elle était connue partout pour son enthousiasme, sa vocation à diriger et aussi, je le crains, pour sa facilité à générer des polémiques et à se créer des ennemis. Je peux en témoigner moi-même.

— Vous l'accompagniez lors de ces activités ?

— Parfois, répondis-je. Au début de notre relation. À l'époque, je me sentais également attiré par les théories socialistes, et à plusieurs reprises Fiona m'a invité à l'accompagner aux réunions que plusieurs groupes de ce genre organisaient aux abords du

British Museum. Au moins deux d'entre elles se sont mal terminées.

— À cause de Mlle Fiona ?

— Les révolutionnaires n'ont guère le sens de l'humour, admis-je. Comme les fanatiques religieux. Si nobles que soient les idées qu'ils défendent et les fins qu'ils recherchent, les moyens qu'ils utilisent finissent toujours par être les mêmes : l'obéissance aveugle, la négation de l'esprit critique et la simplification de la réalité jusqu'à la faire entrer dans le moule de leur propre pensée. Avec moi ou contre moi, de mon côté ou de celui de l'ennemi. Fiona n'entrait pas dans cette sorte de schéma mental que toutes les organisations qu'elle fréquentait finissaient par adopter, et c'était la raison pour laquelle elle ne restait jamais longtemps dans aucune d'elles.

Gaudí acquiesça d'un air approbateur.

— Une libre-penseuse.

— Quand je l'ai rencontrée, elle était l'une des chefs d'un groupe de suffragettes qui passaient leurs après-midi à distribuer des prospectus et à chanter des consignes incendiaires sur les trottoirs d'Oxford Street. Les matins où elle ne travaillait pas au journal, elle se promenait dans les quartiers du port en prêchant la lutte des classes et la nécessité de l'organisation ouvrière parmi les déshérités de cette partie de la ville, et le soir elle participait aux séances de spiritisme qu'organisait à son domicile une certaine comtesse, une veuve de réputation plus que douteuse. Au bout de quelques mois, quand notre relation devint plus étroite, Fiona avait déjà rompu avec ces trois cercles et frayait avec une sorte de groupuscule de nihilistes russes installés à Whitechapel. À la fin de 1871, ces nihilistes placèrent un engin explosif dans un train souterrain qui desservait le quartier financier et tuèrent quinze personnes. À l'époque, Fiona s'était également éloignée d'eux depuis plusieurs mois, mais la police l'arrêta avec les autres membres du groupe et la garda enfermée pendant plusieurs jours dans une cellule de Scotland Yard, afin qu'elle réponde à toutes sortes de questions gênantes sur son implication intellectuelle dans l'attentat. Les meneurs furent exécutés quelques semaines plus tard, devant les murs de la prison de Newgate[1].

Eh bien, dirent les grands yeux bleus de Gaudí.

— Et à elle, il ne lui est rien arrivé ?

— Rien d'irréparable. La police et le juge la considérèrent en fin de compte comme uniquement coupable d'être une jeune fille égarée qui s'était laissé séduire par l'indéniable exotisme d'un groupe de Russes fourmillant d'idées séditieuses. Pendant quelques jours, Fiona devint le personnage préféré de tous les tabloïds londoniens : la pauvre Anglaise innocente abusée par de diaboliques étrangers. *The Illustrated Police News*, le journal pour lequel travaillaient Fiona et son père, lui consacra même une illustration de couverture qui, soit dit en passant, ne rendait absolument pas justice à notre amie. Ensuite, tout fut oublié et Fiona reprit le cours de sa vie.

Gaudí observa un petit silence, qu'il consacra, je suppose, à confronter ces nouvelles avec l'idée d'ensemble qu'il s'était forgée de l'Anglaise.

— C'est ce dont vous parliez hier, alors, en affirmant que Mlle Fiona était une femme qui avait un passé, dit-il enfin.

J'acquiesçai.

1. Prison de Londres construite à l'origine sur Newgate Street.

— Et puis il y avait, bien sûr, toute cette histoire consistant à poursuivre les dragons.

— « Poursuivre les dragons » ?!

— C'était ce qu'elle disait. Poursuivre les dragons. Toutes ces substances qu'elle consommait pour atteindre je ne sais quel état de conscience qui lui permettrait d'entreprendre la grande œuvre artistique qu'elle se sentait destinée à accomplir. Gin, absinthe, opium, laudanum, solutions de cocaïne diluée à dix pour cent... Fiona essayait tout, prétendait-elle, avec un esprit scientifique et des intentions purement pratiques.

— Intéressant.

Bien sûr, pensai-je.

En fin de compte, je parlais à l'homme qui vendait sous le manteau des breuvages colorés dans les théâtres cachés au cœur du Raval.

— Je vous assure que telle n'était pas mon opinion, repris-je, souriant de mauvaise grâce. D'après elle, quand elle s'étourdissait jusqu'au délire voire à l'inconscience en ingérant les alcools, en inhalant les drogues ou en s'injectant les substances qui ruinaient chaque jour la vie de milliers de personnes à travers Londres, ce qu'elle faisait réellement, c'était travailler pour son art. Mais tout ce que je voyais, c'était une belle femme idéaliste qui se tuait à petit feu au nom de je ne sais quelles idées absurdes.

Gaudí fit un curieux signe de tête.

— Toutes les idées que nous ne partageons pas nous semblent absurdes, précisa-t-il.

— Certaines le sont plus que d'autres.

— Croire en un idéal n'a rien d'absurde. Chercher la vérité dans l'art non plus. Et si, afin d'atteindre cette vérité, le seul chemin que nous croyons entrevoir est celui des paradis artificiels, nous ne devons pas hésiter à le suivre, ni en avoir honte.

Les paradis artificiels.

Des potions pour voir la vérité.

— Vous poursuivez vous aussi vos propres dragons, alors, dis-je. C'est la finalité de votre botanique secrète.

Mon camarade garda un moment le silence avant de répondre :

— Tous les artistes poursuivent leurs propres dragons. Mais nous le faisons chacun à notre manière.

Après une brève pause, il ajouta :

— Mlle Fiona a dû sans doute essayer de vous introduire également dans cette partie de sa vie.

J'agitai la tête.

— Sans plus de résultats, dois-je dire. Les plaisirs de l'opium et de la cocaïne me tentent aussi peu que ceux du socialisme utopique ou du nihilisme terroriste.

— Racontez-moi, je vous prie.

— Il n'y a pas grand-chose à raconter. J'ai accompagné Fiona dans plusieurs de ces endroits de l'East End qu'elle fréquentait, des lieux sordides et répugnants grouillant des spécimens humains les plus dégradés que j'aie vus de ma vie. J'ai bu certaines des boissons qu'absorbait Fiona, j'ai fumé certaines des choses qu'elle fumait, je me suis même injecté certains des produits qu'elle s'injectait, et tout ce que j'ai obtenu, c'était, dans le meilleur des cas, de perdre le contrôle de toutes mes fonctions physiologiques et de tomber dans une sorte de narcolepsie profonde et baveuse. Aucune vision, aucune révélation, rien. Juste des vomissements ou des évanouissements et, le lendemain, des migraines infernales.

— Aucun dragon pour Gabriel Camarasa.

Je souris.

— Rien qui justifiât ma présence dans ces taudis, de toute façon. Après quelques échecs, Fiona s'est avouée vaincue et a cessé de m'inclure dans ses excursions à travers l'East End. Dès lors, au cours des mois pendant lesquels elle a continué à fréquenter ces milieux, elle a fait très attention à maintenir cette partie de sa vie loin de moi.

— Mlle Fiona a déjà abandonné ses recherches, alors ?

— Quoi qu'elle ait cherché, je dirais plutôt qu'elle l'a trouvé, dis-je en souriant de nouveau. Ses tableaux, du moins, sont peuplés de dragons.

Gaudí acquiesça d'un air sérieux, comme si ces derniers mots avaient réellement un sens. Et il écarta immédiatement l'Anglaise de notre conversation d'un geste de la main caractéristique, avant de reporter son attention sur mon père :

— La nuit dernière, j'ai cru comprendre que votre père et Martin Begg s'étaient connus pour une autre affaire liée elle aussi à votre salle des ventes.

— Begg travaillait à un article sur le marché des œuvres d'art, expliquai-je. Pour ce faire, il a interviewé nombre de personnes liées à ce commerce, des artistes et des marchands, des commissaires-priseurs et des collectionneurs. Rien de scandaleux. Le père de Fiona s'est rendu à la salle des ventes à diverses reprises, et dès lors mon père et lui ont eu des contacts occasionnels jusqu'à l'affaire Andreu. Ensuite, par le biais de Fiona, la relation entre les deux familles s'est renforcée et, quand mon père a décidé de fonder son propre journal à sensation à Barcelone, il s'est naturellement appuyé sur l'expérience et les connaissances pratiques de gens qui travaillaient depuis des années à *The Illustrated Police News*, le journal dont *Les Nouvelles illustrées* ont repris le modèle.

— L'idée était de votre père, alors, non des Begg.

— Si vous connaissiez mon père, vous ne me poseriez pas la question. Mon père n'admet pas les idées d'autrui.

— Excepté pour les copier, murmura Gaudí.

— Si Martin Begg lui avait proposé un concept tel que celui des *Nouvelles illustrées*, mon père l'aurait écarté dans l'instant. Son orgueil l'empêche de se laisser guider par un tiers.

— Il existe de nombreuses façons de proposer un concept.

— Et de nombreuses façons de le repousser. Mon père les connaît toutes.

Mon compagnon sembla se satisfaire de cette remarque.

— Ne vous méprenez pas, Camarasa, mon ami, déclara-t-il au bout de quelques minutes de silence, au moment où notre cabriolet entrait dans la rue Mayor de Gracia. Si votre père n'apparaît pas immédiatement avec une histoire plausible pour expliquer ce qu'il a fait pendant tout le temps où il n'était pas chez lui, il aura à répondre à des questions autrement plus douloureuses.

Gaudí avait raison. Je le savais. Et pourtant, je n'aimais pas l'entendre le dire.

— Supposons que l'idée de repartir à Barcelone n'ait pas été de mon père, mais de Martin Begg…

— Supposons, approuva mon ami. Cela changerait-il quelque chose ?

— C'est la question que j'allais vous poser.

— Alors je vous répondrai que non. À mon avis, cela ne changerait rien.

300

Gaudí fit une pause rhétorique destinée de toute évidence à souligner le « mais » qui arrivait.

— Mais cela laisserait entrevoir une influence inhabituelle de Martin Begg sur Sempronio Camarasa. Inhabituelle, d'après le portrait de votre père que vous venez de brosser vous-même.

— Influence qui remonterait à l'affaire de la photographie d'Andreu...

— Voire avant.

— À l'article que Begg a écrit au début de l'année 1870 sur le marché des œuvres d'art, alors ?

— Supposons qu'au cours de ses recherches pour son article Martin Begg ait fait une découverte en lien avec l'entreprise de votre père, suggéra Gaudí. Quelque chose qui lui aura donné une sorte de pouvoir sur lui. Supposons également qu'à la fin de cette même année M. Begg ait décidé de mettre ce pouvoir au service de sa profession, s'assurant l'exclusivité d'une histoire à la mesure du journal à scandale pour lequel il travaillait... et aussi de la plume de sa fille illustratrice. Supposons enfin qu'au bout de quelques années Martin Begg ait décidé qu'il ne se satisfaisait plus d'être un simple employé de haut niveau d'un journal prospère, mais qu'il voulait diriger son propre journal. Un nouveau journal. Fait à sa mesure, pensé et conçu par lui, mais financé par l'homme sur lequel il conservait ce pouvoir découlant de ce qu'il avait découvert en 1870...

Ce fut à mon tour de sourire.

— Un journal fait à sa mesure, vous voulez dire, excepté les petits détails concernant sa langue et sa localisation, répliquai-je. Un journal fondé dans une ville située à des centaines de kilomètres de la sienne et écrit dans une langue que Martin Begg connaissait à peine à l'époque...

Gaudí sourit lui aussi.

— Une piste à explorer, tout au plus, concéda-t-il.

— Et puis, même si tout cela était exact et que Martin Begg soit vraiment un maître chanteur qui tient mon père par le col depuis quatre ans, je ne vois toujours pas le rapport entre ces deux événements, l'arrivée de mon père à Barcelone, poussé par les ambitions journalistiques de Martin Begg, et l'assassinat d'Eduardo Andreu...

Je prononçai cette dernière phrase alors que notre cabriolet, suivant les instructions soudaines d'Antoni, s'arrêtait à une dizaine de mètres de la grille de notre tour familiale.

Deux agents de la police judiciaire gardaient l'entrée dans une attitude de soldats déterminés à passer à l'action à la moindre provocation.

— Je n'affirme pas qu'il y a un rapport, répliqua Gaudí en sautant sur la terre ferme avec une agilité impeccable. Et je ne crois pas non plus que ce soit exact. Je dis juste que, si c'était le cas, ce serait intéressant.

Je ne pus le contredire.

25

Mon père apparut enfin à la porte de la tour de Gracia à quatorze heures passées, couvert de poussière, l'air de mauvaise humeur et incapable de justifier de façon même un tant soit peu convaincante les dix-huit heures de sa disparition. Il portait les mêmes vêtements que la veille, lorsque Margarita et moi lui avions dit au revoir dans son bureau avant de partir pour le Liceo, mais son costume, sa chemise et ses chaussures étaient maintenant maculés de boue et enlaidis par l'humidité, et dégageaient l'odeur caractéristique que laissent sur les beaux tissus les nuits à la belle étoile ou les journées consacrées à une activité manuelle ingrate. Aucune de ces deux habitudes – passer une nuit à la belle étoile ou s'adonner à un travail physique – ne semblait propre à mon père mais, face au mutisme qui accompagna son retour au foyer, ce furent les deux seules hypothèses que je fus capable d'improviser afin d'expliquer son état général.

Ma mère, ma sœur, Gaudí et moi-même venions de nous lever de table quand nous le vîmes apparaître dans le couloir qui reliait le vestibule de la tour au salon principal. Le déjeuner que nous avions partagé avait été bref et sombre, et même les efforts combinés de Gaudí et Margarita pour l'égayer n'avaient pu remédier au funèbre état d'esprit de maman Lavinia et à ma propre mélancolie, qui avait commencé à se manifester peu après notre arrivée à Gracia et qui m'avait tenu plongé dans un silence impoli très inhabituel chez moi. Lorsque Marina retira les assiettes à dessert et nous demanda avec son féroce accent de la campagne si nous désirions autre chose, personne n'ouvrait déjà plus la bouche depuis plusieurs minutes. Nous ne désirions rien d'autre, merci. Ma mère se leva, Gaudí et moi l'imitâmes, puis ce fut au tour de Margarita quelques secondes plus tard, et à cet instant un bruit de pas martial se fit entendre dans le couloir, nos quatre têtes se tournant immédiatement vers la porte du salon.

Mon père était escorté de l'inspecteur Labella et de l'agent Catalán, et il arborait cette curieuse expression de désarroi obstiné qui ne le quitterait plus au cours des heures suivantes. Derrière lui venaient Fiona, Martin Begg et un troisième policier, un jeune agent en uniforme dont le visage – petits yeux, pommettes enfoncées, mâchoire proéminente – me ramena au cordon de sécurité qui avait protégé dans la matinée la porte du numéro 14 de la rue de la Princesse. Abelardo Labella marchait la main droite posée sur l'épaule de mon père, dans un geste qui à peine cinq heures auparavant, pensai-je, m'aurait paru poli ou obséquieux, pour ne pas dire risible, mais dans lequel je voyais maintenant une prise de possession. Sempronio Camarasa, disait ce geste, était la propriété d'Abelardo Labella. La main qui guidait maintenant doucement mon père dans le couloir de sa tour familiale était la même qui n'hésiterait pas à le conduire en prison d'ici à quelques heures. Le demi-sourire satisfait qui éclairait les traits de l'inspecteur ne faisait que confirmer ce message : l'avenir de Sempronio Camarasa se trouvait entre les mains de ce petit homme rondouillard, un demi-nain au visage rongé par la variole, qui nous regardait, ma sœur et moi, avec la mine de quelqu'un qui vient avec bonheur d'accomplir un devoir très plaisant.

— Le voici, dit-il, en ôtant la main du dos de mon père comme on libère un chien de sa laisse.

Margarita fut la première à réagir.

— Papa ! cria-t-elle en courant le prendre dans ses bras et en lui plantant sur la joue droite un baiser qui résonna dans tout le salon.

Ma mère s'avança elle aussi vers lui, mais son attitude fut beaucoup plus modérée. Elle ne le prit pas dans ses bras, l'embrassa encore moins sur la joue, se contentant de se dresser devant lui, l'air très sérieuse et la respiration visiblement altérée, et de prononcer son nom dans un demi-soupir :

— Sempronio...

— Lavinia, fit-il avant de se tourner vers l'inspecteur et d'ajouter : Je veux parler en privé à mon épouse.

Labella agita la tête de gauche à droite.

— Je crains que cela ne soit pas possible, répliqua-t-il.

Le visage de mon père ne se troubla pas.

— J'exige de parler à mon épouse en privé.

— Vous l'exigez ? s'enquit l'inspecteur dans un sourire. Je crains que vous ne soyez pas en condition d'exiger quoi que ce soit de qui que ce soit, monsieur Camarasa.

À ma grande surprise, Gaudí s'approcha alors d'un pas et s'adressa au policier d'une voix ferme, le regard résolu :

— Cet homme, monsieur l'inspecteur, vous prie juste de lui accorder quelques minutes en privé avec son épouse avant de vous suivre au commissariat, dit-il. Je ne crois pas que ce soit trop demander.

L'inspecteur regarda mon ami en haussant les sourcils.

— Pardon ?

— Laissez M. Camarasa parler à Mme Lavinia. Votre enquête n'en souffrira pas, et vous prouverez à tous que vous êtes un gentilhomme et un être humain dignes de ce nom.

Abelardo Labella soutint en silence le regard de Gaudí pendant cinq secondes, avant de reprendre :

— Quel est votre nom, déjà… ?

— Gaudí. Antoni Gaudí.

— Vous vous rappelez le conseil que je vous ai donné ce matin, monsieur Gaudí ?

Ce dernier acquiesça d'un air grave.

— Parfaitement.

Je m'en souvenais, moi aussi.

« Vous avez l'air d'un gentleman. Ne frayez pas avec des délinquants. »

— Eh bien, le moment est venu de l'appliquer.

Mon père fit alors un pas en avant, son geste provoquant une réaction immédiate des deux policiers qui escortaient l'inspecteur. L'agent Catalán écarta ma sœur avec brusquerie et se plaça juste à gauche de mon père, et l'autre, qui accompagnait les Begg, posa ostensiblement la main droite sur le pistolet qu'il portait à la ceinture en murmurant à voix basse quelque chose que je ne compris pas.

La plainte que Margarita émit en se voyant secouée de la sorte se mêla aux avant-dernières paroles que nous entendîmes tous de mon père cet après-midi-là :

— Donnez-moi cinq minutes, le temps de me changer. Ensuite, je serai tout à vous.

306

Vous êtes déjà tout à moi, dirent les yeux de l'inspecteur.

— L'agent Catalán montera la garde devant votre porte, marmonna-t-il en regardant alternativement mon père et Gaudí. Vous lui remettrez les vêtements que vous portez sur vous. Si vous tentez quoi que ce soit...

Abelardo Labella n'acheva pas son avertissement, ou le compléta par la seule inflexion finale de sa voix. Mon père opina, considéra son épouse et sa fille, puis moi.

— Gabriel, dit-il.

Ce fut son dernier mot.

Je m'approchai alors et, sans savoir que faire d'autre, je lui tendis la main droite.

— Papa.

Nous nous serrâmes la main avec gravité, sans chaleur excessive, comme deux inconnus qui viennent d'être présentés à un événement mondain de peu d'importance, et ce fut tout. Je ne trouvai rien à dire, et il ne sembla rien attendre de mieux de ma part que cette maladroite réaction protocolaire que l'instinct m'avait dictée.

— Cinq minutes, répéta l'inspecteur Labella.

Mes parents quittèrent le salon en compagnie de l'agent Catalán, et l'inspecteur, après un bref instant d'hésitation pendant lequel il sembla étudier la possibilité de rester avec nous pour procéder au premier des interrogatoires qui nous attendaient sans doute, les suivit aussi. L'autre agent, quant à lui, resta planté au milieu du couloir, nous examinant à distance en semblant se demander lequel des cinq occupants actuels du salon était le plus dangereux. Le pistolet à sa ceinture n'invitait pas à soutenir son regard ni à faire des mouvements brusques.

— Et maintenant ? demanda Margarita, se frottant encore le bras que l'agent Catalán avait retenu et fixant le seuil déserté par où venaient de disparaître nos parents.

— Maintenant, il faut être forts, lançai-je en m'asseyant, déterminé, en tant que frère aîné de Margarita et nouveau chef de famille du petit clan des Camarasa, à dire quelque chose, même si c'était stupide. Il t'a fait mal ?

Margarita se tourna vers moi et me donna une légère accolade.

— Un peu, reconnut-elle avant de regarder les Begg et de formuler la question que Gaudí et moi allions leur poser : Que s'est-il passé ?

Ce fut Fiona qui répondit :

— À treize heures, un coursier est arrivé dans le bureau de mon père et lui a dit que M. Camarasa l'attendait dans un café de la rue Petritxol, expliqua-t-elle en baissant la voix. Nous y sommes allés et nous l'avons trouvé dans cet état. Il savait qu'il était recherché par la police, mais il ne voulait pas se livrer sans avoir vu Mme Lavinia. Nous avons pris une voiture de location et nous sommes venus ici directement. Et nous avons trouvé l'inspecteur devant la porte.

— Il l'a arrêté, ou il lui a juste demandé de l'accompagner pour faire une déposition ?

Ce fut moi qui posai la question. Fiona y répondit d'une simple mimique.

— Je suis désolée, ajouta-t-elle.

— M. Camarasa vous a-t-il expliqué quelque chose ? demanda alors Gaudí, contournant le grand corps de Martin Begg et se plaçant sur le côté gauche de Fiona. Il vous a dit où il avait passé la nuit ?

L'Anglaise agita la tête dans un geste de dénégation.

— Juste qu'il n'avait rien à voir avec la mort d'Andreu. Il n'a rien expliqué d'autre. Il nous a posé davantage de questions que nous.

Gaudí acquiesça.

— Alors il savait ce qui s'était passé.

— On ne parle que de ça dans toute la ville.

Et on en parlerait encore plus d'ici une heure, pensai-je, quand les premiers exemplaires des *Nouvelles illustrées* commenceraient à arriver chez les vendeurs des rues.

— Autre chose ? m'enquis-je.

— La police ne dit rien, répondit Fiona, baissant encore un peu la voix et lorgnant du coin de l'œil l'agent posté dans le couloir.

À ses yeux, pensai-je, nous devions avoir l'air d'une bande de conspirateurs discutant de la meilleure façon de faire sortir mon père de la tour avant que l'inspecteur Labella ne l'arrête pour de bon. Pourvu que ce jeune homme n'ait pas la détente facile.

— Il semble que l'assassinat se soit produit entre vingt-trois heures et une heure du matin. Vers sept heures, à l'arrivée du médecin de la police, la température du cadavre indiquait que la mort remontait au moins à six ou huit heures. Nos jeunes envoyés ont interviewé la propriétaire de la pension et plusieurs résidents qui ont dormi hier soir au troisième étage, et il semble que personne n'ait rien vu ni entendu d'étrange. À vingt-trois heures, il était toujours vivant, car un jeune homme qui logeait à trois portes de la sienne est passé plus ou moins à cette heure devant sa chambre et il a entendu le vieil Andreu parler tout seul.

Gaudí et moi haussâmes conjointement les sourcils.

— Il parlait tout seul ?

— Cela semble avoir été une habitude chez lui. Andreu ne recevait pas de visites et le garçon n'a pas entendu d'autres voix hier soir, il a donc supposé qu'il parlait seul. Même si, bien sûr, il pouvait également parler avec son assassin.

— Et après ?

— Après, rien d'autre. Personne n'a vu aucun étranger rôder dans le bâtiment ni alentour, personne n'a entendu de cris, pas le moindre bruit de dispute, et avant six heures du matin personne n'a même soupçonné qu'il s'était passé quelque chose de particulier pendant la nuit. Une heure auparavant, un autre pensionnaire du troisième étage avait déjà remarqué que la porte d'Andreu était entrouverte, mais, contrairement à la logeuse, il n'y a pas accordé d'importance et n'a pas eu l'idée d'entrer dans la pièce.

Fiona fit une pause et son visage se fit plus sombre.

— Mais il y a autre chose.

— Autre chose, répéta Margarita.

— Le porte-documents, suggéra alors Gaudí.

Fiona hocha la tête d'un air grave.

— Si nos sources sont correctes, le porte-documents avait disparu de la chambre d'Andreu à l'arrivée de la police, ce matin.

— Vos sources sont exactes, mademoiselle Begg.

Nous nous retournâmes tous les cinq à l'unisson et vîmes l'inspecteur Labella planté derrière nous, arborant le même petit sourire.

La lumière qui pénétrait par les baies vitrées semblait nimber sa silhouette sphérique d'un halo de béatitude incongru.

— Le porte-documents a disparu, alors, dit Gaudí.

— *Avait* disparu.

— Vous l'avez retrouvé ?

310

— Effectivement.

Mon ami attendit pendant quelques secondes une explication que, bien sûr, l'inspecteur ne chercha pas à nous fournir.

— Alors ? demandai-je finalement.

— Cela ne va pas vous plaire, monsieur Camarasa. Ni à vous, monsieur Begg, ajouta Labella, s'adressant pour la première fois au père de Fiona. Dommage que votre journal ait bouclé l'édition sans connaître cette information.

Martin Begg se contenta de toiser l'inspecteur d'un air fort peu amical.

— Ils n'ont pas retrouvé le porte-documents en possession de mon père, intervint Margarita. N'est-ce pas, Fiona ?

Cette dernière fit un signe de tête négatif.

— M. Camarasa n'avait aucun porte-documents quand nous l'avons croisé au café, affirma-t-elle. Mon père et moi pouvons le jurer.

— Ce ne sera pas nécessaire, mademoiselle Begg. Le porte-documents n'était pas entre les mains de M. Camarasa… mais dans son bureau.

Le silence se fit dans le salon.

Ma sœur me saisit avec force par le bras et me fixa du même air que lorsque, enfant, devant un désastre déjà accompli, elle attendait que je résolve la situation, d'une manière ou d'une autre.

Je regardai Gaudí.

— Dans son bureau au journal ? s'enquit celui-ci.

— Dans celui de cette maison. Mes hommes l'ont trouvé caché dans un tiroir de son secrétaire, au cours de la fouille qu'ils ont effectuée ce matin.

— C'est absurde, dis-je. Mon père n'a pas passé la nuit à la maison.

— Peut-être pas. Mais il y est resté assez longtemps pour dissimuler le porte-documents avant de prendre la fuite.

— Cela n'a aucun sens, objecta Gaudí. Pourquoi le cacher dans un endroit que vous alliez perquisitionner ? Pourquoi ne pas le détruire en sortant de la chambre d'Andreu, ou du moins l'emporter ce matin dans sa fuite et le cacher dans un endroit plus sûr ?

L'inspecteur Labella ne se départit pas pour si peu de son sourire.

— Vous me demandez de chercher des explications raisonnables au comportement d'un assassin ?

Ce fut alors que ma sœur me lâcha le bras et fit ce que ni Fiona ni moi n'avions eu le courage de faire ce matin-là dans la chambre d'Eduardo Andreu. En deux enjambées, elle se planta devant l'inspecteur, étendit entièrement le bras droit derrière elle dans un geste parfait de joueuse de tennis expérimentée et, avant même que j'aie pu esquisser le moindre mouvement, balança une gifle sonore au milieu du visage érodé et jusqu'alors souriant qui lui faisait face.

— Vous êtes un petit homme amer et ridicule, eut-elle le temps de dire avant de se retrouver mise en joue par un pistolet qui avait la taille d'un tromblon.

Gaudí fut le premier à réagir devant cette nouvelle situation.

— D'accord, d'accord, intervint-il en tentant de s'interposer entre Margarita et l'agent qui brandissait son arme. Baissez ce pistolet, monsieur. Vous ne voulez pas faire du mal à une jeune fille qui vient d'être victime d'une crise de nerfs parfaitement compréhensible étant donné…

— Je ne viens d'être victime de rien, protesta ma sœur, regardant alternativement Gaudí et le canon de l'arme qui, malgré les efforts de mon ami, visait toujours sa tête. Ce monsieur a traité papa d'assassin, et je l'ai giflé. Fin de l'histoire.

— Cela me semble parfaitement juste, déclara Fiona.

L'inspecteur Labella palpa sa joue souffletée d'une main légèrement tremblante, me sembla-t-il.

— Bon, dit-il, s'adressant à son agent. Rangez ce pistolet. Et vous, mademoiselle Camarasa, permettez-moi de vous donner un conseil...

Les conseils de l'inspecteur Labella... Je me préparai au pire.

— Je n'ai pas besoin de vos conseils, répliqua Margarita.

— Je vais quand même vous en donner un. Considérez cela comme un cadeau de ma part.

L'inspecteur cessa de se caresser la joue et dévisagea ma sœur les yeux mi-clos.

— Ne recommencez jamais ça. Sous aucun prétexte. Vous ne pouvez plus vous le permettre.

J'ignore si Margarita comprit le sens de cette dernière phrase. Toujours est-il qu'en prévention d'une nouvelle éruption de son caractère imprévisible je la pris par la taille et l'attirai vers moi.

— Vous avez l'air très sûr de vous, inspecteur Labella, lui assenai-je.

L'homme ne m'adressa pas même un regard.

— Voici une autre nouvelle que vous ignorez, monsieur Begg, dit-il, se tournant vers le père de Fiona. Ce matin, quand mes hommes et moi avons inspecté la chambre d'Eduardo Andreu, nous avons trouvé chez lui un objet qui nous a semblé curieusement incongru. Un étui à cigarettes en argent. Une pièce qui, de par sa valeur, détonnait chez un mendiant. L'étui comportait des initiales gravées sur le couvercle. Un *S* et un *C*. Votre mère, ajouta-t-il, s'adressant maintenant à Margarita, l'a reconnu sans hésiter, avant de savoir d'où il provenait. Elle a peut-être aussi une explication raisonnable...

La dernière phrase était adressée à Gaudí.

Il mit moins d'une seconde à riposter :

— C'est évident : quelqu'un a laissé cet étui à cigarettes là pour incriminer M. Camarasa.

L'inspecteur Labella retrouva son sourire de mouffette.

— La même personne qui a déposé le porte-documents dans son bureau, sans doute, dit-il.

— Sans doute, approuva Gaudí.

L'inspecteur agita la tête en feignant l'incrédulité.

— Un assassin très méthodique, alors.

— Assurément plus que celui que vous nous proposez : il oublie son étui à cigarettes dans la chambre de sa victime et dissimule l'objet pour lequel il a commis son crime dans le premier endroit où la police ira le chercher... Vous vous faites une si piètre idée de M. Camarasa, inspecteur Labella ?

Quelle que fût la réponse que le petit homme allait fournir à mon ami, elle fut tuée dans l'œuf par l'entrée au salon de mes parents et de l'agent Catalán.

— Quand vous voudrez, monsieur l'inspecteur, annonça le policier, soulevant un sac en toile de bâche qui contenait certainement le linge sale que mon père venait d'ôter. Rien à signaler.

— Formidable, dit l'inspecteur.

Et, se retournant vers nous, il ajouta :

— Nous poursuivrons cette conversation à une autre occasion, messieurs. M. Camarasa et moi sommes attendus au commissariat.

26

Pendant que les policiers entraînaient mon père dans le couloir pour rejoindre la voiture officielle qui les attendait devant la porte d'entrée – une spacieuse berline tirée par quatre chevaux et dont l'apparence extérieure rivalisait avec celle du véhicule privé de n'importe quel petit aristocrate local, l'intérieur étant nettement moins accueillant que celui du cabriolet le plus délabré que l'on pouvait louer sur le port – et que ma mère, quant à elle, envoyait à toute vitesse ma sœur à la recherche de notre propre cocher, Gaudí me prit par le bras et m'ordonna de le conduire immédiatement à Marina.

Quelqu'un était contaminé par les procédés et la rhétorique de l'inspecteur Labella, pensai-je ; mais le temps pressait et, supposant Gaudí bien intentionné, je ne protestai pas devant ce soudain manque d'éducation. Nous quittâmes à la hâte le salon par une porte latérale, gagnâmes le palier discret d'où partait l'escalier descendant à la cave et, une fois là, parcourûmes différentes pièces de service avant de trouver la bonne dans la buanderie.

Marina était juchée en haut d'un tabouret de bois à l'air tout à fait instable. Son corps robuste d'adolescente de la campagne formait un angle à quatre-vingt-dix degrés parfait par-dessus le plus grand des trois éviers qui occupaient le mur sud de la pièce, la moitié inférieure du corps collée à la pierre naturelle, la moitié supérieure penchée sur une grande bassine d'eau savonneuse où flottaient, tels les morceaux d'une soupe répugnante, les reliefs de notre récent déjeuner et certaines pièces de vaisselle dans lesquelles il nous avait été servi. De hautes piles d'assiettes et de verres, de casseroles et de poêles, de couvercles et de plats se dressaient à ses côtés dans un équilibre aussi précaire que le sien sur son tabouret ; deux grands seaux d'eau trouble fumaient à ses pieds et, à côté, par terre aussi, une marmite noircie contenait plusieurs morceaux de savon huileux et une petite collection de morceaux d'alfa broyé.

Quand elle nous vit, le pas martial et l'air grave, entrer dans son domaine, la pauvre jeune fille fit un bond qui faillit la faire tomber la tête la première dans ce bouillon répugnant.

— Excusez-nous de vous déranger, Marina, dit Gaudí, sur un ton à peine plus aimable que celui qu'il avait eu envers moi quelques instants plus tôt. Vous me permettez de vous poser une question ?

En s'appuyant sur le bras que je m'étais empressé de lui tendre, la jeune fille descendit du tabouret avec un manque de grâce décidément masculin. Une fois sur la terre ferme, elle nous regarda, mon compagnon et moi, avec l'expression d'un petit animal qui attend d'être dévoré par deux congénères bien plus gros que lui.

— Pas de problème, Marina, fis-je, lui souriant de façon rassurante. Réponds à mon ami.

La jeune fille inclina la tête et jeta un rapide coup d'œil à Gaudí.

— Bien sûr, monsieur.

— C'est au sujet de la lettre que tu as remise à Mlle Camarasa hier après-midi, expliqua Gaudí. Une lettre adressée à M. Camarasa. Tu t'en souviens ?

— Bien sûr, monsieur.

— Ce que je veux savoir, c'est si la personne qui l'a apportée est le facteur habituel.

Marina n'hésita pas un instant.

— Non, monsieur.

— Mais c'était un postier ? C'était une lettre comme les autres ? Elle est arrivée comme le courrier habituel dans cette maison ?

Cette fois, Marina s'accorda quelques secondes afin d'assimiler les trois questions que ce monsieur roux, aux yeux bleus et à la mine indéchiffrable, venait de formuler en rafales.

L'eau qui coulait de ses bras nus commençait à former des flaques à ses pieds, petits cercles d'eau trouble sur le crépi badigeonné de ciment qui recouvrait le sol de la buanderie.

— Non, monsieur, répondit-elle enfin.

Gaudí me lorgna du coin de l'œil, visiblement satisfait.

— Tu pourrais me décrire l'homme qui a apporté la lettre, Marina ?

— Non, monsieur.

Gaudí fit immédiatement la grimace.

— Pourquoi ça, Marina ?

— Parce que la lettre n'a pas été apportée par un homme.

Mon ami et moi échangeâmes un nouveau regard.

— Ce n'est pas un homme qui l'a apportée ? insistai-je.

— Bien sûr que non, répondit Gaudí, devançant Marina. C'était une femme.

317

La bonne agita affirmativement la tête.

— Tu pourrais nous décrire cette femme, Marina ? lui demandai-je.

— Je crois que c'est inutile, s'avança Gaudí de nouveau. N'est-ce pas, Marina ?

Je ne compris qu'alors :

— C'est ma mère qui t'a donné la lettre ?!

Gaudí souffla d'impatience et, tournant sur lui-même avec une brusquerie soudaine, il commença à se diriger vers la sortie.

— Non, monsieur, me répondit Marina, agitant maintenant la tête de gauche à droite.

— C'est Fiona ! proclama Gaudí, sur le seuil. Merci, Marina, tu nous as été d'une grande aide.

La bonne ébaucha un sourire de soulagement et fit une petite révérence que moi seul pus voir.

— Une perte de temps, murmurai-je, quand je parvins à rattraper mon ami, dans l'escalier qui menait de la cave à l'étage principal.

— On ne perd jamais son temps, quand on découvre quelque chose de nouveau.

Je n'appréciai guère la réplique.

— Un mystère, alors ?

Gaudí n'eut pas le temps de me répondre. À peine avions-nous atteint le vestibule principal de la tour que nous nous heurtâmes à ma sœur, qui revenait nous chercher avec l'air d'être en train de vivre à la fois la pire soirée de sa vie et la plus intéressante.

— Où étiez-vous ? demanda-t-elle, me prenant par la main et m'entraînant vers le jardin. Ils viennent de passer les menottes à papa !

Je décidai que je n'avais pas bien entendu.

— Ils viennent de quoi ?!

— Dans la berline. Ils l'ont attaché à la poignée de la portière. Comme un délinquant ! Comme s'ils pensaient qu'il pourrait sauter de la voiture en marche avant d'arriver au commissariat !

— Comme s'ils voulaient l'humilier, plutôt, marmonnai-je, maudissant Labella en mon for intérieur. Qu'en pensez-vous ?

Gaudí acquiesça gravement.

— J'ai l'impression que l'inspecteur Labella veut faire une entrée triomphale à las Atarazanas. Ils sont déjà partis ?

Margarita fit un signe de dénégation de la tête.

— Ils sont en train d'examiner les fers d'un de leurs chevaux, ou quelque chose comme ça. Notre voiture est prête. Fiona et M. Begg restent à la maison.

Cette nouvelle salve d'informations intéressa visiblement Gaudí.

— Alors nous allons devoir parler immédiatement à Fiona, dit-il, en s'adressant à moi. Merci, Margarita.

Ma sœur fronça le nez, comme chaque fois que quelqu'un d'autre qu'elle prononçait sans réprobation le nom de l'Anglaise, mais elle n'oublia pas d'incliner poliment la tête et de murmurer un « De rien » qui arriva trop tard, lui aussi : Gaudí avait déjà disparu de notre vue à la faveur d'un tournant du chemin qui traversait le jardin.

— Que se passe-t-il, maintenant, avec Fiona ?

— C'est elle qui a donné la lettre à Marina. La lettre que tu as apportée à papa juste avant qu'il annule sa sortie au Liceo. Tu le savais ? demandai-je inutilement.

Le visage de Margarita montrait clairement qu'elle n'en avait aucune idée.

— Elle est au courant, affirma-t-elle. Cette sorcière a écrit une fausse lettre pour papa, et maintenant il est menotté à l'intérieur d'une voiture de police et on est sur le point de le mettre en prison. Et ils vont sûrement le condamner à la guillotine.

Je me forçai à sourire.

— En Espagne, il n'y a pas de guillotine. Personne ne va mettre papa en prison. Et Fiona n'est au courant de rien.

La tête de ma sœur s'agita, refusant mes trois tentatives pour la calmer.

— Tu es naïf, lâcha-t-elle.

— Pourquoi dis-tu ça ?

— Pour tout.

Sans plus d'explications, Margarita traversa en courant les quelque vingt mètres qui nous séparaient de la grille, à la rencontre de maman Lavinia, qui bavardait avec notre cocher et avec la domestique principale de la maison, Mme Iglesias, à côté de la berline familiale. Je les observai un instant à distance, puis reportai le regard sur le véhicule de police qui restait garé quelques mètres plus bas. Son départ semblait imminent : les chevaux étaient prêts, le cocher installé sur la banquette, les rênes et la cravache dans les mains, les épais rideaux de la cabine étaient tirés et il n'y avait pas trace de l'inspecteur Labella, de l'agent Catalán ou de l'autre policier, l'agent armé au visage si peu engageant. Ils devaient tous trois déjà se livrer à la tâche peu méritoire consistant à surveiller mon père menotté à l'intérieur de cette voiture sinistre.

— Ce n'était pas un facteur officiel, disait Fiona à Gaudí lorsque j'arrivai devant eux. La lettre n'avait pas été affranchie. Mais ce n'était pas non plus un messager ordinaire.

— « Un messager ordinaire » ? répéta mon ami.

— Ce n'était pas un de ces garçons qui apportent le courrier privé en échange d'un pourboire, je veux dire. Je me promenais dans le jardin quand un homme s'est penché à la grille, m'a tendu une enveloppe et m'a demandé de la remettre à Sempronio Camarasa. Un homme d'âge mûr, bien vêtu, très bien élevé. Ce n'était ni un facteur ni un messager professionnel, mais il n'avait pas l'air d'un auteur de lettres anonymes, et l'enveloppe qu'il me tendait ne ressemblait pas non plus à celles qui sont arrivées la semaine dernière, je l'ai donc prise sans poser de questions. Ce n'était pas la première fois, tu le sais, que ton père recevait du courrier non affranchi remis par des messagers privés, ajouta-t-elle, s'adressant à moi. En arrivant à la maison, j'ai croisé Marina et je lui ai donné l'enveloppe, comme nous le faisons toujours avec la correspondance. C'est tout.

Aucun mystère, donc. Je me le répétai en baisant la main de Fiona avant de monter enfin dans notre berline et je le dis à voix basse quelques minutes plus tard, quand nos deux chevaux couraient déjà en direction du sud de la ville, derrière les quatre chevaux de la police.

— Aucun mystère, donc.

Au lieu d'acquiescer, Gaudí attendit que ma sœur eût relevé sa tête penchée au-dessus du sac que notre mère lui avait mis dans les mains juste après être montée dans la berline, et dont elle fouillait le contenu depuis lors d'un air furtif et progressivement déçu. Ce ne fut que lorsque Margarita, considérant apparemment son inspection comme terminée, leva enfin les yeux vers nous que Gaudí s'adressa à elle, sur le même ton courtois qu'il utilisait avec les deux femmes Camarasa depuis notre arrivée à la tour de Gracia :

— Je peux vous poser une question, Margarita ?

Le visage soucieux de ma sœur s'éclaira à l'instant.

— Bien sûr, Toni.

— L'enveloppe que vous avez remise à votre père hier soir, celle qui a poussé M. Camarasa à annuler son projet de vous accompagner au Liceo...

— L'enveloppe que Fiona a donnée à Marina, l'interrompit Margarita.

— Fiona l'a reçue d'un monsieur qui s'est penché à la grille quand elle était dans le jardin, précisai-je. Elle vient de nous l'expliquer.

— Oui. Un monsieur.

— En tout cas, Margarita, est-il possible que vous ayez vu ce qu'il y avait à l'intérieur de cette enveloppe avant de la remettre à votre père ?

Le demi-sourire qui avait affleuré sur le visage de ma sœur s'effaça instantanément.

— Vous insinuez que j'ai ouvert une lettre qui ne m'était pas destinée ? répliqua-t-elle, regardant notre mère du coin de l'œil.

— Je me demandais juste si l'enveloppe n'avait pas pu être déjà ouverte quand elle est parvenue entre vos mains, ou si le papier n'était pas assez fin pour qu'on en aperçoive le contenu, ou...

Gaudí laissa les points de suspension aimablement en l'air, pour que ma sœur en fasse ce qu'elle estimerait le plus satisfaisant.

Après avoir réfléchi pendant quelques secondes, Margarita pencha pour la deuxième option proposée par Gaudí :

— Maintenant que vous le dites, oui, il est possible que le papier de l'enveloppe ait été très fin, admit-elle, jetant de nouveau un coup d'œil oblique à sa gauche et constatant que notre mère était toujours plongée dans l'engourdissement soudain qui semblait s'être emparé d'elle dès qu'elle était montée dans la voiture.

Elle avait les bras croisés sur la poitrine, le front appuyé contre la vitre de la petite fenêtre, le regard perdu sur le paysage changeant qui courait dans la direction contraire à celle de notre marche. Ses genoux serrés frôlaient presque les miens, et ses pieds, très rapprochés eux aussi, dépassaient sous une élégante robe en mousseline verte au liseré rose, qui me sembla soudain profondément inadaptée à la situation dans laquelle nous nous trouvions.

Quoique, à bien y réfléchir... Quelle était la tenue adéquate pour ce genre de situation ?

— Et vous avez pu en apercevoir le contenu ?

— Je crois avoir aperçu quelque chose...

— Margarita, je t'en prie.

Ma sœur me foudroya du regard.

— Je crois qu'il y avait le nom d'un endroit suivi de quatre chiffres, dit-elle en baissant la voix. Le lieu était une église.

— Laquelle ?

— Santa María.

Gaudí et moi échangeâmes des regards surpris.

— Santa María del Mar ?

Margarita haussa les épaules.

— Santa María tout court, dit-elle.

— Et les chiffres ?

— Quatre zéros, répondit-elle, également sans hésiter.

— Quatre zéros ?

— Minuit, fit Gaudí, opinant d'un air, me sembla-t-il, curieusement satisfait. Une façon intéressante d'indiquer l'heure.

— Et une heure également intéressante pour donner rendez-vous à quelqu'un dans une église, ajoutai-je. Autre chose ?

Margarita fit signe que non.

— C'est tout ce que j'ai vu, affirma-t-elle. Mais je suis sûre que sur la feuille qui se trouvait à l'intérieur de l'enveloppe il n'y avait rien d'autre.

Gaudí eut un sourire particulièrement agréable.

— Merci beaucoup, Margarita.

Ma sœur fit immédiatement appel à l'une de ses rougeurs parfaitement exécutées.

— Ce fut un plaisir, assura-t-elle, nous offrant, à Gaudí et à moi, un battement de cils digne de la meilleure actrice de Shaftesbury Avenue.

Ensuite, retrouvant son teint habituel, elle se tourna vers notre mère et lui demanda :

— Papa ne t'a vraiment pas dit où il avait passé la nuit ?

La tête de maman Lavinia bougea de façon imperceptible de gauche à droite, à peine un tremblement de boucles noires et de boucles d'oreilles dorées, mais son regard ne s'écarta pas de la vitre. Deux petits yeux marron, tristes comme des perles mortes, perdus dans le jeu des lignes droites et brisées du nouvel Ensanche barcelonais, ou peut-être, plutôt, dans le reflet de ses propres pensées sur la vitre de la berline.

L'étui à cigarettes de son époux retrouvé sur le lieu du crime.

Le porte-documents rouge d'Andreu caché dans un tiroir de son bureau.

Son absence inexpliquée pendant une nuit et une matinée entières.

Beaucoup de choses auxquelles réfléchir.

— Et de quoi avez-vous parlé, alors ?

Margarita attendit pendant dix secondes une réponse qui ne vint pas, puis elle me fixa d'un air sombre, de nouveau. Je tendis la main droite vers elle, pris doucement l'une des siennes.

— Tout ira bien, dis-je. Tout finira par s'éclaircir, tôt ou tard. La vérité ressort toujours à la lumière.

Ma sœur hocha la tête d'un air fort peu convaincu.

— Tu es naïf.

— Votre frère a raison, Margarita, intervint alors Gaudí, imitant mon geste et prenant la main libre de ma sœur. La vérité finit toujours par ressortir à la lumière. Tôt ou tard.

Pour la première fois depuis des années, la rougeur qui empourpra dans l'instant les joues de Margarita fut parfaitement involontaire.

— Vous aussi, vous êtes naïf, alors, dit-elle. Mais merci.

Gaudí sourit de nouveau.

— Croire en la justice ne signifie pas être naïf, Margarita. Si nous prouvons que votre père n'a rien à voir avec la mort d'Eduardo Andreu, la justice le remettra en liberté et le cauchemar que vous vivez touchera à sa fin.

Le ton apparemment confiant de Gaudí me surprit moins que la présomption qui gisait au fond de ses paroles.

— Si nous le prouvons ? demandai-je.

— L'inspecteur Labella semble plus que satisfait de sa propre version des faits. Et même s'il nous en coûte, nous devons lui accorder qu'il a des raisons pour cela. Notre… ami dispose d'un mobile, de deux preuves et d'un suspect qui apparemment ne peut justifier de l'endroit où il se trouvait à l'heure du crime. Sans parler de l'agression et de la menace de mort à l'égard d'Andreu pendant la fête des *Nouvelles illustrées*, devant au moins cinquante témoins. Avec les éléments qu'il possède déjà, l'inspecteur Labella peut clore l'enquête et envoyer M. Camarasa en prison, dans l'attente d'un jugement dont le résultat, je le crains, ne s'annonce pas prometteur pour ses intérêts.

Gaudí fit là une petite pause.

— Une seule chose peut être faite pour éviter que ce lugubre scénario ne devienne réalité.

Margarita acquiesça d'un vigoureux signe de tête.

— Démontrer l'innocence de papa.

— Découvrir l'identité du véritable assassin d'Eduardo Andreu, la contra Gaudí. À moins que votre père ne fournisse immédiatement un alibi prouvant qu'il ne pouvait se trouver hier soir rue de la Princesse, et je crains que ce ne soit pas le cas, ajouta-t-il tout en cherchant en vain le regard de ma mère, la seule façon à laquelle je pense de convaincre l'inspecteur Labella de son innocence est de lui placer l'authentique coupable sous le nez.

Je souris tristement.

— Il semble que vos dons de déduction vont nous servir à quelque chose, en fin de compte.

— Par où commençons-nous ? demanda Margarita.

Gaudí s'inclina légèrement en avant, en direction du siège de ma sœur.

— Il y a deux victimes, dans cet assassinat : celui qui a été tué, Eduardo Andreu, et l'innocent qui a été accusé, Sempronio Camarasa. En enfonçant ce poignard dans la poitrine d'Andreu, le coupable savait qu'il détruisait deux vies. La clé consiste à découvrir laquelle des deux il voulait vraiment détruire.

— Laquelle a été sa vraie victime et laquelle n'a été pour lui qu'un instrument...

Gaudí me considéra d'un air ravi.

— De la manière dont je vois les choses, il n'y a que deux explications possibles : soit quelqu'un voulait éliminer Eduardo Andreu et a utilisé votre père comme bouc émissaire, comme bouclier pour sa propre sécurité, en semant une série d'indices afin d'entraîner l'arrestation immédiate de Sempronio Camarasa et d'empêcher toute véritable enquête sur le crime, soit quelqu'un voulait en finir avec votre père et a utilisé Eduardo Andreu comme un moyen d'y parvenir...

— Mais, dans ce cas, pourquoi ne pas assassiner directement notre père ?

— Gabi a raison. Si l'assassin voulait faire du mal à papa, pourquoi organiser quelque chose d'aussi compliqué, alors qu'il pouvait en finir avec lui de façon beaucoup plus simple ?

Gaudí haussa les épaules.

— Il existe de multiples façons d'en finir avec un homme sans avoir besoin de le tuer, dit-il. Le coupable voulait peut-être seulement ruiner sa réputation. Ou porter préjudice à ses intérêts commerciaux. Ou...

Mon camarade sembla ne pas trouver de troisième option.

— Toujours est-il que c'est une possibilité que nous devons envisager.

— Une possibilité non moins étrange que l'autre option que vous avez évoquée. Pourquoi quelqu'un aurait-il tué un pauvre vieux diable comme Andreu ? À qui sa mort pouvait-elle profiter ?

— C'est ce que nous devons chercher. Après tout, nous ne savons encore rien de la vie qu'a menée

Andreu au cours de ces dernières années. Nous ne savons pas qui il fréquentait, ni les petites affaires auxquelles il pouvait être mêlé. Et nous ne savons même pas comment il payait son loyer de la rue de la Princesse...

La berline ralentit en prenant le dernier virage de la place de Catalogne avant d'accélérer de nouveau une fois engagée sur la voie perpendiculaire à la Rambla. En sens contraire, un omnibus rempli de jeunes gens en uniforme militaire s'arrêta devant les ruines de l'ancien siège de *La Gazette du soir*, paralysant immédiatement la circulation qui montait de las Atarazanas. Ce fut alors, je m'en souviens, que ma mère détourna enfin le regard du hublot et prononça les seuls mots que nous entendrions de sa bouche au cours de ce voyage :

— Taisez-vous, je vous en prie.

Personne n'ouvrit la bouche avant l'arrêt de la voiture au pied de la muraille de la Mer.

27

Le soleil commençait à décliner sur les toits de Barcelone lorsque nous sortîmes enfin du commissariat de las Atarazanas. Il serait bientôt vingt heures, et le ciel qui recouvrait le complexe de casernes et d'arsenaux de l'ancien chantier naval avait une étrange couleur de cendre réchauffée. Il ne pleuvait pas, mais il n'en était pas allé de même à plusieurs reprises dans l'après-midi, et la pluie n'allait pas tarder à recommencer à tomber. Une succession de flaques de boue de la taille de petits étangs naturels compliquait le chemin jusqu'au portail de Sainte Madrona, devant l'un des murs de laquelle nous attendaient notre berline, le cocher et aussi, comme nous le découvrîmes immédiatement, le premier de l'un des nombreux plumitifs de la concurrence des *Nouvelles illustrées* qui allaient mettre nos nerfs à l'épreuve dans les jours à venir.

— Excusez-moi, monsieur Camarasa…

La seule question que le jeune homme eut le temps de formuler avant que ma mère ne l'envoie paître sans ménagement avait curieusement un rapport non avec le sensationnel assassinat d'Eduardo Andreu, ni avec l'arrestation tout juste réalisée de Sempronio Camarasa, mais avec l'identité du propriétaire de je ne sais quelle demeure sur le paseo de San Juan, d'où mon père avait semblait-il été vu en train de sortir en courant ce même jour, quelques heures avant de se livrer à la police.

— Tu sais quelque chose ? demandai-je à ma mère lorsque le plumitif, chassé par la réaction inattendue de maman Lavinia, se fut éloigné de notre berline, la tête basse et le carnet de notes vide.

Au lieu de me répondre, ma mère prit Margarita par le bras et leva sa main libre vers l'un des nombreux cabriolets garés devant l'ancienne porte de la ville.

— Cela ne vous dérange pas de raccompagner ma fille à la maison, n'est-ce pas, Antoni ? imposa-t-elle davantage qu'elle ne le demanda, du même ton autoritaire qu'elle venait d'utiliser pour congédier le journaliste.

Gaudí réussit à ne laisser transparaître aucune surprise devant cet ordre soudain.

— Ce sera un plaisir, dit-il, tenant encore de la main gauche les deux journaux qu'il était sorti acheter dans l'après-midi et qui avaient pour ainsi dire égayé les nombreuses heures d'attente que l'inspecteur Labella nous avait infligées avant de nous faire entrer dans son bureau pour nous annoncer la destination immédiate de mon père.

Une destination qui n'était autre, bien sûr, que les cachots souterrains de ce lugubre royaume au bord de la mer qu'était le commissariat de las Atarazanas.

— Pour moi aussi, assura Margarita, se débattant visiblement entre la satisfaction que lui causait l'idée de partager avec Gaudí l'intimité d'un cabriolet pendant une bonne demi-heure et le mécontentement qu'elle éprouvait inévitablement à se sentir ainsi subitement mise à l'écart. Et vous, qu'allez-vous faire ?

Ma mère ne s'embarrassa pas d'une réponse cette fois non plus.

— Vous avez de l'argent sur vous, n'est-ce pas, Antoni ? demanda-t-elle tout en poussant Margarita avec une brusquerie inattendue à l'intérieur du cabriolet. Inutile de nous attendre à la maison, les Begg s'occuperont de Margarita.

Gaudí et ma sœur ainsi enfermés dans leur cabriolet et expédiés sur le chemin de Gracia, maman Lavinia et moi suivîmes le tracé complet de la promenade de la Muraille dans notre berline familiale, dépassant la place du Palais et la silhouette boisée du jardin du Général pour déboucher sur l'avenue qui bordait la vieille Citadelle, cet obscène monument à la terreur militaire érigé par Philippe V au début du siècle précédent, démoli par les nouvelles autorités locales en 1868, après le coup d'État de Prim, et qui, aujourd'hui encore, six ans plus tard, était toujours une sinistre esplanade couverte de ruines que seuls les mendiants et les délinquants osaient fréquenter.

— Nous allons sur le paseo de San Juan, apparemment, fis-je enfin, moins étonné qu'ennuyé, lorsque la berline eut fini de remonter l'avenue de la Citadelle et laissa à sa gauche la gare de Saragosse. Tu m'expliques, maintenant ?

Ma mère prit le châle qu'elle avait laissé sur la banquette et s'en couvrit de nouveau les épaules.

— Tu n'as pas besoin de descendre, dit-elle. J'en ai pour deux minutes.

Ce fut la première des quatre visites que nous fîmes pendant l'heure suivante. Leurs destinations furent, chaque fois, des maisons ou des hôtels à l'aspect manifestement opulent situés sur les nouvelles avenues bourgeoises de la ville, la Rambla de Catalogne, la rue d'Aragón, le paseo de San Juan lui-même, et chaque fois mon rôle consista à attendre à l'intérieur de la voiture que ma mère revienne après avoir fait ce pour quoi elle en était descendue. Elle ne me fournit aucune explication sur le sens de ces visites et je ne me décidai pas non plus à lui en demander : la toujours douce et timide épouse de Sempronio Camarasa semblait si différente cet après-midi – son ton, ses manières, jusqu'à l'expression de son visage – que je préférai ne pas tenter le sort en la contrariant avec des questions auxquelles elle ne voulait de toute évidence pas répondre.

La dernière visite eut lieu dans la partie haute du paseo de Gracia, près de l'embranchement avec l'avenue Diagonal. Le bâtiment où je vis disparaître ma mère était une véritable demeure à l'allure davantage parisienne que barcelonaise : en fait, l'homme qui la raccompagna à la berline cinq minutes plus tard avait un air curieusement français.

— Sors un instant, Gabriel.

J'obéis sans tergiverser. Je descendis de la voiture, serrai la main que l'accompagnateur de ma mère me tendait, l'entendis mentionner, sans les identifier, son nom et sa profession, et acquiesçai d'un air grave à sa promesse selon laquelle mon père recouvrerait la liberté d'ici moins d'une semaine.

Aladrén, tel était le patronyme de cet homme d'environ cinquante-cinq ans, grand, solide, de belle prestance, pourvu d'une épaisse chevelure d'un blanc extrême et de moustaches grises qui pendaient, raides et fines, jusqu'à son menton partagé en deux.

— Vous serez son avocat, alors ?

— À moins que vous n'y voyiez une objection, bien sûr, répondit l'homme, ébauchant un léger sourire qui, contrairement à son visage et à son nom, me sembla vaguement familier.

— Gabriel est aussi heureux que moi de pouvoir compter sur vos services, monsieur Aladrén.

L'homme opina d'un air béat.

— Je ne vous décevrai pas, assura-t-il. Dormez tranquille cette nuit, madame Lavinia. Demain, tout aura un bien meilleur aspect.

— J'en suis persuadée, monsieur Aladrén, approuva ma mère, inclinant légèrement la tête.

— Je peux vous demander par quoi vous allez commencer, monsieur Aladrén ? m'enquis-je.

L'avocat et ma mère me regardèrent, aussi sérieux l'un que l'autre.

— Laissez-moi commencer par étudier l'affaire et me faire une idée des tenants et aboutissants, répondit-il. Bien sûr, je vous tiendrai informés à tout moment de toute action que je jugerai nécessaire d'entreprendre.

— Comptez sur moi en cas de besoin.

— Je n'y manquerai pas, monsieur Camarasa.

Ce fut tout. Nouvelle poignée de main, baiser sur le gant de ma mère, puis retour à l'intérieur de la berline.

— Un ami de papa ? demandai-je lorsque nous nous mîmes en marche.

— Un ami de la famille.

— Je n'avais jamais entendu parler de lui.

— Cela devrait-il me surprendre ?

Je regardai ma mère d'un air grave.

— Que veux-tu dire ?

— Combien d'amis de ton père connais-tu ? Combien de ses associés ? Que sais-tu de leurs affaires ?

Ma mère fit une brève pause. Puis :

— Que sais-tu de sa vie ?

Nous connaissions trop bien tous deux la réponse à cette salve de questions. Je me rappelai presque à mon insu la dernière conversation digne de ce nom que j'avais eue avec mon père : notre discussion de l'avant-veille au soir, au sujet de ses absurdes soupçons concernant l'identité ou les intentions de Gaudí. L'étui en argent contenant ses cigarettes de Trichinopoly. La fumée ressortant comme du sang bleuté de ses fosses nasales. Ma maladresse honteuse, incorrigible, quand j'aurais dû agir en homme en présence de Sempronio Camarasa.

— Peut-être le moment est-il venu de commencer à combler toutes ces lacunes.

— Peut-être bien, dit-elle.

Et aussitôt, de but en blanc, elle ajouta une chose à laquelle j'allais songer souvent au cours des semaines suivantes :

— Jusqu'à présent, tu as été une source continuelle de déception pour ton père. C'est peut-être ta dernière occasion de te racheter en faisant quelque chose pour lui.

Le silence qui suivit ces paroles avait la consistance du marbre et la froideur d'un bloc de glace. Je pouvais presque en sentir le poids sur mes épaules.

— Tu vas devoir me laisser faire, alors, répondis-je enfin.

— Auparavant, tu dois me prouver que tu n'es plus l'enfant mal élevé que ton père et moi connaissons.

Un nouveau silence.

Les trottoirs plongés dans la pénombre de la rue Mayor de Gracia nous rapprochaient inexorablement de notre tour familiale.

Cette femme, décidai-je, n'était pas la maman Lavinia à laquelle j'étais habitué.

— Tu te sens bien, maman ?

Ma mère remonta un peu plus le châle sur ses épaules, prit le sac qu'elle avait placé sous la banquette et, prête à descendre de la berline, se tourna vers moi pour me résumer notre situation :

— Ton père est enfermé dans un cachot répugnant. Il est fort probable que, lundi, on le transfère à la prison d'Amalia et qu'on l'enferme dans une cellule encore plus répugnante. La police l'accuse d'un assassinat qu'il n'a pas commis, et toutes les preuves sont contre lui. C'est toi le chef de famille, maintenant, mais ses affaires reposent entre mes mains.

Elle m'adressa un regard mécontent en tendant la main droite vers la poignée de la portière.

— Je ne me suis jamais sentie aussi bien.

Il y avait sans doute une nuance ironique dans sa voix quand elle prononça cette dernière phrase, mais je décidai de ne pas m'y attarder.

Il était vingt-deux heures quand nous arrivâmes à la maison. Marina nous attendait dans le vestibule pour prendre nos manteaux, nous demander quand et où nous voulions dîner et nous informer sommairement des petites nouveautés domestiques de la soirée au domicile des Camarasa. Elle nous remit également un petit paquet de cartes de visite et de lettres non affranchies que ma mère, sans même y accorder un regard, ordonna de jeter au feu dans la cuisine. Elle dînerait dans le salon de l'après-midi, comme toujours, et moi dans le patio couvert ; on pouvait nous servir dès maintenant. Ce furent les derniers mots que nous échangeâmes ce soir-là.

Le baiser que je déposai sur la joue de ma mère au moment de nous séparer devant le perron du salon principal fut si froid que je sentis presque sa peau se glacer sous mes lèvres.

Sur la table du salon se trouvaient les deux quotidiens que Gaudí avait achetés dans l'après-midi devant le commissariat. *Les Nouvelles illustrées*, le journal dont mon père ne pourrait plus assurer la direction pendant un certain temps, et *La Gazette du soir*, celui qui aujourd'hui, sans prévenir, avait revu la lumière de l'imprimerie après douze jours de silence. Je les pris de façon machinale et tout en me dirigeant vers le patio couvert je lançai un nouveau coup d'œil à la première page des *Nouvelles illustrées*.

Seuls huit mots, LE MYSTÈRE DE LA RUE DE LA PRINCESSE, partageaient l'espace avec ce qui devait être l'un des dessins les plus précis, les plus réalistes, que Fiona ait faits de toute sa vie.

Le cadavre d'Andreu allongé sur le lit défait.

Le poignard planté dans sa poitrine.

La flaque de sang noir sous le matelas.

La misère des derniers jours de la vie du vieux marchand d'art ruiné retranscrite dans ses détails les plus sordides – reliefs de nourriture sur la table, vêtements sales dans la malle, ses rares possessions éparpillées à terre – sur une page entière par la plume minutieuse de Fiona.

Sur la table de la cour couverte, Margarita et Fiona jouaient aux échecs tout en parlant avec animation.

— Eh bien, dis-je en guise de salut. C'est la première fois que je vous vois jouer aux échecs...

Ce que je voulais vraiment dire était, bien sûr : « C'est la première fois que je vous vois ensemble et souriantes... » Elles le comprirent tout de suite.

— Nous aussi, nous sommes surprises, oui, reconnut Fiona, effectivement tout sourire. Margarita m'a raconté ce qui s'était passé au commissariat, je lui ai rapporté qu'un monsieur m'avait remis hier la lettre pour votre père, et après, nous avons décidé de jouer aux échecs.

— Il fallait bien s'occuper en t'attendant, non ? ajouta ma sœur, déplaçant, au hasard me sembla-t-il, l'une de ses pièces sur l'échiquier tout en annonçant : Échec et mat. Tu nous racontes ?

Je m'assis sur la chaise la plus proche de Margarita et relâchai mon nœud de cravate avant de répondre :

— Il n'y a pas grand-chose à raconter.

— Vous avez été absents longtemps, pourtant. Vous avez bien dû faire quelque chose.

Je rapportai à Margarita et à Fiona ce qui s'était passé pendant les deux heures qui s'étaient écoulées entre le moment où nous nous étions quittés devant l'entrée de Santa Madrona et mon arrivée à Gracia : la visite initiale à cette demeure du paseo de San Juan d'où, d'après le plumitif de las Atarazanas, quelqu'un avait vu sortir notre père deux heures avant son arrestation, les deux visites suivantes à des maisons de maître de la Rambla de Catalogne et de la rue d'Aragón, les lourds silences songeurs que notre mère avait observés lors des différents trajets et, enfin, ma petite conversation avec l'avocat, Aladrén, qui m'avait assuré que toute l'affaire finirait par se résoudre de façon positive dans moins d'une semaine. Je tus, en revanche, mon échange de vérités douloureuses avec maman Lavinia ainsi que sa si étrange dernière phrase : « Je ne me suis jamais sentie aussi bien », qu'elle avait prononcée avant de descendre de la berline, même si je fis allusion au changement d'attitude évident qui s'était produit en elle dès l'instant où notre père s'était livré à la police.

— Alors nous ne savons toujours pas ce que papa lui a dit pendant ces cinq minutes en tête à tête que leur a accordées l'inspecteur Labella, et nous ne savons pas non plus ce que maman est allée faire dans les trois premières maisons où vous vous êtes rendus, résuma Margarita. Tu es le roi des détectives…

— Je vois que Gaudí t'a contaminée, avec ses velléités d'enquêteur, répliquai-je en souriant. Comment s'est passé le trajet en cabriolet ?

Le visage de ma sœur s'éclaira instantanément.

— Merveilleux. Le meilleur voyage de ma vie.

Je ne voulus pas poser de questions.

— Je m'en réjouis, alors.

— Toni est un monsieur très particulier. Si quelqu'un doit faire sortir papa de prison, ce sera lui, et pas ce vieux à moustache que maman t'a présenté.

Margarita se tourna vers Fiona et pencha légèrement la tête sur la gauche.

— N'est-ce pas, Fiona ?

Cette dernière sourit aimablement.

— Pourvu que ce soit vrai.

— Mais papa n'est pas encore en prison, me sentis-je dans l'obligation de préciser. Ne l'y traînons pas avant l'heure. Pour l'instant, il est juste dans les cellules d'un commissariat.

Comme tu voudras, me dirent les yeux de Margarita.

— Toni a plein d'idées sur l'affaire. Des idées très intéressantes. N'est-ce pas, Fiona ?

Celle-ci sourit de nouveau.

— C'est toi qui as voyagé avec lui dans ce cabriolet, ma chère. Moi, j'ai simplement eu l'occasion de le saluer dans le jardin juste avant son départ.

— C'est vrai, répondit Margarita en faisant mine de déplorer fortement cette circonstance. Ce qui me rappelle...

Ma sœur introduisit la main droite dans les profondeurs de sa robe et en ressortit une feuille de papier pliée en quatre.

— Un mot de Gaudí ?

— Il a dit qu'il regrettait de ne pas pouvoir t'attendre. Toni est un garçon très occupé. N'est-ce pas, Fiona ?

L'apparition à cet instant de Marina m'apportant mon dîner sur un plateau dispensa l'Anglaise d'un nouveau sourire.

— Excuse-nous, Marina, dit-elle en remettant précipitamment les pièces du jeu d'échecs dans leur petit coffre d'ébène et en repoussant l'échiquier vers le coin de la table où j'avais déposé les journaux. Ta mère ne dîne pas avec toi ? me demanda-t-elle en se tournant vers moi.

Je fis un signe de dénégation de la tête tout en rangeant dans ma poche, sans le lire, le mot de Gaudí.

— Elle s'est retirée dans son salon de l'après-midi.

— Alors, si vous le voulez bien, je vais monter bavarder un moment avec elle.

Fiona rentra dans la maison suivie de Marina, qui avait déjà posé sur la table mes assiettes, mes couverts et la grande carafe d'eau froide citronnée qui arrosait nos dîners. Je m'installai sur ma chaise habituelle et invitai Margarita à en faire de même sur celle que Fiona venait de libérer.

Ma sœur fronçait de nouveau les sourcils d'un air comique.

— Qu'est-ce que cette sorcière a à dire à maman ?

Je souris.

— Et moi qui avais failli croire à votre amitié soudaine…

— Fiona est très intelligente. Elle connaît beaucoup de gens. Et elle en sait plus que nous ne le pensons.

C'étaient, supposai-je, les trois conclusions qu'elle avait retirées de son récent interrogatoire.

— Plus elle en sait, mieux cela vaut pour nous. Et pour papa.

— Tu crois ?

— Fiona est de notre côté, répondis-je en mordant à belles dents dans le plus proche morceau de porc à la sauce aux champignons. Avec tout le respect dû à ton cher Toni, je suis sûr que les contacts de Fiona nous seront plus utiles pour tirer papa de prison que n'importe quel exercice de déduction que Gaudí pourrait sortir de sa manche…

— Papa n'est pas en prison, s'empressa de me rappeler Margarita. C'est toi qui l'as dit. Et Toni a ses contacts, lui aussi.

— Qu'en sais-tu ?

— Plus que toi, en tout cas. Toni m'a raconté beaucoup de choses dans le cabriolet…

Même à ce moment, je ne voulus pas poser de questions non plus.

— Que dit le mot qu'il m'a laissé ?

— Comment le saurais-je ?

— On ne voit rien à travers ce papier-là ?

Margarita plissa le nez.

— Comme c'est amusant, dit-elle. Mais sans ma curiosité vous ne sauriez pas où papa a passé la nuit.

Sa curiosité… Je souris de nouveau.

— Nous ne savons toujours pas où papa était, cette nuit, rétorquai-je. Mais tu as raison, savoir qu'il avait rendez-vous à minuit dans une petite église est suffisamment intrigant pour supposer que cela peut être l'une des clés de ce qui est arrivé. C'est une chance que la curiosité t'ait poussée à regarder en transparence.

Margarita sourit à son tour.

— Toni croit que la lettre était un piège... Quelqu'un voulait éviter que papa soit avec nous à l'heure du crime. Andreu a été tué vers minuit.

J'y réfléchis pendant quelques instants. Puis :

— Si c'était un piège, pourquoi papa ne l'a-t-il pas dit à l'inspecteur Labella, dans ce cas ?

— Parce qu'il croyait peut-être qu'il s'agissait d'un rendez-vous amoureux. Papa a peut-être une maîtresse et s'est rendu hier soir dans cette église en croyant la retrouver là-bas. Et maintenant, il a honte de le reconnaître.

— Je ne crois pas que la honte pousse un homme tel que papa à se laisser enfermer dans un cachot...

— Il ne veut pas faire de mal à maman, répliqua immédiatement Margarita, visiblement enthousiasmée par l'idée. C'est pour ça que maman est si bizarre, parce qu'elle se doute de ce qui se passe. Et même si papa disait à la police pourquoi il s'est rendu dans cette église à minuit au lieu d'accompagner sa famille au Liceo, si sa maîtresse ne s'est pas présentée au rendez-vous il n'a toujours pas d'alibi. C'est-à-dire que ça ne lui servirait à rien d'avouer.

— C'est une bonne histoire, effectivement...

— Donc, tu ne crois pas qu'elle soit vraie.

Je bus une gorgée d'eau citronnée et haussai les épaules.

— Elle l'est peut-être, admis-je. Tout est devenu tellement étrange, ces dernières heures, que je crois même possible qu'un homme comme papa ait une maîtresse.

Les yeux de Margarita s'ouvrirent encore plus grands.

— Et si c'était à cause d'elle que nous sommes rentrés à Barcelone ? Et si papa a créé son journal pour être près d'elle ? Ne serait-ce pas romantique ?

Oui, ce le serait. Indéniablement.

— Et si Fiona était la maîtresse de papa ? lâchai-je.

Margarita faillit s'en décrocher la mâchoire.

— Fiona ?! Fiona et papa ?!

— Même si, à bien y réfléchir, pour coucher avec Fiona, il n'aurait pas eu besoin de rentrer à Barcelone… Bon, nous allons devoir chercher une meilleure candidate.

Margarita plissa de nouveau le nez.

— Tu ne parlais pas sérieusement…

— Tant qu'à réfléchir à des solutions rocambolesques…

— Qu'est-ce que cela a de rocambolesque, que papa protège sa maîtresse et que ce soit la raison pour laquelle il ne veut pas dire à la police où il était hier soir ?

— Ce n'était pas maman qu'il protégeait ?

— Aussi.

Nous gardâmes le silence pendant un moment, Margarita méditant sur les théories variées qui bouillonnaient dans son imagination enflammée, le regard perdu sur le sol de la cour, moi terminant mon dîner et observant avec une tendresse croissante le profil songeur de ma sœur.

Quelques heures plus tôt, au commissariat de las Atarazanas, tandis que nous attendions dans un bureau sombre et mal ventilé que l'inspecteur Labella veuille bien nous indiquer une bonne fois pour toutes où se trouvait notre père, Margarita avait fait la même tête au moment de nous annoncer qu'elle venait de parvenir à la conclusion qu'elle vivait de loin le pire jour de sa vie.

— À quoi est-ce que tu penses ?

Il fallut quelques secondes à Margarita pour décoller les yeux du sol.

— Je pense que Toni a raison, dit-elle en me regardant intensément. Si nous ne découvrons pas qui a tué Andreu et ne remettons pas les preuves à l'inspecteur Labella, il ne va pas se déranger à chercher plus loin. Ce nain grassouillet est persuadé qu'il tient déjà son assassin.

Et les raisons ne manquent pas pour cela, pensai-je.

— Peut-être que l'avocat que maman m'a présenté…

— Les avocats ne servent à rien, m'interrompit Margarita. Si tu lisais plus de romans, tu le saurais. Les avocats sont tous des inutiles.

— Un avocat qui habite dans une maison telle que celle d'Aladrén ne peut être un inutile. Demain, je te la montrerai.

La tête de ma sœur s'agita de gauche à droite.

— Demain, tu seras occupé. Toni t'attend chez lui à neuf heures précises.

— Eh bien…

— Vous irez sur le port vous renseigner sur les derniers déplacements d'Andreu. Toni croit que le vieux avait des affaires là-bas.

Je portai la main à ma poche et sortis le billet que Gaudí m'avait écrit.

— Il y a autre chose que je devrais savoir ?

— Ce soir, vous aviez un rendez-vous, mais il comprend que tu préfères le remettre à plus tard.

Ce ne fut qu'alors que je me rappelai que Gaudí m'avait promis de me montrer aujourd'hui la partie de ses affaires qui avait un rapport avec ses mystérieuses potions pour voir la réalité.

— Les papiers sont vraiment transparents, de nos jours.

— Si Toni m'a donné le mot sans le placer dans une enveloppe, c'est parce qu'il souhaitait que je le lise, m'assena Margarita en haussant soudain les sourcils. Tu crois que c'était sa façon de me dire qu'il voulait que je vous accompagne au port demain ?

— Je ne crois pas, non.

Marina apparut à cet instant par la porte du patio et me demanda si elle pouvait débarrasser. Ses yeux rougis de fatigue et ses lèvres serrées indiquaient clairement qu'elle n'accepterait pas une réponse négative. Je pris une dernière bouchée de pain, bus une dernière gorgée d'eau citronnée et me levai de table.

— Quels étaient vos projets pour ce soir ? demanda Margarita, en m'imitant.

— Aucun que l'on puisse partager avec une jeune fille.

— Je vois.

— Et maintenant, si tu veux bien, je crois qu'il est temps d'aller dormir, lançai-je en passant le bras autour de sa taille et en la conduisant à l'intérieur. La journée a été longue pour tous les deux.

Margarita ne protesta pas.

— Fiona ne sait rien de cela, se contenta-t-elle de dire en désignant de l'index l'exemplaire de *La Gazette du soir* abandonné sur la table. C'est du moins ce qu'elle prétend.

Je compris que Fiona ne savait pas plus que nous que *La Gazette du soir* ressortirait de nouveau précisément aujourd'hui.

— Elle avait déjà lu l'article de Sanmartín ?

— Elle a dit qu'il était ordurier. Que tout ce que ce type écrit est ordurier. Et qu'elle va chercher dès demain qui lui a raconté tout ça.

J'approuvai.

« Tout ça. »

— Maman m'a affirmé que j'étais depuis toujours une source de déception pour papa, lâchai-je alors, sans savoir pourquoi. Que j'étais un gamin mal élevé. Et que c'était ma dernière chance de me racheter à ses yeux.

À ces mots, Margarita s'arrêta sur la première marche du perron et, se haussant sur la pointe des pieds, elle déposa un baiser chaleureux sur mon front.

— Alors tu sais ce que tu dois faire, dit-elle.

Et, sans plus d'explications, elle continua à gravir l'escalier.

28

J'étais déjà pieds nus et en manches de chemise
quand on frappa à ma porte. Un coup sec et
solitaire, aussi différent du carillonnement habituel
des jointures par lequel Margarita annonçait ses
visites occasionnelles dans ma chambre que des
trois coups timides sur le bois que Marina utilisait
pour me réveiller à sept heures précises tous les
matins. Craignant le pire, je refermai la boucle de
ma ceinture et les deux premiers boutons de ma
chemise et ouvris la porte, le cœur légèrement serré.

Fiona se tenait devant moi.

Une Fiona souriante, encore tout en blanc et
apparemment aussi fraîche que si elle n'avait pas
été tirée du lit par la police plus de quinze heures
plus tôt, après une nuit de veille dans les théâtres
de la ville.

— Je t'apporte un verre de lait, m'annonça-t-elle,
levant la main droite et me montrant effectivement
un verre rempli d'un liquide blanchâtre. Cela te
semble incongru ?

— Inattendu.

— J'ai fini de parler avec ta mère dans son salon
de l'après-midi il y a un instant, je suis allée dans
la cour et vous n'y étiez plus. Marina m'a dit que

tu étais parti te coucher sans ton verre de lait. Et je n'ai pas trouvé cela bien.

— Depuis quand est-ce que je prends un verre de lait avant d'aller me coucher ?!

— Ah non ?

Le sourire de Fiona s'accentua.

— J'ai l'impression de ne plus être autant au courant qu'avant de tes habitudes nocturnes...

En souriant moi aussi, je pris le verre de lait qu'elle me tendait, et m'écartai pour la laisser entrer dans ma chambre.

— Merci, de toute façon.

— C'est un plaisir.

Fiona s'arrêta au centre de la pièce et, tournant à trois cent soixante degrés, elle finit par désigner de l'index l'unique fauteuil qui s'y trouvait.

— Je peux m'asseoir ?

— Je t'en prie.

Fiona remonta légèrement le bas de sa robe simple et s'assit. Excepté pendant les quelques secondes qui lui avaient été nécessaires le matin même pour m'annoncer la mort d'Andreu, c'était la première fois que l'Anglaise mettait le pied dans ma chambre, pensai-je en l'observant. Qu'elle le fasse maintenant un verre de lait à la main, à vingt-trois heures bien sonnées, alors que j'étais à moitié dévêtu, semblait pour le moins étrangement adéquat : un final absurde pour le jour le plus absurde que l'on puisse concevoir.

Après quelques instants d'hésitation, je repoussai la tentation de m'installer sur le bras du fauteuil que Fiona occupait et allai m'asseoir au bord de mon lit.

— En fait, je ne viens pas t'apporter un verre de lait, dit-elle en se penchant légèrement vers moi.

— Je m'en doutais.

— Je viens prendre de tes nouvelles.

J'opinai du bonnet, reconnaissant.

— J'ai connu des jours meilleurs, avouai-je. Comme toi.

— Ma journée, comparée à la tienne, ressemblait à des vacances.

— Je suppose, concédai-je. Mais il s'est passé tellement de choses étranges en si peu de temps que je n'ai pas encore pris la mesure de notre situation.

— Ton père a tué un homme. Toutes les preuves l'indiquent, et la police n'a aucun doute sur sa culpabilité. Avec les éléments dont elle dispose, elle a de quoi le faire enfermer à vie. Voire l'exécuter.

Telle était la situation, de fait.

— J'ai connu des jours meilleurs, répétai-je, esquissant un sourire forcé qui dut passer, j'imagine, pour la grimace d'un clown délavé et triste.

— Je regrette de le dire de cette façon. Mais ignorer la réalité ne t'aidera en rien, cette fois. Ni toi, ni ta mère, et encore moins ton père.

J'acquiesçai d'un air grave.

« Cette fois », avait dit Fiona.

— Je sais. Je ne prétends pas ignorer la situation, ni la déguiser. J'essaie simplement de la comprendre. Et en ce moment je crois que je suis loin du compte, confiai-je.

Fiona porta la main à son front et repoussa de son petit doigt une mèche de cheveux roux qui venait de tomber sur son œil droit.

— Nous n'avons pas encore eu l'occasion de parler, reprit-elle, me jetant un regard d'une intensité soudaine. Sans ta sœur ni ton ami, je veux dire. Je voulais juste que tu saches que je vais t'aider.

— Je t'en remercie.

— Je suis sérieuse. Je vais t'aider.

Étrangement, je ne demandai pas à Fiona ce qu'elle entendait par là. En quoi elle allait m'aider, comment, ou pourquoi. Je me bornai à acquiescer de nouveau et à déclarer :

— Gaudí pense que la seule façon d'éviter à mon père de finir ses jours en prison est de retrouver le véritable assassin d'Andreu et de le livrer à l'inspecteur Labella.

Fiona ébaucha un petit sourire, lui aussi triste et forcé.

— Ça semble simple, non ?

— Ça semble très, très difficile, reconnus-je. Mais je ne vois pas non plus d'autre façon d'éviter que ce policier ne ferme le dossier d'ici à mardi. Lundi, je suppose qu'on te l'a dit, nous sommes tous convoqués au commissariat de las Atarazanas. Toi et ton père aussi, nos bonnes, et même le cocher et l'homme qui s'occupe du jardin.

Fiona hocha la tête, elle était au courant.

— Labella veut que nous fassions une déposition. Aucun d'entre nous ne pourra ou ne saura lui dire quoi que ce soit qui le fasse douter de ce qu'il croit savoir, et, une fois la formalité accomplie, il n'aura plus qu'à expédier mon père à la prison d'Amalia, remettre l'affaire entre les mains de la justice et attendre qu'un juge ratifie son rapport. D'ici à la fin du procès, mon père sera déjà en prison depuis des mois, et personne ne doutera de sa culpabilité. Il n'y aura plus que deux perspectives pour lui : le garrot ou la condamnation à perpétuité.

Fiona opina encore.

Une nouvelle mèche de cheveux tomba sur son œil droit.

L'ongle de l'index avec lequel elle la replaça derrière son oreille, remarquai-je alors, était recouvert d'un vernis noir profond.

— J'aimerais pouvoir te répondre que tu te trompes, assura-t-elle. Mais avec l'inspecteur Labella dans les parages, c'est exactement ce qui attend ton père.

— À moins que nous ne trouvions le véritable assassin. Nous, l'avocat que ma mère m'a présenté cet après-midi, ou...

Je n'achevai pas ma phrase. Je ne savais comment faire.

Fiona quitta alors son fauteuil et vint s'asseoir à côté de moi.

— Il n'est peut-être pas nécessaire de découvrir cet assassin, précisa-t-elle, prenant le verre de lait que je tenais toujours entre mes mains et trempant les lèvres dedans. Il y a peut-être un moyen plus simple pour que ton père soit remis en liberté.

— Et ce moyen est...

— Aider à la victoire de ses amis et faire que l'inspecteur Labella ne soit plus que de l'histoire ancienne, avec le reste de la police républicaine et tout le système judiciaire pour lequel cette police travaille.

Ce fut si inattendu que je ne sus comment réagir.

— Tu ne parles pas sérieusement...

— Si, très sérieusement, répliqua Fiona. En fait, si j'étais ton père, ce serait le dernier espoir auquel j'oserais m'accrocher en ce moment. Et ne me dis pas que tu n'y avais pas pensé.

— Je te jure que non. Toi, par contre, tu sembles considérer comme certain...

— Que ce que le dénommé Víctor Sanmartín dit sur ton père dans son article d'aujourd'hui de *La Gazette du soir* est exact ? Que ce qu'il disait dans son article de mardi l'était également ? Que certaines lettres anonymes qui sont arrivées à la maison après l'incendie de la rue de la Canuda savaient de quoi elles parlaient ?

Sans me quitter du regard, Fiona posa le verre de lait et prit ma main droite entre les siennes.

— Elles disent la vérité, et tu le sais.

Je secouai la tête. Je ne le savais pas.

Je ne voulais pas le savoir.

— Mon père est un agent monarchiste, commençai-je à énumérer. *Les Nouvelles illustrées* sont une simple couverture destinée à justifier son retour à Barcelone. Depuis qu'il a quitté le pays, en 1868, en fuyant le coup d'État de Prim, toutes ses activités commerciales ont eu pour but de financer le projet de restauration bourbonienne qui maintenant, d'après toutes les rumeurs, est sur le point de devenir réalité…

J'agitai de nouveau la tête de gauche à droite.

— Tu le crois vraiment ?

L'expression du visage de Fiona, la tristesse de son regard, le contact chaleureux de ses mains sur la mienne ne laissaient place à aucun doute. Bien sûr qu'elle le croyait !

— Si naïf que tu sois, Gabriel, tu ne peux pas vraiment penser que ton père ait fermé une salle des ventes qui faisait de gros bénéfices à Londres pour ramener sa famille à Barcelone et devenir le propriétaire d'un journal à scandale dont les ventes, dans le meilleur des cas, ne permettraient même pas de payer la moitié du loyer de l'immeuble dans lequel se trouvent ses bureaux. Dans cette ville de bigots et d'analphabètes, crois-tu qu'un journal tel que *Les Nouvelles illustrées* puisse représenter une perspective commerciale digne de l'attention d'un entrepreneur tel que ton père ?

Encore ce mot, « naïf ».

Je l'étais peut-être, au final.

— En ce cas, je comprends que ton père et toi êtes des agents monarchistes, m'insurgeai-je. Vous œuvrez aussi contre la République et pour le retour d'un Bourbon sur le trône d'Espagne. Vous êtes tous deux à Barcelone pour la même raison que mon père...

Fiona me lâcha la main et enlaça son propre ventre dans un geste autant d'enfant que de femme enceinte, qui m'attendrit et me déplut à parts égales.

— J'ignore pourquoi mon père est à Barcelone, répondit-elle dans un filet de voix. Je suis venue pour lui. Je n'ai que lui.

Nous nous tûmes quelques instants.

La femme qui, tout juste deux ans auparavant, fréquentait les milieux socialistes de Londres, les associations d'ouvriers, et même les groupes nihilistes de l'East End, impliquée maintenant, par pur amour filial, dans une conspiration destinée à mettre un terme à la République espagnole...

L'idée était si absurde que rien que le fait d'y penser semblait obscène. Une trahison du souvenir de la véritable Fiona.

— Tu as tellement changé...

— Que veux-tu dire ?

— Tu travailles au couronnement du roi. Il y a quelques années, tu aurais travaillé à son renversement. Voire à sa mort.

Fiona m'adressa un regard peiné.

— Tu ignores tout de moi, Gabriel, objecta-t-elle. Et tu n'as pas le droit de me juger.

Elle avait raison. Sur les deux points.

J'ignorais désormais tout de Fiona, et je n'avais jamais eu le droit de la juger.

— Je suis désolé. Je ne voulais pas dire…, fis-je en penchant la tête. Je suis désolé.

— D'accord.

Un nouveau silence s'établit entre nous.

Pour faire quelque chose, pour me trouver une occupation, je pris le verre de lait posé sur la table de nuit et bus une gorgée qui me fit l'effet d'une eau croupie additionnée de miel.

La fine pellicule qui recouvrait le lait me chatouilla le palais à la façon d'une couche de peau morte, répugnante.

— La lettre que ce monsieur t'a remise hier pour mon père, celle qui l'a fait renoncer à nous accompagner au Liceo, dis-je enfin. Elle avait elle aussi un rapport avec son travail de…

Je ne trouvai pas la formulation appropriée pour décrire le travail que mon père était censé être venu accomplir à Barcelone. Conspirateur monarchique ? Putschiste antirépublicain ? « Sbire de la cause du démon français », pour utiliser les mots d'une des lettres anonymes que Fiona venait de mentionner ?

— Je l'ai supposé, approuva Fiona. Ce n'était pas la première fois que ton père recevait des mots de ce genre. Des lettres remises en main propre à travers la grille du jardin par des messieurs à l'allure parfaitement respectable. C'est pour cela que je n'y ai pas accordé la moindre importance, et que je me suis bornée à remettre l'enveloppe à Marina.

— Tu as lu son contenu ?

— Non, bien sûr. Je ne lis pas la correspondance d'autrui.

— Margarita si. On y donnait rendez-vous à mon père à minuit à l'église Santa María. Ça t'évoque quelque chose ?

Fiona réfléchit un instant.

— Santa María del Mar ?

— Peut-être, dis-je. Peut-être pas. De toute façon, pourquoi lui aurait-on donné rendez-vous à cet endroit et à cette heure ? Et s'il y est bien allé, pourquoi ne pas en avoir parlé à l'inspecteur Labella ? Cela correspond à l'heure précise de l'assassinat, ce qui lui fournirait un alibi parfait.

Fiona hocha la tête en signe de dénégation.

— Si le rendez-vous était en rapport avec ses affaires politiques, ton père ne peut pas en parler à Labella. L'inspecteur appartient au système que ton père se propose de renverser. Votre pays fonctionne comme ça, expliqua-t-elle avec une moue de dédain évidente. Quand le régime tombe, toutes les institutions tombent avec lui. Nouvelle justice, nouvelle armée, nouvelle police. Si ton père dit à Labella qu'hier soir, à l'heure où quelqu'un assassinait Andreu dans sa chambre de la rue de la Princesse, il conspirait dans une église contre la République et en faveur de l'arrivée d'un nouveau roi, son destin s'accélérerait de façon immédiate.

— Tu veux dire…

— Demain il serait en prison, et une semaine plus tard il monterait à l'échafaud.

Le naturel avec lequel Fiona prononça ces mots me fit frémir.

— Mais Labella connaît déjà les rumeurs qui circulent sur mon père, rétorquai-je sans la moindre conviction. Lui aussi, il lit les journaux. Et il dispose sans doute de beaucoup plus d'informations qu'un plumitif comme Sanmartín. S'il croyait que ce qu'on raconte sur lui est exact, peu lui importerait ce que mon père pourrait lui avouer ou non.

Fiona secoua de nouveau la tête.

— Tu serais surpris de ce que savent les journalistes et que la police ignore. Et ton père, de toute façon, est suffisamment intelligent pour ne pas donner à Labella ce qu'un homme comme lui serait prêt à se damner pour obtenir : l'occasion de prouver, quel qu'en soit le prix pour autrui, sa loyauté à la République.

Je commençais enfin à comprendre.

— Alors mon père préfère être accusé de l'assassinat d'un vieux mendiant plutôt que de trahison envers la patrie…, résumai-je. S'il est accusé d'assassinat, le procès pourrait s'éterniser jusqu'à ce que ses amis arrivent au pouvoir et le libèrent pour services rendus. S'il est accusé de trahison envers la patrie, il pourrait être jugé avant même que la République ne finisse de s'effondrer… C'est bien ça ?

Fiona me prit de nouveau la main.

— C'est comme ça que je vois les choses, acquiesça-t-elle. Et si c'est ce que tes parents ont en tête en cet instant, je ne pense pas que ce soit une mauvaise stratégie.

Je caressai du bout des doigts la peau du revers de la main gauche de Fiona. Une peau blanche, chaude, douce.

— Tu ne crois pas que mon père a tué Andreu, alors.

— Bien sûr que non.

— Mais Víctor Sanmartín, lui, le croit. Et pourtant tu penses manifestement que Sanmartín sait de quoi il parle…

— Quand il parle des relations dangereuses de ton père depuis son arrivée à Barcelone, répliqua Fiona. Et pour ça, crois-moi, inutile d'être le journaliste le mieux informé de la ville.

— Que veux-tu dire ?

Fiona me lâcha la main et passa la sienne dans ses cheveux, sur son front et ses joues, nerveusement, dans un de ces gestes qui dénotaient chez elle la fatigue ou l'impatience. Son visage se colora un instant de rougeurs avant de retrouver sa pâleur habituelle.

— L'excursion avec ta mère, sans aller plus loin. Ces maisons où vous vous êtes rendus. La maison du paseo de San Juan d'où il semble que l'on ait vu ton père sortir ce matin. Toute personne qui connaît un peu cette ville sait qui vit là. Et à quoi il se consacre.

— Je vois…

— Et puis il y a cet avocat, Ramón Aladrén. Le jour où la République tombera, il sera le premier invité d'honneur à la table du nouveau Bourbon couronné.

Fiona refit la moue méprisante qu'elle avait eue pour se référer à la traditionnelle alternance politique de la vie espagnole.

— Tu ne te souviens pas de lui ?

— Je devrais ?

— Nous l'avons connu à Londres. Il a dîné au moins trois ou quatre fois chez vous, à Mayfair. Tu n'as pas pu l'oublier.

C'était pour cela que le sourire de l'avocat m'avait semblé vaguement familier quand nous nous étions salués, compris-je. Mais non, je ne m'en souvenais pas.

— Je n'ai pas aussi bonne mémoire que toi, dis-je. Il revient de Londres lui aussi, alors ?

Fiona fit un signe de tête négatif.

— Pour autant que je le sache, Aladrén n'a jamais vécu à Londres. Il est l'avocat que ton père a engagé au moment de l'affaire de la fausse photographie de Lizzie Siddal. Il lui a conseillé de ne pas traîner Andreu devant les tribunaux. Il l'a sans doute fait pour éviter qu'une enquête officielle ne dévoile la véritable nature de la salle des ventes. Tu dois te souvenir de lui, répéta-t-elle.

À l'époque, j'avais la tête occupée par d'autres sujets, aurais-je pu répliquer. Et d'autres personnes.

— Si j'ai bien compris, pour essayer de tirer mon père de prison, ma mère a engagé l'avocat qui a en son temps été impliqué dans l'affaire qui maintenant, des années plus tard, dans une autre ville, a abouti à la mort d'Eduardo Andreu et à l'emprisonnement de mon père, fis-je. Un avocat qui est aussi, comme mon père, un partisan connu de la restauration bourbonienne...

— Je ne crois pas que ta mère ait requis les services d'Aladrén, répliqua Fiona. Je crois plutôt qu'elle les a acceptés. S'il y a une seule bonne chose dans tout cela, c'est que ton père ne restera pas abandonné dans sa cellule. Beaucoup de gens vont travailler à sa libération. D'une manière ou d'une autre.

« D'une manière ou d'une autre »...

Je me levai et fis quelques pas sans but au centre de la pièce, essayant d'assimiler tous ces éléments.

— Tu as dit à Margarita que l'article de Víctor Sanmartín était ordurier...

— Margarita ne mérite pas que ce soit moi ou ce journaliste qui lui apprenions la vérité sur sa propre famille. Cela vous revient, à ta mère et à toi.

— Mais s'agissant de sa théorie sur la mort d'Andreu, tu penses qu'il se trompe ? insistai-je. Le vieux n'est-il pas mort parce qu'il était au courant des affaires de mon père ? Sa mort n'en découle-t-elle pas directement, pourtant ?

Fiona se mordit légèrement la lèvre inférieure avant de me répondre.

— Ce que je pense, Gabriel, c'est que ton père n'a pas pu tuer Andreu. Comme ton ami l'a dit à l'inspecteur, Sempronio Camarasa serait le pire assassin de l'histoire pour commettre les deux erreurs que Labella lui prête. D'abord, oublier son étui à cigarettes en argent sur la scène du crime, puis dissimuler dans son propre bureau le porte-documents dérobé.

J'acquiesçai.

— Mais on a pu le tuer parce qu'il en savait trop, suggérai-je.

— C'est possible.

— Alors pourquoi tenter de faire inculper mon père ?

Fiona se passa de nouveau les bras autour du ventre.

— Je l'ignore, dit-elle. Je n'en sais pas plus que toi. Ce matin, le porte-documents d'Andreu se trouvait dans le bureau de ton père, or il n'a pas pu le laisser là hier soir. Soit il l'a volé avant l'assassinat, soit…

Fiona n'acheva pas sa phrase. C'était inutile.

— Soit quelqu'un qui avait accès à la maison l'y a laissé après la mort du vieux.

— Les deux options me semblent aussi incongrues et incroyables l'une que l'autre. Mais je n'en trouve pas de troisième. Et toi ?

Je ne répondis pas. C'était inutile, là aussi.

Je m'approchai de la table de nuit, bus une nouvelle gorgée de lait tiède et me rassis à côté de Fiona.

— C'est de ça que tu voulais parler à ma mère ?

Fiona opina.

— Mais avant, je lui ai demandé de me raconter ce que ton père lui a dit pendant les cinq minutes où l'inspecteur Labella leur a permis de rester en tête à tête avant de partir pour le commissariat.

— Elle l'a fait ?

— Elle m'a répliqué que ça ne me regardait pas. Alors je l'ai interrogée au sujet des visites que vous avez faites avant de venir dîner.

— Ce qui ne te regardait pas non plus.

— Non plus.

— Alors tu lui as fait part de tous tes soupçons…

— Pas tous. Presque tous.

— Et ?

Fiona plissa le nez d'une façon amusante.

— Tu te doutes du résultat.

Je ne posai plus de questions. Nous restâmes encore un instant assis au bord du lit, Fiona le regard perdu sur le bout de ses bottines noires, le mien fixé sur le reflet de ses ongles noirs dans la glace de la porte de l'armoire, tous deux abîmés dans nos réflexions.

Ce ne fut que lorsque je ne pus réprimer un premier bâillement qu'elle se leva et annonça qu'elle partait se coucher.

— La journée a été longue, dit-elle. Et la prochaine le sera aussi.

— Un agenda chargé ? demandai-je, l'accompagnant jusqu'à la porte et la lui ouvrant.

— Demain matin, j'essaierai de me renseigner sur ce Víctor Sanmartín. Et je verrai également si l'un ou l'autre de mes contacts au sein de la police judiciaire peut me dire ce que contenait exactement le porte-documents d'Andreu. Ce sera, dans l'immédiat, ma façon d'aider ton père. Et l'après-midi, ajouta-t-elle, ébauchant enfin un joli sourire, j'ai rendez-vous pour goûter avec ton ami.

— Gaudí ?

— Cet après-midi, profitant d'un moment d'inattention de Margarita, je l'ai emmené dans mon atelier pour lui montrer certains de mes tableaux. Et il m'a en retour invitée à passer demain pour voir la maquette de Santa María del Mar à laquelle il travaille.

— Vraiment ?

— Il me l'a proposé comme s'il m'accordait une grande faveur, ajouta-t-elle. Et il m'a répété à diverses reprises que son frère serait présent tout au long de notre entrevue, dit-elle en souriant. Cela m'a rassurée.

— Je ne crois pas que Gaudí ait proposé à de nombreuses femmes de venir voir sa maquette. Ni à des hommes, d'ailleurs. Je dirais que toi et moi avons été ses premiers invités.

— Alors c'est vraiment un honneur. Ça ne te dérange pas, n'est-ce pas ?

— Que tu ailles chez Gaudí ?

— Nous irons aussi goûter. Tous les deux, j'espère.

Ce fut à mon tour de sourire.

— Je doute que son frère se joigne à vous, fis-je. D'après le peu que j'ai pu voir, je dirais que Francesc Gaudí n'est pas un homme qui aime goûter en compagnie.

Les sourcils de Fiona se haussèrent d'un air sympathique.

— Ça ne te dérange pas, alors.

— Bien sûr que non. Cela devrait ?

— Bien sûr que non.

Fiona franchit le seuil de ma chambre et, s'arrêtant au milieu du couloir, tendit les bras vers moi.

L'étreinte que nous nous donnâmes fut longue et intense. Celle de deux amis qui voudraient être, ou ont été, ou n'osent pas être davantage.

— Je regrette ce que je t'ai dit tout à l'heure, déclarai-je, aspirant la douce odeur d'essences florales et d'herbes étranges qui émanait de ses cheveux et de sa peau. Ce « tu as tellement changé ». Je suis vraiment désolé.

Fiona frotta affectueusement sa tête contre mon cou.

— Moi aussi, je regrette tout ce qui s'est passé, chuchota-t-elle.

Et elle s'écarta immédiatement, déposa un baiser solitaire sur ma joue et disparut dans le couloir, enveloppée dans un murmure de soies et de plancher qui craque.

29

Les cloches de la tour de l'Horloge de Gracia avaient sonné minuit depuis un bon moment déjà quand je compris que cette nuit-là je ne dormirais pas. Las de me retourner entre les draps, je me levai, remis les vêtements que j'avais ôtés à peine une heure plus tôt, pris mon jeu de clés et mon portefeuille et sortis de ma chambre dans l'obscurité.

La domestique principale de la maison, Mme Iglesias, avait déjà éteint toutes les lampes, fermé toutes les fenêtres et les trois portes extérieures du bâtiment, comme à son habitude le soir avant de monter dans la chambre qu'elle partageait avec Marina et notre cuisinière, Mme Masdéu. Je l'avais entendue faire sa ronde dans le couloir vers vingt-trois heures quarante-cinq, quelques minutes après le départ de Fiona, qui m'avait laissé la tête fourmillant de questions et le cœur également troublé, et le son de ses pas de femme vieillie prématurément m'avait poussé, je m'en souviens, à me demander où nous serions tous dans trente ans. Fiona. Margarita. Mes parents. Gaudí. Moi-même. Combien parmi nous seraient encore vivants d'ici trente ans, en l'inconcevable année 1904 ? Qui serait le premier d'entre nous à mourir ? Nos pieds se traîneraient-ils, lents et maladroits, comme ceux de cette femme qui parcourait maintenant le couloir en éteignant nos lampes et en vérifiant l'état de nos fenêtres ?

Je le constatai en effectuant ma propre ronde dans ce même couloir : il ne filtrait aucun rai de lumière sous la porte close des chambres de ma mère et de ma sœur, et il n'y en avait pas non plus à l'intérieur de la chambre de mon père, dont la porte ouverte semblait attendre en vain l'arrivée de son occupant habituel. La faible lumière extérieure qui filtrait à travers les interstices des contre-fenêtres dessinait les silhouettes imparfaites d'un lit, d'une commode et d'une table de nuit avec son verre d'eau et sa lampe : mélancolique estampe familiale qui me força à imaginer, presque à mon insu, la cellule où mon père tentait vainement de trouver le sommeil en ce moment même, réfléchissant lui aussi à l'absurde succession d'événements qui l'avait mené là. Aux causes qu'il avait embrassées. Aux secrets qu'il avait dissimulés. Aux pièges qu'il s'était tendus lui-même au cours de cette vie de mensonges qu'il s'était, à en croire Fiona, choisie.

J'entrai dans la salle de bains sans éclairer et urinai à tâtons dans le W-C. Je fis ma toilette dans le lavabo rempli d'eau encore tiède, m'essuyai les mains sur une serviette rêche comme la peau d'un paysan et, un peu réconforté, ressortis dans le couloir.

Une fois au rez-de-chaussée, je me dirigeai vers le bureau de mon père et constatai que la porte en était fermée à clé. Certainement par la police après la perquisition, par une de ces précautions inutiles qu'affectionnent tant les gardiens de la loi. Dans les quartiers des domestiques, Mme Iglesias avait un double de la clé, avec toutes celles de la maison. La curiosité faillit me pousser à descendre la chercher, mais je renonçai. En fin de compte, tout ce qui pouvait présenter un intérêt dans ce bureau – les papiers personnels de mon père, ses registres et ses factures, sa correspondance privée – devait déjà se trouver entre les mains d'Abelardo Labella.

J'ouvris la porte qui donnait sur la cour couverte, sortis prendre l'air frais et humide de la nuit et m'engageai suffisamment dans le jardin pour constater qu'il n'y avait pas de lumière non plus dans l'ancienne ferme. L'espace d'un instant, je jouai avec l'idée de frapper à la fenêtre de la chambre de Fiona et de lui proposer de m'accompagner dans l'aventure que je m'apprêtais à entreprendre. En souvenir des sorties nocturnes dans les rues de Whitechapel et de Shadwell que nous partagions autrefois, lorsqu'elle poursuivait ses dragons dans les vapeurs du gin et la fumée prenante du pavot, et moi à ses côtés, désespéré de voir une femme aussi belle, aussi intelligente, aussi peu conventionnelle qu'elle, occupée à détruire nuit après nuit son corps et son cerveau d'une façon aussi sordide et vulgaire.

Je décidai de n'en rien faire. Pas après la conversation que nous avions eue dans ma chambre à peine une heure plus tôt. Je me contentai de continuer à observer pendant quelques instants la sombre silhouette de la ferme tout en imaginant une éventuelle rencontre entre Fiona et l'étrange danseuse du Mont Táber, la femme au visage angélique et au corps cassé dont ma mémoire avait à plusieurs reprises reproduit les délicats mouvements depuis la nuit du samedi, puis je fis demi-tour et me disposai à emprunter le sentier principal du jardin.

Ce fut alors que j'entendis des voix.

Elles provenaient de l'intérieur de la ferme, peut-être de la chambre devant la fenêtre de laquelle je me trouvais en cet instant même, et appartenaient sans doute à Fiona et à Martin Begg. Je ne compris pas un seul mot de la conversation, mais la violence de leur dispute me serra le cœur. Je n'avais jamais entendu les Begg se disputer auparavant, ni même Martin Begg élever la voix, lui dont les fréquents éclats de colère dans le domaine professionnel se manifestaient de façon beaucoup plus subtile et efficace, plus redoutable aussi, que les cris qui me parvenaient maintenant de l'intérieur de cette maison plongée dans l'obscurité.

Je me rapprochai de quelques pas et tentai de déchiffrer, sans succès, ce que père et fille se disaient. Les mots de Fiona étaient fermes, ceux de Martin Begg rauques, vacillants et à peine articulés, plus la marque d'un ivrogne qui ne parvient pas à transformer sa fureur en mots. Un vulgaire accent *cockney* déformait leurs paroles, comme si, emportés par la violence de la discussion, les deux Anglais étaient naturellement retournés à l'époque de leur vie où ils flânaient dans les rues situées aux abords de l'église St Mary-le-Bow. Quel que soit le motif de leur querelle, aucun des deux ne semblait intéressé par les arguments de l'autre : ils s'interrompaient en permanence, leurs voix se chevauchaient l'une l'autre et finissaient par se confondre en une seule, cacophonique et incompréhensible.

Quelques minutes plus tard, la discussion s'acheva, aussi abruptement qu'elle avait commencé.

Je restai encore un peu sur place, devant la fenêtre close de la chambre de Fiona, avant de m'éloigner en me demandant ce qui avait bien pu se passer.

Une pluie froide intermittente m'accompagna tout au long du trajet jusqu'au Raval. Il n'y avait pas grand monde dans les rues : des couples qui se tenaient par le bras, quelques groupes de jeunes fêtards, des ivrognes. Et même la dizaine de prostituées qui arpentaient tous les soirs les trottoirs de la Rambla en claironnant les avantages de leur vieux métier semblaient s'être réfugiées dans l'intimité des bordels voisins ou sous les porches des nombreuses maisons du secteur qui servaient de refuge à leurs hâtives transactions.

Rue de l'Hôpital, un mendiant vomissait à genoux, à l'endroit exact que j'avais moi-même souillé dans la nuit du samedi précédent.

MONT TÁBER, annonçait toujours le petit écriteau de bois accroché à la porte du numéro 36.

Le même marteau en forme de tête de serpent.

La même vieille à l'air peu amène et aux cheveux teints – yeux noirs, lèvres rouges, peau grisâtre et fragile –, penchée par la fente de la même porte sale de bois de noyer noir.

— Oui ?

— Je cherche M. G.

La femme n'eut pas l'air de me reconnaître.

— Vraiment ? demanda-t-elle, me dévisageant avec un dédain palpable.

Je sortis un billet de mon portefeuille et l'agitai devant ses petits yeux outrageusement maquillés.

— Ne perdons pas davantage de temps, s'il vous plaît.

Elle prit le billet d'un coup de griffe et le glissa dans un décolleté que je ne décrirai pas. La porte se referma pendant quelques secondes avant de se rouvrir dans un grognement d'oxyde qui ressemblait curieusement à une invitation. La vieille avait disparu et, à sa place, une jeune fille souriante m'indiquait de la main gauche le chemin à suivre.

Le même couloir étroit et sombre. Les mêmes rideaux de velours rouge. Le même sourire doux sur les lèvres d'une autre jeune fille, vêtue sans la moindre pudeur.

Dans la salle, sur la scène, le spectacle qui m'avait tant impressionné au cours de ma visite précédente avait déjà commencé. La femme à l'étonnant visage et au corps, comment dire…, émouvant s'adonnait à son étrange rituel de gestes, de regards et de petites pirouettes, baignée d'une lumière qui passait continuellement d'une couleur à une autre – du vert au bleu, du bleu au jaune, du jaune au rouge ou à l'orange et de nouveau au vert et au bleu – et accompagnée pour l'occasion par la musique d'un piano invisible dont les notes, douces et éparses, ponctuaient à peine les mouvements presque imperceptibles de ses membres déformés. Sa peau était déjà dépouillée du dernier vêtement qui la recouvrait encore à l'instant de mon départ, le samedi précédent, et maintenant son impossible nudité luisait comme celle d'une statue en ruine repêchée au fond de la mer : belle, irrégulière, innocente, manquant de toute sensualité et lourde du désir accumulé par des générations entières d'hommes réduits en sa présence à l'impuissante condition de spectateurs. Os incurvés, chair blanche, yeux enflammés : une créature humble et ancienne, comme le mont qui donnait son nom au local. Une créature venue du fond des âges, depuis la pénombre poussiéreuse de la Barcelone romaine, depuis l'époque mythologique de l'olivier et de l'épée.

Pour la première fois, je songeai que le choix de ce nom n'était peut-être ni gratuit ni innocent. Le mont Táber, la petite colline sur laquelle les Romains avaient construit la ville qui nous abritait toujours, deux mille ans plus tard, et dans les entrailles de laquelle, sous nos pieds, entre les ciments de nos rues et de nos maisons, perduraient les dépouilles pieusement ensevelies d'une civilisation à laquelle plus rien ne nous unissait, mais que les mouvements rituels de la danseuse semblaient en quelque sorte convoquer. Je pouvais presque voir tous ces puits, nécropoles, catacombes, autels et temples consacrés à des dieux morts et redoutables.

Une douzaine d'hommes solitaires observaient la femme depuis leurs tables respectives, tous une cigarette ou un verre à la main, les épaules tendues comme des cordes de guitare, et il n'y avait rien en eux qui n'eût pu aussi exister deux mille ans auparavant.

L'un de ces hommes était Gaudí.

Je pris place à l'endroit que m'indiqua une deuxième jeune fille à demi dévêtue et commandai au hasard la boisson la plus onéreuse parmi toutes celles qu'elle me proposa. Elle sourit et me demanda, dans un souffle, si cette fois encore j'allais partir sans jouir de l'hospitalité du Mont Táber. Je ne me rappelle pas ce que je lui répondis. La plinthe végétale qui courait le long des murs revêtait ce soir-là, me sembla-t-il, un aspect légèrement menaçant, comme une image sortie d'un mauvais rêve vers lequel nous voudrions ne jamais revenir, ou d'une vie antérieure que nous ne pouvons oublier. Je libérai une cigarette du monticule posé sur la table et en tirai quelques généreuses bouffées qui m'ouvrirent les poumons et me réchauffèrent le cœur. Je vidai le contenu du verre que la jeune fille venait de me servir, en commandai un autre que je vidai aussi, et ce ne fut qu'alors que je me sentis assez fort pour relâcher le nœud de ma cravate et me lever.

La cariatide qui gardait la porte située à droite du rideau me reçut d'une légère inclination de la tête et d'une crispation des lèvres qui se voulait à la fois l'ombre d'un sourire et la promesse des plaisirs qui m'attendaient de l'autre côté du seuil. J'inclinai moi aussi la tête et la suivis sans prononcer un mot. Une fois dans la semi-pénombre de la petite pièce, à la lumière chancelante des bougies parfumées, je constatai qu'il s'agissait d'une jeune fille brune, de petite taille, bien faite, d'allure vaguement champêtre et aux traits agréables. Elle ne devait pas avoir encore vingt ans, pas même dix-huit. Sa voix, les deux ou trois fois où je l'entendis, était aiguë et chantante, mais raisonnablement cultivée : la voix d'une jeune campagnarde qui tente de se dépouiller de son histoire en arrivant en ville. Ses mains possédaient au plus haut degré cette sagesse naturelle des femmes en matière d'amour : doigts qui se frayent avec assurance un passage dans la complexe trame d'un costume trois pièces, ongles qui calment, hérissent et consolent la chair masculine. Des tours de prestidigitation ancestraux exécutés mécaniquement sur un public ébahi et heureux. Je me souviens encore aujourd'hui de la couleur de miel trouble de ses yeux, du reflet humide de ses dents, de l'odeur de végétation mouillée de sa peau. Sa coupe de cheveux ancienne, évocatrice de longues veillées familiales autour du foyer d'une ferme de la vieille Catalogne, et sa façon, lorsque tout fut terminé, de recomposer sa tenue si légère de déité tutélaire et de m'inviter, d'un deuxième froncement de lèvres, à interrompre mes maladroites tentatives pour la remercier de ce qui s'était passé et à quitter la pièce.

À ma table m'attendaient un troisième verre rempli à ras bord et une pyramide de cigarettes reconstituée. Sur la scène, la danseuse difforme poursuivait son interminable rituel. La serveuse qui portait des plumes de faisan à la taille s'occupait maintenant d'un homme gros et chauve assis à une table située à quelques mètres de celle de Gaudí.

J'allumai une cigarette et bus le contenu de mon verre à toutes petites gorgées, savourant les effets progressifs de l'alcool sur mon organisme excité. Je contemplai pendant quelques minutes les évolutions hypnotiques de la danseuse dans son aquarium de lumières colorées, comparant ses mouvements avec ceux qui restaient gravés dans ma mémoire depuis le samedi précédent et aussi avec ceux que la petite cariatide champêtre venait d'exécuter sur ma personne.

À un moment, je tournai la tête vers les portes qui flanquaient le rideau d'entrée dans la salle et vis que la jeune fille regardait droit devant elle, en direction de la scène, d'un air mystérieux. Je me levai de nouveau.

— Je ne connais pas vos tarifs, monsieur G, dis-je dans un murmure en me penchant vers la table de Gaudí.

Mon ami leva la tête d'un carnet à dessins rempli de silhouettes féminines et me considéra d'un air inexpressif. Si mon apparition le surprit, son visage n'en laissa rien paraître.

Il poursuivait lui aussi ses dragons, supposai-je, comme tous les hommes qui étaient déjà passés à sa table et lui avaient serré la main tout au long de la soirée. Peut-être ce manque d'expression de sa part faisait-il tout simplement partie du même masque professionnel que revêtaient tous les officiants de cet étrange temple païen que s'était révélé être le Mont Táber.

— La premier est gratuit, murmura-t-il, prenant l'un des petits flacons colorés qui s'alignaient au bord de sa table et me le tendant d'un air naturel.

— Je ne voudrais pas...

— C'est sous votre entière responsabilité, m'interrompit mon ami. Si vous n'aimez pas ce que vous voyez, quittez immédiatement le local.

Je regagnai ma table le flacon à la main et l'estomac plus agité que je n'aurais voulu l'admettre.

Sous mon entière responsabilité.

Quand je retirai le bouchon en liège qui fermait le flacon, je m'en souviens, la femme sur la scène avait commencé à jouer maladroitement avec le duvet doré qui colorait son mont de Vénus et semblait sourire pour moi seul.

30

Je voudrais pouvoir vous rapporter maintenant toutes les choses merveilleuses que je vis après avoir bu le contenu du flacon de Gaudí, toutes les sensations que j'éprouvai, toutes les révélations qui me furent offertes pour la première fois de ma vie. La nouvelle intensité qu'acquirent soudain les couleurs de la salle, par exemple, ou la netteté instantanée avec laquelle furent définis les contours et les formes des choses, ou l'éclat redoublé des lumières qui éclairaient la scène et le plein sens que prirent enfin les actions de la femme qui l'occupait, cette étrange danseuse immobile dont les particularités physiques extrêmes – les jambes d'une fillette de six ans, le tronc et les bras difformes, le visage d'une beauté angélique – cessèrent d'être également une pure extravagance frôlant le mauvais goût ou l'exploitation circassienne et devinrent, sous l'effet de cette boisson, les pièces centrales d'un engrenage complexe destiné à accélérer le réveil, l'illumination ou la pleine prise de conscience de la réalité chez ceux qui contemplaient son arythmie chorégraphique. Un ancien rituel des mystères. Une danse votive en l'honneur du grand dieu Pan. Une invocation de toutes les déités enterrées dans le sol millénaire de Barcelone. Je voudrais pouvoir vous communiquer le vertigineux torrent de processus mentaux que le liquide verdâtre de M. G déchaîna dans mon cerveau, la succession de nouvelles intuitions qu'il favorisa, la lumière neuve qu'il jeta sur les vieilles convictions qui avaient guidé ma vie jusqu'alors. Les délires contrôlés qui remplirent ces deux heures d'étonnement et d'émerveillement au Mont Táber. Les splendides visions générées dans un cerveau, le mien, enfin libéré des limites imposées par ses propres sens et affrontant la réalité pour la première fois. Rien ne me plairait même davantage que de pouvoir vous décrire en détail chacun des êtres impossibles, chacune des créatures étonnantes, chacun des paysages imaginaires qui se déployèrent sous mon regard durant les deux heures que dura l'expérience, si semblables aux paysages et aux créatures que Fiona dépeignait dans ses tableaux à l'huile ou à ceux que Gaudí, des années plus tard, reproduirait dans la pierre, la céramique et le fer de ces œuvres que vous connaissez tous. Comme dans un spectacle privé de lanterne magique. Ou comme dans un grand cosmorama intérieur. La projection stroboscopique la plus surprenante au monde.

Rien ne me plairait davantage.

Mais ce serait un mensonge.

— Alors ?

Il était trois heures du matin. Le spectacle s'était enfin terminé, cinq minutes plus tôt, et les derniers hommes solitaires de la salle étaient repartis chez eux, vers les autres théâtres du secteur, ou là où ils pourraient finir une nuit telle que celle-ci. Gaudí avec son carnet de croquis sous le bras, moi les mains enfouies dans les poches de mon manteau et la tête un peu troublée par la double nouveauté de l'air libre et de l'obscurité qui nous enveloppait, nous venions de nous retrouver devant la porte d'un Mont Táber dépouillé de la moindre trace de magie – les serveuses revêtues de leurs effets personnels, somnolentes et lasses, la vieille aux yeux outrageusement maquillés lavant à genoux le sol poisseux de la salle, la mystérieuse danseuse transformée en une simple femme timide et difforme, et les deux cariatides, aïe, englouties sous les vêtements des jeunes filles qui venaient de s'enfoncer dans les bas-fonds de la Boquería – et réduit à ce qu'il était réellement : une version plus propre, plus bourgeoise, beaucoup plus artistique et théâtrale, de ces *gin palaces* ou de ces fumeries d'opium de l'East End londonien, où Fiona m'avait traîné pendant les premiers mois de notre relation, quand elle poursuivait ses dragons imaginaires et moi encore son amour.

Je ne voulus pas mentir à mon compagnon non plus.

— Je regrette de vous décevoir.

Les yeux de Gaudí brillèrent sous le reflet du seul lampadaire qui éclairait cette portion de la rue de l'Hôpital.

— Vous ne me décevez pas, dit-il. Je n'en attendais pas davantage de vous.

Puis il ajouta :

— Ne vous méprenez pas.

— Je ne vois pas comment je pourrais.

— Ce que je veux dire, Camarasa, mon ami, c'est que je ne croyais que vous pourriez tirer un résultat positif de cette expérience. Si ce que vous m'avez expliqué ce matin sur votre manque de réponse aux hallucinogènes traditionnels était exact, mon composé de thé vert pourrait difficilement exercer un quelconque effet sur ce cerveau de petit-bourgeois qui se cache sous votre haut-de-forme.

Je négligeai la dernière partie de sa phrase et tentai de me rappeler, sans succès, le goût de ce que j'avais bu deux heures plus tôt.

— Du thé vert ? C'est ce que vous vendez à vos clients ?!

— J'ai dit « mon composé de thé vert ». Le mot-clé, ici, comme vous pouvez l'imaginer, est « composé ».

— Vous y ajoutez un peu de sucre et quelques gouttes de lait, alors.

Mon ami esquissa un léger sourire.

— Vous avez bu combien de verres, cette nuit, sans indiscrétion ?

— Approximativement ?

J'essayai de me remémorer le nombre de fois où la jeune fille aux plumes de faisan à la taille s'était approchée de ma table.

— Suffisamment pour supporter de voir pendant deux heures entières une pauvre femme difforme montrer ses membres nus devant une dizaine d'hommes drogués.

Le sourire de Gaudí s'effaça instantanément de son visage.

— C'est vraiment ce que vous pensez ? Une pauvre femme difforme ?

Non, je ne le pensais pas.

— En fait, je crois que c'est la femme la plus extraordinaire que j'aie rencontrée au cours de cette dernière année, dis-je sans mentir. Je peux vous demander son nom ?

— Au Mont Táber, elle s'appelle Cecilia.

— Et en dehors ?

— Cecilia n'existe pas en dehors du Mont Táber.

Je me contentai de cette réponse.

— Cecilia fait partie de votre affaire, alors.

Gaudí me prit par le bras en arrivant à la hauteur du vieil hôpital Santa Cruz. Des mendiants dormaient çà et là, adossés aux murs, sombres et silencieux, comme des cadavres regroupés aux abords d'un cimetière fermé pour travaux.

— Cecilia est une vieille amie, dit-il, baissant le ton, peut-être par déférence envers les dormeurs. Et oui, on peut dire qu'elle collabore avec moi dans ce projet. Vous ne vous trompez pas en la définissant comme une femme exceptionnelle, même si vos raisons sont complètement erronées.

— Je peux vous demander comment vous vous êtes connus ?

— C'est une longue histoire. Une autre fois, peut-être.

J'acceptai de nouveau sans me formaliser. On ne discutait pas avec Gaudí quand celui-ci n'avait pas encore terminé de se dépouiller de son déguisement de M. G.

— Le Mont Táber vous appartient, alors ?

— À moi ?!

Gaudí souffla, dans une intention clairement sardonique.

— J'ai l'air du genre de personne qui dirige un théâtre ?

Je haussai les épaules.

— Il y a trois minutes, vous n'aviez pas l'air non plus du genre de personne qui trafique des gorgées de thé vert.

Ma réponse plut à mon camarade.

— Combien de verres, donc, cette nuit ?

— Je vous le demandais, fis-je en négligeant de répondre à sa question, parce que vous aviez vraiment l'air d'être le propriétaire du local, assis à votre table au premier rang, avec votre rangée de flacons verts disposés comme sur une étagère d'épicerie...

— La propriétaire est Cecilia. En ce qui concerne ce local, je n'en suis que l'associé provisoire.

— Eh bien, vous faites un fort beau couple.

Je me tus dans l'instant, à deux doigts d'avouer à Gaudí ce qui s'était passé à l'intérieur de la pièce gardée par l'humble cariatide et de lui demander si la société qu'il possédait avec la dénommée Cecilia était également concernée par cette partie de l'affaire. Au lieu de ça, j'optai pour une question un peu moins embarrassante :

— Je dois vous demander...

— La réponse est non.

— La question était : votre boisson est-elle vraiment efficace ?

Ce fut à mon tour de sourire.

— Vous pensiez que j'allais vous demander si Cecilia et vous...

— C'est bien le genre de question que vous pourriez poser, m'interrompit sèchement Gaudí.

Je le regardai, un peu surpris.

— Je vous trouve un peu agressif, ce soir, lançai-je. Je vous ai à ce point déçu par mon manque de... réceptivité ?

— Vous ne m'avez pas déçu, je vous l'ai déjà dit. Je n'en attendais pas davantage de vous, répéta-t-il. Mais cela me dérange que vous insinuiez que je suis un escroc.

— Je n'ai rien insinué de tel...

— Vous venez de me demander si mon composé fonctionnait vraiment. Cela revient à me demander si je suis un escroc.

377

Je fis un signe de dénégation de la tête.

— La suggestion est une arme très puissante. Une femme étrange, une danse inoubliable, un éclairage adapté… Sans parler des verres que ces jeunes filles si légèrement vêtues servent avec une telle prodigalité. L'expérience que vous offrez est réelle ; je me demandais simplement si c'était également le cas de ces flacons.

— Sottises. Mon affaire, comme vous l'appelez, ne se borne pas à ce théâtre.

— Elle s'étend également à celui que nous avons visité hier soir avec Fiona, dis-je alors, sans savoir pourquoi. Le Théâtre des Songes. Celui où, il y a quelques semaines, une jeune fille est morte en se lançant de la scène pour voler.

Gaudí s'arrêta net.

— Je n'ai rien à voir là-dedans, déclara-t-il en m'adressant soudain un regard intense. Mon composé n'a aucun effet hallucinogène. Au contraire.

Au contraire.

Des potions pour voir la réalité.

— Je ne vous accuse de rien, m'empressai-je de préciser. Fiona m'a raconté qu'elle s'était rendue dans ce théâtre pour couvrir l'accident, et ni elle ni moi n'avons pu nous empêcher de remarquer la façon dont les serveuses et certains clients vous observaient pendant le spectacle. C'est tout, fis-je en le regardant droit dans les yeux. Je ne voulais pas vous importuner avec mes questions.

Il accepta mes excuses d'un léger grognement et d'une inclination de la tête.

— Ni les actrices ni les serveuses des lieux où je travaille n'ont goûté mon composé, expliqua-t-il, me reprenant par le bras pour repartir vers l'est, vers la Rambla. Aucune femme ne l'a fait, en réalité. Je n'en vends qu'à des messieurs d'un certain âge et d'une certaine condition, et après m'être assuré qu'ils ne vont pas le partager avec des tierces personnes. Quelle que soit la raison qui a poussé cette pauvre jeune fille à se jeter du haut de cette estrade, cela n'a aucun rapport avec mes activités ni avec la nature de ce composé de mon invention, fit Gaudí en secouant la tête. Même si, comme Mlle Fiona et vous avez pu le deviner hier soir, tout le monde n'avait pas l'air convaincu.

J'opinai du bonnet.

— Les femmes ne sont donc pas dignes de goûter votre composé ?

— Ce n'est pas une question de dignité ou d'indignité. C'est tout simplement parce que les femmes, de par leur nature propre, ne sont pas capables d'accéder à ces états de pleine lucidité mentale que favorise mon composé. Ces états de clairvoyance momentanée, de dissipation temporaire des voiles que nos sens tendent entre nous et la véritable réalité, sont interdits aux femmes. Ce sont des êtres purement sensoriels, telluriques, qui vivent accrochés au petit quotidien que leur proposent leurs yeux et leurs mains.

Eh bien…, pensai-je.

Des mots bien ronflants pour justifier un si étrange préjugé…

Et qui ne plairaient ni à Fiona ni à Margarita.

— Je ne saurais trop vous conseiller de ne pas faire part de vos idées à Fiona demain. Notre amie pourrait vous en prouver l'inexactitude d'une manière qui ne vous plairait pas.

Gaudí eut un léger sourire.

— Avoir des hallucinations avec une pipe d'opium, une injection de morphine ou une cigarette de feuilles de coca n'a rien à voir avec ce dont je parle, affirma-t-il. Je ne cherche pas de dragons avec mon composé, pour utiliser l'expression de Mlle Fiona. Même si je ne censure pas, bien sûr, celui qui le fait à travers les moyens qu'il a à sa disposition, ajouta-t-il. Mieux vaut chercher des dragons dans le ciel que de se limiter à vivre au ras des pâquerettes.

Encore des mots ronflants.

— Je répète ce que j'ai dit. N'en parlez pas à Fiona lors de votre goûter, demain.

Mon ami pencha légèrement la tête sur le côté.

— Vous savez que Fiona et moi…

— Nous avons eu une conversation instructive après dîner, reconnus-je. Je vous l'expliquerai demain ; pour l'heure, je suis trop fatigué pour me rappeler certaines choses. Cette visite au port que vous me proposiez dans votre billet tient toujours, n'est-ce pas ?

— À moins que vous ne préfériez vous reposer, bien sûr.

— Si j'avais la possibilité de me reposer, je ne serais pas là. Au fait, comment avez-vous trouvé les tableaux de Fiona ?

Gaudí réfléchit un instant.

— Intéressants, dit-il enfin.

— C'est tout ?

— Intéressants et originaux.

— Vous voulez dire, alors, qu'ils ne sont pas si mal, si l'on considère qu'ils ont été peints par une simple femme accrochée à son petit quotidien…

Les lampadaires situés au coin de la Rambla me permirent d'apercevoir un sourire sur le visage de mon compagnon.

— Je peux vous demander comment vous m'avez retrouvé ? demanda-t-il, s'arrêtant à l'entrée de l'avenue.

J'observai un bref silence avant de me décider à répondre.

— J'ai quelque chose à vous avouer. Ce n'est pas la première fois que je me rends au Mont Táber.

Gaudí sourit de nouveau.

— Alors moi aussi j'ai quelque chose à vous avouer. Je le savais.

— Vous m'avez vu ? m'écriai-je, surpris.

— Votre présence n'est pas passée inaperçue auprès des jeunes filles. Et la description qu'elles ont faite à la fermeture de ce jeune homme mystérieux à la si belle allure, qui nous observait, Cecilia et moi, depuis un coin de la salle, ne laissait aucun doute quant à son identité.

— « Jeune homme mystérieux à la si belle allure » ? C'est ce qu'elles ont dit ?

— Ce ne sont peut-être pas les termes exacts qu'elles ont employés, répondit Gaudí, dont les lèvres tremblèrent en une grimace légèrement moqueuse. Quoi qu'il en soit, j'ai été surpris d'apprendre que mon nouvel ami épiait mes faits et gestes comme un vulgaire...

Il n'acheva pas sa phrase. À la place, il referma avec force sa main gauche sur mon avant-bras droit et me désigna du menton le chien que nous venions de croiser sur la chaussée perpendiculaire à la Rambla.

Un chien à trois pattes avec un foulard noué autour du cou.

— Canines, murmurai-je.

Il nous fallut quelques secondes avant de repérer le mendiant. Il était assis sur l'un des bancs de l'allée centrale, nous tournant le dos, entouré d'un tas de paquets et de bouteilles, la tête, me sembla-t-il, penchée vers le ciel noir de Barcelone, dans un angle fort peu naturel. L'espace d'un instant, je craignis qu'un nouveau malheur ne fût arrivé, que Canines ne fût devenu un cadavre loqueteux et inexplicable, une deuxième victime du mystérieux assassin qui avait expédié Eduardo Andreu vingt-quatre heures plus tôt.

— Bonsoir, Canines.

Au son de la voix de Gaudí, le mendiant quitta le ciel des yeux et nous regarda avec l'air de se demander sur lequel des deux il allait cracher le premier.

— Monsieur G, murmura-t-il. Monsieur.

Je portai la main au bord de mon chapeau et saluai Canines avec un sérieux parfait, comme pour saluer un égal, voire un supérieur, et non un indigent ivre dont les pieds trempaient dans une flaque constituée de son propre vomi. Un vomi liquide et marronnasse, mélange de vin, rhum et gin, dont l'odeur montait jusqu'à nos narines comme une bouffée putréfiée et répugnante.

— Nous vous cherchons depuis ce matin, dit Gaudí, se plantant devant Canines et le regardant d'un air autoritaire. Nous sommes allés à la cave à charbon de la rue del Pez. Où étiez-vous passé ?

— Par là.

— Par là, répéta Gaudí. Vous vous cachiez ?

— Possible.

— De la police ?

— Possible.

— Vous aviez peur d'être arrêté pour l'assassinat de votre ami ?

Ce ne fut qu'alors que le visage de Canines sembla s'écarter légèrement de l'épais masque de stupeur qui le recouvrait.

— De quoi parlez-vous, monsieur G ?

— Andreu. Votre ami, Canines. Hier soir, nous vous avons vu lui parler devant sa pension, rue de la Princesse, vous vous souvenez ? Vous êtes parti à toute vitesse, et trois heures plus tard Andreu était mort.

Le mendiant secoua violemment la tête, provoquant un tremblement des pointes de son tricorne et un tintement de clochettes sur la petite bandoulière qui pendait sur sa poitrine.

— Andreu n'était pas mon ami. Et je ne l'ai pas tué.

— D'accord, admit Gaudí. Andreu n'était pas votre ami. Mais vous lui rendiez visite et vous faisiez des affaires avec lui.

— Des affaires ?!

— Dans la chambre d'Andreu, il y avait un sac rempli de plaques de cuivre.

Canines haussa les épaules.

— Vous devez être au courant, alors.

— Je ne travaillais pas avec Andreu. Andreu était votre ami, Canines. Et vous, vous avez travaillé avec moi. *Ergo...*

L'air surpris du mendiant en entendant ce dernier mot de Gaudí ne devait guère être différent du mien quand j'avais entendu ses trois phrases précédentes.

— « Ergo » ?

— Nous sommes en droit d'affirmer qu'Andreu vous aidait à vous procurer le matériel que vous me vendiez ensuite, Canines.

Son chien arriva à cet instant vers nous en se traînant d'une façon qui faisait pitié, émit quelques aboiements secs et, immédiatement, plongea ses trois pattes dans la flaque de vomi de son maître.

— Je ne sais rien, dit le mendiant. Demandez à votre ami.

Gaudí me jeta un regard en coin, visiblement satisfait. Nous tenions enfin quelque chose.

— Andreu avait un autre ami, alors.

Le vieil ivrogne fit non de la tête.

— *Votre* ami. Le pédé.

Gaudí et moi échangeâmes un coup d'œil étonné.

— Et de quel ami s'agit-il, si on peut savoir ? demandai-je.

— Vous devez le savoir, non ?

— Je vous assure que non, répliquai-je. Comment…

Gaudí interrompit ma question de la main droite d'un air impatient.

— Décrivez-nous ce monsieur, s'il vous plaît, reprit-il, se rapprochant un peu du banc de Canines et se plaçant ainsi exactement à la verticale malodorante de son vomi.

— Écoutez, monsieur Gaudí, je ne veux pas de problèmes. J'ignore de quoi il s'agit et cela ne m'intéresse pas.

— Rendez-moi ce service, Canines, insista Gaudí, adoucissant le ton. Je crois que vous me le devez.

Les traits du mendiant se durcirent instantanément.

— Je ne vous dois rien, monsieur Gaudí, rétorqua-t-il d'une voix orgueilleuse. Je ne dois rien à personne. C'est le travail d'un homme qui lui donne sa dignité, et j'ai davantage de dignité que n'importe lequel d'entre vous, proclama-t-il, faisant de la main droite un geste ample qui prétendait nous embrasser, mais aussi l'ensemble des habitants de la ville qui nous entourait. Ni vous ni personne ne m'avez jamais rien offert.

Gaudí acquiesça gravement.

— Vous avez raison, Canines. Excusez-moi. Vous ne me devez rien ; en tout cas, c'est moi qui dois vous être reconnaissant d'avoir travaillé pour moi d'une façon si fiable pendant tout ce temps. Mais c'est un service que je vous demande. Décrivez-nous cet homme.

Le mendiant desserra légèrement ses mâchoires contractées.

— Un homme jeune. Mince. Pâle comme un mort. Les cheveux noirs et très longs, comme ceux d'une femme. Il avait l'air d'une femme, fit Canines d'un air méprisant. Un de ces pédés qui traînent sur le port à la recherche de marins invertis.

Gaudí et moi nous regardâmes de nouveau.

— Qu'est-ce qui vous fait penser que cet homme est notre ami ?

— C'est Andreu qui me l'a dit.

— Et quoi d'autre ?

Canines secoua de nouveau la tête, ferma les yeux et ouvrit la bouche dans un bâillement rappelant le rugissement du lion africain.

L'odeur remontant des profondeurs de cette bouche noire et édentée m'obligea à reculer.

— Écoutez, monsieur G, il est trop tard pour médire des morts, dit-il. Pourquoi ne pas remettre cela à un autre jour ?

À cet instant, le chien à trois pattes s'approcha de Gaudí en agitant sa longue queue coupée. Sans quitter Canines du regard, mon camarade caressa distraitement l'échine de l'animal de sa main gantée.

— Merci, Canines, fit-il au bout de quelques secondes. Vous nous avez été d'une grande utilité. Nous poursuivrons cette conversation à un autre moment.

Le vieil homme opina d'un air satisfait et, sans bouger de son banc, il tendit la main droite vers Gaudí. L'espace d'un instant, je songeai qu'il l'invitait à prendre congé d'une poignée de main. Ce ne fut qu'en voyant Gaudí porter la main à sa poche que je compris.

Nous laissâmes le vieux compter ses pièces sur l'allée centrale de la Rambla et nous dirigeâmes en silence vers la voie montante.

— Víctor Sanmartín, dis-je enfin.

— C'est ce qu'il semble.

— Demain, nous irons chez lui, affirmai-je. Quoi que vous vouliez faire sur le port, je ne crois pas que ce soit plus urgent que de voir notre nouvel ami.

Gaudí leva la main pour arrêter un cabriolet qui montait depuis la porte de la Paix.

— À dix heures devant le numéro 3 de la rue d'Aviñón, lança-t-il.

Ce fut tout. Dix secondes plus tard, alors que je finissais de prendre place sur le siège découvert du cabriolet, Gaudí avait déjà disparu par un de ces raccourcis qui menaient à l'intérieur de la Ribera.

31

Un soleil radieux brillait sur les toits gothiques du commissariat de las Atarazanas le lendemain matin à la première heure. Les nuages et les brumes du vendredi avaient laissé la place à un ciel plus net, plus bleu, dégagé de la fumée et de la suie qui avaient empuanti notre quotidien ces dernières semaines : l'un de ces ciels méditerranéens splendides qui m'avaient tant manqué lors des premiers mois à Londres et que, depuis mon retour à Barcelone, Dieu, le hasard ou celui qui s'occupe de ces choses avait pris plaisir à me refuser jusqu'à ce matin-là. J'avoue que l'espace d'un instant, en quittant la tour de Gracia en compagnie de ma mère peu après sept heures, la vision inattendue de ce ciel bleu parsemé de reflets brillants m'avait fait imaginer que le thé de M. G avait peut-être commencé à exercer ses effets sur mon « cerveau de petit-bourgeois » dissimulé sous son haut-de-forme ; le long voyage pour rejoindre le commissariat m'avait bien vite convaincu de l'absurdité d'une telle idée.

En fin de compte, aucun des états mentaux que Gaudí m'avait décrits de façon aussi détaillée la nuit précédente – des états de pleine lucidité mentale, de clairvoyance momentanée, de dissipation temporaire des voiles que les sens tendent entre nous et la véritable réalité – ne pouvait inclure des éléments aussi prosaïques, incommodes, indubitablement terrestres que le silence tendu que ma mère avait observé pendant tout le trajet jusqu'à las Atarazanas, la vision de ses mâchoires crispées ou les regards successifs de reproche muet par lesquels la bonne dame avait répondu à toutes mes tentatives visant à détendre un peu l'ambiance à l'intérieur de la berline.

Ce ne fut qu'une fois à destination – le bâtiment dans les geôles duquel mon père avait passé sa première nuit en tant que principal suspect dans une affaire d'homicide – que ma mère ouvrit enfin la bouche, pour s'adresser à notre cocher sur le même ton impérial qu'elle semblait avoir adopté depuis la veille au soir. Ignorant le bras que je lui offrais, elle descendit dignement de la voiture par la portière droite, s'approcha du siège du conducteur et ordonna à l'homme de passer la prendre ici même à treize heures.

— Je suppose que nous ne t'attendons pas pour le déjeuner, me dit-elle alors, se tournant vers moi et me regardant, les yeux mi-clos à cause du soleil.

— Je vais entrer avec toi, si tu veux bien, répliquai-je, désignant la masse sombre du commissariat. Je voudrais voir papa.

— Je ne pense pas que ce soit possible. On ne nous accorde que dix minutes de visite.

Je compris à cet instant que Sempronio Camarasa ne comptait pas les gâcher avec son unique enfant mâle.

— Alors je vais aller voir l'inspecteur Labella, dis-je.

— Il nous verra tous lundi. Essaie de t'en souvenir.

J'acquiesçai gravement. Je m'en souvenais.

— J'aimerais quand même lui parler aujourd'hui, insistai-je.

— Pourquoi, si on peut savoir ?

— Je veux lui demander ce qu'il sait sur Víctor Sanmartín.

Ma mère n'eut pas l'air de reconnaître ce nom. Elle se contenta de changer de main le petit sac qu'elle portait et de s'écarter légèrement pour faciliter le départ de notre berline, qui s'éloigna en direction de la Rambla dans un claquement rythmé de fers à cheval sur les pavés.

— Víctor Sanmartín ? demanda-t-elle alors.

— Le journaliste qui attaque papa dans tous les journaux de la ville depuis le lendemain de l'incendie des bureaux de *La Gazette du soir*, expliquai-je. Celui qui a publié mardi, dans le *Journal de Barcelone*, un papier dans lequel il l'accusait d'être un agent Bourbon qui serait revenu à Barcelone avec la mission de travailler contre la République. Et celui qui a publié hier soir un autre article dans lequel il affirmait que papa avait tué Andreu afin d'empêcher qu'on ne découvre je ne sais quels secrets liés à cette mission.

Tandis que je parlais, ma mère avait pris la direction du portail encore fermé du commissariat. Je l'imitai.

— Qu'est-ce qui te fait croire que l'inspecteur Labella pourrait s'intéresser à ce monsieur ?

— L'antipathie qu'il témoigne envers papa ne te semble pas intéressante ?

— M. Sanmartín n'est pas le premier journaliste qui tente de se forger une carrière aux dépens de ton père, répondit-elle. Cela a déjà été le cas à Londres. Rien qui doive surprendre un Camarasa.

Première nouvelle.

— J'ignore ce qui est arrivé à Londres, mais je dirais que Víctor Sanmartín semble disposer de trop d'informations sur papa. Et sur notre famille. Et sur moi.

Ma mère sourit pour la première fois en vingt-quatre heures.

— Et que sait exactement ce jeune homme en ce qui te concerne ?

Et toi, comment sais-tu que Sanmartín est jeune ?

Je gardai la question pour moi.

— Vendredi dernier, il est venu à la maison et a remis à Margarita une carte de visite pour moi, précisai-je. Mardi, il est arrivé à la fête des *Nouvelles illustrées* sans y avoir été invité, comme Andreu. Il était venu spécialement pour me parler. Il m'a proposé de lui accorder une entrevue où je me distancierais des activités politiques que papa serait venu mener à bien à Barcelone. Et d'après ce qu'il m'a dit, il semblait bien connaître certains milieux que j'ai fréquentés à Londres, à l'époque où Fiona et moi...

Je n'achevai pas ma phrase.

— Toujours est-il qu'il me prend pour un républicain convaincu et un antimonarchiste, peut-être même un socialiste.

Ma mère sourit de nouveau. Un sourire aussi oblique et acéré que le précédent.

— Il te prend, dis-tu ?

Je décidai d'ignorer la question.

— Et hier soir, nous avons appris que Sanmartín avait fréquenté Andreu peu avant sa mort.

Ma mère s'arrêta net.

— Explique-moi ça.

Je m'exécutai. Je lui parlai de Canines, de la relation qu'il semblait entretenir avec Andreu et de ce que Gaudí et moi avions vu en allant au Liceo, lui répétai, en l'arrangeant un peu, la description que le mendiant avait faite la veille au soir d'un jeune homme en compagnie duquel il avait vu le vieux marchand à diverses reprises, et je lui exprimai pour finir ma certitude que cette description correspondait point par point à l'étrange apparence efféminée du fâcheux journaliste.

— Sanmartín et Andreu se connaissaient. Sanmartín détestait papa. Et maintenant, Andreu est mort et papa est en prison. Tu ne crois pas que cela pourrait intéresser l'inspecteur Labella et lui donner l'envie de se renseigner un peu à ce sujet ?

Ma mère ne répondit pas. Elle repartit vers le commissariat en me demandant :

— Que faisais-tu hier soir sur la Rambla ?

— Je ne pouvais pas dormir. Gaudí m'avait invité à assister avec lui à un spectacle dans un théâtre du Raval, et j'ai pensé que ce serait un bon moyen de me nettoyer un peu le cerveau.

— Gaudí.

Ma mère prononça le nom de mon ami d'une façon qui me déplut. D'une façon douloureusement familière pour moi.

— Toi aussi, tu as un problème avec Gaudí ?

Elle me répondit par une nouvelle question :

— Est-il vrai que Fiona était avec toi dans ta chambre, hier soir ?

Je fus pris au dépourvu :

— Qui te l'a dit ?

— Alors c'est vrai.

Margarita, pensai-je. Ou peut-être Marina. Ou Mme Iglesias, qui avait pu voir, en commençant sa ronde par le couloir du premier étage avant d'aller se coucher, que je prenais Fiona dans mes bras devant la porte de ma chambre.

— Ce n'est pas ce que tu crois, dis-je, me sentant tout à fait stupide. Quand elle a eu fini de te parler au salon, Fiona est venue me proposer son appui et me faire part de quelques-unes de ses idées sur l'affaire.

— Ses idées sur l'affaire, répéta ma mère.

— Il me semble que tu les connais déjà.

La tête de ma mère s'agita d'une façon qui pouvait signifier n'importe quoi : affirmation, négation ou pur manque d'intérêt.

— Je ne veux pas que cette femme remette les pieds dans ta chambre, se borna-t-elle à lâcher. Notre maison doit rester malgré tout un endroit convenable.

Et le temps que revienne le tour des caciques et des soutanes, faillis-je répliquer, nous les Camarasa, nous avons une image à préserver…

— Tu vas voir Ramón Aladrén ? demandai-je, après cinq secondes de silence que ma mère put également interpréter à sa convenance.

— Il sera là à neuf heures. M. Aladrén est un homme ponctuel.

— Je n'en doute pas. Lui, il pourra voir papa ?

— C'est son avocat.

— Et il verra également l'inspecteur Labella.

— C'est pour cela que nous l'avons engagé. M. Aladrén (ma mère prononça ce nom d'un ton légèrement rauque) est l'un des meilleurs avocats d'Espagne.

— Fiona dit qu'il nous a déjà aidés une fois à Londres. Concrètement, au moment de l'affaire de la fraude d'Andreu.

Au lieu de me répondre, ma mère s'arrêta devant le premier vendeur de journaux qui passa à côté de nous et lui demanda un exemplaire des trois principaux quotidiens du matin.

Je l'imitai.

— M. Aladrén est un grand avocat, reprit-elle enfin. À l'époque, nous avons eu la chance de l'avoir de notre côté, et aujourd'hui aussi.

— Mais tu crois que cela va servir à quelque chose ? insistai-je, cherchant dans ma poche des pièces de monnaie pour payer les six journaux. M. Aladrén va-t-il pouvoir convaincre l'inspecteur de l'absurdité des preuves qu'il croit détenir contre papa ?

— C'est pour cela que nous l'avons engagé.

L'homme nous tendit les journaux et repartit à l'abri de la muraille, la poche plus joyeuse et sa charge quelque peu allégée.

Deux grandes mouettes blanches descendirent à cet instant en piqué sur l'une des rares flaques qui persistaient entre les pavés, s'y abreuvèrent durant quelques instants avant de repartir, enveloppées dans un silence aussi parfait, aussi beau, aussi irréel que le bleu de ce ciel que nous les regardâmes traverser, pendant leur trajet de retour vers les quais du port.

— Ne m'attendez pas pour le déjeuner, alors, dis-je. Embrasse papa pour moi.

Ma mère m'assura qu'elle n'y manquerait pas.

Ayant près de deux heures à tuer avant mon rendez-vous avec Gaudí rue d'Aviñón, je cherchai un café ouvert près de l'ancien couvent Santa Mónica, m'installai à une table en terrasse, commandai un bon petit déjeuner – toasts à l'huile, un peu de viande froide, un verre de vin doux, quelques olives – et commençai à feuilleter la presse du jour.

Les articles qui traitaient de l'assassinat d'Andreu, de l'arrestation de mon père et des rumeurs qui circulaient semblait-il déjà ouvertement dans toute la ville sur ses activités et ses contacts ne réussirent pas à éveiller mon intérêt : après avoir lu l'article de Sanmartín dans la dernière édition de *La Gazette du soir*, aucune référence imprimée relative à mon père ou à la famille Camarasa ne pouvait plus me causer la moindre inquiétude ; les cartes étaient, pour ainsi dire, toutes sur la table, et il ne me convenait pas de jouer avec. D'autres pages, que j'avais allègrement survolées jusqu'à ce matin, me semblaient maintenant, après les révélations de Fiona, plus dignes d'attention : les rubriques politique et militaire. Cela allait constituer une habitude qui, au fil du temps, deviendrait presque un rituel : ouvrir les journaux aux pages politiques et militaires et suivre, jour après jour, la progression de toutes ces nouvelles et rumeurs qui rendaient compte sur fond de bruit de bottes d'une agitation ininterrompue jusque dans les casernes aux marges d'une République qui partait en lambeaux.

Soulèvements avortés dans le sud du pays.

Manifestations réprimées dans les Asturies et en Cantabrie.

Attaques carlistes au Pays basque.

Attentats à la bombe, au mousquet et au pistolet de la part d'extrémistes républicains, de membres opiniâtres de la droite, d'ouvriers mécontents des retombées de notre tardive révolution industrielle, et aussi, de plus en plus, de groupuscules isolés d'inspiration anarchiste surgis dans le sillage de la misère qui s'étendait, implacable, sur tout le pays.

Changements successifs de gouvernement et de majorité au Parlement de Madrid, à la manière de rustines dérisoires plaquées sur la toile décousue d'un régime au-delà de tout rafistolage.

Déclarations, aussi, du futur Alphonse XII, nouvel héritier Bourbon tout juste adolescent, niant depuis son exil parisien toute implication dans les menaces de soulèvement lancées à Murcie ou à Jaén par les généraux d'une armée qui n'avait jamais cru en Prim, en Amédée de Savoie et encore moins, bien sûr, en la république essoufflée qui était arrivée par la suite.

Autant d'informations qui semblaient toutes suggérer l'imminence d'un changement de régime, la chute de la république et la restauration de la monarchie, l'inévitable accession d'un nouveau démon français au trône d'Espagne.

Toutes ces nouvelles, qui dans un tout autre contexte m'auraient donné la nausée, découragé et poussé à détester ce pays de poudre et d'encens, de tricornes et de clairons, de rois désarticulés et de sujets satisfaits, commencèrent, au cours des semaines qui suivirent la mort d'Andreu, mon père étant déjà confiné dans une cellule de la prison d'Amalia et la perspective de sa libération « légale » se faisant chaque jour plus lointaine et improbable, à m'apparaître comme la seule voie de salut possible pour lui et pour ma famille. Fiona avait peut-être raison, en fin de compte. Le seul espoir pour mon père de recouvrer la liberté était que « les siens » prennent le contrôle du pays. Si les dires de Fiona étaient exacts, même si nous découvrions le véritable assassin d'Andreu, trouvions un alibi à mon père et déposions le résultat de nos recherches devant l'inspecteur Labella, rien de tout cela ne permettrait de tirer Sempronio Camarasa de sa cellule. Si nous voulions le revoir un jour en liberté, peut-être n'avions-nous plus, effectivement, qu'à prier pour l'arrivée d'un nouveau Bourbon en Espagne.

Telle fut la triste réalité que je commençai à entrevoir ce matin-là, tout en prenant mon petit déjeuner à une terrasse ensoleillée du bout de la Rambla, les trois journaux étalés autour de moi.

Apparemment, dans ce nouveau monde qui prenait forme sous mes yeux, toutes ces nouvelles terribles, les menaces continuelles de soulèvement militaire, les crimes sociaux et politiques, l'effondrement de la première expérience démocratique de l'histoire de l'Espagne, étaient en fait de bonnes nouvelles.

Il était dix heures moins dix quand j'arrivai rue d'Aviñón. L'espace d'un instant, j'envisageai de rebrousser chemin jusqu'aux bureaux des *Nouvelles illustrées* et de monter demander à Fiona, dans le cas improbable où elle s'y trouverait à cette heure, si elle voulait nous accompagner, Gaudí et moi, dans notre visite imminente chez Víctor Sanmartín. Je m'abstins et entrai dans une petite crémerie déserte située quelques portes plus bas, commandai un café au lait à la fillette au comptoir et pris un siège près d'une fenêtre d'où l'on avait vue sur l'entrée du numéro 3.

La fillette était blonde et ne devait guère avoir plus de douze ans. Elle avait les dents si tordues que sa bouche, quand elle souriait, ressemblait à un échantillonnage disparate de dés à coudre de nacre. Le café au lait qu'elle me servit était cependant l'un des meilleurs que j'aie bus depuis mon arrivée à Barcelone.

— Comment t'appelles-tu, ma jolie ? lui demandai-je après la première gorgée.

Au lieu de me répondre, la fillette sourit de nouveau et disparut – littéralement – sous le parapet de marbre de son comptoir.

— Trop jeune pour vous, monsieur l'étudiant, lança alors une voix familière dans mon dos.

Ezequiel.

— Mon Dieu, dis-je, me retournant vers la porte et constatant que le garnement était planté sur le seuil avec son sourire de vieux avant l'âge.

Il avait la tête couverte d'une casquette de velours côtelé d'une crasse indicible, l'œil droit noir et gonflé, et semblait, comme toujours, ravi de lui-même.

— On n'arrête pas de se croiser, toi et moi.

— Vous m'en direz tant.

Ezequiel s'approcha de ma table et me tendit la main gauche d'un air si assuré que je ne me sentis pas capable de lui refuser la poignée de main qu'il proposait.

— Vous faites un espion terrible, vous le savez ?

— Moi, un espion ?

Il désigna l'entrée de l'immeuble de Sanmartín à travers la vitre.

— Si ce type était chez lui, je le saurais, affirmat-il. Et si j'avais un tromblon, j'aurais pu le tuer... comme ça.

Le gamin fit mine de me viser, les bras tendus, et, après avoir compté jusqu'à trois, de me faire sauter la tête dans une sonore explosion buccale qui aspergea de salive la table, mes journaux et le plastron de mon manteau.

— C'est M. G qui t'envoie, alors, suggérai-je.

— Bien sûr. J'ai une tête à venir boire du lait dans un endroit pour fils à papa comme celui-ci ?!

Ezequiel se tourna vers le comptoir et cligna de son œil sain en direction de la fillette blonde aux dents déviées, qui venait de passer la tête entre ses tasses et ses pots et nous observait avec une curiosité évidente.

— Même si la gamine est très jolie, vous avez raison sur ce point.

— Je ne sais pas quelle idée tu te fais de moi, mais...

— Je sais, je sais, dit le garçon en désignant du nez, d'un air méprisant, ma tasse de café au lait. Il est bon ?

— Pas mauvais. Je peux te demander ce qui t'est arrivé ?

Ezequiel plissa le nez.

— Ça ? demanda-t-il en désignant son œil au beurre noir. Votre ami...

Je ne pus m'empêcher de sourire.

— M. G t'a donné un coup de poing dans l'œil ?!

— Ne soyez pas stupide. Comment M. G aurait-il pu me donner un coup de poing sans abîmer ses gants ? fit Ezequiel avec une moue dédaigneuse.

— Alors ?

— Hier soir, il m'a envoyé faire un petit travail...

— Et cela s'est mal passé.

— Cela s'est très bien passé, rétorqua-t-il en haussant les épaules. Mais pas pour moi. Même si l'autre a eu plus de mal, ajouta-t-il en retrouvant le sourire.

— Je peux te demander...

— Non, vous ne pouvez pas. M. G nous attend d'ici dix minutes devant l'entrepôt du vieux. Alors terminez ça, payez la gamine et allons-y.

Je fis un signe de dénégation de la tête.

— M. G et moi avons rendez-vous devant cette entrée à dix heures. Nous avons quelque chose d'important à faire.

— Qu'est-ce que je viens de vous dire ? Ce type n'est pas chez lui. M. G l'a appelé pendant plus de dix minutes à neuf heures, et je viens de faire un tour chez lui. C'est vide. Personne.

— Tu viens de faire un tour chez...

Je n'achevai pas ma phrase : Ezequiel me montrait déjà le passe-partout qui lui avait sans doute permis de s'introduire chez Sanmartín.

— Rien d'intéressant, dit-il. Ce type doit être encore plus ennuyeux que vous. Il n'a que des livres et des papiers.

— Quelle sorte de papiers ?

— Qu'est-ce que j'en sais ? Des papiers. Avec des choses écrites dessus. Et des dessins.

L'espace d'un instant, je fus tenté de prier Ezequiel de m'emmener inspecter ces papiers. Puis la pensée d'un second Camarasa sous les verrous m'en dissuada.

— Tu fais ça souvent ? repris-je. Forcer des portes et t'introduire chez autrui ?

— Juste quand on me le demande poliment. Ça vous dit ?

— Non, merci. Mais je penserai à toi si j'ai besoin de l'aide d'un délinquant un jour, lui assurai-je.

L'instant d'après, tout en regardant de nouveau à travers la vitre la porte déserte de l'immeuble de Sanmartín, je m'enquis :

— Tu vas m'accompagner à l'endroit où m'attend M. G, alors ?

— Quelqu'un doit vous surveiller, non ? Vu ce qui vous est arrivé la dernière fois que vous vous êtes risqué sur les quais...

Cette fois, le sourire moqueur d'Ezequiel fut vraiment offensant. L'odeur de poisson de l'éventail de Margarita me remonta au nez, dégoûtante et honteuse.

— Cette fois, je ferai plus attention, affirmai-je.

— Vraiment ?

Ezequiel tendit la main gauche vers moi et me montra la bague en or qu'il portait au majeur.

Ma propre bague.

La bague que mon grand-père paternel, le premier Sempronio Camarasa, m'avait laissée pour tout héritage à sa mort, au milieu de l'année 1868, quelques mois avant notre départ en exil, et que le gamin venait de me dérober en profitant sans doute du bref frôlement de mains qu'il m'avait contraint à accepter à son arrivée dans la crémerie.

— Tu ne te contentes donc pas de t'introduire chez autrui, dis-je en saisissant avec une certaine violence le poignet d'Ezequiel pour récupérer ma bague. Tu es également un voleur aux doigts agiles…

— Les plus agiles de la ville, déclara fièrement le jeune garçon, les agitant à toute vitesse devant mon visage. Je pourrais vous voler tous les boutons de votre chemise sans que vous ayez le temps de vous en apercevoir. Vous voulez que je vous le prouve ?

J'écartai d'une tape les mains crasseuses d'Eze-quiel et fis non de la tête.

— Mes boutons sont très bien où ils sont, merci. C'est là l'une des compétences qui t'ont conduit à travailler pour M. G, alors ? Il t'utilise aussi pour dépouiller les imprudents ?

Ezequiel ne perdit ni son sourire ni son air d'orgueil professionnel.

— Pour ça, et pour d'autres choses.

— Je vois. Les doigts les plus agiles de la ville.

Je réenfilai la bague à mon annulaire gauche, absorbai un peu de café au lait et tentai de me faire une idée de la matinée qui s'annonçait.

— M. G m'attend devant l'entrepôt du vieux, tu as dit ?

— Oui.

— Quel vieux ?

— À ton avis ? Le père de M. G, bien sûr.

Le père de M. G...

Bien sûr.

— Le père de M. G possède un entrepôt sur le port ?

Ezequiel agita la tête sur le mode incrédule.

— C'est moi qui vous l'apprends ? demanda-t-il, me regardant de son œil gauche grand ouvert. Le père de M. G vit dans un entrepôt sur le port. Quelle sorte d'amis êtes-vous ?

Je me posais moi aussi la question, parfois.

— M. G est un homme réservé, murmurai-je.

— Ou peut-être que vous parlez à tort et à travers. C'est pour cela qu'il ne vous dit rien.

J'y réfléchis un instant.

— Peut-être.

— Peut-être, répéta Ezequiel, imitant ma propre intonation, avant de poser sa casquette crasseuse sur sa tignasse ébouriffée et de l'y affermir d'une tape qui résonna entre les murs du local désert comme un véritable tir de catapulte. On y va, ou non ?

Je me levai donc, me rendis au comptoir et réglai à la jeune serveuse le café au lait que je n'avais pas terminé, ajoutai un petit pourboire pour le dérangement et, manteau et haut-de-forme en main, contemplai pour la dernière fois son doux sourire aux dents blanches et tordues.

32

Un petit spectacle de marionnettes animait le carrefour des rues d'Aviñón et Ferdinand-VII lorsque Ezequiel et moi sortîmes de la crémerie. Dix ou douze enfants formaient déjà un cercle autour du marionnettiste, un vieil homme gros et barbu qui exécutait des acrobaties, de sympathiques panto-mimes et des petites danses courtoises avec deux marionnettes de bois peintes de couleurs criardes. Un deuxième ancien actionnait à côté de lui la manivelle d'un orgue d'où montaient les notes joyeuses d'une musique de cirque qui, l'espace d'un instant et à ma grande honte, me fit remonter à la mémoire l'image de Cecilia, l'exquise danseuse difforme du Mont Táber. Aux pieds du vieil homme dormait un chien avec un foulard rouge autour du cou, comme le compagnon de Canines, mais celui-ci avait ses quatre pattes intactes, et à côté de l'animal se tenait accroupi un enfant de guère plus de trois ans, un chapeau retourné dans la main.

— Donnez-lui quelque chose, monsieur l'étu-diant, m'ordonna Ezequiel, après avoir observé pendant quelques instants le spectacle, les yeux aussi écarquillés et les lèvres aussi souriantes que ceux des gosses qui entouraient le marionnettiste.

Je m'approchai du petit encaisseur et laissai tomber quelques pièces de monnaie dans le chapeau.

L'enfant me regarda de ses grands yeux vides et n'esquissa pas le moindre sourire.

— Je regrette de gâcher ton plaisir, dis-je à Ezequiel en revenant près de lui, devant la porte de la crémerie. Mais M. G nous attend...

Le garçon jeta un dernier coup d'œil aux deux marionnettes dansantes et effaça enfin le sourire de son visage.

— Allez, ne traînons pas davantage, murmura-t-il, ensevelissant de nouveau le gamin de quatorze ou quinze ans qu'il restait en fin de compte sous son déguisement de jeune homme dédaigneux et silencieux.

Au lieu de regagner la Rambla et de prendre la direction du port en traversant la porte de la Paix, comme cela eût été naturel, Ezequiel descendit la rue et immédiatement, sous prétexte de je ne sais quel raccourci, dévia vers la droite, vers le cœur de la vieille ville, nous faisant pénétrer dans la première d'une longue suite de ruelles tour à tour sombres, sordides et malodorantes, dont l'inclusion dans notre itinéraire n'avait d'autre but, compris-je, que de compenser la faiblesse qu'il avait lui semblait-il laissé paraître devant moi en se laissant fasciner par ce spectacle de marionnettes enfantines. De fait, la vision de la faune humaine en souffrance qui survivait entre ces murs décrépis avait tout pour me faire oublier son instant de relâchement. Des enfants sales et aux pieds nus, des hommes infirmes, des femmes à l'air amer et au visage usé par les intempéries féroces de la pauvreté : autant d'individus prématurément vieillis qui menaient leur vie misérable entre des nids de bêtes nuisibles, des fosses septiques béantes et des chaussées non pavées, et qui, sur notre passage, regardaient mes vêtements et mes chaussures avec des yeux aussi creux et inexpressifs que ceux de l'enfant qui tenait le chapeau des deux vieux marionnettistes.

— Était-il nécessaire de faire un tel détour ? demandai-je à Ezequiel quand nous ressortîmes enfin à lumière de la place du Palais.

— Une idée de M. G. Il pense lui aussi que vous avez besoin de vous endurcir un peu.

Le gamin franchit les dix mètres de chaussée qui séparaient le bâtiment de la Loge de celui de Xifré sans prêter la moindre attention à l'abondante circulation dans les deux sens. Je l'imitai avec quelques précautions.

— Ce n'est pas du tout honteux d'aimer les marionnettes, tu sais ? Quand j'avais ton âge, j'aimais ça, moi aussi.

Ezequiel me lança un sourire par-dessus l'épaule.

— Tapette, me dit-il, sur un ton presque tendre.

Du coup, c'est en silence que nous parvînmes à l'extrémité sud-est de la muraille, que nous traversâmes par la vieille porte de la Mer, pour déboucher sur les premières maisonnettes des pêcheurs de la Barceloneta. Quelques dizaines d'entre eux étaient en train de nettoyer et de raccommoder leurs filets sur la terre ferme, leurs humbles barcasses amarrées aux bancs de sable de l'ancienne île de Maians, leur pêche de la nuit certainement déjà vendue aux marchands de la Boquería ou aux cuisiniers des auberges et des restaurants de la ville.

Ezequiel s'approcha d'un groupe de trois vieillards travaillant sur un filet qui semblait extrêmement fragile et noirâtre, et leur dit quelque chose qui provoqua un éclat de rire général ; puis il revint à ma hauteur, sans prononcer un mot, et me fit signe avec la même fermeté de lui emboîter le pas vers les quais à l'ouest.

Ni le splendide soleil automnal qui brillait toujours dans le ciel ni la brise nette qui soufflait depuis les profondeurs de la Méditerranée ne parvenaient à améliorer d'un pouce l'aspect et l'odeur du port industriel. Ici, tout était laid, sale et décadent, et d'une manière particulièrement orgueilleuse et agressive : le bois pourri sur les quais, les murs déjà vaincus des multiples entrepôts abandonnés, la corrosion sur les coques des bateaux, sur les grandes grues de chargement et sur les containers métalliques qui déplaçaient, d'un pays à l'autre, le produit du travail de millions d'hommes et de femmes tels que ceux qui pullulaient en cet instant autour de nous. L'odeur de crottin des mules de bât se mêlait aux effluves de sueur et de crasse des dockers occupés à remplir les charrettes jusqu'à la gueule de leur précieuse charge, toutes ces émanations masquées par celles des divers combustibles qui alimentaient la palpitation incessante de ce monstrueux cœur mécanique qu'était le port de Barcelone.

— Si je vous laisse seul ici, vous arriverez à ne pas vous faire dépouiller avant l'arrivée de M. G ?

Ezequiel s'était arrêté devant le portail d'un entrepôt en ruine situé au milieu de ce qui ressemblait à un chantier naval abandonné.

— C'est l'entrepôt du père de M. G ? demandai-je, regardant d'un air incrédule cette structure chancelante et instable comme un château de cartes.

— Joli, non ? Le vieux est à l'intérieur, mais à votre place je ne le dérangerais pas. Regardez ce que vous voulez, mais ne touchez à rien. Si vous touchez à quelque chose, vous êtes un homme mort.

Le garçon prononça cette dernière phrase sur un ton qui me fit penser qu'il ne plaisantait pas.

— Tu ne disais pas que M. G allait m'attendre ?

— Le chef est un homme occupé.

Ezequiel porta deux doigts à sa casquette et me montra brièvement la pointe rosée de sa langue.

— Rendez-moi un service, monsieur l'étudiant. Dites au chef qu'il n'y avait rien d'intéressant dans la tanière.

— Rien d'intéressant.

— Il comprendra. Et dites-lui également que je vais aller voir les boxeurs. S'il y a quelque chose, j'irai le trouver.

Avant que j'aie eu l'occasion de protester ou de formuler une question, le gamin se retourna et partit à toute vitesse en me laissant planté là, devant le portail entrouvert de l'entrepôt désolé qui d'après lui, même si ça semblait absurde, appartenait au père d'Antoni Gaudí.

Ne sachant que faire, j'attendis quelques minutes sur place que mon ami se présente enfin et daigne m'expliquer ce qui se tramait. La raison pour laquelle il n'avait pas honoré notre rendez-vous pour aller sonner ensemble à la porte de Víctor Sanmartín. Ce qui autorisait un de ses employés à s'introduire dans le domicile d'autrui et à se vanter de ses habitudes délictueuses. Pourquoi nous étions maintenant sur le port. Qui était l'homme qui vivait et travaillait dans cet entrepôt en ruine.

Ce laps de temps écoulé, de plus en plus agacé par ce que j'avais décidé de considérer comme un nouveau manque de respect de Gaudí envers ma personne, par son maudit penchant pour les secrets et les petites énigmes, je décidai de pousser la porte qui se trouvait dans mon dos et d'essayer de trouver moi-même des réponses à mes questions.

Mes yeux mirent plusieurs secondes à s'habituer à la faible lumière régnant à l'intérieur de l'entrepôt. L'unique lueur éclairant la vaste nef centrale provenait de fentes dans les grosses planches qui masquaient les fenêtres et des multiples fissures qui couraient au plafond. Un étrange mélange d'odeurs imprégnait l'atmosphère jusqu'à la rendre quasi irrespirable, certaines familières, odeur de bois pourri, de métaux en processus de corrosion, d'humidité stagnant de longue date dans les murs et dans les sols de ciment, d'autres encore, complètement inconnues de moi. Ni la pénombre du hangar ni la puanteur qu'on y respirait, cependant, ne parvinrent à retenir mon attention plus de quelques secondes. Quand mes yeux papillotants cessèrent d'errer sur les hauts plafonds lézardés de l'entrepôt et ses fenêtres aveugles et descendirent enfin au ras du sol, tout ce qui n'était pas l'insolite dispositif qui se trouvait face à moi cessa dans l'instant d'exister.

Une ville en miniature. Une gigantesque ville en miniature, dont les bâtiments les plus hauts s'élevaient juste de quelques empans au-dessus du sol, dont les avenues les plus vastes auraient difficilement toléré l'intrusion d'un pied humain, et dont les limites coïncidaient presque exactement avec celles de l'entrepôt qui la contenait. Une rutilante ville de cuivre, de verre et de pierre, dont les principaux points d'orgue, les tours et les coupoles de ses diverses églises, ses jardins et ses places circulaires, le parfait quadrillage d'îles, de cours et de chanfreins que contenaient difficilement ses murailles anachroniques, évoquaient sans aucun doute la cité qui s'étendait au-delà des murs du hangar, mais étaient en même temps impossibles à localiser ou à identifier avec certitude. À la façon des notes d'une partition célèbre dont la mélodie, cependant, ne serait pas jouée de la façon habituelle, les divers fragments familiers de la ville que reproduisait cette maquette insolite ne parvenaient pas non plus à se combiner pour former l'ensemble de ce que nous, les habitants du monde réel, connaissions comme étant Barcelone.

La ville en miniature que mes yeux éblouis contemplaient pour la première fois ce matin-là était sans nul doute Barcelone, elle ne pouvait pas ne pas être Barcelone, mais elle ne l'était pas non plus entièrement.

Une mélodie familière, effectivement, soumise à toutes sortes de suppressions et d'ajouts et à un changement général de temps, de rythme et de mesure dont les conséquences étaient à la fois pratiquement imperceptibles et impossibles à ignorer. Une ville démontée pièce par pièce puis reconstruite en suivant la stricte logique des rêves...

— Monsieur Gaudí ?

Le vieil homme était agenouillé devant un parmi les centaines, peut-être les milliers, de bâtiments de verre et de cuivre qui constituaient la maquette. Son apparence n'était pas moins surprenante que celle de son insolite dispositif : cheveux blancs ébouriffés, barbe blanche également, vêtements usagés et négligés, et dans le regard cet éclat intense et détaché qui est la marque exclusive des saints, des génies et des fous. Il pouvait avoir quatre-vingts ans, et tout aussi bien soixante ou cent vingt ; c'était peut-être dû à la sensation d'atemporalité que transmettaient sa silhouette maigre et courbée et les rides qui sillonnaient la peau de son visage. Dans la main droite il tenait un petit marteau à la pointe rougie, et de la gauche il semblait mesurer la distance en pouces entre deux pièces de cuivre dont il me fut impossible, à cette distance, de comprendre la fonction.

Un petit brasero brûlait à ses pieds, et trois autres, tous allumés également, étaient répartis à travers l'entrepôt, diffusant une fumée qui ne faisait qu'obscurcir davantage le spectacle inattendu, la brillante maquette trop vaste, le jeu de lumière et d'ombres que projetaient les fissures du plafond, le vieil homme penché sur son ouvrage, qui s'offrait à ma considération. Le brouillard propre à une Barcelone de fantaisie, me dis-je. Le smog sur une ville imaginaire et hallucinatoire, dont j'étais à mille lieues d'imaginer l'existence dans ce hangar.

— Monsieur Gaudí ?

Cette fois non plus le vieil homme ne leva pas la tête de la pièce de cuivre qui retenait son attention.

— Il ne peut pas vous entendre, dit alors une voix dans mon dos. M. Comella n'est pas là.

Je me retournai et découvris le visage familier d'Antoni Gaudí, qui m'observait depuis une extrémité de la maquette, la plus proche du portail d'entrée de l'entrepôt.

— Vous voulez dire…

— Quand l'art l'appelle, le monde disparaît pour lui.

Gaudí fit un geste de la main droite.

— Ne le dérangeons pas.

Je me tournai à nouveau vers le vieil homme plongé dans sa tâche, embrassai une dernière fois du regard ce paysage invraisemblable de coupoles, de toits et d'avenues de verre, de pierre et de cuivre, et je suivis mon ami.

Une fois que nous fûmes dehors, sous le soleil radieux qui brillait toujours dans le ciel, Gaudí ôta le gant blanc en peau de chevreau qui recouvrait sa main droite et me tendit celle-ci aussi cérémonieusement que lors de la matinée qui avait inauguré notre amitié, en cette deuxième rencontre au pied du perron de la Loge de Mer, quand ni lui ni moi ne soupçonnions ce que l'avenir nous réservait.

— M. Comella, avez-vous dit ? fut la première question que je lui posai lorsque mes yeux se furent habitués au nouveau changement de lumière.

— Oriol Comella, acquiesça Gaudí, réenfilant son gant après m'avoir fermement serré la main. Ce nom vous est familier ?

— Pas du tout. Mais on m'avait dit que cet entre-pôt appartenait au père de M. G…

Gaudí sourit.

— Une petite licence de ma part, précisa-t-il en me prenant le bras et en m'entraînant vers l'extérieur du vieux chantier naval abandonné. Ces quais, vous le savez, ne constituent pas précisément un lieu sûr. Ici, toutes sortes de chapardeurs, de filous et de profiteurs opèrent et prospèrent, et nombre d'entre eux n'ont aucun respect pour la vie humaine. Transformer M. Comella en père de M. G est le meilleur moyen que j'aie trouvé afin de procurer au vieil homme une certaine… protection.

— Donc M. G est un homme qui sait se faire respecter dans ces milieux, dis-je.

— Dans ces milieux, Camarasa, mon ami, la seule chose qui se fait respecter est l'argent, répliqua-t-il. L'argent qui ne peut être volé d'un coup et sous la menace du couteau, je veux dire.

Je finis par comprendre.

Les affaires de M. G. Le Mont Táber. Les pièces de cuivre dans le taudis d'Andreu. La conversation de la veille au soir avec Canines.

Les potions destinées à voir la réalité.

— M. G distribue son argent à pleines mains, dis-je. L'argent qu'il gagne grâce à son trafic de thé vert « arrangé ».

— Comme c'est amusant.

— Un argent qu'il consacre, me semble-t-il, à fournir des quantités industrielles de cuivre, de pierre polie et de verre à cet étrange monsieur que je n'ai pas eu l'occasion de saluer.

Gaudí me regarda d'un air amusé.

— Maintenant, c'est vous qui me surprenez, Camarasa, mon ami.

— Je me trompe ?

— Vous avez parfaitement deviné. C'est pour cela que vous m'avez surpris.

Je souris moi aussi.

— Si minces que soient les pièces avec lesquelles travaille M. Comella, il doit y avoir ici pratiquement une tonne de cuivre, de verre et de pierre accumulée, repris-je. Je ne suis pas au courant des prix du verre et de la pierre de cette qualité mais, même moi, je sais que de nos jours le cuivre est un matériau onéreux et rare. En ces temps troublés que nous vivons, l'armée l'accapare comme si c'était de l'or. Et les industriels se disputent les miettes de l'armée. Je me trompe ?

— Pas du tout. Le verre et la pierre ne sont pas bon marché, mais le cuivre est un article de luxe.

— Où vous le procurez-vous ?

Mon compagnon haussa les épaules.

— Eh bien, ici et là.

Je compris.

— Il vaut mieux ne pas poser de questions.

— Mes fournisseurs savent où le trouver. C'est tout ce que nous avons besoin de savoir. Je le leur paie un bon prix, ils gagnent leur vie et M. Comella peut continuer à travailler à son projet. Tout le monde est content.

Tout le monde est content, faillis-je rétorquer, excepté les propriétaires légaux de ce cuivre sans doute volé.

— Des fournisseurs comme Canines, dis-je à la place. Et Eduardo Andreu.

Gaudí fit un signe de dénégation de la tête.

— Je n'ai jamais traité directement avec Andreu, affirma-t-il. Il devait travailler pour l'un de mes fournisseurs. Canines lui-même, sans doute, même si ce dernier l'a nié hier soir.

— C'est pour cela que vous avez été si intéressé de trouver ces plaques dans son taudis. Que vous en avez volé une. Vous vouliez l'identifier.

Gaudí introduisit la main droite à l'intérieur de sa redingote et en ressortit la petite plaque de cuivre subtilisée sur la scène de crime.

— Sans succès, je dois dire. Elle ne présente rien de particulier. Mais je ne crois pas non plus que cela ait la moindre importance.

J'approuvai de la tête.

— Si les petits travaux d'Andreu en tant que fournisseur indirect de M. G avaient eu un rapport avec sa mort, le cuivre n'aurait plus été là quand le cadavre a été retrouvé.

— Cela semble logique de le penser, reconnut Gaudí. Quoi qu'il en soit, après notre conversation d'hier soir avec Canines, j'ai pensé que je vous devais une explication. C'est pour cela que j'ai demandé à Ezequiel de vous conduire à l'entrepôt de M. Comella.

— J'apprécie l'attention. Maintenant, vous n'avez plus qu'à m'expliquer qui est M. Comella, ce que peut bien être cette maquette gigantesque que vous avez construite à l'intérieur de ce hangar et pourquoi, pour l'aider, vous êtes devenu une sorte de délinquant à grande échelle...

Gaudí remit la plaque de cuivre dans la poche intérieure de sa redingote et me regarda d'un air amusé.

— C'est peut-être un peu exagéré...

— Ce que vous faites, cher ami, est un délit en bonne et due forme. Vous versez des sommes forcément coquettes en échange de matériel dérobé. Des matériaux que vos fournisseurs volent dans le seul but que vous les payiez pour cela. Vous êtes à la fois le seul instigateur du crime et son bénéficiaire direct. L'inspecteur Labella serait ravi de connaître ce pan de votre vie, vous ne croyez pas ?

— L'inspecteur Labella a mieux à faire, pour l'instant.

Alors je me souvins :

— Vous connaissiez le nom de Labella... La première fois que je vous ai parlé de lui, vous m'avez dit que vous aviez pâti des conséquences de certains de ses agissements. Et quand nous nous sommes retrouvés avec lui dans la chambre d'Andreu, Labella vous a regardé comme si votre visage lui était familier.

— Il est possible que nos chemins se soient croisés un jour, certes, admit Gaudí. Mais nous ne nous sommes jamais trouvés face à face. Ne vous inquiétez pas pour moi.

— Si vous le dites...

— Quant à Oriol Comella, contentez-vous de savoir qu'il est la première personne que j'aie rencontrée à mon arrivée à Barcelone. Nous nous sommes littéralement tombés dessus au presbytère de Santa María del Mar, l'après-midi même où mon frère et moi nous sommes installés dans la mansarde de la petite place de Moncada. À l'époque, j'avais seize ans, et lui plus de soixante-dix ; M. Comella était un fervent catholique et, moi, j'avais déjà commencé à m'éloigner de la foi des anciens ; c'était un homme d'une grande rigueur ascétique et moi un jeune homme ébloui par les tentations de la grande ville ; mais nous nous sommes découverts unis par une même passion pour l'architecture et un penchant identique envers les aspects les moins conventionnels de cet art. M. Comella était depuis des années un architecte retiré et oublié par la profession. Malgré son appartenance à l'une des plus grandes familles de Barcelone, il vivait de la charité dans l'entrepôt que vous avez vu, et il avait déjà commencé à travailler sur ce qu'il considérait comme son projet définitif. La ganterie d'Esteve Comella ne doit pas vous être inconnue, ajouta Gaudí, désignant mes mains du menton.

Effectivement, elle ne m'était pas inconnue. La ganterie située au coin des rues Ferdinand-VII et d'Aviñón, touchant l'immeuble de Sanmartín. L'établissement de ce genre le plus réputé de Barcelone.

— Oriol Comella est parent avec Esteve Comella ?

Mon ami hocha la tête.

— Même si je dois dire que les talents des deux hommes ne pourraient être plus dissemblables. Par chance pour M. Comella.

Par chance pour le vieil architecte indigent, traduisis-je pour moi-même.

— Et ce projet définitif auquel il travaillait déjà quand vous l'avez rencontré était ce que nous venons de voir, suggérai-je. Une maquette de Barcelone.

— Une reconstruction de Barcelone. Une ré-imagination libre et personnelle de Barcelone.

Gaudí fit un geste de la main droite : nous aurions plus tard l'occasion d'entrer dans les détails.

— Quoi qu'il en soit, je me suis promis alors qu'un jour je l'aiderais à réaliser son projet.

— Et c'est le moyen que vous avez trouvé, complétai-je. Pour lui offrir le financement que sa famille lui avait refusé. Je comprends.

— Mais vous n'approuvez pas.

— Je n'ai pas à approuver ou à désapprouver les actions de quiconque. Vos fins sont nobles, donc, aucune objection de ma part. Ce qui me rappelle..., fis-je en souriant. Votre ami Ezequiel m'a prié de vous transmettre deux messages de sa part.

— J'allais vous demander où il était. Je lui avais recommandé de rester avec vous jusqu'à mon arrivée.

— Il a dit qu'il allait voir les boxeurs. Et aussi qu'il n'y avait rien d'intéressant dans la tanière. Voilà.

Gaudí approuva d'un air sérieux tandis que nous traversions une passerelle de bois instable posée entre deux parties du vieux quai par lequel nous passions.

— Vous vous rappelez m'avoir dit qu'Eduardo Andreu, après avoir perdu sa réputation de marchand, avait tenté de gagner sa vie en tant que bookmaker dans le circuit des combats illégaux sur le port ? me demanda-t-il. J'ai pensé qu'il serait bon de chercher un peu de ce côté...

Gaudí haussa les épaules.

— Bon, je ne crois pas que nous trouvions grand-chose d'intéressant, mais il faut quand même essayer.

— Et la tanière, c'est...

— L'appartement de Víctor Sanmartín, bien sûr. Bien sûr.

— Un autre délit, dis-je. Inciter un enfant à s'introduire dans le domicile d'autrui afin d'y fouiller dans les affaires d'un citoyen qui, même s'il nous déplaît, a droit à son intimité.

— Je vous trouve un peu timoré, ce matin, Camarasa, mon ami.

— Peut-être le fait d'avoir un père sous les verrous m'a-t-il rendu plus sensible pour tout ce qui a trait à la légalité, Gaudí, mon ami.

Celui-ci hocha la tête avec gravité.

— Excusez-moi, dit-il. Je n'oublie pas la situation de votre père.

— Je sais. Et je vous remercie de ce que vous faites. C'est juste que je n'aimerais pas que nous nous retrouvions, vous ou moi, avec un œil au beurre noir comme Ezequiel.

Gaudí s'arrêta au pied de ce que je ne reconnus qu'alors comme étant la façade extérieure de la porte de la Paix. Nous quittions le port, pensai-je. Bonne idée.

— Il vous a expliqué ce qui s'était passé ?

— Il m'a dit que c'était votre faute.

Mon camarade sourit.

— Il n'a pas tort, reconnut-il. Vous vous souvenez du poignard qui était fiché dans la poitrine d'Andreu ?

— Comment aurais-je pu oublier ?

— Et vous vous rappelez le blason qui ornait le pommeau ?

— Vous avez dit que vous pensiez l'avoir vu en l'une ou l'autre occasion, mais que vous ne vous souveniez ni quand ni où.

Gaudí se frappa deux fois la tempe du bout de l'index de la main droite.

— Eh bien, finalement, je m'en suis souvenu, et ce grâce à vous, affirma-t-il. À vous et à Mlle Fiona. Vous vous rappelez ce que vous m'avez raconté sur les relations que notre amie avait entretenues avec un groupe de nihilistes russes qui finirent par commettre des attentats contre les trains souterrains, à Londres ?

— Oui.

— Une nuit, il y a quelques années, la police a fait une descente dans l'un des théâtres du Raval que je fréquentais alors et a arrêté un petit groupe d'anarchistes qui, semble-t-il, avaient commencé à se servir du local pour leurs réunions clandestines. Je me trouvais au théâtre ce soir-là, et je vous avoue que j'ai eu de sérieux problèmes pour convaincre les policiers de ce que le contenu des flacons que j'avais apportés était purement médicinal et à usage privé, dit Gaudí en ébauchant un sourire espiègle. Quoi qu'il en soit, lorsque l'un des supposés anarchistes arrêtés est passé à côté de moi, j'ai vu qu'il portait un insigne accroché au plastron de son gilet…

— Le blason du poignard.

— Je pourrais en jurer.

— Alors c'est un anarchiste qui a assassiné Eduardo Andreu ? demandai-je, incrédule. Quel intérêt pourrait avoir un rénovateur social à mettre un terme à la vie de ce pauvre diable ?

Les sourcils de Gaudí se haussèrent de façon comique.

— « Un rénovateur social »…

— Comprenez-moi bien : je ne défends pas les méthodes anarchistes, et je ne partage pas non plus leurs idées. Ni le terrorisme ni le désordre social ne m'attirent le moins du monde, comme vous pouvez le comprendre. Je dis juste que je ne vois pas comment Eduardo Andreu aurait pu devenir la victime d'un crime politique...

— Vous oubliez que l'assassinat d'Andreu est un crime avec deux victimes.

J'y réfléchis pendant quelques instants.

— Je ne vois pas non plus ce que les anarchistes peuvent avoir contre mon père, dis-je enfin. Je vous rappelle que ses détracteurs l'ont accusé dernièrement précisément d'encourager dans son journal toutes sortes d'idées populistes et séditieuses...

— Susciter le mauvais goût parmi les classes inférieures à force d'excès typographiques et de sensationnalisme illustré n'est pas la même chose que s'aligner du côté de ceux qui aspirent à mettre à bas l'ordre social, répliqua Gaudí. Je doute fort, de plus, qu'un véritable anarchiste voie en votre père un partisan de sa cause. Et encore moins s'il est au courant des rumeurs que notre ami Víctor Sanmartín a laissé filtrer contre lui dernièrement...

Je commençai à comprendre où mon compagnon voulait en venir :

— L'ennemi naturel d'un anarchiste est le roi du pays qu'il rêve de libérer de tout ordre, dis-je. Si mon père travaillait pour l'arrivée de ce roi...

Je n'eus pas besoin de compléter le syllogisme.

— C'est peut-être une idée absurde, précisa Gaudí. Mais nous ne perdons rien à tenter de voir où elle nous mène.

— Nous y gagnerons tout au plus un œil au beurre noir.

Gaudí sourit.

— La subtilité dont regorgent les doigts de ce garçon lui manque dans la langue, reconnut-il. Même si je n'ai pas moi non plus été très inspiré de lui confier cette tâche.

— Une tâche consistant, j'imagine, à poser discrètement quelques questions dans le Raval.

Mon ami confirma en hochant la tête.

— Ezequiel a de nombreuses qualités, mais la discrétion n'en fait pas partie.

— Peut-être vous sera-t-il plus profitable de poser vous-même quelques questions à Fiona cet après-midi.

— Fiona ?

— Ces derniers jours, elle a dû illustrer quelques articles sur des coups de filet menés par la police dans les réunions clandestines anarchistes du Raval. Les exploits de la police et ceux de leurs ennemis organisés sont l'un des sujets de prédilection des *Nouvelles illustrées*. Elle saura à quelle porte frapper.

Le regard de Gaudí se perdit un instant dans l'effervescence incessante du port, ses grands yeux bleus fixés sur un point indéterminé au-delà des mâts des bateaux qui avaient accosté au quai. Des mouettes bruyantes volaient en cercle au-dessus de l'eau trouble, quelques pigeons les imitaient sur la terre ferme, les premiers nuages du matin apparaissaient déjà timidement à l'ouest. Les lèvres de Gaudí remuèrent à plusieurs reprises, mais aucun son n'en sortit. Enfin, le regard toujours rivé sur le ciel, il porta la main à sa poche, sortit son étui à cigarettes et une boîte d'allumettes, alluma une cigarette et, sans me regarder, me tendit les deux objets en murmurant :

— Je crois qu'il est temps de partir.

Je ne trouvai bien sûr rien à objecter.

33

Vingt minutes plus tard, Fiona nous reçut au journal, un mélange évident de plaisir et de curiosité sur le visage. Elle ne se leva pas à notre arrivée, se contentant de nous tendre la main par-dessus l'épaisse couche de papiers qui recouvrait son bureau, planches, cahiers ouverts, vieux numéros du journal, et de nous inviter à prendre place sur les chaises qui se trouvaient face à sa table en nous demandant à quoi elle devait une visite aussi inattendue.

— Comme c'est intéressant, dit-elle après avoir écouté les explications sommaires que Gaudí lui fournit. Vous êtes la troisième personne à me parler des anarchistes aujourd'hui...

Gaudí et moi nous regardâmes du coin de l'œil.

— Et les deux premières étaient...

— Víctor Sanmartín et mon père.

Voyez-vous ça, pensai-je.

— Tu as retrouvé Víctor Sanmartín ?

— En fait, c'est lui qui m'a trouvée, répondit Fiona en souriant. Il m'attendait au coin de la rue Ferdinand-VII quand je suis arrivée ici, juste avant neuf heures. Il voulait me faire une proposition.

— Tiens donc...

— Il voulait que nous écrivions ensemble un article sur Sempronio Camarasa. Mes informations, les siennes, mes dessins et sa plume. Succès assuré, apparemment.

— Que lui as-tu dit ? m'enquis-je.

Fiona me considéra, le sourcil théâtralement froncé.

— À ton avis ?

— Et les anarchistes ?

De l'autre côté du vaste bureau qui nous séparait, Fiona se tourna vers Gaudí.

— Il a dit que les amis de M. Camarasa allaient désormais tenter de faire accuser les anarchistes de l'assassinat d'Andreu. Qu'à défaut d'autres possibilités de défense ils n'hésiteraient pas à chercher un innocent sur qui faire retomber la faute.

Gaudí acquiesça gravement.

— Mais pourquoi précisément les anarchistes ?

— Il ne l'a pas dit. J'imagine qu'il a lu les nouvelles que nous avons publiées ces derniers jours. Les diverses visites que la police a effectuées récemment dans les lieux du Raval où se réunissent ces pauvres types. J'ai pensé qu'il le disait pour cette raison.

« Ces pauvres types »… L'expression me surprit.

— Tu n'as pas une bonne opinion d'eux, semble-t-il, dis-je avec quelque précaution.

Je me souvenais encore de la réaction de Fiona, la veille au soir, quand j'avais suggéré que ses idées politiques semblaient avoir changé considérablement depuis la période que nous avions partagée à Londres.

— Je pensais que tu les trouverais… intéressants, ajoutai-je.

— Les anarchistes ?

Elle eut une moue de dédain.

— Les rares anarchistes que j'ai connus à Barcelone sont de pauvres rêveurs. Sentiments nobles, idées confuses et pas le moindre sens de la réalité. Dans votre pays, mes amis, l'anarchisme a autant de possibilités de triompher que la véritable république.

Et vous voyez où nous en sommes maintenant, signifiaient ses sourcils haussés.

Attendant l'arrivée d'un nouveau Bourbon.

— Et tu disais avoir vu ton père, également, fis-je.

— C'est ça qui est intéressant. Il y a une demi-heure, il m'a appelée dans son bureau et m'a annoncé que dès mardi nous commencerions à publier une série d'articles de fond sur les activités des anarchistes. « Notre prochaine campagne de prise de conscience publique », comme disait ton père. Comme dit ton père, se corrigea-t-elle immédiatement.

Gaudí émit un curieux grognement.

— Quelle coïncidence.

— N'est-ce pas ?

Fiona posa sur le bureau le crayon qu'elle tenait encore en main et regarda fixement Gaudí.

— Quelle est la signification de tout cela ?

Mon camarade agita la tête de gauche à droite.

— Je ne sais pas. Mais moi aussi je trouve cela intéressant.

Un long silence songeur s'établit dans la pièce. La conclusion évidente des paroles de Fiona – Sanmartín avait raison, les amis de mon père comptaient désigner les anarchistes comme responsables de l'assassinat d'Andreu, et *Les Nouvelles illustrées* seraient leur premier instrument de diffusion publique de cette idée – était à la fois gênante et encourageante. À mon avis du moins.

Labella et ses collègues de la police judiciaire avaient beau détester mon père et ce qu'il représentait, ils devaient encore plus détester ces anarchistes qui, naïfs ou non, aspiraient à construire une société sans gouvernement ni classes sociales ou forces de sécurité, et qui, si les articles publiés ces derniers jours par *Les Nouvelles illustrées* disaient vrai, grenouillaient depuis des années déjà dans les eaux troubles de la Barcelone bourgeoise, à peine réveillée par ces rumeurs de soulèvement et de conflits sociaux.

Après quelques minutes de réflexion partagée, je me décidai à évoquer enfin le thème qui m'inquiétait depuis la veille au soir :

— Tout va bien avec ton père ?

Fiona me contempla d'un air étonné.

— Pourquoi me demandes-tu ça ?

— Hier soir, sans le vouloir, je vous ai entendus vous disputer.

Le visage de Fiona s'assombrit instantanément.

— Qu'as-tu entendu ?

— Juste des cris. Je n'ai rien compris. Mais je ne vous avais jamais entendus vous disputer auparavant. C'est pour cela que je me demandais…

— Et tu nous as entendus « sans le vouloir », dis-tu, m'interrompit Fiona. Je vois que les Camarasa ont un sérieux problème avec le respect de l'intimité. Margarita ouvre le courrier de votre père, tu nous épies, mon père et moi…

— Je ne vous épiais pas, protestai-je, surpris par la réaction de l'Anglaise. Je ne pouvais pas dormir, je suis sorti dans le jardin et j'ai pensé que tu serais peut-être encore debout. J'ai entendu des voix et je suis parti.

Fiona acquiesça de la tête, encore très sérieuse.

— Moi non plus, je n'ai pas l'habitude de me quereller avec mon père, vois-tu, dit-elle dans une tentative de sourire qui s'acheva en grimace. Excuse-moi.

— Non, c'est moi. Je ne voulais pas t'embarrasser.

— C'était une discussion privée, rien d'autre. Rien d'important. Aujourd'hui tout va bien.

Un nouveau silence s'établit entre nous. Le son des presses chauffant les engrenages au rez-de-chaussée de l'hôtel particulier s'imposa pour un instant à celui des voix des plumitifs, des secrétaires et des chefs de rédaction qui allaient et venaient dans le couloir, de l'autre côté de la porte close.

Ce fut cette fois au tour de Gaudí de briser notre silence songeur :

— Vous souhaiterez peut-être déjeuner avec nous aujourd'hui, proposa-t-il en regardant Fiona, ses traits concentrés dans une expression de chevalerie si impeccable qu'il faillit me tirer un sourire. Vous connaissez Les Sept Portes ?

— Je vous remercie de l'invitation, mais aux *Nouvelles illustrées* nous ne déjeunons pas. Gabriel peut vous le confirmer.

— La règle de la maison, plaisantai-je.

— Mais je ne compte pas sauter le goûter.

Fiona sourit à Antoni, cette fois de façon très naturelle.

— J'aimerais beaucoup voir votre fameuse maquette de Santa María del Mar.

Gaudí inclina cérémonieusement la tête.

— Ce sera un plaisir, assura-t-il, juste avant d'ajouter, en me regardant : Je crains, Camarasa, mon ami, que nous ne devions partir.

Nous nous levâmes tous trois, nous dirigeâmes vers la porte du bureau, où nous procédâmes au baisemain d'adieu. Fiona me serra alors la main dans un geste où je vis une réconciliation muette après ce second petit désaccord qui s'était produit entre nous en douze heures à peine, et ensuite, quand les lèvres de Gaudí frôlèrent la peau de sa main nue, son visage adopta une expression qui me ramena soudain au mois de décembre 1870.

— Vous avez réfléchi à ma proposition, Antoni ? demanda-t-elle.

Les joues de Gaudí s'empourprèrent dans l'instant.

— Oui, murmura-t-il.

— Alors ?

— Je... je n'ai pas encore pris ma décision.

Le sourire de Fiona s'accentua.

— Il n'y a pas d'urgence, dit-elle. À cet après-midi, alors. Bon déjeuner, ajouta-t-elle, s'adressant à moi.

Quand nous quittâmes l'hôtel particulier qu'occupaient les bureaux des *Nouvelles illustrées* et nous retrouvâmes à l'air libre, les joues de Gaudí s'étaient tout juste débarrassées de leur teinte enflammée.

— Il vaut mieux que je ne te pose pas de questions, n'est-ce pas ?

Mon ami ne me répondit pas.

Je profitai des déambulations sans but apparent dans les ruelles du Raval qui nous occupèrent le restant de la matinée pour expliquer à Gaudí les théories que Fiona avait formulées, ou plutôt les certitudes qu'elle m'avait communiquées, la veille au soir, sur les activités passées de mon père, sur sa situation judiciaire actuelle et sur les espoirs qu'il convenait de nourrir quant à son avenir. Je lui fis part également de l'étrange attitude de ma mère dès l'instant de l'arrestation de son mari, du douteux engagement de l'avocat Aladrén et des visites que nous avions effectuées à trois autres domiciles aisés de la ville – l'un d'eux, celui du paseo de San Juan, étant celui-là même où mon père s'était rendu quelques heures plus tôt avant de rentrer enfin à la maison –, et aussi, en dernier lieu, de mes propres impressions sur ce que tout cela semblait signifier.

Gaudí m'écouta très attentivement, ne posant que les questions nécessaires pour éclairer un point obscur de mon récit ou obtenir des précisions. Tout juste, à deux ou trois reprises, me demandat-il d'essayer de reproduire les termes exacts que Fiona, ma mère ou Aladrén avaient utilisés lors de nos conversations.

— Alors ? lançai-je enfin, lorsque j'eus terminé mon exposé.

Mon compagnon n'y réfléchit pas à deux fois :

— Toutes les idées de Mlle Fiona me semblent judicieuses, affirma-t-il, me posant brièvement une main sur le coude et s'arrêtant devant le mur de l'un des nombreux ateliers textiles qui occupaient la partie nord du Raval. Votre père est un agent Bourbon qui, ces six dernières années, s'est consacré à financer le projet de restauration monarchique à travers sa salle des ventes londonienne, et qui est maintenant de retour à Barcelone avec une nouvelle mission, dont vous et moi ignorons tout pour l'instant, mais que votre mère connaît sans doute, et vraisemblablement Mlle Fiona et son père, M. Begg. Votre mère a reçu l'ordre de ne rien révéler de l'objectif de son époux devant la police et de s'en remettre à d'autres agents des Bourbons dissimulés, tel cet avocat, Aladrén, qui a déjà travaillé pour vous dans l'affaire de la tentative de fraude d'Andreu. Tous deux espèrent certainement la chute rapide de la République et l'arrivée du nouveau roi, qui permettraient à votre père de sortir de prison et de défendre dans de bonnes conditions son honneur et son innocence.

Gaudí conclut son propre exposé en me gratifiant d'un regard brillant d'une excitation manifeste, avant d'ajouter :

— Mais il y a quelque chose que la théorie de Mlle Fiona n'envisage pas.

— Quoi ?

— La raison pour laquelle Andreu a été assassiné. La raison pour laquelle votre père a été incriminé. Pourquoi assassiner un vieux marchand ruiné et faire accuser votre père ? Dans quel but ?

Une charrette entra à cet instant dans l'impasse où nous nous trouvions, obligeant Gaudí à faire un écart.

— Considérons que tout cela est exact. Considérons que Fiona, de par sa position, ses contacts, sait ce qu'elle dit quand elle parle de votre père, et que ce qu'elle vous a confié hier soir n'était pas les spéculations d'une femme soucieuse, mais les informations qu'elle sentait que vous méritiez de connaître. Votre père ne serait qu'une pièce parmi d'autres sur un échiquier certainement bien occupé. Un pion au service de la grande partie de la restauration…

Mon ami observa un petit silence rhétorique avant de poursuivre :

— Pourquoi cet intérêt, alors, à l'envoyer en prison sur la base de fausses preuves, voire même à l'échafaud ? Pourquoi lui précisément ?

Je ne connaissais pas la réponse, et Gaudí pas davantage.

Après quelques secondes troublées par les cris d'un groupe d'ouvriers qui sortaient d'une usine voisine, je formulai à mon tour une nouvelle question :

— Et ces anarchistes qui semblent arriver maintenant sur la scène du crime, quel rôle jouent-ils dans cette théorie ?

Ce fut cette fois au tour de Gaudí de ne pas savoir quoi me répondre. Je m'en chargeai donc moi-même :

— Peut-être, à défaut d'un roi à occire, ces pauvres naïfs dont parlait Fiona se contentent-ils de liquider un humble pion…

Mon ami me fixa de nouveau, et cette fois non plus il ne dit rien.

Après avoir partagé avec Gaudí un agréable déjeuner suivi d'une brève discussion à notre place habituelle aux Sept Portes, je le raccompagnai jusqu'à la place de Moncada et pris congé devant la porte d'entrée de son immeuble. Je redescendis alors jusqu'à la place du Palais et arrêtai le premier cabriolet que je croisai. Mon corps et mon état d'esprit commençaient à se ressentir de la fatigue et du retard de sommeil accumulés au cours des quarante-huit dernières heures, et l'idée de rentrer à pied comme d'habitude jusqu'à Gracia me semblait de fait intolérable. Ainsi donc, j'indiquai ma destination au cocher, m'installai dans l'habitacle découvert et fermai les yeux avec la ferme intention de ne les rouvrir qu'à notre arrivée à la tour familiale.

Je passai le reste de l'après-midi à la maison. Je lus un moment dans ma chambre, goûtai dans la cour fermée avec Margarita et Marina, entrepris trois vaines visites au salon de l'après-midi, ma mère étant chaque fois occupée avec des personnes qui ne semblaient pas éprouver la moindre envie de traiter leurs affaires devant moi, et vers dix-neuf heures, lassé de me sentir invisible, je m'enfermai dans mon atelier de photographie et me consacrai à tester jusqu'à l'heure du dîner certains des nouveaux jouets qui m'étaient arrivés d'Angleterre par le dernier courrier maritime.

À vingt et une heures précises, Marina frappa à la porte pour m'annoncer que le dîner était servi dans la salle à manger principale.

— Monsieur Camarasa, me salua l'avocat, se levant et me tendant une main aussi ferme que la veille. Je suis ravi de vous revoir.

— Tout le plaisir est pour moi, monsieur Aladrén.

Ce fut pour ainsi dire le point culminant de notre conversation. Le restant de la soirée, la conversation banale d'Aladrén, les lourds silences de ma mère et notre propre somnolence qui nous faisait bâiller s'allièrent afin d'annihiler toute tentation que Margarita et moi aurions pu éprouver d'abîmer le splendide dîner qu'avait préparé Mme Masdéu par une question incongrue.

— Ce fut un plaisir, monsieur Camarasa, me dit l'avocat au moment de prendre congé, à vingt-deux heures précises, devant notre tour. Un de ces jours, il faudra que nous parlions, vous et moi.

— Disons demain, peut-être ?

L'homme ébaucha un sourire d'une amabilité indéniable.

— Un de ces jours, répéta-t-il en posant un pied sur la marche de sa voiture particulière. Je viendrai souvent, désormais, ne vous inquiétez pas.

Quelques instants plus tard, Margarita m'attendait à la porte de ma chambre.

— Raconte-moi tout, m'ordonna-t-elle, fermant la porte derrière nous et me traînant par la main jusqu'au bord de mon lit.

— Il ne m'a rien dit. Juste qu'on devrait parler un de ces jours...

— Pas l'avocat. Fiona.

— Fiona ?

— Marina m'a dit qu'elle était venue te voir hier soir, quand je suis partie me coucher. Vous n'avez pas arrêté de parler.

Sacrée Marina, pensai-je. Encore une habitante du foyer des Camarasa que n'étouffait pas le respect pour le droit à l'intimité.

— Elle avait l'oreille collée à la porte, alors.

— Laisse Marina tranquille, me prévint Margarita d'un air sérieux. C'est ma seule amie.

— Il n'y a rien à raconter, de toute façon.

— Je ne suis plus une enfant, Gabi. J'ai le droit de savoir.

Margarita avait raison. Quoi qu'il arrivât, elle avait le droit de savoir. La frustration que je ressentais de me voir exclu par ma mère du secret qu'elle et mon père partageaient était certainement de la même nature que celle de Margarita, qui savait que je détenais certaines informations qu'elle ignorait. Je la pris donc fermement par la main et, sans perdre de temps à choisir mes mots ni omettre aucun détail, je lui racontai la même chose qu'à Gaudí quelques heures plus tôt.

Quand j'eus terminé, ma sœur semblait curieusement soulagée.

— Alors il suffit que ses amis gagnent pour que papa sorte de prison… C'est plutôt une bonne nouvelle, non ?

Je le compris en l'étreignant et en lui disant que oui, elle avait raison, c'était une bonne nouvelle : Margarita venait d'établir son premier pacte d'adulte avec la réalité.

Je me réveillai vers trois heures du matin, la vessie pleine et les tempes endolories. Je me rendis à la salle de bains et urinai dans l'obscurité, puis je me plongeai la tête dans l'eau presque glacée du lavabo et, de retour dans ma chambre, ouvris la fenêtre en grand dans l'intention de respirer un peu d'air frais. Ce fut alors que j'aperçus la faible lueur qui donnait un air fantasmagorique aux arbres de notre jardin. Imaginant que c'était Fiona qui combattait son insomnie, comme d'habitude, sous le porche de la vieille ferme, je ne pus résister à la tentation, une fois vêtu, de sortir m'enquérir du résultat de ce premier après-midi que l'Anglaise avait partagé seule avec Gaudí. Je descendis au salon dans le noir, sortis par la porte de la cour couverte et traversai le jardin en suivant le chemin aux dalles cassées qui reliait notre tour au bâtiment qu'occupaient les Begg.

La lumière qui avait attiré mon attention depuis la fenêtre de ma chambre provenait effectivement du porche de la ferme.

Comme la nuit de ma première visite clandestine au Mont Táber, Fiona était allongée dans l'un des deux fauteuils à bascule. Elle avait les yeux clos, et une cigarette quasi consumée pendait entre l'index et l'annulaire de sa main droite. Un nuage de fumée à l'odeur caractéristique flottait autour d'elle, et un demi-sourire caractéristique lui aussi lui éclairait le visage. Ses cheveux épars, plus roux que jamais, retombaient sur ses épaules et sur sa poitrine, jusque sur les côtés du fauteuil, très beaux et impossibles à confondre avec ceux d'une autre, telle la chevelure qui avait selon la rumeur empli le cercueil de la défunte Lizzie Siddal.

Le deuxième rocking-chair, le plus proche des deux marches qui donnaient accès au porche, était occupé par Gaudí.

Mon condisciple avait les yeux mi-clos, le visage pâle comme celui d'un mort et les lèvres déformées par une grimace que je ne décrirai pas. Ses mains ne tenaient pas de cigarette, mais l'odeur que dégageaient ses vêtements et le petit monticule de cendres qui se dressait à droite de son rocking-chair ne laissaient aucun doute sur ce qui s'était produit.

— Camarasa, mon ami, me salua-t-il d'un filet de voix lorsque, après quelques secondes d'hésitation, je m'agenouillai à ses côtés et posai la main sur son front perlé d'une sueur glacée.

Ensuite, remplaçant laborieusement la grimace sur ses lèvres par un sourire maladroit autant que raté, il ajouta :

— Je crois que je viens moi aussi de découvrir mes dragons...

34

Je n'eus pas d'autres nouvelles de Gaudí avant une heure avancée du lundi après-midi. J'étais alors parti le chercher moi-même dans sa mansarde de la place de Moncada, à peine une demi-heure après avoir été enfin libéré de mes obligations au commissariat de las Atarazanas.

J'étais intrigué par le silence qu'avait observé mon ami tout au long de la journée précédente, un silence que j'avais tout d'abord seulement interprété comme réticent voire honteux, mais qui, au fur et à mesure de l'avancée du dimanche, s'était chargé dans mon imagination d'une certaine angoisse ; et le fait que Gaudí, manquant à la parole donnée le vendredi à ma sœur, ne se fût rendu au commissariat à aucun moment de cette interminable journée de tyrannie policière à laquelle ma famille et moi nous étions vus soumis depuis la première heure du lundi matin m'intriguait encore plus. Pour toutes ces raisons, la perspective de la rencontre imminente avec mon camarade ne réjouissait pas mon âme ce soir-là, mais l'inquiétait plutôt : pour la première fois, depuis que nous nous connaissions, cette visite était moins une occasion de plaisir et d'aventure qu'une obligation gênante à laquelle notre amitié m'obligeait.

Quoi qu'il en soit, le hasard se rangea curieusement de mon côté et me fit un clin d'œil dont Gaudí et moi ne fûmes en mesure de comprendre le sens que quelques mois plus tard, quand la fin précipitée de l'histoire que j'essaie de rapporter ici nous révéla l'importance inattendue d'un événement qui se produisit en cet après-midi du début de novembre.

La journée avait jusqu'alors était aussi longue et inconfortable qu'il convenait de s'y attendre. Le cercle des Camarasa au grand complet, ma mère, ma sœur et moi-même, Martin et Fiona Begg, les cinq membres du personnel de service et aussi, ce qui me surprit quelque peu, Aladrén, s'était présenté au commissariat de las Atarazanas à neuf heures du matin précises, comme cela nous avait été demandé, mais l'inspecteur Labella n'avait daigné commencer à requérir notre présence dans son bureau qu'à partir de midi, toujours un par un, à intervalles très irréguliers et dans un ordre si mystérieux que, malgré toutes mes tentatives, j'avais été incapable de lui trouver la moindre logique : l'agent Catalán passait la tête dans l'encadrement de la porte de notre salle d'attente et se contentait de prononcer le nom de l'un d'entre nous, le tout sans la moindre explication.

À quatorze heures, lorsqu'un homme en civil entra dans la pièce avec deux grandes carafes d'eau et un sac rempli de sandwichs, en nous sommant de reprendre des forces avant de poursuivre les interrogatoires, Mme Masdéu et Mme Iglesias, la cuisinière et la domestique principale, avaient déjà réintégré nos pénates, après avoir répondu aux questions de l'inspecteur, mais le cocher attendait toujours son tour assis à côté de moi, de même que Marina, visiblement épouvantée, et M. Carbonell, un presque vieillard, un voisin de Gracia qui s'occupait de notre jardin le matin et dont la présence à cet interrogatoire était en soi un mystère digne de considération. Margarita avait fini de répondre aux questions de Labella avant treize heures, mais quatre heures plus tard, à son grand désespoir, ni ma mère ni moi n'avions quitté nos chaises inconfortables. Martin Begg, de son côté, avait été le premier témoin – c'était notre statut, ce matin-là, d'après Aladrén : des témoins au service d'une enquête de police – à être réclamé par Abelardo Labella, et à douze heures trente il avait déjà reçu la permission de partir superviser la dernière étape avant l'édition du numéro des *Nouvelles illustrées,* tandis que se fille se trouva être l'avant-dernière occupante de la salle d'attente à entendre son nom dans la bouche de l'agent Catalán. À ce moment, il était déjà près de dix-huit heures, et ma mère et ma sœur avaient enfin entrepris leur trajet de retour vers Gracia en compagnie de Marina, de notre cocher et de Ramón Aladrén, qui, pour des raisons qui m'échappaient aussi, semblait avoir décidé que ni Fiona ni moi n'avions besoin de son assistance.

Ce fut ainsi que nous nous retrouvâmes à partager seuls, pendant dix minutes à peine, l'intérieur de cette pièce asphyxiante dans laquelle nous nous trouvions depuis près de dix heures.

— On parie pour savoir lequel des deux passera le dernier ? me demanda Fiona avec un sourire un peu éteint, quelques instants après que ma mère, récemment sortie de son interrogatoire, eut récupéré son sac et emmené ma sœur et notre avocat. Un goûter rue Petritxol ?

Au-delà des saluts de rigueur que nous avions échangés le matin très tôt en montant dans la berline familiale, c'étaient les premiers mots qu'elle m'adressait depuis le samedi, quand nous nous étions quittés devant la porte de son bureau de l'hôtel particulier de la rue Ferdinand-VII. Je n'avais pas eu de nouvelles de tout le dimanche. Comme Gaudí, Fiona semblait s'être volatilisée après notre étrange rencontre nocturne sous le porche de la vieille ferme et, tout au long de cette interminable journée au commissariat, ni elle ni moi n'avions manifesté l'intention de communiquer directement.

— Vous, les Anglais, et votre passion du jeu, répondis-je en me levant de la chaise que j'avais occupée jusqu'alors et en allant m'asseoir sur une autre, plus proche de Fiona.

Elle me sourit de nouveau, maintenant avec une plus grande fraîcheur.

— De toute façon, le pari est truqué. Le dernier, ce sera toi.

— Tu crois ?

— Pour l'inspecteur, mon cher, tu es la cerise sur le gâteau que nous composons aujourd'hui. Il veut que ton cerveau soit le plus fatigué et vulnérable possible.

Je fis semblant d'avoir envisagé cette possibilité.

— Nous allons parier ce goûter, dis-je toutefois. Aujourd'hui ?

Fiona fit un signe de dénégation de la tête.

— Là, tout ce que je veux, c'est rentrer chez moi, prendre un bain chaud et dormir douze heures d'affilée.

Je ne pus m'empêcher de lui demander :

— Tu manques de sommeil ?

— Comme nous tous, semble-t-il, répliqua-t-elle en se redressant sur sa chaise et en me regardant, la tête légèrement penchée sur la gauche. Dernièrement, nous ne dormons guère, toi et moi, je me trompe ?

Je compris que c'était une invitation à mettre fin au sujet qui occupait certainement nos esprits.

— Alors je peux t'interroger sur ce qui s'est passé avant-hier ?

— Tu peux, répondit-elle sans hésiter. Mais je crains de ne rien avoir d'intéressant à te raconter.

— Gaudí a passé la nuit avec toi. Ça, c'est intéressant.

Fiona secoua de nouveau la tête pour me contredire.

— Antoni a passé la nuit dans mon atelier, dans mon rocking-chair puis dans ma salle de bains. Je ne l'ai pas mis dans mon lit, si c'est ce que tu sous-entends.

Ce n'était pas ça.

Pas tout à fait.

En tout cas, pas aussi crûment.

— Je ne pensais à rien de tel, lui assurai-je avec le plus grand sérieux. Et même si cela avait été le cas...

— Et même si tel avait été le cas, ce que Antoni et moi aurions pu faire dans l'intimité de mes draps ne te regarderait pas, m'interrompit Fiona. Mais ne t'inquiète pas. Même si je ne suis pas une dame, ton ami, lui, est un monsieur.

L'Anglaise prononça ces mots avec une légèreté parfaite, sans agressivité ni volonté apparente de provocation.

Fiona n'était pas une dame. Gaudí était un monsieur. Deux simples observations, rien de plus.

— Je dois protester en faveur de ton innocence ?

— Tu le ferais si tu étais un monsieur toi aussi...

— Je ne vais pas insister, alors. Dans ton atelier, dans ton rocking-chair et dans ta salle de bains, tu as dit ?

Fiona eut un sourire moqueur qui rajeunit son visage d'au moins quatre ans.

— Il semblerait que l'estomac de ton ami n'est pas habitué à certains... composés.

Je souris moi aussi.

— Tes cigarettes sont moins digestives que son thé vert, suggérai-je, baissant la voix au son de quelques pas dans le couloir qui donnait sur la porte ouverte de la salle d'attente. Il te l'a fait goûter ?

Dans la semi-pénombre du soir qui guettait déjà de l'autre côté de notre baie vitrée, les yeux de Fiona brillaient d'un air mystérieux.

— Il te l'a fait goûter ? demanda-t-elle à son tour.

Sans rien à cacher désormais, je rapportai brièvement à Fiona mon expérience du vendredi soir au Mont Táber. Ma deuxième incursion clandestine dans le local, la façon dont je m'étais approché de la table de Gaudí, l'effet inexistant que m'avait provoqué son breuvage et aussi la fascination que continuait à exercer sur moi cette danseuse difforme dont mon condisciple revendiquait si fort l'amitié. Je ne passai sous silence que ma visite dans la tanière de l'humble cariatide champêtre.

— Mon cerveau ne semble pas avoir été conçu pour jouir de certaines expériences, conclus-je. Mais je t'avouerai que je meurs d'envie de danser de nouveau avec cette femme.

Fiona ignora cette dernière phrase et resta sur la précédente :

— Tu n'as peut-être pas encore trouvé le déclencheur approprié, dit-elle, se rapprochant de moi. Ce n'est manifestement pas la préparation de ton ami.

Je préférai ne pas lui demander ce qu'il en était de la sienne. Le souvenir du visage décomposé de Gaudí, de son front perlé d'une sueur froide, de ses yeux humides et embués comme ceux de n'importe lequel de ces hommes qui peuplaient les fumeries d'opium de l'East End, n'avait cessé de perturber mon sommeil et de troubler mes heures de veille depuis le dimanche matin. Que ce soit de par ma nature, du fait des leçons de notre passé commun ou du propre manque d'intérêt de Fiona, j'avais toujours su résister à la tentation de suivre l'Anglaise dans ses voyages à travers la fumée et les idées ; mais je n'étais pas sûr que Gaudí en ait été capable lui aussi.

— L'après-midi a donc été intéressant, repris-je, essayant d'aiguiller notre conversation sur des eaux plus tranquilles.

Fiona acquiesça sans hésiter.

— Très intéressant. J'ai retrouvé Antoni à la porte de Santa María à dix-sept heures précises, je l'ai accompagné chez lui et j'ai rencontré son frère. Un jeune homme particulier, ce Francesc.

Fiona sourit devant mon vigoureux assentiment.

— Antoni a commencé par me montrer cette formidable vue de l'église qu'ils ont depuis leur balcon et, pendant la demi-heure suivante, il m'a expliqué tous les détails de la maquette qu'il est en train de construire et m'a également montré quelques-uns de ses dessins. Ses idées sur les six ou sept points qui soutiennent tout le poids de l'édifice sont fascinantes, tu ne crois pas ?

— Certainement, approuvai-je. Qu'elles soient exactes ou non, elles constituent une théorie digne d'admiration.

— « Qu'elles soient exactes ou non » ?! Tu crois qu'elles ne le sont pas ?

Je haussai les épaules.

— Gaudí en sait beaucoup plus que moi sur l'architecture, et il a aussi des idées moins conventionnelles que les miennes. Je ne suis pas en mesure de juger ses théories sur la structure de Santa María del Mar... si risquées ou improbables qu'elles me semblent.

Fiona sembla méditer pendant quelques secondes mes paroles avant de reprendre le récit de son après-midi avec Gaudí :

— Quand il a eu fini de me montrer la maquette et les plans, nous avons laissé Francesc dans la mansarde et nous sommes sortis goûter dans une crémerie voisine. Puis nous nous sommes promenés un moment dans le jardin du Général, sommes montés sur les espaces découverts de la Citadelle, et de là il m'a emmenée dans un endroit où il dit trouver les racines de belladone qu'il utilise pour son fameux composé de thé vert. Nous avons dîné dans un restaurant que vous fréquentez, Les Sept Portes, et ensuite, après s'être fait prier un instant, il a accepté de m'emmener au Mont Táber. J'y ai passé deux heures seule à une table au fond de la salle, à regarder danser ton amie Cecilia et à compter les billets qu'Antoni mettait dans sa poche.

Elle sourit de nouveau.

— J'ai aussi goûté le contenu de l'un de ses flacons. Puis nous sommes allés à la maison, sommes restés un instant dans mon atelier, et j'ai fini par l'inviter à sortir avec moi sous le porche et à fumer une de mes cigarettes. Et alors, il semble que tu sois arrivé et que tu aies tout gâché...

Il y avait tant de choses étranges dans ce dernier laïus de Fiona que je ne sus devant laquelle me sentir le plus stupéfait. Gaudí avait emmené Fiona ramasser des racines de belladone dans les ruines de la vieille Citadelle. Gaudí avait emmené Fiona au Mont Táber et, une fois là, oubliant toutes ses grandes théories sur la nature purement terrestre de la femme et son incapacité à tirer le voile qui recouvre notre réalité immédiate, il lui avait offert un de ses flacons. Ensuite, plus étonnant encore, il avait consenti à raccompagner Fiona jusqu'à notre tour et, à l'aube, Martin Begg dormant pourtant à seulement quelques portes de distance, il avait partagé avec elle la double intimité de son art et de ses drogues.

Devant cette collection de nouvelles aussi surprenantes les unes que les autres, je choisis de poser à Fiona la question la plus délicate que je pus concevoir :

— Comment as-tu trouvé Cecilia ?

Et à cet instant, avant que l'Anglaise ait eu l'occasion de me répondre, la tête de l'agent Catalán se pencha à la porte de la salle d'attente et nous annonça que l'inspecteur Labella requérait la présence de Mlle Begg dans son bureau.

Je vous ferai grâce du récit de l'interrogatoire auquel l'inspecteur me soumit dans son bureau pendant plus d'une demi-heure, une déposition officielle – c'est peut-être le terme le plus approprié – que, par ma double condition de fils de Sempronio Camarasa et de témoin indirect de l'assassinat d'Eduardo Andreu, je dus faire ce soir-là et qui fut dûment consignée par la plume attentive de sa secrétaire. Au fil de cette longue demi-heure, l'attitude de l'inspecteur Labella envers moi sembla ressembler davantage à celle qu'il avait eue – obséquieuse, affectée, formelle de façon gênante – au cours de ses premières visites à notre tour de Gracia qu'au mépris agressif dont il avait fait montre lors de nos diverses rencontres du vendredi, d'abord dans le taudis d'Andreu, ensuite au moment de l'arrestation de mon père à notre propre domicile, puis lors de la visite ultérieure que nous avions tous effectuée dans ce même commissariat. Cette fois, je ne confondis pas l'onctuosité de ce petit homme au visage ravagé avec de la servilité, de la déférence envers ma situation, ou même de la simple amabilité. Abelardo Labella tenait toujours le destin de mon père entre ses mains, et non seulement il le savait, mais il en jouissait. Sa nouvelle stratégie n'avait d'autre objectif que de me gagner à sa cause, qui consistait bien sûr à clore la succulente affaire qu'il avait entre les mains et à envoyer le plus tôt possible mon père gravir les degrés de l'échafaud d'Amalia.

— C'était un plaisir de bavarder avec vous, monsieur Camarasa, me dit-il en prenant congé, me serrant la main devant la porte de son bureau. C'est agréable de pouvoir échanger des idées avec un jeune homme aussi raisonnable que vous. J'espère que ce ne sera pas notre dernière conversation.

— J'en suis sûr, répliquai-je, sentant que la peau glacée du petit homme commençait à refroidir ma propre main.

Quand je regagnai la salle d'attente, Fiona n'était plus là. Ma veste, les reliefs de mon dernier sandwich à demi consommé et les journaux que j'avais envoyé notre cocher m'acheter avant son départ étaient sur la chaise où je les avais laissés, et à côté figurait un billet revêtu de l'écriture caractéristique de Fiona. Trois mots : *Maison. Bain. Lit.* Je souris et le rangeai dans la poche intérieure de ma veste. Puis je ramassai les journaux et mon sandwich, pris congé de l'agent Catalán et sortis enfin du commissariat.

Il était dix-neuf heures. Le soleil déclinait dans un ciel couvert de brouillard et de suie, une fois encore. Un ciel industriel, pensai-je. Un ciel sale et pressé. Un ciel résolument moderne.

Je suivis la promenade de la Muraille en direction de la place du Palais, passai devant les portes déjà closes de la Loge et plongeai les mains dans la fontaine du Génie catalan, peut-être pour me purifier du contact avec l'inspecteur Abelardo Labella et de son monde d'uniformes et de menaces. Je remontai ensuite les deux ou trois ruelles qui me séparaient du porche de Santa María del Mar, dans l'intention de contourner l'église et d'accéder ainsi à la placette de Moncada.

C'est alors que je l'aperçus.

Víctor Sanmartín.

Le plumitif de *La Gazette du soir*. Celui qui traquait mon père et ma famille. Le journaliste entreprenant qui avait déjà tenté de se gagner ma complicité et celle de Fiona dans son projet de faire carrière aux dépens de Sempronio Camarasa.

Au moment précis où j'arrivai sur la place qui s'ouvrait devant la façade de Santa María del Mar, Sanmartín entra dans l'église. Je ne l'avais vu que de dos, mais la longueur de ses cheveux et son allure générale ne laissaient aucun doute sur son identité. Je n'hésitai pas un instant. Esquivant les divers groupes d'oisifs, les six ou sept vendeurs ambulants et les nombreux enfants qui animaient la place, j'atteignis moi aussi la porte de l'église et, me découvrant au dernier moment, j'y entrai, la respiration agitée par l'imminence d'une rencontre qui promettait une émotion supplémentaire à ajouter à celles de ces derniers jours.

Il me fallut quelques instants pour repérer le journaliste dans la pénombre qui régnait à cette heure, où ni la lumière moribonde du soir qui pénétrait à travers les vitraux et la rosace ni les rares bougies restées allumées dans les chapelles latérales ne parvenaient à dissoudre les ombres épaisses qui habitaient entre ces murs.

Víctor Sanmartín était planté au pied de l'une des sveltes colonnes octogonales qui divisaient l'intérieur du bâtiment, près du chœur, à quelques mètres seulement de la verticale du grand orgue baroque. Il avait le corps orienté vers la rangée de chapelles nichées entre les contreforts du mur nord, et semblait inspecter avec la plus grande attention un détail du complexe réseau d'arcs et de voûtes qui s'étendait au-dessus de sa tête. Le bruit de mes pas ne le détourna pas entièrement de sa contemplation ; ce ne fut que lorsque je prononçai son nom que son regard descendit des hauteurs et qu'il remarqua enfin ma présence.

— Gabriel Camarasa, murmura-t-il alors, sur un ton tout autant adapté au lieu dans lequel nous nous trouvions qu'à la situation gênante qui s'offrait à nous à compter de cet instant.

— Êtes-vous content de me voir, monsieur Sanmartín ?

Même sans distinguer le sourire qui affleura aux lèvres efféminées du plumitif, je le devinai. Cependant, il était évident que ma présence en ce lieu l'avait surpris. Surpris et inquiété. Ce n'était pas une bonne nouvelle pour Víctor Sanmartín. Moi, elle me réjouissait.

— Je mentirais si je disais que non, monsieur Camarasa, affirma-t-il en me tendant une main gantée que cette fois, bien sûr, je n'acceptai pas de serrer.

— Je ne crois pas que mentir soit un si grand problème pour vous, monsieur Sanmartín.

Après cinq secondes d'hésitation, son sourire vacillant quelque peu, Sanmartín retira sa main tendue pour l'introduire dans la poche de son pantalon.

— La journée a été longue, dit-il. Je crois savoir que le commissariat central n'est pas un endroit des plus agréables…

Je regardai le jeune homme de la tête aux pieds, tentant de me rappeler l'individu qui m'avait tant révulsé, six jours plus tôt, lors de la brève conversation que nous avions eue dans la salle de réception de l'hôtel particulier de la rue Ferdinand-VII. Ses cheveux longs et frisés comme ceux d'une femme. Ses grands yeux noirs. Son nez mince et tranchant. Ces lèvres fines, décolorées, féminines elles aussi, qui complétaient un visage certainement séduisant dont l'effet, cependant, me semblait extrêmement répugnant.

« Une de ces tapettes qui traînent sur le port à la recherche de marins invertis », avait dit Canines.

Une définition aussi graphique que précise du visage, de l'allure et des manières de ce jeune homme qui m'observait maintenant parmi les ombres d'une église plusieurs fois centenaire.

— Vous ne vous trompez pas, monsieur Sanmartín, dis-je. Le commissariat n'est pas un lieu agréable. J'espère que vous n'aurez jamais à en juger par vous-même.

— Je crains de l'avoir déjà fait plus d'une fois, monsieur Camarasa, répliqua Sanmartín dans l'instant. Mon travail, vous savez…

— Je sais. Votre travail.

Je laissai passer quelques secondes avant d'ajouter :

— Je ne vous voyais pas comme un homme croyant.

Le journaliste regarda autour de nous d'un air parfaitement innocent.

— Disons que je suis un amoureux de l'art, rétorqua-t-il.

Voyant que mon silence se prolongeait, il ajouta :

— Ma proposition tient toujours, monsieur Camarasa.

— Votre proposition ?

— L'entrevue que je vous ai proposée la nuit de la fête des *Nouvelles illustrées*.

J'acquiesçai d'un air sérieux.

— C'est très aimable de votre part. Je pensais que vous aviez déjà décidé de me remplacer par Fiona Begg.

Ce nom provoqua une curieuse réaction instantanée chez Víctor Sanmartín. Son visage, j'aurais pu en jurer, avait pâli davantage encore, dans la pénombre qui nous entourait, et son corps s'agita avec une gêne manifeste.

— Personne ne pourrait vous remplacer, monsieur Camarasa, riposta-t-il rapidement, mais sur un ton également moins assuré que précédemment. Pas même Mlle Begg.

— C'est très aimable de votre part, répétai-je.

— Nous pourrions prendre rendez-vous... Seriez-vous libre demain matin ?

J'opinai aussitôt.

— Rendez-vous est pris, donc, dit-il. Je vous en remercie. Et maintenant, si vous voulez bien m'excuser, on m'attend au journal.

Ces adieux abrupts me surprirent quelque peu, mais me soulagèrent également. Víctor Sanmartín me tendit de nouveau sa main droite, et je refusai de nouveau de la serrer. Il me fit alors une légère révérence et, frôlant de la main dédaignée la pierre de la colonne près de laquelle nous avions parlé, il gagna la sortie principale.

Je ne devais le revoir que deux mois plus tard, et encore, pour quelques secondes seulement, à un moment où cela n'avait plus aucune importance.

35

Cinq minutes plus tard, je me trouvais déjà chez Gaudí, sur le balcon de sa mansarde, chacun de nous muni d'une cigarette et d'un verre de bon vin andalou, et je finissais de lui raconter ma rencontre inattendue avec Sanmartín, rencontre qui avait au moins eu le mérite de me faire oublier l'inquiétude croissante née de la perspective de ces retrouvailles imminentes avec mon ami. Devant nous se déployait le splendide spectacle des toits de la Ribera groupés autour de la masse de Santa María del Mar, dont deux tours octogonales se dressaient vers un ciel maintenant couleur de cendre chaude. Un brouillard bas, humide et brillant, recueillait l'éclat des premiers lampadaires à gaz et le diffusait à peine à quelques mètres au-dessus de nos têtes, colorant la scène à la façon de l'un de ces paysages à l'huile oniriques que Gaudí et Fiona avaient contemplés ensemble, à l'aube du dernier dimanche, dans l'atelier de l'Anglaise, quelques minutes avant d'entreprendre leur premier voyage commun à la poursuite de leurs dragons métaphoriques, ne pus-je m'empêcher de penser.

Gaudí écouta mon récit sans prononcer un mot, faisant alterner de petites gorgées de vin avec de longues bouffées de cigarette, et sans jamais détourner le regard de l'un des nombreux étals de fruits et légumes adossés à l'abside de Santa María del Mar.

Ce ne fut que lorsque j'eus fini de parler que ses yeux revinrent se poser sur moi.

— Je vous accompagnerai demain à ce rendez-vous, si cela ne vous dérange pas.

— Je pensais vous le demander.

— Cela vous évitera peut-être de vous comporter comme un parfait idiot.

J'acquiesçai d'un air grave.

— Votre amabilité m'a tant manqué, ces deux derniers jours, mon cher Gaudí...

Mon ami ne chercha pas à s'excuser.

— Décrivez-moi encore la réaction de Sanmartín quand vous avez mentionné Mlle Fiona, s'il vous plaît, se contenta-t-il de dire.

Je m'exécutai.

— Mais ce n'est peut-être qu'une impression, conclus-je. L'obscurité dans laquelle...

Gaudí m'interrompit d'un mouvement sec de la main droite, provoquant une brève explosion de braises rouges au bout de sa cigarette et traçant entre nous un bel arc de fumée bleutée qui ne tarda pas à se dissoudre dans le brouillard.

— Et au lieu de continuer à l'interroger sur la conversation qu'il avait eue le samedi avec notre amie, vous l'avez laissé partir...

Notre amie..., me répétai-je en aparté. Fiona était déjà une propriété partagée.

— Je l'ai laissé partir après lui avoir imposé une visite à son propre domicile. Demain.

— D'après ce que vous venez de me dire, c'est lui qui vous a proposé le rendez-vous... Et les anarchistes ?

— Les anarchistes ?

— Vous ne lui avez pas demandé pour quelle raison il les avait mentionnés avant-hier, dans sa conversation avec Mlle Fiona.

J'aspirai une bouffée de fumée et la rejetai lentement vers le ciel.

— Nous le lui demanderons demain.

— Nous le lui demanderons demain, répéta Gaudí. Et nous lui demanderons également comment il savait que vous aviez passé la journée au commissariat. M. Sanmartín est un homme fort bien informé, ne trouvez-vous pas ?

Je haussai les épaules.

— C'est son travail, non ?

Gaudí ne répondit pas. Au lieu de ça, il finit son verre d'une dernière gorgée et caressa songeusement son mince favori gauche.

— La journée a été très longue, alors ? demanda-t-il enfin.

— Dix heures dans un commissariat, résumai-je. Neuf heures et demie dans une salle d'attente sans rien faire d'autre que lire les journaux, contempler des visages fatigués et regarder passer les nuages derrière les barreaux de la fenêtre. Et l'autre demi-heure à jouer au chat et à la souris avec notre ami Labella.

— Quelque chose d'intéressant dans votre… discussion ?

— Rien que de très prévisible. Aujourd'hui, il était aimable, à sa manière visqueuse. On aurait dit qu'il voulait faire de moi son allié.

— Vous êtes le maillon le plus faible de la chaîne, indiqua alors Gaudí, utilisant exactement les mêmes mots que mon père avait prononcés cinq nuits plus tôt, lors de notre dernière conversation dans son bureau, qui portait précisément sur les sombres intentions que mon père prêtait à Gaudí, soupçonnant notre amitié de ne pas être le fruit du hasard et encore moins de la pure sympathie mutuelle.

La coïncidence me provoqua un petit sursaut involontaire.

— Ce que vos parents ne veulent pas et que votre sœur ne peut lui raconter, l'inspecteur escompte vous le soutirer.

— Il fait erreur, alors. Je ne pouvais pas répondre à ses questions. Et ce que je voulais lui raconter ne l'intéressait pas. Votre observation sur le blason gravé sur le poignard qui a tué Andreu, par exemple.

— Vous lui avez dit ce qu'il en était ?

— Sans entrer dans les détails. Mais il n'y a prêté aucune attention. Les anarchistes n'ont pas de place dans sa version des faits. Pour lui, mon père a tué Andreu afin d'éviter que celui-ci ne rende public le contenu de son porte-documents, point. Il ne s'est même pas intéressé à ses relations politiques. Il ne m'a pas posé une seule question à ce sujet.

— L'inspecteur ne veut pas risquer de découvrir quoi que ce soit qui puisse remettre en question la jolie théorie que les faits lui ont servie sur un plateau, déclara Gaudí. Ce dont il dispose maintenant lui suffit pour clore l'affaire ; n'importe quelle découverte supplémentaire ne pourrait que lui créer des problèmes, dit-il après une courte pause qui lui permit de tirer une dernière bouffée de sa cigarette et de jeter le mégot dans la rue avant d'ajouter : Il a enfin découvert le contenu du fameux porte-documents ?

Malheureusement oui. Il l'avait découvert.

— À l'en croire, il s'agit de preuves attestant que mon père s'est servi de sa salle des ventes pour vendre de la marchandise volée à trois reprises au moins.

— Quelles preuves ?

— D'après l'inspecteur, des preuves irréfutables. C'était le but principal de son interrogatoire : que je lui confirme la réalité de ces délits.

— Vous ne l'avez pas fait, bien sûr.

— Comment l'aurais-je pu ?

— Mais vous croyez que ces preuves existent ? Votre père a-t-il pu vendre des objets volés dans sa salle des ventes ?

— Mon cher Gaudí...

Je n'eus pas besoin d'en dire davantage. D'après ce que je savais, le grand Sempronio Camarasa aurait pu utiliser son commerce pour n'importe laquelle des choses qui avaient été suggérées ces derniers jours : financer la cause bourbonienne en exil, faire du trafic de marchandise volée, n'importe quoi d'autre. Antoni le comprit ainsi.

— Je regrette de ne pas avoir pu me rendre au commissariat ce matin, dit-il alors. J'aurais voulu vous témoigner mon soutien, à votre mère et à votre sœur aussi, en un jour aussi inconfortable.

J'acquiesçai.

— Moi aussi j'aurais aimé que vous soyez là, affirmai-je, sans pouvoir m'empêcher d'ajouter : Si vous n'avez pas tenu la parole que vous aviez donnée vendredi à Margarita, je suis sûr que c'était pour une bonne raison.

Le visage de Gaudí s'assombrit.

— J'en suis vraiment désolé, murmura-t-il. Transmettez mes excuses à votre sœur dès que vous la verrez.

Et après une courte pause il demanda :

— Comment va-t-elle ?

— Elle est inquiète. Elle mûrit, fis-je en souriant avec un certain orgueil. Margarita prouve qu'elle est une jeune fille plus forte que je ne l'aurais cru il y a quelques jours encore.

Gaudí me regarda fixement de ses grands yeux bleus.

— Les circonstances nous obligent à nous découvrir nous-mêmes. Ce n'est qu'au contact de la réalité que nous y parvenons.

Je pris ces derniers mots pour une invitation à affronter enfin le compte que nous avions à régler. Je me lançai :

— C'est ce qui vous est arrivé, avant-hier soir ? Vous vous êtes découvert, dans ce fauteuil à bascule ?

Et juste à ce moment précis, avant même que mon ami ait pu changer d'expression, une voix familière surgie des profondeurs de la place commença à crier nos noms de guerre et à proférer des ordres qui se bousculaient, brisant, avant même qu'il eût commencé, le moment d'intimité que mon compagnon et moi étions sur le point de partager.

— Monsieur G ! Monsieur l'étudiant ! Descendez, vite ! Maintenant ! Monsieur G !

Nous n'eûmes pas besoin de nous pencher par-dessus le muret qui fermait le balcon pour découvrir l'origine des cris qui nous réclamaient.

Ezequiel était juché sur la dernière marche de l'escalier d'accès à la porte située près de l'abside de Santa María del Mar. Il avait la tête nue et de la main droite agitait frénétiquement en l'air sa casquette de velours dans notre direction, comme un marin qui prend congé de la terre ferme depuis le pont d'un navire marchand, ou peut-être, plutôt, comme un possédé qui salue les hallucinations venant des cieux à sa rencontre. Malgré la distance, on devinait la rougeur qui couvrait son visage et le brillant de l'excitation qui éclairait son regard, et aussi l'urgence du message qu'il venait nous transmettre.

Il s'était passé quelque chose. Quelque chose d'important. Quelque chose que nous devions savoir.

— Préparez-vous au pire, me prévint Gaudí, reprenant instantanément son expression habituelle de contrôle total de sa personne et me désignant de la main le chemin vers l'intérieur de la mansarde.

36

Le cadavre de Canines était étendu devant la porte
d'entrée d'un bâtiment abandonné de l'impasse de la
Farigola, un passage intérieur exigu – arc d'entrée,
six maisons en ruine et, au fond, un haut mur rongé
par l'urine de plusieurs générations de chiens et de
mendiants – situé à quelques minutes à peine de
la placette. La lumière d'une unique lampe à huile
révélait tout juste la sauvagerie qui avait accompagné
le meurtre du pauvre vieux. Les coups de couteau
portés à la poitrine, au cou, aux mains et au visage.
Les coupures profondes et sinueuses. Les lèvres
fendues par les coups. Le nez écrasé. La flaque de
sang épais, très noir, dans laquelle flottaient son
corps et ses effets. Une dernière grimace de douleur
et de pure terreur devant l'imminence de la mort
déformait à tel point le visage du mendiant que,
sans le tricorne bleu qui le coiffait toujours et la
présence du second cadavre qui occupait la scène,
on aurait même pu douter de son identité.

Le chien à trois pattes était roulé en boule sur
lui-même. Lui aussi semblait flotter dans sa propre
flaque de sang ; une flaque plus modeste, certes,
humble comme la nature de la pauvre bête sacrifiée.
Un premier coup, laissant une entaille très nette,

lui avait détaché presque entièrement la tête du reste du corps, et un second lui avait tranché ce qu'il lui restait de queue. Le corps de l'animal ne présentait pas d'autres blessures. Le boucher qui s'était occupé de Canines n'avait pas éprouvé le besoin de s'acharner également sur son triste compagnon d'infortune, ou peut-être s'était-il satisfait de cette queue tranchée et déposée à quelques mètres de la dépouille.

Le chien était mort, de toute façon. Canines aussi. Et pour Ezequiel, cela semblait être la nouvelle la plus importante de ces derniers jours.

— Qui a pu faire une chose pareille, monsieur G ? demanda-t-il pour la troisième fois, le visage décomposé par l'étonnement et l'incrédulité. Qui a pu tuer un pauvre chien innocent ?

Le seul agent de la police judiciaire à monter la garde devant le cadavre de Canines, un adolescent en uniforme, nanti d'une arme et d'un air de splendide arrogance, ne répondit à nos questions que par des grognements et des monosyllabes, et cela grâce aux différents noms de supérieurs que Gaudí et moi avions su laisser tomber de façon appropriée depuis notre entrée dans l'impasse. Un habitant de la rue adjacente avait découvert le corps moins de vingt minutes auparavant. Personne n'avait rien vu ni entendu, ou personne n'avait encore fait un pas en avant pour dire le contraire. Deux autres agents et le médecin de la police étaient déjà en chemin pour ramasser le cadavre et prendre la situation en main. Pas le moindre mystère, ici, de toute façon, à en croire l'enfant déguisé en pandore : une rixe de plus entre mendiants, comme il y en avait par dizaines toutes les semaines à la Ribera, au Raval et dans tous les recoins misérables du quartier historique de notre ville abandonnée de Dieu. Ces spécimens de scories humaines, conclut le jeune homme sur un ton qui s'apparentait à un crachat sonore et épais, n'hésitaient jamais à s'entretuer pour se voler les trois sous et les deux bouteilles de vin qu'ils avaient pu faucher dans la journée.

— Et maintenant, si cela ne vous dérange pas, partez. Ce n'est pas un endroit pour les curieux.

L'agent prononça ces derniers mots en me regardant, ce fut donc moi qui répliquai avec fermeté :

— Nous devons parler à l'un de vos supérieurs. Nous possédons des informations sur cet assassinat.

— Vraiment ?

Le sourire du jeune homme se fit encore un peu plus désagréable.

— Alors vous êtes tenus de m'informer, moi. Je vous écoute.

Je me tournai vers Gaudí, et celui-ci me renvoya un regard parfaitement neutre et indifférent. Peu importait à qui nous allions raconter notre histoire, compris-je, à ce gamin qui se prenait pour un homme ou à l'inspecteur Labella en personne. Dans un cas ou dans l'autre, l'interprétation que la police judiciaire allait faire de la mort de Canines n'allait pas s'éloigner d'un pouce de celle que nous venions d'entendre de la bouche de cet enfant armé.

— Cet homme, là, Canines, il a pu être le témoin de l'assassinat commis dans la nuit de jeudi rue de la Princesse, commençai-je. Ou il a pu recevoir des renseignements sur l'affaire. Canines était l'ami d'Eduardo Andreu, l'homme qui a été assassiné lui aussi avec un poignard dans la chambre de la pension où il vivait. Vous savez de quelle affaire je veux parler ?

— Très bien.

457

— Nous avons vu Canines parler à Andreu devant la porte de sa pension quelques heures avant l'assassinat de ce dernier. Et vendredi, Canines nous a raconté qu'Andreu fréquentait une troisième personne que nous avons précisément vue rôder par ici une demi-heure plus tôt à peine.

— Eh bien, comme c'est opportun...

Je jetai un nouveau coup d'œil à Gaudí, qui fit un mouvement de tête signifiant : Laissez tomber.

— Il s'appelle Víctor Sanmartín. L'inspecteur Labella doit savoir de qui je parle. Dites-le-lui, je vous en prie.

— Víctor Sanmartín, répéta l'agent. Et vous m'avez dit que vous vous appeliez...

Alors, avant même que j'aie pu prononcer mon nom, Ezequiel avança d'un pas et fit une chose qui m'émerveille encore aujourd'hui : il se découvrit rapidement, souleva sa casquette en s'approchant de l'agent et dans le même mouvement l'en gifla à trois reprises.

— Tu es un idiot et un pauvre malheureux, dit-il aussitôt, sur le ton de quelqu'un qui énonce un fait parfaitement objectif. Je souhaite qu'un jour quelqu'un te fasse la même chose que ce qu'on a fait à ce pauvre chien.

Bien avant que le jeune homme ait pu reprendre possession de ses moyens et probablement dégainer son arme, Ezequiel avait déjà disparu à toute vitesse sous l'arc de l'impasse de la Farigola parmi les vivats, les rires et les applaudissements de plusieurs dizaines de curieux réunis autour du cordon de police.

Cinq minutes plus tard, de retour avec Gaudí sur la placette de Moncada, je fus le premier à briser le silence total qui s'était établi entre nous après le brutal point final porté par Ezequiel à notre discussion avec le jeune agent de police.

— Cela change quelque chose ? demandai-je. La mort de Canines, je veux dire.

Mon ami s'arrêta devant la porte de son immeuble et sortit de sa poche son étui à cigarettes et sa pochette d'allumettes.

— Un mendiant mort dans une rixe, lâcha-t-il. Ne doutez pas que telle sera l'interprétation officielle de ce que nous venons de voir.

— Mais Víctor Sanmartín...

Gaudí m'interrompit d'un geste nerveux.

— Si un nom pouvait intéresser l'inspecteur Labella dans cette affaire, ce serait sans doute celui de Gabriel Camarasa, affirma-t-il. Et vous étiez sur le point de donner le vôtre à cet agent !

— Que voulez-vous dire ?

— S'il y a une chose que nous voulons éviter, c'est de lui donner encore plus de grain à moudre contre votre famille, vous ne croyez pas ? Votre père assassine Eduardo Andreu avec un poignard dans la nuit du jeudi au vendredi, et quatre jours plus tard vous surgissez en vous comportant d'une façon étrange à l'endroit même où vient d'être assassiné, à coups de couteau lui aussi, un homme qui pouvait détenir des informations sur cet assassinat...

— Le seul à s'être comporté de façon étrange aujourd'hui, c'est votre ami, protestai-je. Pourquoi avoir giflé un policier ?

— Vous n'avez pas compris ? Tout ce que voulait Ezequiel, c'était vous empêcher de donner votre nom à l'agent !

— Ce gamin voulait me protéger ?!

459

— Ce gamin, Camarasa, mon ami, est le jeune homme le plus noble et le plus courageux que vous ayez connu depuis votre arrivée à Barcelone. Ne vous laissez pas abuser par son allure et son vocabulaire, ni par ses habitudes de petit délinquant. Ezequiel est un jeune homme digne de respect.

L'intensité avec laquelle Gaudí prononça ces paroles me surprit, mais en partie seulement : dans sa défense de ce garçon que mon camarade avait choisi comme improbable assistant, je n'eus pas de mal à entrevoir un peu de l'orgueil du fils de chaudronnier se destinant à devenir architecte que Gaudí avait déjà montré devant moi en plus d'une occasion.

— Je vais avoir des problèmes, alors ?

Gaudí fit un signe de dénégation de la tête.

— Je ne crois pas. L'inspecteur Labella n'essaiera même pas d'enquêter sur le décès de Canines. Mais si nous allons le voir en lui faisant part de nos soupçons au sujet de Sanmartín et tentons de compliquer ainsi la version simpliste qu'il a élaborée pour expliquer la mort d'Andreu...

— Il ne tardera pas plus d'une demi-seconde à contourner le problème et à faire de moi le suspect n° 1 dans l'assassinat de Canines...

— C'est ce que je crois, oui. Et vous aussi, lorsque vous aurez réfléchi un tant soit peu.

Après avoir allumé une cigarette, Gaudí rangea son étui et les allumettes sans me les proposer, contrairement à son habitude. Je vis dans ce geste une invitation peu subtile à considérer la soirée comme terminée.

— Vous croyez que Sanmartín a tué Canines ?

— Ce serait à moi de vous poser la question, répliqua immédiatement mon ami. C'est vous qui lui avez parlé, tout à l'heure. Sanmartín avait-il l'air d'un homme qui vient d'en tuer un autre ?

J'y réfléchis pendant quelques secondes.

— Il avait l'air nerveux. Pas uniquement quand j'ai mentionné Fiona. Notre rencontre l'a inquiété.

— Cela ne signifie rien. Si froid que soit ce monsieur, se trouver nez à nez à l'improviste à l'intérieur d'une église déserte et sombre avec le fils de l'homme qu'il a diffamé publiquement est, en soi, une raison plus que suffisante pour expliquer son inquiétude. Il a peut-être cru que vous alliez l'agresser...

— J'aurais peut-être dû, murmurai-je. Ne devrions-nous pas nous rendre chez lui maintenant pour en avoir le cœur net ?

Gaudí refusa d'un signe de tête.

— Je vous le répète : ni votre père ni vous n'avez intérêt à aller au-devant des problèmes.

Mon compagnon fit une pause le temps de remplir ses poumons de fumée, avant d'esquisser un léger sourire.

— Et puis, si je ne me trompe pas, notre ami Ezequiel doit être en train de s'occuper de cette visite à M. Sanmartín.

— Vous voulez dire... ?

— Ezequiel éprouvait une grande affection pour Canines. Le vieil homme était bon, malgré tout.

— Eh bien, moi, il m'a semblé déplorer davantage la mort du chien que celle de son propriétaire.

— Mon cher Camarasa, vous possédez peu ou prou la capacité d'observation et d'interprétation des réactions humaines d'un porc-épic aveugle...

Je ne protestai pas.

— Quoi qu'il en soit, notre projet de visite demain rue d'Aviñón tient toujours ?

Gaudí y consentit fermement de la tête, tout en me tendant le bras pour une dernière poignée de main avant de nous séparer. Ce fut alors qu'il me demanda :

— Maintenant, devant une scène comme celle que nous venons de voir, n'imaginez-vous pas immédiatement un dessin à la plume de Mlle Fiona ?

Au lieu de répondre que oui, de fait, cela m'arrivait à moi aussi, je retins la main de Gaudí entre les miennes et le regardai fixement dans les yeux.

— Méfiez-vous, mon ami, le prévins-je. Ne vous laissez pas séduire par Fiona. Jouissez de sa compagnie, partagez avec elle si vous le souhaitez ses visions et ses idées, mais n'oubliez jamais où est la réalité.

Gaudí acquiesça d'un air grave.

— Bonne nuit, murmura-t-il en jetant sa cigarette presque intacte sur le sol pavé de la placette de Moncada.

Et ce fut tout.

J'avais déjà pris appui sur le marchepied du cabriolet que je venais de héler sur la place du Palais lorsqu'une voix vaguement familière cria mon nom dans mon dos :

— Monsieur Camarasa !

Francesc Gaudí accourait vers moi par une rue perpendiculaire, la main droite levée, ses cheveux roux ramenés en arrière d'un air comique au-dessus de sa tête nue. À l'air libre, en plein mouvement et lancé comme pour entrer en collision avec moi, le grand corps du futur avocat était encore plus impressionnant que vu à contre-jour dans l'encadrement de la porte entrouverte d'une humble soupente. Si à tout juste vingt-trois ans le frère de Gaudí avait déjà l'air d'un monsieur satisfait et ventru, pensai-je en ôtant mon pied de la marche, il n'y aurait ni estrade ni fauteuil présidentiel capable de le soutenir à quarante…

— Une minute, je vous prie, dis-je au cocher, avant de tendre la main droite devant moi et d'attendre que Francesc Gaudí ait parcouru les dix mètres qui nous séparaient désormais. Quelle surprise, monsieur Gaudí !

L'homme s'arrêta enfin à ma hauteur, le visage rougi par l'effort et le front ruisselant de sueur. La main avec laquelle il serra la mienne n'avait rien perdu de la fermeté qui m'avait fait si bonne impression la nuit de l'assassinat d'Andreu, mais aujourd'hui elle était aussi humide qu'une carpe fraîchement pêchée dans les eaux du Besós.

— A… accordez-moi une seconde, murmura-t-il, respirant avec peine tout en essuyant son front avec un mouchoir fort peu présentable tiré de sa poche.

— Il est arrivé quelque chose ?

Francesc Gaudí remit son mouchoir dans sa poche et me fixa du même regard bleu et intense que son frère.

— J'attends que vous me le disiez, monsieur Camarasa.

J'eus un sourire aimable.

— Par où voulez-vous que je commence ?

— Vos aventures ne m'intéressent pas, répliqua sèchement l'homme. Pour les histoires d'incendies et d'assassinats, il me suffit de lire un roman d'Alexandre Dumas. Je veux juste savoir ce qui arrive à mon frère.

Je devins sérieux instantanément.

— Que voulez-vous dire ?

— Samedi, il a quitté la maison au milieu de l'après-midi avec cette jeune fille, pour l'appeler ainsi, et il n'a pas reparu avant hier matin à huit heures. À son retour, il empestait, et il avait l'air d'avoir fait des choses qu'un gentleman ne devrait même pas être capable d'imaginer. Bien sûr, il n'a pas voulu me dire où il était ni avec qui, même si ce n'était pas difficile à deviner...

Francesc Gaudí leva à cet instant l'index de la main droite et le pointa entre mes sourcils. Un doigt grassouillet, rosé, comme celui d'un bébé géant.

— Cette diablesse que vous avez introduite dans sa vie.

Je m'accordai quelques secondes avant de déclarer :

— Je vous avoue que je n'aime pas vous entendre parler en ces termes de Mlle Begg.

— Et moi je vous avoue que je me soucie comme d'une guigne que cela vous plaise ou non.

Il s'établit un court silence entre nous. Un omnibus arriva sur la place, obligeant mon cabriolet à manœuvrer pour lui céder le passage. En haut de l'escalier d'accès à la porte close de la Loge, assis moins qu'avachis, trois hommes vêtus comme des forgerons nous observaient distraitement.

— À ce que j'en sais, votre frère et Mlle Begg ont passé l'après-midi et la nuit du samedi ensemble, dis-je enfin.

— Vous ne connaissez pas mon frère.

— Et vous, vous ne connaissez pas Mlle Begg.

— Je ne me soucie pas de Mlle Begg ! aboya Francesc Gaudí. Celui qui m'intéresse, c'est mon frère. Il se prend pour le type le plus intelligent, le plus malin de la planète ! Et dans certains domaines, il l'est peut-être. Mais sûrement pas avec les femmes.

— Vous, en revanche, vous avez l'air de vous y connaître, ironisai-je, sans pouvoir m'en empêcher.

— À côté d'Antoni, croyez-moi, je suis un véritable expert du beau sexe, rétorqua-t-il d'un air sérieux. Et vous-même devez en être un, en comparaison. Autant mon frère est savant et incollable en matière de métaux et de mathématiques, autant il est d'une naïveté sans fond, monsieur Camarasa, dans les affaires de cœur et de gaudriole. Son expérience en la matière ne l'a pas préparé à lutter contre un spécimen tel que cette Fiona. Vous savez ce qu'il a fait hier, toute la journée ?

Je fis non de la tête.

— Je sais simplement ce qu'il n'a pas fait.

— Il est resté au lit. Toute la journée. Il ne s'est levé que dix minutes pour recevoir le policier qui est passé le voir en tout début d'après-midi. Il n'en est même pas sorti pour déjeuner. Et je suis presque sûr que ce matin il n'est pas allé en cours, ajouta-t-il, désignant de la main le bâtiment de la Loge. Mon frère, monsieur Camarasa, n'a jamais manqué un seul cours sans raison depuis notre arrivée à Barcelone.

Sachant que je n'aurais pas dû, je lui demandai néanmoins :

— Le policier qui est venu le voir, avez-vous dit ?

— Je vous répète que vos aventures ne m'intéressent pas. Mais mon frère n'avait jamais manqué un seul cours sans raison, et il n'avait bien sûr jamais passé un jour entier au lit. Nous ne sommes pas des fils à papa. Nous sommes de la campagne. Si un jour nous restons au lit, il est fort probable que nous n'en sortirons pas.

— Un type à demi nain au visage marqué par la variole ?

La tête de Francesc Gaudí bougea de haut en bas, très lentement, tandis que ses lèvres formaient une moue méprisante et catégorique.

— Je vois à quel point vous vous intéressez à la santé spirituelle de mon frère, marmonna-t-il. D'abord, vous introduisez dans sa vie une femme qui ne voit pas d'inconvénient à passer un après-midi et une nuit entière avec un homme qu'elle connaît à peine, et ensuite, quand l'inévitable se produit, vous vous en lavez les mains et ne vous souciez que de vos propres affaires !

La visite d'Abelardo Labella était mon affaire, à tous les coups. Je gardai cette réflexion pour moi. En fin de compte, Francesc Gaudí avait raison.

— Croyez-moi, monsieur Gaudí, la santé spirituelle de votre frère m'intéresse beaucoup plus que vous ne pourriez le croire, lui assurai-je, me rappelant les dernières paroles que Gaudí et moi avions échangées à peine trois minutes plus tôt devant son domicile. Mais j'ignore ce que vous attendez de moi dans cette situation.

— Je dois vraiment vous le dire ? Je veux que vous interdisiez à cette jeune fille de s'approcher de mon frère désormais.

Je ne pus m'empêcher de sourire.

— Vous ne connaissez pas Mlle Begg. Ni votre frère, tant que nous y sommes.

— Je connais parfaitement mon frère, monsieur Camarasa. Et vous, je crois comprendre que vous connaissez parfaitement votre Mlle Begg.

C'était exact.

— Nous avons tous le droit de faire nos expériences, monsieur Gaudí, me rappelé-je avoir dit alors, m'adressant aussi bien à mon interlocuteur enflammé qu'à moi-même. Si votre frère souffre vraiment de ce manque d'expérience que vous lui attribuez dans ces affaires du cœur, la fréquentation de Mlle Begg devrait lui être utile. Mûrir, c'est cela, ne croyez-vous pas ? Commettre des erreurs que nous ne commettrons plus. Mlle Begg est peut-être une erreur que doit commettre votre frère à cette période de sa vie…

Francesc Gaudí m'observa pendant quelques secondes de ses grands yeux bleus légèrement clos. Le vent qui s'engouffrait sur la place à travers l'ancienne porte de la Mer agitait sa chevelure frisée et créait comme une fugitive auréole de sainteté flamboyante autour de sa tête sphérique. La sueur avait disparu de son front, mais son visage avait toujours un air rubicond et décomposé.

Les trois forgerons qui se reposaient sur le perron de la Loge se désintéressaient de nous depuis longtemps.

— Je vous remercierai de ne pas parler à mon frère de cette conversation, monsieur Camarasa, dit l'homme, me tendant une main ferme et chaude dans laquelle je vis un drapeau blanc provisoire.

— Soyez-en assuré, monsieur Gaudí.

Quand mon cabriolet quitta enfin la place du Palais et entama le trajet vers Gracia, la trame bigarrée d'immeubles et de ruelles qui formait la frontière sud de la Ribera avait depuis un bon moment déjà englouti le grand corps de Francesc Gaudí.

37

Margarita m'attendait dans le jardin de notre tour familiale, de l'autre côté de la grille fermée, comme embusquée derrière les branches tombantes d'un beau saule pleureur. Elle portait un manteau en cuir de loutre de ma mère, était coiffée d'un chapeau qui lui recouvrait les oreilles et le front, et un épais foulard de soie bleu ciel lui dissimulait entièrement le cou, mais rien de tout cela ne semblait la protéger du froid soudain qui était arrivé avec le soir. D'ici quelques minutes, les cloches de la tour de l'Horloge de Gracia sonneraient neuf heures, et la température ne devait pas dépasser les dix degrés. Novembre venait d'arriver, annonçant le dur hiver qui nous attendait.

— Tu es au courant ? fut la première chose que me demanda ma sœur, ouvrant précipitamment la porte de la grille quand elle me vit remonter à pied les derniers mètres de notre rue.

— Au courant de quoi ?

— Ils ont tué le mendiant que vous connaissiez, Toni et toi. Canines. Un coursier du journal est venu chercher Fiona il y a une heure pour dessiner la scène. On dit qu'il a été poignardé, comme Andreu.

J'attendis que Margarita ait refermé la porte derrière nous, puis je l'embrassai, la serrai légèrement dans mes bras et lui expliquai ce qui s'était passé, en commençant par la visite dans l'impasse de la Farigola et en remontant jusqu'à ma rencontre avec Sanmartín à Santa María del Mar.

Ma sœur n'ouvrit pas la bouche avant la fin de mon récit.

— Vous croyez que c'était lui ? me demanda-t-elle ensuite, l'air impassible comme une statue. J'aurais dû le tuer le jour où il est venu déposer sa carte de visite pour toi...

— Nous ne savons pas si c'était lui. Et ne parle pas comme ça.

— Tu ne comptes pas aller voir l'inspecteur Labella ?

— Gaudí est convaincu que cela ne me vaudrait que des problèmes. Et je crois bien qu'il a raison.

— Mais le fait que ce mendiant a été assassiné tandis que papa était dans sa cellule est la preuve que notre père n'a pas tué Andreu, non ?

Je fis un signe de dénégation de la tête pendant que nous traversions lentement le jardin plongé dans la pénombre en nous tenant par le bras.

— La mort de Canines pourrait n'avoir aucun rapport avec celle d'Andreu, lui expliquai-je. Je pourrais avoir tué Canines moi-même, que ce soit pour la raison que tu as mentionnée ou pour éviter, peut-être, qu'il ne témoigne contre papa. Une chose est sûre, Gaudí et moi nous trouvions sur le lieu du crime à peine vingt minutes après la découverte du corps.

Margarita réfléchit pendant quelques instants.

— Tu as raison. Tu es le principal suspect, Gabi. Papa ne tardera peut-être pas à avoir de la compagnie dans sa cellule.

Je donnai à ma sœur une tape sur l'épaule et tentai de changer de sujet :

— Ton ami Toni t'envoie son bonjour et ses excuses. Il n'a pas pu venir au commissariat, mais il nous a inclus dans ses prières pendant toute la journée.

Margarita accueillit mes paroles avec un sérieux imperturbable.

— Retourne-lui mon bonjour quand tu en auras l'occasion, dit-elle. Aujourd'hui, nous dînerons à l'intérieur, si tu veux bien.

— Seuls ?

— Maman est avec quatre messieurs dans le salon de l'après-midi. M. Begg est déjà rentré chez lui et Fiona ignore quand elle reviendra.

— Quatre messieurs ?

— Aladrén et trois autres vieux. Ne me demande pas qui. Nous nous retrouvons seuls une fois de plus, toi et moi.

Ainsi donc, Margarita et moi passâmes la courte demi-heure que dura notre dîner à échanger des nouvelles et des impressions sur nos interrogatoires respectifs menés par Abelardo Labella. La grande surprise, pour moi, consista à découvrir que le sujet principal des questions que l'inspecteur avait posées à ma sœur pendant les vingt minutes où elle était restée dans son bureau n'avait pas été mon père, ni ma mère, ni même ce qu'elle avait fait la nuit de l'assassinat d'Andreu. Non, le sujet principal, c'était moi. Plus de la moitié des questions auxquelles Margarita avait dû répondre avaient d'une façon ou d'une autre un rapport avec moi ; et il semblait en avoir été de même des interrogatoires auxquels l'inspecteur avait soumis Marina, Mmes Iglesias et Masdéu, notre cocher et même Fiona.

— Qu'est-ce que cela veut dire ? finis-je par me demander à voix haute, lorsque Margarita m'eut rapporté la dernière question que Labella avait posée à Marina sur moi, et que la demoiselle avait répétée fidèlement à ma sœur lors du goûter que les deux jeunes filles avaient partagé dans la cuisine de la tour à leur retour de las Atarazanas.

— Cela signifie que l'inspecteur s'intéresse beaucoup à toi.

« Le maillon le plus faible », avait dit Gaudí quelques heures plus tôt, sur le balcon de sa soupente. Les mots que mon père avait prononcés la nuit de notre dernière conversation dans son bureau. Ce que je n'étais pas pour Gaudí, comme mon père l'avait craint, je l'étais maintenant pour Labella : le maillon le plus faible de la chaîne des Camarasa. La pièce qui allait se briser le plus facilement entre ses mains expérimentées de policier républicain...

Marina venait tout juste d'apporter sur notre table un saladier contenant de la crème à la vanille pour le dessert lorsque Ramón Aladrén apparut à la porte de la salle à manger.

— Mademoiselle Margarita, monsieur Camarasa, dit l'homme en exécutant devant nous une révérence qui fit osciller les pointes tombantes de sa moustache. Votre mère sollicite votre présence. Si vous voulez bien m'accompagner...

La direction du regard tout comme le ton de l'avocat indiquaient clairement que j'étais le seul destinataire de ses deux dernières phrases. Cette requête ne me surprit pas : l'intérêt que l'inspecteur Labella semblait éprouver à mon endroit m'avait convaincu de ma nouvelle position au premier rang du drame qui se jouait autour de nous. Avec toute la lenteur dont je fus capable, je croisai mes couverts sur mon assiette, je m'excusai auprès de Margarita de quitter la pièce avant la fin de notre soirée et, me levant, je demandai à Marina de transmettre à Mme Masdéu mes félicitations les plus sincères pour le magnifique dîner qu'elle avait réussi à nous servir, à ma sœur et à moi, malgré toutes les complications de cette étrange journée.

— Quand tu auras fini, viens dans ma chambre, m'ordonna Margarita, une petite cuillère remplie de crème dans la main droite, un air intrigué sur le visage.

Je le lui promis.

Je suivis en silence Aladrén jusqu'au salon de l'après-midi de ma mère, et j'y trouvai la réunion que Margarita m'avait annoncée : maman Lavinia et trois autres hommes d'un âge avancé, que je ne connaissais pas, mais dont l'allure et l'habillement ne laissaient aucun doute quant à leur identité.

— Mon fils, Gabriel Camarasa, me présenta ma mère, avant de prononcer avec une révérence audible les noms de ces trois messieurs au fur et à mesure que leurs mains serraient la mienne. Assieds-toi, s'il te plaît.

Un fauteuil vide était placé devant la demi-lune parfaite composée par les cinq fauteuils déjà occupés du salon.

À côté de chacun d'entre eux, une table basse en bois de noyer, et sur chaque table un verre opaque, un cendrier en porcelaine, quelques cigarettes et un carnet de notes avec le crayon correspondant à proximité. Même sur la table de ma mère, il y avait trois cigarettes disposées en éventail et un verre à demi rempli d'un liquide de la couleur du whisky pur malt.

Deux hommes fumaient des havanes presque aussi gros que les nuages de fumée blanchâtre qui flottaient au-dessus de leurs têtes.

Tandis que mes yeux s'attardaient sur chaque détail de cette scène soigneusement déployée devant moi, je réalisai que le visage du troisième homme, lui, m'était familier. Je ne compris que plus tard, après la réunion, qui il était : l'accompagnateur de la dame sexagénaire qui, à la fête des *Nouvelles illustrées*, après avoir été éclaboussée de vin dans la confusion qui avait suivi l'irruption d'Eduardo Andreu, avait annoncé au milieu des larmes et des hoquets que c'était la fête la moins satisfaisante à laquelle elle eût jamais assisté.

Ma mère continuait à me désigner le fauteuil vide du revers de la main droite, mais un léger sourire, aimable, le premier qu'elle m'adressait depuis le vendredi matin, embellissait maintenant son visage. Je souris donc aussi, pris un siège et m'apprêtai à écouter.

Margarita était déjà couchée quand je frappai à la porte de sa chambre. Une lampe à huile brûlait sur la table de nuit, et sur ses genoux reposait un épais roman français abondamment illustré. Le regard qu'elle m'adressa tandis que je m'approchais de son lit me décida à ne rien lui cacher de tout ce que je venais de découvrir, ni à l'adoucir. En me faisant une place à côté d'elle sur le couvre-lit de laine, je commençai mon récit :

— Papa a quitté la maison jeudi après-midi en croyant que ses collègues lui avaient donné rendez-vous pour une de ces réunions qu'ils tenaient régulièrement à des heures et dans des lieux semblables à ceux que désignait le billet que tu lui as remis. L'heure fixée était minuit et le lieu l'église Santa María de Mataró. Ils avaient déjà tenu quelques réunions dans cette église peu avant notre arrivée à Barcelone, papa ne s'est donc douté de rien. Il a pris le train de la côte et il est parti au rendez-vous, mais personne n'est venu. Après une heure du matin, comprenant qu'il s'agissait d'une tromperie ou d'une erreur, il a tenté de rentrer à Barcelone, mais il n'y avait plus de service de train ni de voitures de location disponibles. Et il n'a pas trouvé non plus d'auberge ouverte, il a donc passé la nuit à la belle étoile, sur la plage, jusqu'à l'heure du premier train. D'où l'aspect de ses vêtements et son air négligé quand nous l'avons revu, en tout début d'après-midi. Quand il est arrivé à la gare de Barcelone, il était plus de huit heures et la nouvelle de l'assassinat d'Andreu circulait déjà sur les quais. Papa a compris que s'il revenait à la maison il serait arrêté aussitôt, il s'est donc rendu jusqu'au paseo de San Juan et il s'est caché chez l'un de ces collègues avec lesquels il avait cru avoir rendez-vous la veille, et là, il a commencé à régler certaines affaires qui devaient l'être avant qu'il soit arrêté... Il a ainsi reçu plusieurs visites, coordonné les stratégies que ses collègues allaient devoir suivre à compter de ce jour, puis il est finalement ressorti pour aller retrouver les Begg rue Petritxol avant de rentrer à la maison et de se livrer à l'inspecteur Labella...

Je fis une courte pause, et le silence me révéla l'agitation presque animale de la respiration de Margarita. Je lui pris la main, la portai à mes lèvres et poursuivis :

— Papa travaille depuis 1868 pour la cause des Bourbons. Depuis que le coup d'État de Prim a évincé Isabelle II du trône d'Espagne et les a envoyés en exil, elle et son fils, papa et de nombreux autres comme lui ont travaillé dans l'ombre à la restauration de la monarchie. Entrepreneurs, aristocrates, militaires, hommes d'Église. Ne me demande pas les raisons de papa pour s'impliquer dans cette cause. Un mélange de convictions politiques et d'intérêts économiques, je pense ; j'ignore dans quelles proportions. Pendant cinq ans, son travail a consisté à financer ce tissu de conspirateurs et d'exilés à travers notre salle des ventes. Une bonne partie de l'argent qu'il gagnait avec les transactions légales qu'il y faisait atterrissait dans les coffres du projet de restauration, mais la salle servait également à recevoir et à blanchir des donations de tiers engagés à ses côtés. Le commerce familial était en réalité une affaire collective que papa dirigeait au nom des autres : les Bourbons en exil et leur suite de conspirateurs, opposants de Prim d'abord, puis d'Amédée de Savoie et, enfin, de la république actuelle. Papa ne faisait que financer leurs activités, tandis que d'autres œuvraient dans les domaines politique et militaire. Mais depuis la fin de l'automne, quand les plans destinés à liquider la république et à instaurer de nouveau la monarchie ont commencé à être mûrs, le rôle de papa a changé...

Nouvelle pause. La respiration de Margarita était un peu plus légère. Ses yeux fixés sur les miens, grands ouverts, incrédules et soulagés en même temps : le soulagement de savoir enfin.

— Si tout se passe comme les amis de papa l'espèrent, la République tombera avant la fin de l'année. Un putsch militaire précédera la proclamation d'Alphonse XII, le fils d'Isabelle II, comme nouveau roi d'Espagne. Alphonse XII entrera dans le pays par Barcelone, une façon de remercier les bons bourgeois de la ville pour les services rendus. C'est-à-dire leur fidélité à la monarchie, leur opposition à Prim, à la République, et leur financement du projet de restauration. L'argent catalan a toujours redouté les changements de régime et les expériences libérales. Une Espagne sans roi équivaut pour eux à une Espagne sans colonies ; et sans colonies, les fortunes bourgeoises de Barcelone se dissoudraient en un clin d'œil. Le nouveau roi saura être reconnaissant de la fidélité intéressée de ses sujets catalans, et son premier geste sera de traverser Barcelone pour réclamer son trône. Et papa sera, ou devait être jusqu'à vendredi, chargé d'organiser son arrivée.

Margarita émit alors un petit gémissement de surprise, mais ne prononça pas un mot. Ses yeux me demandèrent de poursuivre, je m'exécutai donc :

— Les activités publiques auxquelles le nouveau roi participera sont toutes prévues et calibrées, et papa devait faire en sorte qu'aucun danger ne le menace pendant les deux jours qu'il doit passer en ville. Ce fut la raison de notre retour à Barcelone. C'est le sens des *Nouvelles illustrées*. Le journal est à la fois un instrument d'information pour les conspirateurs pro-Bourbons et un organe de propagande publique. À travers lui, papa et les siens sont informés de ce qui se trame en ville et peuvent également modeler la pensée des classes pauvres, celles auxquelles le journal s'adresse depuis le début. Le moment venu, quand la République tombera et que ce sera le moment de recevoir le nouveau roi, *Les Nouvelles illustrées* seront le porte-parole de la ferveur populaire en faveur d'Alphonse XII, une ferveur que le journal lui-même alimentera dans ses colonnes. Papa devait tout diriger et contrôler, et s'assurer que le roi, à son arrivée à Barcelone, y trouverait une ambiance populaire favorable, et que son séjour à la ville serait exempt de tout péril.

Mais quelqu'un s'est occupé de lui et l'a éliminé du décor...

— Quelqu'un, murmura Margarita.

— Des carlistes. Des anarchistes. Des républicains. Des opposants au futur Alphonse XII de tous bords et de toutes origines sociales. Les amis de papa l'ignorent et ne s'en soucient guère. En fait, ils ne semblent même pas se soucier que papa soit innocent ou non. Fiona avait raison. Leur seule stratégie pour le tirer de prison est d'attendre la chute de la République. Ce qui d'après eux ne tardera pas à se produire, d'ici deux ou trois semaines. Alors le nouveau roi arrivera, les institutions seront renouvelées et papa sera largement payé de tous ses services. Mais pendant ce temps maman prendra sa place.

Les yeux de Margarita s'ouvrirent encore un peu plus.

— Maman !?

— C'est elle qui organisera à compter d'aujourd'hui tous les agents pro-Bourbons qui travaillent sous couverture dans les différents milieux de la ville hostiles à la monarchie, comme le faisait papa. Elle supervisera le travail de Martin Begg au journal, comme le faisait papa. Et quand le roi arrivera enfin à Barcelone, ce sera elle qui s'occupera de coordonner le travail de tous les hommes chargés de garantir sa sécurité.

— Maman, répéta Margarita, incrédule.

— Maman. Avec l'aide d'Aladrén et des trois messieurs qui se trouvent avec elle en ce moment. Et aussi la mienne, si je décide de la lui apporter. Sinon, j'ai trois jours pour quitter cette maison, renoncer à mon nom et à mon héritage et me débrouiller du mieux que je pourrai. Je dois lui donner ma réponse demain soir.

Margarita ne me demanda pas quelle serait cette réponse. Elle la connaissait aussi bien que moi.

— Mystère résolu alors, se contenta-t-elle de dire, après quelques minutes de silence partagé.

En sortant de la chambre de ma sœur ce soir-là, je me sentais comme un de ces boxeurs du port qu'Andreu avait fréquentés dans sa lente descente vers le bas de l'échelle sociale. Désorienté, sale, sans force, avec un désagréable goût métallique me remontant jusqu'aux dents depuis l'arrière du palais.

38

Mon père fut incarcéré à la prison d'Amalia le lendemain après-midi à la première heure, comme nous l'apprit Fiona peu après dix-huit heures, quand Gaudí et moi la retrouvâmes devant la porte de l'hôtel particulier de la rue Ferdinand-VII, à notre sortie du numéro 3 de la rue d'Aviñón. Mon amie anglaise venait d'apprendre la nouvelle par un rédacteur de Martin Begg qui avait ses entrées au commissariat de las Atarazanas, et elle se pressait maintenant vers la Rambla, son carnet de croquis sous le bras, à la recherche d'un cabriolet qui l'amènerait le plus vite possible au nouveau domicile de Sempronio Camarasa. Martin Begg était déjà parti à Gracia pour y chercher ma mère et Aladrén, qui semblaient ignorer le transfert de mon père et son changement de statut juridique.

Ainsi donc, au lieu d'un cabriolet, Gaudí, Fiona et moi arrêtâmes une voiture de location et, sur le chemin de la prison, je fis part à Fiona de tout ce que Gaudí avait déjà entendu pendant notre goûter aux Sept Portes. Ma conversation de la veille au soir avec ma mère. Ses révélations surprenantes. L'ultimatum qu'elle m'avait lancé en présence de sa suite de vénérables messieurs : ces vingt-quatre heures dont je disposais pour décider de ma position dans cette gigantesque farce à laquelle nous les Camarasa semblions prendre part depuis six longues années. Gaudí et moi rapportâmes également à Fiona nos aventures de la veille, l'absence peut-être prévisible de Sanmartín au rendez-vous dont nous étions convenus et les conclusions qui semblaient se dégager de tout cela, et Fiona, de son côté, nous raconta sa propre visite de la veille sur les lieux de la mort de Canines et nous fournit les quelques nouvelles qu'elle avait pu obtenir dans la journée sur la question. Puis notre chauffeur s'arrêta enfin devant l'entrée de la prison d'Amalia et je perdis courage.

— Et moi qui pensais que l'enfer, c'était Newgate, murmura Fiona, passant son bras autour du mien devant l'entrée.

Ce fut la première des dix ou douze visites que j'allais faire à la prison d'Amalia pendant les neuf semaines entre l'enfermement de mon père et l'arrivée à Barcelone de ceux que Margarita, à mon grand mécontentement, commencerait cette nuit même à appeler « les nôtres », et la sensation que j'éprouvai alors en affrontant pour la première fois la vision de ses hauts murs de pierre nue fut celle qui me reviendrait à l'esprit à chaque nouvelle occasion. Le souvenir des scènes dont j'ai été le témoin au cours de ces derniers jours de l'année 1874 ne m'a pas abandonné depuis, et je crois qu'il ne me quittera plus. Des hommes au corps et à l'esprit brisés. Des femmes au visage décomposé par la maladie. Des vieux de l'âge de l'architecte Oriol Comella, barbus et vénérables, étendus sur des sols en ciment froids ou entre des flaques fumantes de vomi et d'urine. Des enfants de l'âge d'Ezequiel et des jeunes filles de l'âge de ma sœur aux yeux corrompus par le vice, à la langue pourrie et au cœur glacé, à l'avenir réduit aux limites d'une cellule ou d'un taudis de lupanar. La saleté indescriptible, invraisemblable, des cellules bondées et des couloirs surpeuplés. Les bêtes nuisibles qui rampaient, volaient ou couraient de tous côtés, passant d'une assiette, d'une tête, d'une paillasse à l'autre, s'alimentant du sang vicié et des dépouilles misérables de ceux qui vivaient là. L'odeur de la nourriture servie dans des cassolettes couleur suie. Celle des chairs et des vêtements non lavés. L'humidité qui suintait des sols, des plafonds et des murs flottait en d'épais nuages bas dans les couloirs de la prison, rendait visibles les respirations d'hommes, de femmes et d'enfants jusqu'à en former une seule : le souffle maladif d'Amalia. La cour des exécutions, ouverte à côté du mur nord de la prison en manière de rappel du destin qui attendait nombre de ses habitants. Le désespoir dans tous les yeux. La corruption dans tous les regards. Le goût et la puanteur de la mort instillés partout.

L'enfer.

Le lieu d'après l'enfer.

Le cœur putréfié d'une ville en décomposition.

— Ne vous laissez pas gagner par le découragement, mon cher ami, me dit Gaudí, je m'en souviens, tandis que nous quittions la prison d'Amalia à la fin de ce premier après-midi d'horreur et de misère. Ce n'est qu'une épreuve supplémentaire que le sort place sur votre chemin. Votre père est un homme fort et saura l'affronter.

— Je souhaiterais en être aussi convaincu, me rappelé-je aussi lui avoir répondu. Tout ce que je sais, c'est que je ne tiendrais pas une semaine ici.

— N'ayez pas une si mauvaise opinion de vous-même, Camarasa. En cas de besoin, vous seriez surpris de votre propre résistance.

Je m'arrêtai au milieu de la chaussée et jetai un dernier coup d'œil à la masse de ce qui avait en son temps été le couvent San Vicente. La bruine froide qui était tombée sur la ville pendant toute la journée avait assombri la pierre de ses murs, formé une flaque devant le porche d'accès et vidé de commerçants et d'oisifs les environs, et maintenant la prison s'apparentait plus que jamais à la forteresse médiévale d'un conte ancien peuplé de fantômes. Même la lumière crépusculaire qui la baignait semblait provenir de la palette mélancolique d'un mauvais peintre allemand.

— J'espère que mon père se surprendra lui aussi, alors, murmurai-je, prenant Gaudí par le bras et reprenant la marche en direction du centre-ville.

— Quelques semaines. Pensez-y.

Quelques semaines avant la chute de la République et l'entrée à Barcelone du nouveau roi Alphonse XII, compris-je. C'était ce que m'avaient assuré la veille au soir les amis de ma mère, ses associés, ou ses nouveaux subordonnés, et c'était aussi ce que Ramón Aladrén nous avait de nouveau laissé entendre, à peine cinq minutes auparavant, devant l'entrée de la prison, tout en serrant avec une fermeté caractéristique ma main et celle de Gaudí et en s'apprêtant à monter dans la berline familiale en compagnie de ma mère et des Begg.

Comme nous, il n'avait pas eu l'occasion de voir mon père, et n'avait pu parler à aucun des principaux geôliers qui allaient s'occuper de lui à compter de ce jour, et il n'était pas parvenu non plus à apprendre la date du procès qui l'attendait au tribunal provincial de Barcelone.

— Je n'ai pensé à rien d'autre pendant que nous étions à l'intérieur.

Nous marchâmes en silence pendant quelques minutes dans les rues du Raval avant que Gaudí ne m'adresse de nouveau la parole :

— Vous me permettez de vous poser une question ?

— Bien sûr.

— C'est un peu délicat.

Ses précautions m'inquiétèrent quelque peu.

— Rien de ce que vous pourriez me demander maintenant ne pourrait me faire me sentir plus mal que je ne me sens déjà.

Gaudí acquiesça d'un air grave.

— Je me demandais à quel point vous êtes conscient du fait que les informations que votre mère et ces quatre messieurs vous ont communiquées hier soir changent le sens de ce qui s'est passé avec Andreu et votre père…

— Que voulez-vous dire ?

— Je veux dire, bien sûr, que maintenant enfin nous savons pourquoi Eduardo Andreu est mort et Sempronio Camarasa en prison, répondit Gaudí. Quelqu'un voulait empêcher votre père d'accomplir la mission dont il avait été chargé à son retour à Barcelone.

L'organisation et la supervision de la sécurité du nouveau roi à son arrivée en ville, complétai-je mentalement. Et je fis immédiatement un signe de dénégation de la tête.

— Vous oubliez un fait basique qui ne cadre pas avec cette idée.

— Et ce fait est…

— Que mon père est toujours vivant.

Ce fut au tour de la tête de Gaudí de bouger à plusieurs reprises de gauche à droite.

— Peut-être l'assassin d'Andreu ne voulait-il pas la mort de votre père. Peut-être voulait-il simplement l'écarter de son objectif.

— C'est absurde. Quelle sorte de terroriste se donnerait la peine de supprimer mon père en plantant son poignard dans la poitrine d'un tiers ? rétorquai-je. Si l'objectif de la personne qui a assassiné Andreu était de décapiter la sécurité de la visite royale dans le but de commettre un attentat contre le nouveau monarque, pourquoi ne pas tuer directement mon père ?

— Je n'ai pas dit que l'assassin d'Andreu était un terroriste, ni que son objectif était d'attenter à la vie du futur roi, répliqua immédiatement Gaudí. Je comprends votre objection, je la partage : je n'imagine pas un anarchiste, un carliste, ou qui que puisse être cet hypothétique régicide potentiel, se donner tant de mal inutilement pour liquider la personne qui s'interpose entre lui et son objectif, alors qu'il lui aurait suffi de se rendre à ce faux rendez-vous à l'église de Mataró et d'y liquider votre père en toute impunité...

— Alors ?

Mon compagnon s'arrêta au carrefour de deux rues boueuses et attendit qu'une charrette chargée de foin dégage la chaussée avant de poursuivre :

— Et si l'assassin d'Andreu ne cherchait pas à nuire à la mission de votre père mais à prendre sa place à sa tête ? demanda-t-il alors. Et si l'assassin est quelqu'un qui convoite les honneurs de la charge de votre père, mais qui ne souhaite pas sa mort ?

Je m'accordai quelques secondes de réflexion.

— Il me vient à l'idée dix ou douze théories plus plausibles que celle que vous venez de me proposer, Gaudí, mon ami.

— C'est parce que vous oubliez sans doute quelques détails importants, Camarasa, mon ami.

— Vous croyez ?

Gaudí opina fermement. Bien sûr qu'il le croyait.

— Le porte-documents d'Andreu et l'étui à cigarettes de votre père, dit-il. Ce sont les deux détails importants que vous oubliez. Incluez-les dans vos dix ou douze théories et dites-moi si elles vous semblent toujours plausibles.

Je commençai à voir où mon camarade voulait en venir. Sa question un peu délicate.

Je ne pus m'empêcher de sourire.

— Vous êtes en train de me dire que ma mère aurait tout orchestré, l'assassinat d'Andreu et l'arrestation de mon père, et ce à seule fin de pouvoir s'occuper elle-même de l'organisation de la sécurité de cette hypothétique visite royale ?!

Gaudí me jeta un regard surpris, me sembla-t-il.

— Et vous, vous êtes en train de me dire que vous n'aviez pas déjà envisagé cette possibilité ?

L'étrange comportement de ma mère depuis le vendredi précédent. Son changement d'attitude évident. Sa décision étonnante, si peu en accord avec son caractère, si éloignée de tout ce qu'une personne qui aurait un tant soit peu connu maman Lavinia aurait pu imaginer de sa part, occuper le poste de mon père et prendre la tête d'un groupe de conspirateurs chargés de veiller sur la sécurité du nouveau Bourbon à Barcelone...

« Je vais mieux que jamais. »

— Bien sûr que non, fis-je.

— Alors vous avez très peu d'imagination. Je suis sûr que votre mère, en revanche, a imaginé que vous étiez impliqué dans la mort d'Andreu. Et non sans raison.

Je ne cherchai pas à dissimuler ma stupéfaction. J'évitai une flaque de boue qui se trouvait sur notre chemin, revins près de Gaudí et dis :

— Expliquez-vous.

— Quelle que soit la personne qui a tué Andreu, elle jouit d'un accès à votre domicile familial, que ce soit de façon directe ou à travers des tiers. Un accès, oserai-je dire, qui n'est pas purement occasionnel. Voler l'étui à cigarettes de votre père dans sa chambre et placer le porte-documents d'Andreu dans le secrétaire de son bureau particulier, ce ne sont pas des actes que puisse commettre, disons, un invité ponctuel à la tour de Gracia ; et encore moins en pleine nuit, puisque nous savons que c'est à ce moment que s'est produite au moins la deuxième de ces actions. Vous êtes d'accord avec moi ?

— Je ne vois pas comment il pourrait en être autrement, murmurai-je.

— Considérons donc que celui qui a volé le porte-documents d'Andreu dans la chambre où celui-ci a été assassiné et l'a dissimulé dans le bureau de votre père était quelqu'un qui avait ses entrées à votre domicile, poursuivit Gaudí. En laissant de côté les membres de votre personnel de service, qui ont sans doute déjà été dûment interrogés par les collègues de votre père, les seules personnes qui entrent et sortent librement de la tour sont, si j'ai bien compris, M. et Mme Camarasa, Mlle Margarita, Martin Begg, Mlle Fiona et vous-même. Je me trompe ?

— Vous savez que non.

— Le médecin de la police a situé la mort d'Andreu entre vingt-trois heures dans la nuit de jeudi et une heure du matin vendredi. À ces heures, les six personnes que je viens de nommer étaient divisées en deux groupes composés ainsi : votre mère, votre sœur et Martin Begg d'un côté, et vous et Fiona de l'autre, en ma compagnie. Votre père était à Mataró, à ce faux rendez-vous dans l'église Santa María. Votre mère peut être sûre de l'innocence de sa fille et de Martin Begg, puisqu'ils sont rentrés avec elle depuis le Liceo, après vingt-trois heures trente, et que, pour ce qu'elle en sait, ils ne sont pas ressortis de la nuit...

— Pour ce qu'elle en sait, répétai-je.

— M. Begg, bien sûr, aurait pu s'esquiver discrètement de la ferme, retourner en ville dans une voiture de location et commettre le crime avant une heure. Mais je sais que votre mère a des raisons de faire confiance à Martin Begg.

— Davantage qu'à son propre fils, vous voulez dire.

— Camarasa, mon ami, vous disposez seulement de deux personnes pour confirmer où vous étiez entre vingt-trois heures dans la nuit de jeudi et une heure du matin vendredi. L'une est un ami à vous, à qui votre mère n'a aucune raison d'accorder le moindre crédit. Et l'autre, une femme avec laquelle vous avez eu une relation sentimentale que votre mère n'a jamais approuvée. Une femme qui, à Londres, vous a mis en contact avec le même genre de personnes dont votre père essayait de protéger le futur roi d'Espagne...

Gaudí hocha la tête et poursuivit :

— À ses yeux, je crains que les témoignages qui confirment votre alibi n'aient pas davantage de valeur qu'un billet à ordre falsifié. Ajoutez-y la distance que vous avez toujours gardée envers votre père, votre manque d'intérêt pour les affaires familiales, les idées vaguement progressistes que vous semblez avoir, et, bien sûr, votre vulnérabilité devant le beau sexe. À la place de votre mère, moi aussi je vous soupçonnerais.

Je souris.

— Vous ne parlez pas sérieusement...

— Vous ne croyez pas que cela expliquerait l'hostilité qu'elle vous a témoignée ces derniers jours ? La dureté de ses paroles, son sérieux, la froideur avec laquelle – vous me l'avez suffisamment répété – elle vous a traité depuis vendredi, énuméra Gaudí. Et vous ne croyez pas que l'ultimatum qu'elle vous a posé hier soir peut répondre à son besoin de se persuader elle-même que vous vous trouvez après tout du bon côté ?

Je cessai de sourire.

Mon compagnon parlait sérieusement.

— Vous aussi, vous me soupçonnez ?!

— Mon cher ami, répondit-il en souriant à son tour. Je vous rappelle que j'étais avec vous toute la nuit, depuis notre sortie du Liceo à vingt-trois heures trente jusqu'à notre séparation sur la Rambla à trois heures bien sonnées. En ce qui me concerne, Mlle Fiona et vous êtes les seules personnes exemptes de tout soupçon dans l'assassinat d'Andreu.

J'acquiesçai.

— Margarita appréciera, ironisai-je. Se voir transformée en suspecte d'un assassinat aux yeux de l'homme qu'elle aime remplira assurément d'orgueil et d'émotion son âme romantique.

Gaudí s'éclaircit légèrement la gorge.

— Tout ce que je veux vous dire par là, c'est que vous devez parler à votre mère ce soir. Vous devez non seulement répondre à son ultimatum de la seule manière décente qui convient, mais vous devez aussi préciser les choses avec elle.

— Alors je lui demande si elle a tué Andreu et fait inculper mon père pour arborer ses galons ?

— Demandez-lui plutôt si elle suspecte quelqu'un de son entourage, riposta Gaudí sans se troubler. Quelqu'un qui pourrait souhaiter occuper le poste de son époux au point d'en venir au crime. Votre mère est une femme intelligente ; je suis sûr que la question ne la surprendra pas. Il s'agit après tout de se faire remarquer par un roi qui arrivera plus que disposé à accorder des faveurs à tous ceux qui lui auront rendu le trône d'Espagne. Il ne s'agit plus seulement d'honneurs politiques et de statut social, mais aussi d'un intérêt purement économique.

Gaudí me regarda avec des yeux brillants, un demi-sourire aux lèvres.

— Le poste que votre père occupait jusqu'à vendredi est très prestigieux, Camarasa, mon ami. Assez pour que votre mère n'hésite pas à le garder à tout prix dans la famille.

Un nouveau silence nous accompagna pendant plusieurs minutes.

La conspiration antirépublicaine comme commerce familial. Le bourbonisme putschiste comme investissement pour l'avenir.

Les Camarasa : entrepreneurs modèles du nouvel ordre social.

— Il y a quelque chose que je ne vous ai pas dit, repris-je.

— Quoi ?

— Vous vous rappelez quand mon père et vous avez fait connaissance, pendant la fête des *Nouvelles illustrées* ?

— Parfaitement.

— Vous vous rappelez ce que mon père vous a demandé avant de prendre congé dans la salle de réception ?

Gaudí hocha la tête.

— Il a voulu savoir si nous nous étions déjà croisés.

— Vous lui avez répondu que non.

— Et c'était vrai.

— Mais il ne l'a pas cru. Ou plutôt si ; mais ce n'était pas ce qu'il vous demandait, en réalité.

Gaudí m'observa, les yeux légèrement clos.

— Je crois que je ne vous suis pas…

— Le lendemain matin, mon père a prié Martin Begg d'interroger Fiona à votre sujet, et elle devait se renseigner sur vous. Il voulait savoir qui vous étiez en réalité, à quoi vous passiez votre temps, pour qui vous travailliez. Fiona me l'a raconté ce matin-là. Je vous avoue qu'elle était aussi intriguée que moi par cet intérêt soudain de Sempronio Camarasa pour un simple étudiant en architecture venu de la campagne de Tarragone…

Parmi toutes les questions que Gaudí aurait pu me poser à cet instant, celle que mon ami formula enfin me parut inhabituellement révélatrice de son état d'esprit du moment :

— Fiona a enquêté sur mes activités, alors ?

— Je ne crois pas. Du moins, elle m'a dit qu'elle ne le ferait pas. Même si, bien sûr, cela n'est pas une garantie. Je regrette de vous dire que la parole de Fiona n'est pas d'une si grande valeur…

— Et vous avez parlé à votre père ? Vous lui avez demandé la raison de cet intérêt pour ma personne ?

— Je lui ai parlé le soir même. Ce fut notre dernière conversation avant… tout cela. Il m'a dit qu'il ne croyait pas que votre apparition subite dans ma vie à ce moment précis ait été un hasard : l'incendie, la campagne de discrédit dans la presse, l'irruption d'Andreu à la fête quelques minutes après votre arrivée...

Je me forçai à sourire afin de compenser un peu le sérieux qui s'était peint sur le visage de Gaudí.

— Les circonstances de notre amitié, il faut le concéder à mes parents, sont particulières...

— À vos parents ?

— Ma mère se méfie également de vous. Je ne suis pas le seul traître en puissance à ses yeux.

Gaudí agita la tête, j'ignore si c'était avec tristesse ou incrédulité.

— Votre père vous a dit autre chose, cette nuit-là ? Il aurait mentionné une raison concrète de vous méfier de moi ?

— Il a dit que votre aspect coïncidait point par point avec certaines descriptions qui lui avaient été faites par... il n'a pas voulu me dire par qui.

Je fis moi aussi un geste de la tête.

— Maintenant nous savons.

— N'importe lequel des informateurs que votre père et ses amis ont infiltrés dans les cercles qui peuvent constituer un danger pour le succès de la visite du roi, approuva Gaudí. Mais cela n'a aucun sens.

— Le Mont Táber, peut-être ? Le Théâtre des Songes ? Quelqu'un a pu être le témoin des aventures de M. G et lire dans ses activités une sorte d'intention politique...

Deux enfants qui jouaient à la toupie au milieu de la chaussée de la rue de los Molinos nous obligèrent à nous séparer brièvement pour contourner leurs petits corps mal vêtus. L'un d'eux avait les cheveux en brosse et la main gauche enveloppée dans un amas de chiffons de la couleur de la bière anglaise. L'autre leva la tête sur notre passage et nous adressa un sourire si franc qu'il mit dans l'instant du baume sur les blessures qu'avaient laissées dans mon âme les horreurs aperçues à la prison d'Amalia.

— Cela n'a aucun sens, répéta Gaudí. Les activités de M. G, comme vous les appelez, se réduisent strictement à celles que vous connaissez déjà. Je ne fréquente pas de cénacles ni de cercles d'aucune sorte, je ne fréquente ni anarchistes ni révolutionnaires, et je ne crois même pas avoir vu en face un carliste de ma vie…

— L'achat de tout ce cuivre, peut-être, suggérai-je. Vous avez reconnu vous-même que l'armée accaparait presque tout le cuivre disponible aujourd'hui. Un concurrent déterminé comme vous l'êtes n'a pas pu passer inaperçu à leurs yeux.

Gaudí secoua fermement la tête.

— L'informateur qui aurait alerté votre père sur le fait que quelqu'un correspondant à ma description achetait de grandes quantités de cuivre aurait découvert facilement aussi quelle en était la finalité. L'existence d'Oriol Comella n'est un secret pour personne sur le port. N'importe quel informateur qui serait remonté jusqu'à M. G serait sans doute arrivé également à l'entrepôt de Comella.

Oriol Comella était peut-être soupçonné lui aussi, songeai-je alors. Tout le monde n'avait peut-être pas accepté aussi facilement que moi l'idée d'un vieux qui construisait depuis des années une reproduction géante de Barcelone dans un entrepôt abandonné du port industriel… Je gardai cette pensée pour moi.

— En ce cas, mon cher ami, nous devons supposer qu'il y a un autre jeune homme roux aux yeux bleus et au comportement suspect dans les bas-fonds de notre ville.

Gaudí ne rouvrit pas la bouche pendant cinq minutes.

Une fois que nous fûmes parvenus à l'extrémité est du Raval, pendant que nous parcourions une étroite ruelle bordée d'ateliers et de maisons basses située à proximité de la Rambla, la fine pluie qui était tombée par intermittence pendant toute la journée revint sous forme d'une averse soudaine. Gaudí pressa le pas pour chercher refuge dans l'entrée d'un immeuble à l'air encore plus mélancolique que ses voisins – fenêtres aveugles, corniches effondrées, une pure ruine de ciment et de pierre – et là, à ma grande surprise, il sortit une clé de sa poche et entreprit de l'introduire dans la serrure de la porte qui se trouvait devant nous.

— Et ? fis-je.

— Un peu de distraction avant de rentrer à la maison nous fera du bien, répondit-il brièvement. Et peut-être aussi un bon verre de quelque chose qui nous réchauffe le corps et l'esprit.

Quand mon ami eut enfin réussi à ouvrir la porte, une rumeur de voix, de rires et de notes de musique joyeuses parvint immédiatement à nos oreilles. Je ne posai pas d'autres questions, ne protestai pas non plus. Un peu de musique et d'alcool n'était pas la pire des perspectives en sortant d'Amalia, et puis j'étais las de penser à des secrets, des conspirations et des théories tordues qui expliqueraient les mystères d'une vie, la mienne, laquelle commençait à ressembler de façon désagréable à celle des personnages des romans que lisait Margarita. Je suivis donc

Gaudí dans l'escalier, j'accrochai mon manteau et mon chapeau au premier portemanteau disponible et, habituant lentement mes yeux à la pénombre du local, je m'apprêtai à effacer de ma mémoire toutes les choses horribles que j'avais vues et entendues dans l'après-midi.

39

Une heure plus tard, vers vingt et une heures, le corps et l'esprit effectivement réchauffés par les attentions dispensées à l'intérieur de ce bâtiment sans nom ni numéro de la rue de la Cadena, Gaudí et moi récupérâmes nos manteaux et nos couvre-chefs et ressortîmes à l'air libre. Là, devant l'un des ateliers alignés sur le trottoir opposé, nous croisâmes Ezequiel.

Le jeune homme ne perdit pas de temps à nous saluer, ni à nous expliquer comment il nous avait trouvés là précisément.

— Le hibou a quitté le nid, se contenta-t-il d'annoncer.

— Vide ?

— Entièrement. Aucun meuble, juste le lit, rien d'autre.

Gaudí me regarda, l'air moins surpris qu'intrigué.

— Nous parlons de Sanmartín, je suppose, dis-je.

— De Sanmartín, oui. En prévision du résultat nul de notre visite, j'ai suggéré à Ezequiel d'aller faire un tour vers sept heures rue d'Aviñón pour se renseigner un peu sur son compte.

Peut-être pour dissiper tout doute éventuel sur la nature de sa visite chez Sanmartín, le gamin sortit à cet instant de sa poche les outils qu'il m'avait déjà montrés le samedi matin et les agita devant moi avec ses mains de chapardeur consommé.

— Les papiers et les livres que tu as vus lors de ta précédente visite…, commençai-je à demander.

— Rien. Il n'y a rien dans l'appartement. C'était comme si personne n'avait jamais vécu là, précisa Ezequiel en rangeant son passe-partout et en regardant son chef, le sourcil froncé. C'est bizarre, n'est-ce pas, monsieur G ?

Gaudí émit un léger grognement d'assentiment. C'était bizarre.

— Je regrette, mais je dois vous poser la question, repris-je, pendant que mon camarade tendait à Ezequiel un billet plié, en guise, imaginai-je, de paiement pour ses services de l'après-midi. Comment Víctor Sanmartín trouve-t-il une place dans cette théorie du conspirateur monarchique déterminé à occuper la place d'honneur de mon père, exactement ?

Mon ami ne me répondit pas.

Nous n'aurions pas de nouvelles de Sanmartín au cours des dix semaines suivantes. Il ne signerait plus aucun article dans les quatre principaux journaux concurrents des *Nouvelles illustrées*. Sa syntaxe et son vocabulaire ne transparaîtraient plus dans aucun courrier de lecteur. Son visage et son inquiétante silhouette efféminée ne croiseraient plus notre chemin jusqu'au 10 janvier 1875, en des circonstances que je relaterai bientôt. Mais ni Gaudí ni moi n'avions encore la possibilité de le savoir.

Avant de nous séparer sur la Rambla, alors que nous nous étions déjà serré la main et souhaité bonne nuit, et que je m'apprêtais à chercher une voiture couverte pour me ramener à Gracia, Gaudí me demanda s'il pouvait passer me voir le lende-main après-midi.

— Je voudrais préciser certaines choses avec votre mère, dit-il en guise d'explication.

— Si cela vous semble opportun…

— Vous ne pensez pas que ce soit une bonne idée ?

— D'essayer de la convaincre que vous n'êtes pas l'ennemi dont mon père lui a peut-être parlé ?

Je réfléchis quelques instants. Puis :

— Si, je pense que c'est une bonne idée.

Gaudí acquiesça.

— À demain, alors, conclut-il, avant de se mettre à descendre la Rambla dans l'épais brouillard qui, après la pluie, avait commencé à recouvrir la ville.

Au lieu de le suivre, Ezequiel resta à mes côtés en me regardant avec un grand sourire. La chaleur du nouveau billet qu'il tenait toujours dans sa main droite, supposai-je, ou la satisfaction devant la fin d'un nouveau jour bien utilisé, ou tout autre chose encore. Comment savoir ce qui bouillonnait dans la tête de ce garçon ?

— Je crois que je te dois une fière chandelle, lançai-je.

Ezequiel pencha légèrement la tête sur la gauche, mais il garda le sourire.

— Ah oui ?

— Ce que tu as fait hier, avec l'agent qui gardait le cadavre de Canines. Le gifler pour m'empêcher de lui donner mon nom. C'était très courageux de ta part.

Ezequiel cracha d'un air méprisant.

— Donner trois baffes à un policier, vous trouvez ça courageux ?!

497

— Ce n'est pas ton avis, bien sûr, répondis-je avec un sourire. Mais sache que ce que tu as fait hier pour moi est quelque chose que je n'aurais jamais fait pour toi. Alors je te dois une fière chandelle. Tu voudras peut-être…

L'air sérieux, soudain, le jeune homme interrompit le geste que je fis de porter la main à la poche intérieure de mon manteau à la recherche de mon portefeuille.

— Gardez votre argent, monsieur l'étudiant. Je ne travaille pas pour vous.

— Je ne voulais pas t'offenser, m'empressai-je de déclarer. Je voulais juste te prouver ma reconnaissance.

— Alors dites-moi qui est cette traînée avec qui se trouvait M. G, hier soir.

Cette réplique inattendue d'Ezequiel me laissa momentanément sans voix.

— Que… que dis-tu ? parvins-je à articuler au bout de quelques secondes.

— La rousse qui l'accompagnait hier soir à la Citadelle. Je sais que vous êtes amis, monsieur l'étudiant, je vous ai souvent vus ensemble.

J'opinai d'un air grave.

La Citadelle. Hier soir. La rousse et M. G.

Une seule phrase me vint :

— Si tu sais que c'est mon amie, tu dois aussi savoir que ce n'est pas une traînée.

— Parce que vous n'en fréquentez pas ? rétorqua Ezequiel avec une moue si manifestement ironique que je n'essaierai même pas de la décrire. Ce n'est peut-être pas une traînée, mais elle a un corps et une allure de traînée. Et des habitudes, aussi. Vous êtes déjà allé à la Citadelle le soir, monsieur l'étudiant ?

— Ezequiel, je ne te permets pas de parler ainsi de Mlle Fiona.

Le jeune homme haussa les sourcils d'un air théâtral en entendant le nom de l'Anglaise, ce qui souleva suffisamment sa paupière engourdie pour révéler un œil de la couleur de ceux des poissons morts.

— Mlle Fiona, répéta-t-il. Qu'est-ce que c'est que ce nom ?

— C'est le nom d'une dame, Ezequiel. Et ce que M. G a fait en sa compagnie hier soir ne te regarde pas.

— Vous non plus ? fit Ezequiel, dont le sourire obscène s'accentuait. Parce que si la traînée est votre amie et M. G aussi, je crois que ce qu'ils font ensemble vous regarde. Vous voulez que je vous raconte ce que j'ai vu en les suivant ?

Je refusai fermement d'un signe de la tête.

— Ce que je veux, c'est que tu me racontes pourquoi tu suivais ton chef sans qu'il le sache.

— Mon travail consiste à veiller sur M. G et à le protéger, répliqua instantanément le garnement d'une voix rauque. Et à la Citadelle, le soir, il s'en passe. Là-bas, il ne vous faudrait pas trois minutes pour avoir le slip sur les chevilles et une entaille au cou. Je ne sais pas si vous voyez ce que je veux dire.

Une voiture couverte apparut enfin dans le brouillard et s'arrêta devant ma main levée. Le cocher était un type maigre à l'air si désagréable que je fus tenté de baisser la main et de le laisser passer, mais la compagnie d'Ezequiel, ou peut-être la série d'images que ses paroles avaient commencé à convoquer dans mon cerveau, m'était soudain devenue intolérable.

— Bonne nuit, Ezequiel, dis-je, faisant un pas en direction de la voiture qui m'attendait.

Le galopin m'imita sur-le-champ et, me prenant par le bras, m'obligea à lui faire face.

— Dites-moi juste si je dois me tenir sur mes gardes avec cette traînée, monsieur l'étudiant, fit-il d'un ton très sérieux. Parce que Mme Cecilia n'appréciera pas d'apprendre que votre M. G se consacre maintenant à cavaler dans la Citadelle avec une jument aux courbes traîtresses.

Mme Cecilia. La danseuse difforme du Mont Táber.

« Une jument aux courbes traîtresses »…

— Bonsoir, Ezequiel, répétai-je, sur le ton le plus tranchant dont je fus capable.

Et je montai immédiatement dans la voiture en indiquant au cocher de partir sur-le-champ.

Margarita finissait de dîner seule dans un coin de mon atelier de photo lorsque j'arrivai à la tour de Gracia vers vingt-deux heures. Le lieu inattendu que ma sœur avait choisi pour son repas m'inquiéta toutefois moins que l'expression qui durcissait son visage et troublait son regard lorsqu'elle me salua. Tandis que je tirais un siège près d'elle après l'avoir embrassée brièvement sur la joue, ses yeux me fixaient comme s'ils n'avaient pas été sûrs de mon identité. Ou comme si cela n'avait plus aucune importance.

— Je regrette de ne pas avoir pu venir avant, m'excusai-je. Tu sais ce qui est arrivé.

— Papa est en prison. Et la prison est pire que la mort.

La simplicité du résumé de Margarita me remua les tripes.

— Rien n'est pire que la mort, protestai-je, quoique sans grande conviction.

— Maman a dit qu'elle avait vu un vieillard manger un morceau de viande de chien avariée.

— Vraiment ?

— Et aussi qu'ensuite le vieux avait recraché le morceau de viande et qu'un autre l'avait pris et dévoré.

Je me forçai à sourire.

— Maman n'a pas dit ça.

— Pas dans ces termes. Mais c'était l'idée.

Margarita planta les coudes sur la surface métallique de ma table de travail et me dévisagea avec l'air d'avoir besoin de beaucoup de choses à la fois : une bonne nouvelle, une étreinte, se réveiller d'un mauvais rêve, recevoir le premier baiser de sa vie, ou peut-être, tout simplement, dormir jusqu'à ce que tout cela soit terminé.

— Ce n'est qu'une épreuve supplémentaire que le destin place devant nous, lui dis-je. Papa est un homme fort et saura la surmonter.

— C'est une sottise.

— C'est pourtant ce que m'a dit ton ami Toni quand nous sommes sortis de la prison.

Margarita n'hésita pas un instant.

— Ça n'en reste pas moins une sottise, affirmat-elle, portant à sa bouche son verre d'eau citronnée.

L'empreinte de ses lèvres resta gravée un instant sur le verre puis elle disparut.

— Et en plus, tu sens l'alcool.

— J'avais besoin de m'éclaircir un peu les idées avant de rentrer. Ou de me les noircir, je ne sais pas.

Margarita plissa le nez.

— Tu étais avec Fiona ?

— Fiona est partie avec maman, Aladrén et Martin Begg en sortant de la prison. Ils sont montés dans la berline et nous ont laissés seuls, Gaudí et moi. Ils ne sont pas venus ici ?

Ma sœur acquiesça sans enthousiasme.

— Fiona est repartie immédiatement. Mais avant, elle m'a donné ça, ajouta-t-elle, tendant le bras vers l'extrémité gauche de ma table de travail pour me remettre un exemplaire du dernier numéro des *Nouvelles illustrées*. Ça s'est vraiment passé comme ça ?

Margarita se référait apparemment à l'illustration de couverture qui reproduisait, dans le style caractéristique de Fiona Begg, le moment où deux agents de la police judiciaire inspectaient les cadavres horriblement mutilés de Canines et de son chien à trois pattes. Je l'observai pendant quelques secondes, revivant dans l'instant toutes les émotions de la veille, puis je regardai au bas de la une et remarquai l'accroche – *ILS PROJETAIENT UN ATTENTAT CONTRE LE TRAIN POSTAL !* – qui renvoyait à l'article que le journal de Martin Begg consacrait, dans les premières pages intérieures, aux activités des groupes anarchistes du Raval.

Fiona avait raison. *Les Nouvelles illustrées* avaient déjà un nouveau filon à creuser dans leur croisade populiste pour prendre le contrôle de la presse du soir de Barcelone.

Mais désormais, bien entendu, cela non plus n'avait absolument pas l'air innocent.

Avec les Camarasa, plus rien n'était innocent, en matière de politique, de morale et d'argent.

— Oui, plus ou moins, lâchai-je enfin, repliant le journal avec la couverture à l'intérieur et le laissant à l'autre bout de la table.

Après un bref silence que Margarita ne semblait pas disposée à remplir, je demandai :

— Que fais-tu ici ?

Au lieu de me répondre, ma sœur prit entre ses doigts un morceau de pomme de terre cuite dans l'assiette qu'elle avait placée entre mes appareils de photographie et m'annonça que nous avions une date pour le procès de papa :

— Le 21. Dans moins de trois semaines. L'avocat est venu nous l'annoncer il y a une demi-heure.

— Le 21, répétai-je.

— Il a également dit qu'il n'y aurait pas de procès, que les nôtres allaient arriver sans tarder, et que papa serait de retour à la maison avant les fêtes. Tu le crois ?

Je me levai, embrassai de nouveau ma sœur sur la joue et volai l'une des dernières pommes de terre qui restaient dans son assiette.

« Les nôtres »…

Les traits de Margarita se détendirent légèrement.

— Si tu veux voir maman pour répondre à son ultimatum, elle se trouve dans le bureau de papa, dit-elle, prononçant le mot « ultimatum » avec une gravité d'héroïne française.

Et elle poursuivit :

— Si tu lui dis que tu ne veux pas te mettre de son côté et que tu quittes la maison demain, je te promets que je me suicide.

Je posai l'extrémité de mon index sur le bout du nez de Margarita et appuyai doucement.

— Je crois que ce ne sera pas utile.

Ma sœur sourit.

— Si tu venais à changer d'avis, la robe de tulle verte te semblerait-elle appropriée ? demanda-t-elle.

Ma mère était assise derrière le bureau de mon père, entourée de papiers et de livres, de nouvelles petites lunettes de secrétaire en équilibre sur le nez. En la voyant, je ne pus m'empêcher de me rappeler toutes les fois où j'avais souhaité bonne nuit à mon père depuis la porte de cette même pièce, en me dirigeant vers ma chambre ; il levait alors à peine les yeux de sa tâche pour prendre congé machinalement de moi, et moi, de mon côté, je ne me demandais même pas quelle sorte de travail il pouvait faire dans ce bureau un jour après l'autre, une semaine après l'autre, à ces heures avancées de la nuit, entouré de papiers et de porte-documents, et avec dans le regard un accablement dû à la fatigue et aux responsabilités.

— Maman, me contentai-je de dire ce soir-là, penchant la tête par la porte entrouverte du bureau. Ma réponse est oui.

Ma mère leva la tête et acquiesça d'un air grave.

— Nous avons beaucoup de travail, alors, fit-elle. Demain, je t'attends ici à neuf heures.

J'acquiesçai moi aussi et lui répondis que, bien sûr, je serais là. Nous avions tous deux beaucoup de travail.

40

Il ne se passa rien pendant huit semaines. Ou il se passa beaucoup de choses, mais aucune ne fut définitive. À la déception d'Abelardo Labella et du système judiciaire républicain pour lequel travaillait l'inspecteur, mon père ne fut pas condamné à mort lors du procès prévu le 21 novembre ; au déplaisir de ceux qui pensaient naïvement qu'une telle chose était possible, mon père ne retrouva pas non plus la liberté à ce moment-là. Deux jours avant la date prévue, le procès fut reporté au 30 novembre, puis au 12 décembre, puis à l'avant-dernier jour de l'année, date à laquelle il se trouvait peu de gens pour croire encore que la République visiblement agonisante et son système judiciaire et policier puissent devenir le futur de l'Espagne. Comme Fiona l'avait prédit, les huit semaines denses qui s'écoulèrent entre l'incarcération de mon père à la prison d'Amalia et le coup d'État militaire qui fit enfin tomber la République le 29 décembre virent se dérouler une partie d'échecs tendue, faite de retards et de subterfuges légaux, dans laquelle le travail de nos avocats consistait avant tout à faire durer le procès le plus longtemps possible, dans l'attente que le cours de l'histoire vienne balayer le juge et son inspecteur avant que la tête de l'accusé mis sous les verrous par leurs soins ne soit vraiment en danger.

Personne ne se soucia de poursuivre officiellement l'enquête sur l'assassinat d'Andreu. Ni la police judiciaire ni même la défense de mon père ne semblèrent juger utile d'établir légalement les véritables responsabilités dans ce crime, et seul l'intérêt purement pratique des collègues de Sempronio, maintenant dirigés par Lavinia Camarasa, à découvrir qui se trouvait derrière cette attaque évidente contre les promoteurs de la visite royale à Barcelone empêcha les efforts que Gaudí et moi avions fournis jusqu'alors de tomber dans l'oubli le plus total. À défaut d'autre chose, nos petites découvertes provoquèrent une intensification des contrôles que les agents des Bourbons infiltrés dans le tissu social de Barcelone exerçaient sur les divers milieux radicaux de la ville, des anarchistes d'extrême droite jusqu'aux carlistes les plus ultramontains, des placides socialistes utopiques jusqu'aux plus exaltés des ouvriers à l'âme luddite[1], mélange de fidélité républicaine et de haine foncière du bourgeois, que leurs dernières actions de sabotage dans les usines de Barcelone avaient transformés en une nouvelle source d'inquiétude pour « les nôtres ».

La première visite qu'on m'autorisa à faire à mon père eut lieu le 13 novembre. Cela faisait déjà dix jours que j'avais commencé à participer à des réunions du Groupe de soutien opérationnel – tel était le nom que s'était donné le comité chargé d'organiser la sécurité de la visite royale – et à

---

1. De « luddisme », nom donné au mouvement insurrectionnel anglais visant à détruire les machines, accusées de créer le chômage des ouvriers, au début du XIXe siècle.

prendre également part à toutes sortes d'actions plus ou moins secrètes destinées à renforcer les liens qui unissaient les différentes factions déterminées, chacune à sa manière et pour ses propres raisons, à faire advenir et à appuyer l'inéluctable restauration bourbonienne, et à faire de Barcelone le symbole de la fidélité au nouveau monarque.

Les stigmates de cette expérience carcérale se lisaient sur chacun des traits du visage de mon père. Je ne décrirai pas son air sale et usé, son attitude d'homme vaincu, la tristesse dans ses yeux, je ne rapporterai pas non plus les nouvelles terrifiantes qu'il me donna de son existence à l'intérieur ; je me contenterai de dire que, pour la première fois dans notre vie commune, mon père me déclara qu'il était fier de moi. Cet homme, contraint, du fait de son implication dans le projet de restauration bourbonienne, à regarder dorénavant défiler les nuages derrière les grilles d'une cellule infestée de vermine, s'affirmait maintenant fier de son aîné, son unique enfant mâle, moi en l'occurrence. Pour le libérer de cette cellule, pour ne pas décevoir ma mère une fois de plus, pour ne pas faire davantage de mal à ma sœur, et par pure lâcheté, je m'étais donc impliqué à mon tour dans un projet auquel je ne croyais absolument pas, que mon cerveau et mon cœur rejetaient de toute leurs forces et dans le plus grand silence, et qu'en réalité j'aurais souhaité voir échouer avec perte et fracas.

Les nouvelles qui nous parvenaient chaque jour à travers la presse et par nos propres informateurs indiquaient toutes que le projet n'échouerait pas. Il suffisait d'ouvrir un quotidien à la rubrique politique et militaire et de lire au hasard un gros titre pour constater que la République s'effondrait d'heure en heure, de minute en minute, le vide laissé par son absence étant désormais comblé sans pudeur par ce nouveau roi pas encore couronné qui portait le nom d'Alphonse. Dans les déclarations publiques que le fils de la reine déposée, Isabelle II, faisait périodiquement depuis son exil parisien, il se présentait régulièrement comme le régent officiel de l'Espagne, l'homme, presque un enfant, dans les mains duquel se trouvaient concentrées les promesses d'ordre et de renouveau pour ce pays brisé au secours duquel il était disposé à accourir dès que cela serait possible. Tout au plus attendait-il que ses sujets le réclament pour rentrer dans cette Espagne que sa mère et lui auraient voulu ne jamais abandonner. Et ici, justement, si les pages d'opinion des journaux ne mentaient pas, si les informateurs qui nourrissaient le Groupe de soutien opérationnel ne déformaient pas la pensée populaire, si les grèves et les manifestations qui paralysaient cycliquement la vie publique espagnole n'étaient pas manipulées par des groupes intéressés et répondaient réellement à l'épuisement, à la rage et à la déception d'un peuple trahi par la triste dérive finale de la Glorieuse, chaque jour qui passait, les voix qui réclamaient l'arrivée d'un monarque français pour mettre de l'ordre dans le pays se faisaient plus nombreuses.

Ces mêmes journaux qui suivaient au jour le jour l'effondrement de la République et le renforcement du projet de restauration ne mirent pas vingt-quatre heures à oublier mon père. Aussi bien lui que son prétendu crime tombèrent dans un oubli si parfait que ce fut comme s'il ne s'était jamais rien passé. La plume de Víctor Sanmartín ayant du jour au lendemain cessé d'alimenter les quotidiens concurrents en articles et fausses lettres de lecteurs, seules

Les Nouvelles illustrées continuèrent à présenter comme une information d'importance l'emprisonnement de mon père, même si les divers intérêts qui se mêlaient au sein du journal finirent très vite par reléguer là aussi son cas dans le tiroir des thèmes dépassés. Les anarchistes d'abord, les grèves et les sabotages ouvriers ensuite, puis, à compter du mois de décembre, les rumeurs insistantes de soulèvement final contre la République, accaparèrent notre journal, reléguant Sempronio Camarasa au rang de sujet purement intime et familial.

Par ailleurs, ma vie changea profondément, pendant ces huit semaines d'attente. La première réunion de travail que ma mère et moi tînmes dans le bureau de la tour de Gracia le matin suivant l'incarcération de mon père à Amalia me permit au moins de me faire une idée de la complexité et de la diversité des occupations auxquelles Sempronio Camarasa avait consacré son temps, son argent et son énergie depuis son retour à Barcelone. Ce même après-midi, j'eus ma première réunion officielle avec certains membres du Groupe de soutien opérationnel, le soir j'assistai à mon premier dîner de gala dans la mystérieuse demeure du paseo de San Juan, le lendemain je pris le petit déjeuner avec un groupe d'entrepreneurs qui aspiraient à financer une partie du coût de l'accueil royal en échange de futures récompenses, et ce même soir je compris que je n'avais pas d'autre solution que de renoncer, temporairement du moins, à mes études à l'École d'architecture.

Mes matinées ne tardèrent pas à se remplir de diverses tâches en rapport avec la bonne marche quotidienne des *Nouvelles illustrées*, ou plutôt avec la supervision du passage en bonne et due forme de leur statut de journal populaire et sensationnaliste à celui d'organe de propagande de la restauration imminente.

À la mi-novembre, j'avais déjà ma place dans l'organigramme du journal et mon bureau assigné dans l'hôtel particulier de la rue Ferdinand-VII ; un bureau commodément situé dans le même couloir que celui de Fiona, de sorte que souvent, quand les pressions de ma nouvelle vie menaçaient de me dépasser, je pouvais frapper à sa porte et partager avec elle un thé, vers le milieu de la matinée, tandis que l'Anglaise peaufinait ses illustrations de moins en moins sanglantes, de plus en plus politiques et populistes, pour l'édition du jour. Le soir venu, je me partageais entre les réunions publiques, les fêtes privées et les conférences avec le comité central du Groupe de soutien opérationnel, où je recevais toutes les informations nécessaires pour aider ma mère à déterminer, comme elle disait, de manière aussi humble que fausse, ce qu'aurait fait son époux dans la nouvelle situation qui se présentait à nous.

Abandonner ma vie d'étudiant à la Loge de Mer signifia renoncer aussi à une bonne partie de la routine qui avait jusqu'alors renforcé mon amitié avec Gaudí. Je continuai à déjeuner avec lui aux Sept Portes chaque fois que mon emploi du temps me le permettait, en l'espèce guère plus de deux fois par semaine. Les goûters à la *horchatería* Oncle Nelo, les cigarettes partagées sur la place du Palais et les promenades occasionnelles sur la Barceloneta prirent fin, de même que nos conversations liées aux petits événements survenus chaque jour dans les salles de classe.

Au fil de ces huit semaines, je ne me rendis que trois fois dans sa mansarde de la placette de Moncada, et l'emmenai avec moi quatre ou cinq fois à la tour de Gracia, la première, l'après-midi qui suivit l'arrivée de mon père à la prison d'Amalia ; une visite de dix minutes à peine pendant laquelle Gaudí s'enferma seul avec ma mère dans le bureau de Sempronio Camarasa et dissipa, selon ses propres paroles, « ce malentendu gênant qui s'était créé autour de mon humble personne ». Et je ne l'accompagnai qu'à deux reprises, deux soirs de suite à la fin novembre, au Mont Táber. La visite reportée qu'il m'avait promise depuis le premier soir de notre amitié à son bureau de la Société barcelonaise pour le développement du spiritisme continua d'être reportée sine die pendant cette époque d'éloignement forcé entre nous, et elle ne se produisit précisément que le soir du jour même où le général Martínez Campos souleva ses troupes à Sagunto et fit enfin tomber la République.

Mon absence soudaine dans la vie de Gaudí fut comblée, si je peux l'exprimer de façon aussi directe, par le travail, les études et Fiona Begg. Je ne sus pratiquement rien sur l'évolution de la relation entre mon ami et Fiona pendant cette période, hormis le fait évident, car Fiona n'essaya jamais de le dissimuler, que Gaudí s'était rendu à plusieurs reprises à la ferme, très tard, sans prévenir et sans même passer saluer les habitants du bâtiment principal de la tour.

L'intimité qui s'était créée entre Fiona et Gaudí me fut confirmée par les rares informations de seconde main qui parvinrent à traverser la carapace isolante que mes nouvelles activités avaient érigée autour de moi. Ezequiel, par exemple, revint à la charge à plusieurs reprises avec ses questions méprisantes sur Fiona et ses insinuations sur un comportement hautement irrégulier entre « la traînée rousse » et son M. G adoré, et un matin du début de novembre

Martin Begg me rendit visite dans mon bureau de l'hôtel particulier de la rue Ferdinand-VII pour me poser toute une batterie de questions sur les intentions, le caractère et la condition de ce jeune paysan en cravate sur lequel Sempronio Camarasa avait un jour fait prendre des renseignements, et qui semblait maintenant devenu le compagnon inséparable de sa fille unique.

Jusqu'à quel point Gaudí s'était laissé envoûter par les idées, la personnalité et les herbes consommables de l'Anglaise, jusqu'à quel point le monde intime de Fiona avait saisi Gaudí, jusqu'à quel point étaient fondées les craintes dont son frère m'avait fait part l'après-midi de l'assassinat de Canines, je ne le découvrirais qu'une fois l'année bien entamée, lorsque tout se serait déroulé entre nous, et alors que les blessures de mon ami prendraient lentement la voie de la guérison. Ni mes pauses pour le thé du milieu de la matinée avec Fiona ni mes déjeuners ponctuels avec Gaudí ne me laissèrent soupçonner, au long de ces semaines, la nature et l'intensité, et encore moins les conséquences éventuelles, de ce qui se produisait réellement entre ces deux personnes si proches de moi ; ou ce fut peut-être mon propre état mental pendant cette période qui m'aveugla et me troubla, m'empêchant de voir l'évidence : ce qui se tramait entre Gaudí et Fiona était un peu plus que l'entichement d'un jeune homme plein d'imagination pour une femme mystérieuse et expérimentée. « Mon cher Camarasa, vous possédez la capacité d'observation et d'interprétation des réactions humaines d'un porc-épic aveugle », m'avait dit Gaudí ce même soir, celui de l'assassinat de Canines, quelques minutes avant ma rencontre avec Francesc, son frère. Et il n'avait pas tort.

Le 1er décembre 1874, à la demande du leader conservateur Antonio Cánovas del Castillo, Alphonse de Bourbon signa depuis l'Angleterre le Manifeste de Sandhurst, où le fils d'Isabelle II se déclarait héritier légitime du trône d'Espagne après l'abdication de sa mère et se montrait disposé à accéder aux demandes de ceux qui sollicitaient son retour au pays pour l'établissement d'une monarchie constitutionnelle. Le 29 décembre, le général Martínez Campos leva ses troupes à Sagunto et proclama sa loyauté au prince. Le général Serrano, président de la République depuis janvier, n'opposa aucune résistance au coup d'État. La République était tombée, à la surprise générale, sans effusions de sang ni plus de simagrées que quelques manifestations facilement dispersées. Le 31 décembre, Cánovas se plaça à la tête d'un gouvernement de régence, dans l'attente de l'arrivée du nouveau roi en Espagne. Le 6 janvier, Alphonse XII quitta Paris et le palais Basilewsky, résidence d'Isabelle II, et se rendit au port de Marseille, où l'attendaient déjà les nombreuses autorités politiques, militaires et religieuses qui allaient l'accompagner dans son retour en Espagne à bord de la frégate *Navas de Tolosa*. Et le 9 janvier à midi, le roi et sa suite débarquaient enfin sur le quai de la Paix de Barcelone, entre festivités imposées et douteuses complaisances populaires, marquant ainsi le début des vingt-quatre heures les plus étranges de ma vie.

41

Lorsque la frégate de guerre qui amenait le nouveau roi entra enfin dans les eaux stagnantes du port de Barcelone en compagnie de dizaines de bateaux venus l'accueillir à minuit à la limite des eaux nationales, ma mère et moi n'avions pas dormi depuis trente heures. La journée de la veille et la nuit s'étaient passées en d'interminables réunions d'urgence avec les membres de plus en plus nerveux du Groupe de soutien opérationnel, presque tous des messieurs ventrus d'un certain âge et d'un statut social enviable, qui semblaient maintenant considérer l'imminence de la visite royale, après tous ces mois de préparatifs minutieux, comme une épreuve par trop périlleuse pour leur fragile constitution. Pour autant, les détails du plan de séjour du roi à Barcelone n'avaient pas changé au cours de ces dernières semaines. Le resplendissant Alphonse XII, qui ne pourrait recevoir légalement ce numéro qu'après avoir été couronné à Madrid, mais que les panneaux de bienvenue suspendus partout dans la ville saluaient déjà sous ce nom, foulerait la terre ferme ce 9 janvier à midi et remonterait la Rambla en procession dans un attelage découvert afin de recevoir les félicitations et les démonstrations d'amour du peuple de Barcelone. Le déjeuner officiel de bienvenue aurait lieu au vieux Palais de la Mer, la résidence où le roi dormirait ce soir-là après avoir présidé, à partir de vingt et une heures, un dîner de gala auquel assisteraient les principaux membres de la société catalane ; parmi eux, bien sûr, tous ceux qui appartenaient au Groupe de soutien opérationnel et leurs parents ou associés les plus proches. Auparavant, une présentation officielle des autorités civiles sur la place de San Jaime, un défilé populaire sur le paseo de Gracia et un grand feu d'artifice dans le jardin du Général occuperaient l'après-midi du roi, qui irait également, s'il en avait le temps, recevoir les hommages des militaires dans les casernes de las Atarazanas. Et le lendemain matin, avant l'embarquement pour Valence prévu à quatorze heures, une messe solennelle avec les autorités à l'église Santa María del Mar devrait constituer le point d'orgue de la réception officielle du nouveau roi d'Espagne.

Rien d'imprévu, donc.

Aucune grande nouveauté par rapport au plan que mon père avait commencé à tracer minutieusement à l'automne 1873, et dont ma mère avait défendu les détails bec et ongles pendant les neuf longues semaines qui s'étaient écoulées depuis le début de son enfermement.

Le même plan, sans aucun ajout ou retrait, auquel les membres du Groupe de soutien opérationnel avaient consacré leur temps et leur argent avec cette sorte d'enthousiasme que suscite toujours chez les gens de renom l'espérance d'un roi reconnaissant.

Cependant, la tension avait été palpable comme de la farine de boulanger à chacune des réunions auxquelles ma mère m'avait traîné la nuit précédente.

— Et cela vous surprend ? me demanda Gaudí, assis à mes côtés au premier rang de l'une des festivités organisées sur le quai de la Paix, lorsque je l'eus informé des dernières nouvelles. Un hasard, une faille dans la sécurité à un moment quelconque, et six ans d'investissement partiraient à la poubelle...

Je souris devant cette leçon de pragmatisme de la part de mon ami.

— Sans parler du malheur et du déshonneur de perdre un roi sous notre propre nez, bien sûr.

— Mon cher Camarasa, je soupçonne vos amis de se soucier aujourd'hui bien moins de leur honneur que de leur bourse, répliqua Gaudí en englobant de la main droite le spectacle qui nous entourait : le port entièrement pavoisé de fanions et de guirlandes, le brillant ensemble de passerelles, de gradins et d'immenses tentes de couleur qui recouvrait le quai de la Paix, les eaux de la mer hérissées de voiles latines. Je ne peux imaginer ce qu'il a pu vous en coûter, ne serait-ce que pour préparer le port de la sorte pour l'arrivée de la frégate royale...

— De fait, vous ne pouvez pas.

Gaudí ébaucha un petit sourire sarcastique.

— Si une partie de cet argent m'appartenait, moi aussi je serais nerveux. Et surtout, je brûlerais d'envie de faire remarquer au roi ma participation à tout ce bazar. La disposition des tables lors du déjeuner et du dîner de fête a dû générer quelques débats des plus intéressants...

— J'ai quelques bonnes anecdotes à ce sujet, oui. Je vous les raconterai peut-être pendant le déjeuner, si Margarita ne monopolise pas la conversation.

Gaudí sourit de nouveau.

— Je suis sûr que votre mère est parvenue à occuper une très bonne place à table, dit-il.

— Une des meilleures, je vous le confirme. Et elle nous en avait réservé deux autres presque aussi bonnes, pour Margarita et pour moi.

— Mais vous les avez refusées.

Je haussai les épaules.

— Mon travail est terminé, déclarai-je. Je n'ai rien à faire à la table d'un roi. Et pour Margarita, la perspective de deux banquets entourée de vieux hautains et de têtes couronnées lui a paru moins séduisante que celle d'un jour entier de fête en votre compagnie...

Les sourcils de Gaudí se haussèrent de façon comique.

— Vraiment ?

— Plus ou moins. Alors soyez un gentleman, aujourd'hui, et consacrez-vous à elle. Votre amitié avec Fiona ne lui plaît guère, si vous me permettez de le dire.

Mon compagnon inclina la tête d'un air grave.

— Votre sœur est une jeune fille adorable, lâcha-t-il, en désignant de la tête la direction approximative par où Margarita avait disparu, cinq minutes plus tôt.

Et, changeant de sujet à sa manière habituelle, il ajouta :

— Mais je suis surpris de vous entendre affirmer que votre travail est terminé.

— Ce qui peut arriver aujourd'hui et demain n'est pas de mon ressort.

— Mais il est de celui de votre mère. Elle est responsable de l'organisation de la sécurité royale...

— Tout est sous contrôle, répliquai-je. Chacun sait ce qu'il doit faire, quand et où il le doit, et à qui il doit déléguer ses fonctions une fois son objectif atteint. Ma mère n'a plus qu'à se coller au cortège du roi, se laisser voir et prier pour que nous n'ayons rien laissé au hasard dans cette organisation.

— Et vous êtes certain que c'est bien le cas ? Nul interstice par lequel pourrait s'infiltrer le poignard d'un anarchiste ?

Ces paroles me déplurent.

— Le poignard d'un anarchiste peut se glisser dans la poche de n'importe lequel des serveurs qui travaillent ce soir pour le dîner au palais, ou dans la botte de ce gamin blond qui joue de la trompette là-bas, dis-je en désignant l'estrade sur laquelle un petit orchestre militaire jouait d'allègres marches patriotiques, à dix mètres à peine de la passerelle que le roi, s'il n'y avait pas de retard, devrait emprunter pour atteindre la terre espagnole d'ici un quart d'heure. Mais protéger le roi d'une attaque de ce genre est autant hors de notre portée que le protéger de la chute d'un éclair...

— Quelqu'un va fouiller les poches des serveurs avant de les laisser apporter la soupe au roi, de toute façon. Et quelqu'un se sera renseigné sur l'identité des musiciens.

— Bien sûr.

— Et aucune alarme n'a été tirée pour l'instant. Vous n'avez détecté aucune tentative d'infiltrer un poignard dans les environs.

Je fis un signe de dénégation de la tête.

— Les rares carlistes à ne pas s'être déjà débarrassés de l'uniforme sont tous occupés à se replier au Pays basque. Les ouvriers radicaux semblent s'intéresser uniquement à jeter des cailloux sur les métiers à tisser et à bloquer des livraisons de charbon aux portes de leurs usines. Quant aux anarchistes, ceux qui se trouvent dans cette ville ne semblent être, comme l'a dit Fiona, que de pauvres naïfs aux sentiments nobles, aux idées confuses, et dépourvus de tout sens de la réalité. Avez-vous lu les articles que nous avons publiés dans *Les Nouvelles illustrées* ?

— Je les ai lus et commentés avec Mlle Fiona, oui. Pure propagande sensationnaliste, si vous me permettez de vous le dire.

— Je vous le permets. Mais il n'y avait pas d'autre façon d'aborder l'affaire. Dix ou douze jeunes universitaires, quelques vieux nostalgiques de l'époque où on brûlait les couvents, et quelques étrangers intoxiqués par les idées des nihilistes russes, réunis dans une cave du Raval afin de déterminer la meilleure manière de faire sauter en l'air un seau à ordures sur la Rambla de Catalogne ou le chariot d'un facteur à San Gervasio... Rien d'autre.

— Et pourtant...

Gaudí n'eut pas besoin d'achever sa phrase.

Et pourtant, mon père était enfermé depuis neuf semaines à la prison d'Amalia et la seule piste que nous avions, hormis Víctor Sanmartín, était ce blason prétendument anarchiste sur le poignard qui avait mis un terme à la vie d'Eduardo Andreu.

— Soit tous les hommes que nous avons infiltrés dans les caves du Raval se sont laissé complètement abuser par l'apparence de vulgarité de ceux qui s'y réunissent, soit les anarchistes éprouvent aussi peu d'intérêt pour cette visite royale que pour la première d'un nouvel opéra français au Liceo...

Gaudí acquiesça d'un sourire.

Une rumeur de voix et d'applaudissements commença à s'élever à cet instant dans le secteur est du port et gagna rapidement nos propres gradins, tandis que l'orchestre militaire redoublait d'élan et que, à notre gauche, sur un podium d'honneur situé à quelques mètres de la passerelle royale, un chœur d'enfants vêtus de blanc entonnait une mélodie que je ne reconnus pas.

— Il est là ! crièrent plusieurs voix derrière nous. Le bateau du roi !

La frégate *Navas de Tolosa* venait effectivement d'embouquer le port de Barcelone, entourée de son généreux cortège de bateaux, de barques et même de petits canots à rame. Un nuage de confettis et de serpentins, de feux de Bengale multicolores et de mouettes surprises la survolait, lui conférant un aspect à la fois vaguement ridicule et irréel. Le nouveau roi arrivait à la manière des vieux souverains des contes de fées. Par mer, courtisé par des bouffons et des adulateurs, et célébré également, à sa façon, par le règne animal lui-même.

— Il est enfin là, soupirai-je.

Détectant sans doute le manque d'enthousiasme dans ma voix, Gaudí me posa brièvement la main gauche sur un genou en murmurant :

— Votre père est déjà un peu plus près de la liberté.

— C'est la seule chose qui me console.

Mon camarade agita vigoureusement la tête de gauche à droite.

— Vous n'avez aucune raison d'avoir honte, mon cher ami. Vous avez fait ce que vous deviez.

— Je vous en remercie.

— Je ne vous apprends rien… Des nouvelles ? demanda-t-il après une courte pause induite par une explosion de vivats inarticulés sous les tentes et sur les gradins du quai.

— Pas encore. D'abord le couronnement, ensuite le paiement des faveurs.

— Cela ne saurait tarder, de toute façon.

— C'est ce que nous espérons. Ma mère est déjà en train de faire les préparatifs pour que nous allions passer tous les quatre quelques semaines dans notre maison de Palamós dès que mon père sera libéré.

Fuir Barcelone, répondirent avec approbation les yeux de Gaudí.

— Et à votre retour, vous avez songé à ce que vous alliez faire de votre vie ? poursuivit-il.

— À notre retour, j'attends juste de retrouver quelque chose de semblable à une vie normale.

— Jouirons-nous à nouveau de votre présence à l'école, alors ?

Mon condisciple avait posé la question de façon parfaitement naturelle, mais sur un ton sincèrement intéressé, me sembla-t-il.

— Je vous ai beaucoup manqué, Gaudí, mon ami ?

— Cela vous surprendrait-il ?

— Ce qui me surprendrait, ce serait que vous le reconnaissiez, dis-je, avant d'ajouter : À moi, vous m'avez manqué. Votre compagnie, si vous me permettez le compliment, est beaucoup plus agréable que celle de n'importe lequel de ces bourgeois sexagénaires que j'ai eu l'occasion de côtoyer ces dernières semaines...

Une soudaine rafale de feu d'artifice éclaira à la fois le visage de Gaudí et celui de Margarita, qui revenait à cet instant en portant un plateau.

— Des orangettes, annonça-t-elle. Et du muscat. La dame qui me les a vendus m'a assuré que je ne serais pas ivre.

— Souhaitons qu'elle ait raison, fis-je, rendant à Gaudí les jumelles qu'il m'avait prêtées quelques minutes plus tôt et m'écartant pour permettre à Margarita de s'asseoir entre nous. Nous pensions que tu t'étais perdue.

— Il y avait beaucoup de monde dans les stands, et partout, expliqua ma sœur, qui prit l'une des trois tasses posées sur le plateau et la tendit à Gaudí. Toni…

Mon ami l'en remercia d'une inclination de tête.

— Merci beaucoup, Margarita. Vous n'auriez pas dû vous déranger.

Le sourire de ma sœur s'accentua encore.

— C'est une journée très spéciale, dit-elle. Gabi…

Je remerciai moi aussi ma sœur de son attention, pris une orangette et la portai à ma bouche en songeant, peut-être de façon absurde, qu'à l'avenir je n'oublierais jamais ce geste chaque fois que je repenserais à ce matin où Alphonse XII était entré dans le port de Barcelone.

— Excellent, approuvai-je. Mais le muscat est un peu fort. Méfie-toi.

Ma sœur fit une grimace amusante et se tourna vers Gaudí.

— Vous êtes monarchiste, Toni ? demanda-t-elle à brûle-pourpoint.

— Je ne crois pas que…, commençai-je, avant d'être interrompu par un geste aimable de mon ami.

— Étant donné les circonstances, je le suis aujourd'hui, sans aucun doute.

La réponse sembla convenir à Margarita.

— Aujourd'hui sera un grand jour, déclara-t-elle. Et demain aussi.

— J'en suis convaincu.

La frégate royale se trouvait maintenant à quelques brasses de distance du quai. De grands drapeaux flottaient sur le pont de commandement, des dizaines de silhouettes encore floues pullulaient sur le pont principal et, dans le ciel, les mouettes poursuivaient leur ancestral rituel de cercles ponctués de criaillements. Les instruments à vent de la fanfare militaire, les voix du chœur d'enfants, les cris assourdissants de la foule qui occupait déjà tous les recoins du port : tels étaient les sons d'une ville prête à s'abandonner à la fête à laquelle elle avait été conviée.

Au pied de nos gradins, sur la passerelle, une file tendue d'édiles commençait à prendre position face à la frégate en approche.

— Maman, lança alors Margarita, désignant du bout de sa fourchette la silhouette noir et bleu de notre mère, la seule femme au milieu des dix ou douze hommes qui se trouvaient en tête de la file. Comme elle est jolie, n'est-ce pas ?

C'était vrai. Notre mère était resplendissante, ce matin-là. Elle l'était déjà en nous quittant, quelques heures plus tôt, devant la porte de l'hôtel particulier des *Nouvelles illustrées*, un pied sur la marche de la berline familiale, Margarita et moi nous tenant par le bras sur le trottoir de la rue Ferdinand-VII, et elle l'était davantage encore, maintenant que l'imminence de l'accostage de la frégate qui transportait le nouveau roi éclairait son visage d'un feu que ni ma sœur ni moi ne lui avions connu jusqu'alors.

Ces neuf semaines à vivre dans la peau de Sempronio Camarasa avaient décidément fait du bien à maman Lavinia.

— Votre mère s'est révélée une femme surprenante, dit Gaudí, lisant dans mes pensées. Vous devez être très fiers d'elle.

— Nous le sommes, répondit Margarita dans l'instant, adressant à notre ami un regard lui aussi resplendissant. N'est-ce pas, Gabi ?

Au lieu de répondre, j'utilisai à mon tour la pointe de ma fourchette pour désigner l'éclatante chevelure rousse qui étincelait au milieu de l'estrade contenant, juste à droite de la passerelle principale, les nombreux journalistes habilités à couvrir l'arrivée du souverain.

— Fiona est là, indiquai-je. Une journée intense l'attend, elle aussi.

Tout comme ma mère, Fiona était une femme seule au milieu d'un océan de cravates et de chapeaux. À la différence de maman Camarasa, cependant, et malgré la fraîcheur relative du matin, elle avait la tête nue, ne portait pas de châle ni de manteau, et sa tenue se composait en tout et pour tout d'une fine robe blanche qui n'aurait pas déparé une fête de la Saint-Jean.

— Suis-je la seule à penser que Fiona s'est trompée de métier aujourd'hui en choisissant sa tenue ?

— Margarita...

— En la voyant, le roi va penser que...

J'interrompis ma sœur en lui donnant une légère tape sur la bouche, avant qu'elle ait pu proférer des propos irréparables.

— Nous avons compris, dis-je. Et nous ne sommes pas d'accord avec toi.

— Parce que vous êtes des hommes.

— Fiona est magnifique. Si elle a mis cette robe, j'imagine que c'était pour s'assurer une place de choix dans tous les événements que maman et moi lui avons demandé de couvrir. Et j'oserais dire que ce n'est pas une mauvaise stratégie de sa part.

Margarita plissa le nez, mais cessa ses protestations.

— Quel dommage de perdre de vue Fiona quand nous fermerons le journal, se contenta-t-elle de reprendre, détournant le regard de l'estrade des journalistes avant de le reporter sur la passerelle des autorités. Il ne manque plus qu'une fleur au chapeau de maman. Ce ruban rouge est un peu pauvre.

Je regardai Gaudí, en attente d'une réponse qu'il ne tarda effectivement pas à nous faire :

— Le chant du cygne des *Nouvelles illustrées* ? J'acquiesçai avec une certaine gravité.

— Dans le milieu de l'après-midi, nous tirerons une première édition d'urgence sur l'arrivée du roi, et demain matin paraîtra une édition spéciale qui couvrira tous les événements d'aujourd'hui. Le journal sera encore publié pendant deux semaines, mais ensuite je crains que ses employés ne doivent chercher une autre rédaction.

Gaudí porta une orangette à sa bouche.

— Et M. et Mlle Begg ? demanda-t-il, avec un naturel peu convaincant.

S'agissant de Fiona, vous devriez en savoir plus que nous, non ? faillis-je rétorquer. Par chance, Margarita me devança :

— Ils vont rentrer à Londres. N'est-ce pas, Gabi ?

— Nous n'en savons rien...

— Que feraient-ils encore ici ?

— Nous ne connaissons pas les projets de papa, répondis-je. Ni ceux de Martin Begg. Et de toute façon, la dette de gratitude de notre famille envers Fiona et lui...

Ma sœur me coupa la parole en soufflant si bruyamment et de façon si méprisante que plusieurs têtes se tournèrent vers nous.

— Aucune dette. Papa et maman ont entretenu ces deux Anglais pendant plus d'un an. Ils leur ont offert un toit, les ont laissés jouer aux journalistes avec un argent qui n'était pas le leur, et par-dessus le marché ils leur ont versé un salaire qu'envierait n'importe quel journaliste de la ville. Ce sont eux qui devraient baiser le sol que nous foulons !… Vous ne croyez pas que j'ai raison, Toni ? fit-elle en se tournant vers Gaudí.

Mon ami inclina la tête avec précaution. Si Fiona et lui avaient déjà parlé en quelque manière de l'avenir qui attendait l'Anglaise, et donc lui-même, à la fin de cette aventure, ni son visage ni sa voix n'en laissèrent rien paraître.

— Les Camarasa et les Begg ont établi une société d'intérêts très particulière, effectivement, répondit-il. Si tout se passe comme espéré, les résultats auront été très positifs pour les deux côtés. Ce qu'ils feront à compter de maintenant dépendra, j'imagine, de questions que ni vous ni moi ne pouvons même imaginer.

Margarita médita les paroles de Gaudí pendant quelques instants.

— Vous êtes un amour, Toni, conclut-elle, tandis qu'une forte ovation s'élevait des hauteurs de nos propres gradins, indiquant que la frégate touchait terre et que commençait à s'abaisser l'échelle par laquelle le nouveau roi allait descendre. Vous aimez le muscat, donc ?

Gaudí assura très sérieusement à ma sœur que c'était fort probablement le plus doux et le plus orangé des muscats qu'il eût jamais bus.

42

L'accostage de la frégate *Navas de Tolosa*, la première réception au pied de l'échelle et les brefs discours inaudibles sur la passerelle réservée aux édiles durèrent jusqu'à treize heures environ, puis le cortège royal traversa cérémonieusement la porte de la Paix et le défilé commença sur la Rambla. Les trottoirs, les voies latérales et une bonne partie de l'allée centrale étaient occupés par une masse impraticable de monarchistes acharnés, d'antirépublicains exultant et de simples curieux déterminés à faire la fête ; le sommet des arbres et les couronnes de verre des lampadaires étaient tressés de drapeaux, de guirlandes et de lampions de couleur que le vent faisait danser au-dessus des têtes ; de presque tous les balcons et fenêtres qui donnaient sur l'avenue pendaient de chaudes pancartes de bienvenue rédigées dans un style curieusement homogène, et des deux côtés, face à l'ancien couvent Santa Mónica et à côté de la fontaine de Canaletas, avaient été érigés des arcs de triomphe que le cortège royal franchit à l'allure orgueilleuse d'un chariot impérial chargé de lauriers et d'esclaves.

Personne n'avait vu pareil spectacle sur la Rambla depuis l'époque des invasions napoléoniennes, et personne ne le verrait avant longtemps. La main levée du roi saluait de tous côtés avec une suffisance affable, ses lèvres distribuaient des sourires héraldiques en direction des balcons, trottoirs et bancs transformés en postes d'observation improvisés, ses yeux s'attardaient fugacement sur chaque visage, chaque main et chaque panneau fugitif. C'est du moins ce qui s'est passé, imaginé-je aujourd'hui.

En réalité, Margarita, Gaudí et moi traversâmes la porte de la Paix derrière les voitures des journalistes qui suivaient le carrosse principal, et une fois là, à l'ombre familière des murs de las Atarazanas, nous comprîmes que nous ne parviendrions pas à gagner la Rambla, au milieu de cette marée humaine qui s'entassait des deux côtés du cordon de sécurité protégeant l'étroite voie par laquelle s'avançait le cortège royal.

— Je propose d'aller déjeuner tranquillement et de chercher cet après-midi un bon emplacement d'où suivre le défilé sur le paseo de Gracia, dis-je enfin, las de chercher des passages inexistants dans la foule et craignant de perdre Margarita au milieu de toute cette confusion.

Nous partîmes. Nous retraversâmes la porte de la Paix, réattaquâmes la vieille muraille par l'extérieur, dépassâmes les rares quais qui avaient été nettoyés pour l'occasion et les nombreux autres que le roi, par chance, n'aurait jamais à visiter, saluâmes du regard l'entrepôt à demi effondré d'Oriol Comella, longeâmes les étals des pêcheurs de la Barceloneta et les stands de plats préparés qui s'alignaient à côté des vestiges du mur extérieur de l'ancienne porte de la Mer et, après nous être identifiés devant un cordon inattendu de militaires en armes, arrivâmes enfin sur une place du Palais déjà préparée elle aussi pour recevoir le roi et ses premiers invités. De nouveaux drapeaux ondulaient sur la façade du palais médiéval, aux quatre coins de la Loge et en haut du bâtiment de la Douane, des guirlandes de couleur étaient accrochées aux arbres et aux lampadaires de la place, et de grands bouquets de roses blanches, rouges et jaunes répandaient leurs odeurs et leurs couleurs depuis le muret de la fontaine du Génie catalan. Des barrières de bois peintes d'un vert intense protégeaient l'accès au palais, et derrière elles s'entassaient déjà les curieux qui attendaient l'arrivée des invités au premier déjeuner de gala. Ma mère traverserait rapidement ce passage humain, pensai-je. Elle deviendrait vite un objet supplémentaire d'admiration et d'envie pour toutes ces personnes. Ma mère partagerait bientôt la table et les couverts d'un roi d'Espagne.

Nous attaquions le dessert à la seule table que nous avions pu trouver aux Sept Portes, dans l'ombre d'une encoignure, au fond du local, loin de toute fenêtre et si proche des cuisines que chaque petit silence qui s'établissait entre nous se remplissait dans l'instant des voix rêches de ceux qui travaillaient aux fourneaux, lorsqu'un joyeux tapage provenant de l'extérieur nous annonça l'arrivée du cortège royal.

— On sort ? demanda Margarita, suspendant un instant le trajet d'un morceau de gâteau au chocolat vers sa bouche et nous regardant, Gaudí et moi, dans l'expectative.

— Quand nous arriverons sur la place, le roi et maman seront déjà à l'intérieur du palais.

Ma sœur acquiesça d'un sourire.

— Le roi et maman... On dirait le titre d'un roman, n'est-ce pas ?

Ainsi donc, nous achevâmes tranquillement notre déjeuner, commandâmes deux tasses de café au lait et une de chocolat, les terminâmes sans nous presser et ce ne fut qu'alors, bien après quinze heures, que nous quittâmes la galerie de Xifré et traversâmes la place du Palais, encore animée mais déjà dégagée, en direction de la placette de Moncada.

Les alentours de Santa María del Mar se trouvaient également en pleine ébullition humaine. Les préparatifs pour la messe solennelle du lendemain matin avaient rempli l'église d'ouvriers qui s'empressaient de disposer les sièges d'honneur, les nouveaux bancs de bois, les éléments de décor variés qui allaient personnaliser l'office, et aussi, plus discrètement, les dispositifs de sécurité qui allaient assurer le bon déroulement de ce dernier acte officiel prévu dans l'agenda du roi.

À l'extérieur, sur la place ouverte devant la façade principale de l'église, le mélange habituel de vendeurs des rues, de braillards oisifs et rieurs, de voisins de la Ribera en transit vers leurs occupations respectives avait été remplacé par une surprenante représentation des classes sociales barcelonaises les plus diverses. Ceux qui ne pourraient pas assister le lendemain à la cérémonie exclusive prévue à Santa María del Mar en profitaient pour jeter maintenant un coup d'œil furtif à l'intérieur d'un édifice qu'ils ne s'étaient peut-être jamais donné la peine de visiter auparavant. Dockers, couturières de San Andrés, ouvrières et ouvriers du Raval, dames distinguées de l'Ensanche, messieurs de la Rambla, secrétaires et vendeuses de San Jaime, paysans de Horta, bourgeois de Gracia, serveuses de la place Real, de la porte Ferrissa et de la rue de Petritxol... L'espace d'un instant, de quelques heures, toutes les composantes sociales qui formaient ce puzzle épars appelé Barcelone pourraient être vues dans l'un des coins les plus splendides de la ville.

— Vous n'aurez pas manqué d'animation, pendant ces deux jours, déclarai-je, tandis que Gaudí introduisait la clé dans la serrure de la porte d'entrée de son immeuble, fermée pour une fois. J'imagine que votre frère n'est pas très content...

Mon ami sourit tout en s'écartant afin de nous laisser entrer.

— Vous imaginez bien, répondit-il. Veuillez excuser l'état du bâtiment, Margarita. Ainsi que le comportement de mon frère. Francesc est un homme au caractère quelque peu... imprévisible.

— J'aimerais faire sa connaissance, assura Margarita, qui faisait des efforts visibles pour ne pas plisser le nez devant la forte odeur d'humidité que dégageaient les murs du vestibule. Et j'adore cet immeuble.

— Elle est sincère, précisai-je. Pour Francesc, pas pour l'immeuble. Margarita pense soutirer à votre frère le moindre détail concernant votre vie privée, Gaudí, mon ami.

Margarita me lança à l'aveuglette une gifle dans la pénombre de l'escalier qui nous menait vers les hauteurs de la mansarde des Gaudí.

— Ne l'écoutez pas, Toni, dit-elle. Gabi a trop bu. Vous avez dû remarquer que son cerveau ne tolérait pas bien l'alcool.

Gaudí répondit à ma sœur d'un grognement aimable.

— Attention aux marches, la prévint-il ensuite. Certaines sont un peu traîtresses...

La porte de la mansarde était ouverte quand nous parvînmes au dernier palier. Une étrange musique en sourdine, crépitante comme un feu débutant et au rythme indéchiffrable, surgissait de l'intérieur, et une voix masculine fredonnait sans la moindre grâce une mélodie également mystérieuse.

— Ils ont un orgue ! s'exclama Margarita, visiblement ravie, lorsque nous nous penchâmes tous les trois à l'unisson par l'encadrement de la porte des Gaudí et découvrîmes Francesc assis par terre dans la pièce principale devant l'un de ces appareils, les jambes repliées sous lui, les yeux clos et la bouche ouverte, chantant faux et à tue-tête.

— Je suis aussi étonné que vous, murmura Gaudí, refermant la porte derrière lui et jetant le trousseau de clés sur les genoux de son frère avec une précision remarquable. Francesc !

L'aîné des Gaudí ouvrit lentement les yeux et nous regarda, sans manifester de surprise. Il cessa à l'instant de chanter et d'activer de la main droite la manivelle de l'orgue, mais ni la position de son corps ni l'expression heureuse de son visage ne changèrent. Le jeune homme saisit les clés, les soupesa un instant avant de les renvoyer à Gaudí.

— C'est ma façon de fêter l'arrivée du roi, nous annonça-t-il alors, désignant l'orgue et le petit tas de cylindres qui se trouvait à ses côtés. Le résultat n'est pas excellent, c'est une question d'habitude.

Mon camarade acquiesça, l'air de ne pas éprouver non plus la moindre surprise devant cet ajout extravagant au mobilier de son foyer partagé. Ces deux jeunes gens, compris-je, ne s'étonnaient plus mutuellement depuis fort longtemps.

— Si tu veux bien te lever et arranger un peu ton pantalon, je vais te présenter cette demoiselle… Margarita, la sœur de Camarasa. Francesc, mon frère.

Avant que Francesc Gaudí ait fini de soulever entièrement son généreux corps de futur avocat, ma sœur était déjà à côté de lui, la main droite tendue et le visage éclairé par un sourire de bonheur absolu.

— Quelle amusante chevelure, monsieur Gaudí, fut la première chose qu'elle lui dit, désignant de la main gauche l'explosion incontrôlée de cheveux roux qui couvrait la tête du jeune homme. Et j'adore votre orgue. Je peux vous appeler Francesc ?

Le frère de Gaudí cligna des yeux à plusieurs reprises avant de se décider à prendre la main que Margarita lui tendait. Au lieu de l'embrasser, il la serra comme on serre la main d'un enfant.

— Si tel est votre souhait, mademoiselle…

— Margarita tout court, s'il vous plaît. Si vous m'appelez « mademoiselle Margarita », je ne vous parle plus.

Francesc opina d'un air sérieux.

— Vous aimez la musique, Margarita ?

— J'adore la musique, Francesc. Vous me montrez vos chansons ?

Ainsi donc, Gaudí et moi laissâmes nos frère et sœur respectifs joyeusement assis sur le sol de la mansarde, et, après quelques verres de xérès, nous sortîmes fumer une cigarette sur le balcon. La vue d'en bas était aujourd'hui particulièrement séduisante, avec toute cette agitation qui entourait les murs de Santa María del Mar et l'atmosphère générale de fête citoyenne qui imprégnait jusqu'aux humbles toits de la Ribera et aussi la trame bigarrée d'avenues, de ruelles et de passages médiévaux que nous dominions depuis notre position.

— Je vois que vous avez retiré votre maquette de la pièce, lançai-je alors, après avoir tiré une première bouffée de la cigarette que Gaudí m'avait offerte.

— Je l'ai terminée il y a quelques semaines, indiqua Gaudí. Et démontée il y a trois jours. Mon frère commençait à m'ennuyer, à me demander constamment de libérer un peu d'espace dans l'appartement. Je comprends mieux pourquoi, maintenant.

— J'ignorais que votre frère était mélomane.

— Mon frère est de nombreuses choses, dit Gaudí en détournant la conversation par un exercice d'escrime avec sa cigarette. Quoi qu'il en soit, j'avais déjà décidé de laisser de côté les maquettes et de me concentrer sur ce nouvel appareil photographique.

Je souris malgré moi, me rappelant la visite que Margarita et moi avions faite le 29 décembre, le jour même du putsch du général Martínez Campos, au siège de la Société barcelonaise pour le développement du spiritisme. Les objets indiscernables qui recouvraient la table de travail du bureau de mon ami. Les théories absurdes qu'il m'avait de nouveau exposées avec un enthousiasme et un sérieux sans faille. Les trois premières photographies qu'il m'avait montrées, sur lesquelles de prétendus esprits informes et incolores surgissaient de la bouche d'un médium plongé dans une transe spectrale plus que douteuse.

— Les spirites commencent à devenir nerveux ? demandai-je.

— Je parlerais plutôt d'impatience. Les splendides résultats que j'ai déjà obtenus...

— Vos taches de lumière filtrée dans l'impression des plaques, vous voulez dire.

— ... ont éveillé l'appétit de mes employeurs de façon très compréhensible. Nous sommes à un moment important, et je crois que je me dois de me concentrer un peu sur ce projet...

Mon compagnon me considérait avec une curiosité sincère.

— Vous êtes sérieux, n'est-ce pas ? m'enquis-je.

— Je le suis toujours, Camarasa, mon ami. À ce stade, vous devriez le savoir.

— Donc, vous croyez vraiment que vous pouvez photographier les esprits.

— Non seulement je le crois, mais je vous surprendrai très vite avec des résultats que même vous ne pourrez contester.

Le sourire avec lequel Gaudí prononça ces paroles était si plein de confiance en soi que je fus à deux doigts de le croire. L'espace d'un instant.

— Je suis impatient de voir ça, dis-je, levant mon verre de xérès dans sa direction.

— Je vois que vous êtes toujours incrédule, répliqua Gaudí en levant lui aussi son verre et en le faisant s'entrechoquer avec le mien. Voulez-vous parier que d'ici trois mois je vous offre la première preuve que mes théories ne sont pas aussi absurdes que vous le croyez ?

Au lieu de répondre, je trempai les lèvres dans le xérès et lui souris de nouveau.

— Fiona vous aurait-elle transmis le virus anglais du jeu ?

— Seriez-vous en train de tenter de vous défiler, Camarasa, mon ami ?

— En aucune façon, mon cher Gaudí. Posez vous-même les termes du pari et je les accepterai sans discuter. Quoique, si vous me permettez une observation, je ne vous trouve guère ambitieux dans cette affaire d'appareil photographique prodigieux…

— Guère ambitieux…, répéta-t-il.

— Tant qu'à rêver d'un appareil capable de capter l'invisible, pourquoi se limiter à photographier des esprits ? Pourquoi ne pas photographier aussi des souvenirs, des rêves ou des fragments des vies que nous n'avons pas pu vivre ?

Mon camarade m'adressa un regard heureux.

— Cette dernière idée est très poétique. Et très étonnante de votre part, affirma-t-il.

— Ou vous pourriez peut-être même photographier ces endroits mystérieux que Fiona et vous visitez lorsque vous partez à la recherche de vos dragons… Je vous assure que je paierais avec plaisir pour voir ces images.

— Ne gâchez pas tout, Camarasa, mon ami.

Nous observâmes un instant un silence amical, contemplant les tours et les toits de Santa María del Mar et dégustant lentement le xérès de nos verres en beau cristal de Bohême. De l'intérieur de la mansarde nous parvenait toujours la musique joyeuse de l'orgue de Francesc Gaudí, régulièrement ponctuée par les commentaires précipités de Margarita et aussi, de temps en temps, par le son de la voix du futur avocat.

— M. Comella aimerait voir l'église aussi animée, me rappelé-je lui avoir dit alors, sans raison précise.

— M. Comella ?

— Vous m'avez raconté que vous vous étiez connus à Santa María del Mar. Le soir même de votre arrivée à Barcelone.

Gaudí hocha la tête.

— Quoi qu'il en soit, je doute que M. Comella aimerait voir notre église réduite à une simple scène parmi d'autres de ce grand cirque politique et social que nous vivons aujourd'hui, lâcha-t-il.

« *Notre* église ». Le possessif me sembla intéressant.

— N'est-ce pas la fonction principale des églises depuis toujours ? rétorquai-je. Servir de luxueux théâtres pour le grand cirque politique et social de ceux qui les bâtissent avec l'argent et la sueur de leur troupeau ?

Gaudí acquiesça de nouveau.

— C'est déjà une idée qui vous ressemble beaucoup plus.

— Vous, en revanche, vous éprouvez toujours le plus profond respect pour les affaires de la religion, même si vous affirmez avoir perdu la foi de vos anciens, dis-je en souriant. Vous rappelez-vous notre visite au Théâtre des Songes, la nuit de l'assassinat d'Andreu ?

— Parfaitement.

— Alors vous devez aussi vous rappeler ce que Fiona vous a dit après avoir entendu l'une des sympathiques théories que vous nous avez exposées cette nuit-là ?

Il me contempla d'un air soupçonneux.

— Vous pourriez peut-être me rafraîchir la mémoire, me pria-t-il.

— Fiona vous a dit, Gaudí mon ami, que vous étiez un mystique auquel il ne manque plus que de croire en Dieu et de se détacher des plaisirs du monde…

Pas plus que ce jour-là le visage de Gaudí n'ébaucha le moindre sourire.

— Mlle Fiona est une femme au jugement rapide, murmura-t-il.

— Et sûr.

— Pas toujours, je le crains, fit Gaudí en frôlant de l'ongle du pouce gauche le nœud élaboré de sa cravate en soie noire tandis qu'il levait vers moi son verre de xérès presque vide en un geste, compris-je, d'amphitryon ivre qui en appelle à la joie générale. Vous trouvez que j'ai l'air d'un mystique ?

Au lieu de répondre, je formulai à mon tour une question que je voulais lui poser depuis longtemps :

— Fiona a-t-elle déjà rencontré Oriol Comella ?

Gaudí n'hésita pas un instant :

— Bien sûr que non.

— Vous en êtes certain ?

Deux mouettes planaient sur les auvents des immeubles de la placette de Moncada. Une explosion de rires et d'applaudissements nous parvint depuis l'autre côté de Santa María, et derrière nous, dans la salle principale de la mansarde, les premiers rythmes d'une nouvelle chanson populaire se firent entendre.

— Il y a des lieux où une femme n'a pas sa place. Pas même une femme comme Mlle Fiona.

Quelque chose dans la façon dont mon ami prononça cette seconde phrase, lèvres tendues, voix ferme, les yeux fixés sur moi, me poussa à mettre enfin des mots sur une idée qui me tournait dans la tête depuis le matin de ma visite dans ce grand entrepôt abandonné du port.

— En M. Comella, vous voyez un reflet de vous-même qui vous attire et vous déplaît tout à la fois, affirmai-je, soutenant son regard. Il préfigure votre avenir, pensez-vous parfois. Un homme seul, vieux, s'adonnant à une œuvre disproportionnée dont plus personne ne comprend le sens, ou dont personne ne se soucie. Un homme déconnecté du monde. Je me trompe ?

Pour toute réponse, Gaudí vida d'un trait le fond de son verre et m'annonça qu'il allait le remplir de nouveau.

Le reste de l'après-midi s'écoula pour nous dans la tranquillité qui avait régné sur la journée jusqu'alors. À dix-sept heures précises, nous étions déjà tous postés au carrefour du paseo de Gracia avec la rue d'Aragón, prêts à suivre aux premières loges la progression d'un second défilé royal qui se trouva être aussi plein de couleur et d'animation et, à mon grand soulagement, aussi préservé de soubresauts que celui qui avait parcouru la Rambla à peine cinq heures plus tôt.

Ensuite, après avoir goûté dans une chocolaterie située dans la cour intérieure de l'un des nouveaux îlots de la place Ildefonso Cerdà, nous nous rendîmes au jardin du Général, où nous bénéficiâmes de l'un des plus beaux feux d'artifice que j'aie jamais vus, en comptant ceux qui illuminaient tous les soirs le ciel des célèbres *pleasure gardens* de Londres.

Ce fut là que nous retrouvâmes pour la première fois Fiona, qui portait toujours sa fine robe blanche presque estivale, malgré l'obscurité et le froid qui s'étaient déjà emparés de la ville, et, la tête nue et le décolleté généreux, traçait sa route parmi tous ces hommes qui la saluaient d'une approbation pas toujours silencieuse. Une fois le spectacle terminé, tandis que nous attendions que la foule s'éclaircisse un tant soit peu autour de nous, nous donnâmes à l'Anglaise les détails de la journée variée que nous venions de vivre, et elle, en échange, nous résuma la sienne d'un mot : épuisement. Elle nous confia également qu'il n'y avait pas eu d'incidents majeurs autour du cortège royal. Pas une seule alerte d'attentat contre le roi, aucun mouvement suspect à proximité, tout juste des cris spontanés sur son passage, des consignes en faveur de la république et contre la monarchie ou exprimant leur fidélité à la cause carliste. Le déjeuner royal avait constitué un succès incontestable, les salons médiévaux du vieux Palais de la Mer avaient fait les délices du roi et de sa suite, la rencontre officielle avec les autorités s'était déroulée sans heurts et, toujours d'après Fiona, notre mère avait partagé au moins quelques apartés avec le futur Alphonse XII.

— Ton père a déjà un pied et demi hors de sa prison, conclut-elle, tandis que nous quittions le jardin du Général, entraînés par la même marée humaine qui nous avait accompagnés jusque-là. Ta mère fait un excellent travail.

— Toi aussi, répliquai-je.

Fiona esquissa une petite révérence.

— C'est pour ça que vous me payez, non ?

— Cette robe t'aide certainement considérablement dans ton travail, lança alors Margarita qui, depuis l'arrivée de Fiona, s'était tenue à l'écart avec une discrétion inhabituelle chez elle.

— Elle te plaît, ma chère ?

— Tu es magnifique. Si j'étais un homme et que j'avais deux billets en trop dans la poche, je te choisirais sans hésitation.

— Margarita…, fis-je.

— C'est un compliment, assura ma sœur, sans détourner le regard du visage de plus en plus souriant de Fiona.

Ma sœur souriait, elle aussi, avec une urbanité parfaite.

— Et je le prends comme tel, ma chère, dit Fiona en tendant la main gauche vers le visage de Margarita pour lui replacer une mèche de cheveux derrière l'oreille. Toute flatterie, venant de toi, est très importante pour moi.

— Pareil pour moi, répondit Margarita en penchant légèrement la tête pendant quelques secondes. Mais je crains que tu ne prennes froid, avec toute cette chair à l'air. À cette époque de l'année, il est très facile de prendre froid, n'est-ce pas, Toni ?

Gaudí émit un son guttural embarrassé, qui sembla convenir tout aussi bien à ma sœur qu'à Fiona.

— Quoi qu'il en soit, Margarita a raison, intervins-je. Tu es magnifique.

— Au moins, aujourd'hui, tu ne t'es pas habillée en homme.

Le sourire de ma sœur s'accentua encore un peu.

— Vous avez vu Fiona en pantalon, Toni ?

Celui-ci haussa légèrement le sourcil gauche.

— Je n'ai pas eu ce plaisir, murmura-t-il, regardant l'Anglaise d'un air que je ne sus interpréter.

— Vous avez vraiment manqué un spectacle, alors, poursuivit Margarita. Fiona se déguise en n'importe quoi mais, quand elle porte un pantalon et un haut-de-forme, impossible de la distinguer d'un authentique monsieur.

— Tu me flattes encore, ma chère.

— Je dis juste la vérité. Quand tu ôtes tes vêtements et que tu relèves un peu tes cheveux, personne ne dirait que tu es une dame.

Margarita se tourna vers Gaudí.

— Demandez à Gabi de vous montrer des photos, vous verrez.

— Ce n'est pas la peine, ma chère, répliqua immédiatement Fiona. Si Antoni éprouve de la curiosité, je le lui montrerai moi-même quand il le voudra.

Quelques fusées retardataires explosèrent à cet instant dans le ciel, comblant le petit silence qui s'était établi entre nous.

— Attention, ma chère, dit Margarita, Toni va finir par te prendre pour une dévergondée.

— Margarita…

— Je le dis pour son bien, Gabi. La pauvre Fiona a froid inutilement avec cette robe. Il ne faut pas qu'elle se crée en plus une réputation de dévergondée

541

uniquement pour faire de l'esprit devant un vrai monsieur.

Une troisième fusée éclata haut dans le ciel du jardin du Général, et sa lumière bleutée déversa sur nous un agréable rayonnement fantasmagorique. Une salve de cris et d'applaudissements monta de la foule qui nous entourait : enfants et vieillards, jeunes filles et jeunes gens, bourgeois et prolétaires, tous réunis sous un ciel chargé de feu et d'étoiles. Et ce fut alors que Fiona prononça quelques paroles dont Gaudí, ma sœur et moi allions nous souvenir plus tard :

— Ma chère, j'espère que tu n'auras jamais l'occasion de découvrir toutes les choses inutiles que nous devons faire, nous les femmes, pour survivre, déclara-t-elle sur un ton parfaitement anodin, mais avec dans le regard, me sembla-t-il, une étincelle de colère. J'espère que la sortie de prison de ton père servira au moins à ça.

Pour une fois, Margarita fut prise de court.

— Merci, dit-elle enfin, les sourcils baissés et d'un air subitement vaincu.

— Et maintenant, si vous voulez bien m'excuser, le devoir m'appelle.

Son carnet de croquis sous le bras et son inaltérable sourire figé sur le visage, Fiona partit couvrir le dîner de gala qui allait couronner cette première journée de la visite royale.

Après une légère hésitation, nous nous décidâmes à considérer les festivités comme terminées et entreprîmes de rentrer à la maison.

Quelques heures auparavant, tandis que nous attendions l'arrivée du cortège royal à ce coin de rue du paseo de Gracia, Gaudí n'avait pas su résister à l'invitation que Margarita lui avait faite de venir dîner chez nous et d'achever ainsi un jour, selon ses propres termes, « digne de figurer dans les annales de l'histoire ».

Et donc, à vingt-deux heures nous partagions tous les trois une paella juteuse et une bonne jarre d'eau citronnée dans le salon principal de notre rez-de-chaussée, à vingt-trois heures nous jouions aux cartes à cette même table avec Marina, la domestique, et Mme Masdéu, Mme Iglesias, elle, ayant su décliner aimablement l'invitation de Margarita, et à minuit, quand ma mère arriva enfin à la maison en compagnie de Fiona et de Martin Begg, le pauvre Gaudí cherchait toujours une façon acceptable de se soustraire aux attentions surexcitées de ma sœur.

Ma mère arrivait directement du dîner de gala au Palais de la Mer, et elle était tout entière une double ode à l'épuisement et à la satisfaction du devoir accompli. Ses yeux gonflés brillaient d'une joie que je ne me rappelais pas avoir vue chez elle, sa voix tremblait de fatigue et ses lèvres, desséchées par le manque de sommeil, souriaient enfin avec une sincérité rafraîchissante.

— Un franc succès, fut le résumé qu'elle nous fit de la journée, après nous avoir embrassés sur la joue, Margarita et moi, et avoir tendu à Gaudí une main impeccablement gantée.

Le naturel avec lequel ma mère salua mon ami me rassura définitivement : aux yeux de maman Camarasa, il y avait longtemps que Gaudí n'était plus suspect de quoi que ce fût.

— Je vous en parlerai demain soir.

— Papa… ?

Maman fit taire Margarita d'un doigt levé et d'un sourire, compris-je, à l'évident sens affirmatif.

— Demain. Je vous expliquerai tout demain.

Les Begg, de leur côté, venaient de superviser le bouclage de l'édition spéciale des *Nouvelles illustrées* du lendemain matin, qui, imprimée, contenait les dernières informations au sujet de la visite royale. Martin Begg resta très peu. Lorsque ma mère, le châle encore sur les épaules et le sac à la main, nous annonça que Margarita et elle se retiraient dans leurs chambres respectives, il en profita pour se diriger vers la vieille ferme sans prononcer un mot d'adieu. Sa journée, comme celle de sa fille, avait été longue et exténuante et le lendemain ne s'annonçait guère plus reposant pour le directeur d'un journal qui en vingt-quatre heures à peine allait lancer dans les rues trois éditions plus pléthoriques que jamais.

Fiona, en revanche, ne semblait absolument pas disposée à laisser la fatigue l'obliger à mettre un terme à sa propre journée.

— Vous me laisserez vous inviter à un dernier verre avant que nous allions tous nous coucher, n'est-ce pas ? nous demanda-t-elle, à Gaudí et moi, lorsque nous nous retrouvâmes tous les trois seuls devant la porte de la cour couverte. Nous avons beaucoup de choses à nous raconter, maintenant que Margarita n'est plus là pour juger de notre envergure morale.

Ce fut ainsi que nous terminâmes tous les trois la nuit dans l'atelier d'artiste de Fiona.

Ce fut ainsi que ce dernier verre devint l'avant-dernier, puis l'avant-avant-dernier, puis celui qui précédait l'avant-dernier.

Ce fut ainsi que les étranges paysages oniriques qui décoraient les murs de l'atelier de Fiona cessèrent pour moi de ressembler, au fur et à mesure de l'avancée de la nuit, à de simples fantaisies colorées et inquiétantes pour commencer à revêtir cette sorte de sens secret que l'alcool nous aide à découvrir au fond de toutes les choses.

Et ce fut ainsi, en définitive, que, lorsque Fiona fit apparaître une poignée de cigarettes et nous en offrit une à chacun, ni Gaudí ni moi ne songeâmes à lui dire non.

43

Je me rappelle qu'au début il ne se passa rien. La brûlure des herbes dans ma gorge, leur étrange odeur dans mes narines. Peut-être un léger malaise, une inquiétude dans l'estomac et au fond du palais... Je me rappelle que Gaudí fut le premier à s'allonger sur le sol, imité par Fiona, et qu'ils étaient beaucoup plus proches l'un de l'autre que je ne l'aurais souhaité. Je me rappelle que je tentai de me relever et d'aller vers eux dans l'intention de les séparer, et alors, à ma grande honte, mes jambes renoncèrent à me soutenir. Je me rappelle que je tombai à genoux et que mon front heurta le sol tapissé de journaux de l'atelier, et aussi que la dernière chose que je vis avant d'être vaincu par les herbes de Fiona fut l'un de ses dessins à deux encres pour *Les Nouvelles illustrées*. Un cadavre allongé sur un grabat, un couteau planté dans la poitrine, une flaque de sang noir coagulé sous le matelas. Le dessin de Fiona du taudis où mon père n'avait pas assassiné Eduardo Andreu.

Quand les dragons survinrent, la lanterne magique de mon cerveau commença à projeter sur l'intérieur de mes paupières toute une série de paysages que je n'ai pu oublier, eux non plus.

Quand je me réveillai, la moitié gauche de ma tête était plongée dans une flaque froide de fluides bilieux de la couleur de l'absinthe. L'odeur du contenu de mon propre estomac faillit me faire vomir de nouveau, et son contact, poisseux comme la sève d'un chêne, n'arrangea pas les choses quand je tentai de situer dans le noir le contour de mon visage sur le sol auquel il semblait collé. Je roulai avec peine sur le dos, battis des paupières à plusieurs reprises, et mes yeux me révélèrent un haut plafond de traverses de bois que je ne sus identifier. Ce ne fut qu'après avoir tourné la tête vers la droite et avoir vu les tableaux accrochés aux murs, les journaux qui recouvraient le sol et la masse rousse qui ronflait à mes pieds que je me souvins où j'étais, et pourquoi. La vieille ferme. L'atelier d'artiste de Fiona. L'étrange fin de fête de la nuit précédente.

Je portai ma main poisseuse à mon front et palpai la nouvelle masse qui en occupait mainte- nant le centre, dure comme une boule de billard et de la taille d'un œuf de perdrix. Je fis appel à ma mémoire, et tout ce qui me vint à l'esprit fut l'image d'un dragon multicolore traversant avec une lenteur majestueuse un ciel de céramique en miettes. Cela, et l'étrange sensation de chaleur fœtale que l'on ressent quand on urine dans son propre pantalon. Je fermai les yeux, les rouvris, les refermai et les rouvris à plusieurs reprises, et ce ne fut qu'alors que je remarquai l'intensité de la lumière qui s'introdui- sait par les fentes des contre-fenêtres.

— Gaudí ? appelai-je, d'une voix de baryton que je reconnus à peine. Fiona ?

Personne ne me répondit. Pas un mot, pas un grognement, pas la moindre altération des ronflements de la masse rousse étendue à mes pieds. Je roulai de nouveau sur moi-même afin de me placer sur le ventre, plaquai la paume de mes mains sur le sol et tentai de me redresser. À la troisième tentative, je contraignis mes genoux à soutenir le poids de mon corps le temps suffisant pour que mes bras me hissent jusqu'à ce qui ressemblait à une position digne de verticalité humaine.

— Gaudí ? appelai-je encore, palpant mes vêtements humides et défaits et tentant de deviner, ce faisant, le nombre approximatif d'actes dont j'allais devoir me repentir dès que mes sens auraient retrouvé la maîtrise de la situation. Fiona ?

Il me fallut quelques minutes avant de comprendre que Gaudí et moi étions seuls dans l'atelier. Mon compagnon semblait se trouver dans un état encore plus lamentable que moi, même si son pantalon ne révélait à première vue aucune trace caractéristique d'une incontinence urinaire honteuse. Sur les trois mètres carrés de sol que Fiona avait occupés à ses côtés la nuit précédente se trouvaient maintenant un tas de vieux papiers et de vêtements fripés et une petite flaque de liquide brunâtre dont l'odeur, à distance, n'était guère différente de celle du liquide verdâtre que j'avais moi-même produit. Je me penchai sur mon ami et le secouai pendant quelques instants, sans autre résultat qu'une recrudescence momentanée de ses ronflements et, l'espace d'une seconde, un battement de paupières qui me permit d'apercevoir l'ombre d'une pupille dilatée comme une pièce d'un demi-penny.

M'avouant vaincu, je laissai Gaudí à son sommeil et à ses ronflements, m'approchai de la plus grande des trois baies vitrées et ouvris en grand les contre-fenêtres. Un jet de lumière inonda la pièce, mettant férocement en évidence la tristesse de l'image que Fiona avait dû contempler le matin, avant de nous abandonner, Gaudí et moi, à notre sort d'ivrognes ou d'hallucinés. Je ne voulus pas me regarder dans le miroir fixé sur la porte de l'atelier ; je tournai la poignée le regard rivé au sol, quittai la pièce et me mis à la recherche de Fiona ou de Martin Begg.

Les deux Anglais avaient disparu. La porte d'entrée de la maison était fermée, et la clé manquait dans la serrure. Sur le manteau de la cheminée du salon, une montre suisse indiquait neuf heures dix. Trois étranges nouvelles que mon cerveau ne fut pas capable de traiter dans l'instant.

Après avoir parcouru de nouveau les chambres, la cuisine et la salle de bains, vides, je ne trouvai rien de mieux à faire que de regagner la cuisine et de me laver le visage dans l'évier. J'y remplis une grande tasse de porcelaine, regagnai l'atelier et en laissai tomber le contenu sur la tête de Gaudí.

Ses ronflements cessèrent dans la seconde et il ouvrit enfin les yeux.

— Bon sang, qu'est-ce que...

— Je me le demande aussi, répondis-je en posant la tasse vide par terre. Il est plus de neuf heures, nous sommes seuls chez les Begg et la porte est fermée à clé. Vous avez une idée ?

Gaudí se hissa avec peine au-dessus du désordre de vêtements et de journaux qui lui avait jusqu'alors servi de lit et me regarda, l'air aussi désorienté que moi.

— Et Fiona ? s'enquit-il, d'une voix qui ne lui ressemblait pas tout à fait non plus.

— Je vais voir. Essayez de ne pas toucher ces flaques.

Je m'approchai de la fenêtre et passai la jambe par-dessus le rebord élevé. Un craquement instantané d'os et de muscles raidis me révéla que mon cerveau n'était pas le seul à se trouver en petite forme ce matin-là. Je me déplaçai avec précaution jusqu'à la bande de gravier qui longeait la ferme, examinai de nouveau mes vêtements et m'engageai sur le chemin du bâtiment principal de la tour.

J'allais atteindre la cour couverte lorsque Margarita apparut devant le tronc de l'unique citronnier qui décorait notre jardin.

— Gabi !

Son ton surpris ne m'étonna pas.

— Nuit difficile, dis-je. Si tu ne parles pas de cette tache d'urine, je ne le ferai pas non plus.

Ma sœur me toisa de l'air de quelqu'un qui observe un chat écrasé sous les roues d'un cabriolet.

— La bosse que tu as au front, je peux en parler ?

— Un petit accident. Rien de grave.

Margarita acquiesça d'un air sérieux. Un petit accident.

— Que fais-tu là ? reprit-elle.

— Je suis venu me changer et me laver un peu, enfin j'espère. Je me suis laissé enfermer à la ferme…

— Tu t'es laissé enfermer à la ferme…, fit Margarita, agitant la tête de gauche à droite, ne comptant pas faire de commentaires. Marina m'a dit que tu étais sorti tôt. Maman est malade. M. Aladrén lui tient compagnie dans sa chambre.

Je m'accordai quelques secondes pour assimiler ces trois nouvelles inattendues.

— Maman est malade ?

— Oui, vraiment, dit Margarita. Ce matin, il n'y avait pas moyen de la réveiller. Marina a appelé

Mme Iglesias pour l'aider, et Mme Iglesias a fini par m'appeler. Maman dormait comme Blanche-Neige avant le baiser. Nous lui avons pincé le visage et tiré les cheveux, rien n'y a fait. Si elle n'avait pas respiré, nous aurions pensé qu'elle était morte.

Ma sœur marqua une courte pause théâtrale avant de poursuivre :

— Et quand nous avons enfin réussi à la réveiller, elle s'est mise à vomir et a continué jusqu'à il y a une demi-heure. Maintenant, elle est au lit et semble à deux doigts de la mort.

— Elle a vu un médecin ?

Margarita fit signe que oui de la tête.

— C'est M. Aladrén qui l'a amené. Fiona l'a envoyé chercher avant d'aller continuer à passer la brosse à reluire au roi. Rien de grave.

— Le médecin a dit que l'état de maman n'était pas grave ? traduisis-je.

— Un léger empoisonnement. Quelque chose qu'elle aura mal digéré hier soir, paraît-il. Elle se remettra, avec un peu de repos et un breuvage que je lui ai préparé.

Margarita sourit en aparté.

— Mais maintenant, ce qui l'inquiète est qu'il ait pu y avoir quelque chose d'avarié lors du dîner de gala. Il y a tout un va-et-vient de messagers avec des enveloppes à la main. Les nôtres prient pour que le roi n'ait pas eu mal à l'estomac cette nuit.

Malgré le ton et le sourire avec lesquels ma sœur prononça ces paroles, il était évident que la perspective d'un empoisonnement orchestré l'inquiétait autant que moi. Un roi mort entre nos mains signifierait, entre de nombreuses choses, que Sempronio Camarasa serait garrotté sans recours dans la cour des exécutions de la prison d'Amalia.

— Et tu dis que Marina t'a annoncé que j'étais sorti tôt ?

— C'est la raison pour laquelle je ne suis pas partie à ta recherche avant d'aller voir Fiona...

— Et Fiona ne t'a pas dit non plus que j'étais avec elle ?!

Margarita s'en décrocha la mâchoire de façon comique.

— Tu étais avec Fiona ?!

— Plus ou moins. J'étais sur le sol de son atelier, à regarder voler des dragons colorés et à vomir, moi aussi.

Je ne suis pas certain d'avoir prononcé cette phrase à haute voix.

— Et où est-elle, maintenant ?

— Elle est allée travailler avec son père.

— Et Marina ?

— Elle fait les lits, je suppose.

Les yeux de ma sœur s'ouvrirent tout grands.

— Pourquoi Marina m'a-t-elle dit...

Je ne restai pas à écouter la fin de la phrase de Margarita. Je lui demandai juste une dernière faveur tout en franchissant la porte de la cour couverte, montai en courant au premier étage et repérai immédiatement la domestique dans ma propre chambre.

— Inutile de faire mon lit, Marina, dis-je en refermant la porte derrière moi. Tu vois bien que je n'ai pas dormi ici.

La jeune fille m'adressa un regard terrifié. Ses yeux écarquillés glissèrent sur mes cheveux ébouriffés, mes vêtements froissés et poisseux, la fine pellicule verdâtre qui recouvrait mes mains, pour s'arrêter finalement sur ma braguette.

Fermer la porte de ma chambre n'avait probablement pas été une bonne idée, songeai-je.

— Qu'allez-vous me faire ? demanda enfin la domestique, serrant contre sa poitrine l'oreiller qu'elle creusait quand j'étais entré dans la pièce.

— Je ne vais rien te faire, Marina, lui assurai-je, levant la main d'une façon que j'espérais rassurante. Je veux juste savoir pourquoi tu as dit à ma sœur que j'étais sorti tôt.

Elle sembla se détendre instantanément.

— Parce que c'est ce que m'avait dit Mlle Fiona, répondit-elle.

— Mlle Fiona t'a dit que j'étais sorti tôt ?

Marina acquiesça d'un signe de tête véhément.

— Je suis venue vous appeler quand votre mère ne se réveillait pas, et vous n'étiez pas là. Alors je suis allée voir Mlle Margarita. Je n'ai rien fait de mal...

— Et tu n'as pas été surprise de ne pas trouver mon lit défait ?

Elle m'adressa un coup d'œil sincèrement étonné.

— Votre lit était défait. C'est moi qui viens de le refaire. Regardez, conclut-elle, remettant l'oreiller à sa place et lissant le pan de la couverture en guise de démonstration.

Ensuite, devant mon silence stupéfait, elle désigna mon pantalon et demanda :

— Vous vous êtes fait pipi dessus, monsieur Camarasa ?

Je confirmai gravement tout en rouvrant la porte.

— Merci, Marina. Tu peux disposer.

Cinq minutes plus tard, après m'être lavé et changé, mais encore plongé dans la confusion provoquée par les révélations de la jeune fille, j'entrai dans la chambre de ma mère, où je trouvai effectivement maman Lavinia allongée dans son lit, le visage pâle et le regard fébrile, et à ses côtés, assis dans un fauteuil apporté exprès du salon de l'après-midi, un Ramón Aladrén également pâle et sérieux, mais apparemment en bonne santé.

— Que s'est-il passé, comment vas-tu ? demandai-je.

Au lieu de me répondre, ma mère se redressa légèrement sur son oreiller et lança à son tour :

— Que fais-tu là ?

— À toi aussi, Fiona t'a dit que j'étais sorti tôt ? répliquai-je en ajoutant immédiatement, sans attendre de réponse : Le roi va bien ?

Aladrén ébaucha un sourire qui se voulait serein et que l'on devinait à peine sous l'épais rideau de ses moustaches.

— Fausse alerte, monsieur Camarasa, dit-il. Nous nous sommes mis en contact avec plusieurs de nos collègues et ils nous assurent tous qu'il n'y a eu aucun autre cas d'empoisonnement, ni parmi les membres du cortège royal, ni parmi les invités du dîner de gala. Quoi que ce soit qui n'ait pas réussi à votre mère hier soir, elle ne l'a ni mangé ni bu au palais.

J'acquiesçai, soulagé.

— Tu n'as pas une idée de ce que ça pouvait être ?

Ma mère hocha négativement la tête.

— J'ai juste bu un verre de lait chaud avant de me coucher. Et c'est tout ce que j'ai bu à la maison.

Je cherchai le verre de lait sur la table de nuit, ne le trouvai pas. Je ne vis pas non plus le verre d'eau que tous les Camarasa emportaient chaque soir dans leurs chambres respectives en montant se coucher.

— Quelqu'un était avec toi ici hier soir, après que nous nous sommes quittés au salon ?

Ma mère me regarda avec l'air de se demander si j'étais devenu fou.

— Qui aurait pu se trouver dans ma chambre à minuit ? me rétorqua-t-elle sèchement.

— Margarita, Marina, Mme Iglesias, Mme Masdéu. Fiona.

Ma mère fit un nouveau signe de dénégation.

— Je suis allée souhaiter bonne nuit à Margarita dans sa chambre. Marina est venue m'apporter le lait et un verre d'eau, et elle est partie avant que je me couche. Je n'ai vu ni Mme Iglesias, ni Mme Masdéu. Et bien sûr, je n'ai vu ni Fiona ni son père après vous avoir laissés, ton ami et toi, avec eux au salon.

Ma mère se redressa légèrement.

— Qu'insinues-tu ?

Je l'ignorais moi-même.

— Je m'interroge juste sur ce qui ne t'a pas réussi hier soir, répondis-je. Moi non plus, je n'ai pas passé une bonne nuit.

— Je vois ça, mon chéri, dit-elle en désignant du menton, comme Margarita avant elle, la bosse qui ornait mon front. Que t'est-il arrivé ?

Je haussai les épaules et fis une moue insouciante : rien d'important.

— Tu ne pourras pas assister à la messe solennelle à Santa María, repris-je alors. Ni aux adieux sur le quai. Dois-je y aller à ta place ?

Ma mère agita vigoureusement la tête de gauche à droite.

— Tu n'as plus le temps d'aller à Santa María, objecta-t-elle. Et de toute façon, les invitations sont strictement contrôlées. Et je compte me rendre en personne aux adieux, même si ta sœur et toi devez m'y porter. Ce garçon ne quittera pas Barcelone sans m'avoir promis que ton père sortira de la prison d'Amalia le jour même de son couronnement.

Telle était donc la nouvelle maman Lavinia, pensai-je en quittant sa chambre, un sourire incontrôlé aux lèvres et la tête travaillant à toute vitesse : une femme qui appelait le nouveau roi d'Espagne « ce garçon » et qui se laissait veiller dans sa chambre par des hommes qui n'étaient pas son époux…

Margarita m'attendait devant la porte de la cour couverte, avec les clés de la ferme, que je lui avais demandé de me dénicher avant de partir à la recherche de Marina.

— Alors ? s'enquit-elle.

— Maman va s'en sortir. Le roi aussi. Il n'y a pas de problème avec Marina. Et il se passe quelque chose d'étrange avec Fiona.

Des quatre parties de mon énumération, celle qui l'intéressa le plus fut bien sûr la dernière.

— C'est maintenant que tu t'en rends compte ?!

— Essaie de te rappeler, s'il te plaît, fis-je, en la fixant d'un air sérieux. Quand tu es entrée pour réveiller maman, tu as vu un verre sur sa table de nuit ?

Margarita fronça les sourcils.

— Oui, je crois, répondit-elle au bout de quelques secondes. Un verre de lait… et un autre d'eau, comme tous les matins. Les deux à moitié vides.

Les yeux de ma sœur s'écarquillèrent.

— Le poison se trouvait dedans ?

Au lieu de lui répondre, je demandai à mon tour :

— Fiona est entrée dans la chambre de maman ?

— Nous y sommes toutes entrées. Même M. Begg est venu voir ce qui se passait. Il a été le premier à nous dire d'appeler M. Aladrén. Fiona a empoisonné maman ?

Je déposai un baiser rapide sur la joue gauche de ma sœur.

— Monte tenir compagnie à maman, s'il te plaît, la priai-je. Elle veut être au port avant quatorze heures, pour exiger du roi qu'il lui retourne ses faveurs. Fais tout ce que tu peux pour l'aider.

Margarita revêtit un masque de gravité adulte et m'assura qu'elle le ferait.

— Méfie-toi de Fiona, ajouta-t-elle. Si quelqu'un a empoisonné maman, c'est sûrement elle.

Tournant et retournant dans ma tête les derniers mots de ma sœur, je sortis de la cour couverte avec les clés de la ferme dans la main et traversai d'un pas léger le jardin à la recherche de Gaudí, pressé de lui faire part de cette série inattendue de mystères que le matin venait de déployer devant nous.

J'arrivai chez les Begg à l'instant précis où le torse de mon ami apparaissait à la fenêtre de l'atelier de Fiona.

— Je vous ouvre la porte ! lui criai-je en agitant le trousseau de clés dans sa direction.

Quelques secondes plus tard, Gaudí et moi nous trouvions face à face sous le porche, entre les deux fauteuils à bascule. Mon camarade tenait dans la main gauche un journal, dans la droite un petit étui en cuir, et il avait tout du mendiant tombé dans le ruisseau après avoir connu des jours meilleurs. Il s'était lavé le visage et un peu aplati les cheveux, mais l'état de sa redingote et de ses pantalons ajustés de coupe anglaise parlait pour lui des ravages de la nuit mouvementée que nous venions de vivre.

— Vous avez retrouvé Fiona ? fut la première question qu'il me posa.

— Elle est partie travailler avec son père vers huit heures. Mais auparavant elle a fait croire à ma famille que je n'étais plus à la maison. Et vous, pour ce que j'en sais, elle ne vous a même pas mentionné.

Je fis une légère pause avant de formuler la seule solution innocente à laquelle je songeais pour ce mystère :

— Est-il possible qu'elle nous ait oubliés ? Ce qui expliquerait qu'elle nous ait ainsi enfermés...

Au lieu de me répondre, Gaudí me tendit le journal qu'il avait à la main.

— Dites-moi ce que vous voyez là, me pria-t-il.

Il s'agissait, je le constatai immédiatement, de l'exemplaire des *Nouvelles illustrées* correspondant au jour de la découverte du cadavre d'Eduardo Andreu. La couverture qui avait retenu mon attention la veille, quelques instants avant que je sombre sous l'effet des herbes de Fiona. La recréation minutieuse à deux encres de la scène du crime que Gaudí, Fiona et moi-même avions visitée clandestinement en ce matin inoubliable de la fin octobre où mon père était officiellement devenu un assassin.

— Que devrais-je voir ? demandai-je, perplexe.

Gaudí me désigna l'un des multiples objets éparpillés à terre dans le taudis d'Andreu. Un petit objet tombé au pied du lit où reposait le corps du vieux marchand assassiné. À peine une ébauche d'encre rectangulaire, avec deux traits légers à l'intérieur. Deux initiales.

— Vous savez ce que c'est ?

Ma langue comprit avant mon cerveau :

— L'étui à cigarettes de mon père.

— Exact.

— Mais…, fis-je, tout en tentant de recomposer de mémoire la chronologie exacte de ce vendredi avant de prononcer les mots que Gaudí attendait sans doute de moi. Mais l'étui n'était plus chez Andreu quand nous y sommes allés… La police l'avait ramassé avant notre arrivée à la pension. Et nous n'en avons pas entendu parler avant que l'inspecteur Labella le brandisse comme une preuve supplémentaire contre papa, après l'avoir arrêté ici même…

— Exact, répéta Gaudí, l'air très sérieux. Et ça, c'était après quatorze heures. Quand ce journal était déjà à l'impression…

Je hochai la tête en signe de dénégation.

— Mais c'est impossible ! Comment Fiona aurait-elle su…

Je n'achevai pas ma phrase.

— Il doit y avoir une explication raisonnable…

— *Les Nouvelles illustrées* tirent deux éditions dans l'après-midi ?

— Jamais.

— Vous en êtes sûr ?

— Absolument.

— Alors vous avez raison, dit Gaudí. Il y a bien une explication « raisonnable »…

— Vraiment ?

Il ferma la porte, tourna la clé et me tendit le trousseau d'un geste, me sembla-t-il, chargé d'une intention métaphorique.

L'explication raisonnable de mon ami allait, je l'aurais parié, me plaire aussi peu que n'importe laquelle des explications absurdes qui bouillonnaient en cet instant dans mon cerveau.

— Nous savons maintenant qui a tué Andreu, fit-il. Nous savons pourquoi votre père est en prison. Et nous savons aussi de quelle manière le coupable compte s'y prendre pour assassiner le nouveau roi d'Espagne…

Je sentis le jardin tout entier commencer à tourner soudain autour de moi, comme un de ces carrousels à vapeur qui amusent les enfants dans les parcs anglais.

— Vous voulez dire…

— Je veux dire, Camarasa mon ami, que Mlle Fiona nous a tous deux abusés d'admirable façon.

Je fis un signe de tête négatif.

— Fiona ne…, commençai-je.

Je m'arrêtai net, ne sachant comment poursuivre. J'avalai un peu de salive et posai fermement les pieds sur la terre glissante du jardin.

— Fiona n'a pas pu nous trahir de la sorte…

— Je dirais que Fiona n'a fait que rester fidèle à elle-même, répliqua Gaudí. C'est vous, en réalité, qui avez trahi les idéaux que vous avez un jour partagés avec elle.

Les réunions socialistes à proximité du British Museum.

Les petits couvents nihilistes de Whitechapel.

Les associations révolutionnaires d'ouvriers sur les quais de l'East End.

Et maintenant, de retour à Barcelone, je m'étais mis du côté d'un roi et contre une république.

Je secouai de nouveau la tête.

— Il doit y avoir une autre explication, dis-je.

— J'espère que vous saurez me la donner, alors. Je vous assure que rien ne me plairait davantage que de me laisser convaincre.

Le visage de mon compagnon s'assombrit soudain.

— Votre mère est invitée à la messe solennelle ce matin à Santa María del Mar, j'imagine.

560

Un frisson me parcourut le dos, de la base de la colonne vertébrale jusqu'à la nuque.

— Elle l'était. Elle a été souffrante cette nuit, et elle se repose.

Je lui rapportai brièvement ma conversation avec Aladrén et elle.

— Mais elle espère pouvoir assister aux adieux du roi sur le quai de la Paix, conclus-je.

Gaudí acquiesça avec gravité.

— Votre berline est disponible immédiatement, n'est-ce pas ?

— Si vous comptez vous rendre à Santa María del Mar, nous n'avons plus guère de temps. La messe commence à dix heures, et il est déjà plus de neuf heures et demie...

— Nous avons donc presque une demi-heure devant nous.

Gaudí posa le journal sur un fauteuil à bascule, rangea le petit étui en cuir dans la poche intérieure de sa redingote. Une fois les mains libres, il les claqua fort, provoquant une débandade de moineaux au sommet des arbres de notre jardin.

— Allez chercher le cocher et attendez-moi devant la porte de la berline. Je dois aller voir votre mère. On se retrouve dans trois minutes.

Ainsi débuta l'avant-dernier acte de cette si étrange aventure...

44

La circulation qui paralysait tout le centre-ville nous obligea finalement à descendre de la berline à l'approche de la porte de l'Ange et à entreprendre, à compter de cet instant, une course folle à travers les ruelles que nous avions parcourues tant de fois au cours des trois derniers mois. Les foules en liesse qui remplissaient toutes les voies principales du quartier historique ne s'aventuraient heureusement pas dans les recoins malodorants de ce dense tissu de passages et de ruelles, de sorte que nous ne nous vîmes qu'une fois dans l'obligation d'interrompre notre équipée, à un carrefour, pour nous frayer un chemin à coups de coude entre des regroupements spontanés de Barcelonais hurlant des « Vive le roi ! », « Mort à la République et à la Glorieuse ! », « Mort à la révolution de septembre ! », et autres « Place à l'avenir rayonnant de la nouvelle Catalogne ! », un avenir que, semblait-il, le flamboyant Bourbon pas encore couronné avait promis de mettre en œuvre, une fois installé sur son trône à Madrid.

Il était malgré tout plus de dix heures lorsque nous parvînmes enfin au cœur de la Ribera.

— C'est… absurde, dis-je alors, tout en essayant de retrouver mon souffle, tandis que Gaudí, à mes côtés, méditait sur la meilleure façon de traverser le mur humain bigarré qui nous séparait des tours de Santa María del Mar, déjà visibles mais apparemment impossibles à atteindre. Personne ne pourrait attenter à la vie du roi ici et dans ces conditions...

Le visage en sueur de mon compagnon arborait maintenant l'air le plus sérieux, tendu et parfaitement concentré que je lui aie jamais vu. Il n'avait pas desserré les dents pendant les quelque dix minutes de notre voyage dans la berline familiale ; ses yeux étaient restés rivés sur le paysage qui défilait de l'autre côté de sa fenêtre, et mes deux ou trois tentatives pour détendre l'atmosphère s'étaient heurtées à un épais silence de sa part, qui ne m'avait pas incité à insister plus longtemps.

Cette fois, en revanche, Gaudí répondit à ma remarque, et d'une façon qui ne me rassura guère :

— J'aimerais penser cela moi aussi, mon cher ami, déclara-t-il en me prenant par le bras et en m'invitant à le suivre à travers un espace qui venait de se dégager au sein de la foule rugissante.

— Cette messe est la cérémonie la plus sûre de tout le programme, assurai-je, davantage pour moi que pour mon ami. Le secteur sera entièrement bouclé pendant toute la matinée, les invités à l'office ont été choisis avec le plus grand soin, et l'intérieur tout comme l'extérieur de l'église seront surveillés en permanence par nos hommes... Si Santa María del Mar a été choisie pour la messe au lieu de la cathédrale, c'est précisément parce qu'il est facile d'en surveiller aussi bien les accès que l'intérieur...

La tête de Gaudí acquiesça fermement à mes paroles.

— J'en suis persuadé, affirma-t-il. Dans ce genre de situation, il aurait été imprudent de faire venir le roi dans la cathédrale.

— Et même si le dispositif de prévention se révélait inopérant, personne ne pourrait jeter une bombe, sortir un couteau ou tirer un coup de feu sans être immédiatement encerclé par la foule venue célébrer l'arrivée du roi. Or vous n'ignorez pas que les anarchistes sont des lâches. Ces terroristes politiques ne commettent d'attentats qu'après s'être assurés qu'ils pourront s'échapper sans se faire arrêter…

— Comme ces nihilistes russes qui ont commis des attentats contre les trains souterrains de Londres, vous voulez dire ?

— Ces nihilistes ont été arrêtés grâce à une enquête qui a conduit la police jusqu'à leur tanière. Ils n'ont pas lancé leurs bombes au milieu des passagers du train…

— Ils ont utilisé des bombes à retardement…

— Exactement…, fis-je, avant de comprendre ce que suggérait Gaudí. Vous voulez dire que…

— Je veux dire que personne ne va jeter de bombe, sortir de couteau, ou tirer le moindre coup de feu, précisa Gaudí. Je ne sais pas si l'assassin d'Eduardo Andreu est vraiment un anarchiste, mais son plan, cher ami, est aussi soigné et sûr pour lui-même que n'aurait pu le souhaiter le plus lâche des anarchistes.

Un nouveau rassemblement nous obligea à nous arrêter et à chercher un nouvel itinéraire jusqu'à l'église. Nous étions déjà à moins de vingt mètres de la place qui donnait sur la façade principale, mais je commençais à penser qu'il allait être impossible d'arriver à Santa María del Mar.

— Qu'en savez-vous ? criai-je. Qu'est-ce qui vous fait croire que vous connaissez le plan de cet assassin ?

Gaudí chercha pendant quelques instants un interstice par lequel s'infiltrer entre les centaines de corps qui nous entouraient, avant de me regarder avec des yeux froids et brillants comme des morceaux de glace bleue.

— Je le connais, lâcha-t-il enfin, parce que c'est moi qui le lui ai dessiné.

Alors je crus comprendre, enfin.

Fiona Begg.

Antoni Gaudí.

L'attraction, la fascination, ou le simple envoûtement, irrésistible, que l'Anglaise avait exercé sur mon camarade au cours de ces neuf dernières semaines, et que mon absence forcée m'avait empêché de modérer...

— Vous voulez dire...

— Je veux dire, Camarasa, mon ami, que si un événement irréparable survient ce matin je devrai en porter la responsabilité jusqu'à la fin de ma vie.

Incrédule, je hochai la tête en signe de dénégation.

— Mais vous n'avez pas pu...

— Je n'ai partagé ma découverte qu'avec deux personnes, m'interrompit-il encore. Vous êtes l'une d'elles, l'autre est Fiona. Mon orgueil voulait vous impressionner tous les deux, et il pourrait bien maintenant coûter la vie à des centaines d'innocents.

Je saisis :

— Votre découverte...

— Fiona a témoigné un profond intérêt pour ma maquette et les plans que je lui ai montrés. Elle m'a posé toutes sortes de questions sur la hauteur de l'église, sur la mécanique des forces qui la soutenait, les bases théoriques de ma découverte et les évidences physiques sur lesquelles elle se fondait. Je me suis senti très flatté par son intérêt, ajouta-t-il avec un sourire triste. Alors, qu'en pensez-vous ?

Au milieu de tous ces corps étrangers qui nous secouaient et nous écrasaient, je parvins à poser la main droite sur l'avant-bras gauche de Gaudí et à exercer sur lui une brève pression consolatrice.

— Je pense que vous n'avez aucune raison d'avoir honte.

Mon compagnon me remercia de mon geste maladroit par un grognement inarticulé.

— Et moi, je crois que vous n'avez pas bien compris notre situation.

Je fis un effort de mémoire pour retrouver l'image de l'étrange reproduction de Santa María del Mar que Gaudí avait exposée pendant plusieurs mois dans la pièce principale de sa soupente. Son système de poids et de poulies, les petits sacs de terre suspendus, l'infrastructure de fer-blanc et de métal : l'illustration physique de l'étonnante théorie que mon ami avait conçue sur les débuts de la construction de l'église, et aux détails de laquelle, à ma grande honte, je n'avais guère prêté plus qu'une attention aimable et distraite lors de mes visites. Il me suffit de me rappeler l'idée de ces cinq ou six colonnes soutenant, à l'en croire, la structure secrète de l'édifice : le poids entier de cette gigantesque masse de pierre et de verre, ses milliers de tonnes reposant, par une magique combinaison de la physique et de l'esprit humain, sur cinq ou six piliers que mon camarade semblait avoir marqués à son insu d'une croix comme tracée à la craie et des mots « Pousser ici ».

— Les anarchistes ne veulent pas loger une balle dans la tête du roi, résumai-je, la main encore posée sur son avant-bras et la voix tremblant d'incrédulité. Ils veulent lui renverser une église dessus. Et pour ce faire, ils n'ont plus qu'à suivre les indications que vous leur avez fournies à travers Fiona…

Gaudí ne se donna pas la peine de confirmer.

— Quand vous raconterez cette histoire, essayez de le faire avec d'autres termes, se contenta-t-il de dire.

Et il libéra brutalement son bras de ma main pour commencer aussitôt à se frayer un chemin à coups de coude jusqu'à Santa María del Mar.

Il devait être aux environs de dix heures et quart lorsque je parvins moi-même à atteindre le premier cordon de sécurité qui entourait l'église. Je ne tardai pas à apercevoir divers membres du Groupe de soutien opérationnel, montant la garde devant l'entrée principale en compagnie d'une bonne dizaine de jeunes gens qui devaient constituer une partie de la réserve d'agents infiltrés qui nous avait fourni des informations sur ce qui se tramait dans les milieux antimonarchistes. Je me présentai en bonne et due forme devant le membre le plus âgé du groupe, M. Agustí Riera, un gros industriel du secteur minier avec qui j'avais participé à diverses réunions au cours de ces dernières semaines, et après avoir répondu à ses aimables questions concernant l'état de santé de ma mère – à l'entendre, la nouvelle de son indisposition avait provoqué la consternation générale, y compris chez le roi – je parvins enfin à franchir en sa compagnie le mur d'uniformes militaires qui protégeaient les lieux.

Je ne rapporterai pas le contenu de la conversation que j'eus alors avec ce bon M. Riera. L'idée qu'un groupe d'anarchistes non identifiés et dont les activités n'avaient pas été détectées par notre service de sécurité puissent envisager de démolir une église plusieurs fois centenaire, et ce en poussant trois ou quatre colonnes d'apparence purement décorative, lui parut évidemment fort peu convaincante, pour ne pas dire absurde ; et bien sûr, aucun des arguments – le comportement étonnant de Fiona ce matin-là, la présence inexplicable de l'étui à cigarettes sur son dessin, l'empoisonnement subit de ma mère et notre propre intoxication causée par les mélanges herbacés de l'Anglaise – qui nous avaient menés, Gaudí et moi, à concevoir de si curieux soupçons n'avait la moindre chance, en pareille circonstance, de retenir l'attention d'un monsieur qui commençait visiblement, au bout d'à peine trois minutes de pénibles balbutiements de ma part, à se demander si je n'aurais pas mieux fait, ce matin-là, comme ma mère, de rester au lit moi aussi.

M. Riera ne manquait pas de raisons d'être sceptique. Nos hommes avaient examiné chaque pouce de l'intérieur de l'église le matin même, à la recherche d'explosifs, d'armes dissimulées ou de toute autre menace potentielle contre la sécurité du roi, sans rien trouver. Aucun étranger n'était entré ou sorti de l'église depuis lors, pas même un de ces militaires qui barraient le passage sur la place ou de ces agents en civil qui gardaient les diverses portes d'entrée : seuls les membres identifiés de notre Groupe de soutien opérationnel avaient eu accès à l'intérieur depuis huit heures du matin. S'il y avait une bombe en ce moment, elle n'avait pu arriver que dissimulée sous les vêtements de ceux qui assistaient à la messe solennelle qui venait tout juste de commencer. Et le public, je ne le savais que trop, était constitué de l'élite de la société civile, politique, militaire et ecclésiastique catalane. Des gens qui ne posaient pas de bombes dans les églises. Encore moins dans des églises où ils assistaient eux-mêmes à une messe solennelle en l'honneur d'un nouveau roi.

— Permettez-moi de vous poser une question, monsieur, dit alors Gaudí, arrivant enfin à notre hauteur, essoufflé et le visage déformé par une moue de conviction tendue.

Son aspect n'avait guère changé, depuis le moment, cinq minutes plus tôt, où je l'avais perdu de vue parmi la foule qui encombrait le passage devant l'église. Mais on remarquait maintenant la présence de ce garnement d'Ezequiel à ses côtés.

— Il s'agit d'une question importante, insista le jeune garçon en nous regardant alternativement, M. Riera et moi, l'air disposé à profiter du mieux possible de toute évolution à venir de la situation à compter de cet instant. Bonjour, monsieur l'étudiant.

M. Riera inspecta de haut en bas un Gaudí pour le moins décati et le petit délinquant en haillons qui l'accompagnait, et ne sembla pas particulièrement apprécier le spectacle.

— Qui êtes-vous ?

Je m'empressai de faire les présentations :

— Mon ami Gaudí, son ami Ezequiel, M. Riera. Ils sont avec nous dans toute cette affaire, expliquai-je au dernier nommé.

— Répondez juste à cette question, monsieur Riera, reprit Gaudí, d'un ton aimable mais ferme. Mlle Fiona Begg était-elle là ce matin ?

Le vieil homme m'adressa un regard avant de répondre à mon compagnon, comme pour m'en demander la permission ou plutôt comme s'il me rendait responsable de la situation abracadabrante et pour le moins gênante dans laquelle je l'avais placé.

— Bien sûr, admit-il enfin. Mme Camarasa l'a envoyée ici un peu avant neuf heures pour nous expliquer ce qui se passait.

— Et elle a dû en profiter pour faire quelques croquis dans son carnet, j'imagine.

M. Riera eut un léger sourire.

— Comme toujours. L'avez-vous jamais vue sans son crayon et son carnet ?

— A-t-elle également fait des croquis de l'intérieur de l'église ?

Le sourire s'effaça instantanément du visage du vieil homme. Sa tête se tourna de nouveau vers moi.

— Qu'insinue votre ami ? me demanda-t-il.

— Rien d'inapproprié, ne vous inquiétez pas, m'empressai-je de préciser, comprenant enfin à quoi tendaient les questions de Gaudí. Mlle Fiona voulait sans doute faire des ébauches de l'intérieur de l'édifice avant le début de l'office, étant donné qu'elle ne pourrait y accéder pendant la messe solennelle. Le lui avez-vous permis ?

— Bien sûr, répondit M. Riera, son double menton encore tremblant d'une indignation préventive. Est-il possible de refuser l'entrée d'un quelconque lieu à cette demoiselle ? Et de toute façon, son père et elle font partie de notre dispositif d'information et de propagande, n'est-ce pas ?

C'était le cas. Bien sûr. J'acquiesçai comme il se devait, tandis que Gaudí lançait :

— Mlle Fiona est-elle entrée seule dans l'église pour prendre ces croquis ?

M. Riera n'hésita pas un instant :

— Elle était accompagnée par un de ces gratte-papier qui rédigent les articles qu'elle illustre.

Gaudí et moi échangeâmes un regard.

— Un jeune homme pâle, aux cheveux longs et à l'apparence féminine, sans doute, dit alors mon ami, ce qui me donna instantanément la nausée.

— Lui-même, confia M. Riera avec une moue dédaigneuse. En mon temps, si un jeune homme avait osé se laisser pousser les cheveux de la sorte, les autorités n'auraient pas hésité à le rappeler à l'ordre avec quelques bons coups de ciseaux et quelques jours de prison !

Gaudí tenta d'esquisser un sourire aimable qui parvint à peine à lui recourber les commissures des lèvres.

— Décrivez-nous le sac que ce jeune homme portait à l'épaule, s'il vous plaît, pria-t-il le vieil homme.

— Un grand sac noir, à peu près de cette taille…, fit M. Riera, visiblement pris de court.

Ses mains dessinèrent un carré de trente centimètres dans l'air froid de l'hiver qui circulait devant sa poitrine amidonnée.

— Mais comment savez-vous que ce jeune homme portait un sac à l'épaule ?

Au lieu de lui répondre, Gaudí se tourna vers moi avec une mine caractéristique sur le visage. Le moment de faire valoir une fois pour toutes ma position et mon nom devant le vieil homme était venu.

— Monsieur Riera, nous devons arrêter la messe solennelle et faire immédiatement évacuer l'église avant qu'il ne soit trop tard, déclarai-je, avec toute la fermeté que je pus mettre dans ma voix.

L'homme agita la tête d'un air incrédule.

— Pardon ?

— Vous m'avez entendu. Si nous ne faisons pas évacuer dès maintenant cette église et ses environs, nous aurons à jamais la mort de centaines d'innocents sur la conscience.

Le visage rosé de M. Riera pâlit légèrement, mais ne se départit pas pour autant de l'expression de suffisance incrédule qu'il arborait depuis le début de notre conversation.

— Vous avez la moindre idée de ce que vous me demandez là ?!

— En réalité, je ne vous le demande pas, je vous l'ordonne, répliquai-je. En l'absence de ma mère, je suis le premier responsable de la sécurité royale.

— C'est faux. En l'absence de votre mère, la sécurité royale dépend d'un comité composé par les dix principaux membres du Groupe de soutien opérationnel. Et la coordination de ce comité repose à tout moment entre les mains du responsable principal du secteur que visite le monarque. Le responsable principal de ce secteur, c'est moi. Et en tant que tel, conclut le vieil homme, me toisant avec une dureté soudaine, je suis parfaitement habilité à considérer, monsieur Camarasa, que ce que vous exigez est une folie.

— Ce qui est une folie, monsieur, c'est de mettre en danger la vie de centaines de personnes, et en particulier celle d'un roi, par peur de...

Je n'eus pas le temps d'achever ma phrase. Les ongles de Gaudí s'enfoncèrent dans mon avant-bras, m'obligeant à lui céder la parole.

— Pas le temps, se contenta-t-il de dire.

Et au grand dam de tous les agents en armes qui contrôlaient la place, mon ami partit en courant comme un dératé en direction de la porte principale de l'église, esquiva d'un agile écart taurin le jeune homme qui se trouvait à cet instant au pied du perron et, ce galopin d'Ezequiel toujours sur ses talons, pénétra en trombe dans Santa María del Mar.

45

Aujourd'hui encore, je ne m'explique toujours pas comment je réussis, avec force cris et gesticulations, à éviter qu'aucun des hommes armés chargés de la sécurité du nouveau roi d'Espagne n'abattît d'un coup de feu mon ami dans sa course folle vers l'église, et je ne m'explique pas non plus comment je parvins à y entrer moi-même, quelques instants plus tard, avec la promesse de M. Riera qu'aucun de ses hommes ne viendrait nous en déloger avant cinq minutes.

Je me rappelle, oui, que lorsque je franchis enfin le seuil la musique de l'orgue baroque de Santa María del Mar résonnait dans tous les coins, parant de dignité et de mystère ce qui n'était, en fin de compte, qu'un simple événement social saupoudré de politique et d'encens. Je me rappelle que la lumière qui éclairait l'intérieur de l'église possédait ce matin-là une texture et une tonalité profondément irréelles, blanches, épaisses, faites de faisceaux de couleur et de particules de poussière en suspension, à mille lieues de la pénombre informe qui y régnait l'après-midi de ma rencontre avec Víctor Sanmartín. Je me rappelle que je songeai alors à cet après-midi-là, celui de l'assassinat de Canines, celui de ma déposition dans le bureau de l'inspecteur Labella au commissariat de las Atarazanas, et aussi que tout sembla soudain prendre un sens nouveau : la nervosité de Sanmartín en me voyant arriver à l'église, sa réaction quand j'avais mentionné Fiona, sa présence même à Santa María del Mar. Je me rappelle que le roi, ses invités et le groupe fourni d'évêques, prêtres et enfants de chœur qui officiaient n'occupaient pas le tiers de la nef centrale de l'église, dans sa partie avant, tous entassés sur l'estrade présidentielle et sur les nouveaux bancs qui fermaient le chœur, et que le reste du bâtiment était aussi désert que le palais d'un roi en exil. Et je me rappelle aussi, enfin, que lorsque je repérai Gaudí et Ezequiel, au milieu de cette belle forêt de colonnes octogonales qui partageait la nef de Santa María, ils se trouvaient tous deux à genoux devant un paquet de cartouches de dynamite attaché à un engin à l'air vaguement menaçant.

— Une minuterie reliée à des mèches, murmura Gaudí, relevant à peine la tête pour me regarder. Trois autres, là, là et là, ajouta-t-il en les désignant de sa main nue. Ils n'ont même pas cherché à les dissimuler. Une simple coque de pierre factice adossée au pied des colonnes...

Et renfermant le contenu du sac de Víctor Sanmartín, supposai-je, les yeux fixés sur la croûte de plâtre vieilli entre les pieds d'Ezequiel. Des cartouches et des petits mécanismes d'horlogerie, dont dépendait en cet instant même notre avenir proche.

— De combien de temps disposons-nous ? m'enquis-je dans un filet de voix.

— D'un temps suffisant, j'espère, répondit Gaudí en désignant du doigt la couronne de l'étrange horloge qui contrôlait l'engin. Si nos amis ne se sont pas trompés dans leurs calculs et que les quatre minuteries soient destinées à s'activer exactement au même instant, nous disposons d'un peu plus de dix minutes avant que tout ne vole en éclats…

J'avalai ma salive et réprimai pour la première fois de ma vie la tentation de me signer.

— Alors c'est vrai, chuchotai-je. Fiona et Sanmartín.

Mon ami n'ajoutant rien, je demandai :

— Et maintenant ?

— Maintenant, priez pour que les mains d'Ezequiel ne tremblent pas au pire moment.

Le gamin leva immédiatement lesdites mains et nous les présenta, dans un état de parfait repos horizontal. Des taches, des croûtes, des callosités de toute sorte, mais pas le moindre tremblement. De vulgaires bombes à retardement, pour l'heure offertes à l'agilité de ses longs doigts de voleur, ne sauraient suffire, disait ce geste, à le rendre nerveux.

— Ne vous en faites pas, monsieur G, dit-il en portant la main droite à sa poche et en faisant apparaître une sorte de coupe-ongles, à l'aspect tout sauf rassurant en la circonstance. C'est du tout cuit.

— Tu es sûr que tu sais…

Ezequiel me foudroya du regard.

— Taisez-vous, l'étudiant, m'ordonna-t-il. Ici, c'est moi qui œuvre. Suivez M. G et aidez-le à dégager les autres bombes.

Gaudí posa brièvement la main sur la nuque du garçon, puis il se releva et se dirigea rapidement vers la première des trois colonnes qu'il m'avait désignées.

Les coques de pierre factice se trouvaient effectivement au pied des faces intérieures, celles qui étaient orientées vers le chœur. Pas très élaborées, certes, mais la couleur, la texture et la position même de ces simples morceaux de plâtre repeint masquant les bâtons de dynamite étaient si réussies que seul un œil cherchant leur présence aurait su les déceler.

— Ce sont les colonnes que vous aviez indiquées sur votre maquette, fis-je, supposant que c'était bien le cas. Fiona a pris bonne note de vos explications.

— Sa fameuse mémoire photographique, murmura mon camarade, empoignant fermement le couteau avec lequel je l'avais aidé à desceller la coque précédente. Celle-là même qui lui a joué le mauvais tour qui nous a conduits ici, vous et moi.

Je me penchai à côté de Gaudí et observai ses mouvements pendant quelques instants. Ses mains opéraient sur le plâtre durci avec la délicatesse d'un pianiste attaquant une polonaise de Chopin ; la lame déjà blanche de son couteau s'enfonçait dans ce matériau commun à la façon du bistouri d'un chirurgien dans la chair morte d'un cadavre à disséquer.

— Que voulez-vous dire ? demandai-je enfin.

— Le dessin de la chambre d'Andreu, répondit-il. Mlle Fiona y est forcément passée avant que la police y ait prélevé l'étui à cigarettes de votre père. La scène qu'elle a vue à ce moment-là s'est gravée sur sa rétine avec cette précision dont elle se vantait toujours, qui lui servait à dessiner de mémoire ses illustrations pour le journal sans avoir besoin de réaliser des croquis d'après nature. Mlle Fiona a mémorisé la scène du crime de la rue de la Princesse alors que l'étui à cigarettes était encore sur le sol, attendant d'être trouvé par la police. Ensuite, des heures plus tard, en transférant la scène de sa mémoire au papier, elle a oublié d'éliminer ce seul détail erroné. L'étui qui n'était plus là, mais que ses yeux et sa mémoire avaient enregistré.

J'y réfléchis quelques instants.

— Mais quand Fiona se serait-elle trouvée dans la chambre d'Andreu ? répliquai-je.

La carapace de plâtre dans laquelle Gaudí fouillait avec son couteau s'ouvrit alors, nous révélant son contenu mortifère. Cinq nouvelles cartouches de dynamite aux mèches enlacées et une minuterie adossée à quelque chose qui ressemblait à la tige d'une lampe à gaz.

— Quand elle est allée y déposer l'étui de votre père et y prendre le porte-documents qu'elle a ensuite caché dans son bureau, dit-il en posant avec précaution l'objet sur le sol et en se levant. Là…

Je suivis Gaudí jusqu'à la nouvelle colonne que me désignait son doigt, tandis qu'Ezequiel atteignait celle que nous venions de quitter, un grand sourire à la bouche. Première épreuve réussie, compris-je. Il en restait trois.

— Mais Fiona est restée avec nous toute la nuit, objectai-je, une fois que nous fûmes penchés tous les deux sur l'enveloppe de plâtre appuyée à la colonne. Nous savons tous deux qu'elle n'a pas pu assassiner Andreu…

— Elle n'a pas assassiné Andreu, acquiesça Gaudí. À l'heure de la mort de ce dernier, nous étions avec elle, lui fournissant à nous deux un alibi inattaquable.

— Alors ?

— Cette nuit-là, l'objectif de Mlle Fiona n'était pas d'assassiner Andreu, mais de convaincre la police que le coupable de son meurtre était votre père.

La pointe du couteau de Gaudí glissa à cet instant sur la pierre factice et vint heurter les dalles de Santa María, provoquant un claquement sec qui résonna à mes oreilles comme la détonation d'une arme à feu. De brusques gouttes de sueur perlèrent sur le front de mon ami, mais sa main droite ne tremblait pas quand il se remit à la tâche.

— Nous savions que quelqu'un qui avait accès à la maison avait été impliqué dans la conspiration destinée à écarter votre père de sa position de responsable de la sécurité de la visite royale. Nous savons maintenant qui était cette personne, comment elle l'a fait et pourquoi.

En méditant sur ces dernières paroles de Gaudí, je détournai un instant le regard de ses manipulations et constatai que la messe solennelle suivait son cours sans que quiconque, semblait-il, ait encore remarqué cette étrange triade d'ombres déambulant entre les colonnes de la moitié arrière de l'église. Rien ne vaut la présence d'un roi, me dis-je, pour distraire l'attention d'une centaine de bons courtisans et de quelques hommes d'Église.

— Fiona est ensuite descendue en ville après être rentrée avec moi à Gracia cette nuit-là, repris-je, toujours dans un murmure. Elle s'est rendue dans la chambre où Andreu venait d'être assassiné par un de ses collègues, a ramassé le porte-documents du vieil homme et laissé à sa place l'étui à cigarettes de mon père, est retournée à Gracia, s'est introduite dans le bâtiment principal de la tour et dans le bureau de mon père pour y déposer le porte-documents, puis est repartie à la ferme et s'est couchée, sans que quiconque l'entende.

Je fis une courte pause pour évaluer ce que je venais de dire, avant d'ajouter :

— C'est bien ça ?

— Mlle Fiona est une femme discrète, reconnut Gaudí. Si cette nuit elle a été capable d'entrer dans la chambre de votre mère et d'y verser quelques gouttes de morphine dans son verre d'eau pendant que vous et moi nous débattions contre les effets causés par ses propres drogues, je ne vois pas pourquoi elle n'aurait pas pu faire tout cela la nuit de l'assassinat d'Andreu. Sa motivation était grande, et une femme motivée est capable de tout.

— Sa motivation était de faire enfermer mon père et de l'éloigner de ses fonctions d'organisateur de la sécurité du roi...

— Et, plus encore, de faire en sorte que votre mère et vous compensiez son absence pendant son séjour en prison. Que vous le remplaciez en famille et qu'elle soit tenue au courant.

Je me mordis la lèvre inférieure.

— Et sa motivation était d'empoisonner ma mère cette nuit ?

Avec un léger grognement de satisfaction, Gaudí libéra le troisième paquet de cartouches de sa coque de plâtre et se releva.

— Il s'agissait avant tout de lui éviter de disparaître dans l'explosion, avec tous ceux qui assistaient à la cérémonie.

Mon ami me fixa cette fois de ses grands yeux bleus à l'expression indéchiffrable.

— Il semble que même les aspirantes terroristes déterminées à détruire une église centenaire contenant des dizaines de notables soient bridées par quelques lignes rouges qu'elles n'osent franchir.

Je me mordis de nouveau la lèvre inférieure.

— Nous droguer hier soir, nous enfermer ce matin...

— Exact.

Ezequiel nous rejoignit à cet instant de son pas sautillant de potentiel pensionnaire de la prison d'Amalia. Il portait un paquet de cartouches de dynamite dans chaque main, les sourcils haussés en une mimique d'étonnement feint, et à la bouche, dépassant comme une cigarette métallique, le prodigieux coupe-ongles à usages multiples qui lui avait déjà acquis toute mon admiration.

— Vous me les gardez, l'étudiant ?

— C'est un honneur, Ezequiel, déclarai-je, avalant ma salive et tentant de me remettre les idées en place après les révélations de Gaudí.

Je ramassai les cartouches que le jeune homme me tendait, les rangeai dans les poches de mon manteau et posai moi aussi, comme Gaudí l'avait fait auparavant, la main droite sur sa nuque.

— Et laisse-moi te dire que tu as fait un travail prodigieux. Quand tout cela sera terminé, je te promets de t'inviter à déjeuner chez moi un jour.

— Si j'ai la main sûre et que je ne nous ai pas tous fait sauter en l'air avant, vous voulez dire.

Je souris tristement. Cela voulait dire oui.

Nous laissâmes Ezequiel désactiver le troisième mécanisme d'horlogerie et partîmes à la rencontre de la quatrième coquille de pierre factice. Cette dernière était appuyée à une colonne située à quelques mètres du dernier banc occupé par ceux qui assistaient à la messe solennelle. Gaudí me fit signe de me taire. Plus d'autres questions sur Fiona, ni sur ses motivations mystérieuses, ni sur les raisons pour lesquelles cette femme que nous avions aimée tous les deux, chacun à notre tour, à notre façon et avec nos propres aspirations, avait fini par se perdre dans un acte aussi grotesque que cette tentative d'assassinat à Santa María del Mar.

« Tu as tellement changé », avais-je lancé à Fiona la nuit de l'arrestation de mon père, quand elle m'avait ouvert les yeux sur les activités des Camarasa, et donc des Begg, à Barcelone.

« Tu ignores tout de moi, Gabriel. Et tu n'as pas le droit de me juger », m'avait-elle rétorqué.

Je comprenais maintenant seulement à quel point elle avait raison. Et je croyais saisir, maintenant aussi, les intentions de l'Anglaise lors de cette conversation nocturne dans ma propre chambre, des conversations précédentes sous le porche de la vieille ferme, et de nos longues séances de photographie dans son atelier d'artiste.

Me gagner – me ramener – à une cause à laquelle peut-être, à une autre époque, j'aurais moi-même été capable de croire.

— Allons-nous-en, me murmura alors Gaudí, me tirant de la brève stupeur dans laquelle m'avaient plongé ces souvenirs, l'engin explosif entre les mains et le front maintenant définitivement trempé d'une sueur jaunâtre et poisseuse.

Nous arrivâmes près d'Ezequiel au moment où il achevait de désactiver le troisième mécanisme d'horlogerie. Son visage restait frais comme celui d'un enfant de trois ans, et sa bouche affichait un sourire si heureux qu'il en était presque contagieux. Si la peur, la douleur et le fantôme des premiers remords n'avaient pas obscurci mon âme, sans remède me semblait-il, j'aurais souri moi aussi.

— Apportez cela à vos amis avant qu'ils ne s'impatientent, proposa Gaudí, me tendant également le paquet de cartouches désormais inoffensives qu'Ezequiel venait de lui donner. Dites-leur que nous leur apportons le dernier.

— Vous êtes sûr qu'il n'y a pas autre chose...

Il confirma de la tête.

— Mlle Fiona a suivi au pied de la lettre les instructions de ma maquette, précisa-t-il avec, me sembla-t-il, une ombre d'orgueil et de tristesse dans la voix. Elle a fait placer les engins au pied des quatre seules colonnes qui auraient assuré en sautant l'effondrement de l'abside et de toute la partie centrale de l'église. Les trois autres points que je lui ai signalés auraient complété sa destruction, mais cela ne l'intéressait pas. J'ai vérifié, il ne s'y trouve aucun engin de mort.

En fin de compte, Fiona est une amoureuse de l'art. Mieux vaut une église médiévale avec encore quelques murs debout qu'une église médiévale totalement en ruine, pensai-je en mon for intérieur.

— Quant à savoir comment je vais expliquer cela à M. Riera…, murmurai-je.

— N'entrez pas dans les détails.

— Je ne vois pas comment je pourrais…

— Dites-lui juste que votre mère et vous lui expliquerez tout à la prochaine réunion du groupe. Ce soir, si vous voulez bien, nous lui parlerons ensemble et nous tenterons de lui faire comprendre ce qui est arrivé.

— Une fois que nous l'aurons compris nous-mêmes, vous voulez dire.

Gaudí opina d'un air grave. C'était bien ce qu'il voulait dire.

— Et dites-leur aussi de renforcer la sécurité sur le port, au moment du départ du roi, ajouta-t-il. Lorsque nos deux amis verront que leur plan n'a pas fonctionné, la rage ou le désespoir les poussera peut-être à avoir recours à des solutions moins élégantes que celle-ci pour se débarrasser du nouveau Bourbon.

Ce ne fut qu'alors que je me décidai à formuler le doute qui n'avait cessé de tourner dans ma tête depuis un bon moment déjà :

— Il est également possible que tous les collègues de Fiona n'aient pas eu la même foi qu'elle dans l'exactitude de vos théories sur la structure de cette église...

Gaudí acquiesça de nouveau.

— Quand je lui ai montré mon travail, Andreu avait déjà été assassiné et cela faisait des semaines, sinon des mois, que Sanmartín ourdissait sa campagne de harcèlement et d'élimination de votre père. L'incendie du siège de *La Gazette du soir*, dont, en tant qu'employé du journal, il est sans doute responsable ; les articles suivants suggérant l'implication de Sempronio Camarasa dans le sinistre ; le faux courrier des lecteurs, les lettres anonymes et les attaques publiques également dirigées contre Mlle Fiona, dont le but était, sans nul doute, de nous empêcher de concevoir le moindre soupçon d'entente entre elle et Sanmartín ; et enfin, lorsque les nerfs et la patience de votre père étaient déjà tendus au maximum, le scandale au siège des *Nouvelles illustrées*, avec l'échange public de menaces et l'agression verbale d'Andreu, qui ne laisseraient aucun doute, le moment venu, sur l'identité de l'assassin du vieux marchand et ses raisons.

Gaudí fit une légère pause afin d'observer le mouvement des doigts d'Ezequiel, qui dansaient avec une agilité de fileuse sur le nœud de câbles qui reliait les cartouches de dynamite au minuteur.

— Sanmartín devait déjà avoir préparé son propre plan d'attentat quand il s'est finalement décidé à écarter votre père de ses fonctions de responsable de la sécurité de la visite royale. Un plan qu'il modifia ensuite quand, stupidement, j'offris à sa complice l'idée d'un autre sans doute beaucoup plus spectaculaire, mais qu'il n'a peut-être pas complètement écarté pour autant.

— Vous parlez de Sanmartín et de Fiona comme s'ils étaient les seuls responsables de tout cela, lançai-je.

— À ce que nous en savons, c'est le cas.

— Il n'y a aucun groupe anarchiste derrière cet attentat, alors ? demandai-je, incrédule. Juste un journaliste efféminé et une illustratrice aux tendances révolutionnaires ?

— Je vous rappelle que nous ne savons rien sur Víctor Sanmartín, répliqua Gaudí, d'une voix tout juste audible sous la tonitruante musique sépulcrale que l'orgue continuait à déverser aux quatre coins de l'église. Je suppose que nous ne connaissons même pas son véritable nom. Dès demain, lorsque vos collègues du Groupe de soutien opérationnel commenceront à fouiller dans son passé et ses aventures, je suis convaincu qu'ils ne trouveront qu'un grand point d'interrogation. Il a très vraisemblablement été le cerveau et l'exécuteur de ce plan. Il a assassiné Andreu tandis que nous servions d'alibi à Mlle Fiona, il s'est débarrassé de Canines quand il a pensé que son témoignage risquait de le mettre dans l'embarras, et il y a quelques heures à peine, comme nous le savons, il a lui-même placé ici les engins explosifs qu'Ezequiel a maintenant la bonté de finir de désactiver.

Il hocha la tête et poursuivit :

— Rien de cela ne requiert de tierces personnes. Il suffit d'une informatrice postée au milieu des lignes ennemies et d'un exécuteur disposé à se couvrir les mains de sang au nom de je ne sais quel idéal révolutionnaire.

J'y réfléchis pendant quelques instants. Puis :

— Fiona repéra Andreu et décida de l'utiliser pour envoyer mon père en prison, fis-je. La rancœur que le vieil homme nourrissait contre mon père depuis cette histoire de photographie mensongère fut l'instrument que Sanmartín et elle utilisèrent pour se débarrasser de lui.

— Et longtemps avant, bien sûr, c'est aussi Mlle Fiona qui a mis Sanmartín sur la piste des préparatifs que votre père organisait pour l'arrivée du roi à Barcelone, approuva mon ami. Bon, maintenant, faites-moi le plaisir de sortir d'ici avant que l'un de ces jeunes gens en uniforme ne s'énerve et ne vienne nous le faire savoir.

Je laissai Ezequiel démonter allègrement le dernier engin explosif sous le regard attentif de Gaudí et quittai Santa María del Mar les poches pleines de dynamite, le cœur serré par tout ce que je venais de voir et d'entendre, la tête débordant de douloureux points d'interrogation.

Un cercle de militaires entourait le perron de l'église quand je franchis le seuil de la porte principale et affrontai de nouveau la claire lumière du jour, tous armés et imperturbables, en position de combat, impatients de prouver leur toute nouvelle fidélité à la couronne. Aucun d'eux ne fit cependant mine de tourner son arme vers moi ni de venir m'arrêter : M. Riera avait fait sa part du travail en retenant ses hommes, tout en espérant que je remplirais au mieux la mienne.

— Voici ce qui est arrivé…, commençai-je à dire en arrivant à ses côtés au pied du perron et en tirant le premier paquet de cartouches de ma redingote.

Lorsque Gaudí et Ezequiel apparurent enfin sur la place avec les restes de la dernière bombe à retardement, M. Riera avait fini d'assimiler mon récit hâtif des faits et s'était mis à organiser, le visage livide d'effroi, mais avec une efficacité admirable, un nouveau plan d'urgence destiné à renforcer la sécurité du cortège royal à sa sortie de Santa María del Mar et pendant les trois dernières heures de séjour du monarque à Barcelone.

Avant de disparaître de notre vue, l'homme eut encore le temps de nous tendre successivement la main, à Gaudí, Ezequiel et moi, et de murmurer un timide remerciement qui, dans sa bouche d'ancien potentat, résonna comme un acte de contrition sincère.

— Et maintenant ? demandai-je à Gaudí, une fois que nous nous retrouvâmes tous les trois.

Au lieu de me répondre, mon ami déboutonna partiellement sa redingote et sortit de sa poche intérieure le petit étui de cuir que je l'avais vu emporter avec lui de la vieille ferme. Quand il l'ouvrit, je pus voir qu'il contenait une plume, un crayon, un petit flacon d'encre et quelques-unes des cigarettes préférées de Fiona. Gaudí prit le crayon, sortit un bout de papier froissé de la poche de son pantalon et se mit à écrire à toute vitesse. Quand il eut terminé, il plia le papier en quatre et le tendit à Ezequiel.

— Va chez M. Camarasa et donne ceci à Mlle Margarita, lui dit-il. Mlle Margarita, au 16 rue Mayor de Gracia. Dis-lui que tu viens de la part de Toni. Si on ne veut pas te recevoir, insiste. Explique-leur ce qui s'est passé.

Ezequiel saisit le petit mot comme s'il s'agissait d'un billet de banque et nous gratifia d'une de ses fameuses révérences.

586

— Et après ?

— Après, repose-toi un peu. Tu le mérites.

Le gamin sourit.

— À bientôt, monsieur G, répondit-il. À bientôt, monsieur l'étudiant.

Quand sa silhouette crasseuse se fut évanouie dans la multitude de curieux entassés de l'autre côté du cordon de sécurité qui protégeait la place, je me tournai vers Gaudí et vis celui-ci remettre l'étui dans la poche intérieure de sa redingote.

— Un souvenir pour le futur, murmura-t-il, avant que j'aie eu l'occasion de demander quoi que ce soit. Quant à la note, c'est juste un avertissement pour votre mère.

— Un avertissement, répétai-je.

— Je doute fort que Mlle Fiona ou son associé se risquent à apparaître ce matin dans la tour, mais on n'est jamais trop prudents.

J'acquiesçai.

— Et maintenant ? demandai-je de nouveau.

Après une brève hésitation, Gaudí me prit par le bras et se dirigea vers l'un des côtés de la place.

— Maintenant, dit-il, nous allons tenter de sortir d'ici…

46

Les cloches de l'église de Belén sonnaient allègrement lorsque Gaudí et moi arrivâmes à l'hôtel particulier de la rue Ferdinand-VII. Un ballet incessant
de typographes et de secrétaires, de journalistes et de
metteurs en page, de coursiers souriants et de chefs
de rédaction bourrus animait chaque centimètre carré
du rez-de-chaussée du bâtiment. L'odeur d'encre et
de métal chauffé des presses se mêlait à celle des
ouvriers en sueur qui les manipulaient, au parfum
des secrétaires qui travaillaient derrière leur mur
de verre dépoli, aux relents des nombreux reliefs
de nourriture qui se décomposaient dans les tiroirs,
les corbeilles ou sur les bureaux de tous ces hommes
et femmes qui travaillaient depuis près de trente
heures sans relâche pour la famille Camarasa. De
hautes piles d'exemplaires du numéro spécial du
matin des *Nouvelles illustrées* attendaient contre les
murs de la pièce les vendeurs des rues, qui allaient
devoir continuer à les distribuer dans toute la ville
jusqu'à épuisement définitif, ou jusqu'à ce que l'édition habituelle de l'après-midi les remplace, forte de
la nouvelle du départ du roi. Les derniers dessins
de Fiona pour *Les Nouvelles illustrées*, compris-je
en prenant un exemplaire. Son dernier service rendu

à la cause de la restauration, tout juste quelques heures avant d'avoir été à deux doigts de la faire voler en éclats.

À l'étage noble de l'immeuble, on respirait une ambiance à peine plus détendue que sur le territoire des simples employés. En remontant les divers couloirs de l'étage, nous croisâmes plusieurs rédacteurs en chef aux mains débordantes de papiers, le visage altéré par la fatigue, tandis que des portes ouvertes de tous les bureaux surgissaient des voix de comptables et de directeurs, d'illustrateurs principaux et de secrétaires de direction, presque toutes tendues par l'urgence.

La porte du bureau de Fiona était ouverte, elle aussi, mais il n'y avait personne à l'intérieur. Sa table était comme toujours recouverte de planches noircies d'esquisses au fusain, d'épreuves rejetées et d'anciennes éditions du journal, mais ni ses cahiers ni ses instruments à dessin ne se trouvaient là. Les plumes et les crayons, les encres et les buvards, le jeu de règles et de compas qui s'alignaient toujours à l'extrémité supérieure droite de son bureau : tout avait disparu.

— Nous ne nous attendions pas à autre chose, dit Gaudí, après que je lui eus fait remarquer ces absences.

— Nous ne nous y attendions pas ?

— Essayons ailleurs.

Nous sortîmes du bureau, passâmes devant la porte fermée du mien et poursuivîmes notre chemin jusqu'à celui de Martin Begg. Sa porte était close, elle aussi. Avant que j'aie pu achever le geste de lever la main et de frapper au battant lustré, Gaudí avança les doigts vers la poignée et l'ouvrit d'une poussée.

La tête de Martin Begg se dressa en sursaut au-dessus d'une liasse de papiers qu'il inspectait sur son bureau.

— Mais que…, commença-t-il à rugir, avec un accent *cockney* si marqué que j'eus quelque peine à comprendre son début de phrase.

— Excusez-moi, monsieur Begg, l'interrompit Gaudí, sans montrer de surprise devant le fait que l'Anglais, lui, occupait encore son bureau. Nous venons juste vous informer de ce que la première tentative de votre fille n'a pas abouti.

Le silence qui s'ensuivit ne dut pas durer plus de cinq secondes, mais il me sembla d'une rare consistance.

— Qu'avez-vous dit, monsieur Gaudí ? demanda enfin l'Anglais, d'un air impénétrable.

— J'ai dit, monsieur Begg, que votre fille et M. Sanmartín ont échoué dans leur première tentative d'attentat contre le nouveau roi d'Espagne. Et nous vous serions reconnaissants de nous dire si nous devons préparer les hommes de votre employeur à une seconde tentative.

— Peut-on savoir de quoi parle votre ami, monsieur Camarasa ?

L'espace d'une seconde, je me demandai si Gaudí ne se trompait pas. Si Martin Begg n'était pas aussi ignorant des activités de sa fille que nous l'étions nous-mêmes jusqu'à ce matin. Si Fiona ne l'avait pas abusé, lui aussi.

— Nous savons que vous le savez, monsieur Begg, reprit alors mon compagnon. M. Camarasa vous a entendu vous disputer avec votre fille la nuit suivant l'assassinat de M. Andreu. Vous saviez que Fiona s'était absentée la nuit du crime. Vous saviez que c'était elle qui avait déposé le porte-documents d'Andreu dans le bureau de Sempronio Camarasa.

Gaudí fit une courte pause avant d'ajouter :

— Et, bien sûr, vous avez également remarqué cet après-midi-là l'erreur que Fiona avait commise en illustrant pour votre journal la scène du crime : l'étui à cigarettes de Sempronio Camarasa sur le sol de la chambre d'Eduardo Andreu.

Je compris que ce dernier point était un tir à plus longue distance encore que le reste des affirmations que mon ami venait de prononcer d'une voix ferme, le visage impassible. Cependant, ce furent ces paroles qui semblèrent finalement fendiller le masque imperturbable de Martin Begg.

— J'ignore de quoi vous me parlez, lâcha-t-il, sur un ton qui n'était déjà plus le même.

— Je ne vous juge pas, Martin Begg. Pour un homme, l'amour envers sa fille doit l'emporter sur le sens du devoir envers un patron et la loyauté envers une cause qui, dans le fond, n'est pas la sienne. Même si la fille en question prétend jeter sur sa conscience et sur son nom une tache de sang que toutes les bonnes actions qu'il pourrait réaliser en cent vies futures ne pourraient jamais effacer.

Avec la soudaine lourdeur d'un homme chargé d'années, de kilos et de remords, le père de Fiona se leva et contourna le bureau pour venir vers nous. L'espace d'un moment, je redoutai une scène de violence imminente ; mais il se contenta d'ouvrir la porte que Gaudí avait fermée à notre arrivée et de nous inviter à quitter la pièce.

— Vous n'êtes pas les bienvenus, dit-il.

— Je crois que vous oubliez qui est le propriétaire de ce journal, intervins-je alors. Et je crois que vous oubliez aussi la position dans laquelle votre fille vous a placé. Vous avez deux options, monsieur Begg. Soit vous collaborez avec les hommes de mon père, soit vous occuperez bientôt la cellule qu'il laissera libre à la prison d'Amalia.

Les lèvres de l'Anglais tremblèrent visiblement au centre de son énorme visage rosé.

— Vous devriez avoir honte de vous, monsieur Camarasa, marmonna-t-il. Vous n'avez pas le droit de me parler ainsi, ni de parler ainsi de ma fille.

Gaudí hocha lentement la tête.

— Vous ne vous rendez pas service, monsieur Begg, l'avertit-il tout en se dirigeant vers la porte que le père de Fiona maintenait ouverte pour nous.

— Monsieur Gaudí. Monsieur Camarasa.

Martin Begg referma la porte avec toute la fermeté qu'il n'avait pu donner auparavant à sa voix et à son visage.

Il allait s'écouler de nombreuses années avant que Gaudí et moi le revoyions.

— Vous croyez qu'il dit la vérité ? demandai-je à mon camarade tandis que nous regagnions le vestibule principal de l'étage de la direction.

— Je crois qu'il aimerait la dire, répondit-il. Et je ne le lui reproche pas.

« Je n'ai que lui », avait déclaré Fiona cette même nuit où, sans le vouloir, j'avais été le témoin de sa discussion avec Martin Begg. Une discussion dont les paroles de Gaudí venaient seulement de me dévoiler le sens.

— Fiona est fille unique, indiquai-je. Sa mère est morte quand elle était encore une enfant. Si tout cela est vrai, M. Begg vient de perdre toute sa famille.

— Si tout cela est vrai ? répéta Gaudí.

— Une partie de moi refuse toujours de le croire.

Mon ami esquissa un sourire triste.

— Hier soir, dans le jardin du Général, quand nous avons croisé Mlle Fiona à la fin du feu d'artifice, votre sœur a dit que Mlle Fiona avait l'habitude de se déguiser en homme. C'était vrai ?

Cette question inattendue ne m'étonna qu'une seconde.

— Elle aimait se déguiser pour mon appareil, acquiesçai-je. Vous avez vu vous-même les résultats d'une de ces séances lors de votre première visite dans mon studio. Des déguisements artistiques, presque toujours : dame romaine, fée des bois, demoiselle médiévale. Mais un jour elle s'est aussi déguisée pour moi en jeune homme, oui. Ce costume n'avait rien de nouveau pour elle.

— Vous voulez dire…

— À Londres, elle l'avait revêtu plus d'une fois au cours de ces incursions dans les quartiers de l'East End. Certains locaux que Fiona fréquentait étaient incongrus pour une dame, aussi préférait-elle s'y rendre sous l'apparence d'un jeune homme.

— Un jeune homme roux, souligna Gaudí. Les informateurs de votre père ne se trompaient pas, en fin de compte.

Cette nouvelle révélation ne me surprit pas. Plus rien ne pourrait me surprendre, à ce stade de la matinée.

— Fiona n'a pas perdu l'habitude de dissimuler son sexe afin de se livrer à certaines activités nocturnes en arrivant à Barcelone, dis-je.

— Certaines de ces activités ont dû attirer l'attention des agents infiltrés par votre père dans les milieux plus ou moins révolutionnaires de la ville. Un jeune homme roux, aux yeux clairs et au teint pâle, qui agissait de façon suspecte. Rien d'extraordinaire à ce que votre père se soit inquiété de me voir apparaître dans votre vie le jour même de l'incendie du siège de *La Gazette du soir*, précisa Gaudí. Il a bien fait de se renseigner sur moi. Sa seule erreur a été de charger Mlle Fiona de cette mission.

Ce fut alors que cela se produisit.

Gaudí et moi étions déjà sur la dernière marche du perron qui reliait l'étage noble de l'hôtel particulier au vestibule de sortie quand, derrière nous, une voix de femme surgie des hauteurs nous obligea à nous arrêter et à nous retourner.

— S'il vous plaît, monsieur Camarasa !

Il s'agissait d'une femme d'une trentaine d'années, grande, séduisante, vêtue avec ce mélange d'élégance et de discrétion qui caractérisait les secrétaires de plus haut niveau aux *Nouvelles illustrées*. Elle se trouvait en haut du perron que nous venions de descendre, et venait maintenant à notre rencontre avec une expression d'urgence dans le regard.

— La secrétaire personnelle de M. Begg, murmurai-je pour mon ami, avant d'afficher un sourire aimable. Bonjour, mademoiselle Gorchs.

Quand elle arriva à notre hauteur, elle me rendit un sourire impeccablement professionnel.

— On m'a demandé de vous remettre ceci, monsieur Camarasa, annonça-t-elle en me tendant une petite enveloppe de couleur mauve. Je crois que c'est urgent.

Je pris l'enveloppe et sentis aussitôt la rigidité caractéristique d'une carte de visite à l'intérieur.

— Merci, mademoiselle Gorchs.

La femme inclina légèrement la tête et fit mine de repartir vers l'étage de la direction.

— S'il vous plaît, mademoiselle Gorchs, intervint alors Gaudí, posant le pied droit sur la première marche du perron. Puis-je savoir qui vous a demandé de remettre cette enveloppe à M. Camarasa ?

Mlle Gorchs regarda mon compagnon de l'air de ne pas apprécier cette intrusion.

— Un monsieur, répondit-elle, escaladant à son tour une nouvelle marche.

— Martin Begg, vous voulez dire.

Elle n'hésita pas un instant :

— Un monsieur, répéta-t-elle.

Et, après avoir incliné de nouveau la tête dans ma direction, elle nous tourna définitivement le dos et remonta en haut de l'escalier, enveloppée de ce halo de dignité inébranlable qui semblait être également, tout comme l'élégance et la discrétion dans l'habillement, un attribut naturel de toutes les secrétaires de premier niveau des *Nouvelles illustrées*.

J'avais déjà ouvert l'enveloppe et compris à qui appartenait la carte de visite.

Víctor Sanmartín. Rédacteur de La Gazette du soir, pouvait-on lire, et au revers, dans une calligraphie familière, les mêmes mots que Gaudí, Margarita et moi avions lus trois mois plus tôt sur une carte identique : *Rue d'Aviñón, numéro 3, premier étage gauche*.

— Alors ? demandai-je, tendant la carte à mon ami.

Et celui-ci, après l'avoir lue d'un regard brillant de stupéfaction, d'inquiétude ou de pure excitation devant ce qui allait se dérouler, me répondit :

— Il semble que nous ayons un rendez-vous.

La porte d'entrée de l'immeuble de la rue d'Aviñón était, comme toujours, grande ouverte. Sur la petite marche d'accès était posté un aveugle avec à ses pieds une sébile contenant des pièces de monnaie. Sur notre passage, la tête de l'homme se dressa comme celle d'un chien qui flaire un incendie et ses lèvres murmurèrent une bénédiction inintelligible. Je laissai tomber quelques pièces dans la soucoupe, je m'en souviens, et le son du métal contre le métal tordit sa bouche sans dents dans un sourire âpre et déboîté.

Le même vestibule sombre, poussiéreux, au plafond bas et aux murs décrépis. La même pellicule grasse sur la rampe d'escalier. La même odeur d'immeuble malade, dévoré par les vers et l'humidité, promis à la pioche du liquidateur.

Au premier étage, la flamme vacillante de la même applique éclairait la porte entrouverte de l'appartement de Víctor Sanmartín.

Gaudí posa la main sur la surface de bois fissuré et poussa doucement.

— Mes chéris, nous salua alors une voix que je n'espérais plus entendre.

Fiona était adossée contre le rebord de l'unique fenêtre qui apportait de la lumière au salon de l'appartement. La même clarté matinale qui dessinait avec une précision minutieuse la silhouette de son corps brouillait les détails de son visage : des cheveux épars, des bras et un cou nus, des formes généreuses installées entre les limites d'une robe courte de couleur claire et, au centre du vide de son visage, la seule intuition d'une paire d'yeux gris qui nous observaient d'un air indéchiffrable.

— Fiona, murmurai-je, m'approchant d'elle d'un pas lent et le cœur battant.

Quelques mètres à peine nous séparaient quand Fiona leva la main droite et m'obligea à m'arrêter.

— Ne t'approche pas davantage, s'il te plaît, dit-elle, avant d'ajouter : Nous avons cinq minutes.

— Nous avons cinq minutes avant que M. Sanmartín ne vienne nous chercher, traduisit Gaudí, scrutant encore depuis le seuil l'intérieur de l'appartement, sans doute à la recherche d'une trace de la présence ou de l'activité de son propriétaire.

— Avant qu'il ne vienne *me* chercher, le corrigea Fiona. Je crains fort, mes chéris, que vous ne fassiez pas partie de nos projets immédiats.

Gaudí referma enfin la porte derrière lui et fit également quelques pas vers le centre du salon.

— Il s'agit donc d'un au revoir, reprit-il.

Fiona inclina la tête, provoquant un changement fugitif dans le jeu délicat d'ombres et de lumière qui l'enveloppait. Un rayon éclaira le doux duvet qui couvrait ses bras nus et déchaîna une explosion subite de rouges et de dorés sur la peau blanche qu'un jour, dans une autre vie, j'avais caressée avec des doigts maladroits et reconnaissants. Au bout d'une seconde, les ombres s'étaient réinstallées sur sa silhouette immobile.

— C'est un adieu parce que vous l'avez voulu ainsi, affirma-t-elle. Si c'était en mon pouvoir, ce ne serait que le début de quelque chose de nouveau pour nous trois.

— Pour nous quatre, vous voulez dire.

Les lèvres de Fiona ébauchèrent, dans mon imagination, un sourire chargé d'une ironie toute britannique.

— Je crois que nous pouvons nous tutoyer, maintenant, Antoni, lança-t-elle. Après ce qui s'est passé entre nous ce matin, les formalités ne sont plus de mise.

Au lieu de chercher une réplique possible, Gaudí fit un nouveau pas en direction de la fenêtre et se plaça juste à ma droite.

Il y avait tant de questions que j'aurais voulu poser à Fiona en cet instant que je me retrouvai à formuler la plus stupide :

— Comment as-tu pu faire ça ?

La réponse de l'Anglaise fusa dans la seconde :

— Comment as-tu pu faire ça, *toi* ?

— Moi ?!

— Toi. Vous. Vous mettre au service d'un roi. Conspirer contre une république en échange d'une poignée de pièces de monnaie. Les fidèles Camarasa. Les courtisans Camarasa.

La voix de Fiona se durcit encore un peu plus en prononçant mon patronyme pour la seconde fois.

— Pourvu que votre roi vous rétribue avec toute la gratitude que vous méritez...

J'agitai la tête d'un air incrédule.

— Je n'ai jamais su ce…, commençai-je.

Fiona ne me laissa pas poursuivre :

— Tu n'as jamais rien su, riposta-t-elle, le mépris dégoulinant de sa bouche comme de la bave d'ivrogne. La seule chose qui a toujours compté pour toi a été d'avoir une assiette pleine sur la table et une poignée de billets en poche. Je te prédis un avenir magnifique dans les souliers de ton père.

Sans savoir ce que je faisais ni pourquoi, je franchis les deux mètres qui me séparaient de Fiona et, la prenant par la taille, je l'attirai vers moi avec une brusquerie dont je n'avais jamais fait preuve avec une femme auparavant. Je me rappelle la tension de ses muscles entre mes bras, le son de sa respiration agitée, la dureté que son visage retrouva enfin en s'éloignant de la fenêtre. Je me rappelle la rage et la sensation écrasante de ne rien comprendre. Je me rappelle que les yeux de Fiona s'enfoncèrent dans les miens avec la férocité et la froideur du poignard d'un assassin, et que quelque chose en eux me fit soudain revivre toute l'horreur et la frustration de nos excursions dans les fumeries d'opium de l'East End.

— Fiona, murmurai-je, comme je le faisais alors quand les voyages de mon amie à la recherche de ses démons imaginaires laissaient son corps inerte et sans défense au milieu des scories qui peuplaient ces locaux infects. Fiona…

La gifle que l'Anglaise me décocha après s'être libérée de mon étreinte sembla réassembler dans l'instant les pièces éparpillées de mon cerveau.

— Ne me touche plus jamais, gronda-t-elle. Jamais.

Je baissai les mains et la tête et fis un pas en avant, jusqu'au rebord de la fenêtre que Fiona m'avait abandonné. Ses deux battants ouverts laissaient pénétrer l'air froid de janvier et le brouhaha infatigable de cette partie de la ville : un double bain de réalité, qui ne parvint toutefois pas à me libérer de la conviction croissante selon laquelle tout ce qui se passait ce matin-là, l'aventure de Santa María, cette nouvelle Fiona, ce nouveau moi, n'était que le produit des herbes que l'Anglaise nous avait fait fumer la nuit précédente. Tout cela n'était peut-être que le fruit de mon imagination enflammée par les drogues. J'étais peut-être toujours allongé à côté de Gaudí dans le studio de la vieille ferme, à vomir, à m'uriner dessus, à rêver de dragons et de femmes enchantées.

Un cri déchira l'air, au-delà du croisement des rues d'Aviñón et Ferdinand-VII, mais aucun de nous ne lui prêta attention.

— Si M. Sanmartín vous a obligée d'une certaine façon à agir ainsi, nous pouvons vous aider, entendis-je Gaudí déclarer à Fiona quand je me retournai vers l'intérieur de l'appartement. Il n'est pas trop tard pour échapper à son influence. Quel que soit le pouvoir qu'il exerce sur vous, nous pourrons sans doute l'annuler.

Cette fois, je n'eus pas besoin d'imaginer le sourire avec lequel Fiona accueillit les paroles de mon ami.

— Le pouvoir que Sanmartín exerce sur moi ?!

— Nous savons que vous avez tenté d'empêcher l'attentat de Santa María. Nous savons que vous avez essayé d'attirer notre attention sur ce qui était en train de se passer. L'étui à cigarettes que vous avez inclus dans votre dessin de la chambre d'Andreu. Le journal avec cette illustration que vous avez laissé en vue ce matin sur le sol de votre atelier, pour que j'aie une deuxième opportunité de remarquer l'erreur. Le geste même de nous enfermer dans l'atelier après nous avoir étourdis avec la dose de drogue nécessaire pour que nous puissions nous réveiller à temps pour constater qu'il se produisait quelque chose d'étrange…

Gaudí s'avança légèrement en direction de Fiona, et celle-ci fit immédiatement un pas en arrière, ce qui la rapprocha un peu plus de moi.

— Sans tous ces signes que vous avez su nous envoyer, des centaines de morts pèseraient en ce moment sur votre conscience et sur celle de M. Sanmartín. Et aussi sur celle de votre père.

Fiona agita la tête, avec une incrédulité feinte ou authentique.

— Permets-moi un dernier conseil d'amie, Antoni, dit-elle. Cesse de jouer à lire dans les actes et les intentions des gens. Ça ne marche pas. Et moins encore avec moi.

Gaudí agita lui aussi brièvement la tête. Deux têtes rousses s'affrontant au milieu d'un salon nu.

On entendit de nouveaux cris à travers la fenêtre ouverte, mais nous ne leur prêtâmes pas attention cette fois non plus.

— M. Sanmartín et vous, vous vous êtes connus à une de ces réunions d'anarchistes naïfs que vous avez sans doute fréquentées à votre arrivée à Barcelone, poursuivit Gaudí, avançant de nouveau d'un pas et provoquant un nouveau pas en arrière de Fiona. M. Sanmartín a découvert que vous étiez une employée de Sempronio Camarasa et que ce dernier, davantage qu'un simple entrepreneur à succès avec de nouvelles affaires dans la ville, était une pièce essentielle dans la trame de la restauration monarchiste imminente. Votre opposition naturelle à la cause pour laquelle votre patron travaillait faisait de vous un cadeau du ciel pour M. Sanmartín : une source d'information en plein milieu des lignes ennemies. Quand il a compris ce que M. Camarasa organisait, M. Sanmartín a décidé que c'était pour lui l'occasion d'accomplir le geste définitif dont rêve tout révolutionnaire à l'ego enflammé : un régicide mémorable. La présence directe de Sempronio Camarasa aux commandes du service de défense du roi freinait cependant les divers plans d'attentat que M. Sanmartín avait sans doute projetés vers la fin de septembre ; il a donc résolu de se débarrasser de lui en faisant en sorte que ses fonctions soient diluées entre diverses mains, y compris dans sa propre famille. Il affaiblissait ainsi lourdement la sécurité autour de la visite royale tout en s'assurant de ne pas vous perdre en tant qu'informatrice, dans votre double rôle de haut responsable des *Nouvelles illustrées* et d'habitante du foyer des Camarasa.

C'est vous qui vous êtes souvenue alors d'Eduardo Andreu, ou peut-être vos chemins se sont-ils croisés dans l'une de vos multiples incursions dans les zones les plus humbles de la ville. Toujours est-il que l'idée avait déjà commencé à prendre forme dans vos têtes. M. Sanmartín a mis le feu aux bureaux du journal où il s'était fait une place et a commencé une campagne de dénigrement contre votre père. Avec votre aide, il a arrangé l'apparition d'Eduardo Andreu à la fête des *Nouvelles illustrées*. Il a assassiné Andreu pendant que vous étiez avec nous, vous garantissant un alibi qui vous blanchirait de tout soupçon au moment où l'apparition du porte-documents dans le bureau de M. Camarasa nous mènerait nécessairement à penser à l'implication de quelqu'un de l'intérieur de la maison dans toute l'affaire. Et ensuite, bien sûr, j'ai fait le reste en vous offrant une modalité de régicide beaucoup plus mémorable que tout ce que vous auriez pu imaginer. À l'époque, vous saviez que la visite royale inclurait une messe solennelle à Santa María del Mar. Pas étonnant que vous ayez été aussi intéressée par mon projet l'après-midi où vous êtes venue chez moi, ni que vous ayez profité de votre prodigieuse mémoire afin de graver dans votre cerveau la disposition des colonnes que j'avais indiquée dans ma reproduction du schéma des forces de charge. Sempronio Camarasa mis hors circuit, avec l'assurance de la visite royale laissée aux mains bien intentionnées mais inexpertes de Mme Lavinia, avec le Groupe de soutien opérationnel effectivement privé de chef, avec votre propre père dirigeant seul *Les Nouvelles illustrées* et avec vous-même, donc, libre d'aller et venir à votre guise, partout où vous le souhaitiez, les jours du roi étaient comptés…

Gaudí fit une légère pause dans son discours.

— Ou ils l'auraient été si vous n'aviez pas osé solliciter mon aide.

Fiona acquiesça avec un sérieux absolu.

— Fascinant, dit-elle, portant la main droite à sa tête et ébouriffant rapidement ses cheveux roux. Je vois que je ne me suis pas trompée sur toi, Antoni. Tu es sans doute l'homme le plus étonnant que j'aie rencontré dans cette ville.

Gaudí fit un pas en avant et tendit les mains vers Fiona.

Cette dernière recula de nouveau, et cette fois son dos frôla ma poitrine, mon menton se perdit dans ses cheveux et mes mains, presque sans le vouloir, se posèrent de nouveau sur sa taille. Les cris qui nous parvenaient de la rue gagnaient en force et en intensité, accompagnés maintenant d'une odeur étrange, désagréable, à la fois inattendue et familière, que même le parfum des cheveux de Fiona ne parvint pas à tenir éloignée longtemps de ma conscience.

— Laissez-moi vous aider, alors, insista Gaudí. Laissez-nous vous aider.

Fiona se détourna de lui et son visage se retrouva en face du mien. Ses yeux gris, sa peau blanche, le tracé sinueux des pommettes et du nez. Les lèvres pleines, rosées. La délicieuse demi-lune de son menton.

— Gabriel, fit-elle.

— Fiona.

Alors la porte de l'appartement s'ouvrit en grand et dans l'encadrement apparut Víctor Sanmartín.

— Messieurs, je suis désolé d'interrompre ce moment, lâcha-t-il en nous toisant, Gaudí et moi, un sourire profondément désagréable accroché sur ses lèvres fines et décolorées. Mademoiselle et moi devons partir.

Je me rappelle que je regardai Gaudí, qui regarda Fiona, et que Fiona regarda d'abord mon ami, puis Víctor Sanmartín et ensuite de nouveau mon ami. Et je me rappelle aussi que sur ses lèvres, sur les lèvres de Fiona, il y avait un sourire qui ne ressemblait à aucun de ceux que j'avais connus pendant les quatre ans qu'avait duré notre amitié.

— Toutes tes déductions, mon cher, sont parfaitement exactes, dit-elle en tendant la main droite en direction de la tête de Gaudí pour lui redresser une mèche de cheveux, également roux, ondulés et ébouriffés par l'intensité de la matinée. Mais les conclusions que tu en tires sont toutes étrangement erronées.

Et, se haussant sur la pointe des pieds, elle déposa un baiser sur sa joue avant d'ajouter :

— Penses-y.

La forte odeur familière qui entrait par la fenêtre ouverte était, sans aucun doute désormais, celle de la fumée. Le sens des nombreux cris qui nous parvenaient de la rue était maintenant parfaitement clair : « Au feu ! »

Le sourire qui incurvait les lèvres de Víctor Sanmartín était lui aussi un sourire gêné et étrange.

— Fiona, dis-je en posant la main sur l'épaule nue de l'Anglaise et en sentant la froideur marmoréenne de sa peau. Tu n'as pas besoin de faire ça.

Elle se tourna vers moi et, se haussant de nouveau sur la pointe des pieds, elle répéta le double geste qu'elle avait effectué avec Gaudí. Elle frôla mes cheveux du bout des doigts, déposa un baiser sur ma joue et murmura :

— Nous nous reverrons.

Puis elle se dirigea avec une lenteur majestueuse vers cette porte du seuil de laquelle Víctor Sanmartín continuait à nous observer, avec son visage souriant, efféminé, encadré par des boucles couleur de jais.

À la ceinture du jeune homme, à peine dissimulée par le pan de sa veste courte, il y avait une arme très semblable à celle qui avait tenu ma sœur en joue pendant plusieurs secondes l'après-midi de l'arrestation de notre père.

Dans sa main droite il tenait un chiffon froissé, et dans la gauche une petite clé allongée de la couleur de la terre mouillée.

— Messieurs, dit-il, quand Fiona passa à ses côtés sous le linteau de la porte et disparut enfin de notre vue.

Sa main droite laissa tomber le chiffon sur le sol, puis il disparut lui aussi.

À ce moment, l'air qui entrait dans l'appartement arrivait déjà chargé de cendres et de hurlements de terreur et sentait exactement la même chose que l'air de la Rambla le matin de l'incendie rue de la Canuda.

— Créosote, précisa Gaudí au bout de quelques secondes, ramassant le chiffon par terre et le reniflant brièvement, debout devant la porte que Sanmartín, à ma grande surprise, ne s'était pas donné la peine de fermer à clé en partant.

Nous comptons si peu pour lui, pensai-je. Il est si convaincu de sa force.

Lorsque les cloches de la première voiture de pompiers se mêlèrent aux cris de la foule galvanisée par le feu, Gaudí et moi franchissions déjà l'entrée du numéro 3 de la rue d'Aviñón et nous apprêtions à vérifier de visu de ce que nous savions tous les deux : le bâtiment que les flammes étaient en train de consumer n'était autre que l'hôtel particulier occupé par les bureaux des *Nouvelles illustrées*.

— Fin de l'histoire ? me rappelé-je avoir dit tout haut en regardant tous ces gens aux visages familiers courir sur la chaussée de la rue Ferdinand-VII vers la sécurité de la Rambla.

Plumitifs et illustrateurs, rédacteurs en chef et coursiers, ouvriers d'imprimerie et secrétaires de direction, tous en manches de chemise ou tête nue, tous commotionnés, tous fuyant le brasier qui consumait les bureaux d'un journal qui, par pure alchimie du feu, faisait déjà partie de l'histoire de Barcelone.

Et je me souviens aussi que Gaudí, au lieu de me répondre, chassa en soufflant dessus un sillage de cendres de son épaule droite et enfonça brusquement les mains dans les poches de sa redingote, avec l'air de quelqu'un qui vient de sentir un courant d'air froid soudain lui parcourir l'échine.

47

Il était déjà plus de vingt-deux heures quand je laissai ma mère et ma sœur se réfugier dans la sécurité de leurs sommeils respectifs et quittai pour la dernière fois de la journée notre tour de Gracia. La fine pluie glacée qui était tombée tout l'après-midi sur la ville avait recouvert la chaussée de notre rue d'un mélange glissant de boue et de suie, de feuilles mortes, de déjections animales et de déchets industriels qui manqua de peu me faire tomber à plusieurs reprises. À dix-neuf heures, lorsque Gaudí avait effectué seul ce trajet après s'être soumis à l'embarrassante cérémonie de remerciement organisée en son honneur par les têtes pensantes du Groupe de soutien opérationnel, les lampadaires parvenaient à grand-peine à creuser quelques pouces de clarté dans l'épais *smog* qui dégoulinait au ras du sol. Le brouillard s'était depuis légèrement dissipé, mais la visibilité restait si faible que, davantage que de marcher, j'avais la sensation d'avancer à tâtons dans le lit d'une rivière bourbeuse. À l'entrée de l'avenue Diagonal, à quelques pas à peine de la grille de la maison de Ramón Aladrén, je finis par arrêter le dernier tramway de la nuit à destination de las Atarazanas et m'installai dans une rangée de sièges vides sur le côté.

La circulation qui envahissait généralement à cette heure les rails du paseo de Gracia était si clairsemée que nos chevaux mirent à peine dix minutes à atteindre le premier virage de la place de Catalogne. Nous contournâmes alors la place dans le sens contraire des aiguilles d'une montre, passâmes la fontaine de Canaletas et nous engageâmes rapidement sur la voie descendante de la Rambla, en direction de la mer. Il n'y avait aucune trace de la foule qui avait animé l'avenue pendant deux jours : la Rambla était de nouveau un refuge d'oiseaux de nuit qui attendaient que le soleil ou les crécelles des agents les dispersent une fois de plus. Je descendis du tramway sur la place des Comédies et m'engageai dans la rue de l'Hôpital en me rappelant inévitablement la nuit de ma première visite à l'endroit vers lequel je me dirigeais. La fanfare militaire qui jouait ses vieux hymnes patriotiques sur la place Real, l'altercation entre monarchistes et républicains, mes vomissements d'ivrogne devant le mur de l'hôpital. « Nous avons tous un chagrin d'amour… » La porte close du Mont Táber. La vieille et les jeunes filles, l'étrange danseuse et le mystérieux M. G.

Cette fois, personne ne m'ouvrit la porte du théâtre. J'actionnai le marteau en forme de serpent, attendis vainement la suite. Je renouvelai ma tentative au bout de quelques minutes, avec le même résultat. Le silence qui régnait cette nuit rue de l'Hôpital était tel qu'on pouvait entendre les griffes des chats errants avançant avec précaution sur les pavés humides. Je compris qu'aujourd'hui il n'y aurait pas de spectacle au Mont Táber. Pas de chair mouvante ni d'herbes réparatrices. Aucun rituel païen pour la nouvelle Barcelone des usines et des ateliers. Ce n'était pas ce refuge que Gaudí avait choisi pour commencer à lécher ses blessures.

À mon retour sur la Rambla, deux jeunes filles de la nuit m'abordèrent avec des propositions d'une indicible abjection. La fin de la visite royale avait rendu les rues de Barcelone à leurs authentiques propriétaires, pensai-je en m'éloignant de ces deux infortunées créatures et en esquivant un cercle de mendiants qui dormaient devant la porte du Liceo. Les guirlandes et les lampions restés accrochés au sommet des arbres de l'allée centrale semblaient maintenant aussi incongrus, éloignés dans le temps et dans le souvenir, dépourvus de sens, que cette intense odeur d'incendie qui imprégnait encore l'atmosphère de la ville. Les drapeaux aux balcons, les affiches sur les façades, les bouquets de fleurs humides aux fenêtres de tous les bâtiments de la Rambla : d'autres traces d'un rêve étrange dont il ne resterait plus rien ou presque d'ici à quelques jours.

À las Atarazanas, je fis le tour de l'ensemble des casernes et des arsenaux et dépassai le commissariat. Ses fenêtres éclairées me rappelèrent Abelardo Labella, qui me rappela mon père, toujours enfermé dans sa cellule d'Amalia, mais qui, avec l'aide de Dieu et du roi, n'allait pas tarder à sortir de son propre rêve étrange.

Un petit piquet de soldats montait sans enthousiasme la garde de part et d'autre de l'entrée de Santa Madrona. Je portai la main à l'aile de mon chapeau et leur souhaitai bonne nuit en passant ; un seul me répondit. Sur le port également, je constatai immédiatement qu'ici aussi la passation de pouvoir que j'avais pu remarquer dix minutes plus tôt sur la Rambla avait eu lieu. Les milliers d'honorables citoyens qui avaient envahi ces quais à quatorze heures précises, au moment du départ de la frégate royale, avaient déjà rendu le contrôle du lieu à ses authentiques propriétaires, cette armée internationale variée de travailleurs endurcis, de petits voleurs et de délinquants avec du sang sur les mains qui me regardaient traverser leur domaine comme des bêtes sauvages guettant une proie égarée.

Quand je parvins enfin chez Oriol Comella, il avait recommencé à pleuvoir. La porte était entrouverte, et de l'intérieur surgissait une faible lueur aux tons rougeâtres et orangés. La crainte d'un nouvel incendie me serra le cœur pendant les cinq secondes qui me furent nécessaires pour arriver à la nef principale de l'entrepôt. Je découvris les braseros qui brûlaient autour de la gigantesque maquette du vieil homme, les diverses lampes à huile disposées à l'intérieur, et le propre reflet émanant des bâtiments de cuivre, de pierre et de verre de cette extraordinaire ville imaginaire qui s'étendait de nouveau sous mes yeux.

Je me rappelle que la pluie s'infiltrait par les nombreuses fissures du toit et tombait lentement sur la ville de Comella.

Je me rappelle que le vieil homme était à genoux devant un brasero, à la flamme duquel ses mains présentaient une grande pièce de cuivre de forme ovale.

Je me rappelle qu'à ses côtés, également à genoux, se tenait Gaudí.

J'ignore combien de temps je restai là, à observer en silence mon ami depuis les limites de cette Barcelone privée que les deux hommes se construisaient depuis des années dans le secret de cet entrepôt en ruine. Ses mains agiles et savantes. Sa nuque penchée. Ses yeux perdus ailleurs.

« Vous n'avez pas à me remercier », avait murmuré Gaudí à la fin de la cérémonie que les membres du Groupe de soutien opérationnel avaient improvisée pour lui quelques heures plus tôt, dans le salon principal de notre tour de Gracia, et de cela il était certainement persuadé.

Dix minutes s'écoulèrent, ou cinquante, ou peut-être deux heures, et il ne se passa rien. Les deux hommes continuèrent à travailler sur un détail infime de leur projet, et je continuai à les observer en silence depuis ma cachette parmi les ombres. Et ce ne fut qu'au bout de ce laps de temps, quel qu'il soit, lorsque la pluie cessa de tomber sur les toits de la ville de cuivre et de pierre d'Oriol Comella et que la fumée des braseros commença à s'épaissir comme un brouillard dense autour de nous, juste à cet instant, que je crus comprendre enfin le sens de la scène que je contemplais.

Je reculai dans l'ombre, cherchai la porte de l'entrepôt et entrepris seul le retour à Gracia.

Cette nuit-là, je rêvai qu'il ne s'était rien passé. Que je n'étais jamais rentré à Barcelone. Que j'étais toujours à Londres, avec mes parents et ma sœur, avec Fiona, que tout un avenir s'ouvrait devant moi. Je n'avais jamais connu Gaudí. Tout cela n'avait été qu'un étrange délire, une fantaisie curieuse, un conte cousu à partir d'un mauvais livre lu dans une vie antérieure. Les rideaux rouges du Mont Táber, les quais infects du port, le palais en flammes de la rue Ferdinand-VII : des scènes d'une histoire de fantômes où toutes les horreurs se résolvent dans le soulagement d'une phrase finale. Voilà ce à quoi je rêvai cette nuit-là : que rien d'irréparable ne s'était produit. Qu'en comptant jusqu'à trois, comme dans un jeu de cour d'école, nos vieilles vies de toujours pourraient recommencer...

Trois coups secs frappés à la porte de ma chambre me réveillèrent le lendemain matin, et le son de mon nom prononcé à mi-voix me rappela de nouveau qu'il se passait vraiment quelque chose :

— Gabriel.

La silhouette féminine qui m'observait depuis le seuil tarda encore quelques secondes à se dégager des diverses couches d'irréalité que mon rêve essayait de projeter sur elle – des chevilles nues, une taille svelte, une ligne généreuse, des cheveux roux brillants – et à acquérir les traits familiers de maman Lavinia.

— Maman, murmurai-je en me retournant dans mon lit et en recevant dans les yeux l'impact d'un unique rayon de lumière infiltré par les interstices des contre-fenêtres. Quelle heure est-il ?

Au lieu de répondre à ma question, ma mère proféra trois phrases qui me réveillèrent instantanément :

— La police est là. Ils veulent que tu les suives au commissariat de las Atarazanas. Ne les fais pas attendre.

Cinq minutes plus tard, j'étais prêt et je descendis au salon, où je retrouvai ma mère et ma sœur en compagnie de l'agent Catalán. Sans la présence à ses côtés de l'inspecteur Labella, le jeune policier me sembla être ce qu'il avait peut-être toujours été : un jeune homme guère plus âgé que moi, fort et imberbe, qui portait son uniforme et son arme à la ceinture d'un air aussi peu convaincu qu'un acteur revêtu des effets et des accessoires d'un métier qui n'est pas le sien. En me voyant arriver dans l'escalier, il se mit au garde-à-vous aussitôt et inclina légèrement la tête vers moi.

— Excusez-moi, monsieur Camarasa, me salua-t-il sur un ton qui possédait cependant l'onctuosité caractéristique de son supérieur habituel. L'inspecteur Labella sollicite votre présence au commissariat. Nous avons besoin de votre aide pour une identification…

— Ils ont trouvé un cadavre, intervint à ce moment Margarita, me prenant de force le bras et me regardant, son visage aussi pâle, aussi sérieux, aussi mortellement adulte que l'après-midi de la veille, déjà, lorsque Gaudí et moi lui avions rapporté ainsi qu'à ma mère tous les faits extraordinaires qui avaient culminé avec l'incendie du siège des *Nouvelles illustrées*. Cette nuit. À la Citadelle. Et ils veulent que tu l'identifies.

Margarita n'eut pas besoin de m'en dire plus pour me faire comprendre la raison de cette pâleur sur ses traits.

Je me tournai vers l'agent Catalán et, rassemblant toute la sérénité dont j'étais capable, je m'enquis :

— Pourquoi moi ?

— C'est l'inspecteur Labella qui l'a demandé.

Je hochai la tête. Ce n'était pas la réponse que j'attendais.

— C'est le cadavre d'un homme ?

— Je ne suis pas autorisé à en parler, dit l'agent en relevant un peu le menton. L'inspecteur Labella vous fournira toute l'information nécessaire quand nous arriverons au commissariat.

Je n'insistai pas. J'embrassai Margarita sur le front, me dégageai de son étreinte et me tournai vers ma mère.

— Je vous expliquerai dès que possible ce qui s'est passé, dis-je en m'engageant dans le couloir qui menait à la porte principale de la tour. Ne vous inquiétez pas.

Je ne crois pas avoir connu plus interminable voyage que celui qui nous mena ce matin-là, l'agent Catalán et moi, à las Atarazanas. La demi-heure que dut mettre la voiture de police à effectuer le trajet entre Gracia et la muraille de la Mer ne me sembla pas moins longue que n'importe laquelle des étapes de notre voyage de retour vers Barcelone, lorsque nous parcourûmes en train les centaines de kilomètres séparant le port de Calais du pied des Pyrénées.

Quand la voiture s'arrêta enfin devant les murs du commissariat, mon cerveau avait eu tout le temps d'imaginer les pires motifs pour ma convocation en ces lieux abhorrés. Abelardo Labella, l'homme qui avait envoyé mon père en prison et tenté par tous les moyens de le jeter entre les mâchoires du garrot, réclamait maintenant ma présence afin d'identifier un cadavre découvert cette nuit même à la Citadelle, lieu fréquenté uniquement par des délinquants, des dames travaillant dans le ruisseau et aussi, hélas, par des hommes qui cherchaient des racines de belladone dans les ruines de la vieille forteresse démolie, et j'avais dû me rendre à l'évidence : si dur que cela fût, il n'y avait pas de raison d'espérer pouvoir faire disparaître cette pâleur du visage de Margarita, ni le sérieux funèbre de maman Lavinia au moment de notre séparation, ni non plus le vide qui s'était creusé au fond de mon propre estomac en entendant les dernières paroles que m'avait lancées ma sœur, après avoir suivi l'agent Catalán et moi jusqu'à la porte de la grille :

« C'est Toni, n'est-ce pas ? Il a ruiné leurs projets, et maintenant ils se sont vengés... »

On respirait toujours l'odeur de brûlé de la rue Ferdinand-VII jusque dans la partie basse de la Rambla, mêlée aux effluves de sel et de poisson des multiples industries malodorantes qui avaient leur siège de l'autre côté de la muraille de la Mer. Ce fut en quelque sorte un soulagement de quitter le remue-ménage habituel des charrettes et des vendeurs ambulants et de pénétrer dans le bâtiment du commissariat, où l'unique odeur qui régnait était, comme toujours, celle de la pure humanité désespérée.

L'agent Catalán et moi parcourûmes divers couloirs étroits et sombres jusqu'à une pièce d'à peine cinq mètres carrés, une ancienne cellule, sans doute, à l'intérieur de laquelle il n'y avait qu'une chaise et un pupitre de bois.

— L'inspecteur va venir vous chercher.

Une fois seul, je pris place devant le pupitre et entrepris de réexaminer les pièces de mon puzzle.

La scène à laquelle j'avais assisté la veille dans l'entrepôt de Comella. L'expression du visage de Gaudí travaillant à cette absurde maquette de cuivre et de pierre. La défaite qu'on pouvait lire sur sa nuque penchée.

Le cadavre découvert quelques heures plus tôt à la Citadelle.

Ma présence maintenant en ce lieu.

Les pièces d'un puzzle qui ne s'encastraient que trop bien.

— Monsieur Camarasa, dit l'inspecteur Labella au bout de quelques instants, son corps nain et replet apparaissant à la porte de la cellule. Merci beaucoup d'être venu.

Je me levai, serrai la main que me tendait le petit homme et le suivis en silence par une autre enfilade de couloirs interminables. Nous descendîmes quelques marches, dépassâmes le double portail d'accès aux cachots, traversâmes divers passages protégés par des agents à l'expression renfrognée et au teint jaune et parvînmes enfin à l'entrée de la morgue. Une porte close dont l'inspecteur Labella saisit la poignée avec une gravité sereine se dressait devant nous.

— Cela ne va pas être agréable pour vous, monsieur Camarasa, annonça-t-il. Mais votre ami et vous êtes les seuls à pouvoir nous aider.

La porte de la morgue s'ouvrit avant que j'aie pu assimiler entièrement le sens de cette dernière phrase. Le froid humide qui surgit à l'instant de la pièce fit se dresser tous les poils de mon corps, mais j'avançai de quelques pas et entrai. Il y avait déjà deux hommes, penchés sur l'une des nombreuses tables alignées contre trois des quatre murs. Presque toutes celles-ci étaient recouvertes par des draps blancs et sales qui ne parvenaient pas à dissimuler la triste nature des masses qui reposaient ainsi à l'abri. Le cadavre qu'inspectaient les deux hommes, cependant, n'était recouvert par aucun drap. Des bottines de cuir noir, le bas d'une robe claire de taffetas, un bras nu étendu jusqu'à la hauteur d'une hanche immobile. Ma position devant la porte m'empêchait de voir d'autres détails de ce corps féminin sur lequel les deux hommes étaient inclinés ; mais ni les bottines familières ni la robe que mes mains avaient frôlée le matin précédent ne me permirent de douter de l'identité de la défunte.

L'un des hommes qui observaient les restes de Fiona était l'agent Catalán.

L'autre, Antoni Gaudí.

— Cher ami, murmurai-je, m'approchant de lui, le corps et l'âme serrés par le plus étrange mélange de sentiments que j'eusse jamais éprouvé. Cher Gaudí.

Ce dernier se tourna vers moi et me fixa d'un air également étrange. Lui aussi m'avait peut-être compté pour mort pendant son propre trajet vers las Atarazanas, pensai-je. Lui aussi se sentait peut-être honteux d'avoir senti un soulagement instantané en découvrant que ce n'était pas moi mais Fiona qui reposait sur cette table dégoulinant d'anciens fluides en décomposition. Ou peut-être était-ce précisément du contraire qu'il avait honte.

— Observez cela, Camarasa, se contenta-t-il de dire en s'écartant de la table et en ignorant l'étreinte que j'avais amorcée en arrivant à sa hauteur.

Je laissai donc retomber mes bras à demi levés, me tournai vers le cadavre de Fiona – ses bottines de cuir, sa robe de taffetas, la pâleur anglaise de sa peau –, et quelque chose recommença à s'agiter dans mon estomac.

Le corps qui reposait sur cette table funéraire n'était pas celui de Fiona.

C'était celui de Víctor Sanmartín.

— J'ai juste besoin que vous identifiiez vous aussi le cadavre, monsieur Camarasa, lança derrière moi l'inspecteur Labella, sa voix me parvenant à peine au milieu du vide qui semblait s'être créé d'un coup autour de moi. M. Gaudí l'a déjà fait, mais nous avons besoin qu'une deuxième personne confirme l'identification afin de pouvoir signer l'acte de décès.

Je regardai d'abord Gaudí, puis Labella, puis l'agent Catalán et, de nouveau, ce qu'il restait de Víctor Sanmartín.

Un cadavre aux yeux ouverts et à la gorge tranchée.

Un cadavre aux lèvres maquillées de rouge.

Un cadavre vêtu en femme.

Gaudí et moi n'avions définitivement pas été les seuls hommes que Fiona avait manipulés au cours de cette aventure.

— Víctor Sanmartín, lâchai-je.

Víctor Sanmartín, dans les vêtements que portait Fiona Begg la dernière fois que Gaudí et moi l'avions vue.

L'inspecteur Labella acquiesça d'un air satisfait. Son visage piqué par la variole sembla prendre une tonalité curieusement saine tandis qu'il se plaçait à ma gauche et contemplait une fois encore le cadavre du journaliste, ou de l'anarchiste, ou peu importe ce que Víctor Sanmartín avait pu être de son vivant. C'était peut-être là la vraie place d'Abelardo Labella, pensai-je vaguement. Peut-être une morgue était-elle la meilleure destination que la nouvelle autorité monarchique pouvait réserver à un homme comme lui.

— Mlle Begg a sans doute échangé ses vêtements avec lui avant de fuir Barcelone, indiqua-t-il en frôlant du bout de l'index le tissu de qualité de la robe de Fiona. Après lui avoir tranché le cou dans les buissons de la Citadelle.

L'index de l'inspecteur Labella escalada également le profond décolleté de la robe et tira le tissu vers le bas. Sur la peau nue de la poitrine apparut un petit tatouage d'une intense couleur noire.

— À vous non plus, cela ne vous dit rien ?

Je considérai Gaudí, constatai que ses yeux fuyaient les miens. J'étais seul dans cette affaire, compris-je. La décision m'appartenait. J'examinai donc de nouveau le tatouage et comptai jusqu'à cinq avant de répondre par une évidence :

— Un dragon ?

— Un dragon, approuva l'inspecteur Labella. Cela, nous le savons déjà. Un dragon avec une lettre à l'intérieur. Une idée ?

Je haussai les épaules d'un air naturel, ou ce fut du moins ce que j'essayai de faire tandis que mon cerveau menaçait de s'emballer.

— Un simple tatouage à motif oriental, suggérai-je lentement. Beaucoup de gens de cet acabit en portent, j'imagine. Il vous aidera certainement à découvrir qui était en réalité Víctor Sanmartín.

L'inspecteur Labella agita lentement la tête de gauche à droite.

— Ce n'est pas un tatouage, affirma-t-il, mais un dessin. Fait à l'encre sur la peau du défunt par votre amie, Mlle Begg. Ce dernier point, bien entendu, n'est qu'une supposition ; mais je la crois plus que raisonnable, dit l'homme avec un clappement de langue sonore et en me toisant de nouveau de son air de limier chassant la perdrix. Un message pour l'un d'entre vous, peut-être ?

Je me penchai de nouveau sur la table funéraire et contemplai le dessin que Fiona avait tracé sur la peau du jeune homme en la compagnie duquel je l'imaginais, à peine quelques minutes plus tôt, débuter une nouvelle vie dans un endroit éloigné de la planète.

Un dragon majestueux, capturé en plein vol, identique en tout point aux dragons qui peuplaient les toiles que l'Anglaise avait abandonnées dans son atelier de la vieille ferme.

Un dragon rouge aux traits caractéristiques, ainsi que la lettre, un *G* solitaire majuscule, gravé sur son ventre.

Un dragon fugace, aussi condamné – encre sèche sur chair morte – que les rêves que Fiona avait alimentés dans le cœur et le cerveau de l'authentique destinataire de ce sordide message final.

— Si ce message m'est adressé, je regrette de devoir vous dire que je suis parfaitement incapable de le décrypter, assurai-je sans mentir. Gaudí ?

En m'entendant prononcer son nom, mon ami détourna son attention du cadavre humilié de Víctor Sanmartín et me regarda enfin. L'expression de ses grands yeux bleus était plus insondable que jamais.

— Je l'ai déjà dit à l'inspecteur, murmura-t-il. Pas plus Mlle Begg que son père n'ont le moindre message à me transmettre.

Abelardo Labella lâcha doucement l'élastique du décolleté de la robe de Fiona et le dragon disparut de nouveau sous le taffetas couleur crème.

— En ce cas, je ne vous dérangerai pas plus longtemps. Merci pour votre collaboration, messieurs. Et j'espère que votre père sera bientôt remis en liberté, monsieur Camarasa, ajouta le policier, me tendant la main après avoir serré celle de Gaudí. Malgré tout ce qui s'est passé entre nous ces trois derniers mois, je veux que vous sachiez que j'ai toujours souhaité ce qu'il y avait de mieux pour votre famille.

Je serrai fermement la main de l'inspecteur Labella et souris avec toute la froideur qui m'habitait en cet instant.

— Je n'en ai jamais douté, monsieur l'inspecteur, répliquai-je. Et je ne doute pas non plus que ma famille saura récompenser comme il se doit cette bonne volonté.

Ce fut tout.

Cinq minutes plus tard, alors que nous avions laissé derrière nous le complexe de las Atarazanas et que nous nous étions engagés sur la promenade de la Muraille, je pris Gaudí par le bras et lui laissai toute latitude de parler le premier.

— En un certain sens, il semble approprié de penser que Mlle Fiona ait quitté Barcelone habillée en jeune homme, dit-il au bout d'un long moment, je m'en souviens, le regard perdu sur la forêt de mâts nus que nous longions en cet instant sur la droite de la promenade. Dans cette ville, en fin de compte, elle n'a pas vécu un seul jour sans porter un déguisement quelconque.

Plutôt que d'abonder dans le sens de cette juste observation, je posai alors à Gaudí la seule question qui m'occupait l'esprit depuis que l'inspecteur Labella avait découvert devant mes yeux la poitrine de Víctor Sanmartín :

— Ce dragon signifie-t-il que nous reverrons Fiona ?

Pour toute réponse, Gaudí porta sa main libre à sa tête nue et replaça sur son front une mèche de cheveux roux que le vent du nord venait de déplacer.

REMERCIEMENTS

Barcelona ne serait jamais devenu le roman qu'il est aujourd'hui sans la confiance et le travail de nombreuses personnes. Je tiens d'abord à remercier Marcela Serras et José López Jara, qui ont cru dès le début à cette aventure et m'ont accompagné avec un enthousiasme constant. Mes remerciements vont aussi à Lola Gulias, Adolfo García Ortega, Belén López, Raquel Gisbert, Laura Franch, Meritxell Retamero, Daniel Cladera et toute l'équipe des éditions Planeta, dont l'excellent travail a conduit ce livre dans des endroits insoupçonnés. J'ai également une dette envers Puri Plaza et Natalia Mosquera, sans la foi irréductible desquelles en mon précédent roman, *El gran retorno*, *Barcelona* n'existerait pas aujourd'hui. Et merci aussi à Paco Solé Parellada, propriétaire du restaurant 7 Portes, qui a fort aimablement lu cette histoire et décidé de s'y impliquer avec une ferveur admirable.

Daniel Sánchez Pardos
Barcelone, juin 2015

Imprimé en France par CPI

Nº d'impression : 2035445
Dépôt légal : septembre 2017
Suite du premier tirage : mars 2018
X07076/02